Pour Melinda

PRINCIPAUX PERSONNAGES

Maison Baratheon (Le Cerf Couronné)

Le roi Robert
La reine Cersei (née Lannister)
Le prince Joffrey (fils, 12 ans), héritier du trône de fer
La princesse Myrcella (fille, 8 ans)
Le prince Tommen (fils, 7 ans)

Maison Stark (Seigneur de Loup-Garou)

Eddard, Winterfell
Catelyn, sa femme, née Tully
Robb (14 ans)
Sansa (11 ans)
Arya (19 ans)
Bran (7 ans)
Rickion (3 ans)
Jon Snow (le bâtard, 14 ans)
Jorry Cassel, capitaine de garde

Maison Lannister (Le Lion)

Tywin Lannister, seigneur de Castral Roc
Ser Jaime (frère jumeau de la reine Cersei)
Tyrion, leur cadet, dit le Lutin

PRÉLUDE

« Mieux vaudrait rentrer, maintenant..., conseilla Gared d'un ton pressant, tandis que, peu à peu, l'ombre épaississait les bois à l'entour, ces sauvageons sont bel et bien morts.

– Aurais-tu peur des morts ? » demanda ser Waymar Royce, d'une lippe imperceptiblement moqueuse.

Gared était trop vieux pour relever la pique. En avait-il vu défiler, depuis cinquante ans et plus, de ces petits seigneurs farauds !

« Un mort est un mort, dit-il, les morts ne nous concernent pas.

– S'ils sont morts..., répliqua doucement Royce, et rien ne prouve que ceux-ci le soient.

– Will les a vus. Et s'il dit qu'ils sont morts, la preuve en est faite, pour moi. »

Will s'y attendait. Tôt ou tard, les deux autres l'embringueraient dans leur dispute. Il aurait préféré tard. Aussi maugréa-t-il : « Ma mère m'a appris que les morts ne chantaient pas de chansons.

– Ma nourrice aussi, rétorqua Royce, mais ce que serinent les bonnes femmes en donnant le sein, sornettes, crois-moi. Il est des choses que les morts eux-mêmes peuvent nous enseigner. »

A ces mots lugubres, la forêt noyée par le crépuscule offrit un écho si tonitruant que Gared s'empressa d'observer : « Pas près d'arriver. Huit jours de route, voire neuf. Et la nuit qui tombe...

– Et alors ? dit nonchalamment ser Waymar Royce, avec un regard dédaigneux vers le ciel, c'est l'heure où elle tombe chaque jour. Le noir t'affolerait, Gared ? »

Malgré l'épais capuchon noir qui lui dérobait les traits du vieux, Will discerna la crispation des lèvres et un éclair de rage mal réprimée. Certes, Gared assurait la garde de nuit depuis son adolescence, et quarante années d'expérience ne le prédisposaient pas à se laisser taquiner par un étourneau, mais, par-delà l'orgueil blessé se percevait en lui quelque chose d'autre, quelque chose de bien plus grave, de quasi palpable : une tension nerveuse qui menaçait d'avoisiner la peur.

Or, ce malaise, Will le partageait, si cuirassé fût-il lui-même par quatre années de service au Mur. Si l'afflux brutal de mille récits fantastiques lui avait, lors de sa première mission au-delà, liquéfié les tripes – mais quelle rigolade, après... ! –, maintenant, les ténèbres insondables que les bougres du sud appelaient la forêt hantée ne lui causaient plus, ça non, la moindre terreur, après tant et tant de patrouilles.

Sauf ce soir. Mais ce soir différait des autres. Les ténèbres avaient, ce soir, une espèce d'âpreté qui vous hérissait le poil. Neuf jours que l'on chevauchait vers le nord, le nord-ouest puis derechef le nord, qu'on chevauchait dur sur les traces de cette bande de pillards, et que, ce faisant, l'on s'éloignait de plus en plus du Mur*. Neuf jours, chacun pire que le précédent, et le pire de tous, celui-ci. Avec ce vent froid qui soufflait du nord et qui arrachait aux arbres des bruissements de choses en vie. A tout instant, Will s'était senti, ce jour-là, sous le regard de quelque chose, un regard froid, implacable, hostile. Gared aussi. Et Will ne désirait rien tant que de regagner au triple galop la protection du Mur. Un désir dont, par malheur, mieux valait faire son deuil quand on n'était qu'un subalterne.

Surtout sous les ordres d'un chef pareil...

Dernier-né d'une ancienne maison trop riche en rejetons, ser Waymar Royce était un beau jouvenceau dont les dix-huit ans arboraient, outre force grâces et des yeux gris, une sveltesse de fleuret.

Juché sur son énorme destrier noir, il dominait de haut Will et Gared, montés plus petitement. Botté de cuir noir, culotté de lainage noir, ganté de taupe noire, il portait une délicate et souple cotte de mailles noire qui miroitait doucement par-dessus de coquets entrelacs de laine noire et de cuir bouilli. Bref, si ser Waymar n'était frère juré de la Garde de Nuit que depuis moins d'un an, nul du moins ne pouvait lui reprocher de ne s'être point apprêté en vue de sa vocation.

Surtout que le clou de sa gloire était une pelisse de zibeline noire, aussi moelleuse et douce que de la soie...

---

* Voir cartes en fin de volume.

« Comment, non ? se gaussait Gared, au cours des beuveries du camp, si fait ! toutes ces bestioles, il les a tuées de ses propres mains, notre puissant guerrier... Leurs petites têtes, couic, arrachées d'un tour de main. »

S'en était-on claqué les cuisses, avec les copains !

Quand même dur d'accepter les ordres d'un homme dont on se moque entre deux lampées, songea Will, tout frissonnant sur son bourrin. Gared a dû le penser aussi.

« Les ordres de Mormont étaient de les pister, ronchonna Gared, on l'a fait. Ils sont morts. Plus la peine de s'en tracasser. Il nous reste une rude course, et j'aime pas ce temps. S'il se met à neiger, c'est quinze jours qu'il nous faudra... et la neige serait un moindre mal. Déjà vu des tempêtes de glace, messer ? »

Le jeune chevalier parut n'avoir pas entendu. De son petit air favori d'ennui distrait, il examinait le noircissement du crépuscule. Mais Will l'avait déjà suffisamment pratiqué pour savoir que mieux valait ne pas l'interrompre quand il regardait de cette façon.

« Redis-moi donc ce que tu as vu, Will. Point par point. Sans omettre aucun détail. »

Avant d'entrer dans la Garde de Nuit, Will chassait. Braconnait, plus exactement. Aussi, pris en flagrant délit par les francs-coureurs des Mallister, sur les terres des Mallister, en train de dépouiller un daim des Mallister, n'avait-il pas balancé entre le bonheur de perdre une main et celui d'endosser la tenue noire. Et les frères noirs s'avisèrent vite qu'il n'avait pas son pareil pour courir les bois silencieusement.

« Leur bivouac se trouve à deux milles d'ici, sur cette crête-là, précisa-t-il, juste à côté d'un ruisseau. Je m'en suis approché le plus possible. Ils sont huit, hommes et femmes. Pas d'enfants, semble-t-il. Ils se sont bricolé un abri à l'aplomb du roc. La neige le camoufle pas mal, à présent, mais je pouvais encore tout distinguer. Le feu ne brûlait pas dans la fosse, et je la voyais comme je vous vois. Personne ne bougeait. J'ai regardé longtemps. Aucun être vivant ne peut affecter semblable immobilité.

– Des traces de sang ?

– N... nnon.

– Des armes ?

– Des épées, quelques arcs. L'un des hommes avait une hache effroyable. En fer, très massive, à double tranchant. Elle gisait sur le sol, près de lui, à portée de sa main droite.

– Tu te rappelles la position des corps ? »

Will haussa les épaules. « Un couple adossé au rocher. La plupart des autres à même le sol. Tombés, je dirais.

– Ou en train de dormir..., insinua Royce.

– Tombés, maintint Will. Une femme était perchée dans un ferrugier. Les branches la cachaient à demi. Le genre à vue perçante, sourit-il, finaud, mais je me suis débrouillé pour ne pas me laisser repérer. Et, parvenu plus près, j'ai constaté qu'elle non plus ne bougeait pied ni patte. »

A son corps défendant, un frisson le parcourut.

« Froid ? demanda Royce.

– Un peu, marmonna-t-il. Le vent, messer. »

Sans souci de son destrier qui ne cessait de caracoler sur place ni des feuilles mortes qui les frôlaient en murmurant, le freluquet se retourna vers l'homme d'armes grisonnant et, d'un ton neutre, questionna, tout en rectifiant le drapé de ses interminables zibelines :

« A ton avis, Gared, ces gens seraient morts de quoi ?

– De froid, répondit l'autre sans hésiter, et je ne suis pas né de l'hiver dernier. La première fois que j'ai vu un homme succomber au gel, j'étais mioche. Les gens ont beau vous jeter à la tête des quarante pieds de neige et vous assener les ululements glacés de la bise, foutaises ! le véritable ennemi, c'est le froid. Il s'y prend de manière plus silencieuse que Will lui-même, il vous entame par la tremblote et les claquements de dents, vous battez la semelle en rêvant d'épices, de vin chaud, de belles et bonnes flambées. Ça, pour brûler, il brûle, sûr et certain. Rien ne brûle comme le froid. Un moment, du moins. Ensuite, il se faufile en vous, se met à vous submerger si parfaitement que vous ne tardez guère à vous abandonner. Pourquoi lutter quand il est tellement plus simple de s'asseoir et de s'assoupir ? Il paraît que c'est indolore de bout en bout. Que vous commencez par vous sentir flasque et gourd tandis que tout, autour, s'estompe, et que vous avez peu à peu l'impression de sombrer dans un océan de lait chaud. Une mort paisible, quoi.

– Quelle éloquence ! s'extasia ser Waymar. Je ne te soupçonnais pas ce talent, Gared.

– C'est qu'il m'en a cuit, beau seigneur. »

Repoussant son capuchon, Gared offrit à l'impertinent tout loisir d'admirer les hideux vestiges de ses oreilles.

« Les deux, messire. Plus trois orteils et le petit doigt de ma main gauche. A bon compte, en somme. Meilleur que mon frère. On l'a retrouvé tout raide, à son poste, avec un sourire figé. »

A quoi ser Waymar repartit, avec un haussement d'épaules : « Tu devrais t'habiller plus chaudement, Gared. »

Gared le foudroya d'un regard haineux, tandis que s'empourpraient de colère les cicatrices laissées à la place de ses oreilles par le scalpel de mestre Aemon.

« On verra, l'hiver venu, ce que vous appelez s'habiller chaudement », grogna-t-il en rabattant son capuchon.

En le voyant, sombre et muet, se tasser sur l'encolure de son bidet, Will crut bon d'intervenir :

« Si Gared dit que c'est le froid...

– Tu as monté la garde, la semaine dernière ? l'interrompit ser Waymar.

– Oui. »

Belle question ! Comme s'il s'écoulait une seule semaine sans des tripotées de factions... Que mijotait-il encore, le bougre ?

« Et l'aspect du Mur ?

– Suintant. »

C'est donc là, se renfrogna Will, qu'il voulait en venir... A contrecœur, il grommela : « Le gel n'a pu les tuer, puisque le Mur suintait. Il ne faisait pas assez froid.

– Mes félicitations, acquiesça Royce. Il a de-ci de-là vaguement gelé, ces jours derniers, neigé aussi, mais des averses éparses. En tout cas pas fait de froid assez rigoureux pour exterminer huit adultes. Surtout que, sauf votre respect, ironisa-t-il avec outrecuidance, ils étaient habillés de fourrures et de cuir, disposaient d'un abri et pouvaient sans peine faire du feu... Conduis-nous, Will. Ces morts-là, j'ai comme une démangeaison de les voir par moi-même. »

Impossible de se dérober. C'était un ordre, et l'honneur commandait d'obéir.

Will prit donc la tête, cahin-caha, sur son petit cheval poilu qui, pas après pas, tâtait prudemment le terrain à travers les fourrés. Si peu qu'il eût neigé, la nuit précédente, la croûte masquait assez de pierres, de racines et de fondrières pour surprendre les étourdis. Derrière venait ser Waymar Royce, dont le puissant destrier noir piaffait d'impatience. Exactement la monture qu'il ne faut pas pour patrouiller, mais allez faire entendre raison à son maître... ! Gared fermait la marche en ruminant toute sa rancœur.

Le crépuscule se creusait. Le ciel limpide vira peu à peu d'un rouge sombre de vieille plaie au noir d'encre, et les premières étoiles parurent, la lune émergea à demi, Will lui sut gré de sa lumière.

« Nous pourrions tout de même adopter une allure plus rapide, non ? dit Royce, une fois la lune entièrement levée.

– Pas avec votre cheval, répliqua Will que la peur rendait insolent. A moins que monseigneur ne désire nous guider lui-même ? »

Monseigneur ne daigna point relever.

Du fin fond des bois, quelque part, monta le hurlement d'un loup.

Après avoir mené sa bête sous le couvert d'un vieux ferrugier noueux, Will mit pied à terre.

« Pourquoi t'arrêter ? demanda ser Waymar.

– Autant finir à pied, messer. C'est juste en haut de cette crête. »

Royce s'accorda un moment de pause pour scruter l'horizon. L'air de réfléchir. La bise qui chuintait d'arbre en arbre donnait à la vaste pelisse de zibeline des palpitations quasi animales dont Gared ne pouvait détacher ses yeux.

« Quelque chose ici de bizarre..., grommela-t-il.

– Ah bon ? sourit dédaigneusement le jeune chevalier.

– Ne le sentez-vous pas ? insista Gared. Ecoutez ces ténèbres... »

Will le sentait aussi. En quatre années de garde de nuit, jamais il n'avait éprouvé peur semblable. Que se passait-il ?

« Le vent. Le bruissement des frondaisons. Un loup. Vraiment pas de quoi s'affoler, Gared, si ? »

N'obtenant pas de réponse, Royce se laissa glisser de sa selle avec grâce, noua fermement les rênes de son destrier à une branche basse, bien à l'écart des autres chevaux, puis dégaina sa longue épée, dont des joyaux faisaient rutiler la poignée. A la clarté de la lune en miroita l'acier brillant. Une arme splendide, forgée au château paternel. Et toute neuve, ça se voyait. Will douta que la colère l'eût jamais brandie.

« Dans une forêt si drue, prévint-il, cette rapière vous empêtrera, messer. Un poignard, plutôt.

– S'il me faut un conseil, riposta le godelureau, je demanderai. Gared, tu restes ici pour garder les bêtes.

– Je m'occuperai aussi du feu, dit celui-ci en démontant. Sera pas du luxe.

– Tu gâtouilles ? Surtout pas de feu ! Si des ennemis rôdent dans les parages...

– Il est des ennemis qu'un feu tient au large : les ours, les loups-garous... et des tas d'autres choses... »

La bouche de ser Waymar s'amincit comme une balafre : « Pas de feu. »

Sans pouvoir rien discerner du visage de Gared sous le capuchon, Will devina un regard où flambait le meurtre. Une seconde, il redouta que le vieux ne tirât l'épée. Un vulgaire braquemart, bien moche, à la poignée décolorée par la sueur, à la pointe émoussée pour avoir trop servi, mais qu'il jaillît seulement du fourreau, et le ser nobliau, sa peau... pas un liard.

Au bout d'une éternité, Gared baissa les yeux. « Pas de feu », marmonna-t-il simplement tout bas.

Satisfait de ce qu'il prit pour de l'adhésion, Royce se détourna : « A toi, maintenant. Je te suis. »

Après avoir traversé un hallier, Will amorça l'escalade du monticule au sommet duquel un puissant vigier lui avait naguère fourni un observatoire idéal. Sous la mince croûte de neige, le terrain se révélait détrempé, boueux, singulièrement instable et truffé de souches et de rochers sournois à point pour faire trébucher. Et, cependant qu'il grimpait sans le moindre bruit, Will entendait derrière cliqueter l'élégante cotte de mailles, froufrouter les feuilles et jurer sourdement le petit seigneur quand d'aventure quelque buisson lui agrippait sa fichue flamberge ou se cramponnait à ses somptueuses zibelines.

Il émergea juste à l'endroit prévu, au pied même de l'arbre qui, telle une sentinelle, se dressait en haut, balayant presque le sol de ses branches basses. Il se coula dessous et, rampant dans la neige et la boue, risqua un œil vers la clairière, en contrebas.

Son cœur, alors, cessa de battre et, un long moment, il n'osa respirer. La lune éclairait les lieux de plein fouet, les cendres du foyer, l'auvent tapissé de neige, la falaise, le ruisseau à demi gelé. Tout se trouvait exactement dans le même état que quelques heures auparavant.

Tout. Sauf qu'ils étaient partis. Tous les cadavres étaient partis.

« Bons dieux ! » entendit-il alors dans son dos.

Une épée rageuse fustigea des branches, et ser Waymar Royce, prenant enfin pied sur la crête, s'y campa, lame au poing, près de l'arbre. Dans son sillage, le vent faisait ondoyer ses damnées bestioles et, non sans noblesse, sa silhouette, que nul n'en ignore, se découpait contre le firmament.

« Mais couchez-vous donc ! souffla Will d'un ton sans réplique, quelque chose cloche... »

Loin de s'émouvoir, Royce se contenta d'abaisser son regard vers la clairière et gloussa : « Hé bien, Will, il semblerait que tes machabs ont levé le camp ! »

Will demeura sans voix. Les mots qu'il cherchait à tâtons se dérobaient tous. Non, ce n'était pas possible, pas possible... Ses yeux parcouraient en tous sens le bivouac abandonné, butaient sur la hache. Une énorme hache de guerre à double tranchant. Qui gisait là même où il l'avait vue la première fois. Personne n'y avait touché. Une arme de prix, pourtant...

« Debout, Will, ordonna ser Waymar. Il n'y a personne, ici. Et il me déplaît de te voir vautré là-dessous. »

Non sans répugnance, Will obtempéra, sous l'œil franchement réprobateur de son chef qui martela : « Pas question de revenir à Châteaunoir dans ces conditions. Ma première expédition ne *saurait* se solder par un échec. Nous les trouverons, ces coquins. »

Un regard circulaire, et il commanda : « Dans l'arbre. Et dare-dare. Cherche-moi un feu. »

Sans un mot, Will tourna les talons. A quoi bon discuter ? La bise lui glaçait les moelles. Se glissant sous la voûte vert-de-gris que formaient les branches, il entreprit l'escalade et, bientôt, mains empoissées par la résine, disparut. Telle une indigestion, la peur lui tordait les boyaux. Tout en marmonnant d'obscures prières aux dieux sans nom de la forêt, il dégaina son coutelas. Et comme, afin de conserver sa liberté de mouvements, il l'insérait entre ses dents, la saveur de fer froid lui procura un réconfort bizarre.

D'en bas, soudain, lui parvint un cri du petit seigneur : « Qui va là ? »

... un cri dont la hardiesse manquait d'assurance... Cessant aussitôt de grimper, il se fit tout yeux, tout oreilles.

Mais seule répondit la forêt. Les frondaisons bruissaient, le ruisseau ruait dans ses glaces, une chouette ulula au loin.

Les Autres, eux, ne faisaient nul bruit.

Du coin de l'œil, Will discerna néanmoins un mouvement. Des formes blafardes se faufilant à travers les bois. En un sursaut, il eut juste le temps d'entr'apercevoir au sein des ténèbres une ombre blême. Puis plus rien. Batifolant toujours avec le vent, les branches persistaient à s'égratigner les unes les autres, paisiblement, de leurs griffes sèches. Will eut beau ouvrir la bouche pour jeter l'alarme, il eut l'impression que les mots se gelaient dans sa gorge. Puis peut-être se trompait-il ? Peut-être ne s'agissait-il que d'un oiseau ? d'un simple reflet sur la neige ? d'un banal mirage dû à la lune ? Il n'avait pas vu grand-chose, après tout...

« Où es-tu, Will ? appela ser Waymar. Tu vois quelque chose ? »

L'épée au poing, il opérait, d'un air subitement circonspect, une lente ronde. A l'instar de Will, il les avait apparemment flairés. Flairés, car ils demeuraient invisibles.

« Réponds-moi ! Pourquoi fait-il si froid ? »

Il faisait *effectivement* un froid de loup. Tout grelottant, Will étreignit plus étroitement son perchoir et, plaquant sa joue contre l'écorce, en savourait le doux contact gluant quand, émergeant de la lisière ténébreuse, parut une ombre, juste en face de Royce. Une ombre de très haute taille, aussi funèbre et hâve qu'un vieux squelette, et dont la chair exsangue avait une pâleur laiteuse. A chacun de ses gestes, son armure semblait changer de couleur : tantôt d'un blanc de neige fraîche, tantôt d'un noir d'encre, et pourtant toujours mouchetée du même vert-de-gris sombre que la forêt. Au moindre pas, cela la moirait comme moire un torrent la clarté lunaire.

Au terme d'une profonde inspiration dont Will perçut distinctement le sifflement, le petit seigneur parvint à articuler : « Pas un pas de plus », d'une voix fêlée de gamin, tout en rejetant derrière ses épaules l'encombrant manteau de zibeline, puis, à deux mains, empoigna sa rapière. Le vent était tombé. Il faisait effroyablement froid.

L'Autre, cependant, glissait de l'avant sur ses pieds muets, brandissant une grande épée qui ne ressemblait à rien de connu. Avec horreur, Will se dit qu'aucun métal humain n'avait servi à la forger. A la lumière de la lune, elle avait un aspect vivant, la translucidité du cristal, mais d'un cristal si fin que, de profil, elle devenait quasiment invisible. En émanait une lueur bleuâtre, un fantôme de lueur qui folâtrait sur ses arêtes et dont, inconsciemment, Will déduisit que cette lame-là tranchait plus sûrement qu'aucun rasoir.

Ser Waymar n'en affronta pas moins bravement l'adversaire :

« Si tu tiens à danser, dansons », dit-il, l'épée brandie au-dessus de sa tête d'un air de défi.

Etait-ce la pesanteur de son arme qui lui faisait trembler les bras ? Le froid, peut-être... En tout cas, il n'avait plus rien d'un gamin, maintenant. Un homme. Bien digne de la Garde de Nuit.

Comme l'Autre marquait une pause, Will aperçut ses yeux. Des yeux bleus, mais d'un bleu plus bleu, d'un bleu plus sombre qu'aucuns yeux d'homme, d'un bleu qui vous brûlait comme de la glace. Et ces yeux s'attachaient à la longue rapière brandie qui tremblait, en face, y scrutant le reflet mouvant de la lune sur le métal. Aussi, le temps d'un battement de cœur, Will se surprit-il à espérer.

Mais déjà surgissaient des ténèbres, en silence, trois..., quatre..., cinq... jumeaux du premier. Et si ser Waymar fut sensible au froid que leur présence redoublait, du moins ne les vit-il pas, ne les entendit-il pas. Will devait le mettre en garde. Aurait dû. Le faire l'eût condamné lui-même. Terrorisé, il s'écrasa contre le tronc et ne souffla mot.

Un frémissement l'avertit que l'épée spectrale fendait l'espace.

Ser Waymar lui opposa l'acier de la sienne, mais la rencontre des deux lames ne produisit, au lieu du fracas métallique escompté, qu'un son ténu, suraigu, presque inaudible, et comparable au piaulement d'une bête en détresse. Royce contra un deuxième assaut, un troisième, recula d'un pas, une grêle de coups le força à un nouveau repli.

Dans son dos, à sa droite comme à sa gauche, formant cercle autour de lui, les spectateurs patientaient, muets, sans visage et pourtant tout sauf invisibles, en dépit de leur parfaite immobilité, car ils avaient beau ne se mêler de rien, le chatoiement perpétuel de leur précieuse armure empêchait de les confondre avec la forêt.

A force de voir les épées se croiser, de subir chaque fois leur bizarre couinement d'angoisse, Will en vint à ne plus éprouver qu'un désir, se boucher les oreilles. Epuisé par tous ses efforts, ser Waymar était à bout de souffle, maintenant. Son haleine fumait sous la lune et, tandis que son épée blanchissait de givre, celle de l'Autre, plus que jamais, dansait dans son halo bleuté.

Survint l'instant trop prévisible où, à la faveur d'une parade un rien décalée, l'épée pâle perça la cotte de fer en dessous du bras, arrachant à Royce un cri de douleur. Avec des bouffées de vapeur au contact du froid, le sang jaillit d'entre les mailles, et chacune de ses gouttes, en touchant le sol, maculait la neige d'un rouge ardent. Du plat de la main, ser Waymar s'épongea le flanc, et son gant de taupe s'en détacha trempé d'écarlate.

Alors, dans une langue inconnue de Will, l'Autre prononça quelques mots. Mais si le timbre de sa voix rappelait les craquements sourds d'un lac pris par les glaces, le ton, lui, était à l'évidence goguenard.

Ser Waymar puisa dans l'insulte une fureur nouvelle. « Pour Robert ! » rugit-il avant de s'élancer, hargneux, et, les deux poings crispés sur son épée couverte de givre, de tailler vivement de droite et de gauche, portant tout le poids de son corps sur chacun de ses coups, que l'Autre esquivait assez mollement.

Or, au premier contact, et avec un cri strident que répercutèrent, d'écho en écho, les ténèbres de la nuit et de la forêt, l'acier se rompit, la longue épée vola en mille menus morceaux qui, telle une pluie d'aiguilles, s'éparpillèrent, pendant que Royce, hurlant de douleur, tombait à genoux, les poings sur les yeux. Le sang giclait entre ses doigts.

Comme un seul homme et comme à un signal donné, les spectateurs jusque-là passifs s'avancèrent. Dans un silence abominable, les épées se levèrent et retombèrent toutes ensemble pour une froide boucherie. Les lames spectrales tranchaient dans la cotte de mailles comme elles eussent dans la soie. Will ferma les yeux. D'en bas lui parvenaient, aussi acérés que des poinçons de glace, leurs rires et leurs voix...

Quand il recouvra le courage de regarder, bien plus tard, la crête était à nouveau déserte.

Sans presque oser respirer, il demeura néanmoins dans l'arbre, pendant que la lune poursuivait sa lente reptation dans le firmament noir, jusqu'à ce que l'excès de crampes dans ses muscles et l'engourdissement de ses doigts le contraignissent à descendre de son perchoir.

Un bras tendu et son moelleux manteau de zibeline réduit en charpie, Royce gisait face contre terre dans la neige. A le voir couché, comme ça, mort, on se rendait mieux compte de sa jeunesse. Un gosse.

A quelques pas de là, il découvrit les vestiges de la longue épée, des esquilles à peine de la pointe, et aussi tordus que ceux d'un arbre foudroyé. Il s'agenouilla pour les ramasser tout en examinant minutieusement leurs abords immédiats. Ces débris lui serviraient à prouver ses dires. Gared saurait quoi en faire. Ou ce vieil ours de Mormont. Ou bien mestre Aemon...

La brusque inquiétude que Gared, peut-être, n'aurait pas attendu le décida à se hâter, et il se releva.

Ser Waymar Royce lui faisait face.

Ses beaux atours n'étaient plus que loques, et plus que décombres son joli visage. Fiché dans la pupille de son œil gauche, un éclat d'acier l'éborgnait.

L'œil droit, grand ouvert, voyait, lui. Car la pupille en flamboyait d'une flamme bleue.

Or comme, mains soudain molles et paupières closes sur une prière, Will laissait tomber les morceaux d'épée, de longs doigts élégants lui frôlèrent la joue puis s'attachèrent à sa gorge. Et, bien qu'ils fussent gantés d'une taupe on ne peut plus fine et poisseux de sang, ils diffusaient un froid polaire.

BRAN

Dès l'aube, alors qu'ils se mettaient en route pour assister à l'exécution, un petit froid limpide et sec leur avait dénoncé la fin prochaine de l'été. Ils étaient vingt, et Bran exultait de se trouver des leurs pour la première fois. Enfin, on l'avait jugé d'âge à accompagner le seigneur son père et ses frères et à contempler la justice du roi ! En cette neuvième année d'été, il avait sept ans révolus.

A en croire Robb, l'homme qu'on venait de tirer de la petite forteresse nichée au creux des collines était l'un des sauvageons inféodés à Mance Rayder, roi de l'au-delà du Mur. Et leur seule évocation rappelait à Bran tant de contes narrés au coin du feu par Vieille Nan qu'il en avait la chair de poule. Elle les disait si cruels... Des faiseurs d'esclaves, des pillards, des égorgeurs. Qui, acoquinés avec géants et goules, enlevaient les petites filles, au plus noir des nuits, trinquaient avec des cornes emplies de sang. Pendant que leurs femmes forniquaient avec les Autres, là-bas, dans les ténèbres sempiternelles, et en concevaient des monstres à demi humains.

Or, l'individu qui, pieds et poings rivés à la muraille, attendait de subir sa peine était un vieillard malingre, à peine plus haut que Robb. Le gel l'avait privé de ses deux oreilles et d'un doigt. Et, à ce détail près que ses fourrures étaient en loques et graisseuses, il portait la tenue entièrement noire d'un frère de la Garde de Nuit. Enfin, quand lord Stark eut ordonné de le détacher et de l'amener devant lui, la vapeur de son haleine se mêlait banalement, dans le matin froid, à celle du cheval.

Flanqué de Jon le bâtard et de Robb, tous deux impressionnants de calme et de hauteur sur leurs gigantesques montures, Bran s'efforçait, sur son petit poney, de se vieillir en affectant la mine d'un homme blasé quant à pareil spectacle. La porte de la forteresse exhalait un vent coulis sournois. Au-dessus des têtes ondoyait la bannière des Stark de Winterfell : un loup-garou gris sur champ de neige immaculé.

Solennel en selle, Père abandonnait sa longue chevelure brune au gré du vent. Taillée court, sa barbe émaillée de blanc le faisait paraître plus vieux que ses trente-cinq ans et, à voir l'expression farouche qui, en ce jour, durcissait ses prunelles grises, on ne l'aurait jamais cru susceptible de tendre ses mains vers les flammes, le soir, tout en devisant posément des époques héroïques et des enfants de la forêt. Il avait dépouillé sa figure de père, songea Bran, pour revêtir celle de puissant seigneur.

De toutes les questions et réponses qui se succédèrent là, dans le matin glacé, Bran eût été, par la suite, fort en peine de répéter mieux que des bribes. Toujours est-il qu'à la fin, sur ordre de Père, deux gardes entraînèrent le captif loqueteux jusqu'au billot qui occupait le centre de la cour et le contraignirent à y poser sa tête. Alors, lord Eddard démonta, et son écuyer Theon Greyjoy vint lui présenter Glace, son épée, une épée aussi large qu'une main d'homme, plus haute que Robb lui-même, et dont la lame, forgée par magie en acier valyrien, possédait par là même un fil incomparable et la teinte sombre de la fumée.

Après avoir retiré ses gants, qu'il tendit à Jory Cassel, capitaine de sa garde personnelle, il empoigna l'arme à deux mains en prononçant ces mots :

« Au nom de Robert Baratheon, premier du nom, roi des Andals, de Rhoynar et des Premiers Hommes, suzerain des Sept Couronnes et Protecteur du royaume, moi, seigneur de Winterfell et gouverneur du Nord, je te condamne à mort. »

Et comme, sur ces mots, il brandissait Glace bien au-dessus de sa tête, Jon Snow s'inclina vers Bran pour lui souffler :

« Ton poney..., frérot, bien en main ! Et ne détourne pas les yeux – Père le verrait. »

Sans broncher, l'enfant s'exécuta.

D'un seul coup, Glace décapita l'homme, dont le sang, vermeil comme du vin, éclaboussa si violemment la neige que l'un des chevaux se cabra et faillit détaler. Fasciné, lui, Bran regardait s'élargir la flaque écarlate que buvait goulûment la neige.

Une grosse souche fit rebondir la tête qui, en roulant, vint achever sa course aux pieds de Greyjoy. Lequel, sur un gros rire qui jurait avec son teint sombre et son allure efflanquée, l'immobilisa sous sa botte avant de la relancer. Tout amusait ses dix-neuf ans.

« Corniaud ! » grogna Jon *a parte* puis, posant sa main sur l'épaule de Bran que la stupeur écarquillait : « Bravo, toi », décréta-t-il gravement. La justice n'avait plus de secret pour ses quatorze ans.

Bien que le vent fût tombé et que le soleil brillât désormais fort au-dessus de l'horizon, Bran eut l'impression, durant le long trajet du retour, que le froid s'aggravait. Il chevauchait avec ses frères assez loin devant le gros de la troupe, et son poney avait fort à faire pour ne pas se laisser distancer.

« Le déserteur est mort en brave », commenta Robb qui, trapu, massif et en pleine croissance, avait hérité de sa mère la carnation délicate, la peau fine, le brun roux et les yeux bleus qui distinguaient les Tully de Riverrun. « Du courage, faut reconnaître.

– Du courage ? riposta calmement Jon Snow, non. Il crevait de peur, le bonhomme. Ça se voyait dans son regard. » Tout gris qu'ils étaient, d'un gris si sombre qu'on les eût dits noirs, les yeux de Jon avaient une formidable acuité. Tout, d'ailleurs, hormis l'âge, le différenciait de Robb. Aussi mince que celui-ci était musculeux, aussi noiraud que son demi-frère avait le teint clair, il se montrait aussi gracieux et vif que l'autre puissant et ferme.

Loin de se laisser impressionner, Robb répliqua par un juron : « Son regard ? Que les Autres l'emportent ! N'empêche qu'il a su mourir », et, sans transition : « On fait la course jusqu'au pont ?

– Soit, dit Jon en éperonnant sa monture.

– Le maudit ! » rugit Robb et, au triple galop, il se lança sur ses traces en l'abreuvant de rires et de quolibets, sans autre écho qu'une vitesse accrue du fuyard parmi les tourbillons de neige sous les sabots.

Bran ne tenta même pas de les suivre sur son poney. A quoi bon ? Puis les yeux du vieillard l'obsédaient. Au bout d'un moment, les éclats de Robb s'éteignirent dans le lointain, la futaie recouvra son profond silence. Oui, l'obsédaient. Et il était si bien perdu dans ses pensées qu'il n'entendit pas la troupe s'approcher, ne reprit conscience qu'en voyant son père se porter à sa hauteur pour lui demander : « Ça va ? » D'un ton non dépourvu d'aménité.

« Oui, Père. » Vu d'en bas, drapé dans ses fourrures et sanglé de cuir sur son immense destrier, celui-ci semblait se perdre dans les nues. « Robb prétend que l'homme est mort en brave, et Jon qu'il était terrifié.

– Et toi, qu'en penses-tu ?

– Est-ce qu'un homme peut être brave, demanda-t-il après réflexion, s'il a peur ?

– L'heure de la mort est la seule où l'on puisse se montrer brave. Tu comprends pourquoi je l'ai exécuté ?

– C'était un sauvageon. Et les sauvageons enlèvent les femmes pour les vendre aux Autres.

– Ah, sourit lord Stark, Vieille Nan t'a encore conté de ses histoires ! A la vérité, cet homme était un parjure. Un déserteur de la Garde de Nuit. Rien de si dangereux qu'un déserteur. Se sachant perdu, en cas de capture, il ne recule devant aucun crime, aucune vilenie. Mais ne t'y méprends pas, la question est non de savoir pourquoi il fallait qu'il meure mais pourquoi je devais le tuer. »

Faute de réponse à cet égard, Bran finit par bredouiller :

« Le roi Robert a pourtant un bourreau...

– Certes. Au même titre que ses prédécesseurs, les rois targaryens. Mais nous suivons, nous, une tradition plus ancienne. Dans nos veines coule toujours le sang des Premiers Hommes, et nous croyons fermement que celui qui prononce une sentence doit en personne l'exécuter. Si tu t'arroges la vie d'un homme, tu lui dois de le regarder dans les yeux et d'écouter ses derniers mots. Si cela t'est insupportable, alors peut-être ne mérite-t-il pas de mourir...

« Un jour, Bran, tu seras le porte-bannière de Robb, tu tiendras ta propre place forte au nom de ton frère et au nom du roi, et la justice t'incombera. Ce jour-là, garde-toi de prendre le moindre plaisir à l'accomplissement de ton devoir, garde-toi tout autant d'en détourner tes yeux. Il ne tarde guère à oublier ce qu'est la mort, le chef qui se cache derrière des exécuteurs mercenaires. »

A peine achevait-il ces mots que Jon apparut au sommet de la colline qui leur faisait face et, tout en gesticulant à leur adresse, cria : « Père ! Bran ! venez..., venez vite voir ce qu'a découvert Robb ! » avant de disparaître à nouveau.

« Quelque chose qui ne va pas, messire ? s'inquiéta Jory en les rejoignant.

– Sans l'ombre d'un doute. Allons donc nous rendre compte du guêpier qu'auront déniché mes fils », dit-il en adoptant le trot, Bran et tous les autres sur ses talons.

Une fois en vue du pont, ils aperçurent Jon, encore à cheval, sur la rive droite. A ses côtés se dressait Robb. Tombée en abondance au dernier changement de lune, la neige lui montait au genou. Et comme il avait repoussé son capuchon, le soleil faisait flamboyer ses cheveux. Enfin, la chose qu'il berçait dans ses bras lui arrachait comme à son frère des exclamations étouffées.

Les cavaliers, cependant, frayaient prudemment leur route à travers les vasières invisibles qui les forçaient à tâtonner en quête de terre ferme. Escorté de Jory Cassel, Theon Greyjoy abordait le premier les garçons, la bouche fleurie de rires et de blagues, quand Bran l'entendit brusquement souffler : « Bons dieux ! » puis le vit réprimer une embardée de sa monture et porter la main à son épée.

Jory avait déjà dégainé, lui. « Laissez ça, Robb ! » cria-t-il, tandis que son cheval se cabrait.

L'œil pétillant de malice, Robb se détourna de la chose qui reposait au creux de ses bras : « N'aie crainte, Jory, elle est morte. »

Dévoré de curiosité, Bran aurait volontiers éperonné son poney pour savoir plus vite, mais Père lui ordonna de démonter près du pont et de poursuivre à pied. D'un bond, il fut à terre et se mit à courir.

Entre-temps, Jon, Jory et Theon avaient également démonté, et ce dernier s'ébahissait :

« Mais que diable est-ce là ?

– Une louve, répondit Robb.

– Une farce ! Regardez sa *taille*... ? »

Malgré la neige qui lui montait jusqu'à la ceinture, Bran, le cœur battant, parvint à se couler au centre du groupe.

A demi ensevelie dans la neige maculée de sang, une énorme masse sombre gisait, terrassée par la mort. La glace en pétrifiait le pelage hirsute, et le vague remugle de corruption qui s'en dégageait rappelait un parfum de femme. Bran entrevit les orbites aveugles où des asticots grouillaient, les babines crispées sur des crocs jaunis, mais ce qui le laissa pantois, c'est que la bête était plus grosse que son poney, et deux fois plus grande que le plus colossal des limiers qu'entretenait son père.

« Pas une farce, rectifia Jon, impavide. Un loup-garou. C'est plus gros que les autres, adulte.

– Mais ça fait deux cents ans, protesta Greyjoy, qu'on n'en a pas repéré au sud du Mur...

– Hé bien, voilà qui est fait. »

La contemplation du monstre médusait tellement Bran qu'il ne parvint à s'en arracher qu'en apercevant ce que portait Robb. Avec un cri de ravissement, il se rapprocha. Gros comme une balle de fourrure gris-noir, le chiot avait encore les yeux clos et, à l'aveuglette, tout en émettant un pleurnichement désolé, fourrageait contre la poitrine qui le berçait sans lui offrir à téter que du cuir.

Sans trop oser, Bran avança la main. « Vas-y, l'encouragea Robb, tu peux. »

Bran aventurait une brève caresse fébrile quand la voix de Jon : « Tiens, maintenant... », le fit en sursaut se retourner, « il y en a cinq ». Ses bras se refermèrent sur un autre chiot et, s'asseyant à même la neige, il enfouit son visage dans la douce fourrure tiède.

« Ces loups-garous soudain lâchés dans le royaume ne me disent rien qui vaille, grommela le grand écuyer Hullen. Après tant d'années...

– Un signe, opina Jory.

– Que nous chantes-tu là ? répliqua lord Stark en fronçant les sourcils, un signe ! Rien de plus qu'une bête morte. »

Sa perplexité perçait, néanmoins, pendant qu'il examinait la dépouille sous tous les angles en faisant pesamment crisser la neige sous ses bottes.

« Sait-on seulement de quoi elle est morte ?

– Un truc dans la gorge, dit Robb, pas peu fier d'avoir découvert la chose avant même que Père ne s'en enquît. Juste sous la mâchoire, là. »

S'agenouillant, lord Stark se mit à fourrager sous la tête du monstre et en arracha un objet qu'il exhiba aux regards de tous. Un morceau d'andouiller, long d'un pied, dont les ramures déchiquetées dégouttaient de sang.

Toute l'assistance se tut, brusquement. A la vue de cet andouiller, chacun éprouvait un malaise, et personne n'osait parler. Sans qu'il pût le comprendre, Bran lui-même perçut l'effarement de tous.

Après avoir jeté de côté l'andouiller, Père entreprit de se débarbouiller les mains dans la neige.

« Ce qui m'étonne, dit-il, et sa voix suffit pour rompre l'enchantement, c'est qu'elle ait pu suffisamment survivre pour mettre bas...

– Peut-être pas, hasarda Jory. On m'a raconté... Enfin, elle était déjà morte, peut-être, quand ils sont nés ?

– Nés de la mort, suggéra quelqu'un..., la pire des chances.

– N'importe, trancha Hullen. Mourront aussi bien assez tôt. »

Epouvanté, Bran poussa un cri inarticulé.

« Et le plus tôt sera le mieux, acquiesça Greyjoy en tirant son épée. Donne-moi la bête, Bran. »

Comme si elle avait entendu et compris, celle-ci se démena contre la poitrine de l'enfant qui cria d'un ton farouche : « Non ! elle est à moi !

– Rengaine, Greyjoy, s'interposa Robb, et sa voix eut, un instant, le timbre impérieux de Père, le timbre du lord qu'il serait un jour, rengaine, te dis-je. Nous voulons garder ces chiots.

– Vous ne pouvez faire cela, mon garçon..., intervint Harwin, le fils de Hullen.

– Tuez-les, ne serait-ce que par miséricorde », insista ce dernier.

Du regard, Bran supplia son père, mais il n'en obtint qu'un froncement de sourcils sévère :

« Hullen dit vrai, mon fils. Mieux vaut une mort prompte qu'une rude agonie de froid et de faim.

– Non... ! » conjura Bran en se détournant pour dérober ses larmes.

Robb opposa, lui, une résistance opiniâtre :

« La chienne rouge de ser Rodrik vient encore de mettre bas, mais une petite portée, rien que deux chiots en vie. Elle aura suffisamment de lait.

– Elle les déchirera sitôt qu'ils voudront téter.

– Lord Stark, dit alors Jon, et il était si bizarre de l'entendre utiliser cette formule solennelle au lieu de "Père" que Bran se prit à espérer de tout son désespoir, ils sont cinq en tout : trois mâles et deux femelles.

– Oui, et alors, Jon ?

– Hé bien, vous avez cinq enfants légitimes : trois garçons, deux filles, et le loup-garou est l'emblème de votre maison. Vos cinq enfants sont tout désignés pour recevoir chacun le sien, messire. »

En un éclair, Bran vit se modifier l'expression de Père, les hommes, autour, échanger des regards furtifs, et une bouffée de tendresse pour son frère lui emplit le cœur. Son extrême jeunesse ne l'empêchait pas de comprendre que seule l'abnégation de Jon venait de retourner la situation. En mentionnant les filles et même le dernier-né, Rickon, le bâtard s'était généreusement exclu comme tel, ravalé à son sobriquet, Snow, terme générique que la coutume, dans le nord, décernait à tout être assez malchanceux pour venir anonyme au monde...

Père n'y fut pas moins sensible :

« Et toi, Jon, tu n'en veux pas un ? demanda-t-il avec douceur.

– La bannière des Stark s'honore du loup-garou, observa Jon, et je ne suis pas un Stark, Père. »

Cette repartie lui valut un long regard pensif dont profita Robb pour rompre le silence.

« Je nourrirai le mien moi-même, Père, promit-il. Un linge imbibé de lait chaud lui permettra de téter.

– Moi aussi ! » s'enthousiasma Bran.

Comme pour évaluer chacun d'eux, lord Stark scruta tour à tour ses fils avant de maugréer :

« Plus facile à dire qu'à faire. Et je vous interdis d'importuner mes gens. Si vous voulez ces chiots, à vous de vous occuper d'eux. Compris ? »

Tout au bonheur de la langue chaude qui lui léchait la joue, Bran hocha la tête avec énergie.

« Il vous faudra aussi les dresser, reprit Père. Les dresser *vous-mêmes.* Car je vous préviens, mon maître piqueux refusera tout commerce avec de pareils monstres. Et, si vous les négligez, les brutalisez ou les dressez mal, alors, que les dieux vous aident... Des chiens viendraient quémander vos faveurs, eux non. Et vous ne les enverrez pas coucher d'un coup de pied. Ils vous arrachent aussi facilement une épaule d'homme qu'un chien happe un rat. Etes-vous sûrs de les vouloir encore ?

– Oui, Père, dit Bran.

– Oui, renchérit Robb.

– Et s'ils meurent, malgré vos soins ?

– Ils ne mourront pas, protesta Robb. Nous ne leur *permettrons* pas de mourir.

– Dans ce cas, gardez-les. Jory ? Desmond ? prenez les trois autres. Nous devrions déjà être à Winterfell. »

Bran ne savoura pleinement sa douce victoire qu'une fois en selle et sur le chemin du retour, au contact du chiot qui, blotti bien au chaud, reposait à l'abri de son pourpoint de cuir. Mais, au fait, comment l'appeler ?

Vers le milieu du pont, Jon s'arrêta soudain.

« Qu'y a-t-il ? s'étonna Père.

– N'entendez-vous pas ? »

En prêtant l'oreille, Bran perçut bien la rumeur du vent dans les frondaisons, le brouhaha des sabots sur les madriers, le menu geignement du chiot affamé, mais Jon écoutait autre chose.

« Là-bas », dit-il et, faisant volte-face, il retraversa le pont au galop, bondit à terre sur les lieux mêmes où gisait la louve, s'agenouilla... Et lorsqu'il rallia la troupe, un instant plus tard, il avait l'air épanoui.

« Il avait dû s'écarter des autres en rampant, dit-il.

– A moins qu'on ne l'eût repoussé », commenta Père en examinant le sixième chiot qui, blanc, lui, avait des yeux aussi rouges que le sang, tout à l'heure, du supplicié. Bizarre, songea Bran, les autres sont encore aveugles, et pas celui-ci ?

« Un albinos, dit Greyjoy avec une grimace comique, il crèvera plus vite encore que les autres.

– Je n'en crois rien, riposta Jon en lui décochant un regard de mépris glacial. Et il est à moi. »

CATELYN

Catelyn n'avait jamais aimé ce bois sacré.

C'est qu'elle était née Tully et là-bas, loin vers le sud, dans le Trident, sur les rives de la Ruffurque, à Vivesaigues, et qu'à Vivesaigues le bois sacré vous avait des airs riants et ouverts de jardin. De grands rubecs y dispensaient une ombre diaprée sur l'argent sonore d'eaux vives, mille chants cascadaient de nids invisibles, et l'atmosphère était tout épicée du parfum des fleurs.

Certes, ils étaient moins brillamment lotis, les dieux de Winterfell, dans les ténèbres primitives de cette forêt en friche depuis des milliers d'années. Trois malheureux acres et qui, cernés par les remparts funèbres du château, embaumaient l'humus détrempé, la décrépitude... Le rubec, ici, ne poussait pas. Un bois, cela ? un ramas de vigiers, si rébarbatifs dans leur armure vert-de-gris, de chênes énormes et de ferrugiers, non moins issus que le royaume de la nuit des temps. Ici, les troncs se touchaient, noirs, massifs, les ramures emmêlées formaient un dais impénétrable, et des corps à corps difformes bossuaient le sol. Seule ici ruminait, dans un silence oppressant, l'ombre, et les dieux de ce séjour n'avaient pas de nom.

Mais Catelyn était sûre, ce soir, d'y trouver son mari. Chaque exécution capitale ramenait invariablement dans le bois sacré son âme altérée de paix.

A Vivesaigues, on l'avait, elle, conformément à la foi nouvelle, celle de son père, de son grand-père et du père de celui-ci, ointe des sept huiles et nommée dans les flots de lumière irisée qui inondaient le septuaire. Ses dieux à elle avaient un nom, et leurs traits lui étaient aussi familiers que ceux de ses propres parents. Avec pour acolyte un thuriféraire, le septon célébrait l'office à la lumière d'un cristal taillé à sept faces, parmi les volutes d'encens et les chants. A l'instar de toutes les grandes maisons, celle des Tully entretenait, bien sûr, un bois sacré, mais on s'y rendait uniquement pour se promener, lire, s'étendre au soleil. Au septuaire seul était réservé le culte.

Par égards pour elle, et afin qu'elle pût chanter les sept faces divines, Ned lui avait bien construit un petit septuaire, mais le sang des Premiers Hommes qui coulait toujours dans ses propres veines le vouait aux vieux dieux sans nom, sans visage, aux dieux ténébreux que les Stark partageaient avec les enfants évanouis de la forêt.

Accroupi au centre du bosquet comme pour couver les eaux froides et noires d'un pauvre étang, l'« arbre-cœur », comme disait Ned. Un barral gigantesque, auquel son écorce blanchâtre conférait un aspect d'os rongé, tandis que son feuillage violacé évoquait des myriades de mains tranchées. Sculptée dans le tronc, une figure longue aux traits mélancoliques vous lorgnait, du fond de ses orbites vides et rougies par la sève séchée, d'un air de vigilance étrange. Etaient-ils vieux, ces yeux ! plus vieux que Winterfell même... Ils avaient vu Brandon le Bâtisseur en poser la première pierre, assuraient les contes, et regardé s'élever tout autour les remparts de granit. On attribuait ce genre d'œuvres aux enfants de la forêt. Ils les auraient réalisées à l'aube des siècles, avant que les Premiers Hommes ne traversent le bras de mer.

Dans le sud, où l'on avait abattu ou brûlé les derniers barrals quelque mille ans plus tôt, seuls subsistaient ceux de l'Ile-aux-Faces : là, les hommes verts montaient toujours leur muette garde. Au nord, ici, tout différait. Ici, le moindre château possédait son bois sacré, le moindre bois sacré son arbre-cœur, et le moindre arbre-cœur sa face.

Elle trouva Ned assis là, comme prévu, sur une pierre moussue, Glace en travers de ses genoux. Et il en nettoyait la lame avec cette eau plus noire que la nuit. Un millénaire d'humus tapissait la sente, étouffant les pas de l'intruse, mais les yeux sanglants du barral se tenaient attachés sur elle. « Ned ? » appela-t-elle d'une voix douce.

Il se redressa, la dévisagea, dit enfin : « Catelyn », mais sur un ton de politesse froide, avant de reprendre : « Où sont les enfants ? »

La même question, toujours, partout...

« Dans la cuisine, à discuter des noms qu'ils donneront à leurs chiots. »

Elle étendit son manteau sur le sol et s'assit au bord de l'étang. Mais, même ainsi, dos tourné à l'arbre, elle en sentait le regard sur elle, quelque effort qu'elle fît pour n'y point penser.

« Arya est déjà éprise du sien. Sansa, sous le charme, multiplie les grâces. Rickon, lui, balance encore.

– Peur ?

– Un peu – il n'a que trois ans...

– Temps qu'il apprenne à dominer sa peur, bougonna Ned en se renfrognant. Il n'aura pas toujours trois ans. Et l'hiver vient.

– Oui », convint Catelyn, quoique ces mots la fissent grelotter. Grelotter toujours. Les mots Stark. Chaque maison noble a les siens. Devises de famille, pierres de touche, exorcismes, tous vantaient l'honneur, la gloire, tous juraient loyauté, franchise, foi, courage, tous sauf ceux des Stark. *L'hiver vient* résumait leurs mots. Et, une fois de plus, car ce n'était pas la première, elle demeura pantoise : quelles gens incompréhensibles que ces gens du nord...

« Je lui dois cette justice qu'il a su mourir », reprit Ned qui, armé d'une lanière de cuir huilé, la faisait courir légèrement sur la lame afin de rendre à celle-ci, tout en parlant, sa rutilance obscure. « J'en ai été très content pour Bran. Tu aurais été fière de lui.

– Je le suis toujours », répliqua-t-elle sans lâcher son manège des yeux. Sous la caresse apparaissait le grain profond de l'acier, l'espèce de feuilletage obtenu en le reployant cent fois sur lui-même lorsqu'on le forgeait. Si peu de goût qu'elle eût pour les épées, Catelyn devait le reconnaître, Glace possédait une beauté singulière. Forgée dans la Valyrie d'avant le malheur et la servitude, à l'époque où les armuriers maniaient autant les incantations que le frappe-devant, elle demeurait, en dépit de ses quatre cents ans, tranchante comme au premier jour. D'encore plus loin lui venait son nom : un legs de l'âge héroïque où les Stark étaient rois du Nord.

« Le quatrième de l'année..., poursuivait Ned d'un ton sinistre. Un pauvre bougre à demi fou. Si terrifié par je ne sais quoi que je parlais comme à un mur. Et Ben écrit, soupira-t-il, que les effectifs de la Garde de Nuit sont tombés à moins de mille hommes. Pas seulement à cause des désertions. Des pertes aussi, lors des patrouilles.

– Imputables aux sauvageons ?

– A qui veux-tu d'autre ? » Relevant Glace, il la regarda miroiter tout du long. « Et cela ne peut qu'empirer. Tôt ou tard, il me faudra convoquer le ban et aller m'en prendre une fois pour toutes à leur maudit roi.

– Au-delà du Mur ? » frémit-elle.

La voyant horrifiée, il tenta de l'apaiser :

« Nous n'avons rien à redouter d'un ennemi comme Mance Rayder.

– Il y a des choses plus ténébreuses, au-delà du Mur », murmura-t-elle en jetant par-dessus l'épaule un coup d'œil furtif à l'arbre-cœur. Du fond de leur masque blême, les yeux sanglants regardaient, écoutaient, méditaient leurs lentes pensées millénaires.

« Allons..., sourit-il gentiment, cesse de te repaître de ces contes à dormir debout ! Les Autres sont morts, aussi morts que les enfants de la forêt, morts depuis huit mille ans. Mestre Luwin te dira même qu'ils n'ont jamais existé. Aucun homme en vie n'en a jamais vu.

– Ni de loup-garou, je te signale, jusqu'à ce matin...

– Je devrais pourtant le savoir, qu'il ne faut pas discuter avec une Tully ! grimaça-t-il d'un air penaud, tout en replaçant Glace dans son fourreau. Mais tu n'es pas venue me chercher dans cet endroit que tu détestes, je le sais, pour me régaler de sornettes. Qu'y a-t-il, dame ?

– Nous avons reçu, dit-elle en lui prenant le bras, une nouvelle cruelle, aujourd'hui, messire. J'ai préféré ne pas t'en affliger avant ta toilette. » Puis, sans plus d'ambages, faute de pouvoir amortir le coup : « Navrée, mon amour, Jon Arryn est mort. »

Il plongea ses yeux dans les siens, et elle y lut toute la détresse qu'elle redoutait. Elevé, dans sa jeunesse, aux Eyrié, Ned avait, tout comme son co-pupille Robert Baratheon, trouvé en lord Arryn un second père d'autant plus affectueux que celui-ci n'avait pas d'enfants. Aussi, lorsque le roi Aerys II Targaryen s'était, en sa démence, avisé d'exiger leurs deux têtes, le sire des Eyrié avait-il, plutôt que de jamais obtempérer en se déshonorant, choisi la révolte et brandi ses bannières lune-et-faucon.

Au surplus, Ned et lui étaient, quinze ans auparavant, devenus frères en épousant le même jour, dans le septuaire de Vivesaigues, les deux filles de lord Hoster Tully.

« Jon..., dit-il. Rien prouve-t-il cette nouvelle ?

– Le sceau royal. Et la lettre, de la main même de Robert. Il écrit, tu verras, que tout s'est passé très vite. Mestre Pycelle en personne n'a pu le sauver. Juste lui faire absorber du lait de pavot pour le préserver de souffrances interminables.

– Piètre consolation », marmonna-t-il. Le chagrin marquait tous ses traits. Néanmoins, sa première pensée fut pour Catelyn : « Ta sœur, reprit-il, et leur fils, la lettre les mentionne ?

– Seulement pour dire qu'ils vont bien et qu'ils ont regagné les Eyrié. J'aurais mieux aimé Vivesaigues. Cette forteresse perchée en plein désert était idéale pour lui, pas pour elle qui, dans chaque pierre, l'y retrouvera. Telle que je la connais, ma sœur a besoin d'être entourée de parents et d'amis.

– Mais ton oncle ? Il sert bien dans le Val, si je ne me trompe ? On m'a dit que Jon l'avait nommé chevalier de la Porte...

– Oui, dit-elle en hochant la tête, Brynden fera de son mieux pour les aider, elle et son fils. C'est un réconfort. Toutefois...

– Va la rejoindre, conseilla Ned. Emmène les enfants, remplissez sa demeure de cris et de rires. Il faut des compagnons à son fils, et à elle quelqu'un qui partage son deuil.

– Que ne le puis-je ! répondit-elle. La lettre annonce autre chose. Le roi est en route pour Winterfell. »

Après un moment de stupeur qui lui dérobait jusqu'au sens des mots, le regard de Ned s'éclaira : « Tu veux dire que Robert vient... ici ? », et quand elle eut acquiescé d'un signe, un large sourire détendit ses traits.

Catelyn eût été trop heureuse de partager sa joie. Mais, en lui révélant la découverte du loup-garou mort dans la neige et de l'andouiller brisé planté dans sa gorge, la rumeur des cours avait mis dans son cœur le serpent de la peur. Elle se força néanmoins à sourire à l'homme qu'elle aimait, tout sceptique qu'il se montrât à l'endroit des signes.

« J'étais sûre de te faire plaisir, dit-elle. Ne devrions-nous pas envoyer un mot au Mur, pour avertir ton frère ?

– Si, naturellement. Ben voudra être de la fête. Je prierai mestre Luwin de choisir son meilleur oiseau. » Il se mit debout et, tout en aidant sa femme à se relever, s'exclama : « Que je sois damné si je sais depuis combien d'années... ! Et il n'a rien précisé ? même pas l'importance de sa suite ?

– Je gagerais une bonne centaine de chevaliers, escortés de toute leur maisonnée, et moitié moins de francs-coureurs... Sans oublier Cersei et les enfants, qui sont du voyage.

– Alors, Robert leur épargnera les marches forcées. Tant mieux. Nous aurons tout loisir de préparer leur réception.

– Les beaux-frères viennent également », souffla-t-elle.

Une vilaine grimace accueillit ce détail, prudemment réservé pour la fin, eu égard à l'aversion que se vouaient Ned et la famille de la reine. Les Lannister de Castral Roc ne s'étaient ralliés à la cause de Robert qu'une fois la victoire en vue, et il ne le leur avait jamais pardonné. « Tant pis, grogna-t-il, si la rançon de sa compagnie est une épidémie de Lannister, payons. Mais c'est à croire qu'il trimballe la moitié de sa cour !

– Où le roi va, énonça-t-elle, suit la souveraineté...

– Enfin, je me réjouis de voir ses enfants. La dernière fois que j'ai aperçu le dernier, il était encore pendu aux mamelles de la Lannister. Il doit bien avoir... dans les cinq ans, maintenant ?

– Sept. Le prince Tommen a l'âge de Bran. Mais, par pitié, Ned, tiens ta langue. La Lannister, comme tu dis, est notre reine, et l'on prétend que son orgueil s'étoffe d'année en année.

– Il va de soi, dit-il en lui pressant la main, que nous devrons donner un festin. Il faudra des chanteurs. Et puis Robert voudra chasser. Je vais expédier Jory à leur rencontre, sur la route royale, avec une garde d'honneur pour qu'il les escorte jusqu'ici. Mais, bons dieux ! comment faire pour nourrir tout ce monde-là ? Et tu dis qu'il est déjà en route ? ah, maudit soit-il, et maudite sa royale peau ! »

DAENERYS

Les bras levés, son frère tenait la robe en suspens pour la lui faire contempler : « Superbe, n'est-ce pas ? Hé bien, touche ! palpe-moi ce tissu... »

En y risquant ses doigts, Daenerys éprouva la sensation fluide que procure l'eau. Si loin qu'elle remontât dans ses souvenirs, jamais elle n'aurait rien porté de si fin. Effrayée, elle retira vivement sa main. « Et c'est à moi, vraiment ?

– Un cadeau de maître Illyrio », sourit Viserys. Il était décidément de belle humeur, ce soir. « Son coloris rehaussera le violet de tes yeux. Tu auras aussi de l'or, et toutes sortes de joyaux. Il l'a promis. Ce soir, tu dois avoir l'air d'une princesse. »

L'air d'une princesse... Elle avait oublié à quoi cela ressemblait. Si elle l'avait jamais su. « Pourquoi se montre-t-il si généreux ? demanda-t-elle, qu'attend-il au juste de nous ? » Depuis près de six mois, ils avaient chez lui le vivre et le couvert, ses serviteurs les mignotaient. Pour n'avoir que treize ans, elle ne s'y trompait pas : les prodigalités désintéressées n'avaient guère cours, en la cité libre de Pentos...

« Pas si fou », répondit le jeune homme, auquel ses mains nerveuses, son regard fiévreux, ses prunelles de lilas pâle donnaient un aspect peu aimable. « Il sait pertinemment que, le jour où je recouvrerai mon trône, je n'oublierai pas mes amis. »

Elle demeura muette. Marchand d'épices, de gemmes, d'os de dragon et de denrées moins ragoûtantes, maître Illyrio possédait, paraît-il, des amis dans chacune des neuf cités libres et même au-delà, du côté de Vaes Dothrak et des contrées fabuleuses qui bordent la mer de Jade. On ajoutait qu'il n'avait jamais eu d'ami qu'il n'eût de tout son cœur désiré trahir au plus juste prix. Les rues bruissaient de commérages là-dessus, et Daenerys avait l'ouïe fine. Mais mieux valait, irascible comme il l'était, ne pas tracasser son frère ou, comme il disait lui-même, « réveiller le dragon », lorsqu'il tissait sa trame de chimères.

Tout en raccrochant la robe auprès de la porte, Viserys reprit : « Quand les esclaves d'Illyrio viendront te baigner, veille à ce qu'ils t'ôtent cette puanteur d'écurie. Khal Drogo a beau posséder mille chevaux, c'est d'une tout autre monture qu'il rêve, aujourd'hui. » Puis, la détaillant d'un regard critique : « Toujours aussi gauche ! – redresse-toi », il lui repoussa les épaules. « Montre-leur donc que tu es une femme, désormais », insista-t-il en balayant d'un geste désinvolte la gorge naissante avant d'en pincer un bouton, « et gare à toi, si tu me manques, ce soir. Tu ne souhaites pas réveiller le dragon, je pense ? » A travers le tissu grossier de la tunique, l'étau resserré de ses doigts opéra une torsion blessante. « Si ?

– Non, dit-elle humblement.

– Bon ! sourit-il, presque affectueux, en lui caressant les cheveux. Vois-tu, sœurette, lorsqu'on écrira l'histoire de mon règne, on datera de ce soir mon avènement. »

Après qu'il se fut retiré, elle s'approcha, songeuse, de sa fenêtre et tristement se mit à regarder la baie. Le jour déclinait. Contre le crépuscule, les tours en briques du rempart carraient de noires silhouettes. Des rues montaient, mêlés aux litanies des prêtres rouges en train d'allumer leurs feux nocturnes, les piaillements de mioches miséreux jouant à des jeux invisibles. Que ne pouvait-elle se joindre à eux, pieds nus, vêtue de haillons, hors d'haleine et sans passé, sans avenir, sans obligation de paraître à la fête de Khal Drogo...

Quelque part, là-bas, au-delà du crépuscule et par-delà le bras de mer, s'étendait un pays de vertes collines et de plaines en fleurs où couraient de grandes rivières, où la pierre sombre des tours se détachait sur le merveilleux gris-bleu des montagnes, où, tout armés pour le combat, des chevaliers galopaient sous la bannière de leurs suzerains. Les Dothrakis nommaient ce pays *Rhaesh Andahli*, le pays des Andals, tandis que les habitants des cités libres l'appelaient Westeros, les royaumes du soleil couchant. Viserys, lui, disait tout simplement « notre pays ». Deux mots qu'il prononçait comme une prière. Comme si, à force de les redire, il devait s'attirer la faveur des dieux. « Nôtre par droit du sang. Nôtre toujours et, quoique dérobé par traîtrise, nôtre à jamais. Le voler au dragon ? nenni. Le dragon se souvient. »

Peut-être, en effet, se souvenait-il. Daenerys, elle, ne le pouvait. Elle n'avait jamais vu ce pays que son frère déclarait leur, ce royaume de l'autre rive. Tous ces noms : Castral Roc, les Eyrié, Hautjardin ou le Val d'Arryn, Dorne ou l'Ile-aux-Faces, dont il se délectait, des mots, pour elle, rien de plus. Car si Viserys était âgé de huit ans lorsque, talonnés par l'Usurpateur, ils avaient dû quitter Port-Réal, elle-même, à l'époque, tressaillait à peine dans le sein maternel.

A force toutefois de se les entendre ressasser, il arrivait qu'elle se représentât la fuite, en pleine nuit, vers Peyredragon, les frissons blêmes de la lune sur la voile noire ; l'affrontement de leur frère Rhaegar avec l'Usurpateur dans les eaux sanglantes du Trident, sa mort pour la femme aimée ; le pillage de Port-Réal par ceux que Viserys nommait les chiens de l'Usurpateur, lord Lannister et lord Stark ; les supplications de la princesse Elia de Dorne quand, arrachant de son sein le fils de Rhaegar, on le massacrait sous ses yeux ; les squelettes polis des derniers dragons béant aveuglément, sur les parois de la salle du trône, alors que le Régicide égorgeait Père avec une épée d'or…

Neuf lunes après ces drames, elle voyait le jour à Peyredragon. Durant un typhon d'été si épouvantable que, non content de manquer rompre, à ce qu'on disait, les amarres de l'île elle-même, il fracassa la flotte targaryenne à l'ancre, arracha aux remparts et précipita dans les flots déchaînés d'énormes blocs de pierre. Et, là-dessus, crime irrémissible aux yeux de Viserys, Mère était morte en la mettant au monde.

De Peyredragon, aucun souvenir non plus. Leur fuite avait repris, juste avant que n'appareillât le frère de l'Usurpateur avec de nouveaux bateaux. Ancien berceau de leur maison, l'île était alors le dernier vestige de sa souveraineté sur les Sept Couronnes. Vestige précaire… Et d'autant plus menacé que la garnison s'apprêtait à vendre les orphelins à l'Usurpateur. Ceux-ci ne durent la vie qu'à la loyauté de ser Willem Darry qui, escorté de quatre braves, les enleva, une nuit, ainsi que leur nourrice, et, faisant force de voiles à la faveur des ténèbres, les mena sains et saufs jusqu'à la côte de Braavos.

Elle se rappelait vaguement ser Willem : un grand diable d'ours gris, à demi aveugle, et qui, depuis son grabat, rugissait des ordres. Mais, s'il terrifiait ses valets, de lui ne connut-elle que la bonté. Il l'appelait « petite princesse », parfois « dame », ses mains avaient la douceur du vieux cuir. Seulement, à vivre toujours alité, l'odeur de maladie lui collait à la peau, une odeur douceâtre, moite, souffreteuse. A Braavos, ils habitaient une grosse maison dont la porte était rouge. Elle y avait une chambre à elle, et sa croisée donnait sur un citronnier. A la mort de ser Willem, le peu d'argent qu'il leur restait leur fut volé par la valetaille, et on ne tarda guère à les expulser. Dieux ! que de larmes quand la porte rouge s'était définitivement refermée sur eux...

Ils n'avaient cessé, depuis lors, d'errer. De Braavos à Myr, de Myr à Tyrosh puis à Qohor, à Volantys, à Lys, sans jamais séjourner longtemps nulle part. Viserys ne l'eût pas permis. A l'en croire, les tueurs à gages de l'Usurpateur ne les lâchaient pas d'une semelle. Sans doute étaient-ils invisibles ?

Au début, patrices, archontes, princes négociants, tout se flattait d'accueillir à sa table et sous son toit les derniers Targaryens mais, au fil des ans, le spectacle de l'Usurpateur toujours titulaire du Trône de Fer avait fermé chaque porte une à une, et l'existence des exilés ne cessa de devenir plus chiche. Peu à peu réduits à liquider les ultimes débris de l'époque faste (même la couronne de Mère y passa), ils se trouvaient désormais si démunis que, dans les venelles et les gargotes de Pentos, on affublait Viserys du sobriquet de « roi gueux ». Quant à celui qui la désignait personnellement, elle préférait l'ignorer.

« Un jour, sœurette, nous rentrerons dans tous nos biens », disait-il volontiers. Ses mains, fébriles dès qu'il en parlait... « Bijoux, soieries, Peyredragon et Port-Réal, le Trône de Fer et les Sept Couronnes, tout ce qu'ils nous ont pris, tu verras, tout ! » Il ne vivait que pour ce jour-là. Alors que l'unique vœu de Daenerys était de revenir dans la grosse maison, de revoir la porte rouge et le citronnier, derrière la croisée, de vivre enfin l'enfance dont jusqu'alors l'avait frustrée la vie.

Entendant heurter discrètement à la porte, elle se détacha de la fenêtre. « Entrez », dit-elle, et, sur une révérence, les servantes s'affairèrent à leur tâche. Illyrio les avait reçues en présent de l'un de ses nombreux amis dothrak. La cité libre de Pentos avait beau prohiber l'esclavage, esclaves elles étaient. Aussi grise et menue qu'une souris, la vieille ne pipait mot. La jeune compensait amplement. Ses yeux bleus, sa blondeur gaillarde et ses seize ans lui valaient la faveur du maître et, tout en travaillant, elle jacassait sans arrêt.

Après avoir empli la baignoire avec l'eau chaude montée de la cuisine, elles y versèrent des essences capiteuses et, une fois dévêtue par leurs soins, Daenerys s'y plongea, au risque de s'ébouillanter, mais sans cri ni grimace. Elle aimait la chaleur et le sentiment de propreté que celle-ci lui procurait. Au surplus, son frère répétait à qui voulait l'entendre que rien n'était jamais trop brûlant pour un Targaryen. « A nous, la demeure du dragon, telle était sa rengaine, dans nos veines coule le feu. »

Sans desserrer les dents, la vieille lui lava sa longue chevelure argentée puis la démêla patiemment, tandis que la jeune, tout en lui frottant le dos, les pieds, lui vantait sa bonne fortune. « Drogo est tellement riche qu'il fait porter même à ses esclaves des colliers d'or. Cent mille cavaliers montent dans son *khalasar*, et son palais de Vaes Dothrak comporte deux cents pièces dont les portes sont d'argent massif. » Et, sans parler du reste, de tout le reste, quel bel homme que le *khal*, et si grand, si féroce, si brave au combat, le meilleur cavalier de tous les temps, et quel archer, ah, démoniaque. Daenerys se taisait. Depuis toujours, elle s'attendait, le moment venu, à épouser son frère, car cela faisait des siècles et des siècles, très précisément depuis qu'Aegon le Conquérant s'était donné pour femmes ses propres sœurs, que les Targaryens se mariaient ainsi. Il fallait en effet, Viserys le martelait assez, préserver la pureté de la lignée ; leur sang était le sang royal par excellence, le sang d'or de l'antique Valyria, le sang du dragon. Les dragons s'accouplaient-ils avec le bétail des champs ? Les Targaryens ne compromettaient pas davantage leur sang avec celui d'êtres inférieurs. Et voilà que Viserys envisageait de la vendre à un étranger, un barbare ?

Cependant, les femmes l'aidaient à sortir du bain, et elles entreprirent de l'éponger. La jeune lui brossa les cheveux jusqu'à ce qu'ils prissent l'aspect brillant de l'argent liquide, la vieille la parfuma d'épice-fleur dothrak, une touche à chaque poignet, une derrière chaque oreille, une à la pointe des tétons, une, la dernière, la toute dernière, fraîche, sur les lèvres et, de là, sur la plus stricte intimité. Alors, après lui avoir enfilé les chemises envoyées par maître Illyrio, elles lui passèrent la robe de soie prune censée mettre en valeur ses yeux. Et, pendant que l'une la chaussait de sandales dorées, l'autre la parait d'une tiare puis de bracelets d'or sertis d'améthystes. Vint enfin lui cerner le col un torque massif, d'or également, où serpentaient d'antiques glyphes valyriens.

« Vous avez tout d'une princesse, maintenant », s'extasia la petite esclave, souffle enfin coupé. Et comme Illyrio n'avait rien négligé, Daenerys put se mirer dans un miroir d'argent. *Une princesse*, songea-t-elle et, sur-le-champ, lui revint en mémoire que Khal Drogo était assez riche pour que ses esclaves eux-mêmes portent des colliers d'or. Du coup la parcourut un frisson glacial, et la chair de poule marqua ses bras nus.

Assis au frais, dans le vestibule, sur la margelle du bassin dont l'une de ses mains fustigeait les eaux, son frère l'attendait. Il se leva, l'examina de pied en cap. « Ne bouge pas..., tourne ? oui..., bon. Ça me paraît...

– Royale ! » décréta maître Illyrio qui émergeait à l'instant d'un passage voûté. Malgré les bourrelets qui faisaient à chacun de ses pas valser ses amples vêtements de soie feu, il déplaçait son énorme masse avec une grâce des plus surprenante. A tous ses doigts étincelaient des pierreries, et l'on avait, à force d'onguents, donné au fourchu de sa barbe jaune l'éclat véritable de l'or. « Puisse le Seigneur de Lumière, débita-t-il en lui prenant la main, faire pleuvoir ses bénédictions sur votre personne, en ce jour entre tous heureux, princesse Daenerys ! » S'ensuivit un brin de courbette qui trahit dans la barbe d'or de furtifs crocs jaunes. « Une vision, Votre Altesse, une vision, dit-il à l'adresse du prince, elle va captiver Drogo.

– Pas assez de chair », grinça Viserys. Du même argent blond que ceux de sa sœur, ses cheveux, plaqués vers l'arrière, étaient retenus sur la nuque par une broche en os de dragon. Et cette coiffure sévère exagérait la dureté de ses traits maussades. Légèrement déhanché, un poing sur la garde de l'épée prêtée par Illyrio, il reprit : « Puis êtes-vous sûr que Khal Drogo les aime aussi jeunes ?

– Du moment qu'elle a ses règles, il la trouvera à son gré, je me tue à vous le répéter. Regardez-la. Cette blondeur d'or et d'argent, ces yeux violets..., mais c'est le sang même de l'antique Valyria, là, aucun doute, aucun... Et si haut parage : fille du précédent roi, sœur de l'actuel..., allons donc ! comment notre Drogo n'en serait-il pas transporté ?

– Admettons, dit Viserys avec une moue dubitative. Ces barbares ont des goûts tellement bizarres... Chevaux, moutons, garçons...

– Pas un mot de ça à Drogo, si vous m'en...

– Me prenez-vous pour un idiot ? le coupa Viserys, ses yeux lilas flambant de fureur.

– Je vous prends pour un roi, rétorqua l'autre en esquissant une révérence, et les rois manquent de prudence avec le commun. Mais mille excuses, si je vous ai offensé. » Sur ces mots, il se détourna, manda ses porteurs d'un claquement de mains, et son palanquin tarabiscoté ne tarda guère à se ranger devant le perron.

Il faisait une nuit de poix quand le cortège s'ébranla. Equipés de lanternes à huile biscornues dont les pans de verre laissaient filtrer une lueur bleuâtre, deux valets éclairaient la marche des douze malabars qui, le bâton sur l'épaule, allaient bon pas. Derrière les rideaux qui aveuglaient la chaise, y entretenant une douce chaleur, Illyrio exhalait, sous ses lourds parfums, de tels remugles de suif blafard que Daenerys pensait suffoquer.

Vautré près d'elle parmi les coussins, son frère n'y prenait garde, lui. Son esprit campait déjà sur la côte opposée. « Nous n'aurons pas besoin de tous les hommes du *khalasar* », dit-il, tout à sa lubie. Ses doigts taquinaient la garde de son épée d'emprunt. Comme s'il s'était jamais battu pour de bon, songea-t-elle. « Dix mille suffiront. Avec dix mille de ses gueulards, je me fais fort de rafler les Sept Couronnes. Le royaume se soulèvera en faveur de son souverain légitime. Tyrell, Redwyne, Darry, Greyjoy, tous. L'Usurpateur, ils le haïssent autant que je le hais. Les gens de Dorne brûlent de venger Elia et son fils. Et le petit peuple nous soutiendra. Ce n'est qu'un cri. Tous réclament leur roi. N'est-il pas vrai ? demanda-t-il à son hôte, non sans anxiété.

– Ils sont vos peuples, et ils vous aiment bien, confirma l'autre, d'un air aimable. Il n'est place forte où des hommes ne lèvent en secret leur verre à votre prospérité, où des femmes ne cousent le dragon sur des bannières qu'elles dissimulent en perspective de votre retour. Enfin, voilà, conclut-il, avec un haussement gélatineux d'épaules, ce que rapportent mes agents. »

Des agents, Daenerys n'en possédait pas, ni aucun moyen de savoir ce que faisait ou pensait quiconque, là-bas, tout près, mais les paroles suaves d'Illyrio lui paraissaient aussi dignes de foi que ses moindres faits et gestes. Son frère, lui, n'en abondait que plus passionnément. « Je tuerai l'Usurpateur de ma propre main, affirma-t-il, en homme qui n'avait jamais tué personne, je le tuerai comme il a tué mon frère Rhaegar. Et Lannister, le Régicide, pour lui faire expier le meurtre de mon père.

– On ne saurait plus séant », opina maître Illyrio, non sans que l'ombre d'une malice animât sa lippe. Mais, loin de s'en aviser, Viserys se rengorgea sous l'approbation et, en le voyant écarter le rideau pour scruter la nuit, sa sœur comprit qu'il s'élançait pour la centième fois dans la bataille du Trident.

Surmontée de neuf tours, la résidence de Drogo dressait au bord de la baie ses hautes murailles de brique envahies de lierre livide. Les patrices de Pentos, expliqua Illyrio, l'avaient offerte au *khal* car, à l'instar de ses pareilles, la cité libre choyait les seigneurs du cheval. « Non que nous redoutions ces barbares, sourit-il d'un air fin, le Seigneur de Lumière préserverait nos murs contre un million de Dothrakis, du moins si j'en crois nos prêtres..., mais à quoi bon prendre des risques ? leur amitié, nous l'avons à si bon compte ! »

A la poterne, on arrêta leur palanquin, et un garde tira brusquement le rideau pour les jauger d'un regard froid. Bien qu'il eût le teint cuivré et les yeux sombres et bridés d'un Dothraki, sa face était glabre, et il portait la toque à pointe de bronze des Immaculés. Après que maître Illyrio lui eut grommelé quelque chose dans son rude idiome, il répliqua sur le même ton et leur fit signe de passer.

A voir se crisper les doigts de son frère sur la poignée de l'épée, Daenerys eut l'impression qu'il partageait la plupart de ses craintes. Mais il marmonna seulement : « L'insolence de cet eunuque ! » tandis que, cahin-caha, reprenait leur marche.

Maître Illyrio se fit tout miel : « Ce soir, Khal Drogo reçoit trop d'hôtes de marque pour négliger leur sécurité. Ils ont forcément des ennemis... Votre Grâce plus que quiconque. Doutez-vous que l'Usurpateur donne cher de votre tête ?

– Certes non, convint Viserys, rembruni. Et ce n'est pas faute, croyez-moi, de l'avoir tenté. Ses tueurs nous harcèlent en tous lieux. Il ne dormira que d'un œil aussi longtemps que je vivrai, moi, le dernier dragon. »

Là-dessus, le palanquin ralentit, s'immobilisa. On tira les rideaux, et un esclave aida Daenerys à descendre. Il portait un collier, mais de bronze vulgaire. Viserys suivit, le poing plus que jamais resserré sur son arme, et il fallut deux des malabars pour extirper maître Illyrio puis le jucher sur pied.

Dès le vestibule, où une mosaïque en pâte de verre multicolore retraçait la geste tragique de Valyria, des senteurs d'épices, d'oliban, de cédrat, de cinname empoissaient l'atmosphère. Le long des murs étaient disposées des lanternes en fer noir. Aposté sous un arceau décoré de palmes sculptées dans la pierre, un eunuque annonça les invités en psalmodiant, d'une voix suave et perchée : « Viserys Targaryen, troisième du nom, roi des Andals, de Rhoynar et des Premiers Hommes, suzerain des Sept Couronnes, protecteur du royaume... Sa sœur, Daenerys du Typhon, princesse de Peyredragon... L'honorable Illyrio Mopatis, patrice de la cité libre de Pentos... »

Au-delà, ils pénétrèrent dans une cour à colonnade submergée de lierre livide dans le feuillage duquel, au fur et à mesure qu'ils s'y coulaient avec leur escorte, la lueur de la lune peignait des ombres d'os ou d'argent. Ils trouvèrent là nombre de seigneurs du cheval, tous hommes massifs à la peau cuivrée, aux longues bacchantes annelées de métal, aux cheveux noirs huilés, tressés et ornés de sonnailles. Parmi eux circulaient mercenaires et spadassins de Pentos, de Myr, de Tyrosh, un prêtre rouge encore plus gras qu'Illyrio, des hommes de Port d'Ibben, reconnaissables à leur pilosité, de même qu'à sa noirceur d'ébène, ici et là, tel hobereau des îles d'Eté. D'abord abasourdie de se trouver en telle compagnie, Daenerys s'aperçut soudain, terrifiée, qu'elle en était l'unique femme.

Cependant, Illyrio leur soufflait : « Vous voyez ces trois, là-bas ? Les sang-coureurs de Khal Drigo. Un peu plus loin, près du pilier, Khal Moro et son fils, Rhogoro. L'homme à la barbe verte est le frère de l'archonte de Tyrosh. Derrière lui, ser Jorah Mormont. »

Le titre du dernier frappa Daenerys : « Un chevalier ?

– Rien moins. » Illyrio sourit dans sa barbe. « Oint des sept huiles par le Grand Septon en personne.

– Que fait-il donc ici ? s'étonna-t-elle maladroitement.

– L'Usurpateur voulait sa tête. Pour la faute dérisoire d'avoir vendu quelques maraudeurs à un marchand d'esclaves de Tyrosh au lieu de les verser dans la Garde de Nuit. Cette loi absurde. Ne devrait-on pouvoir en agir à sa guise avec ses propres meubles ?

– J'aimerais lui toucher un mot avant la fin de la soirée », déclara Viserys, tandis que sa sœur se surprenait à regarder Mormont avec curiosité. Malgré son âge avancé – plus de quarante ans – et sa demi-calvitie, il conservait un air de force et de capacité. Au lieu de soieries et de cotonnades, il portait lainages et cuir. Sur sa tunique vert sombre était brodée l'effigie d'un ours noir dressé sur ses postérieurs.

Elle s'absorbait encore dans la contemplation de cet être étrange qui lui figurait tout l'inconnu de sa patrie, quand la main moite d'Illyrio vint se poser sur son bras nu : « De ce côté, Princesse exquise, susurra-t-il, voici que le *khal* paraît. »

Elle aurait voulu fuir, se cacher, mais le regard de son frère ne la lâchait pas, et le mécontenter réveillerait forcément le dragon. La gorge nouée, elle se tourna pour dévisager l'homme auquel il prétendait l'accorder pour femme dès cette nuit.

La petite esclave ne s'était pas entièrement trompée. Khal Drogo dominait d'une tête toute l'assistance, et pourtant sa démarche avait quelque chose d'aérien, d'aussi gracieux que celle de la panthère dont s'enorgueillissait la ménagerie d'Illyrio. Et il était plus jeune, à peine trente ans, que Daenerys ne s'y attendait. Sa peau avait le ton du cuivre poli, et des anneaux de bronze et d'or enserraient sa moustache drue.

« Je dois aller lui présenter mes respects, dit maître Illyrio, ne bougez pas d'ici, je vous l'amènerai. »

A peine eut-il appareillé vers le *khal* que Viserys, saisissant le bras de la jeune fille, l'étreignit à lui faire mal : « Tu vois sa tresse, sœurette ? »

Noire comme la pleine nuit, lourde d'essences et d'huile, constellée de menues sonnettes qui tintaient au moindre mouvement, la tresse de Drogo tombait plus bas que sa ceinture et lui battait le dos des cuisses.

« Tu vois comme elle est longue ? Eh bien, quand un Dothraki subit une défaite, il rase sa tresse afin de signifier sa disgrâce au monde. Personne n'a jamais vaincu Khal Drogo. En sa personne est de retour Aegon Sire-Dragon, et tu seras sa reine. »

Daenerys regarda le *khal*. Il avait des traits durs et cruels, des yeux d'onyx, sombres et glacés. Quelque violent que pût se montrer son frère lorsque, par malheur, elle réveillait le dragon, il la terrifiait infiniment moins que cet homme-là. « Je ne veux pas être sa reine, s'entendit-elle répliquer d'une voix ténue, si ténue... Par pitié, Viserys, *par pitié*, je ne veux pas, je veux rentrer à la maison.

– *A la maison ?* » Il continuait à parler tout bas, mais d'un ton vibrant de rage. « Comment rentrerions-nous à la maison, sœurette ? Ils nous l'ont prise, la maison ! » Il l'entraîna dans l'ombre, à l'abri des regards, et ses doigts lui broyaient le bras. *« Comment rentrerions-nous à la maison ? »* répéta-t-il avec une violence qui donnait au dernier mot la densité de toutes leurs pertes : Port-Réal et Peyredragon et le royaume entier..., quand Daenerys ne l'avait employé que pour désigner leurs chambres chez maître Illyrio. Pas une vraie maison, certes, mais qu'avaient-ils d'autre ? Or, voilà précisément ce qu'il ne voulait entendre à aucun prix. A ses yeux, il n'y avait pas là de maison. Même la grosse maison à la porte rouge n'avait jamais été la maison, pour lui.

En lui meurtrissant de plus en plus sauvagement le bras, les doigts exigeaient cependant une réponse... « Je ne sais pas ! hoqueta-t-elle enfin, les yeux pleins de larmes.

– Moi, si, dit-il sèchement. Nous rentrerons à la maison, sœurette, avec une armée. Avec l'armée de Khal Drogo. Voilà comment nous rentrerons à la maison. Et, à cet effet, tu dois l'épouser, tu dois coucher avec lui. Tu le feras. » Il lui décocha un sourire. « Au besoin, j'aurais laissé tout son *khalasar* te baiser, sœurette. Chacun des quarante mille hommes, et leurs chevaux en prime, si cela devait me fournir mon armée. Remercie-moi : c'est seulement Drogo. A la longue, tu en viendras peut-être à l'apprécier. A présent, sèche-moi ces larmes. Le gros nous l'amène, et il ne te verra *pas* pleurer. »

En se retournant, Daenerys dut se rendre à l'évidence. Tout sourires et tout courbettes, maître Illyrio conduisait en effet le *khal* vers eux. D'un revers de main, elle acheva de ravaler ses larmes.

« Souris, chuchota fébrilement son frère en laissant retomber sa main sur la garde de son épée. Redresse ta taille. Montre-lui que tu as des seins. Le peu que tu en as, bons dieux ! »

Daenerys, bien droite, se mit à sourire.

EDDARD

Tel un fleuve d'or, d'argent, d'acier poli, les visiteurs inondaient la poterne. Incarnant la force et la fine fleur du royaume, ils étaient là trois cents, tant bannerets que chevaliers, lames-liges ou francs-coureurs. Au-dessus des têtes, le vent du nord fouettait les douze étendards d'or au cerf couronné des Baratheon.

Ned reconnaissait nombre d'entre eux. A son insolente blondeur d'or martelé se repéraient ici ser Jaime Lannister, là Sandor Clegane à son effroyable figure brûlée. Le joli garçon qui chevauchait à leurs côtés ne pouvait être que le prince héritier. Quant à ce nabot rabougri, derrière, il s'agissait, bien entendu, de Tyrion Lannister le Lutin.

En tête venait, flanqué de deux chevaliers drapés dans la longue cape neigeuse de la garde royale, un colosse qu'il hésitait encore à identifier... quand celui-ci, bondissant à terre avec un rugissement familier, lui broya les os dans une accolade qui interdisait toute méprise : « Ned ! quel bonheur de revoir ta gueule de croque-mort ! » Le roi l'examina de la tête aux pieds et, dans un éclat de rire, tonitrua : « Pas changé du tout ! »

Ned eût été fort en peine d'en dire autant. Quinze années s'étaient écoulées depuis les chevauchées, botte à botte, pour la conquête de la couronne. Toujours rasé de frais, à l'époque, le sire d'Accalmie avait l'œil clair, et des muscles issus tout droit d'un rêve de pucelle. Haut de six pieds et demi, il dominait son monde et, une fois revêtu de son armure et coiffé du grand heaume faîté d'andouillers de sa maison, devenait vraiment gigantesque. Sa force ne l'étant pas moins, son arme favorite était une masse de fer hérissée de pointes que Ned pouvait à peine soulever. Et de sa personne émanaient, en ces temps lointains, des relents de cuir et de sang aussi entêtants qu'un parfum.

A présent, le parfum qu'il répandait était du parfum, et son ampleur nécessitait une sous-ventrière. Il avait pour le moins pris cent livres, depuis leur dernière rencontre, neuf ans plus tôt, lorsque le cerf et le loup-garou s'étaient unis pour mater la rébellion de Balon Greyjoy, roi autoproclamé des îles de Fer. Non sans mélancolie, Ned se revoyait, debout à ses côtés, dans la citadelle enfin prise où Robert acceptait la reddition du vaincu, tandis que lui-même prenait à titre d'otage et de pupille le fils de ce dernier, Theon… Maintenant, une barbe aussi rêche et noire que du fil de fer s'efforçait de dissimuler le double menton et l'affaissement des bajoues, mais rien ne pouvait camoufler la bedaine, pas plus que l'œdème qui bistrait le pourtour des yeux.

Conscient toutefois que le roi désormais primait l'ami, Ned dit simplement : « Votre Majesté se trouve chez elle à Winterfell. »

Sur ces entrefaites, les autres démontèrent, et des palefreniers s'empressaient autour des destriers quand, accompagnée de ses derniers-nés, Cersei Lannister fit son entrée, à pied, les portes étant trop étroites et basses pour son carrosse à impériale et l'attelage de quarante chevaux que nécessitait sa masse imposante de chêne et de métal doré. Ned s'agenouilla dans la neige pour baiser l'anneau de la reine, tandis que Robert étreignait Catelyn telle une sœur enfin retrouvée, puis les enfants s'avancèrent et, présentations faites, on se récria de part et d'autre comme il seyait.

Sitôt accomplies ces formalités, le roi se tourna vers son hôte : « Maintenant, mène-moi à ta crypte. Je souhaite m'y recueillir. »

Profondément touché que, tout méconnaissable qu'il était, Robert se souvînt, après tant d'années, Ned demanda une lanterne. Les phrases étaient inutiles. Aussi la reine eut-elle beau protester d'un trait que l'on voyageait depuis l'aube, que l'on avait froid, que l'on n'en pouvait plus, que mieux vaudrait se restaurer d'abord, que les morts pouvaient attendre…, une pression discrète de Jaime sur son bras et un simple regard du roi la réduisirent au silence.

Comme les deux hommes descendaient, Ned devant pour éclairer l'étroit colimaçon, Robert soupira : « Je finissais par me demander si nous arriverions jamais chez toi. Les gens du sud parlent avec tant d'emphase de mes sept couronnes qu'on en oublie cette évidence que ton seul lot est aussi vaste que les six autres réunis…

– J'espère que Votre Majesté a été satisfaite de son voyage ?

– Des marais, répondit Robert en reniflant, des forêts, des champs, pour ainsi dire pas d'auberge passable au nord du Neck. Jamais je n'ai vu désert plus immense. Où se cache donc ton peuple ?

– Trop intimidé sans doute pour se montrer, plaisanta Ned, on ne voit guère de rois, dans le nord. »

Des entrailles de la terre montait vers eux un souffle glacé. Le roi renifla, puis : « M'est avis plutôt qu'il s'était tapi sous la neige... Et quelle neige, bons dieux ! » Pour assurer son équilibre, il s'appuyait, marche après marche, au mur.

« Assez banal, en fin d'été, dit Ned. Les averses ne vous ont pas trop gênés, au moins ? Elles sont d'ordinaire bénignes.

– Les Autres emportent pareille bénignité ! jura le roi. Qu'est-ce que ça doit être, l'hiver..., j'en grelotte, rien que d'y penser !

– Oui, les hivers sont rudes, mais les Stark les supportent. Ils l'ont toujours fait.

– Tu devrais venir dans le sud prendre un bol d'été avant que ne s'enfuie la canicule. A Hautjardin, nos champs de roses jaunes s'étendent à perte de vue. Nos fruits sont si mûrs qu'ils vous explosent dans la bouche. Melons, pêches, prunes-feu..., et une saveur ! tu n'imagines pas. Je t'en ai apporté, tu verras. Même à Accalmie, il fait si chaud, malgré la bonne brise en provenance de la baie, qu'à peine peux-tu bouger. Et tu verrais les villes... ! Des fleurs partout, chaque étal croulant de mets multicolores, les vins coûtant trois fois rien, et si capiteux que tu t'enivres, rien qu'à les humer... Oh, Ned, là-bas, tout le monde est riche, tout le monde est gras, tout le monde est saoul ! » Eclatant de rire, il gratifia son énorme panse d'une affectueuse bourrade. « Et les *filles*, Ned..., les *filles* ! s'écria-t-il, l'œil allumé, la chaleur, parole ! les rend d'une impudeur ! Elle se baignent à poil dans la rivière, au bas du château. Et tu les verrais dans la rue... C'est qu'avec cette putain de chaleur, vois-tu ? la laine, les fourrures... Alors, leurs robes, toujours trop longues ! et en soie, mon vieux, quand elles ont les moyens, du coton, sinon, mais dès qu'elles suent et que ça leur colle à la peau, comme nues, tu dirais..., toutes. » Son gros rire heureux ébranla les voûtes.

Sa sensualité et sa formidable voracité n'étaient certes choses nouvelles, et ni de lui ni de personne lord Stark n'eût prétendu l'y voir renoncer avant de franchir son seuil, mais il ne pouvait s'empêcher d'en évaluer la rançon. Une fois parvenu au bas de l'escalier, dans les ténèbres de la crypte, le roi était hors d'haleine, et le halo de la lanterne le révélait cramoisi.

« Nous y voici, Sire », dit Ned d'un ton respectueux, tout en promenant l'éclairage qui, autour d'eux, anima brusquement les ombres. La flamme vacillante éclaboussa successivement le dallage et des piliers de granit dont, deux à deux, la longue procession se perdait au loin dans le noir. Assis sur des trônes de pierre adossés aux parois qui recelaient leurs restes, les morts occupaient les entrecolonnements. « Elle repose là-bas, tout au bout, avec Père et Brandon. »

Frissonnant de froid, Robert lui emboîta le pas sans mot dire dans le souterrain. L'atmosphère était toujours glaciale, là-dedans. Les pas sonnaient durement sur les dalles, éveillant dans la nécropole de longs échos qui, joints aux jeux de l'ombre et de la lumière, semblaient tour à tour rendre attentif aux vivants qui passaient par là chacun des défunts de la maison Stark. Tout du long, leurs effigies sculptées fixaient d'un regard aveugle les ténèbres éternelles. A leurs pieds se lovaient de grands loups-garous de pierre.

La tradition voulait que tous ceux d'entre eux qui avaient porté le titre de Winterfell aient en travers de leurs genoux une épée de fer censée maintenir dans la crypte les esprits vindicatifs. La rouille avait dès longtemps réduit à néant les plus anciennes, dont seules quelques taches rouges attestaient encore la position, et Ned appréhendait sourdement que leur disparition ne permît aux fantômes de venir hanter le château. Ses premiers ancêtres s'étaient en effet signalés par une rudesse digne du pays et, jusqu'au débarquement des seigneurs du dragon, refusés durant des siècles, en qualité de rois du Nord, à quelque allégeance et envers quiconque que ce fût.

S'arrêtant enfin, il brandit la lanterne. La crypte se poursuivait au-delà, mais les caveaux y béaient, vides, attendant leurs prochaines proies, lui-même, ses enfants… Une pensée qui lui répugnait. « C'est ici », dit-il.

Robert acquiesça d'un signe et, s'agenouillant, s'inclina.

Comme annoncé, trois tombes se trouvaient côte à côte à cet endroit. Lord Richard Stark, dont le sculpteur avait de mémoire parfaitement rendu la longue figure sévère, trônait là, digne et paisible, ses doigts de pierre fermement serrés sur l'épée qui lui barrait le giron, quoique, de son vivant, toutes l'eussent trahi. De moindres dimensions, les sépulcres de ses enfants l'encadraient.

Brandon avait péri à l'âge de vingt ans, quelques jours à peine avant son mariage avec Catelyn Tully de Vivesaigues. Etranglé sur ordre d'Aerys Targaryen le Dément qui, pour comble, avait contraint Richard d'assister au supplice. Brandon, l'aîné, l'authentique héritier du titre, né pour gouverner…

Femme enfant d'un charme incomparable, Lyanna était morte,

elle, à seize ans. Et si Ned l'aimait de tout son cœur, Robert la chérissait encore davantage. Elle devait devenir sa femme.

« Elle était plus belle que cela », dit le roi au bout d'un moment, dévisageant l'effigie avec autant d'intensité que si son regard eût pu l'animer, avant de se relever pesamment. « Sacrebleu, Ned ! fallait-il vraiment l'enterrer dans un *trou* pareil ? s'exclama-t-il d'une voix qu'enrouait le ressouvenir. Elle méritait mieux que cette obscurité...

– Elle était une Stark de Winterfell, répondit Ned, posément. Sa place est ici.

– Elle devrait reposer sur une colline, à l'ombre d'un arbre fruitier, avec le ciel au-dessus d'elle, avec le soleil, les nuages, avec la pluie pour la baigner...

– Je me trouvais auprès d'elle quand elle est morte, rappela Ned. Elle souhaitait revenir chez elle, ici, près de Père et près de Brandon. » Il l'entendait encore retentir, son cri – *Promets-moi* –, dans la chambre où l'odeur du sang se mêlait au parfum des roses. *« Promets-moi, Ned ! »* La fièvre qui la tenaillait alors lui ôtait les forces et réduisait sa voix à un murmure imperceptible mais, sitôt qu'il eut donné sa parole, s'apaisa le regard anxieux. Il voyait encore quel sourire le remercia, il sentait encore se refermer sur les siens l'étau des doigts, il revoyait enfin la paume s'ouvrir et répandre, noirs et fanés, les pétales roses. De la suite, aucun souvenir. On l'avait trouvé, muet de douleur, étreignant convulsivement la morte, et le petit échanson Howland Reed avait, paraît-il, dû dénouer leurs mains. Après, non, aucun souvenir... « Je lui apporte des fleurs quand je puis, reprit-il, Lyanna les... les aimait tant. »

Tendrement, le roi caressa la joue de la statue comme une joue de chair. « J'avais juré de tuer Rhaegar pour la venger.

– Tu l'as fait...

– Hélas, une seule fois ! » dit Robert avec amertume.

Autour, la mêlée faisait rage lorsqu'ils s'étaient rencontrés au gué du Trident, Robert équipé de sa masse et coiffé de son heaume faîté d'andouillers, le Targaryen dans son armure noire avec, sur la poitrine, étincelant d'innombrables rubis, le dragon tricéphale. Le torrent roulait des flots écarlates que les sabots de leurs destriers faisaient à grand fracas rejaillir vers les berges en voltant sans trêve, jusqu'au moment où Robert ajusta un coup foudroyant qui pulvérisa le dragon. A son arrivée, Ned découvrit le cadavre de Rhaegar ballotté par les eaux et, spectacle ahurissant, les guerriers des deux armées qui, à quatre pattes dans les remous, ne rivalisaient plus qu'à repêcher les pierreries.

« Mais je le tue chaque nuit en rêve... Mille morts n'expieraient pas son crime. »

N'y trouvant certes rien à redire, Ned observa un moment de silence avant de suggérer : « Nous devrions remonter, je pense. La reine attend Votre Majesté...

– Les Autres emportent ma femme ! grommela Robert d'un air aigre, non sans prendre aussitôt, à pas lourds, le chemin du retour. Et si tu m'appelles "Votre Majesté" une fois de plus, je fais empaler ta maudite tête sur une pique. Nos sentiments mutuels...

– J'ai bonne mémoire », trancha Ned paisiblement puis, n'obtenant pas de réponse : « Si tu me parlais de Jon ? »

Robert secoua la tête. « Jamais je n'ai vu un homme dépérir si vite. Si tu l'avais vu, le jour du tournoi que j'ai donné pour la fête de mon fils, tu l'aurais juré immortel. Et il s'éteignait deux semaines après. D'un mal qui lui incendiait les tripes. Qui le perforait comme un fer rouge. » Il marqua une pause auprès d'un pilier, devant la tombe d'un Stark mort depuis des éternités. « J'aimais ce vieil homme.

– Nous l'aimions tous deux », murmura Ned et, au bout d'un moment : « Catelyn s'inquiète pour sa sœur. Lysa prend la chose comment ? »

Une moue navrée tordit les lèvres de Robert. « Assez mal, pour parler franc. Ça l'a rendue comme folle, Ned, et elle a emmené son fils aux Eyrié. Contre mon gré. Je désirais l'élever, conjointement avec Tywin Lannister, à Castral Roc. Son père n'ayant pas de frères ni d'autres enfants, devais-je, en conscience, l'abandonner à des mains de femme ? »

Quoiqu'il eût plus volontiers confié la tutelle d'un enfant à une vipère cornue qu'à lord Lannister, Ned préféra garder ses réserves par-devers lui. Il est de vieilles plaies qui, loin de jamais se cicatriser, se rouvrent et saignent au moindre mot. « La femme a perdu son mari, dit-il prudemment, la mère peut craindre de perdre son fils. Il est si jeune...

– Six ans, maladif, et seigneur des Eyrié. Les dieux aient pitié de lui. Quant à Lysa, elle aurait dû s'honorer de la faveur de lord Tywin. Or, bien qu'il n'eût jamais pris de pupille et soit issu d'une noble et grande maison, non contente de refuser d'en entendre seulement parler, elle s'est enfuie comme une voleuse, en pleine nuit, sans daigner même demander congé. Cersei en était hors d'elle. » Il exhala un long soupir. « Sais-tu qu'au surplus l'enfant porte mon prénom ? Je suis tenu de le protéger. Mais comment remplir mes obligations, si sa mère me le subtilise ?

– Je le prendrai pour pupille, si cela t'agrée. Lysa y consentirait. Jeune fille, elle était très proche de Catelyn, et nous l'accueillerions ici de grand cœur.

– Ton offre est généreuse, ami, mais elle vient trop tard. Lord Tywin a déjà donné son consentement. Faire élever l'enfant ailleurs l'offenserait grièvement.

– Le bien-être de mon neveu m'importe infiniment plus que l'amour-propre des Lannister.

– Parce que tu ne couches pas avec l'un d'entre eux ! » s'esclaffa le roi, d'un rire à effondrer les voûtes de la crypte et qui, dans le hallier de poil noir, laissait fuser la blancheur des dents. « Ah, Ned, Ned, tu es un monstre de sérieux. » Il lui entoura les épaules de son bras massif. « Je comptais attendre quelques jours avant de te parler, mais je vois bien que j'avais tort. Viens, marchons un peu. »

Ils revinrent sur leurs pas, longeant les sépulcres dont les yeux de pierre semblaient redoubler d'attention. Le roi, sans retirer son bras, reprit tout à coup : « Tu n'as pas dû manquer de t'interroger sur les motifs de ma visite, après tant d'années. »

Au lieu de confesser ses conjectures à cet égard, Ned répondit d'un ton léger : « La joie de ma compagnie, sûrement. Puis le Mur. Votre Majesté brûle de le voir, d'inspecter ses créneaux, de faire la causette à ceux qui les garnissent. La Garde de Nuit n'est plus que l'ombre d'elle-même. D'après Benjen…

– Je saurai sans doute bien assez tôt ce que dit ton frère. Ça fait combien de temps qu'il tient, le Mur ? huit mille ans ? il tiendra bien quelques jours de plus. J'ai des soucis autrement urgents. Ces temps-ci sont difficiles. J'ai besoin d'hommes sûrs. D'hommes comme Jon Arryn. Il servait à la fois comme seigneur des Eyrié, comme gouverneur de l'Est et comme Main du Roi. J'aurai du mal à le remplacer.

– Son fils…

– Son fils, coupa sèchement Robert, héritera des Eyrié et de leurs revenus, un point c'est tout. »

Suffoqué, Ned s'arrêta pile et le dévisagea. « Mais ! protesta-t-il sans plus pouvoir se contenir, mais les Arryn sont depuis toujours gouverneurs de l'Est. Le titre est indissociable de la terre…

– On le lui restituera, le cas échéant, lorsqu'il sera d'âge à le porter. Il me faut, moi, penser à cette année-ci et à la prochaine. Un bambin de six ans ne fait pas un chef de guerre, Ned.

– En temps de paix, le titre est seulement honorifique. Laisse-le-lui. Ne serait-ce qu'en souvenir de son père. Tu lui dois bien cela. »

Fort mécontent, le roi le désenlaça. « En fait de service, Jon remplissait seulement ses devoirs de vassal envers son suzerain. Je ne suis pas ingrat, Ned. Tu devrais le savoir mieux que quiconque. Mais le fils n'est pas le père. Un simple enfant ne saurait tenir l'Est. » Cela dit, il reprit d'un ton radouci : « Assez là-dessus, veux-tu ? Il me faut t'entretenir d'une affaire importante, et sans que nous nous disputions. » Il lui empoigna le coude. « Il faut que tu m'aides, Ned.

– Je suis aux ordres de Votre Majesté. Toujours. » Ces mots, il était obligé de les prononcer, et il le faisait, quelque appréhension qu'il eût de la suite.

Robert semblait n'avoir guère entendu. « Ces années que nous avons passées aux Eyrié..., *bons dieux*, le bon temps que c'était. Je te veux de nouveau à mes côtés, Ned. Je veux que tu me suives à Port-Réal, au lieu de rester ici, au bout du monde, où nul n'a que foutre de toi. » Un moment, il scruta les ténèbres avec une mélancolie digne des Stark eux-mêmes. « Je te jure, il est mille fois plus dur de régner que de conquérir un trône. Je ne sache rien de si ennuyeux que de faire des lois, hormis compter des sous. Et le peuple... Avec lui, c'est sans fin. Assis sur ce maudit siège de fer, il me faut écouter geindre jusqu'à en avoir la cervelle gourde et le cul à vif. Et tous demandent quelque chose, argent, terre, justice. Des menteurs fieffés... Et les gentes dames, les nobles sires de ma cour ne valent pas mieux. Je suis entouré d'imbéciles et de flagorneurs. De quoi devenir fou, Ned. La moitié d'entre eux n'osent pas me dire la vérité, les autres sont incapables de la trouver. Il m'arrive, certaines nuits, de déplorer notre victoire du Trident. Bon, non, pas vraiment, mais...

– Je comprends », murmura Ned.

Robert le regarda. « Je crois que oui. Mais, dans ce cas, tu es bien le seul, mon vieux. » Il se mit à sourire. « Lord Eddard Stark, je souhaiterais vous faire Main du Roi. »

Ned mit un genou en terre. La proposition ne le surprenait pas. Dans quel autre but Robert eût-il entrepris un si long voyage ? La Main du Roi occupait la deuxième place dans la hiérarchie des Sept Couronnes. Elle parlait de la même voix que le roi, menait les armées du roi, préparait les lois du roi. Elle allait parfois jusqu'à occuper le Trône de Fer, lorsque, malade, absent ou indisponible, le souverain devait renoncer à dispenser la justice en personne. Ainsi Ned se voyait-il offrir des responsabilités aussi étendues que le royaume même.

Seulement, c'était la dernière des choses au monde qu'il ambitionnât.

« Que Votre Majesté me pardonne, s'excusa-t-il, je ne suis pas digne de cet honneur. »

Robert émit un grognement d'impatience badin : « Si j'avais simplement l'intention de te mettre à l'honneur, j'accepterais que tu te défiles. Or, si je projette de te confier la gestion du royaume et la conduite des armées, c'est pour ne plus me consacrer qu'à manger, boire et hâter vos regrets. » Il se tapota la bedaine et, sur un sourire moqueur : « Tu connais le dicton sur le roi et sa Main ?

– "Ce que le roi rêve, la Main l'édifie."

– Un jour, j'ai couché avec une poissarde qui m'a révélé la variante en usage dans la populace : "Ce que le roi bouffe, la Main s'en farcit la merde." » La tête rejetée en arrière, il se mit à rire à gorge déployée, sans égards pour la crypte qui répercutait ses éclats narquois, ni pour les Winterfell défunts qui, tout autour, se pétrifiaient de réprobation.

Peu à peu, toutefois, son accès de gaieté finit par s'estomper, s'éteignit sous le regard de Ned, toujours un genou en terre. « Sacrebleu, gémit le roi, ne pourrais-tu me condescendre même un sourire de complaisance ?

– Dans nos parages, on prétend, rétorqua Ned, que l'extrême rigueur des hivers gèle le rire dans les gorges et en fait un garrot fatal. De là vient peut-être que les Stark ont si peu d'humour.

– Accompagne-moi dans le sud, je t'enseignerai les ressources de l'ironie. Tu m'as aidé à m'emparer de ce foutu trône, aide-moi, maintenant, à le conserver. Tout nous appelait à gouverner ensemble. Si Lyanna avait vécu, les liens fraternels du sang auraient complété ceux de l'affection. Du reste, il est encore temps. J'ai un fils, et toi une fille. Mon Joff et ta Sansa uniront nos maisons de même que nous l'aurions fait, Lyanna et moi. »

Cette offre-là, Ned ne s'y attendait nullement. « Sansa n'a que onze ans…

– Et après ? » D'un revers agacé de main, Robert balaya l'objection. « Elle est assez grande pour des fiançailles. On les marierait dans quelques années. » Il se remit à sourire. « A présent, debout, je te prie, dis oui, et le diable t'emporte !

– Rien ne me ferait davantage plaisir, Sire, répondit-il d'un ton mal assuré, mais…, mais je m'attendais si peu… M'est-il permis d'y réfléchir ? il me faut consulter ma femme…

– C'est ça, consulte-la, si tu le juges nécessaire, et mûris ta réponse sur l'oreiller. » Sur ces mots, il se pencha pour saisir la main de Ned et, sans ménagements, le remit sur pied. « Garde-toi seulement de me faire languir. La patience n'est pas mon fort. »

Alors, de funestes pressentiments envahirent Eddard Stark. Sa place était ici, dans le nord. Il jeta un regard circulaire sur les effigies de pierre qui l'entouraient, prit, dans le silence glacial de la crypte, une profonde inspiration. Il sentait les yeux des morts peser sur lui. Il les savait tous à l'écoute. Et l'hiver venait.

JON

Ainsi qu'il lui advenait parfois à l'improviste, mais de loin en loin, le sentiment de sa bâtardise enchanta soudain Jon Snow comme il tendait derechef sa coupe à une servante puis reprenait sa place au banc des jeunes écuyers. Aussi la saveur fruitée du liquide sur ses papilles lui mit-elle aux lèvres un sourire de satisfaction.

Malgré la fumée qui, lourde de relents de viandes rôties, de pain chaud, stagnait dans la grand-salle, se discernait sur les parois de pierre grise l'éclat des bannières alternées. Or, écarlate, blanc..., le cerf couronné des Baratheon, le lion des Lannister, le loup-garou des Stark. Un rhapsode, là-bas, tout au bout, entonna une ballade aux accords de la grande harpe, mais à peine sa voix passait-elle la clameur du feu, le fracas des plats et des pots d'étain, la rumeur confuse de cent ivresses, car on fêtait déjà depuis plus de trois heures l'arrivée du roi.

Juste au bas de l'estrade où les maîtres de céans régalaient leurs souverains se trouvaient, avec les enfants royaux, les frères et sœurs de Jon. Eu égard à la solennité, Père les autoriserait sans doute à siroter un verre, mais pas davantage. Alors qu'ici, sur les bancs du commun, nul ne se souciait de vous empêcher de boire tout votre saoul.

Or Jon se découvrait précisément une soif d'homme que les « Cul-sec ! » rauques de son entourage émerveillé ne laissaient pas que d'aviver. Et il se délectait d'autant mieux des exploits martiaux, cynégétiques et amoureux que s'assenaient ses compagnons. De joyeux drilles, assurément plus amusants que les princes du sang... La curiosité que lui inspiraient ces derniers, il l'avait rassasiée lors de l'entrée du cortège en les lorgnant tour à tour quasiment sous le nez.

En tête marchait la reine, aussi belle qu'on la réputait, sous la tiare de pierreries qui rehaussait son opulente chevelure d'or, et parée d'émeraudes aussi vertes que ses prunelles. Mais tandis que Père la menait vers l'estrade et l'y installait, elle affectait superbement de l'ignorer, souriant d'un sourire auquel Jon, tout gamin qu'il était, ne se méprit pas.

Lady Stark à son bras venait là-dessus le roi. Pis que décevant. Comment reconnaître jamais, dans ce poussah suant, barbu, cramoisi qui s'entravait dans ses brocarts comme un rustre éméché, l'incomparable Robert Baratheon, le héros du Trident, le prince des guerriers, le géant des princes ressassé par Père ?

Derrière avançait la marmaille. Avec autant de dignité que le comportaient ses trois ans, petit Rickon ouvrait le ban, houspillé par Bran qui devait sans cesse le dissuader de s'arrêter pour des risettes. Sur leurs talons, Robb, aux couleurs des Stark, laine grise émaillée de blanc, conduisait la princesse Myrcella : un brin de fille allant sur ses huit ans, dont les boucles d'or cascadaient sous une résille sertie de joyaux. Surprenant au passage les regards furtifs et les sourires timorés qu'elle dédiait à son frère, Jon la décréta insipide, et l'air béat de celui-ci le convainquit qu'il était trop niais pour la juger stupide.

A ses demi-sœurs étaient échus les princes. A demi perdu sous sa toison platine, le grassouillet Tommen équipait Arya, et Sansa l'héritier du trône. Malgré ses douze ans, Joffrey dominait déjà d'un pouce, au grand dam de Jon, ses aînés du nord. Aussi blond que sa sœur, il avait les yeux vert sombre de sa mère, et sa nuque, ainsi que son écharpe d'or et son grand collet de velours, disparaissait sous ses boucles tumultueuses. Agacé de voir Sansa radieuse en telle compagnie, le bâtard n'apprécia guère non plus la moue d'ennui dédaigneux que le jeune Baratheon promenait sur les aîtres de Winterfell.

Davantage l'intéressa le couple que formaient ensuite les fameux Lannister de Castral Roc. Il était impossible de les confondre. Jumeau de la reine Cersei, ser Jaime – le Lion – se distinguait tant par sa stature, sa chevelure d'or et la fulgurance de ses yeux verts que par un sourire aussi acéré qu'une dague. Des cuissardes noires et un manteau de satin noir contrastaient avec sa tunique de soie écarlate. Brodé sur sa poitrine en fils d'or rugissait d'un air de défi l'emblème de sa maison. De là venait le surnom qu'on lui décernait de face, quitte à l'affubler, dans son dos, du sobriquet moins noble de Régicide.

Jon, quant à lui, fut hypnotisé. *Voilà à quoi devrait*, se dit-il, *ressembler un roi*.

C'est sur ce seulement qu'à demi dissimulé par le premier lui apparut le dandinement du second, Tyrion. Le Lutin. Hideux benjamin de cette brillante couvée. Autant les dieux s'étaient montrés prodigues envers ses aînés, autant ils l'avaient, lui, mis à la portion congrue. Nabot, il n'arrivait pas à la ceinture de ser Jaime et, pour conserver l'allure, devait désespérément tricoter de ses jambes torses. Outre un crâne démesuré, il avait un faciès écrabouillé de brute qu'empirait la saillie monstrueuse du front. En dégoulinait une tignasse raide, filasse au point de paraître blanche, et entre les mèches de laquelle vous scrutaient si méchamment des yeux dépareillés, l'un vert et l'autre noir, que Jon demeura médusé.

Le défilé du haut parage s'acheva sur Benjen Stark, de la Garde de Nuit, qu'escortait le pupille de Père, Theon Greyjoy. En frôlant Jon, le premier lui décerna un chaleureux sourire, le second l'ignora délibérément, comme à l'accoutumée, d'ailleurs. Et, après que chacun eut gagné sa place, qu'on eut porté les toasts, échangé les compliments de rigueur, débuta le festin.

Depuis lors, Jon n'avait cessé de boire.

Soudain, quelque chose se frotta contre sa jambe, sous la table, et des yeux rouges lui adressèrent une prière muette. « Encore faim ? » demanda-t-il. Un demi-poulet au miel traînait sur la table. Il tendit la main pour y prélever un pilon puis, se ravisant, ficha son couteau dans la carcasse et la laissa choir entière entre ses pieds. A cet égard encore, il était plus chanceux que ses frères et sœurs. Eux n'avaient pas eu la permission d'amener leurs loups. Le roquet pullulant, en revanche, au bas bout de la salle, Fantôme n'offusquait personne.

Tout en maudissant la fumée qui lui piquait affreusement les yeux, Jon s'offrit une nouvelle lampée de vin puis s'amusa de la voracité de son protégé.

Dans le sillage du service, entre les tables, erraient des chiens. Flairant le poulet, une femelle noire de race indécise s'immobilisa tout à coup, patte en l'air, avant de se faufiler sous le banc pour réclamer sa part. Que donnerait la confrontation ? Jon se garda d'esquisser un geste. Avec un sourd grondement de gorge, la chienne approchait. Fantôme releva la tête et, en silence, darda sur elle ses prunelles incandescentes. Trois fois plus grosse que lui, l'intruse le défia d'un jappement rageur mais lui, sans bouger d'une ligne, se contenta de défendre son bien en découvrant ses crocs. Elle retroussa ses babines et se hérissa comme pour bondir, mais elle dut juger la partie risquée car, non sans un dernier grognement de pure dignité, elle finit par s'esquiver, tandis que, nullement ému, Fantôme se remettait à manger.

Avec un large sourire, Jon se pencha pour ébouriffer la fourrure blanche de l'animal qui, un instant, s'interrompit pour lui mordiller doucement la main.

« Est-ce là l'un des loups-garous dont tout le monde me bassine ? » dit alors une voix familière.

A la grande joie de Jon, c'était Oncle Ben qui, tout en parlant, l'ébouriffait à son tour. « Oui, répondit-il, et Fantôme est son nom. »

Comme un écuyer suspendait ses contes orduriers pour lui faire place, Benjen Stark déploya ses longues jambes et, sitôt à califourchon sur le banc, saisit la coupe de son neveu : « Hm ! s'extasia-t-il sur une gorgée, du vin d'été..., rien de meilleur. Et tu en as déjà ingurgité beaucoup ? »

L'air malicieux de Jon le fit s'esclaffer : « Je vois..., autant que je craignais. Bravo. Sauf erreur, vois-tu, je n'avais même pas ton âge quand je me suis saoulé pour la première fois – mais, là, saoulé raide, loyalement ! » Là-dessus, il attrapa un oignon grillé tout dégoulinant de graisse juteuse dans lequel ses dents mordirent en crissant.

Par un singulier contraste avec ses traits émaciés, ravinés comme un éboulement rocheux, les yeux gris-bleu d'Oncle abritaient en permanence l'ombre d'une hilarité. Il avait troqué pour la fête l'austère tenue de la Garde de Nuit contre une riche tunique de velours noir, une large ceinture à boucle d'argent et de hautes bottes de cuir. Une lourde chaîne d'argent pendait à son cou. Tout en croquant dans son oignon, il examinait Fantôme d'un air amusé. « Terriblement paisible..., lâcha-t-il enfin.

– Il ne ressemble nullement aux autres, expliqua Jon. On ne l'entend jamais. C'est pour ça que je l'ai baptisé Fantôme. Et aussi parce qu'il est blanc. Alors que les autres ont un pelage sombre, du gris au noir.

– On en trouve encore, au-delà du Mur. Nous les entendons hurler, durant nos expéditions. Mais, dis-moi... » Son regard s'appesantit sur lui. « Tu ne manges pas, d'habitude, à la table de tes frères ?

– Si, répondit Jon d'un ton neutre. Mais, ce soir, lady Stark a craint d'offenser la famille royale en mêlant un bâtard aux princes.

– C'est donc ça... » Par-dessus l'épaule, Oncle jeta un regard vers l'estrade, tout au bout. « Mon frère n'a pas l'air d'avoir le cœur à la fête, aujourd'hui. »

Jon l'avait également remarqué. Sa position scabreuse l'obligeait à deviner le dessous des choses, à déceler les vérités que les gens camouflent au fond de leurs yeux. Si Père déployait tous ses trésors de courtoisie, Jon discernait en lui comme une roideur inconnue. Il parlait peu, promenait sur la salle des regards couverts et qui ne voyaient rien. A deux sièges de lui, le roi n'avait cessé de boire depuis des heures, et sa large face prenait, derrière le poil noir, un ton violacé. Il portait santé sur santé, riait à gorge déployée pour la moindre blague, se précipitait sur tous les mets tel un homme affamé, tandis qu'à ses côtés Cersei semblait sculptée dans un bloc de glace. « La reine est furieuse, observa Jon d'un air détaché. Père a emmené le roi dans les cryptes, cet après-midi, bien qu'elle s'y opposât. »

Benjen le jaugea d'un regard appuyé : « Il ne t'échappe pas grand-chose, n'est-ce pas, Jon ? Nous aurions besoin d'hommes de ta trempe, au Mur... »

Jon se rengorgea. « Robb manie mieux la lance, mais je le domine à l'épée. Et Hullen me prétend aussi sûr cavalier que quiconque dans le château.

– Pas mal...

– Emmène-moi quand tu repartiras, supplia Jon, brusquement. Père m'accordera la permission, je le sais, si tu l'en pries toi-même. »

Après l'avoir considéré quelque temps, Oncle repartit : « Le Mur n'est pas un lieu de tout repos, Jon. Pour un garçon de ton âge...

– Mais je suis presque un homme fait ! l'interrompit-il. Je vais sur mes quinze ans, et mestre Luwin assure que les bâtards sont plus précoces que les enfants ordinaires.

– Ce n'est pas faux... », convint Benjen, non sans une moue dubitative, tout en empoignant un pichet pour remplir la coupe, avant de s'offrir une bonne lampée.

Jon insista : « Daeren Targaryen – l'un de ses héros favoris – n'avait que quatorze ans lorsqu'il conquit Dorne.

– Une conquête sans lendemain, objecta Ben. Ton blanc-bec perdit dix mille hommes pour s'emparer de la ville et cinquante mille autres pour tenter de la conserver l'espace d'un été. On aurait dû le prévenir que la guerre n'était pas un jeu. » Il déglutit une nouvelle gorgée, s'essuya la bouche et reprit : « Sans compter qu'il mourut à dix-huit ans. Tu sembles oublier ce détail...

– Je n'oublie rien ! fanfaronna Jon que l'alcool rendait effronté et qui, pour se grandir, essayait de se tenir très droit. Je veux entrer dans la Garde de Nuit. »

Ce projet, il l'avait ruminé, mûri sans complaisance au long des longues insomnies qui, dans le noir, l'isolaient de ses frères endormis. Un jour, Robb hériterait de Winterfell et, en tant que gouverneur du Nord, commanderait des armées puissantes. Bran et Rickon lui serviraient de bannerets, tiendraient en son nom chacun des places fortes. Arya et Sansa épouseraient quelque aîné de grande maison et iraient dans le sud régner sur leurs propres terres. Mais le bâtard, lui, que pouvait-il se flatter d'obtenir ?

« Tu ne sais de quoi tu parles, Jon. La Garde de Nuit se compose de frères assermentés. Nous n'avons pas de famille. Nul d'entre nous n'engendrera de fils. Le devoir nous tient lieu d'épouse, l'honneur de maîtresse.

– Un bâtard aussi peut être homme d'honneur ! Je suis prêt à prononcer vos vœux.

– Tu n'as que quatorze ans, tu n'es pas un homme. Pas encore. Aussi longtemps que tu n'auras pas connu de femme, tu seras incapable de concevoir à quoi tu renoncerais.

– Mais je m'en soucie comme d'une guigne !

– Parce que tu en ignores tout. Si tu évaluais exactement de quel prix se paie ce serment, tu serais peut-être moins chaud, mon fils.

– Je ne suis pas ton fils ! explosa Jon, sans plus pouvoir maîtriser son exaspération.

– Je le déplore bien assez », soupira Ben en se dressant. Puis il lui posa la main sur l'épaule et ajouta : « Ecoute..., reviens me trouver quand tu auras quelques bâtards à ton actif. Alors, nous verrons comment tu t'en portes.

– Je n'aurai jamais de bâtard, répliqua Jon d'une voix tremblante, tu m'entends ? *jamais !* » répéta-t-il, venimeux. Au même instant, il prit conscience du silence qui s'était brusquement fait autour de la table, des regards tous posés sur lui. Au bord des larmes, il se leva gauchement. « Veuillez m'excuser », hoqueta-t-il en se composant vaille que vaille un air digne, puis une pirouette lui permit de se sauver dans l'espoir de cacher ses larmes. Mais il avait dû boire à son insu plus que de raison, car ses pieds s'emmêlaient sous lui et, comme il tentait de gagner la sortie, son roulis lui fit heurter une servante et envoya se fracasser au sol, dans un éclat de rire général, un flacon de vin épicé. A ce nouveau coup, il sentit des gouttes chaudes rouler sur ses joues et une main secourable le soutenir. Alors, il se dégagea violemment et se mit à courir presque en aveugle, Fantôme contre ses chevilles, vers la délivrance, la nuit...

Il trouva la cour paisible et déserte. Seule, aux créneaux du premier rempart, là-haut, veillait, frileusement enveloppée dans son manteau, une sentinelle à qui son attitude lasse et pelotonnée, son isolement donnaient un aspect misérable, mais Jon eût volontiers pris sa place à l'instant. Hormis cela, ténèbres, ténèbres et silence tels que, subitement, Winterfell lui remémora l'image funèbre d'une forteresse abandonnée visitée jadis. Rien n'animait celle-ci que la bise, et ses pierres demeuraient obstinément muettes sur ses anciens habitants...

Par les baies ouvertes se déversaient derrière lui des flots de musique, des chants. La dernière des choses dont il eût envie. D'un revers de manche, il se torcha le nez, furieux de s'être ainsi laissé aller, et il se disposait à prendre le large quand un appel : « Hé, toi ! » le fit se retourner.

Assis sur la corniche qui surplombait la porte de la grand-salle et aussi laid qu'une gargouille, Tyrion Lannister lui grimaçait un sourire affable, qui s'enquit : « C'est un loup ?

– Un loup-garou. Il s'appelle Fantôme. » La vue du gnome avait instantanément dissipé sa détresse. « Que faites-vous donc, perché là ? Vous boudez la fête ?

– Trop chaud, trop de bruit. Puis j'avais trop bu et, si j'en crois mes éducateurs, il est malséant de dégobiller sur son frère. Tu permets que je voie ta bête de plus près ? »

Après une seconde d'hésitation, Jon opina gravement. « Dois-je aller vous chercher une échelle ?

– Du diable, l'échelle ! » ricana l'autre, et il se jeta dans le vide. Avec une stupeur mêlée d'angoisse, Jon le vit alors tournoyer comme une balle, atterrir sur les mains, rebondir vers l'arrière et s'immobiliser, pieds joints. Fantôme, lui, recula, méfiant.

Tout en s'époussetant, le nain se mit à glousser : « Désolé, je crois que je lui ai fait peur.

– Du tout », bougonna Jon qui, s'agenouillant, prit sa voix câline : « Fantôme..., viens. Allons... Là. »

A pas feutrés, le chiot s'était rapproché jusqu'à lui lécher la figure, mais son œil ne lâchait pas Tyrion et, lorsque celui-ci prétendit le caresser, ses babines se retroussèrent sur un avertissement muet. « Hou ! farouche..., commenta l'autre.

– Assis, Fantôme, commanda Jon. Bien. Calme, maintenant, calme... Vous pouvez le toucher, à présent, il ne bronchera pas. Je l'ai dressé à m'obéir au doigt et à l'œil.

– Je vois, dit le nain, qui se mit à flatter la bête entre les oreilles. Gentil petit loup.

– En mon absence, il vous sauterait à la gorge, affirma Jon, quoique l'assertion fût pour le moins prématurée.

– Dans ce cas, tu fais bien de te trouver là, rétorqua le nain en inclinant son énorme tête pour lui décocher un regard louche de ses yeux vairons. Je suis Tyrion Lannister.

– Je sais », dit Jon en se relevant. Une fois debout, il dépassait le nain, et ce constat lui fit un effet bizarre.

« Quant à toi, tu es le bâtard de Ned, n'est-ce pas ? »

Brusquement glacé jusqu'aux moelles, Jon se mordit les lèvres sans répondre.

« Navré si je t'ai fâché, mais les nains sont dispensés de tact. Des générations de bouffons qui cabriolent en livrée bigarrée m'ont valu le droit de m'accoutrer à la diable et de proférer toutes les horreurs qui me traversent la cervelle. » Un large sourire l'illumina. « Tu n'en es pas moins le bâtard.

– Lord Eddard Stark est en effet mon père », admit-il sèchement.

Avec effronterie, l'autre le dévisagea. « Oui, dit-il, et ça se voit. Tu tiens du nord plus que tes frères.

– Demi-frères, rectifia Jon qui, secrètement ravi de l'observation, préférait n'en rien montrer.

– Laisse-moi te donner un conseil, reprit Tyrion. N'oublie jamais ce que tu es, car le monde ne l'oubliera pas. Puise là ta force, ou tu t'en repentiras comme d'une faiblesse. Fais-t'en une armure, et nul ne pourra l'utiliser pour te blesser. »

Mais Jon n'était pas d'humeur à supporter les conseilleurs. Il maugréa : « Comme si vous saviez ce qu'est la bâtardise !

– Aux yeux de leur père, les nains sont toujours bâtards.

– Mais vous êtes par votre mère un Lannister légitime...

– Ça..., riposta Tyrion d'un air sardonique, va en persuader le seigneur mon père. Comme ma mère est morte en me donnant le jour, il n'a jamais pu obtenir de confirmation.

– Moi, j'ignore même qui fut ma mère.

– Une femme, je présume. Il n'y a guère d'exceptions. » Il gratifia le garçon d'un sourire sinistre. « Souviens-toi de ceci, mon garçon : tous les nains peuvent être bâtards, mais tous les bâtards ne sont pas forcés d'être nains. »

A ces mots, il tourna les talons et, sans se presser, repartit festoyer tout en sifflotant. Mais, au moment où il poussa la porte, la lumière en provenance de l'intérieur déginganda sa silhouette en travers de la cour et, quelques secondes, lui décerna une prestance véritablement royale.

CATELYN

De tous les appartements de Winterfell, ceux de Catelyn étaient les plus douillets. Il était rarement nécessaire d'y faire du feu. Les bâtisseurs du château avaient capté les sources chaudes sur lesquelles il s'élevait pour en irriguer, tel un organisme vivant, fondations et murailles, en attiédir les immenses salles de pierre, entretenir dans les jardins d'hiver une chaleur humide et empêcher la terre d'y geler. Dans les nombreuses courettes à ciel ouvert flottait nuit et jour la vapeur des bassins. Et si ces aménagements n'importaient guère, à la belle saison, ils séparaient, durant la mauvaise, la vie de la mort.

Ainsi l'eau brûlante embuait-elle en permanence les bains de lady Stark, et les murs de sa chambre avaient sous la main le moelleux d'une chair. Cette ambiance douce lui rappelait Vivesaigues, le soleil et les jours enfuis, Edmure et Lysa..., mais Ned ne pouvait la souffrir. « L'élément naturel des Stark est le froid », disait-il volontiers, s'attirant chaque fois la réplique moqueuse que, dans ce cas, ils s'étaient singulièrement trompés de site pour édifier leur demeure.

Il ne s'en laissa pas moins, sitôt dénouée leur étreinte, rouler de côté, selon son usage invariable, et, sautant à bas du lit, traversa la pièce, écarta les lourdes draperies puis, une à une, ouvrit toutes grandes à l'air de la nuit les hautes fenêtres en forme de meurtrières.

Catelyn remonta les fourrures jusqu'à son menton et le contempla, dressé contre les ténèbres et les mugissements du vent. Sa nudité, ses mains vacantes le faisaient paraître moins grand, plus vulnérable, tel enfin que le tout jeune homme épousé quinze longues années plus tôt. Les reins encore endoloris, mais non sans agrément, par la frénésie de l'assaut, elle se surprit à souhaiter qu'y lève la graine. Trois ans déjà depuis Rickon. Elle n'avait pas encore passé l'âge. Oh, lui donner un nouveau fils...

« Je vais refuser », dit-il en se retournant brusquement, l'air hagard et la voix mal assurée.

Elle se mit sur son séant. « Tu ne peux pas. Tu ne dois pas.

– Mon devoir est ici. Je n'ai aucune envie d'être la Main de Robert.

– Il ne le comprendra pas. Il est roi, maintenant, et les rois diffèrent du commun des mortels. Si tu refuses de le servir, il s'en étonnera puis, tôt ou tard, te suspectera d'être un opposant. Ne vois-tu pas quel danger tu nous ferais courir ? »

Il secoua la tête d'un air incrédule. « Aucun. Il ne saurait vouloir de mal ni à moi ni aux miens. Nous étions plus liés que des frères. Il m'aime. Mon refus le fera rugir, maudire, tempêter puis, dans huit jours, nous en rirons tous deux. Je le connais... par cœur !

– Tu connaissais l'homme. Le roi, lui, t'est étranger. » L'idée de la louve morte dans la neige, un andouiller fiché en travers de la gorge, la hantait. Il fallait coûte que coûte dessiller Ned. « L'orgueil est tout pour un roi, beau sire. Robert s'est donné la peine de venir jusqu'ici t'offrir en personne ces honneurs insignes, et tu les lui jetterais à la face ?

– Trop d'honneur ! ricana-t-il amèrement.

– Pas à ses yeux, répliqua-t-elle.

– Ni aux tiens, c'est ça ?

– Ni aux miens », riposta-t-elle vertement. Tant d'aveuglement l'irritait. « Et sa proposition de fiancer nos enfants, comment la qualifies-tu ? Sansa régnerait un jour, et ses propres fils exerceraient un pouvoir absolu sur les territoires allant du Mur aux pics de Dorne. Que trouves-tu là de si fâcheux ?

– Bons dieux ! Catelyn..., Sansa n'a que *onze* ans, et Joffrey..., Joffrey est...

– L'héritier du Trône de Fer, conclut-elle vivement. Moi, j'avais douze ans quand mon père m'engagea à ton frère. »

Cette riposte amena sur les lèvres de Ned un rictus aigre. « A Brandon. Voilà. Brandon, lui, saurait quoi faire. Il savait toujours, Brandon. D'office. Tout lui revenait, à Brandon. Toi, Winterfell, tout. Tout et le reste. Il était né pour faire une Main du Roi comme pour engendrer des reines. Pour vider cette coupe que pas un instant je ne songeai lui disputer.

– Il se peut. Mais sa mort te l'a transmise et, que tu le veuilles ou non, force t'est d'y boire. »

Se détournant d'elle, il affronta de nouveau la nuit. Les yeux perdus dans les ténèbres, que scrutait-il ? la lune et les étoiles ? ou, tout simplement, les sentinelles du chemin de ronde ?

En le voyant si malheureux, elle se radoucit. Il l'avait épousée, selon la coutume, pour suppléer Brandon, et l'ombre du frère disparu n'avait cessé de s'interposer. Tout comme celle de la femme dont il avait eu son bâtard et qu'il se gardait de nommer.

Elle s'apprêtait néanmoins à le rejoindre, face à la nuit, quand, contre toute attente, on heurta à la porte, et sans ménagements. Ned se retourna, les sourcils froncés. « Qu'y a-t-il ?

– C'est mestre Luwin, répondit Desmond derrière le vantail. Il est là, dehors, et demande à être reçu d'urgence.

– J'avais interdit que l'on me dérange.

– Oui, messire. Mais il insiste.

– Bon. Introduis-le. »

Comme Ned enfilait à la hâte un lourd cafetan, Catelyn prit soudain conscience du froid survenu. S'enfouissant sous ses fourrures, elle murmura : « Ne pourrait-on fermer les fenêtres ? »

Il acquiesça d'un air absent, tandis que pénétrait le visiteur.

C'était un petit homme gris aux yeux gris, vifs et pénétrants. L'âge avait passablement clairsemé ses mèches grises. Sa robe de laine grise à parements de fourrure blanche l'avouait assez de la maisonnée. De ses longues manches flottantes munies de poches intérieures où il ne cessait de fourrer des objets, le vieil homme extrayait avec la même prodigalité tantôt des livres, tantôt des messages ou bien des tas de trucs bizarres ou encore des jouets pour les enfants, tant de choses enfin que Catelyn s'émerveillait toujours qu'il pût encore lever, si peu que ce fût, les bras.

Il attendit que la porte se fût refermée pour ouvrir la bouche. « Messire, dit-il, daignez me pardonner de troubler votre repos, mais on m'a laissé un message.

– *Laissé ?* grogna Ned d'un air agacé, qui, *on* ? Est-il venu un courrier ? Je n'en ai rien su...

– Il ne s'agit pas de cela, messire, mais d'un coffret de bois sculpté que l'on a déposé sur la table de l'observatoire pendant que je sommeillais. Mes gens n'ont vu personne, mais seul un membre de l'escorte royale a pu opérer, puisqu'aucun autre visiteur ne nous est arrivé du sud.

– Un coffret de bois, dites-vous ? intervint Catelyn.

– Oui, dame. A l'intérieur se trouvait une lentille astronomique. Le dernier cri. Une merveille, manifestement fabriquée à Myr. Les opticiens de Myr n'ont pas de rivaux. »

Ned s'était renfrogné. Ce genre de sujet l'impatientait vite. « Une lentille..., et alors ? En quoi cela me concerne-t-il ?

– C'est aussi ce que je me suis demandé, répondit Luwin. A l'évidence, il ne fallait pas s'arrêter aux dehors d'un tel envoi. »

Sous son amas de fourrures, Catelyn se sentit frissonner. « Une lentille est un instrument censé vous acérer la vue...

– Exactement. » Il tripotait le collier de son ordre, une lourde chaîne qui, sous sa robe, lui ceignait étroitement le col et dont un métal spécifique distinguait chaque maillon.

A nouveau, Catelyn éprouvait les affres d'une terreur sourde. « Mais, dans ce cas, que prétend-on nous faire voir avec davantage de netteté ?

– Je me suis posé la même question, dit mestre Luwin en extirpant de sa manche un document soigneusement roulé, et j'ai découvert ceci, la véritable réponse, dissimulé dans un double fond. Mais il ne m'appartient pas de le lire.

– Dans ce cas, donnez, dit Ned, main tendue.

– Sauf votre respect, messire, s'excusa le vieux, il ne vous est pas destiné non plus. Il porte la mention "Pour lady Catelyn, et pour elle seule". Puis-je approcher, dame ? »

De peur de trahir son trouble, elle se contenta d'un signe affirmatif, et il vint déposer sur la table de chevet le message, scellé d'une gouttelette de cire bleue. Et une révérence annonçait son intention de se retirer quand Ned l'arrêta : « Restez », ordonna-t-il d'un ton grave. Puis, à Catelyn : « Qu'avez-vous, ma dame ? Vous tremblez...

– J'ai peur », avoua-t-elle. Elle tendait ce disant une main fébrile vers la lettre et, dans son émoi, ne prit pas même garde que ses fourrures glissaient, révélant sa nudité. Dans la cire bleue se lisaient les armes lune-et-faucon d'Arryn. « C'est de Lysa, murmura-t-elle avec un regard éperdu vers son mari, et je pressens là du malheur, Ned. Je le sens !

– Ouvre », dit-il, encore rembruni.

Elle rompit le cachet.

Puis ses yeux parcoururent des mots qui, de prime abord, ne signifiaient strictement rien. Enfin, brusquement, elle se souvint, balbutia : « Elle a pris toutes ses précautions. Elle m'écrit dans la langue qu'enfants nous nous étions inventée...

– Tu comprends ?

– Oui.

– Lis.

– Peut-être devrais-je prendre congé ? suggéra mestre Luwin.

– Non, répondit-elle. Vos conseils nous seront précieux. » Repoussant les fourrures, elle se glissa hors du lit, traversa la chambre. Sur sa peau nue, le froid de la nuit lui fit l'effet d'une pierre tombale.

Mestre Luwin détourna pudiquement les yeux. Fort choqué lui-même, Ned protesta : « Devant notre hôte... !

– Notre hôte a mis au monde mes cinq enfants, rétorqua-t-elle, et l'heure n'est pas aux pudibonderies. »

Alors, il s'exclama : « Que diable fais-tu ?

– J'allume du feu. » Et, de fait, après avoir enfilé une robe de chambre, elle s'accroupit devant le foyer, glissa le message dans le petit bois, empila par-dessus plusieurs grosses bûches.

Un instant suffoqué, Ned se précipita, la prit par le bras, la contraignit à se relever et, la maintenant d'une main ferme, martela, face contre face : « Parle, dame ! que dit le message ? »

Il la sentit se raidir. « C'est un avertissement, répondit-elle doucement, pour qui veut entendre. »

Il planta ses yeux dans les siens. « Ensuite ?

– John Arryn est mort assassiné. »

Les doigts se crispèrent sur son bras. « Par qui ?

– Les Lannister. La reine. »

Il la relâcha, marbrée d'empreintes rouges. « Bons dieux ! » souffla-t-il, puis, d'une voix rauque : « Ta sœur est complètement folle. Son chagrin la fait délirer.

– Elle ne délire pas. Tout exaltée qu'elle est, je te l'accorde, elle a froidement chiffré son message et mis toute son intelligence à le dissimuler. Qu'il tombât en de mauvaises mains, c'en était fait d'elle, à coup sûr. Tenter de nous alerter prouve assez qu'elle ne se berce pas de vagues soupçons. Du reste, et quoi qu'il en soit..., reprit-elle en le regardant droit dans les yeux, nous n'avons décidément plus le choix. Il te *faut* accepter l'offre de Robert et l'accompagner dans le sud afin de connaître la vérité. »

Mais elle avait à faire à forte partie.

« Mes vérités à moi se trouvent ici. Le sud est un nid de vipères, je ne tiens pas à m'y aventurer. »

Depuis un moment, mestre Luwin triturait sa chaîne, en homme qui n'ose intervenir, au point où celle-ci lui échauffait la peau fragile de la gorge. « La Main du Roi dispose d'immenses pouvoirs, messire, risqua-t-il enfin. Notamment celui de faire la lumière sur la mort de lord Arryn et celui de livrer ses éventuels meurtriers à la justice du souverain. Plus, accessoirement, celui de protéger la veuve et l'orphelin, si le pire devait s'avérer... »

Au regard traqué dont il balaya la chambre, le cœur de Catelyn bondit vers Ned, mais elle réprima sa tendresse conjugale en faveur de ses enfants. Il fallait d'abord vaincre. « Tu prétends aimer Robert en frère. Laisseras-tu ton frère à la merci des Lannister ?

– Que les Autres vous emportent tous deux ! » grommela-t-il en leur tournant le dos pour aller se planter devant la fenêtre. L'un et l'autre attendirent, muets, qu'il eût achevé ses adieux silencieux à la demeure qu'il chérissait. Et lorsque, enfin, il revint vers eux, ses yeux brillaient d'un éclat humide, et c'est d'une voix lasse et pleine de mélancolie qu'il bougonna : « Mon père ne se rendit qu'une fois dans le sud, et parce qu'un roi l'y convoquait. Sa maison ne le revit jamais.

– Une autre époque, insinua Luwin, et un autre roi.

– Mmouais, convint-il sourdement en prenant place auprès de l'âtre. Catelyn ? Tu resteras à Winterfell. »

Ces mots la glacèrent. « Non », protesta-t-elle, affolée. Que voulait-il donc ? la punir ? l'empêcher de jamais le revoir ? la priver pour jamais de ses embrassements ?

« Si. » Le ton se voulait sans réplique. « Tu dois gouverner le nord à ma place, pendant que je... ferai les courses de Robert. Winterfell ne peut se passer de Stark. Robb a quatorze ans, mais il ne tardera guère, hélas, à être un homme fait. Il convient qu'il apprenne à tenir son rôle, et je ne serai pas là pour le lui enseigner. Associe-le à tes Conseils. Qu'il soit prêt, quand sonnera l'heure.

– Les dieux veuillent qu'elle ne sonne pas de sitôt, bredouilla Luwin.

– Mestre Luwin, j'ai autant de confiance en vous que dans mon propre sang. Secondez ma femme en toutes choses, petites et grandes. Apprenez à mon fils ce qu'il doit savoir. L'hiver vient... »

Le vieil homme acquiesça gravement. Puis le silence se fit, sans que de longtemps Catelyn trouvât le courage de poser les questions qui l'angoissaient par-dessus tout.

« Et les autres enfants ? »

Ned se leva, la prit dans ses bras de manière que leurs visages se touchaient presque et dit tendrement :

« Vu son âge, tu garderas aussi Rickon. Les autres, je les emmène.

– Je ne le supporterai pas, dit-elle, horrifiée.

– Tu le dois. Sansa épousera Joffrey, voilà qui est clair, désormais, sans quoi nous *leur* deviendrions suspects. Il est d'ailleurs largement temps qu'Arya s'initie aux manières d'une cour du sud. Elle aura dans peu d'années l'âge aussi de se marier. »

Sansa serait l'ornement du sud, pensa Catelyn, et Arya, certes, avait grand besoin de se dégrossir... Non sans répugnance, elle se laissait amputer de ses filles. Mais pas de Bran. Pas de Bran, jamais. « Soit, dit-elle, mais, par pitié, Ned, pour l'amour de moi, laisse-moi Bran. Il n'a que sept ans...

– J'en avais huit lorsque mon père m'expédia aux Eyrié, répondit-il. En outre, ser Rodrik m'a mis en garde contre l'aversion que se portent Robb et Joffrey. Elle complique encore les choses, mais Bran est capable de les assainir, avec sa douceur, son caractère aimable et rieur. Permets qu'il grandisse dans la compagnie des petits princes, permets-lui de s'en faire des amis tels que Robert pour moi. Notre maison n'en sortira que renforcée. »

Il disait vrai, mais elle avait beau le savoir, le déchirement n'en demeurait pas moins atroce. Elle allait donc les perdre tous les quatre, lui, leurs deux filles et Bran, Bran le bien-aimé ? Il ne lui resterait que Robb et Rickon ? D'avance, elle se sentait orpheline. Quel désert immense que Winterfell, sans eux... « Alors, tu l'empêcheras de grimper partout, supplia-t-elle bravement, tu sais comme il est casse-cou... »

Il baisa les larmes prêtes à ruisseler. « Merci, ma dame, souffla-t-il, je sais combien te coûte ce sacrifice.

– Et Jon Snow, messire ? » s'enquit mestre Luwin.

A ce nom, Ned sentit sa femme se raidir. Il la repoussa.

Que nombre d'hommes eussent des bâtards, elle l'avait toujours su. Aussi ne s'étonna-t-elle guère en apprenant, dès leur première année de mariage, que Ned avait engrossé l'on ne savait quelle fille de rencontre au cours de ses campagnes. Eux-mêmes étaient séparés, à cette époque-là, lui guerroyant dans le sud, elle à l'abri derrière les remparts de son père, à Vivesaigues, et la virilité a ses exigences, après tout. Au surplus, nourrir le petit Robb lui tenait alors plus à cœur que les fredaines lointaines d'un époux tout juste entrevu. Les plaisirs que celui-ci pouvait prendre entre deux batailles, elle leur accordait sa bénédiction, sûre qu'il pourvoirait, le cas échéant, aux besoins de sa progéniture...

Seulement, il ne se contenta pas d'y pourvoir. Les Stark n'étaient pas des hommes ordinaires. Il ramena le bâtard et, au vu et au su du nord tout entier, l'appela « mon fils ». De sorte que lorsque, la guerre achevée, Catelyn elle-même fit son entrée à Winterfell, Jon et sa nourrice y étaient déjà établis à demeure.

Elle en fut intimement blessée. Ned ne soufflait mot de la mère, mais il n'est pas de secret qui vaille, dans un château. Catelyn n'eut que trop lieu d'entendre ses femmes colporter les ragots cueillis aux lèvres mêmes des soudards. Tout susurrait un nom, ser Arthur Dayne, l'Epée du Matin, le plus redoutable des sept chevaliers qui formaient la garde personnelle d'Aerys le Dément. Tout détaillait sa mort au terme d'un combat singulier avec le maître de céans. Tout contait comment, par la suite, ce dernier avait rapporté l'arme du vaincu à sa sœur, dans la forteresse des Météores, au bord de la mer d'Eté. Tout vantait la jeunesse et la beauté de cette lady Ashara Dayne, sa taille, sa blondeur, la fascination de ses yeux violets. Tout... Et il ne fallut pas moins de deux interminables semaines à Catelyn pour oser enfin réclamer la vérité là-dessus, pour la réclamer sans détours, une nuit, sur l'oreiller.

C'est d'ailleurs la seule fois, la seule en quinze ans, où elle eut peur de lui. « Ne me questionnez jamais sur Jon, trancha-t-il, glacial. Il est de mon sang, voilà qui doit vous suffire. Et à présent, madame, dites-moi d'où vous tenez vos informations. » Son vœu d'obéissance la forçait d'avouer. Dès cet instant cessèrent les rumeurs et, plus jamais, les murs de Winterfell n'ouïrent prononcer le nom d'Ashara Dayne.

Cette femme, au demeurant, quelle qu'elle fût, Ned devait l'avoir follement aimée, car Catelyn eut beau dépenser des trésors d'adresse, jamais il ne se laissa convaincre d'éloigner son Jon. Le seul de ses griefs qu'elle ne parvînt pas à lui pardonner. Elle en était venue à le chérir de toute son âme, à ceci près que son âme demeurait close pour le bâtard. Elle aurait pu, pour l'amour de Ned, lui en passer dix, à condition de ne pas les voir. Celui-ci, elle l'avait constamment sous les yeux. Et plus il grandissait, plus il ressemblait à son père, infiniment plus que les enfants légitimes de celui-ci. Et cela, dans un certain sens, empirait l'aversion qu'elle lui vouait. « Il doit partir, articula-t-elle.

– Il s'entend si bien avec Robb, plaida Ned, j'avais espéré...

– Il ne peut rester, coupa-t-elle. Il est ton fils, non le mien. Je ne veux pas de lui. » Pour être durs, ces mots exprimaient la stricte vérité. Il ne serait pas généreux à Ned de laisser Jon à Winterfell.

Il eut un regard d'angoisse. « Mais..., mais tu sais bien que je ne puis le prendre. Il n'aura pas sa place à la Cour. Avec le sobriquet qu'il porte..., tu sais ce qu'on dira de lui. On le traitera en paria. »

Elle cuirassa son cœur contre cette prière implicite. « On assure pourtant que ton ami Robert a une bonne douzaine de bâtards à son palmarès.

– Mais aucun d'entre eux ne se montre à la Cour ! explosa-t-il. La Lannister y a veillé... Oh, Catelyn, Catelyn, comment peux-tu te montrer si cruelle ? Jon n'est qu'un gosse, il... »

Peu soucieux d'en entendre davantage ou de le voir passer les bornes, mestre Luwin s'interposa. « Il existe une solution, dit-il d'un ton placide. Voilà quelques jours, votre frère, Benjen, est venu me consulter à propos de Jon. A ce qu'il semble, ce dernier aspire à la tenue noire.

– Il aurait... – Ned semblait révulsé – il aurait demandé à entrer dans la Garde de Nuit ? »

Catelyn se garda de piper mot. Autant laisser Ned ruminer la chose. Toute intervention serait oiseuse, voire malvenue. Mais elle aurait volontiers sauté au cou du vieil homme. Sa solution était parfaite. L'état de frère juré interdisait à Ben la paternité. Jon lui tiendrait lieu de fils puis, le temps venu, prononcerait à son tour ses vœux. Ainsi n'engendrerait-il jamais de rivaux éventuels aux héritiers naturels de Winterfell.

« Mais c'est un grand honneur, dit Luwin, que de servir au Mur, messire.

– Sans compter que même un bâtard peut y accéder aux plus hautes responsabilités..., ajouta Ned, soudain songeur, encore que sa voix trahît encore maintes réserves. Mais il est si jeune... Il le demanderait une fois adulte, pourquoi pas ? mais à quatorze ans...

– Rude sacrifice, convint le vieux, mais ces temps sont rudes, messire. Serait-il là vraiment plus mal loti qu'à votre place vous-même ou Madame ? »

A la pensée des trois enfants qu'il lui fallait perdre, Catelyn se retint difficilement de hurler. A nouveau, Ned alla confronter à la nuit sa longue figure chagrine puis, sur un long soupir, pivota et rompit le silence. « Hé bien, dit-il à mestre Luwin, je suppose que l'on ne saurait trouver mieux. J'en toucherai deux mots à Ben.

– Et Jon, quand l'avertirons-nous ? demanda le vieux.

– Quand je le jugerai nécessaire. Songeons d'abord à tous nos préparatifs. Il nous reste une quinzaine de jours avant de pouvoir partir. Je préférerais ne pas lui gâcher ce délai de grâce. L'été s'achèvera bien assez tôt, tout comme l'enfance... L'heure venue, je l'aviserai en personne. »

ARYA

Une fois de plus, tout partait de travers.

De dépit, elle délaissa le calamiteux spectacle de ses points pour lancer un coup d'œil du côté où Sansa cousait parmi ses compagnes. Les travaux d'aiguille de Sansa étaient incomparables. Ils ralliaient tous les suffrages. « Ils sont aussi jolis qu'elle, disait un jour septa Mordane à Mère, et elle a des doigts si fins, si déliés ! » Puis, comme lady Catelyn s'enquérait des progrès d'Arya, la vieille nonne renifla : « Arya ? des pattes de charron. »

Brusquement anxieuse que la septa n'eût surpris sa pensée, elle guigna furtivement vers l'angle opposé, mais sa tortionnaire avait mieux à faire en ce jour que de la surveiller. Assise auprès de la princesse Myrcella, elle s'éreintait en sourires, en flagorneries. C'était, de son propre aveu à la reine, une fête si rare, un privilège si précieux que d'enseigner les arts d'agrément à une altesse royale ! Certes, aux yeux d'Arya, les points de Myrcella partaient aussi quelque peu de travers, mais les airs béats de septa Mordane juraient du contraire.

Elle revint à son ouvrage puis, ne sachant comment l'amender, finit, non sans soupirs, par reposer l'aiguille et par reporter sa maussaderie sur sa sœur. Tout en travaillant, celle-ci bavardait gaiement. Blottie à ses pieds, la petite Beth Cassel, fille de ser Rodrik, buvait ses moindres propos, tandis que Jeyne Poole se contorsionnait pour lui chuchoter des choses à l'oreille.

« De quoi parlez-vous ? » demanda brusquement Arya.

Ouvrant de grands yeux effarés, Jeyne se mit à rire d'un air niais. Sansa parut interdite. Beth rougit. Arya insista : « Hé bien ? »

En tapinois, Jeyne s'assura que septa Mordane n'écoutait pas, la vit s'esclaffer, aussitôt imitée par le rond de dames, sur un mot de la princesse Myrcella.

« Nous causions du prince », répondit Sansa, de sa voix suave comme un baiser.

Du prince ? Il pouvait s'agir seulement de Joffrey. Du grand, du beau prince. Du cavalier de Sansa, durant les festivités. Pas du lardon bouffi dont elle-même avait écopé. Naturellement.

« Il a le béguin pour ta sœur », se trémoussa Jeyne, aussi flattée que d'un succès personnel. En tant que fille de l'intendant de Winterfell ou qu'amie intime de Sansa ? « Il lui a dit qu'elle était très belle...

– Il va l'épouser, prononça Beth d'une voix rêveuse en se berçant dans ses propres bras. Sansa régnera sur tout le royaume. »

Sansa sut rougir avec bonne grâce. Sansa rougissait joliment. Sansa faisait tout joliment. La joliesse même. « Voyons, Beth, protesta-t-elle dans un délicieux envol de bouclettes qui retirait à ses paroles toute âpreté, cesse de dire des sottises ! » Et, se tournant vers Arya : « Et toi, que penses-tu du prince Joffrey ? N'est-il pas d'une exquise galanterie ?

– Jon le trouve très efféminé. »

Simultanément, Sansa poussa l'aiguille et un joli soupir. « Ce pauvre Jon, s'apitoya-t-elle, sa bâtardise le rend jaloux.

– Il est notre frère ! » s'insurgea Arya, maîtrisant si peu sa véhémence que sa voix sembla fracasser la quiétude quasi vespérale où baignait la tour.

Septa Mordane dressa le sourcil. Elle avait une face anguleuse, des yeux perçants, une bouche mince, dépourvue de lèvres et d'autant plus propice aux grimaces rêches. Elle grimaça rêchement : « De quoi parlez-vous, les enfants ?

– De notre demi-frère », rectifia Sansa, aussi douce qu'intransigeante sur le choix des termes. Puis, souriant à la virago : « Arya et moi nous récriions sur la joie que nous donne la présence de la princesse. »

Septa Mordane hocha son menton pointu. « Assurément. Un insigne honneur pour nous toutes. » Myrcella salua le compliment d'un sourire vague. « Mais ! s'écria la vieille, Arya, vous ne travaillez pas ? » Debout d'un bond, elle traversa la pièce dans un grand brouhaha de jupes et d'empois. « Montrez-moi vos points. »

La petite en grinçait des dents. Tout Sansa, ça, se débrouiller pour la faire remarquer. « Voici, dit-elle en tendant son œuvre.

– Arya, Arya, Arya, ronchonna Mordane en examinant le tissu, ceci ne va pas, ceci ne va pas du tout. »

Tous ces regards posés sur elle. C'en était trop. Si le tact exquis de Sansa l'empêchait de prendre un air narquois, Jeyne, elle, faisait des mines en dessous, et la princesse ne dissimulait pas sa commisération. Sentant ses larmes prêtes à jaillir, Arya s'arracha de son siège et se rua vers la porte, talonnée par les glapissements de Mordane : « Arya ! revenez ! pas un pas de plus ! Je vous en préviens, Madame votre mère le saura ! Et en présence de notre altesse ! Vous nous couvrez d'opprobre, tous ! »

Sur le seuil, Arya stoppa net et, se mordant la lèvre, fit volte-face, en dépit des pleurs qui l'inondaient. « Daignez me permettre, madame », bégaya-t-elle en adressant un semblant de révérence gauche à Myrcella.

De stupeur, celle-ci battit des paupières, puis son regard consulta les dames sur l'attitude à adopter. Sans montrer tant d'indécision, septa Mordane se fit hautaine : « Et où donc prétendez-vous aller de la sorte, Arya ? »

L'enfant la toisa d'un œil flamboyant. « Je dois ferrer un cheval », susurra-t-elle, toute au bonheur instantané de voir le scandale ravager le museau adverse, avant de s'éclipser puis de dévaler quatre à quatre les escaliers.

Non, ce n'était pas juste. Sansa avait tout. Même deux ans de plus. A croire que ces deux ans lui avaient suffi pour tout prendre et pour qu'elle-même, en naissant, ne trouvât plus rien. D'une telle évidence... ! Sansa savait coudre, chanter, danser. Sansa écrivait des poèmes. Sansa savait s'habiller. Jouer de la harpe *et* du carillon. Et, pis encore, elle était belle. De Mère, elle tenait les pommettes hautes et racées, l'opulent auburn typiques des Tully. Tandis qu'elle-même venait du côté de Père. Brune et terne, elle avait une figure longue et solennelle que Jeyne, en hennissant, ne manquait jamais de nommer « ganache ». Et, du coup, que l'équitation fût le seul chapitre où elle l'emportât sur sa sœur devenait blessant. Le seul, bon..., avec celui de l'économie domestique. Sansa n'avait guère le sens des comptes. Si le prince Joffrey l'épousait jamais, il aurait tout intérêt à prendre un bon intendant...

Du poste de garde, au bas de la tour, où elle l'attendait attachée, Nymeria ne fit qu'un bond dès qu'elle l'aperçut. Arya recouvra le sourire. Sa petite louve l'aimait, si personne d'autre. Elle ne la quittait pas d'une semelle et dormait dans sa chambre, au pied de son lit. Sans l'interdiction formelle de Mère, Arya l'eût volontiers mêlée à ses travaux d'aiguille. Il aurait fait beau voir, *alors*..., que la septa lui cherchât noise sur ses points !

Tandis qu'elle la délivrait, Nymeria lui mordillait passionnément la main. Au soleil, ses yeux jaunes miroitaient tels des sequins d'or. Nymeria, l'amazone et reine de Rhoyne qui mena son peuple au-delà du détroit. Encore un scandale... Alors que la sage Sansa baptisait la sienne Lady. Tellement plus original, songea-t-elle avec une grimace tout en embrassant Nymeria dont les coups de langue lui arrachaient de petits rires chatouilleux.

Que faire, maintenant ? Mère devait déjà être au courant. Regagner sa chambre ? On l'y trouverait, et elle n'y tenait nullement. Surtout qu'elle caressait un projet autrement plaisant. Les garçons s'entraînaient dans la cour, et elle désirait voir le prince des galants mordre la poussière sous les coups de Robb. « Viens », murmura-t-elle, et elle partit en courant vers la galerie suspendue qui joignait l'arsenal au donjon. Elle aurait de là vue imprenable sur la lice.

En y parvenant, rouge et hors d'haleine, elle trouva la place occupée. Assis dans l'embrasure de la fenêtre, Jon, le menton posé sur un genou, suivait les assauts avec tant d'attention qu'il ne parut noter l'arrivée des intruses qu'à l'émoi subit du loup blanc. Nymeria s'avança d'un pas circonspect. Plus grand déjà que le reste de sa portée, Fantôme la flaira, lui taquina prudemment l'oreille et se rallongea.

« Tiens ! s'étonna Jon. Et tes travaux de couture, sœurette ? »

Elle plissa le nez. « J'avais envie d'assister aux assauts. »

Il sourit. « Grimpe, alors. »

Elle escalada la tablette et s'y installa contre lui. D'en bas montait un concert de chocs mats et de grognements.

A son grand dépit, c'était le tour des benjamins. On avait tellement capitonné Bran qu'il semblait pris dans un édredon. De dodu, le prince Tommen avoisinait désormais le rond. Ahanant, haletant, ils entrechoquaient leurs lattes matelassées sous l'œil vigilant de ser Rodrik Cassel, l'allure d'un foudre de bière et d'admirables favoris blancs. Une poignée de spectateurs, tant adolescents qu'adultes, encourageaient les combattants de la voix, celle de Robb dominant les autres. Aux côtés de celui-ci, Arya repéra le doublet noir et l'hydre d'or de Theon Greyjoy, sa bouche tordue par un souverain mépris. A voir les adversaires tituber, elle jugea la rencontre fort avancée.

« Un tantinet plus épuisant que le petit point, railla Jon.

– Un tantinet plus excitant que le petit point », riposta-t-elle. Avec un sourire, il leva la main et l'ébouriffa gentiment. Elle rougit de plaisir. Ils s'étaient toujours entendus. Jon avait comme elle les traits de Père. Eux deux seuls. Robb, Sansa, Bran et même petit Rickon étaient des Tully tout crachés, avec leur jovialité naturelle et la flamme de leurs cheveux. Tout enfant, Arya s'était effrayée de la différence : était-elle donc une bâtarde, aussi ? Et c'est Jon qu'elle avait consulté sur ce point. Et c'est Jon qui l'avait rassurée.

« Pourquoi ne te trouves-tu pas avec les autres, en bas ? demanda-t-elle.

– Il n'est pas permis aux bâtards d'avarier la chair de roi, sourit-il, finaud. Son moindre bobo lui doit venir, à l'exercice, d'armes légitimes.

– Oh ! » s'ébahit-elle comme d'une révélation. La vie était par trop injuste, décidément.

Pendant ce temps, Bran administrait à Tommen une somptueuse raclée. « J'en pourrais faire autant, décida-t-elle. Il n'a que sept ans, moi neuf.

– Trop maigre », pontifia Jon du haut de ses quatorze. Il lui palpa les biceps, branla du chef en soupirant : « Tu n'aurais même pas la force de soulever une épée, sœurette. Ni, à plus forte raison, celle de la manier. »

Elle se dégagea vivement, si vexée qu'il l'ébouriffa de nouveau. Sous leurs yeux, Bran et Tommen se tournicotaient autour.

« Tu vois le Joffrey ? » demanda-t-il.

Elle le chercha, finit par le repérer dans l'ombre du rempart, en retrait. Des gens l'entouraient, qu'elle ne connaissait pas. De jeunes écuyers portant la livrée Lannister ou Baratheon. Tous étrangers. Et quelques hommes plus âgés. Des chevaliers, probablement.

« Examine les armes de son surcot... », conseilla-t-il.

Il s'agissait d'un riche écusson brodé. Du superbe travail d'aiguille. Strictement mi-parties, les armes comportaient le cerf couronné d'un côté, de l'autre le lion.

« La fatuité des Lannister, commenta-t-il. L'emblème royal devrait suffire, tu diras ? nenni. Voilà qui met à égalité la mère et le père...

– La femme compte aussi ! » s'indigna-t-elle.

Il étouffa un ricanement. « Alors, imite-le, sœurette, en mariant dans tes armes Tully et Stark ?

– Le poisson dans la gueule du loup..., pouffa-t-elle, voilà qui serait cocasse ! Mais, au fait, puisqu'une fille ne peut se battre, à quoi rimerait un blason ? »

Il haussa les épaules. « Les filles prennent les armes et non l'épée. Les bâtards prennent l'épée et non les armes. Ce n'est pas moi qui ai fait les règles, sœurette. »

D'en bas, soudain, montèrent des clameurs. Le prince Tommen avait roulé dans la poussière et se débattait sans parvenir à se relever. Sa carapace boursouflée lui donnait l'aspect d'une tortue sens dessus dessous. Prêt à frapper derechef sitôt qu'il le verrait debout, Bran brandissait sur lui son épée de bois. L'assistance se mit à rire.

« Suffit pour aujourd'hui ! tonna ser Rodrik en tendant la main pour aider le prince à se remettre sur ses pieds. Beau combat. Lew, Dennis, veuillez les désarmer. » Il jeta un regard circulaire : « Prince Joffrey ? Robb ? que diriez-vous d'un nouvel assaut ? »

Déjà mis en nage par l'essai précédent, Robb s'avança néanmoins, plein d'ardeur : « Volontiers ! »

Tout en rentrant dans le soleil où sa chevelure prit un éclat d'ors martelés, Joffrey maugréa : « Vous nous prenez pour des gamins, ser Rodrik...

– Gamins vous êtes ! répliqua Greyjoy, goguenard.

– Robb, admettons. Moi, je suis prince. Et j'en ai assez de souffleter des Stark avec une épée pour rire.

– Hé, Joff ! s'écria Robb, des soufflets, vous en avez moins donné que reçu... Vous ferais-je peur ?

– Vous me terrifiez ! riposta le prince d'un air altier. Vous êtes tellement plus grand que moi... » Des rires épars retentirent, côté Lannister.

« Quel petit merdeux ! » décréta Jon avec une moue de dégoût.

Les doigts empêtrés dans la neige de ses favoris, ser Rodrik finit par demander gauchement : « Que préconisez-vous donc, prince ?

– Un combat réel.

– Soit ! approuva Robb, et vous vous en repentirez ! »

Dans l'espoir de le rendre plus raisonnable, ser Rodrik lui posa la main sur l'épaule : « Trop dangereux. A fleurets mouchetés, voilà tout ce que je puis tolérer. »

Par son mutisme, Joffrey semblait consentir quand un imposant chevalier, noir de poil et défiguré par des cicatrices brunes, fendit brusquement la presse. « Qui êtes-vous donc, ser, pour oser moucheter l'épée de votre prince ?

– Le maître d'armes de Winterfell, et je vous saurais gré de vous en souvenir, Clegane.

– Entraînez-vous des femmelettes ? ironisa l'autre, en faisant rouler ses muscles de taureau.

– J'entraîne des *chevaliers*, répliqua Rodrik, mordant. Ils manieront l'acier lorsqu'ils seront prêts. Lorsqu'ils auront l'âge.

– Quel âge as-tu, mon garçon ? demanda la face calcinée, interpellant Robb.

– Quatorze ans.

– J'en avais douze quand je tuai mon premier adversaire. Et pas avec une épée postiche, tu peux m'en croire. »

Robb se cabra sous l'outrage. « Laissez-moi l'affronter, dit-il à Rodrik, je me fais fort de le rosser.

– Alors, rosse-le avec une arme de tournoi.

– Allons, Stark..., intervint le prince d'un air dédaigneux, reviens me défier quand tu seras plus vieux. Seulement, n'attends pas de l'être *trop...* »

A cette saillie, le clan Lannister s'esbaudit si bruyamment que Robb se répandit en imprécations véhémentes et que Greyjoy dut le saisir à bras-le-corps pour l'empêcher de sauter sur le prince. Arya s'en mordait les poings. Ser Rodrik, consterné, se rebroussait les favoris.

Sur un bâillement simulé, Joffrey héla son petit frère : « Tu viens, Tommen ? Assez joué. Laisse ces gosses à leur récréation. »

Ce mot redoubla les éclats sardoniques des Lannister et les malédictions de Robb. Ivre de colère, ser Rodrik s'était empourpré sous ses blancs favoris. Et, sans l'implacable étau des bras de Theon, les princes et leur suite ne s'en fussent pas tirés si impunément.

A la grande surprise d'Arya, Jon les regarda s'éloigner d'un air étrangement paisible. Ses traits avaient pris l'aspect lisse de l'étang dans le bois sacré. Sautant à terre, il dit posément : « La pièce est finie », puis s'inclina pour câliner Fantôme entre les oreilles. Aussitôt debout, celui-ci vint se frotter contre ses jambes. « Quant à toi, sœurette, tu feras bien de regagner ta chambre au triple galop. Septa Mordane doit y être à l'affût et, plus tu te caches, plus dure sera la sanction. Garde-toi que, pour ta peine, l'on ne te condamne à coudre tout l'hiver prochain. Imagine qu'à la débâcle on te découvre dans la glace avec une aiguille coincée dans tes doigts gelés ? »

Elle ne goûta pas la plaisanterie. « Je hais ces travaux de dame ! écuma-t-elle, ce n'est pas juste !

– Rien n'est juste », repartit-il en l'ébouriffant une dernière fois avant de s'éloigner, Fantôme à ses côtés. Nymeria s'élança derrière eux puis, s'apercevant que sa maîtresse n'avait pas bougé, revint sur ses pas.

A contrecœur, Arya prit la direction opposée.

Pour affronter une épreuve autrement redoutable que ne se le figurait Jon. Là-bas l'attendait certes septa Mordane. Mais avec Mère.

BRAN

La chasse s'ébranla dès l'aube vers le sud. Le roi désirait dîner de sanglier. Le prince Joffrey accompagnant son père, Robb avait obtenu la permission de se joindre aux chasseurs. Oncle Benjen, Jory, Theon, ser Rodrik, nul n'y manquait, pas même l'inénarrable Tyrion. Après tout, c'était la dernière.

Bran se retrouva donc seul avec Jon, les filles et Rickon. Mais Rickon n'était qu'un bambin, les filles que des filles, et Jon, tout comme Fantôme, se révéla introuvable. A dire vrai, Bran ne poussa guère ses recherches, car il croyait que Jon lui en voulait. Jon semblait en vouloir au monde entier, depuis quelques jours, mais pourquoi ? mystère. Il allait partir pour le Mur avec Oncle Ben et entrer dans la Garde de Nuit. Trouvait-il cela beaucoup moins plaisant que de suivre le roi dans le sud ? Seul Robb demeurerait à Winterfell, en tout cas...

Depuis l'annonce de son départ, Bran vivait dans l'impatience. Sur la route royale, il monterait son propre cheval, pas un poney, un vrai cheval. Et la promotion de Père à la Main du Roi leur permettrait d'habiter le Donjon Rouge qu'à Port-Réal s'étaient jadis bâti les seigneurs du dragon. Vieille Nan l'affirmait peuplé de spectres, creusé d'oubliettes abominables, tapissé de crânes de dragons. Rien que d'y songer lui donnait le frisson, mais il n'avait pas peur pour autant. Peur de quoi, s'il vous plaît ? Père serait là, sans parler du roi, de ses chevaliers, de ses lames-liges.

Lui-même, un jour, serait chevalier. Chevalier de la garde royale. Les plus fins bretteurs du royaume en faisaient partie, selon Vieille Nan. Sept en tout et pour tout. Ils portaient une armure blanche et, au lieu de se marier, d'avoir des enfants, se vouaient au seul service du roi. La tête farcie de prouesses, Bran se repaissait de cent noms mélodieux. Serwyn au Bouclier-Miroir. Ser Ryam Redwyne. Prince Aemon Chevalier-Dragon. Les jumeaux ser Erryk et ser Arryk, célèbres pour s'être entre-tués des siècles auparavant, lors de la guerre que les rhapsodes appelaient Danse des Dragons et au cours de laquelle le frère avait combattu sa sœur. Le Taureau Blanc. Gerold Hightower. Ser Arthur Dayne, l'Epée du Matin. Barristan le Hardi.

Deux de ses gardes personnels escortaient présentement Robert. Bouche bée devant eux, Bran n'avait osé leur dire un seul mot. Ser Boros était un joufflu chauve, ser Meryn avait des yeux languides et une barbe rouille. Assurément, ser Jaime Lannister évoquait mieux la chevalerie des légendes, mais il avait beau faire également partie du fameux cénacle, le régicide l'avait, à en croire Robb, totalement discrédité. Ainsi, le plus éminent demeurait ser Barristan Selmy, Barristan le Hardi, Grand Maître de la Garde, que Père avait promis de leur faire connaître, à Port-Réal. Depuis lors, en cochant les jours sur son mur, Bran trompait sa fièvre de partir, de découvrir un monde jusqu'alors simplement rêvé, d'entamer cette vie nouvelle qu'il ne parvenait guère à imaginer.

Or, maintenant, l'imminence même du bonheur le plongeait dans un marasme affreux. Il allait quitter Winterfell, le seul lieu du monde où il se fût de tout temps senti chez lui. Il lui fallait dès aujourd'hui, Père l'avait prévenu, faire ses adieux. La chasse partie, il s'y était employé, parcourant en tous sens le château dans l'intention d'aller, escorté de son loup, voir Vieille Nan et Gage le cuisinier, puis le forgeron Mikken, puis Hodor le palefrenier qui, hormis sourire de toutes ses dents et soigner le poney, ne savait que répéter « Hodor », puis le jardinier des serres qui, à chaque visite, lui donnait une mûre, puis...

Peine perdue. Dans l'écurie par où il avait débuté, la vue du poney dans sa stalle le bouleversa. Ce n'était plus *son* poney. Monté sur un vrai cheval, il laisserait le poney ici. L'envie le prit, là, tout à coup, de s'asseoir par terre et de pleurer toutes les larmes de son corps. Aussi prit-il ses jambes à son cou avant que Hodor ou personne pût voir son désarroi. Là s'arrêta sa tournée d'adieux. Il préféra passer la matinée dans le bois sacré, tout seul avec son loup, tâchant de lui apprendre à rapporter un bâton. Vainement. Aucun chien du chenil de Père n'était plus vif que l'animal, et Bran ne doutait pas qu'il ne comprît tout à demi-mot, mais quant à courir après du bois...

Pour la centième fois, il tenta de lui trouver un nom. Impressionné par la célérité du sien, Robb l'avait appelé Vent Gris. Sansa s'était contentée de Lady. Arya avait déniché dans quelque rengaine cette vieille sorcière de Nymeria, petit Rickon avait choisi Broussaille d'un bêbête, pour un loup-garou... ! –, Jon nommé Fantôme de son albinos. Mais, pour celui-ci, quinze jours de réflexion, de projets, d'esquisses n'avaient rien donné de satisfaisant.

Lassé à la fin de lancer des bâtons, la tentation le prit d'un brin d'escalade. Les événements l'avaient empêché depuis des semaines de grimper à la tour en ruine, et l'idée que l'occasion s'en présentait peut-être pour la dernière fois acheva de l'y résoudre.

A toutes jambes, il traversa le bois sacré en prenant au plus long pour contourner l'étang de l'arbre-cœur. Ce dernier le terrifiait depuis toujours. Les arbres ne devraient pas avoir d'yeux, trouvait-il, ni de feuilles en forme de mains. Il atteignit ainsi le vigier qui se dressait auprès du mur de l'arsenal et, comme son loup se pelotonnait contre ses chevilles, il ordonna : « Tu restes ici. Couché. Bien. *Sage*, maintenant. »

Se voyant obéi, Bran le gratifia d'une caresse puis, d'un bond, agrippa une branche basse et se mit à grimper. Mais à peine se trouvait-il à mi-hauteur, passant avec aisance d'une branche à l'autre, que son loup se dressa et se mit à hurler.

Au coup d'œil que lui lança son maître, il se tut, mais, le museau levé, fixa sur lui ses prunelles jaunes à demi voilées. Saisi d'un frisson bizarre, Bran reprit son ascension. Aussitôt, le loup se remit à hurler. « Calme ! vocifera-t-il, assis ! sage ! Tu es pire que Mère ! » Mais les hurlements ne cessèrent de le poursuivre jusqu'au moment où, sautant enfin sur le toit de l'arsenal, il eut disparu.

Le faîte des combles de Winterfell lui était comme une seconde maison. Mère répétait à l'envi qu'il avait su grimper avant de savoir marcher. Et comme il ne se rappelait pas plus la date de ses premiers pas que celle de ses premières escalades, Bran devait l'en croire sur parole.

Sous ses yeux, Winterfell se déployait dans toutes les directions, tel un labyrinthe colossal de moellons gris, de murs, de tours, de cours, de tunnels, de salles tantôt si hautes et tantôt si basses, dans les parties les plus anciennes, que leur décalage interdisait de se prononcer sur leur étage exact. En fait, se dit-il, rien de plus vrai que le mot de mestre Luwin, l'autre jour : « Au cours des siècles, le château s'est développé comme un monstrueux arbre de pierre aux branches épaisses, noueuses, tordues, aux racines profondément plantées dans le sol. »

Au fur et à mesure qu'à quatre pattes il se rapprochait du ciel, son regard embrassait plus étroitement l'ensemble de la forteresse. Il aimait l'éventail qu'elle ouvrait de la sorte et l'étrange animation qui s'y poursuivait à ses pieds, tandis qu'au-dessus de sa tête seuls tournoyaient les oiseaux. Il pouvait rester juché là des heures, parmi les gargouilles érodées par la pluie, difformes, à imaginer leurs ruminations, ou guigner, tout en bas, les travaux des hommes : dans cette cour-ci on faisait des armes, cette serre-là s'activait à ses maraîchages..., le chenil et son agitation fébrile, la solitude silencieuse du bois sacré, le caquetage des lavandières près du bassin. A l'insu de Robb, il était alors en quelque sorte le maître absolu de la place.

Il en avait également pénétré les arcanes. Ses bâtisseurs s'étant épargné la peine d'y rien niveler, elle enserrait dans ses remparts collines et vallées. Du quatrième étage du beffroi, un passage couvert menait droit au deuxième de la roukerie. Bran le savait. Et il savait que, si l'on s'introduisait dans l'enceinte intérieure par la porte sud, on trouvait trois étages plus haut une espèce de boyau pratiqué dans la pierre qui vous menait juste à la porte nord, mais au *rez-de-chaussée*, cent pieds en dessous du chemin de ronde. Et il ne doutait pas que mestre Luwin lui-même n'ignorât *cela*.

Mère vivait dans la terreur qu'il ne glissât quelque jour, ne fît une chute mortelle. Toutes les dénégations du monde ne parvenaient pas à la rassurer. Alors, elle lui avait arraché la promesse de ne plus quitter la terre ferme. Il était parvenu à tenir près de quinze jours, quinze affreux jours, puis une nuit s'échappa par la fenêtre, une fois assoupis ses frères...

Un accès de remords lui fit confesser son crime dès le lendemain. Lord Eddard le condamna à expier sa désobéissance par une nuit entière de méditation dans la solitude du bois sacré. Des gardes apostés garantiraient l'accomplissement de la peine. Or, au matin, Bran demeura longtemps introuvable. Il dormait à poings fermés tout en haut du plus haut vigier.

Tout furieux qu'il était, Père ne put s'empêcher de rire. « Tu n'es pas mon fils, lui dit-il quand on l'eut descendu de son perchoir, mais un écureuil. Tant pis. Grimpe donc, s'il te faut grimper, mais tâche au moins que ta mère ne le voie pas. »

Il s'y efforça désormais de son mieux, Mère ne s'y leurra guère. Et comme Père n'interdisait pas, elle chercha d'autres alliés. Vieille Nan entreprit pour Bran l'histoire d'un vilain marmot qui, à force de grimper trop haut, rencontra si bien la foudre que les corneilles n'eurent plus qu'à lui caver les yeux. L'histoire le laissa froid. Au sommet de la tour en ruine où nul autre ne montait que lui nichaient des corneilles. Parfois, il bourrait ses poches de blé à leur intention, et elles picoraient dans sa main. Aucune d'entre elles n'avait jamais manifesté l'ombre de la moindre envie de lui caver les yeux.

Là-dessus, mestre Luwin modela une figurine de glaise, la vêtit en Bran et depuis le rempart la précipita dans la cour en guise de démonstration. Fort amusé par les débris, l'autre Bran ne tarda pas à dire d'un air malin : « D'abord, je ne suis pas en terre. Puis, de toute façon, je ne tomberai pas. »

Alors survint la période bénie entre toutes où les gardes se mirent à lui donner la chasse, dans l'espoir de le haler bas, dès qu'ils le voyaient sur les toits. Comme en jouant avec ses frères, il y prenait un plaisir extrême. Restait l'ennui de gagner toujours. Aucun de ses poursuivants, pas même Jory, n'était à la hauteur. Puis, la plupart du temps, personne ne le repérait, là-haut. Les gens ne regardent jamais en l'air. Moyennant quoi, d'ailleurs, grimper lui procurait aussi les franches délices d'une quasi-invisibilité.

Il aimait encore la sensation de se hisser, pierre après pierre, avec les orteils et les doigts cramponnés aux moindres interstices. Ne partir jamais en expédition que débotté, pieds nus, lui donnait l'impression de posséder quatre mains pour deux. Il aimait la douce et pénétrante courbature de ses muscles, après. Il aimait la saveur, froide et sucrée comme pêche d'hiver, de l'air en plein ciel. Il aimait les oiseaux : les corneilles de la tour en ruine, les minuscules passereaux nichés dans les crevasses des parois, l'antique chouette qui couchait dans le grenier poudreux de l'arsenal. Il les connaissait tous.

Mais il aimait par-dessus tout gagner des lieux auxquels nul autre n'avait accès et d'où promener sur la grisaille de Winterfell des regards inédits. Ainsi s'en emparait-il comme d'une forteresse secrète.

Son repaire favori était la tour. Jadis tour de guet et la plus haute du château, la foudre l'avait incendiée voilà des éternités, cent ans au moins avant la naissance de Père. Effondrée d'un tiers sur elle-même, elle n'avait pas été reconstruite. De temps à autre, Père lâchait dans les salles basses encombrées de pierres, de gravats, de poutres vermoulues et carbonisées des meutes de ratiers qui, chaque fois, faisaient un fameux carnage, mais personne, hormis Bran et les corneilles, ne s'aventurait plus sur le moignon déchiqueté.

Il connaissait deux manières d'y accéder.

Il était possible d'escalader directement le flanc de la tour, mais ses pierres branlantes n'inspiraient aucune confiance à Bran, car le mortier qui les jointoyait s'était dès longtemps délité.

L'idéal était d'escalader le grand vigier du bois sacré, de franchir successivement d'un bond les toits de l'arsenal, de la salle des gardes (nu-pieds, on n'attirait pas leur attention). On atteignait alors la face aveugle du premier donjon, le plus ancien du château, dont la rotondité massive masquait la hauteur. Désormais abandonné aux rats et aux araignées, il ne s'en prêtait pas moins à l'escalade directe jusqu'à ses gargouilles dont la trogne louche scrutait le néant. Par un mouvement tournant, de gargouille en gargouille, de prise en prise, on parvenait sur le côté nord. De là, une savante extension permettait d'agripper les ruines quasi contiguës et d'enjamber le vide. Il suffisait alors de se hisser durant tout au plus dix pieds le long des pierres calcinées puis de se rétablir sur l'aire où l'espoir d'une friandise attirait déjà les corneilles.

Bran procédait de gargouille en gargouille avec l'aisance d'un familier de longue date quand des éclats de voix, juste sous ses pieds, faillirent lui faire lâcher prise. Il n'avait jamais connu le donjon que désert.

« Je n'aime pas cela », disait une femme. La voix provenait de la dernière des fenêtres qu'il surplombait. « C'est toi qui devrais être Main du Roi.

– Les dieux m'en préservent..., répliqua un homme d'un ton languissant. Je ne voudrais pas d'un pareil honneur. Il m'accablerait de besogne. »

En suspens sur le vide et tout ouïe, Bran s'affola. Poursuivre ? Il n'y fallait songer. On risquait d'apercevoir ses pieds, au passage.

« Mais ne vois-tu pas dans quel guêpier cela nous met ? reprit la femme. Robert l'aime comme un frère.

– Bah ! Robert peut à peine gober ses véritables frères. Loin de moi, d'ailleurs, l'idée de l'en blâmer. La seule vue de Stannis donnerait une indigestion.

– Ne fais pas l'idiot. Stannis et Renly sont une chose, Stark en est une autre. Rien à voir. Robert *écoutera* Stark. Les maudits ! Que n'ai-je *exigé* ta nomination, au lieu de me persuader que Stark refuserait... !

– Estimons-nous plutôt chanceux. Le roi aurait pu désigner l'un de ses frères ou, pire encore, Littlefinger et, alors, sauve qui peut ! Qu'on me donne pour ennemis des gens d'honneur plutôt que des ambitieux, voilà qui ne troublera pas mon sommeil. »

Mais c'est de Père qu'on parlait ! Dans son désir d'en savoir davantage, Bran se fût volontiers avancé de quelques pieds encore..., mais comment se flatter qu'alors on ne le verrait pas ?

« Il nous faudra le surveiller de près, dit la femme.

– Je serais plus tenté de te surveiller, toi, grogna l'homme d'un ton d'ennui. Cesse de rêver. »

Elle s'obstina. « Stark ne s'est jamais intéressé si peu que ce soit à ce qui se passait au sud du Neck. Jamais. Crois-moi, il mijote quelque chose contre nous. Pour quoi d'autre délaisserait-il le siège de sa puissance ?

– Pour cent raisons. Le devoir. L'honneur. Il brûle de tracer son paraphe en travers des pages de l'Histoire, ou bien de rompre avec sa femme, peut-être les deux. S'il n'aspire tout bonnement à cesser enfin de grelotter.

– Sa femme est la sœur de lady Arryn, je te signale..., et je trouve miraculeux que celle-ci ne se soit pas déplacée pour nous souhaiter la bienvenue par ses accusations. »

Un peu plus bas, Bran s'aperçut qu'un maigre ressaut, quelques pouces à peine, jouxtait la fenêtre. Il voulut descendre jusque-là. Trop loin. Inutile d'insister.

« Arrête de te ronger... ! Ta Lysa n'est qu'une grosse vache apeurée.

– Une grosse vache qui couchait avec Jon Arryn.

– Si elle savait quelque chose, elle serait allée trouver Robert avant de filer.

– Alors qu'il avait déjà consenti à prendre pour pupille son avorton ? Je n'en crois rien. C'eût été troquer son silence contre la vie de l'enfant. Maintenant qu'il est à l'abri dans le nid d'aigle des Eyrié, libre à elle de s'enhardir.

– Mères que vous êtes ! » La façon dont l'homme prononça ces mots les faisait sonner comme une imprécation. « Mettre au monde vous détraque toutes. Toutes folles. » Il se mit à rire. D'un rire aigre. « Laisse-la s'enhardir tant qu'elle voudra. Quoi qu'elle sache, quoi qu'elle se figure savoir, elle n'a pas de preuve. » Il reprit au bout d'un moment : « Elle n'en a pas, n'est-ce pas ?

– Le roi n'aurait que faire de preuves. Je te le répète, il ne m'aime pas.

– A qui la faute, sœur de mon cœur ? »

Bran en revenait toujours au ressaut. Terriblement risqué. Son étroitesse interdisait d'y atterrir mais, en se laissant glisser, ne serait-il pas possible de s'y accrocher au passage, puis de se hisser dessus... ? Cela risquait de faire du bruit et d'attirer les autres à la fenêtre. S'il n'était pas sûr de bien entendre la conversation, il savait pertinemment que ses oreilles ne bourdonnaient pas.

« Tu es aussi aveugle que Robert, disait la femme.

– Si tu veux dire que je vois la chose sous le même angle, j'en suis d'accord. Cet homme aimerait mieux mourir que de trahir son roi.

– Il en a déjà trahi un, l'aurais-tu oublié ? Oh..., je ne mets pas en doute sa loyauté vis-à-vis de Robert, elle crève les yeux. Seulement, qu'en serait-il si Joffrey montait sur le trône – et le plus tôt sera le mieux pour notre sécurité à tous – ? L'aversion de mon mari s'aggrave de jour en jour. La présence de Stark à ses côtés ne fera que la redoubler. La passion qu'il avait pour la sœur, cette gourde morte à seize ans, il ne l'a jamais oubliée. Combien de temps mettra-t-il pour se décider à me congédier en faveur de quelque nouvelle Lyanna ? »

Horrifié, Bran n'eut tout à coup plus qu'un seul désir, revenir en arrière, aller trouver ses frères. Mais que leur dire, alors ? Il lui fallait auparavant se rapprocher, voir qui parlait, là.

L'homme soupira : « Si tu pensais moins au futur et davantage aux plaisirs à portée de main ?

– Veux-tu bien... ! » s'exclama la femme, tandis que retentissait quelque chose comme le choc de deux chairs, suivi par le rire de l'homme.

Bran alors se hissa jusqu'à la gargouille, l'enjamba, rampa jusque sur le toit, toutes choses enfantines, pour lui, longea le toit jusqu'à la gargouille suivante, juste à l'aplomb de la fenêtre d'où sortaient les voix.

« Toute cette conversation m'assomme ! disait l'homme. Viens çà, ma sœur, un peu de calme... »

Bran se mit à califourchon sur la gargouille, referma ses jambes sur elle et se laissa plonger, tête en bas. Vu à l'envers, le monde prenait un aspect singulier. Encore humide de neige fondue, une cour barbotait sous lui, vertigineusement.

Il regarda par la fenêtre.

A l'intérieur, l'homme et la femme luttaient, nus tous deux. Qui pouvaient-ils être ? De dos, l'homme masquait entièrement la femme. Il la plaqua contre le mur, et une espèce de clapotis doux fit enfin comprendre à Bran que les inconnus s'embrassaient. Il les regarda, effaré, tout yeux, le souffle coupé. L'homme avait l'une de ses mains entre les cuisses de la femme, et cela devait la blesser, car elle se mit à geindre tout bas, d'un râle de gorge. « Arrête, dit-elle, arrête, arrête, *par pitié...* », mais d'une voix mourante, et sans le repousser. D'elles-mêmes, ses mains s'enfouirent dans les cheveux de l'homme, une toison d'or, et le forcèrent à s'incliner vers sa poitrine.

Les yeux clos, la bouche ouverte, elle gémissait toujours. Sa chevelure oscillait au gré du balancement de sa tête ainsi qu'une houle d'or. La reine !

Un léger bruit dut l'alerter, car elle ouvrit soudain les yeux et les fixa droit sur Bran en poussant un cri.

La suite ne fut qu'un éclair. Repoussant brutalement l'homme, la femme, hors d'elle, désignait Bran. Il tenta de se redresser, se cambra désespérément pour empoigner la gargouille, mais sa précipitation le desservit, sa main dérapa sur la pierre, la panique lui fit desserrer les jambes, et il se sentit brusquement tomber. Dans un vertige nauséeux, il s'entrevit dépasser la fenêtre, lança sa main vers le ressaut, le saisit, le lâcha, le rattrapa de l'autre main, se meurtrit en se balançant contre la façade. Le souffle coupé par le choc, il pendait là, pantelant, retenu par une seule main.

Au-dessus, deux têtes se penchèrent.

C'était bien la reine. Et maintenant, Bran reconnaissait l'homme. Aussi semblable à elle que le reflet dans le miroir.

« Il nous a *vus* ! piaula-t-elle.

– Oui », dit l'homme.

Ses doigts commençant à glisser, Bran cramponna son autre main au ressaut. Ses ongles se plantèrent dans la pierre ferme. L'homme se pencha vers lui. « Ta main, dit-il, avant que tu ne tombes. »

Bran lui empoigna le bras, s'y agrippa de toute son énergie. L'homme le hissa jusque sur le ressaut. « Que fais-tu là ? » grinça la femme.

L'homme ignora la question. Il était d'une force inouïe. Il planta Bran debout sur l'appui de fenêtre. « Quel âge as-tu, mon garçon ?

– Sept ans », dit Bran, que le soulagement faisait trembler. Ses doigts avaient labouré l'avant-bras de l'homme. Il en était tout penaud.

Par-dessus l'épaule, l'homme jeta un regard à la femme. « Ce que me fait faire l'amour, quand même ! » lâcha-t-il d'un air écœuré. Puis il poussa Bran.

Avec un hurlement, Bran se vit projeté en arrière dans le vide. Rien à quoi se raccrocher. La cour se précipitait à sa rencontre.

Quelque part, au loin, un loup hurlait. Dans l'espoir d'une friandise, les corneilles traçaient des cercles au-dessus de la tour en ruine.

TYRION

Du fond de l'immense dédale de Winterfell, quelque part, hurla un loup. Le cri lugubre flotta sur le château comme un pavillon de deuil.

Tyrion Lannister leva le nez de ses livres et se prit à frissonner, malgré l'atmosphère paisible et douillette de la bibliothèque. Par moments, quelque chose d'analogue au hurlement des loups empoignait en lui sa maudite engeance et l'abandonnait, nue, traquée par la meute, dans les sombres forêts de l'esprit.

Au second hurlement du loup-garou, Tyrion referma le volume lourdement relié de cuir où il s'était plongé, un traité des saisons vieux d'un siècle, et dont l'auteur n'était plus que poussière. D'un revers de main, il étouffa un bâillement. Sa lampe clignotait. Pas faute d'huile, toujours. Les premières lueurs du jour blêmissaient les hautes fenêtres. Tyrion Lannister n'était guère homme à dormir.

En se laissant aller contre le dossier de son banc, il se sentit les jambes raides et endolories. Après un léger massage pour y rétablir un semblant de vie, il boita pesamment vers la table sur laquelle ronflait à mi-bruit le septon, la face enfouie dans un livre ouvert. Un coup d'œil au titre l'édifia. Une biographie du Grand Mestre Aethelmure, comme par hasard. « Chayle ? » murmura-t-il. Le jeune homme sursauta, battit des paupières, prit un air penaud. Au bout de sa chaîne d'argent ballottait le cristal de son ordre. « Je pars déjeuner. Vous remettrez les volumes en place. Ne malmenez pas les rouleaux valyriens, le parchemin en est extrêmement sec. *Les Engins de Guerre* d'Ayrmidon sont toujours une rareté, mais votre exemplaire est le seul complet que j'aie jamais vu. » Encore mal réveillé, Chayle béait devant lui. Sans s'impatienter, Tyrion réitéra ses instructions puis, d'une tape sur l'épaule, prit congé.

TYRION

Sitôt le seuil franchi, l'aube froide. Il en inspira une bonne goulée avant d'entreprendre la pénible descente des marches étroites et abruptes qui s'enroulaient à l'extérieur de la tour. Avec ses jambes courtaudes et arquées, il devait aller lentement. Le soleil levant n'éclairait pas encore les murailles de Winterfell, mais l'on s'activait déjà ferme, en bas. L'âpre voix de Sandor Clegane monta du fond de la cour jusqu'à lui. « Il en met un temps à mourir, ce gosse ! J'espérais qu'il se dépêcherait davantage. »

D'un coup d'œil, Tyrion distingua le Limier qui, en compagnie de Joffrey, se tenait au milieu d'un essaim d'écuyers. « Du moins meurt-il en silence, ronchonna le prince. C'est le loup qui fait ce boucan. Je n'ai presque pas fermé l'œil, cette nuit. »

Comme on le coiffait de son heaume noir, l'ombre de Clegane se projeta sur la terre battue. « Je peux le faire taire, si vous voulez... », dit-il à visière ouverte. On lui remit son épée dont il évalua le poids en tranchant vivement l'espace. Derrière lui, la cour retentissait du fracas de l'acier.

Le prince se montra enchanté de l'offre. « Envoyer un chien tuer un chien ! s'exclama-t-il. Winterfell est tellement infesté de loups que les Stark ne s'apercevront même pas qu'il en manque un. »

D'un petit saut, Tyrion franchit la dernière marche. « Holà, mon neveu ! permets-moi de te contredire... Les Stark savent compter au-delà de six. Contrairement à certains princes de ma connaissance. »

A défaut de mieux, Joffrey eut la bonne grâce de rougir.

« Une voix du néant ! » commenta Sandor, tout en affectant, sous son heaume, de scruter tout autour de lui, serait-ce quelque esprit de l'air ?

Le prince se mit à rire, ainsi qu'il faisait toujours quand son garde du corps lui cabotinait cette vieille farce. Tyrion avait l'habitude. « Plus bas », dit-il.

De tout son haut, Sandor regarda par terre et feignit de l'y découvrir. « Mais c'est le petit lord Tyrion ! Je suis confus. Je ne vous avais seulement pas vu.

– Ferme-la, toi. Je ne suis pas d'humeur à supporter tes insolences. » Il se tourna vers son neveu. « Vous auriez dû depuis longtemps, Joffrey, vous rendre auprès de lord et lady Stark pour les assurer de votre sympathie.

– Ma sympathie ? riposta Joffrey, de l'air grognon que seuls savent prendre les petits princes, elle leur ferait une belle jambe !

– Certes. N'empêche que la démarche s'imposait. Votre abstention a été remarquée.

– Le petit Stark ne m'est strictement rien. Puis je ne puis souffrir les femmes qui pleurnichent. »

Lancée à toute volée, une gifle lui empourpra la joue.

« Un mot de plus, et je t'en flanque une seconde, promit Tyrion.

– Je vais le dire à Mère ! » glapit Joffrey.

Une nouvelle gifle lui empourpra l'autre joue.

« Dis-le-lui. Mais, d'abord, va trouver lord et lady Stark, tombe à leurs genoux, présente-leur tes plus plates excuses en les assurant qu'eux et les leurs, en ces heures atroces, n'ont pas de serviteur plus dévoué que toi, que tu pries de toute ton âme avec eux. Compris ? *Oui ?* »

Le garçon semblait sur le point d'éclater en sanglots. Il esquissa un signe d'acquiescement puis se précipita hors de la cour en se tâtant la joue. Tyrion le regarda s'enfuir puis, tout assombri, se tourna vers Clegane que son imposante stature faisait ressembler à une falaise. Son armure d'un noir de suie semblait annuler le soleil. Il avait rabattu sa visière. Son heaume, qui reproduisait une gueule de limier hargneux, avait un aspect terrible mais, depuis toujours, Tyrion lui trouvait une hideur infiniment moindre qu'au mufle calciné dessous.

« Le prince n'oubliera pas ça, mon petit seigneur, l'avertit Clegane dont la coiffe de fer transforma le rire en un grondement caverneux.

– C'est mon vœu le plus cher, riposta Tyrion. Dans le cas contraire, sois assez bon chien pour lui rafraîchir la mémoire. » Il passa la cour en revue. « Saurais-tu, par hasard, où se trouve mon frère ?

– Il déjeune avec la reine.

– Ah. » Gratifiant son interlocuteur d'un signe de tête des plus négligent, il s'éloigna en sifflotant, du pas le plus alerte de ses jambes torses. Malheur, songea-t-il, au premier chevalier qui se frotterait au Limier sur ces entrefaites. Parce que, comme mauvais coucheur... !

Dans la maison des hôtes, on avait servi un morne repas froid. Attablés avec les enfants, Cersei et Jaime s'entretenaient tout bas.

« Robert est encore au lit ? » demanda Tyrion en prenant place sans que personne l'y eût invité.

Avec un regard où il lut le vague dégoût qu'elle lui dédiait depuis sa naissance, sa sœur répondit : « Il ne s'est pas couché du tout. Il se trouve avec lord Eddard. Il prend leur peine très à cœur.

– Il a le cœur si vaste, notre Robert... ! » dit Jaime avec un sourire languide. Il ne prenait guère de choses au sérieux, Jaime. Tyrion le savait et le lui pardonnait, parce que, tout au long de son épouvantable enfance, il n'avait reçu que de lui quelques lichettes de tendresse et un rien de respect. Aussi la gratitude le disposait-elle à une indulgence sans restriction.

Un serviteur s'approcha. « Du pain, lui demanda-t-il, avec deux de ces petits poissons, et un pot de bonne bière brune pour la descente. Oh, et un peu de lard fumé. Ne le laissez pas noircir. » L'homme s'inclina, s'en fut, et Tyrion se mit à observer ses petits bessons favoris. Mâle et femelle. Ils formaient parfaitement la paire, ce matin. Tous deux avaient élu un vert sombre qui rehaussait l'éclat de leurs yeux. Leurs boucles blondes avaient chacune le même bouffant congru, des bijoux d'or paraient semblablement leurs poignets, leurs doigts, leur col.

Quel effet cela faisait-il d'avoir un jumeau ? Autant l'ignorer. Déjà bien assez dur de se retrouver face à face avec soi-même, jour après jour, dans les miroirs. S'il fallait en plus contempler son alter ego..., quelle horreur.

« Avez-vous des nouvelles de Bran, mon oncle ? intervint Tommen.

– Je suis passé par l'infirmerie cette nuit. Etat stationnaire, selon le mestre. Il voit là un signe encourageant.

– Je ne veux pas qu'il meure », s'affola le petit prince. Sa gentillesse contrastait fort avec le caractère de son frère. Mais quelle apparence y avait-il que Jaime et Tyrion fussent nés du même giron ?

« Lord Eddard avait un frère également nommé Brandon, souffla Jaime d'un air rêveur. L'un des otages assassinés par Targaryen. A croire que ce nom porte malheur.

– Oh, sûrement pas tant que ça », dit Tyrion, tandis qu'on lui servait son déjeuner, avant d'entamer largement la miche de pain noir, sous l'œil attentif de Cersei.

« Que veux-tu dire ? » demanda-t-elle.

Il lui décocha un sourire oblique. « Rien, voyons. Sinon que le vœu de Tommen pourrait être exaucé. » Il but une goutte de bière. « Le mestre ne désespère pas que le petit vive. »

Myrcella poussa un petit cri de joie, Tommen se dérida presque, mais Tyrion regardait ailleurs. Si bref, si furtif qu'eût été le coup d'œil échangé par Cersei et Jaime, il le surprit. Sur quoi sa sœur sembla se perdre dans la contemplation de la table. « Il n'y a pas de miséricorde. Les dieux du nord sont bien cruels de prolonger les tortures de ce pauvre enfant.

– Qu'en dit au juste le mestre ? » s'enquit Jaime.

Sous la dent, le lard était à point crissant. Comme absorbé dans ses pensées, Tyrion poursuivit un moment sa mastication avant de répondre. « A l'en croire, il serait déjà mort s'il avait dû mourir. Or son état est stationnaire depuis quatre jours.

– Il va s'améliorer, n'est-ce pas ? » demanda Myrcella. Toute la beauté de sa mère, pas un seul trait de son caractère.

« Il s'est rompu l'échine, petiote... Sa chute lui a également fracassé les jambes. On le nourrit de miel et d'eau pour l'empêcher de mourir de faim. S'il reprend conscience, il pourra peut-être prendre un vrai repas, mais il ne marchera plus jamais.

– S'il reprend conscience..., répéta Cersei. Il a quelque chance ?

– Les dieux seuls le savent. Le mestre se contente de l'espérer. » Il reprit du pain, se remit à mâcher. « C'est son loup qui le maintient en vie, j'en jurerais. Il campe nuit et jour sous sa fenêtre, à hurler. On l'en chasse, il revient aussitôt. Une fois, le mestre a ordonné de fermer la fenêtre, on aurait dit que le silence affaiblissait Bran. Sitôt qu'on a rouvert, son pouls s'est raffermi. »

La reine frissonna. « Ces bêtes-là ont quelque chose de contre nature. Elles sont dangereuses. Je ne *tolérerai* pas qu'on emmène une seule d'entre elles dans le sud.

– Tu t'attaques à forte partie, dit Jaime. Elles ne lâchent pas leurs maîtresses. »

Tyrion commença de manger son poisson. « Vous comptez donc partir bientôt ?

– Jamais assez tôt », grommela Cersei puis, fronçant le sourcil : « *Nous ?* Et toi ? Bons dieux ! tu ne comptes tout de même pas rester *ici* ? »

Tyrion prit un air désinvolte. « Benjen Stark retourne à la Garde de Nuit. Il emmène son neveu bâtard. Je me suis mis en tête d'aller visiter en leur compagnie le fameux Mur dont nous avons tous entendu si souvent parler.

– J'espère, sourit Jaime, que tu n'envisages pas, frérot, de nous préférer la tenue noire ?

– Le célibat, moi ? pouffa Tyrion, non. J'aurais trop scrupule de réduire à la mendicité les putes qui besognent de Dorne à Castral Roc ! Je désire simplement me jucher sur le Mur et, de là, compisser les confins du monde. »

A ces mots, Cersei se dressa d'un bond. « Ces ordures, devant les enfants ! Tommen, Myrcella, venez. » Et elle opéra sa sortie dans un tourbillon d'indignation, de traîne et de marmaille.

TYRION

Jaime Lannister appesantit sur son frère le vert froid d'un regard songeur. « Stark n'admettra jamais de quitter Winterfell tant que son fils y agonise.

– Sauf si Robert le lui ordonne. Et Robert va le lui ordonner. De toute façon, lord Eddard ne peut rien faire pour l'enfant.

– Abréger son supplice, au moins... A sa place, je le ferais. Ce ne serait que charité.

– Garde-toi de le lui suggérer, doux frère. Il le prendrait sûrement très mal.

– Que le gosse survive, il sera infirme. Pire qu'infirme. Un repoussoir. Parle-moi plutôt d'une bonne mort proprette. »

Tyrion ne daigna répondre que d'un haussement d'épaules qui souligna sa difformité. « En matière de repoussoirs, tu me permettras d'avoir un autre avis. La mort a quelque chose d'effroyablement définitif. La vie ouvre, elle, sur d'innombrables virtualités. »

Jaime se mit à sourire. « Quel pervers petit lutin tu fais, toi !

– Hé oui, reconnut Tyrion. J'espère que l'enfant reprendra conscience. Je serais fort curieux de recueillir alors ses confidences... »

Le sourire de son frère flocula comme du lait qui tourne. « Tyrion, dit-il sombrement, cher Tyrion, tu me donnes parfois lieu de me demander de quel bord tu es. »

La bouche pleine de pain et de poisson, Tyrion s'offrit une lampée de brune pour bien déglutir, puis glissa à Jaime un rictus de loup. « Voyons, Jaime, cher Jaime, dit-il, tu me blesses, là. Tu sais à quel point j'aime ma famille. »

JON

En montant l'escalier d'un pas lent, Jon s'efforçait de ne pas penser qu'il le faisait peut-être pour la dernière fois. Fantôme, à ses côtés, ne faisait pas le moindre bruit. Au-dehors, la neige s'engouffrait par les poternes en tourbillonnant, la cour n'était que tapage et chaos mais, dedans, l'épaisseur des murailles entretenait chaleur et quiétude. Trop de quiétude, au gré de Jon.

Sur le palier, la peur le prit, qui le pétrifia un bon moment. La truffe de Fantôme au creux de sa paume lui rendit courage et, se redressant, il entra.

Lady Stark se trouvait au chevet de Bran. Elle n'en avait pas bougé depuis près de deux semaines. Ni le jour ni la nuit, pas une seconde. On lui servait ses repas là. Elle y avait même son pot de chambre. Elle y dormait sur un petit lit dur. Encore disait-on qu'elle n'avait presque pas fermé l'œil. Elle ne laissait à personne le soin de donner à son fils l'eau, le miel et la potion d'herbes qui le maintenaient en vie. Sa présence permanente avait contraint Jon à rester à l'écart.

Seulement, il n'avait plus de temps devant lui, maintenant.

La peur de parler, la peur d'approcher le clouèrent longtemps sur le seuil. Par la fenêtre ouverte entrait un hurlement de loup. Fantôme dressa l'oreille.

Les yeux de lady Stark tombèrent sur Jon. Elle sembla d'abord ne pas le reconnaître, cilla enfin. « Que viens-tu faire ici, *toi* ? demanda-t-elle d'une voix bizarrement neutre et indifférente.

– Je venais voir Bran. Lui dire au revoir. »

Elle demeura imperturbable. Ses longs cheveux auburn avaient conservé leur lustre et leur densité. Elle avait l'air d'avoir vingt ans. « Hé bien, c'est fait. Maintenant, va-t'en. »

Toute une partie de son être n'aspirait qu'à fuir, mais il savait qu'alors peut-être ne reverrait-il jamais Bran. Les nerfs à vif, il avança d'un pas. « S'il vous plaît. »

Une lueur froide durcit les yeux de lady Stark. « Je t'ai dit de partir. Nous ne voulons pas de toi ici. »

Naguère, il aurait pris ses jambes à son cou. Naguère, il en aurait même pleuré. A présent, il n'éprouvait plus que colère. Bientôt, il serait frère assermenté dans la Garde de Nuit, et il lui faudrait affronter des adversaires autrement redoutables que Catelyn Tully Stark. « Bran est mon frère, dit-il.

– Me faut-il appeler les gardes ?

– Faites, riposta-t-il d'un air de défi. Vous ne m'empêcherez pas de le voir. » Il traversa la chambre et, non sans interposer le lit entre eux, se pencha sur Bran.

Sa mère lui tenait une main. Une serre, eût-on dit. Le Bran de naguère était devenu méconnaissable. La chair l'avait déserté. Sous la peau saillaient des os noueux comme des bâtons. En dépit de la couverture, l'aspect désarticulé des jambes donnait la nausée à Jon. Comme engloutis dans des puits noirs, les yeux regardaient sans voir. La chute l'avait en quelque sorte rétréci. Plus ténu qu'une feuille, il semblait à la merci du premier coup de vent.

Et pourtant, cet affreux saccage n'empêchait pas sa poitrine de se soulever et de s'affaisser au rythme imperceptible de son souffle.

« Bran, dit Jon, pardonne-moi de n'être pas venu plus tôt. J'avais peur. » Il sentait les larmes dévaler ses joues, mais ne s'en souciait plus. « Ne meurs pas, Bran. Je t'en prie. Nous attendons tous ton réveil. Moi, Robb, les filles, tout le monde... »

Lady Stark regardait. Elle n'avait pas poussé un cri. Jon vit là un consentement. Sous la fenêtre hurla le loup. Le loup que Bran n'avait pas eu le temps de nommer.

« Il me faut partir, maintenant, reprit Jon. Oncle Benjen attend. Je dois aller vers le nord, au Mur. Dès aujourd'hui. Avant que la neige ne vienne. » La perspective de son voyage enchantait le petit. C'est ce souvenir qui lui avait rendu insupportable l'idée de le laisser ainsi, sans l'avoir revu. Essuyant ses larmes d'un revers de main, Jon s'inclina et déposa un léger baiser sur les lèvres de Bran.

« Je voulais le garder près de moi », murmura lady Stark.

De stupeur, Jon osa lever les yeux sur elle. Elle ne le regardait même pas. Elle s'adressait bien à lui, mais comme si tout un pan de sa conscience ignorait qu'il se trouvât là.

« Je l'ai demandé dans mes prières, chuchota-t-elle. Il était mon garçon à moi. Je me suis rendue dans le septuaire, et, à sept reprises, j'ai imploré les sept faces du dieu pour que Ned se ravise et ne m'en prive pas. Il arrive que les prières soient exaucées. »

Il ne savait que dire, crut fâcheux de se taire, finit par bredouiller : « Ce n'est pas votre faute. »

Un regard venimeux lui fit baisser les yeux. « Je n'ai que faire de ton absolution, bâtard. » Elle berçait une main de Bran. Il s'empara de l'autre, la pressa. Une patte osseuse d'oiseau. « Au revoir », dit-il.

Il atteignait la porte lorsqu'elle le rappela : « Jon ? » Il aurait dû poursuivre, mais elle avait jusqu'alors évité de lui donner son nom. Il se retourna. Elle le dévisagea comme on dévisage un inconnu.

« Oui ?

– Ç'aurait dû être toi », dit-elle. Sur ce, elle reporta son attention sur Bran et se mit à sangloter si fort qu'elle en était secouée des pieds à la tête. De sa vie, Jon ne l'avait vue pleurer.

Le retour dans la cour lui prit une éternité.

Dehors, tout n'était que vacarme et chaos. A grands cris, on était en train de charger les chariots, de sortir des chevaux de l'écurie, d'en seller, d'en harnacher d'autres. Une neige fine s'était mise à tomber, le tumulte unanime attestait l'impatience d'en terminer.

Au beau milieu de tout cela, Robb et son état-major, fulminant des ordres. Il semblait avoir subitement grandi, puisé un surcroît de force, eût-on dit, dans l'accident de Bran et la prostration de sa mère. Vent Gris se tenait près de lui.

« Oncle Ben est à ta recherche, dit-il. Voilà déjà une heure qu'il voudrait être en route.

– Je sais. J'y vais. » Il promena un regard circulaire sur le vacarme et le chaos. « Il est plus pénible que prévu de s'arracher.

– Pour moi aussi... » Au contact de sa tête toute blanchie, les flocons ne tardaient guère à fondre. « Tu l'as vu ? »

La gorge trop nouée pour répondre posément, Jon acquiesça d'un signe.

« Il ne mourra pas, reprit Robb. Je le sais.

– Pas facile de vous tuer, vous autres, Stark », approuva Jon d'une voix atone et lasse. Sa visite l'avait vidé.

Robb se douta de quelque chose. « Ma mère...

– Elle a été... très aimable. »

Son frère se montra soulagé. « Bon. » Il sourit. « Quand nous nous reverrons, tu seras tout en noir. »

Jon se contraignit à lui retourner son sourire. « Ç'a toujours été ma couleur. Dans combien de temps, selon toi ?

– Sous peu », promit Robb. L'attirant contre sa poitrine, il l'étreignit très fort. « Adieu, Snow.

– Adieu, Stark, dit Jon, l'embrassant à son tour. Prends bien soin de Bran.

– Je le ferai. » Ils se désenlacèrent et, non sans gaucherie, demeurèrent face à face. « Oncle Ben m'a dit de t'envoyer à l'écurie, si je t'apercevais, reprit enfin Robb.

– Il me faut encore dire un adieu.

– Dans ce cas, je ne t'ai pas vu », répliqua Robb. Et Jon les laissa, son loup et lui, debout dans la neige, entourés de chariots, de chiens, de chevaux. Après un petit détour par l'arsenal pour prendre son paquetage, il emprunta la galerie couverte qui menait aux appartements.

Il trouva Arya occupée, dans sa chambre, à ranger ses effets dans un coffre de bois de fer plus gros qu'elle.

Nymeria l'y aidait. La tâche de la première consistait pour l'essentiel à ne rien omettre, l'aide de la seconde à folâtrer dans la pièce aux trousses d'un peloton de soie. Son flair lui révélant Fantôme, elle cessa ses jeux, s'assit et jeta l'alerte d'un jappement.

Arya se retourna, vit Jon et, debout d'un bond, se pendit à son cou. « J'avais peur que tu ne sois parti, dit-elle d'une voix étouffée en le serrant dans ses bras maigres, et on m'interdit de sortir...

– Qu'est-ce que tu fabriques, alors ? » ironisa-t-il.

Elle s'écarta de lui, grimaça : « Rien. Qu'emballer et tout ce qui s'ensuit. » Un geste désigna l'énorme coffre aux deux tiers vide et les nippes qui jonchaient le sol. « Septa Mordane prétend que je refasse tout. Je n'avais rien plié comme il faut, a-t-elle dit. Dans le sud, paraît-il, une dame comme il faut ne fourre pas ses affaires en vrac comme de vieux chiffons.

– Et c'est ce que tu avais fait ?

– Ça va bien se friper, non ? On s'en fiche, comment c'est plié !

– Pas septa Mordane. Et je doute qu'elle apprécie davantage la contribution de Nymeria. » La louve fixa sur lui ses prunelles d'or sombre. « Enfin, c'est égal. Je vais te donner quelque chose à emporter. Mais quelque chose que tu devras empaqueter très soigneusement...

– Un cadeau ? s'illumina-t-elle.

– En quelque sorte. Ferme la porte. »

Avec autant de fébrilité que de circonspection, elle examina le corridor. « Ici, Nymeria. Tu montes la garde », ordonna-t-elle avant de refermer, pendant que Jon démaillotait l'objet promis.

Elle ouvrit de grands yeux. Aussi sombres que ceux de Jon. « Une épée... », murmura-t-elle dans un souffle.

D'un gris doux, le cuir du fourreau avait la souplesse d'un gant. Sans hâte, afin d'en mieux faire admirer l'éclat bleu noir, Jon dégaina l'acier. « Ce n'est pas un joujou, prévint-il. Attention de ne pas te blesser. Elle pourrait servir de rasoir.

– Les filles ne se rasent pas.

– Elles devraient, parfois. Tu as vu les jambes de Mordane ? »

Un rire sous cape lui fit écho, puis : « La lame est trop maigre.

– Comme toi. Je l'avais commandée tout exprès à Mikken. A Pentos, à Myr et dans les autres cités libres, les spadassins en utilisent d'analogues. Avec ça, tu ne décapites pas ton homme mais tu le transformes en écumoire le temps de le dire, si tu sais t'y prendre.

– J'ai assez de vivacité.

– Tu devras t'exercer tous les jours. » Il la lui remit, lui montra comment la tenir et fit un pas en arrière. « L'impression ? Que dis-tu de vos relations ?

– Bonnes, je crois.

– Première leçon. Frappe-*les* d'estoc. »

Du plat de l'épée, Arya lui administra une claque retentissante sur le bras mais, bien que le coup eût porté, Jon ne put s'empêcher de sourire comme un crétin. « Je sais quand même par quel bout frapper, dit-elle. Seulement..., reprit-elle d'un air inquiet, septa Mordane va me la retirer.

– Pas si elle ignore son existence.

– Et avec qui m'entraînerai-je ?

– Tu trouveras bien quelqu'un... Port-Réal est une vraie ville, mille fois plus vaste que Winterfell. En attendant de dénicher un partenaire, observe les autres quand ils s'exercent. Puis cours, monte, muscle-toi. Mais surtout, surtout, quoi que tu fasses... »

La suite était connue. Ils la dirent en chœur :

« Jamais... un seul mot... à Sansa ! »

A pleines mains, Jon l'ébouriffa : « Tu vas me manquer, sœurette. »

Elle eut l'air subitement toute prête à pleurer : « J'aurais tellement voulu que tu nous accompagnes...

– Il arrive que des routes différentes mènent au même château. Qui sait ? » Il se sentait mieux, à présent. Il n'allait pas s'abandonner à la tristesse. « Ferai bien de filer. Si je continue de faire attendre Oncle Ben, je passerai ma première année de Mur à vider les tinettes. »

Et comme Arya se précipitait dans ses bras pour un ultime adieu : « Pose d'abord ton épée », dit-il en riant. Ce qu'elle fit, un rien piteuse, avant de le consteller de baisers.

Sur le point de sortir, il se retourna. L'épée derechef au poing, elle essayait de s'y familiariser. « J'allais oublier, dit-il, les meilleures lames ont toutes un nom.

– A l'instar de Glace, oui. » Elle fit miroiter l'acier. « Et celle-ci en a un ? lequel ? oh, dis-le-moi !

– Devine… ? la taquina-t-il. Ce que tu préfères… »

Elle parut d'abord perplexe, s'éclaira bientôt. Toujours cette vivacité. Ils s'exclamèrent ensemble :

« Aiguille ! »

Tout au long de sa longue chevauchée vers le nord, le rire d'Arya lui tint chaud.

DAENERYS

C'est en rase campagne, aux portes de Pentos et dans un déploiement de splendeurs barbares, que Daenerys Targaryen devint avec terreur l'épouse de Khal Drogo. Aux yeux des Dothrakis, tous les événements majeurs d'une existence d'homme devaient en effet se dérouler au regard du ciel.

Drogo avait convoqué pour la cérémonie tout son *khalasar* et, suivis d'une foule innombrable de femmes, d'enfants, d'esclaves, étaient accourus quarante mille guerriers. Campé hors les murs avec ses immenses troupeaux, cela dressait des palais d'herbe tissée, dévorait tout ce qui lui tombait sous les yeux et ne manquait pas d'alarmer chaque jour davantage le bon peuple de la cité.

Voulant être au milieu des siens, le *khal* avait prêté jusqu'au jour des noces sa résidence aux princes exilés. « Mes collègues édiles ont doublé les postes de garde », lâcha un soir Illyrio par-dessus canard au miel et poivrons à l'orange.

« Plus vite nous marierons la princesse, moins ils risqueront de ruiner Pentos en mercenaires et spadassins », plaisanta ser Jorah Mormont. Il avait offert son épée le soir même où le frère concluait la vente de sa sœur et, depuis lors, ne les quittait plus.

Maître Illyrio rit doucement dans sa barbe fourchue, mais Viserys ne daigna pas même sourire. « Drogo l'aura dès demain, s'il le souhaite, dit-il en la fixant si durement qu'elle baissa les yeux. Pourvu du moins qu'il paie le prix. »

D'un geste languissant de ses doigts replets, Illyrio fit scintiller ses bagues. « Affaire aplanie, je vous dis. Croyez-moi. Il vous promet une couronne, vous l'aurez.

– Soit, mais quand ?

– A l'heure qu'il choisira. La fille d'abord. Une fois célébré le mariage, il lui faut encore se rendre en grand cortège à Vaes Dothrak pour présenter sa femme au *dosh khaleen*. Peut-être après... Si les oracles sont favorables à l'expédition. »

Viserys trépigna. « Les oracles dothrak, je pisse dessus ! Le trône de mon père geint sous l'usurpateur. Combien de temps devrai-je attendre ? »

Un énorme haussement d'épaules lui répondit. « Vous attendez quasiment depuis votre naissance, Sire. Que vous importent quelques mois, quelques années de plus ? »

Pour avoir parcouru l'est jusqu'à Vaes Dothrak, ser Jorah approuva du menton. « Je ne saurais trop conseiller à Votre Altesse de patienter. Les Dothrakis sont gens de parole, mais ils n'agissent qu'à leur guise. Un inférieur peut toujours quémander une faveur du *khal*, il ne doit jamais le mettre en demeure. »

Le mot hérissa le prince. « Tiens ta langue, ou je te l'arrache ! Je ne suis pas un inférieur, je suis le seigneur légitime des Sept Couronnes. Le Dragon ne quémande pas. »

Tandis que ser Jorah prenait un air déférent, Illyrio eut un sourire énigmatique et détacha une aile de canard. La graisse et le jus lui dégoulinèrent des doigts dans le poil quand il attaqua la chair tendre. *Il n'y a plus de dragons*, songea Daenerys en regardant son frère. Elle n'osait le dire à haute voix.

Elle en avait vu un en rêve, la nuit précédente, pourtant. Viserys était en train de la battre, affolée, nue, de la torturer. Elle lui échappait en courant mais, comme appesantis, ses membres la trahissaient, la livrant à de nouveaux sévices, elle trébuchait, tombait. « Tu as réveillé le dragon, criait-il en lui donnant des coups de pied, réveillé le dragon, réveillé le dragon. » Les cuisses luisantes de sang, elle fermait les yeux, se mettait à gémir et, aussitôt, comme en réponse, éclataient le hideux vacarme d'une *déchirure*, le brasillement d'un incendie terrible. Et lorsqu'elle soulevait ses paupières, Viserys avait disparu, d'immenses colonnes de feu s'élevaient tout autour, dont le dragon occupait le centre. Il tourna lentement sa tête prodigieuse, et il venait de plonger ses yeux embrasés dans les siens quand elle se réveilla, tremblante et baignée de sueur. La plus grande peur de sa vie..., jusqu'au jour du moins de ses épousailles.

La fête dura de l'aube jusqu'au crépuscule et ne fut que beuveries, banquets, joutes. Erigé parmi les palais d'herbe, un plan incliné de terre imposant surplombait la houle tumultueuse des Dothrakis. Tout en haut trônait Daenerys aux côtés de Drogo. Jamais elle n'avait vu foule plus dense en un seul lieu, jamais plus étrange ni plus effrayante. Car si les seigneurs du cheval adoptaient volontiers somptueux tissus et parfums délicats, lors de leurs séjours dans les cités libres, le grand air les rendait à leurs usages immémoriaux. Sur leurs poitrines également nues, femmes et hommes portaient des vestes de cuir peint ; des guêtres de crin, retenues à la taille par des médaillons de bronze, leur enveloppaient les jambes, et l'huile de naphte graissait la longue tresse des guerriers. Tout s'empiffrait de cheval rôti, laqué de miel et truffé de piments, tout se saoulait à mort de lait de jument fermenté, tout se vomissait, par-dessus les feux, d'épais quolibets, tout étourdissait la princesse de ses âpres voix on ne peut plus déconcertantes.

Juste en dessous d'elle siégeait Viserys, splendidement vêtu d'une tunique de laine noire frappée d'un dragon écarlate. Illyrio et ser Jorah se trouvaient près de lui. Mais s'ils occupaient là tous trois des places d'honneur, puisque seuls leur disputaient ce rang les sang-coureurs, la fureur se lisait dans les yeux pâles de son frère, indigné qu'elle eût le pas sur lui. Il écumait de voir les esclaves présenter d'abord chaque plat au *khal* et à son épouse, de n'hériter, lui, que de leur rebut. Et comme il était réduit à remâcher son ressentiment, du moins n'y manquait-il point, quitte à devenir d'humeur de plus en plus noire au fil des heures et des outrages dont on abreuvait sa royale personne.

De sa vie, Daenerys ne s'était sentie plus seule qu'au sein de cette horde déchaînée. Sommée de sourire par son frère, elle souriait si bien que son masque en devenait douloureux et qu'à son corps défendant des larmes lui montaient aux yeux. Elle s'arc-boutait pour les dissimuler, de peur que la violence de son frère n'en prît prétexte, et atterrée d'ignorer comment Drogo y réagirait. Les mets succédaient aux mets. Viandes fumantes, boudins noirs, pâtés sanglants, fruits, ragoûts de doucettes, pâtisseries fines de Pentos..., d'un geste, elle refusait tout, le cœur au bord des lèvres. Rien ne passerait.

Ni personne à qui parler. Drogo la regardait à peine, occupé qu'il était à lancer des ordres, ou bien des boutades à ses sang-coureurs, à s'esclaffer des leurs, le tout dans un idiome incompréhensible. Du reste, le *khal* baragouinait tout au plus quelques mots du valyrien dégénéré en usage dans les cités libres et pas un seul de la langue classique des Sept Couronnes. Trop heureuse si elle avait pu ne fût-ce qu'entendre la conversation de son frère avec Illyrio, mais la distance l'interdisait.

Aussi souriait-elle, immobile en ses soieries de noces, une coupe d'hydromel en main, n'osant rien grignoter, condamnée à s'entretenir, muette, avec elle-même. *Je suis le sang du dragon. Je suis Daenerys du Typhon, princesse de Peyredragon, semence et sang d'Aegon le Conquérant.*

Le soleil n'avait accompli que le quart de sa course au zénith quand elle vit périr son premier homme. Au son du tambour, quelques femmes dansaient en l'honneur du *khal.* Sans trahir la moindre émotion, celui-ci suivait leurs mouvements et, de-ci de-là, leur jetait une babiole à se disputer.

Les guerriers n'étaient pas moins attentifs. Au bout d'un moment, l'un d'eux rompit la ronde et, saisissant une danseuse par le bras, la précipita par terre et se mit à la saillir, ni plus ni moins qu'une jument. Illyrio avait prévenu Daenerys de cette éventualité. « Les Dothrakis se comportent en la matière comme leur bétail. Les notions d'intimité, de péché, de pudeur n'ont pas cours dans un *khalasar.* »

En comprenant ce qui se passait, elle se détourna de l'accouplement, mais un autre guerrier s'avança, puis un troisième, et il fut bientôt impossible de se soustraire à ce hideux spectacle. Soudain retentit un cri. Deux mâles se disputaient une femelle. En un éclair, ils avaient dégainé leurs *arakhs*, mi-épées mi-faux, tranchants comme des rasoirs. Alors débuta un ballet de mort au cours duquel les adversaires tournaient, ferraillaient, bondissaient l'un sur l'autre en faisant force moulinets, proférant injure sur injure à chaque choc, sans que personne tentât même de s'interposer.

Le différend s'acheva aussi vite qu'il avait éclaté. Sur un rythme impossible à suivre, les *arakhs* paraissaient se multiplier quand, l'un des combattants ayant fait un faux pas, la lame de l'autre décrivit une courbe plane et, mordant la chair à la hauteur de la ceinture, l'ouvrit des vertèbres au nombril et la vida de ses viscères qui se répandirent dans la poussière. Puis, tandis qu'agonisait le vaincu, le vainqueur agrippa la première venue – même pas celle pour laquelle il avait tué – et la couvrit, là, sans autre forme de procès. Des esclaves emportèrent le cadavre, et les danses recommencèrent.

De cela aussi, maître Illyrio l'avait avertie. « Une noce que ne bénissent pas au moins trois morts *leur* paraît présager du pire. » On dénombra une douzaine de victimes avant la fin du jour. Des auspices on ne pouvait plus fastes, apparemment.

D'heure en heure empira si follement son angoisse qu'elle ne parvint plus qu'à retenir ses cris. Les Dothrakis lui faisaient atrocement peur, avec leurs mœurs monstrueuses, incompréhensibles. Etaient-ils seulement des hommes ? Ou des fauves parés de peaux d'hommes ? Et Viserys... En cas de défaillance, quelle vengeance irait-il inventer ? Par-dessus tout la terrifiait la perspective de la nuit prochaine, sous les étoiles. Que se passerait-il, après que son frère l'aurait livrée à l'ogre qui, pour l'heure, buvait là, près d'elle, avec une expression tellement placide et féroce qu'on eût dit ses traits sculptés dans l'airain ?

Je suis le sang du dragon, se répéta-t-elle.

Le soleil, cependant, penchait sur l'horizon. D'un simple claquement de mains, Khal Drogo fit taire instantanément les tambours, les vociférations, le tohu-bohu du banquet. Puis il se dressa, l'aida elle-même à se relever. L'heure était venue pour elle de recevoir ses présents d'épousée.

Et, après les présents, après que les ténèbres seraient closes, alors sonnerait l'autre heure, l'heure de la première chevauchée... Elle s'efforçait de n'y point penser. Peine perdue. Des deux bras, elle s'étreignit la poitrine pour éviter le plus possible de trembler.

Viserys lui offrit trois servantes. Sans doute payées par Illyrio. Irri et Jhiqui avaient la peau cuivrée, les cheveux de jais, les yeux en amande des Dothrakis, Doreah la blondeur et le regard clair des filles de Lys. « Elles sont tout sauf ordinaires, les lui vanta son frère au fur et à mesure qu'on les amenait. Illyrio et moi les avons nous-mêmes sélectionnées à ton intention. Irri t'apprendra l'équitation, Jhiqui la langue des siens, Doreah les arcanes de l'érotisme. » Il sourit d'un air fin. « Elle y est extrêmement douée. Illyrio et moi nous en portons garants. »

Ser Jorah la pria, lui, d'excuser la modestie de son cadeau : « Je ne suis qu'un pauvre exilé, princesse », en déposant devant elle un petit ballot de livres. Chroniques et chansons des Sept Couronnes publiées en langue classique d'outre-mer. Elle s'en montra profondément touchée.

Sur un ordre de maître Illyrio, quatre esclaves musculeux se précipitèrent, porteurs d'un énorme coffre en bois de cèdre bardé de bronze. A l'intérieur, elle découvrit les plus riches velours et damas que fabriquât Pentos et, dessus, comme en un nid moelleux..., trois œufs gigantesques qu'elle contempla, suffoquée. Rien de si beau n'avait frappé ses yeux. Chacun rutilait de coloris si vifs et si divers qu'elle les crut d'abord sertis de pierreries. Des deux mains, tant ils étaient gros, elle en saisit un, délicatement, s'attendant qu'il fût de porcelaine fine ou d'émail, voire de verre soufflé, mais il pesait autant que de la pierre. Le lent mouvement giratoire imprimé par les doigts révéla la coquille tapissée d'écailles minuscules que le rougeoiement du couchant faisait scintiller tel du métal poli. Son vert sombre se moirait alors de reflets de bronze bruni. Un autre œuf montrait une pâleur crémeuse pailletée d'or. Le troisième, noir de la noirceur de la mer nocturne, s'avivait de risées et de remous vermeils. « Qu'est-ce là ? s'émerveilla-t-elle à mi-voix.

– Des œufs de dragon, répondit maître Illyrio. Ils proviennent des Contrées de l'Ombre, par-delà Asshai. Tout pétrifiés qu'ils furent par les éons, ils conservent leur étincelante splendeur.

– Ils me seront à jamais précieux. » Elle avait ouï maint conte à leur propos mais jamais vu ni pensé jamais en contempler aucun. Illyrio lui faisait là un présent vraiment somptueux. Vraiment digne de la fortune en esclaves et en chevaux qu'il venait d'amasser en la vendant elle-même à Drogo.

Sur ce, les sang-coureurs vinrent lui offrir les trois armes traditionnelles. Des armes magnifiques. Haggo lui remit un grand fouet de cuir à manche d'argent, Cohollo un *arakh* repoussé d'or, Qotho un arc plus haut qu'elle, en os de dragon. Dûment chapitrée sur la coutume par Mormont et Illyrio, elle refusa tout en ces termes : « Seul un grand guerrier mérite semblable munificence, ô sang de mon sang, je ne suis rien qu'une femme. Daignez laisser mon seigneur et maître pallier mon insuffisance. » La formule permettait alors à Khal Drogo de s'approprier le don.

D'autres Dothrakis leur succédèrent, qui présentant à Daenerys des babouches, qui des joyaux ou des anneaux d'argent pour sa chevelure, qui des ceintures à médaillons, des vestes peintes, des pelleteries, des soieries, des flacons de senteur, des épingles, des plumes, des fioles de verre incarnat, qui une pelisse en poil de souris. « Un présent royal, *Khaleesi*, rapporta sur cette dernière maître Illyrio, sitôt que le donateur s'en fut expliqué. On ne peut plus propice. » Autour de Daenerys s'amassaient les cadeaux, formant des piles impressionnantes. Plus de cadeaux que dans ses rêves les plus fous. Plus de cadeaux qu'elle n'en pouvait souhaiter ni utiliser.

Enfin, Khal Drogo s'en fut quérir celui qu'il destinait personnellement à sa femme. En le voyant s'éloigner d'elle, un silence attentif rida peu à peu le centre du camp puis, de proche en proche, gagna l'ensemble du *khalasar*. Lorsqu'il reparut, la cohue s'écarta devant lui comme par miracle. Il menait par la bride un cheval.

Une pouliche fougueuse et superbe en qui Daenerys sut d'emblée, malgré son incompétence, reconnaître une bête peu ordinaire. Quelque chose en elle vous coupait le souffle. Aussi grise que la mer d'hiver, elle avait le crin semblable à des vapeurs d'argent.

D'une main timide, Daenerys lui flatta l'encolure et plongea ses doigts dans la fabuleuse crinière. Khal Drogo prononça quelques mots qu'Illyrio s'empressa de traduire : « D'argent, pour l'argent de votre chevelure.

– Qu'elle est belle ! murmura-t-elle.

– Elle est l'orgueil du *khalasar*, reprit-il. La coutume exige que la *khaleesi* monte une bête digne de la place qu'elle-même occupe aux côtés du *khal.* »

Alors Drogo avança d'un pas, la saisit par la taille et, la soulevant avec autant d'aisance qu'un simple enfant, la mit à cheval. Assez déconcertée par l'étroitesse des selles dothrak, elle demeura un moment perplexe. Rien ne l'avait préparée à cet épisode. « Que suis-je censée faire ? » demanda-t-elle à Illyrio.

La réponse lui vint de ser Jorah. « Prendre les rênes et pousser de l'avant. Pas besoin de faire une longue course. »

Non sans anxiété, elle empoigna les rênes et assura ses pieds dans les étriers. Elle ne montait que passablement, ayant passé le plus clair de son temps à bord de bateaux, de chariots et de palanquins. Implorant les dieux de lui épargner le ridicule d'une chute, elle exerça de ses genoux une pression des plus timorée sur les flancs de la pouliche.

Pour la première fois depuis des heures, voire depuis qu'elle était née, la peur l'abandonna soudain.

La bête gris et argent progressait d'une allure fluide et soyeuse, et son poitrail fendait la foule tout yeux plus promptement sans doute que la cavalière ne l'eût souhaité, mais d'une manière plus exaltante qu'alarmante. Et lorsqu'elle adopta le trot, Daenerys se prit à sourire. Les Dothrakis se bousculaient pour lui livrer passage. Le sentiment que la pouliche répondait à la moindre pression des jambes, à la moindre tension des rênes lui donna confiance, et elle la mit au galop, parmi les hourvaris, les rires, les exclamations des gens qui se rejetaient en arrière au dernier moment. Or, lorsqu'elle fit volte-face, elle discerna, droit devant elle, sur son passage, un brasier que, de part et d'autre, la marée humaine lui interdisait d'éviter. Possédée tout à coup d'une audace inconnue, elle lâcha bride à la bête, et celle-ci s'envola comme munie d'ailes par-dessus les flammes.

En stoppant devant maître Illyrio, elle lui jeta : « Dites à Khal Drogo qu'il m'a donné le vent. » Les doigts perdus dans sa barbe jaune, l'obèse traduisit, et Daenerys surprit le premier sourire de son mari.

Juste au même instant, le soleil sombra derrière les remparts de Pentos, rendant à Daenerys la notion du temps. Les sang-coureurs reçurent l'ordre d'amener l'étalon rouge de Drogo. Pendant que celui-ci harnachait son cheval, Viserys se glissa auprès de sa sœur, demeurée en selle, et, lui plantant ses doigts dans la jambe, grinça : « Débrouille-toi pour le séduire, ma sœur, ou je te jure que tu verras le dragon se réveiller comme jamais tu ne l'as vu. »

Du coup, la peur l'envahit à nouveau, et la sensation de n'être qu'une enfant, rien d'autre qu'une orpheline de treize ans, lui confirma une fois de plus qu'elle n'était pas prête à jouer le rôle qu'on lui imposait.

Les étoiles émergeaient une à une lorsqu'ils se mirent tous deux en route, abandonnant le *khalasar* et ses palais d'herbe. Sans lui adresser un seul mot, Khal Drogo adopta le grand trot dans les ténèbres grandissantes. Les clochettes d'argent de sa tresse tintinnabulaient sourdement. « Je suis le sang du dragon, se murmura-t-elle, tout en le suivant, dans l'espoir d'être à la hauteur. Je suis le sang du dragon. Le sang du dragon. » Du dragon qui n'avait peur de rien.

Au terme d'une chevauchée dont elle eût été fort en peine de préciser la distance comme la durée, à ce détail près qu'il était nuit close, ils firent halte dans une prairie que longeait un mince ruisseau. D'un bond, Drogo démonta puis vint l'enlever elle-même de selle. Entre ses mains, elle se sentit d'une fragilité de verre, et, en reprenant terre, ses membres lui parurent avoir la consistance de l'eau. Elle attendit, debout, misérable et tremblante en ses atours d'épouse, qu'il eût entravé leurs montures, et elle éclata en sanglots lorsqu'il la rejoignit.

D'abord, il la regarda pleurer d'un air étrangement dénué d'expression, puis il dit : « Non », et, d'un pouce calleux, essuya gauchement ses larmes.

« Vous parlez donc notre langue ? s'étonna-t-elle.

– Non », répéta-t-il.

Peut-être ne connaissait-il que ce mot ? Mais comme Daenerys n'avait pas même compté là-dessus, ce simple mot allégea un peu sa détresse. Drogo lui effleura les cheveux et, tout en lissant l'une de leurs mèches platine entre ses doigts, se mit à lui chuchoter des choses qu'elle ne comprenait pas mais dont la douceur la pénétrait. Le timbre, chaleureux, disait une tendresse insoupçonnée. Quel homme déroutant…

Du bout de l'index, il lui releva le menton, de manière qu'elle le regardât dans les yeux. Il la dominait de très haut, comme il dominait un chacun. Sans brusquerie, il la saisit par les aisselles et la hissa sur un rocher rond qui surplombait le ruisseau. Puis il s'assit à terre, vis-à-vis d'elle, les jambes repliées sous lui, tous deux face à face enfin. « Non, répéta-t-il.

– Ne connaissez-vous que ce mot ? » questionna-t-elle.

Il ne répondit pas. Près de lui serpentait sa longue tresse dans la poussière. L'attirant par-dessus son épaule droite, il entreprit de la délester une à une de ses clochettes. Au bout d'un moment, Daenerys s'inclina pour l'aider. Cette tâche achevée, Drogo fit un signe. Elle comprit. Et, lentement, elle s'appliqua à lui dénouer les cheveux.

Cela prit du temps. Sans bouger, sans mot dire, il ne la quitta des yeux, tout du long. Enfin, il secoua la tête, et sa chevelure lui ruissela dans le dos, luisante d'onguents, telle une rivière de jais. Jamais Daenerys n'en avait vu de si longue, si noire, si drue.

Alors, il la relaya et entreprit de la dévêtir.

Avec une dextérité mystérieuse et tendre, il la dépouilla posément de chacune des soieries qui l'enveloppaient, tandis qu'immobile et silencieuse elle plongeait dans ses prunelles. Mais, lorsqu'il lui dénuda la poitrine, elle n'y put tenir et, se détournant, voila ses seins de ses deux bras croisés. « Non », dit-il en les dénouant sans rudesse mais d'une main ferme, avant de la forcer de même à reporter son regard sur lui. « Non, répéta-t-il.

– Non », reprit-elle en écho.

Alors il la releva, l'attira tout près pour lui retirer ses derniers effets. L'air de la nuit sur sa peau nue la fit frissonner, la chair de poule lui hérissa bras et jambes, et l'angoisse la prit de ce qui allait suivre, mais un long moment s'écoula sans qu'il advînt rien. Toujours assis en tailleur, Drogo se contentait de la boire des yeux.

Enfin, il commença ses attouchements. Légers d'abord, puis plus pressants. Ses mains avaient une force effrayante et, pourtant, ne meurtrissaient pas. L'une d'elles lui emprisonnait les doigts et les câlinait, un à un, l'autre lui pétrissait la jambe, doucement. Il lui caressa le visage, suivit d'un doigt la courbe de son oreille, le pourtour de ses lèvres. Il enfouit ses deux mains dans sa chevelure, et ses doigts affectèrent de la coiffer. Il la fit pivoter, lui massa les épaules, parcourut du dos de l'index le sillage de son échine...

Des heures semblaient s'être écoulées quand ses mains enfin s'aventurèrent vers les seins. En les caressant par-dessous, d'abord, jusqu'à y susciter comme un léger fourmillement. Puis, de ses pouces, il en investit les mamelons, progressivement, les titilla, les pinça, tira dessus, d'abord de manière presque imperceptible, puis avec une insistance accrue, jusqu'à ce qu'ils s'érigent et deviennent presque douloureux.

Alors, il s'arrêta et l'attira, confuse et hors d'haleine, le cœur affolé, sur son giron puis, ouvrant en coupe ses énormes mains pour y recueillir le visage de la jeune fille, il la regarda dans les yeux. « Non ? » questionna-t-il, sans qu'il fût possible de se méprendre sur l'intonation.

Pour toute réponse, elle lui saisit la main, la guida au creux de ses cuisses. Puis comme il y aventurait un doigt, « Oui », chuchota-t-elle.

EDDARD

Les appels retentirent une heure avant l'aube, alors que le monde reposait encore dans la grisaille.

Alyn dut le secouer rudement pour l'arracher à ses rêves, et lorsque la froidure du petit matin le heurta, titubant encore de sommeil, il y trouva son cheval sellé et le roi déjà dans ses étriers. Avec ses gros gants bruns, sa lourde pelisse dont le capuchon l'enfouissait jusqu'aux oreilles, Robert avait tout d'un ours écuyer. « Debout, Stark ! rugit-il, debout ! nous devons discuter d'affaires d'Etat.

– Mais certainement, dit Ned. Que Votre Majesté se donne la peine d'entrer. » Alyn souleva la portière de la tente.

« Non, non, *non,* répliqua Robert, dont chaque mot fusait dans un jet de vapeur. Le camp pullule d'oreilles. En outre, je désire faire un tour et humer l'air de ton pays. » Derrière lui piaffaient ser Boros, ser Meryn et une douzaine de gardes. Force était donc de se débarbouiller les yeux, s'habiller puis sauter en selle…

Robert imposa l'allure en éperonnant si rudement son énorme destrier noir que Ned peinait pour demeurer à sa hauteur. Mais après que le vent de leur galop furieux eut emporté une question que n'entendit nullement le roi, il préféra observer le silence. Délaissant bientôt la grand-route, ils prirent au travers de plaines onduleuses assombries de brume. Ils avaient déjà suffisamment distancé l'escorte pour deviser en toute liberté, mais Robert ne ralentissait toujours pas sa course.

L'aurore survint comme ils atteignaient le faîte d'une colline, à des milles au sud du campement, et le roi finit par s'arrêter. Empourpré, tout ragaillardi, il accueillit son compagnon d'un juron : « Bons dieux ! » puis se mit à rire : « Quel bien ça fait de partir *monter* comme est censé monter un homme ! Je te jure, Ned, nos reptations de ces derniers jours suffiraient à vous rendre fou. » Jamais la patience n'avait été le fort de Robert Baratheon. « Coquin de carrosse, avec sa manie de couiner, grincer, sa façon de traînasser sur chaque bosse comme s'il s'agissait d'une montagne... ! Qu'un essieu lui pète encore, à ce maudit machin, et, crois-moi, j'y fiche le feu. Cersei peut aller à pied !

– Je t'allumerai de grand cœur la torche..., ricana Ned.

– Quel brave type tu fais ! » Le roi lui tapa sur l'épaule. « Ça me chatouille de les planter là, tous, et de poursuivre, tout bonnement.

– M'est avis que tu penses ce que tu dis, sourit Ned.

– Si je le pense... ! soupira le roi. Qu'en dirais-tu, Ned ? rien que toi et moi, chevaliers errants par les grands chemins, l'épée au côté, les dieux savent quoi devant nous, peut-être une fille de ferme ou une beauté d'auberge pour nous bassiner le lit cette nuit ?

– Impossible, hélas, nous avons des devoirs. Mon allégeance au... au royaume. Nos enfants. Toi ta reine, moi ma dame. Fini, les jouvenceaux que nous fûmes.

– Tu n'as jamais été le jouvenceau que tu fus, ronchonna le roi. Ce gâchis. Et encore, à l'époque, il y avait..., comment diable s'appelait-elle, cette fille que tu fréquentais ? Becca. Non, Becca, c'était moi, les dieux la protègent, avec ses cheveux noirs et ses gros yeux doux dans lesquels on se serait noyé. La tienne, c'était... Aleena ? non. Tu me l'as dit un jour. Merryl ? Tu sais bien celle que je veux dire, la mère de ton bâtard...

– Elle se nommait Wylla, répondit Ned d'un ton froidement poli. J'aimerais mieux ne pas parler d'elle.

– Wylla. Voilà, s'épanouit Robert. Ça devait être une vraie merveille, pour faire oublier son honneur, ne fût-ce qu'une heure, à lord Eddard Stark ! Tu ne m'as jamais dit à quoi elle ressemblait...

– Et je m'en garderai, grogna Ned, dents serrées. Change de sujet, Robert, si tu m'aimes véritablement. Non content de me déshonorer, j'ai déshonoré Catelyn à la face des dieux et des hommes.

– Les dieux te pardonnent ! tu connaissais à peine Catelyn.

– Je l'avais prise pour épouse. Elle portait un enfant de moi.

– Tu te mortifies par trop, Ned ! Tu l'as toujours fait. Le diable m'emporte si aucune femme désire avoir Baelor l'Ascète dans son lit ! » Il se claqua le genou. « Enfin bref. Si ça te tarabuste à ce point, je n'insiste pas. Cela dit, tu te montres parfois d'une telle susceptibilité que, franchement, tu ferais bien d'adopter le porc-épic pour sceau. »

Çà et là, les doigts de l'aurore crevaient les nappes de brouillard blême. Sous les pieds des chevaux s'ouvrait une vaste plaine brune et dénudée dont la platitude était de loin en loin relevée par de longues buttes basses. « Les tertres des Premiers Hommes, dit Ned en les désignant.

– Aurions-nous couru vers un cimetière ? se renfrogna le roi.

– Les tertres abondent, dans le nord. Ce pays est vieux, Sire.

– Et froid. » D'un air bougon, il se renferma plus étroitement dans ses fourrures. L'escorte s'était immobilisée, derrière, à distance respectueuse, sur le rebord de la crête. « En tout cas, je ne t'ai pas mené ici pour t'entretenir de tombes ou t'asticoter sur ton bâtard. De Port-Réal, lord Varys m'a dépêché un courrier, cette nuit. Tiens. » Tirant un papier de sa ceinture, il le lui tendit.

Chef des chuchoteurs du roi, Varys l'eunuque servait Robert comme il avait servi Aerys le Dément. Obsédé par les terribles accusations de lady Arryn, Ned déroula fébrilement le message, mais celui-ci ne concernait pas Lysa. « D'où tient-il cette information ?

– Tu te rappelles ser Jorah Mormont ?

– Comme s'il m'était possible de l'oublier… ! » répliqua Ned avec verdeur. Si les Mormont s'enorgueillissaient de leur ancienneté, l'honneur ne préservait pas leurs domaines du froid, de la pauvreté, de l'isolement. Dans l'espoir de renflouer sa famille, ser Jorah s'était acoquiné avec un marchand d'esclaves de Tyrosh et lui avait vendu quelques braconniers. Un crime qui, aux yeux de Stark, son suzerain, déconsidérait le nord. Aussi, sans se laisser rebuter par les fatigues d'un long voyage, Ned partit pour l'île aux Ours mais, lorsqu'il y parvint enfin, Glace et la justice du roi ne pouvaient plus sévir : Mormont avait pris la fuite. Depuis lors, cinq années s'étaient écoulées.

« Il se trouve actuellement à Pentos, expliqua Robert, et il désire obtenir son pardon pour rentrer d'exil. Lord Varys l'utilise au mieux.

– Ainsi, le marchand d'esclaves s'est fait mouchard, dit Ned avec dégoût en rendant la lettre. Je l'aurais préféré charogne.

– Si j'en crois Varys, les mouchards sont plus rentables que les charognes, riposta Robert. Oublions Jorah. Son rapport ?

– Daenerys Targaryen a épousé un quelconque seigneur du cheval dothrak. Hé bien ? Faut-il lui envoyer un cadeau nuptial ?

– Un poignard, peut-être, se rembrunit le roi. Un bon poignard bien effilé. Avec quelque intrépide pour le manier. »

Ned dédaigna feindre la surprise. Il savait trop bien que Robert exécrait les Targaryens jusqu'à la démence. Il se rappelait trop bien sa prise de bec violente avec lui, le jour où Tywin Lannister avait eu le front d'offrir au nouveau roi, pour gage de sa loyauté, les cadavres de la femme et des enfants de Rhaegar. Lui-même disant « meurtre » et Robert « guerre ». Il se souvenait trop bien d'avoir protesté que le jeune prince et sa sœur n'étaient que des bambins, et de s'être entendu rétorquer : « Tes bambins ? du frai de dragon, voilà tout ! » Jon Arryn lui-même s'était révélé impuissant à calmer l'orage. Et il se souvenait trop bien de la fureur froide qui l'avait jeté sur les routes, ce jour-là, pour aller livrer dans le sud, seul, les ultimes batailles. Il se souvenait enfin trop bien qu'il avait fallu une autre mort, la mort de Lyanna, et leur deuil commun, pour amener la réconciliation…

En l'occurrence, il résolut de garder son sang-froid. « Votre Majesté le sait, la donzelle n'est guère plus qu'une enfant. Il faudrait être Tywin Lannister, pour assassiner des innocents. » A ce qu'on racontait, les larmes de la fillette tirée de dessous son lit n'avaient nullement ému les tueurs. Et, quoique son frère fût encore au sein, ils n'avaient pas davantage hésité à l'en arracher pour lui fracasser le crâne contre un mur.

« Et jusqu'à quand son innocence durera-t-elle ? répliqua Robert, la bouche mauvaise. Cette *enfant*-là écartera bien assez tôt les cuisses pour se mettre à pondre des tripotées de dragons. Merci du fléau !

– Néanmoins…, tuer des enfants serait… serait vil, serait… inqualifiable…

– *Inqualifiable !* rugit le roi. Le supplice qu'Aerys infligea à ton frère Brandon était inqualifiable. La façon dont périt ton père était inqualifiable. Et Rhaegar…, combien de fois crois-tu qu'il viola ta sœur ? Combien de *centaines* de fois ? » Il criait maintenant si fort que son cheval, les nerfs à vif, se mit à hennir. Il le fit taire en lui cassant la bouche et brandit vers Ned un index rageur. « Je tuerai tous les Targaryens qu'il me sera possible d'attraper ! je les harcèlerai jusqu'à ce qu'ils soient morts, tous, aussi morts que leurs foutus dragons, puis j'irai pisser sur leurs tombes ! »

Mieux valait ne pas le défier quand il ne se possédait plus. Quels mots l'apaiseraient, d'ailleurs, alors que les années n'avaient pu étancher sa soif de vengeance ? « Celle-ci, tu ne peux l'attraper, si ? » dit-il posément.

Une grimace amère tordit les lèvres de Robert. « Hélas non, et j'en maudis les dieux. Elle et son frère vivaient, entourés d'eunuques à chapeau pointu, claquemurés chez je ne sais quel fromager de Pentos, et voilà que ce vérolé me les refile aux Dothrakis... Autrefois, quand c'était facile, j'aurais dû les liquider, mais Jon était aussi tordu que toi. Et moi plus tordu encore, de l'avoir écouté.

– Il était un homme avisé. Une bonne Main. »

Le roi renifla. Sa colère retombait comme elle montait : subitement. « On prétend que la horde de ce Khal Drogo comprend cent mille hommes. Que dirait Jon de *ça* ?

– Que, seraient-ils un million, les Dothrakis ne font peser aucune menace sur le royaume tant qu'ils ne traversent pas le détroit, répondit Ned sans s'émouvoir. Les barbares n'ont pas de *bateaux*. Ils détestent la mer autant qu'ils la redoutent. »

Robert s'agita sur sa selle en quête d'une position moins inconfortable. « Il se peut. Seulement, les cités libres sont susceptibles de leur en procurer. Je te le dis, Ned, ce mariage me déplaît. Il y a toujours, dans les Sept Couronnes, des gens qui m'appellent l'Usurpateur. Oublies-tu combien de maisons prirent le parti du Targaryen, durant la guerre ? Ils rongent leur frein, pour l'instant, mais donne-leur une demi-chance, ils m'assassineront dans mon lit, ainsi que mes fils. Si le prince gueux passe la mer à la tête d'une horde dothrak, ces traîtres se rallieront à lui.

– Il ne la passera pas. Et si le malheur voulait qu'il le fît, nous le rejetterions à l'eau. Une fois que tu auras nommé le nouveau gouverneur de l'Est...

– Pour la dernière fois, Ned, grogna le roi, n'attends pas que je désigne le petit Arryn. Il est ton neveu, je le sais, mais je serais fou de placer un quart du royaume sur les épaules d'un enfant malingre alors que les Targaryens lutinent au lit les Dothrakis.

– Toujours est-il qu'il nous en faut un, s'obstina Ned, qui avait prévu l'objection. Si Robert Arryn ne te convient pas, nomme un de tes frères. Lors du siège d'Accalmie, Stannis a fait ses preuves. Amplement. »

Se gardant d'insister, il laissa le nom en suspens. Les sourcils froncés, le roi demeura coi. Il avait l'air embarrassé.

« Ceci, reprit enfin Ned d'un ton paisible, tout en le lorgnant, sous réserve que tu n'aies pas déjà promis à un autre cette dignité. »

Une seconde, Robert lui consentit le spectacle de son émoi qui, tout aussi vite, se mua en contrariété. « Et dans le cas où j'aurais ?

– Il s'agit de Jaime Lannister, n'est-ce pas ? »

Sans mot dire, le roi poussa son cheval et, aussitôt imité par Ned, entreprit de dévaler la crête en direction des tertres. Il allait, les yeux fixés droit devant. « Oui », dit-il enfin. Rien d'autre, et sur un ton de point final.

Ainsi donc, la rumeur s'avérait. « Le Régicide... », enchaîna toutefois Ned qui, trop conscient d'aborder un terrain glissant, s'empressa d'ajouter : « Il a du courage, des capacités, nul doute. Cependant, son père est déjà gouverneur de l'Ouest. Ser Jaime est appelé à lui succéder, tôt ou tard. Serait-il sage de confier à un seul homme ces deux responsabilités ? » Cela revenait à taire sa véritable préoccupation : que pareille nomination mettrait aux mains des Lannister la moitié des armées du royaume.

« Je livrerai cette bataille en présence de l'ennemi, répliqua le roi d'un air buté. Pour l'heure, lord Tywin semble aussi bien parti pour l'éternité que Castral Roc, et je doute fort que Jaime hérite de sitôt. Ne me tourmente pas sur cette affaire, Ned, elle est entendue.

– Votre Majesté me permet-elle de lui parler sans détours ?

– Apparemment, tu n'as cure que je m'y oppose », grommela-t-il. De hautes herbes brunes les entouraient.

« Peux-tu te fier en Jaime Lannister ?

– Il est le jumeau de ma femme, frère juré de la Garde, sa vie, sa fortune, son honneur sont liés aux miens.

– Tout comme ils le furent à ceux d'Aerys Targaryen...

– Pourquoi devrais-je me défier de lui ? Il a contenté chacune de mes demandes. Son épée a contribué à la conquête de mon trône. »

Son épée a contribué à souiller ton trône, lui rétorqua Ned mentalement. « Après s'être engagé sous serment à périr pour préserver les jours de son roi, il a dégainé pour lui trancher la gorge.

– Mais, par les sept enfers, il fallait bien que *quelqu'un* le tue ! s'emporta Robert en immobilisant brutalement sa monture auprès d'un antique tertre. Si Jaime ne s'en était chargé, la besogne serait retombée sur toi ou moi.

– Qui n'étions ni l'un ni l'autre frères jurés de la Garde royale », objecta Ned. L'heure était venue de faire entendre au roi toute la vérité, de le faire là, sur-le-champ.

« Votre Majesté se rappelle-t-elle le Trident ?

– Comment l'aurais-je oublié ? la couronne m'y est échue !

– Tu y fus également blessé par Rhaegar, lui rappela Ned. Aussi me confias-tu, lorsque les troupes targaryennes se débandèrent, le soin de les poursuivre. Les débris de l'armée de Rhaegar regagnaient précipitamment Port-Réal. Nous les talonnions. Aerys s'étant retranché dans le Donjon Rouge avec plusieurs milliers de loyalistes, je m'attendais à trouver portes closes. »

Robert branla du chef en signe d'impatience. « Et, au lieu de cela, tu trouvas les nôtres déjà maîtres de la ville. Et après ?

– Pas les nôtres, rectifia Ned paisiblement. Les gens des Lannister. Leur lion flottait sur les remparts, non le cerf couronné. En outre, ils s'étaient emparés de la ville par trahison. »

Depuis près d'une année, la guerre faisait rage. Grands et petits, nombre de seigneurs s'étaient placés sous la bannière de Robert, tandis que nombre d'autres demeuraient fidèles au Targaryen. Quant aux puissants Lannister de Castral Roc, gouverneurs de l'Ouest, ils se gardaient de prendre parti, ignorant les appels aux armes tant des rebelles que du souverain. Celui-ci dut croire que les dieux l'exauçaient enfin quand sous ses murs se présenta, protestant de sa loyauté, lord Tywin Lannister, à la tête de douze mille hommes. Aussi le roi fou commit-il sa dernière folie en ouvrant ses portes aux lions.

« La trahison était monnaie courante chez les Targaryens, riposta Robert en qui bouillait à nouveau la colère. Lannister les a remboursés en nature. Ni plus ni moins qu'ils ne méritaient. Mon sommeil n'en sera pas troublé.

– Tu n'étais pas là », répliqua Ned d'une voix quelque peu acerbe. Le sommeil troublé ne lui était pas inconnu. Il avait beau les remâcher depuis quatorze ans, ses propres mensonges le hantaient encore. « Pareille conquête n'honorait personne.

– Les Autres emportent ton honneur ! jura le roi. Aucun Targaryen a-t-il jamais su ce qu'honneur signifiait ? Descends dans ta crypte interroger Lyanna sur l'honneur du dragon !

– Tu as vengé Lyanna au Trident. » *Promets-moi, Ned,* avait-elle chuchoté.

« Ça ne l'a pas ressuscitée. » Se détournant, le roi parut s'abîmer dans la contemplation des lointains grisâtres. « Les dieux soient damnés. Pour la victoire creuse qu'ils m'ont accordée. Une couronne..., quand c'est *elle* que mes prières leur demandaient. Ta sœur, saine et sauve..., et mienne à nouveau, comme convenu. Je te demande un peu, Ned, quel bien cela fait-il, porter une couronne ? Les dieux se rient des prières des rois comme de celles des bouviers.

– Je ne saurais répondre des dieux, sire..., je le puis seulement de ce que j'ai découvert en pénétrant, ce jour-là, dans la salle du trône.

Aerys, mort, baignait dans son sang, à même le sol. Ses crânes de dragon le contemplaient, du haut des murs. Les gens des Lannister grouillaient de toutes parts. Par-dessus son armure d'or, Jaime portait le manteau blanc de la Garde. Je le vois encore. Son épée même était dorée. Assis sur le Trône de Fer et coiffé d'un heaume à mufle de lion, il dominait ses chevaliers de haut. Resplendissait-il !

– C'est archiconnu..., gémit le roi.

– Je me trouvais encore à cheval. En silence, je parcourus la salle de bout en bout, entre ces deux haies de crânes de dragons. Avec l'impression qu'ils me dévisageaient. Je ne m'arrêtai qu'au pied du trône, et je levai les yeux vers Jaime. En travers de ses cuisses, son épée d'or dégouttait encore du sang du roi. Peu à peu, mes hommes emplissaient les lieux, dans mon dos. Les gens des Lannister battirent en retraite. Je ne prononçai pas un mot. Je me contentai de le considérer, là, sur le trône, et d'attendre. Enfin, il se mit à rire, se leva. Il retira son heaume et me dit : "N'aie pas peur, Stark. Je le tenais simplement au chaud pour notre ami Robert. Ce n'est pas un siège très confortable, je crains." »

Se renversant en arrière, le roi poussa un rugissement. Son rire souleva un vol de corbeaux qui, jusqu'alors invisibles dans les hautes herbes, décollèrent à grand fracas d'ailes et de croassements. « Et tu t'imagines que je vais me défier de lui pour s'être un peu prélassé sur mon trône ? hoqueta Robert, aussitôt pris d'un nouvel accès. Il avait tout au plus dix-sept ans, Ned. A peine plus qu'un gosse.

– Gosse ou homme fait, il n'avait pas le droit.

– Peut-être était-il fatigué... C'est épuisant, de tuer les rois. Puis, les dieux le savent, il n'y a rien d'autre où poser son cul dans cette foutue salle. Il disait vrai, d'ailleurs, ce siège est monstrueusement inconfortable. Et à plus d'un égard. » Il hocha la tête. « Enfin, me voici éclairé sur les sombres forfaits de Jaime. Un souci de moins. Les affaires, les secrets, les criailleries d'Etat, Ned, tout ça me soulève le cœur. C'est aussi barbant que de compter ses picaillons. Viens, filons comme tu savais, jadis. Je veux de nouveau sentir le vent dans mes cheveux. » Et il partit au grand galop vers le sommet du tertre, en faisant pleuvoir la terre dans son sillage.

Ned ne le suivit pas tout de suite. Il avait dépensé sa salive en vain, et le sentiment de son impuissance l'accablait. Pour la centième fois, il se demandait ce qu'il faisait là, pourquoi il y était venu. Il n'était pas Jon Arryn, n'avait pas le talent nécessaire pour gourmer le tempérament primitif du roi, l'assagir. Robert n'en ferait qu'à sa tête, ainsi qu'il avait toujours fait, et, quoi que lui-même pût dire ou faire, cela serait en pure perte. Alors que de tout son être il aspirait à Winterfell. De tout son être à Catelyn, éperdue de chagrin, à Bran.

On ne pouvait pas toujours, hélas, satisfaire ses aspirations. Eddard Stark finit par en prendre son parti et, talonnant les flancs de son cheval, s'élança derrière le roi.

TYRION

Le nord se poursuivait indéfiniment.

Tyrion Lannister avait beau connaître les cartes aussi bien que personne, quinze jours du chemin sauvage qui, dans les parages, passait pour la route royale lui avaient appris que carte et terrain font deux.

Quittant Winterfell le même jour que le roi, ils avaient subi tout le branle-bas de son départ, essuyé au passage de la poterne les clameurs des hommes, l'ébrouement des bêtes, le fracas des chariots, les couinements poussifs de l'énorme carrosse, tandis que, tout autour, virevoltaient de légers flocons. Au-delà s'ouvrait la grand-route sur laquelle s'engageaient vers le sud, à la queue leu leu, bannières, chariots, chevaliers, francs-coureurs et tout le vacarme. En compagnie de Benjen Stark et de son neveu, Tyrion, lui, prenait la direction opposée.

Dès lors, le froid s'était accentué, et le silence appesanti.

A l'ouest se discernaient, grises, accidentées, des collines rocailleuses que, de loin en loin, surmontaient de hautes tours de guet. Le relief s'abaissait à l'ouest, puis s'aplatissait en une plaine qui moutonnait vaguement à perte de vue. Des ponts de pierre y enjambaient le lit étroit de rivières torrentueuses, et l'on distinguait, blotties de-ci de-là autour de fortins aux murs de pierre et de bois, de petites fermes blanches. Sur la route, où la circulation était assez dense, on trouvait de rudes auberges où passer tant bien que mal la nuit.

A trois journées équestres de Winterfell, cependant, les champs, les pâtis cédèrent la place à des bois taillis et, peu à peu, la solitude s'y fit complète. Plus on progressait, plus se cabraient les collines et s'accentuait leur sauvagerie. Le cinquième jour les révéla montagnes, gigantesques et d'un gris-bleu froid, avec des promontoires déchiquetés et de la neige sur les épaules. Tout en haut de leurs pics, la bise du nord tourmentait, tels des étendards, de longs panaches de cristaux de glace.

Empêchée à l'ouest par cette muraille rocheuse, la route vira nord-est dans une forêt de chênes et de résineux tapissée de bruyères noires et qui parut à Tyrion plus sombre et plus ancienne qu'aucune de celles qu'il connaissait. Dans ce « Bois-aux-Loups », comme l'appelait Ben Stark, leurs nuits furent animées, comme il se devait, par le hurlement de bandes lointaines et, parfois, un tantinet moins... Le loup-garou blanc de Jon Snow dressait l'oreille à ces appels nocturnes mais, comme il n'y répondait jamais, Tyrion Lannister le trouvait décidément bien déconcertant.

L'albinos à part, ils étaient huit en tout, désormais. Comme de juste, vu son rang, Lannister avait pour escorte deux de ses hommes. Benjen n'emmenait, lui, que son neveu bâtard, plus des montures fraîches pour la Garde de Nuit. S'était là-dessus joint à eux, un soir qu'ils campaient, à l'orée du Bois-aux-Loups, derrière la palissade rustique d'un fort, un autre frère noir, un certain Yoren. Un type contrefait, sinistre dont la barbe, aussi noire que sa vêture, dévorait les traits, mais qui semblait aussi résistant qu'une vieille racine et dur qu'un rocher. Deux petits rustres en loques, originaires des Quatre-Doigts, l'accompagnaient. « Violeurs », dit-il avec un regard froid vers ses protégés. Ce qu'à part lui Tyrion traduisit : plutôt le Mur que la castration.

Cinq hommes, trois adolescents, un loup-garou, vingt chevaux, sans compter la cage de grands corbeaux offerts à Benjen par mestre Luwin, voilà qui formait une société des plus singulière pour la grand-route. Comme pour toute autre, d'ailleurs...

Il s'aperçut alors qu'à la dérobée Jon Snow observait Yoren et ses maussades acolytes d'un air bizarre, où le malaise le disputait à la consternation. Outre son épaule tordue, le premier avait le poil et le cheveu collés, graisseux, pouilleux, des hardes élimées, rapetassées, pour le moins douteuses, et qui exhalaient des remugles aigres. Les seconds puaient carrément, et leur stupidité semblait égaler leur férocité.

Rude réveil que ce spectacle pour le gamin. Il devait s'être jusqu'alors figuré les membres de la Garde de Nuit d'après l'image de son oncle. Tyrion en fut ému de compassion. Avoir choisi cette existence-là... Si tant est qu'on ne l'eût choisie pour lui, plutôt.

L'oncle, en revanche, lui inspirait moins de sympathie. Il semblait partager l'aversion de son frère à l'endroit des Lannister et ne cacha pas son déplaisir lorsque lui-même lui fit part de ses intentions. « Autant vous prévenir, dit-il de son haut, vous ne trouverez pas d'hostelleries au Mur.

– Vous m'y dénicherez bien une petite place… ? Vous n'êtes peut-être pas sans avoir remarqué mon exiguïté. »

Comme il était hors de question, bien sûr, de dire *non* au frère de la reine, l'affaire était d'avance entendue. Mais Stark n'en précisa pas moins, revêche : « Cette virée va vous rebuter. Garanti. » Et, depuis le départ, il avait tout fait pour tenir parole.

Une petite semaine d'impitoyable chevauchée mit à vif les cuisses de Tyrion, affligea ses jambes de crampes affreuses et le glaça jusqu'aux moelles. Il ne se plaignit pas. Plutôt souffrir enfer et damnation que de donner à Benjen Stark cette satisfaction.

Sa pelisse de cavalier lui offrit une petite revanche. Il s'agissait d'une vieille peau d'ours mitée, à relents moisis que, débordé par un accès de courtoisie digne en tous points de la Garde de Nuit, lui avait proposée Stark, escomptant manifestement un refus gracieux. Or, il dut essuyer un sourire de gratitude. Car, quoiqu'il eût emporté de Winterfell ses plus chauds effets, Tyrion ne tarda guère à s'apercevoir qu'aucun ne le serait assez. Il faisait *froid* dans le coin, et le froid s'aggravait sans cesse. Il gelait à pierre fendre la nuit et, pour peu que s'en mêlât le vent, il transperçait comme un stylet les lainages les plus épais. Stark devait assez la déplorer, maintenant, son impulsion chevaleresque ! Il retiendrait peut-être la leçon ? De façon gracieuse ou non, jamais les Lannister ne refusaient. Les Lannister prenaient ce qu'on leur offrait.

Au fur et à mesure qu'ils progressaient vers le nord, fermes et forts se raréfiaient, s'amenuisaient, s'enfouissaient à qui mieux mieux dans les ténèbres du Bois-aux-Loups. Finalement, faute de toits où s'abriter, ils en furent réduits à leurs seules ressources.

Tyrion ne pouvait guère se rendre utile lorsqu'on montait ou levait le camp. Trop petit, trop clopin-clopant, trop encombrant. Aussi prit-il l'habitude, tandis que Stark, Yoren et les autres édifiaient un gîte rudimentaire, pansaient les chevaux, veillaient au feu, de se retirer de son côté pour lire, avec sa pelisse et une gourde emplie de vin.

Le dix-huitième soir, cette dernière contenait un précieux cru, moelleux, ambré des îles d'Eté qui ne l'avait pas quitté depuis Castral Roc. Le volume, lui, ressassait l'histoire et les spécificités des dragons. Avec la permission expresse de lord Eddard, Tyrion l'avait emprunté pour la durée de son voyage, ainsi que quelques autres raretés, à la bibliothèque de Winterfell.

Il découvrit bientôt ce soir-là l'endroit rêvé, tout près d'un torrent qui roulait des eaux transparentes et glacées. Le tapage du campement n'y parvenait pas. Un chêne prodigieusement vieux y préservait du vent mordant. Tyrion se mit en boule dans sa fourrure, s'adossa au tronc, lampa une gorgée de vin, puis s'absorba dans les propriétés de l'os de dragon. *L'os de dragon est noir, en raison de sa haute teneur en fer. Aussi solide que l'acier, il est cependant plus léger, infiniment plus flexible et, bien entendu, parfaitement incombustible. Les arcs en os de dragon sont on ne peut plus prisés par les Dothrakis. Rien là de surprenant, car leur portée dépasse de loin celle de tous les arcs en bois.*

Tyrion éprouvait une fascination quasiment morbide pour les dragons. Lors de sa première visite à Port-Réal, à l'occasion du mariage de sa sœur et de Robert Baratheon, il s'était juré de rechercher les crânes de dragon naguère encore appendus aux murs de la salle du trône des Targaryens. Le nouveau roi leur avait substitué des bannières et des tapisseries mais, à force de fouiner, Tyrion finit par les dénicher dans la cave humide où on les avait entreposés.

Il s'était attendu à les trouver impressionnants, voire effrayants, mais tout sauf beaux. Or ils étaient beaux. Sa torche les lui révéla aussi noirs et polis que de l'obsidienne, lisses et comme chatoyants. Pressentant qu'ils aimaient le feu, il introduisit sa torche dans la gueule d'un des plus grands et en fit bondir et danser l'ombre sur le mur opposé. Longues et courbes comme des poignards, avec l'éclat de diamants noirs, les dents se riaient de la flamme, elles qu'avaient trempées des fournaises autrement brûlantes. Et, Tyrion l'eût juré, les orbites aveugles du monstre épiaient son moindre mouvement.

Il y avait là dix-neuf crânes. Le plus vieux devait avoir plus de trois mille ans, le plus jeune un siècle et demi seulement. Les plus récents se distinguaient par des dimensions moindres. En deux d'entre eux, identiques et bizarrement difformes, pas plus gros que celui d'un vulgaire mâtin, s'incarnait l'ultime couvée éclose dans l'île de Peyredragon. Avec eux s'étaient éteints les dragons targaryens, peut-être même l'espèce entière, et ces derniers-là n'avaient guère vécu.

A partir d'eux, les autres s'alignaient, par rang de taille croissant, jusqu'aux trois monstres colossaux que célébraient l'histoire et l'épopée. Ceux-là mêmes qu'Aegon Targaryen et ses sœurs avaient jadis lâchés sur les Sept Couronnes, et auxquels les rhapsodes donnèrent ensuite des noms de dieux : Balerion, Meraxès, Vhaghar. Frappé de crainte et de respect, Tyrion demeurait sans voix, face à leurs mâchoires béantes. Un cavalier monté serait sans peine entré dans la gueule de Vaghar, en ressortir étant une tout autre affaire. Plus vaste encore était celle de Meraxès. Mais le géant des trois, Balerion, dit la Terreur Noire, eût gobé un aurochs, voire l'un des mammouths velus qui, disait-on, hantaient encore, par-delà Ibben, les immenses déserts glacés.

Tyrion demeura dans le caveau aussi longtemps que le lui permit sa torche, à contempler le crâne gigantesque et aveugle de Balerion, à essayer d'évaluer les dimensions de l'animal vivant, à imaginer son aspect lorsqu'il cinglait de par les cieux, toutes ailes noires déployées, vomissant le feu.

L'un de ses lointains ancêtres personnels, le roi Loren du Roc, avait tenté d'y résister et, en s'alliant au roi Mern du Bief, de conjurer l'agression targaryenne. Cela remontait à près de trois siècles, à une époque où les Sept Couronnes étaient de vraies couronnes, et non les vulgaires provinces d'un vaste royaume. A eux seuls, les deux souverains alignaient six cents bannières au vent, cinq mille chevaliers montés, dix fois autant de francs-coureurs et d'hommes d'armes. De sorte que, selon les chroniqueurs, Aegon Sire-Dragon devait les affronter à un contre cinq. Encore ses troupes se composaient-elles essentiellement d'hommes recrutés dans l'armée du dernier roi qu'il avait tué, tous hommes d'une loyauté douteuse.

La rencontre eut lieu dans les vastes plaines du Bief, parmi les blés mûrs pour la moisson. Dès la première charge des deux rois, les forces brisées, fracassées du Targaryen commencèrent à fuir. Quelques instants, la conquête parut, de l'aveu même des chroniqueurs, devoir s'achever en désastre..., quelques instants seulement, le temps pour Aegon et ses sœurs de se lancer dans la bataille.

Et de lâcher simultanément – ce fut la seule fois – Vhaghar, Meraxès et Balerion sur ce que les rhapsodes allaient nommer le Champ de Feu.

Près de quatre mille hommes, dont Mern du Bief, périrent brûlés ce jour-là. Loren du Roc avait réussi à s'enfuir, qui vécut assez pour opérer sa reddition, jurer fidélité aux Targaryens, et même engendrer un fils, ce dont Tyrion lui savait gré à juste titre.

« Pourquoi tant lire ? »

La voix le fit sursauter. A deux pas de lui, Jon Snow l'observait avec curiosité. Un doigt glissé entre les pages, Tyrion ferma son livre. « Regarde-moi, et dis ce que tu vois. »

Le garçon le considéra d'un air méfiant. « Est-ce une blague ? Je vous vois. Vous, Tyrion Lannister.

– Tu es étonnamment poli, pour un bâtard, Snow, soupira Tyrion. Ce que tu vois est un nain. Tu as quoi, douze ans ?

– Quatorze.

– Quatorze, et tu es plus grand que je ne le serai jamais. J'ai des jambes courtes et torses, je marche avec difficulté. Il me faut une selle spéciale, ou je tomberais de cheval. Une selle que j'ai dessinée moi-même, au cas où cela t'intéresserait. Le choix était simple : elle ou un poney. Mes bras ne manquent pas de force mais, une fois encore, de longueur. Je ne saurais être un bretteur. Né paysan, on m'eût laissé dehors jusqu'à ce que mort s'ensuive, ou bien vendu à un marchand de pitres. Par malheur, je suis né Lannister, à Castral Roc, et les pitreries n'y siéent guère. On attend autre chose de moi. Mon père fut vingt ans durant Main du Roi. De ce même roi qu'en l'occurrence mon frère tua par la suite, mais la vie est fertile en petites dérisions de cet acabit. Le nouveau roi a épousé ma sœur, et mon répugnant neveu lui succédera sur le trône. Je dois contribuer au lustre de ma maison, quant à moi, n'est-ce pas ? Reste à définir comment. Eh bien, tout disproportionné que je suis, les jambes trop courtes pour mon torse et la tête trop grosse, je préfère trouver celle-ci taillée sur mesures pour mon esprit. Si j'examine crûment mes forces et mes faiblesses, je n'ai d'autre arme que mon esprit. Mon frère a son épée, le roi Robert sa masse d'armes, moi mon esprit…, et l'esprit a autant besoin de livres qu'une épée de pierre à aiguiser pour conserver son tranchant. » Il tapota la reliure de cuir. « Voilà pourquoi je lis tant, Jon Snow. »

Durant ce discours, le garçon n'avait pas pipé. Il assimilait. A défaut du nom, il possédait la physionomie des Stark. Leur longue figure réservée, solennelle, hermétiquement close. Quelle qu'eût été sa mère, il lui devait peu. « Quel est le sujet de votre lecture ? demanda-t-il.

– Les dragons.

– A quoi bon ? Il n'y en a plus, objecta-t-il avec le bel aplomb de l'adolescence.

– A ce qu'on prétend. Triste, non ? Quand j'avais ton âge, je rêvais d'en avoir un à moi.

– Vraiment ? » Il soupçonnait Tyrion de se gausser de lui.

« Et comment ! Si laid, chétif, contrefait soit-il, un gamin peut toiser le monde, du haut d'un dragon. » Il se dépêtra de sa pelisse pour se lever. « J'allumais du feu dans les entrailles de Castral Roc, et je passais des heures à fixer les flammes en les imputant à mes chers dragons. Parfois, j'imaginais qu'elles brûlaient mon père. Parfois ma sœur. » Mi-horrifié, mi-fasciné, Jon Snow le dévisageait fixement. « Ne me regarde pas de cet œil, bâtard ! pouffa Tyrion, j'ai percé ton secret. Tu fais des rêves similaires.

– Non ! protesta-t-il, scandalisé. Je ne voudrais pas...

– Non ? Jamais ? » Tyrion dressa un sourcil. « Bon, je te l'accorde, les Stark t'ont terriblement gâté. Je suis convaincu que lady Stark te traite comme son propre fils. Et ton frère Robb t'a constamment marqué sa bienveillance. Pourquoi pas, après tout ? A lui Winterfell, à toi le Mur. Quant à ton père..., il doit avoir d'excellents motifs pour t'expédier à la Garde de Nuit...

– Assez ! s'emporta Jon, l'œil noir. Appartenir à la Garde de Nuit est un noble état. »

Tyrion se mit à rire. « Tu es trop futé pour le croire. La Garde de Nuit est le tas de fumier sur lequel échouent les déchets de tout le royaume. Je t'ai vu regarder Yoren et ses recrues. Les voilà, Jon Snow, tes nouveaux frères. Sont-ils à ton goût ? Paysans butés, faillis, braconniers, voleurs, violeurs et bâtards de ton espèce, tout ce vrac se déballe au Mur pour guetter la tarasque, le snark et tout le saint-frusquin monstrueux des nourrices. Le bon côté du truc est que tu ne cours pas, tarasque et snark n'existant pas, grand risque à les affronter. Le mauvais que tu t'y gèles les couilles mais, dans la mesure où il t'est interdit de procréer, je suppose qu'on peut s'en foutre.

– *Assez !* » hurla-t-il en avançant d'un pas, les poings serrés, au bord des larmes.

Subitement pris de remords absurdes, Tyrion avança aussi, dans l'intention d'apaiser le garçon par une tape sur l'épaule, quelques mots d'excuses.

Il n'eut le temps ni de rien voir ni de rien comprendre car, en un éclair, il se retrouva renversé de tout son long sur le sol rocheux, le souffle coupé par le choc impromptu, la bouche emplie de terre, de sang, de feuilles en putréfaction. Son livre avait volé loin de lui. Comme il essayait de se relever, le dos lui élança douloureusement. Sa chute avait dû le luxer. Non sans grimaces et grincements de dents, il agrippa une racine et se hissa vaille que vaille sur son séant. « Aide-moi », dit-il en tendant une main.

Aussitôt, le loup fut entre eux. Il ne grondait pas. Foutue bestiole, avec son mutisme perpétuel. Il se contentait, babines retroussées sur ses crocs, de darder l'éclat rouge de ses prunelles, et cela suffisait amplement. Avec un grognement, Tyrion se tassa. « Ne m'aide pas, alors. J'attendrai que vous soyez partis. »

Un sourire aux lèvres, Jon Snow caressait Fantôme. « Demandez-le-moi gentiment. »

A force de volonté, Tyrion ravala la colère qu'il sentait sourdre au fond de lui. Ce n'était pas la première fois qu'on l'humiliait, ce ne serait pas la dernière. Peut-être même avait-il mérité celle-ci. « Je te serais infiniment obligé de bien vouloir m'accorder ton aide, Jon, susurra-t-il.

– Bas les pattes, Fantôme », ordonna le garçon. Le loup-garou s'assit. Son regard sanglant ne lâchait pas Tyrion. Jon passa derrière le nain, lui glissa ses mains sous les bras et, sans effort, le remit sur pied. Puis il alla ramasser le livre, le lui rendit. D'un revers de main, Tyrion se débarbouilla la bouche.

« Pourquoi m'a-t-il attaqué ? demanda-t-il avec un regard oblique du côté du loup.

– Peut-être vous a-t-il pris pour une tarasque. »

Le nain lui décocha un coup d'œil acerbe puis se mit à rire, d'un rire de nez qui ressemblait à un irrépressible reniflement. « Bons dieux de bons dieux ! s'exclama-t-il, branlant du chef et toujours aussi suffoquant, je dois avoir, en effet, plus ou moins l'air d'une tarasque… ! Et aux snarks, il fait quoi ?

– Peu vous chaut. » Jon ramassa la gourde, la lui tendit.

Tyrion la déboucha, renversa la tête et propulsa dans sa bouche un long filet de vin qui lui fit l'effet d'un feu glacé dans la gorge, chaud dans le ventre. « Tu en veux ? » dit-il.

Jon saisit la gourde et, prudemment, lui soutira une gorgée. « C'est vrai, n'est-ce pas ? reprit-il ensuite. Ce que vous m'avez dit de la Garde de Nuit ? »

Tyrion acquiesça d'un signe.

Jon esquissa une moue farouche. « S'il en est ainsi, il en est ainsi. »

Tyrion lui sourit. « Bravo, bâtard. La plupart des hommes aiment mieux nier les vérités dures que les affronter.

– La plupart. Pas vous.

– Non, pas moi. Il ne m'arrive même presque plus de rêver de dragons. Les dragons n'existent pas. » Il récupéra sa pelisse tombée à terre. « Viens, nous ferons bien de regagner le camp avant que ton oncle ne batte le ban. »

La route n'était pas longue, mais le sol raboteux mettait à rude épreuve ses jambes nouées de crampes. Jon Snow lui offrit une main secourable pour franchir un fouillis de grosses racines, mais il refusa d'un geste. Il s'en tirerait par ses seuls moyens, comme accoutumé. La vue du camp n'en fut pas moins la bienvenue. Des abris de fortune s'adossaient désormais au mur délabré d'un ancien fort abandonné de longue date et qui couperait le vent. Les chevaux avaient leur pâture, le feu flambait. Assis sur une pierre, Yoren écorchait un écureuil. Le fumet délicieux du ragoût dilata les narines de Tyrion. Il se traîna jusqu'à l'endroit où l'un de ses hommes, Morrec, surveillait la marmite. Sans un mot, celui-ci lui passa la cuiller. Il goûta, la rendit. « Ajoute du poivre », dit-il.

Au même instant, Benjen Stark sortait de l'abri qu'il partagerait avec son neveu. « Vous voilà, quand même. Sacrebleu, Jon, ne file donc pas comme ça, tout seul ! Je commençais à croire que les Autres t'avaient eu.

– C'étaient des tarasques », dit en riant Tyrion. Jon sourit. Déconcerté, Stark se tourna vers Yoren. Le vieux haussa les épaules, émit un grognement, puis reprit sa rouge besogne.

L'écureuil alla compléter le ragoût, qu'on dégusta, ce soir-là, autour du feu, avec du pain noir et du fromage dur. Tyrion fit tant et si bien circuler sa gourde que Yoren lui-même en devint moelleux. Puis, un à un, tous se retirèrent pour dormir, tous sauf Jon Snow à qui était échue la première veille.

Comme toujours, Tyrion fut le dernier à se replier. Au moment de pénétrer dans l'abri que ses hommes avaient bricolé pour lui, il s'immobilisa, se retourna. Debout près du feu, le garçon fixait intensément les flammes d'un air calme et sévère.

Tyrion Lannister sourit tristement et alla se coucher.

CATELYN

Huit jours après le départ de Ned et des filles, mestre Luwin vint la rejoindre un soir au chevet de Bran. Il portait une lampe et de lourds registres. « Nous avons déjà trop tardé à vérifier les comptes, madame, dit-il. Sans doute vous plaira-t-il de savoir ce que nous coûte la visite royale. »

Elle regarda Bran sur son lit de douleurs et repoussa les cheveux qui lui couvraient le front. Ils étaient très longs, maintenant. Elle devrait les lui couper bientôt. « Je n'ai que faire d'examiner les comptes, mestre Luwin, dit-elle enfin, sans lâcher son fils des yeux. Je sais ce que nous coûte la visite royale. Emportez vos livres.

– Madame..., les gens du roi avaient un appétit d'ogres. Il convient de réapprovisionner nos magasins avant...

– J'ai dit, coupa-t-elle, emportez vos livres. L'intendant saura pourvoir à nos besoins.

– Nous n'avons plus d'intendant », lui rappela-t-il. Aussi opiniâtre qu'un vieux raton, pensa-t-elle. « Poole est parti pour le sud organiser la maisonnée de lord Eddard à Port-Réal. »

Elle opina d'un air absent. « Oui oui. Je sais bien. » Bran était si pâle. Ne pourrait-on déplacer son lit jusque sous la fenêtre ? Il y jouirait du soleil, le matin.

Mestre Luwin installa la lampe dans une niche, à côté de la porte, en tripota la mèche. « Maintes nominations requièrent d'urgence votre attention, madame. En plus de l'intendant, nous devons remplacer Jory comme capitaine des gardes, trouver un nouveau maître d'écurie... »

Elle parut chercher des yeux quelque chose à mordre et le découvrir enfin. « Un maître d'écurie ? dit-elle d'une voix cinglante comme un fouet.

– Oui, madame, bafouilla le mestre. Comme Hullen est parti pour le sud avec lord…

– Mon fils est rompu, Luwin, il se meurt, et vous souhaiteriez me voir débattre d'un nouveau maître d'*écurie* ? Croyez-vous que je me soucie de ce qui se passe dans les écuries ? Croyez-vous que cela m'importe le moins du monde ? Je saignerais avec joie de mes propres mains chaque cheval de Winterfell, si Bran pouvait en rouvrir les yeux ! Comprenez-vous cela ? Le *concevez*-vous ? »

Il s'inclina. « Oui, madame, mais les nominations…

– Je me chargerai des nominations », dit Robb.

Sans que Catelyn l'eût entendu entrer, il se tenait là, dans l'embrasure de la porte, les yeux sur elle. Soudain rouge de confusion, elle se rendit compte qu'elle avait hurlé. Que lui arrivait-il ? L'épuisement. Et ces migraines incessantes.

Le regard de mestre Luwin se reporta de la mère sur le fils. « J'ai préparé une liste de remplaçants éventuels », dit-il en tirant de sa manche un papier qu'il tendit à celui-ci.

Pendant que Robb examinait les noms, elle vit qu'il venait du dehors. Le froid l'avait empourpré, le vent rendu hirsute. « Bons candidats, dit-il en rendant le document. Nous en parlerons demain.

– Comme il vous plaira, messire. » Le papier redisparut dans la manche.

« Laissez-nous, maintenant », dit Robb. Après que mestre Luwin se fut retiré sur une révérence, il ferma la porte et se tourna vers Catelyn. Il portait une épée. « Que faites-vous, Mère ? »

Elle avait toujours pensé qu'il lui ressemblait. Il avait, à l'instar de Bran, de Rickon, de Sansa, le teint des Tully, leurs cheveux auburn, leurs yeux bleus. Et voilà que, pour la première fois, elle lui trouvait quelque chose de Ned, un rien d'âpre et d'austère comme le nord. « Ce que je fais ? reprit-elle en écho, suffoquée. Comment peux-tu poser une question pareille ? Tu te figures que je fais quoi ? Je soigne ton frère. Je soigne Bran.

– Faut-il le prendre au pied de la lettre ? Vous n'avez pas quitté cette pièce depuis l'accident de Bran. Vous n'êtes même pas venue à la poterne lorsque Père et les filles sont parties.

– Je leur ai fait mes adieux ici, et j'ai assisté à leur départ depuis la fenêtre. » Elle avait conjuré Ned de ne pas partir, pas maintenant, pas après ce qui s'était passé ; tout était changé, désormais, ne le voyait-il pas ? En vain. Il n'avait pas le choix, disait-il. Comme si partir n'était pas choisir… « Je ne puis laisser Bran. Pas même un instant. Pas quand chaque instant peut être le dernier. Il me faut être avec lui, si... si... » Elle prit la main molle du petit, l'emprisonna dans les siennes. Tout frêle et transparent qu'il était, sans plus de force, Catelyn percevait encore, à travers la peau, la chaleur de la vie.

« Il ne mourra pas, Mère, dit Robb d'une voix radoucie. Mestre Luwin assure que le pire est passé.

– Et si mestre Luwin se trompe ? Et si Bran a besoin de moi, et que je ne sois pas là ?

– *Rickon* a besoin de vous, répliqua-t-il d'un ton coupant. Il n'a que trois ans, il ne comprend pas ce qui lui arrive. Persuadé que tout le monde l'abandonne, il me suit sans cesse et partout, se cramponne à ma jambe en pleurant. Je ne sais par quel bout le prendre. » Pendant un moment, il se mâchonna la lèvre inférieure, ainsi qu'il l'avait fait, enfant. « J'ai aussi besoin de vous, moi, Mère. J'ai beau essayer, je ne puis..., je ne puis me débrouiller tout seul. » A l'émotion qui lui brisa soudain la voix, Catelyn se souvint qu'il avait seulement quatorze ans. Elle eut envie de se lever pour aller vers lui, mais la main de Bran dans les siennes l'empêcha d'en rien faire.

Dehors, un loup se mit à hurler et Catelyn, une seconde, à trembler.

« Celui de Bran. » Robb ouvrit la fenêtre et laissa l'air de la nuit combattre l'atmosphère confinée de la tour. Le hurlement s'amplifia. On y percevait le froid, la solitude, la nostalgie, le désespoir.

« S'il te plaît, dit-elle, Bran a besoin de rester au chaud.

– Il a besoin de les entendre chanter. » Quelque part, au fin fond de Winterfell, un deuxième loup fit chorus avec le premier. Puis, plus près, un troisième. « Broussaille et Vent Gris, dit Robb, tandis que leurs voix s'élevaient et retombaient de concert. On les distingue, à condition d'écouter attentivement. »

Catelyn grelottait. Par la faute du chagrin, du froid, du hurlement des loups-garous. Nuit après nuit, le hurlement et le vent froid et le désert gris du château, tout cela perdurait, immuable, alors que son Bran gisait là, brisé, Bran, le plus doux de ses enfants, le plus charmant, Bran qui aimait rire et grimper et qui rêvait de chevalerie, terminé, cela, jamais plus elle n'entendrait retentir son rire. Secouée de sanglots, elle libéra la main de Bran et se boucha les oreilles contre ces effroyables hurlements. « Fais-les taire ! cria-t-elle, je ne puis le supporter, fais-les taire, fais-les taire, tue-les, s'il le faut, mais fais-les *taire* ! »

Elle ne se souvenait pas d'être tombée. Et pourtant, elle se trouvait à terre, et Robb était en train de la relever, la soutenait de ses bras puissants. « N'ayez pas peur, Mère. Ils ne sauraient lui vouloir de mal. Jamais. » Il l'aida à gagner son petit lit, dans un coin de l'infirmerie. « Fermez les paupières, dit-il gentiment. Reposez-vous. Mestre Luwin prétend que vous avez à peine dormi, depuis la chute de Bran.

– *Je ne peux pas.* » Elle pleurait. « Les dieux me pardonnent, Robb, je ne peux pas, et s'il meurt, pendant que je suis assoupie, et s'il meurt, et s'il meurt... » Les loups hurlaient toujours. Elle se couvrit à nouveau les oreilles et cria : « Oh, bons dieux ! ferme la fenêtre !

– Si vous me jurez de dormir. » Il s'approcha de la fenêtre mais, comme il allait repousser les battants, de nouvelles voix se joignirent au hurlement funèbre des loups-garous. « Les chiens, dit-il, prêtant l'oreille. Ils se sont tous mis à aboyer. Ils ne l'avaient jamais fait auparavant... » Elle entendit sa respiration s'étrangler et, levant les yeux, fut frappée de sa pâleur. « *Le feu*, murmura-t-il.

Le feu, pensa-t-elle puis, *Bran* ! « Aide-moi, dit-elle d'un ton pressant tout en s'asseyant. Aide-moi pour Bran. »

Il parut ne pas entendre. « C'est à la tour de la bibliothèque. »

Par la fenêtre ouverte, Catelyn distinguait désormais le vacillement rougeâtre des flammes. Elle retomba, soulagée. Bran était sauvé. La bibliothèque se trouvant au-delà de la courtine, l'incendie ne les atteindrait jamais ici. « Loués soient les dieux », chuchota-t-elle.

Etait-elle devenue folle ? « Restez ici, Mère. Je reviendrai dès qu'on aura éteint le feu », dit-il avant de se ruer dehors. Elle l'entendit jeter des ordres aux gardes puis dégringoler l'escalier quatre à quatre avec eux.

De la cour montaient parmi les appels : « Au feu ! », les cris, le tapage de galopades et des hennissements de terreur, l'aboiement forcené des chiens du château, mais le hurlement s'était tu. Elle tendit l'oreille. Oui, les loups se taisaient enfin.

Alors, tout en adressant des actions de grâces muettes aux sept faces du dieu, elle se rapprocha de la fenêtre. Derrière la prévôté, de longues flammes échappées de la bibliothèque léchaient les pierres de la tour, et des tourbillons de fumée noircissaient le ciel. Un instant, la pensée des livres accumulés là siècle après siècle par les Stark lui serra le cœur, puis elle ferma la fenêtre.

Un homme se trouvait dans la pièce, lorsqu'elle se retourna.

« Vous d'viez pas êt' ici, souffla-t-il d'un ton aigre, y d'vait y avoir personne, ici. »

Petit, sale et vêtu de brun crasseux, il puait le cheval. Catelyn connaissait chacun des palefreniers. Il n'était pas l'un d'eux. Les cheveux filasse qui pendouillaient sur ses yeux pâles et profondément enfoncés dans sa face osseuse lui donnaient un aspect sinistre, et il étreignait un poignard.

Catelyn jeta les yeux sur l'arme puis sur Bran. « Non ! » s'insurgea-t-elle, mais sa voix s'étrangla sur un murmure imperceptible.

Il avait dû entendre, néanmoins, car il répliqua : « C' lui faire grâce. L'est d'jà mort.

– Non ! » dit-elle, cette fois plus fort. La voix lui revenait. « Non, vous ne *pouvez* pas ! » Elle recula vers la fenêtre, dans l'espoir d'appeler à l'aide, mais l'individu réagit plus vite que prévu en lui jetant un bras autour de la nuque et, la bâillonnant d'une main, lui renversait la tête, tandis que, de l'autre, armée du poignard, il cherchait sa gorge. Il répandait une odeur infecte.

Des deux mains, elle empoigna la lame de toutes ses forces pour la repousser et, malgré les jurons haletés contre son oreille, malgré ses doigts ensanglantés, elle luttait farouchement. Sur sa bouche, l'étau se resserra pour mieux l'asphyxier. Tout en se démenant pour la libérer, Catelyn tentait de saisir la chair entre ses dents. Lorsqu'elle les y planta enfin, sauvagement, le grognement de l'agresseur lui donna l'énergie de mordre plus avant, de si bien déchiqueter la paume que l'individu lâcha soudain prise. Ecœurée par le goût du sang, Catelyn prit son souffle, poussa un cri. L'homme la prit par les cheveux et l'écarta d'un mouvement si brusque qu'elle trébucha, tomba. Hors d'haleine et tremblant de tous ses membres, il se dressait au-dessus d'elle et, les doigts toujours crispés autour du manche du poignard maculé de sang, répétait bêtement : « Vous d'viez pas êt' ici. »

Derrière lui, Catelyn entr'aperçut l'ombre qui se faufilait par la porte entrebâillée. Elle crut discerner comme un grognement vague, la silhouette infime d'un grondement, tout au plus le murmure d'une menace, mais l'assassin dut le percevoir aussi, parce qu'il esquissait le geste de se retourner quand le loup lui bondit à la gorge, le renversant à demi sur Catelyn. L'homme eut à peine le temps de pousser un cri strident. Déjà le loup, d'un brusque mouvement de tête, lui arrachait la moitié du gosier.

Et une pluie chaude éclaboussa la figure de Catelyn.

Les babines dégouttantes de sang, le loup la regardait d'un regard qui, dans la pénombre, se moirait d'or. Le loup de Bran... Bel et bien lui. « Merci », murmura-t-elle tout bas. Elle leva une main tremblante. Le loup s'approcha, lui flaira les doigts puis, de sa langue chaude et un rien râpeuse, en lécha les plaies. Cela fait, il se détourna et, d'un bond, s'en fut se coucher aux côtés de Bran, tandis qu'un rire hystérique faisait se tordre Catelyn.

C'est en cet état que la découvrirent Robb et mestre Luwin lorsqu'ils firent irruption dans la pièce avec la moitié des gardes de Winterfell. On attendit que son hilarité se fût un peu apaisée pour l'envelopper dans des couvertures et la reconduire à ses propres appartements. Alors, Vieille Nan la dévêtit, lui fit prendre un bain bouillant, nettoya ses blessures, et mestre Luwin vint les panser. Elle avait les doigts tailladés presque jusqu'à l'os, le cuir chevelu entamé. Et comme elle commençait à souffrir vraiment, il lui administra du lait de pavot pour l'aider à dormir.

En rouvrant les yeux, elle apprit qu'elle avait dormi quatre jours d'affilée. Encore tout engourdie, elle se mit sur son séant. Elle avait l'impression que, depuis la chute de Bran, sa vie n'avait été qu'un cauchemar, un cauchemar atroce de chagrin, de sang, mais ses douleurs aux mains lui confirmaient trop qu'elle n'avait pas rêvé. Toutefois, si elle se sentait toute molle et la tête vide, une étrange résolution l'habitait désormais ; il lui semblait être délestée d'un énorme poids.

« Apportez-moi du miel et du pain, dit-elle à ses servantes, et mandez à mestre Luwin qu'il faut changer mes pansements. »

A la stupeur qui accueillit d'abord ses ordres, elle se rendit soudain compte de son attitude antérieure et rougit d'avoir ainsi pu délaisser ses enfants, son mari, sa maison. Cela ne se reproduirait pas. Elle montrerait dorénavant à ces gens du nord de quoi était capable une Tully de Vivesaigues.

Robb vint la voir avant qu'elle ne se fût restaurée. Sanglé d'une cotte de mailles, vêtu de cuir bouilli et ceint d'une épée, il était escorté de ser Rodrik, de Theon Greyjoy et d'un homme imposant par sa musculature et sa barbe brune, Hallis Mollen, qu'il lui présenta comme le nouveau capitaine des gardes.

« A-t-on identifié mon agresseur ? demanda-t-elle.

– Personne ne connaît son nom, répondit Mollen. Il n'était pas de Winterfell, m'dame, mais des témoins l'ont vu rôder ces dernières semaines dans le château.

– Alors, il appartenait à la suite du roi, conclut-elle, ou à celle des Lannister. Il a dû rester à la traîne après leur départ.

– Il se peut. Mais il y avait ici trop d'étrangers, ces derniers temps, pour qu'il soit possible de déterminer qui l'appointait.

– Il se cachait dans les écuries, intervint Greyjoy. L'odeur le prouvait assez...

– Et comment, dans ce cas, ne s'est-il pas fait repérer ? répliqua-t-elle avec âpreté.

– C'est qu'entre les chevaux qu'a emmenés lord Eddard, bredouilla Mollen, et ceux que nous avons envoyés à la Garde de Nuit, nombre de stalles se retrouvaient vacantes. Se cacher des palefreniers devenait un jeu d'enfant. Hodor l'a peut-être vu, certains ont trouvé son comportement bizarre, mais comme il est simple d'esprit... » Un branlement de tête compléta sa phrase.

« Nous avons découvert l'endroit où il couchait, précisa Robb. Il avait enfoui sous la paille une bourse de cuir qui contenait quatre-vingt-dix cerfs d'or.

– Je suis heureuse d'apprendre qu'on payait correctement la vie de mon fils, dit-elle amèrement.

– Sauf votre respect, m'dame, repartit Mollen d'un air ahuri, vous..., vous voulez dire qu'il venait tuer *le petit* ?

– C'est délirant ! s'écria Greyjoy, sceptique.

– Il venait pour Bran, martela-t-elle. Il n'a cessé de bafouiller que je n'aurais pas dû me trouver là. En mettant le feu à la bibliothèque, il comptait que je me précipiterais pour l'éteindre en emmenant les gardes. Sans le chagrin qui me rendait à demi folle, son plan marchait.

– Mais qui pourrait désirer la mort de Bran, et pourquoi ? demanda Robb. Il n'est qu'un gosse, bons dieux ! impuissant et dans le coma... »

Elle lui jeta un regard de défi. « Justement, Robb. Si tu dois jamais gouverner le nord, il te faut réfléchir puis répondre à ta propre question. Oui, pourquoi voudrait-on tuer un gosse dans le coma ? »

Il n'eut pas le temps de répondre, les servantes entraient, apportant de la cuisine un déjeuner beaucoup plus copieux que requis : pain chaud, beurre, miel, confiture de mûres, lard fumé, œuf à la coque, fromage, thé à la menthe. Au même instant survint mestre Luwin.

« Comment va mon fils, mestre ? » La vue de tous ces mets lui révélait qu'elle n'avait pas faim.

« Etat stationnaire, madame », répondit-il en baissant les yeux.

Exactement les termes qu'elle prévoyait. Ni plus ni moins. Ses plaies aux mains la lancinèrent comme si la lame les affouillait encore, toujours plus avant. Après avoir congédié ses femmes, elle se retourna vers Robb. « Tu as fini par trouver ?

– Quelqu'un craint que Bran ne se réveille. Craint ce qu'il pourrait alors dire ou faire. Craint qu'il ne révèle un secret connu de lui seul.

– Parfait », approuva-t-elle. Puis, s'adressant au nouveau capitaine des gardes : « Il faut veiller sur Bran. D'autres tueurs pourraient se présenter.

– Combien d'hommes voulez-vous, m'dame ?

– Aussi longtemps que se prolongera l'absence de lord Eddard, mon fils commande, à Winterfell. »

Grandi par ces mots, Robb ordonna : « Un dans la chambre, nuit et jour, un devant la porte, deux au bas de l'escalier. Que nul n'accède au chevet de mon frère sans autorisation de ma mère ou de moi.

– Bien, m'sire.

– Et à l'instant, suggéra-t-elle.

– Que le loup reste auprès de lui, reprit Robb.

– Oui », acquiesça-t-elle. Et elle répéta : « Oui. »

Hallis Mollen s'inclina et sortit.

« Lady Stark, intervint ser Rodrik sur ces entrefaites, auriez-vous remarqué le poignard utilisé par le meurtrier ?

– Les circonstances ne m'ont guère laissé le loisir de l'examiner, mais je me porte garante de son tranchant, répliqua-t-elle avec un sourire teinté d'ironie. Mais pourquoi cette question ?

– Nous l'avons retrouvé dans la main du cadavre, et, après analyse attentive, il m'a paru beaucoup trop précieux pour un tel gredin. Sa lame est d'acier valyrien, sa poignée d'os de dragon. Pareille arme jure avec son porteur. Quelqu'un a dû la lui donner. »

Catelyn opina, pensive. « Robb, ferme la porte. »

Il sembla surpris mais obtempéra.

« Ce que je vais vous confier ne doit pas sortir de cette pièce, dit-elle alors. J'exige votre parole. Si ce que je soupçonne est vrai, ne fût-ce qu'en partie, Ned et mes filles risquent actuellement leur vie, et un seul mot à des oreilles ennemies signifierait leur arrêt de mort.

– Lord Eddard m'est un second père, dit Theon Greyjoy. Je jure de me taire.

– Je le jure aussi, dit mestre Luwin.

– Moi de même, madame, dit ser Rodrik.

– Et toi, Robb ? »

Il acquiesça d'un signe de tête.

« Ma sœur Lysa est convaincue que les Lannister ont assassiné son mari, lord Arryn, alors Main du Roi, dit-elle. Or, il me revient que Jaime Lannister ne suivit pas la chasse et resta au château, le jour de la chute de Bran. » Un silence de mort accueillit ces mots. « A mon avis, Bran n'est pas tombé de la tour. Quelqu'un l'a poussé. »

Les quatre hommes accusèrent le choc par des expressions horrifiées. « C'est une hypothèse monstrueuse, madame, protesta Rodrik. Le Régicide en personne répugnerait au meurtre d'un enfant sans défense !

– Vraiment ? dit Theon. Je me le demande.

– L'orgueil des Lannister est comme leur ambition : sans limites, affirma Catelyn.

– Le petit avait toujours fait preuve, en effet, d'une telle sûreté..., pensa tout haut mestre Luwin. Il connaissait pierre par pierre tout Winterfell...

– *Bons dieux !* jura Robb, ses traits juvéniles assombris par l'indignation. S'il a fait cela, il me le paiera. » Dégainant son épée, il la brandit. « Je le tuerai de mes propres mains ! »

Ser Rodrik s'insurgea : « Remisez-moi ça ! Des centaines de lieues vous séparent des Lannister. Ne tirez *jamais* l'épée que pour l'utiliser vraiment. Combien de fois devrai-je encore vous le répéter, jeune fou ? »

Décontenancé par cette mercuriale, Robb rengaina si piteusement qu'il eut tout à coup l'air d'un simple écolier. « Je vois qu'il porte de l'acier, maintenant ? dit Catelyn au maître d'armes.

– J'ai jugé le moment venu », s'excusa celui-ci.

D'un air anxieux, Robb attendait le verdict de sa mère. « Plus que venu, dit-elle. Winterfell pourrait avoir sous peu besoin de toutes ses épées. Mieux vaudra qu'alors elles ne soient pas de bois. »

Portant la main à la sienne, Greyjoy lui repartit : « Si l'on en vient là, madame, votre maison peut compter sur la gratitude de la mienne. »

Mestre Luwin, cependant, triturait sa chaîne au point sensible, selon son tic. « Nous n'en sommes qu'aux conjectures, intervint-il enfin, posément. La reine serait furieuse de nous entendre accuser si légèrement son frère bien-aimé. Il nous faut soit acquérir des preuves, soit observer un silence éternel.

– La preuve en est le poignard, rétorqua ser Rodrik. Un pareil joyau ne saurait être passé inaperçu. »

A ce détail près, songea brusquement Catelyn, que la lumière ne jaillirait que dans un seul lieu du monde...

« Il faut que quelqu'un se rende à Port-Réal.

– Moi, dit Robb.

– Non, répliqua-t-elle. Ta place est ici. Winterfell ne saurait se passer d'un Stark. » Elle jeta successivement les yeux sur les grands favoris blancs de ser Rodrik, sur mestre Luwin, dans ses robes grises, sur la figure maigre et sombre du fougueux Greyjoy. Lequel envoyer ? Lequel paraîtrait plus digne de foi ? Alors, elle sut. Repoussant gauchement ses couvertures de ses doigts bandés qui l'entravaient comme autant de pierres, elle sauta à bas du lit. « Je dois y aller moi-même.

– Est-ce bien prudent, madame ? objecta mestre Luwin. Votre arrivée ne manquera pas d'alerter les Lannister...

– Et Bran ? » demanda Robb. Maintenant, le pauvre garçon se montrait totalement désemparé. « Vous ne pouvez le laisser.

– J'ai fait tout mon possible pour Bran, dit-elle en lui posant une main blessée sur le bras. Sa vie est entre les mains des dieux et de mestre Luwin. Tu me l'as rappelé toi-même, Robb, je me dois désormais à mes autres enfants.

– Il vous faudra une forte escorte, madame, opina Theon.

– Je vous adjoindrai Mollen à la tête d'une escouade, proposa Robb.

– Non, dit-elle. Une troupe nombreuse éveille l'attention, et ce n'est certes pas souhaitable. Je préférerais que les Lannister ignorent ma venue.

– Au moins, laissez-moi vous accompagner, madame, protesta Rodrik. La grand-route n'est pas sans danger pour une femme seule.

– Je ne compte pas l'emprunter », riposta-t-elle. Après un instant de réflexion, elle reprit néanmoins : « Deux cavaliers vont aussi vite qu'un seul, et beaucoup plus vite qu'une longue colonne encombrée de chariots et de carrosses. J'accepte de grand cœur votre offre, ser Rodrik. Nous descendrons la Blanchedague jusqu'à la mer, affréterons un bateau à Blancport. Je veux être damnée si des chevaux solides et la brise alerte ne nous font devancer d'une bonne tête Ned et les Lannnister. » *Et alors*, se promit-elle en son for, *nous verrons ce que nous verrons.*

SANSA

« Lord Eddard est parti dès avant l'aube, lui apprit septa Mordane au cours du déjeuner. Le roi l'a envoyé quérir. Quelque nouvelle chasse, je présume... On m'assure qu'il subsiste des aurochs sauvages, dans ces parages.

– Je n'en ai jamais vu », dit Sansa, tout en tendant à Lady, sous la table, un morceau de lard. La louve le lui prit des doigts avec autant de délicatesse qu'une reine.

Septa Mordane émit un reniflement de réprobation. « Une dame bien née ne nourrit pas de chiens à table, édicta-t-elle, tout en brisant un rayon de miel qu'elle fit ensuite dégoutter sur son pain.

– Lady n'est pas un chien mais un loup-garou, rectifia Sansa, laissant celle-ci lui lécher la main de sa langue rêche, et, de toute façon, Père nous a permis de nous en faire suivre à notre guise. »

La vieille ne s'inclina pas pour si peu. « Vous êtes une perle, Sansa, mais, je vous le déclare, aussi mauvaise tête que votre sœur dès qu'il est question de ces sales bêtes ! Mais..., se renfrogna-t-elle, j'y pense, où est donc Arya, ce matin ?

– Elle n'avait pas faim », répondit Sansa, peu soucieuse de révéler que sa sœur s'était éclipsée depuis des heures vers les cuisines et avait dû y déjeuner en embobinant quelque marmiton.

« Veuillez la faire souvenir de revêtir ses plus jolis atours, aujourd'hui. Sa robe de velours gris, par exemple. La reine et la princesse Myrcella nous ayant conviées dans leur carrosse, il convient de paraître à notre avantage. »

A son avantage, Sansa l'était déjà. Parée de ses plus jolies soies bleues, elle avait si méticuleusement brossé ses longs cheveux auburn que ceux-ci brillaient d'un éclat sans pareil. Elle n'avait, de la semaine, vécu que dans l'attente du jour glorieux où la reine l'inviterait dans sa voiture, ainsi que dans l'espoir d'y rencontrer le prince Joffrey. Son promis. Quoique leur mariage ne dût intervenir qu'après bien des années, cette seule pensée lui donnait de secrètes et mystérieuses palpitations. Certes, elle ne le *connaissait* guère encore, mais elle en était déjà éprise. Avec sa haute taille, sa beauté, sa force physique et ses cheveux d'or, il correspondait point par point à l'image du prince idéal qu'elle s'était forgée. Elle prisait d'autant plus les moments passés en sa compagnie que les occasions en étaient plus rares. Seule l'inquiétait en ce grand jour l'attitude d'Arya. Nul mieux qu'Arya ne possédait l'art de tout gâcher. On ne pouvait, avec elle, s'attendre qu'à l'imprévisible. « Je lui en parlerai, promit-elle évasivement, mais elle risque de s'habiller comme les autres jours. » Restait à espérer que ce ne fût pas trop choquant... « Avec votre permission ?

– Faites », consentit Mordane en se resservant de pain et de miel, tandis que Sansa se coulait hors du banc puis, suivie de Lady, quittait en courant la salle commune de l'auberge.

A l'extérieur, elle se laissa un moment étourdir par les cris, les jurons, les grincements de roues en bois, l'agitation fébrile des uns démontant tentes et pavillons, des autres chargeant les chariots pour une nouvelle journée de marche. Si vaste qu'elle fût, la plus vaste en tout cas qu'eût jamais vue Sansa, l'auberge, avec ses trois niveaux de pierre blafarde, n'avait pu loger qu'un petit tiers des quatre cents personnes que, pour le moins, comptait l'escorte royale, à présent que s'y était adjointe la maisonnée de lord Stark, ainsi que des francs-coureurs récoltés en route.

Sur les bords du Trident, Sansa découvrit enfin sa sœur, à qui Nymeria donnait du fil à retordre en rechignant à se laisser décrotter. Manifestement, la louve n'aimait pas la brosse. Arya portait, quant à elle, ses vêtements de cuir de la veille et de l'avant-veille.

« Tu devrais aller te mettre quelque chose de plus coquet, conseilla Sansa. Septa Mordane m'a priée de te le rappeler, puisque aujourd'hui nous voyageons dans le carrosse de la reine, avec la princesse Myrcella.

– Moi pas, déclara Arya, sans cesser pour autant de démêler la fourrure grise. Mycah m'emmène vers l'amont chercher des rubis dans le gué.

– Des rubis...? s'ébahit Sansa. Quels rubis ? »

La dernière des gourdes, décidément. « Les rubis de *Rhaegar*. A l'endroit où le roi Robert conquit la couronne en le tuant. »

Elle avait beau s'écarquiller, Sansa doutait de ses oreilles. « Mais tu ne peux pas courir après les rubis ! la princesse compte sur nous. La reine nous a invitées toutes deux.

– Je m'en fiche. Tu parles d'un carrosse. Il n'a même pas de *fenêtres*. On ne peut rien voir.

– Que voudrais-tu voir ? » gémit Sansa, désolée. Elle s'était fait une fête de l'invitation, et voilà que cette petite idiote allait, exactement comme appréhendé, tout gâcher. « Il n'y a rien d'autre à voir que des champs, des fermes et des fortins.

– *Faux*, s'entêta la maigrichonne. Si tu nous accompagnais, parfois, tu verrais.

– Je *déteste* monter ! répliqua-t-elle passionnément. On n'y gagne que de se friper, crotter, cabosser ! »

Arya haussa les épaules. « Du *calme* ! ordonna-t-elle à Nymeria, je ne te fais pas mal. » Puis, à Sansa : « Pendant que nous traversions le Neck, j'ai dénombré trente-six espèces de fleurs jusqu'alors inconnues de moi, et Mycah m'a montré un lézard-lion. »

Au seul nom du Neck, Sansa frissonna de dégoût. Douze jours pour le traverser, douze de bringuebale tournicotante à travers cet interminable bourbier noir, douze de répugnance sans répit. L'atmosphère en était humide et froide et gluante, la chaussée si resserrée qu'il fallait vaille que vaille y camper la nuit, cerné par d'inextricables halliers dont les arbres, à demi noyés, pendouillaient lamentablement sous des linceuls de lichens blêmes. D'énormes fleurs émaillaient la fange ou stagnaient sur des mares croupies, et si vous étiez assez sot pour vous écarter de la route afin d'en cueillir, des sables mouvants tentaient de vous déglutir, des serpents vous guettaient dans les branches, des lézards-lions, semblables à des bûches équipées d'yeux, de dents, déroulaient leur croupe charbonneuse au ras du marais.

Il en eût fallu davantage, évidemment, pour dissuader Arya. Un jour l'avait vue revenir, épanouie de toute sa ganache et boueuse de pied en cap, le poil en broussaille, avec une gerbe hétéroclite de fleurs vineuses et bilieuses destinées à Père. Or, au lieu de la morigéner, comme y comptait Sansa, de l'inviter à se conduire en demoiselle de haut parage, Père la pressa sur son cœur en la remerciant. La meilleure manière de la rendre pire...

Là-dessus, les fleurs vineuses se révélèrent être des *baisers-du-diable*, et l'urticaire lui rougit les bras. Allait-elle enfin comprendre la leçon ? Loin de là. L'épreuve la fit rire et, le lendemain, lui inspira de se tartiner de *boue*, comme la dernière des buses locales, et ce pourquoi, je vous prie ? parce que son ami Myrah prétendait ce remède souverain contre le prurit ! Elle était aussi couverte jusqu'aux épaules de contusions, s'aperçut Sansa à l'heure du coucher. Des boursouflures d'un violet sombre, des taches d'un bleu sulfureux. Les sept dieux savaient seuls où s'attrapait *cela*.

Tout en continuant d'étriller la louve, Arya détaillait toujours les prétendues merveilles découvertes en route. « La semaine dernière, nous avons retrouvé le fameux fort hanté. La veille, nous avions poursuivi une harde de chevaux sauvages. Tu aurais vu leur affolement quand ils ont flairé Nymeria ! » Comme la louve se débattait pour lui échapper, elle la tança : « Un peu de patience ! il reste encore l'autre côté, tu es toute crottée...

– Il n'est pas permis de quitter la colonne, rappela Sansa. Père l'a bien dit...

– Bah, répliqua-t-elle avec une moue de dédain, je ne m'en suis guère écartée. Puis Nymeria m'accompagnait. De toute façon, j'y reste souvent. Je m'amuse seulement à courir le long des chariots pour bavarder avec les gens. »

Et quelles gens... Comment pouvait-elle se complaire en la compagnie d'écuyers, de palefreniers, de bonniches, de vieux et de nouveau-nés, de francs-coureurs triviaux et d'origine obscure ? Comment pouvait-elle se lier d'amitié avec *n'importe qui* ? Le pire de tous étant son Mycah. Que lui trouvait-elle, à ce rustaud, ce garçon boucher de treize ans qui, couchant dans le fourgon à viande, sentait à plein nez l'abattoir ? Son seul aspect vous levait le cœur. Comment pouvait-elle le lui préférer ?

Sansa finit par s'impatienter. « Il faut que tu m'accompagnes, dit-elle fermement. Tu ne saurais refuser la reine. Septa Mordane compte sur toi. »

Peine perdue, Arya fit la sourde oreille et, comme Nymeria répliquait à une brusque secousse de la brosse en s'esquivant sur un grognement indigné, « Ici ! cria-t-elle.

– On servira des gâteaux au citron et du thé », reprit Sansa, de son ton raisonnable d'adulte, tout en décernant à Lady qui se frottait contre sa jambe le grattouillis d'oreilles quémandé, pendant qu'Arya poursuivait sa louve. « Entre l'agrément de monter un vieux bidet puant, de se salir, de transpirer et celui de se prélasser sur des coussins de plume et de grignoter des gâteaux en compagnie de la reine, tu ne vas quand même pas hésiter ?

– Je n'aime pas la reine », lâcha sa cadette avec une désinvolture qui la suffoqua. Comment pouvait-elle, elle, sa propre sœur, proférer pareille énormité ? « D'ailleurs, poursuivit l'étourdie, elle ne me permettrait pas d'amener Nymeria. » Glissant la brosse dans sa ceinture, elle avança sur la louve qui la guignait avec circonspection.

« Les *loups* n'ont rien à faire dans un carrosse royal, objecta Sansa. Puis tu sais bien que la princesse Myrcella en a peur.

– Comme un bébé qu'elle est », riposta-t-elle tout en saisissant Nymeria par la peau du cou. Mais, dès que reparut la brosse, la bête se libéra et, d'un bond, se mit hors de portée. « Méchant loup ! » cria Arya.

A ces mots, Sansa ne put réprimer un sourire. « Tel maître, tel chien », lui avait dit un jour le maître piqueux. Une vive caresse à Lady lui valut sur la joue un grand coup de langue qui lui arracha un rire chatouilleux. Se retournant brusquement, Arya fixa sur elle un regard furibond. « Tu peux dire ce que tu veux, je monterai tout de même, aujourd'hui. » Sa longue face chevaline avait pris l'expression butée des décisions irrévocables.

« Les dieux m'en sont témoins, ta conduite est parfois *puérile*, Arya... J'irai donc seule, et le plaisir n'en sera que plus grand. Lady et moi, nous mangerons tous les gâteaux au citron, nous n'avons que faire de ta présence pour savourer ce bon moment. »

Elle s'éloignait déjà quand sa sœur lui cria : « Ils ne te permettront pas non plus d'emmener Lady ! » puis, sans lui laisser même le loisir de méditer une riposte, s'élança, le long de la rivière, sur les traces de Nymeria.

Passablement mortifiée, Sansa reprit avec mélancolie le chemin de l'auberge où septa Mordane devait déjà s'impatienter. Le trottinement paisible de Lady près d'elle contribuait à l'attrister. Elle en aurait pleuré. Son vœu le plus cher était de vivre dans un monde aussi harmonieux et plaisant, voilà tout, que celui des chansons. Pourquoi fallait-il qu'Arya n'eût ni la suavité, ni la délicatesse, ni la gentillesse de la princesse Myrcella ? Quelle sœur idéale aurait fait celle-ci...

Il lui semblait inconcevable qu'avec une différence d'âge aussi minime Arya fût si différente, alors qu'elle n'était pas une bâtarde, comme Jon Snow, quitte d'ailleurs à lui *ressembler*. Elle était aussi Stark que lui, avec sa longue figure et ses cheveux bruns. Rien, dans ses traits ni dans son teint, ne rappelait Mère. Et la rumeur attribuait à Jon une mère *du commun*. Sansa se souvenait d'avoir, des années plus tôt, interrogé lady Stark sur l'éventualité d'une substitution d'enfants : les tarasques ne lui auraient-elles pas volé sa *véritable* sœur ? Mère s'était contentée de rire puis de dire : « Non. Arya est bien ta sœur, ta sœur légitime, le sang de notre sang. » Et comme elle n'avait aucune raison de mentir, cela devait être la vérité.

Comme elle approchait du centre du camp, son désarroi ne tarda pas à se dissiper. On s'attroupait autour du carrosse royal, et cent voix fiévreuses bourdonnaient là comme un essaim d'abeilles. Les portières étaient grandes ouvertes, et la reine, debout en haut du marchepied de bois, souriait à quelque adulateur. « Le Conseil nous accorde là une faveur insigne, beaux seigneurs, dit-elle.

– Que se passe-t-il ? demanda Sansa à un écuyer de sa connaissance.

– Le Conseil a dépêché de Port-Réal des cavaliers pour nous escorter jusque-là, répondit-il. Une garde d'honneur pour le roi. »

Afin de satisfaire au plus tôt sa propre curiosité, Sansa se fit précéder de Lady. La presse s'ouvrit alors comme par miracle, et elle vit, agenouillés devant la reine, deux chevaliers revêtus d'armures si somptueuses que leur splendeur la fit papilloter.

Au soleil, celle du premier, composée d'écailles d'émail aussi blanches qu'un matin de neige, flamboyait de niellures et d'agrafes d'argent. Une fois défait de son heaume, l'homme se révéla un vieillard. Mais si ses cheveux brillaient du même éclat que son costume, il semblait néanmoins combiner la vigueur et la grâce. La cape immaculée de la Garde l'enveloppait dans ses longs plis.

Bardé d'acier vert sombre, son compagnon devait avoir près de vingt ans. Jamais Sansa n'avait vu plus bel homme. Grand, puissamment taillé, il avait des cheveux de jais qui, lui tombant jusqu'aux épaules, encadraient son visage rasé de frais qu'illuminaient des yeux rieurs, du même ton que son armure. Sous l'un de ses bras reposait son heaume, orné d'andouillers et rutilant d'or.

De prime abord, Sansa n'avait pas remarqué le troisième étranger. Au lieu de s'agenouiller comme les précédents, il se tenait à l'écart, debout près des chevaux, et contemplait, maussade et coi, la cérémonie. Il avait une figure glabre et grêlée, la joue creuse et l'orbite cave. Sans être âgé, il ne lui restait guère de cheveux, quelques touffes qui végétaient sur ses oreilles, mais il les portait aussi longs que ceux d'une femme. Son armure, une simple cotte de mailles gris fer enfilée sur des hardes de cuir bouilli, avouait sans ambages la peine et les ans. Dépassant son épaule droite se discernait la poignée de cuir crasseuse d'un estramaçon. Une arme à manier des deux mains, trop longue pour la ceinture et qu'une sangle attachait dans le dos.

« Le roi est parti chasser mais, à son retour, il sera ravi de vous voir, je le sais », disait cependant la reine aux deux chevaliers toujours à genoux devant elle, mais le troisième fascinait Sansa. Il parut se sentir dévisagé car, lentement, il tourna la tête, et Lady gronda. Envahie d'une terreur sans précédent, Sansa eut un mouvement de recul et heurta quelqu'un.

De puissantes mains la saisirent aux épaules et, une seconde, elle se crut contre son père, avant de voir, inclinée vers elle, la trogne brûlée de Sandor Clegane. Une parodie de sourire lui tordant la bouche, il dit : « Tu trembles, petite... » Il avait une voix de crécelle. « Je te fais si peur ? »

Peur, oui. Et ce dès l'instant où elle avait posé les yeux sur les décombres de visage que lui avaient laissés le feu. Mais il lui paraissait moitié moins terrifiant que l'autre, désormais. Néanmoins, elle se dégagea, et le Limier se mit à rire, et Lady, se plaçant entre eux, grogna un avertissement. Sansa s'accroupit pour étreindre la louve, au milieu d'un cercle compact de badauds, bouches bées. Elle se sentait la cible des regards, entendait des murmures épars, des commentaires, des rires étouffés.

« Un loup », dit un homme, et un autre : « Un loup-garou, oui, par les sept enfers ! » Le premier reprit : « Qu'est-ce que ça vient fiche au camp ? », et la crécelle du Limier : « Ça sert de nourrices aux Stark », et Sansa vit les deux chevaliers étrangers penchés sur elle, l'épée au poing, et la peur la glaça de nouveau, la honte. Des larmes emplirent ses yeux.

La voix de la reine se fit entendre : « Va t'occuper d'elle, Joffrey. »

Et son prince fut là.

« Laissez-la », dit-il en s'inclinant vers elle, beau comme un dieu dans sa tenue de laine bleue, de cuir noir, avec ses boucles d'or scintillantes comme une couronne sous le soleil. Il lui tendit la main pour l'aider à se relever. « Qu'y a-t-il, chère dame ? Pourquoi vous effrayer ? Personne ne vous veut de mal. Rengainez donc, vous autres. Ce loup n'est qu'un petit animal familier. » A Sandor Clegane, il jeta : « Quant à toi, chien, va-t'en, tu épouvantes ma promise. »

Fidèle à sa loyauté coutumière, le Limier salua et, de son pas paisible, fendit la foule. Sansa, cependant, luttait pour recouvrer sa dignité. Elle s'était suffisamment ridiculisée. Elle, une Stark de Winterfell, une noble dame, elle, appelée à régner un jour. Elle tenta de s'expliquer : « Ce n'est pas lui qui m'épouvantait, cher prince, c'est l'autre homme. »

Les deux chevaliers étrangers échangèrent un regard. « Payne, ironisa le cadet.

– Ser Ilyn me fait souvent le même effet, chère dame, dit gentiment l'aîné. Il est d'aspect si redoutable...

– Autant qu'il sied. » Le cercle se rompit devant la reine. « Si les méchants ne frémissaient devant la justice du roi, c'est que l'on en aurait mal choisi le titulaire. »

A ces mots, Sansa recouvra sa présence d'esprit. « Dans ce cas, Votre Grâce, il était impossible de mieux choisir, dit-elle, à l'hilarité générale.

– Bien parlé, petite, approuva le vieil homme en blanc. En digne fille d'Eddard Stark. C'est un honneur pour moi que de me présenter à vous, fût-ce de manière si cavalière. » Il s'inclina. « Ser Barristan Selmy, de la Garde. »

Les bonnes manières enseignées depuis des années par septa Mordane reparurent instantanément. « Lord commandant de la Garde, acquiesça-t-elle, et conseiller de Robert, notre roi, et, précédemment, d'Aerys Targaryen. L'honneur est pour moi, chevalier. Les rhapsodes chantent jusque dans l'extrême-nord les hauts faits de Barristan le Hardi. »

Le chevalier vert se remit à rire. « Barristan l'Epuisé, plutôt ! Gardez-vous de le louanger trop, petite, il est déjà bien assez porté à se surestimer. » Il sourit avec malice. « A présent, damoiselle au loup, mettez donc un nom sur ma propre personne, et forcez-moi de convenir que vous êtes bien la fille de notre Main. »

Près d'elle, Joffrey se roidit. « Veuillez surveiller votre ton. Elle est ma promise.

– Je connais la réponse, dit-elle précipitamment, dans l'espoir de calmer son prince. Votre heaume a des andouillers d'or, messire. Le cerf est l'emblème de la maison royale. Le roi Robert a deux frères. Eu égard à votre extrême jeunesse, vous ne pouvez être que Renly Baratheon, seigneur d'Accalmie et conseiller du roi. Tel est le nom que je vous donne.

– Et moi, railla ser Barristan, je dis qu'eu égard à son extrême jeunesse il ne peut être qu'un galopin piaffant. Tel est le nom que je lui donne. »

Un grand éclat de rire, dont lord Renly donna lui-même le signal, accueillit ce quolibet, et l'atmosphère s'était si bien détendue que Sansa commençait à se sentir à l'aise quand, jouant des épaules pour se frayer passage, ser Ilyn Payne vint se planter devant elle. Il ne souriait pas, ne dit pas un mot. Lady retroussa ses babines et se mit à gronder sourdement. Mais, cette fois, Sansa lui imposa silence en lui flattant doucement la tête. « Navrée si je vous ai offensé, ser Ilyn », dit-elle.

Contre toute attente, le bourreau ne répondit que par un regard scrutateur et, sous ses yeux pâles, elle eut l'impression qu'il lui arrachait ses vêtements puis l'écorchait, la dénudait jusqu'au fond de l'âme. Enfin, sans un mot, il tourna les talons et s'en fut.

Abasourdie, elle interrogea son prince : « Aurais-je dit une inconvenance, prince ? Pourquoi refuse-t-il de m'adresser la parole ?

– Ser Ilyn est d'humeur taciturne depuis quatorze ans », expliqua lord Renly, avec un sourire entendu.

Son neveu lui décocha un coup d'œil franchement révulsé puis, prenant les mains de Sansa dans les siennes : « Aerys Targaryen lui a fait arracher la langue avec des pincettes chauffées à blanc.

– Son épée n'en est que plus éloquente, intervint la reine, et son dévouement pour notre trône est indiscutable. » Puis dédiant à Sansa un sourire affable : « Jusqu'au retour du roi et de votre père, je vais devoir entendre nos bons conseillers. A mon grand regret, je crains qu'il ne faille remettre votre jour avec Myrcella. Veuillez m'en excuser auprès de votre charmante sœur. Puis-je te prier, Joffrey, de me suppléer comme hôte, aujourd'hui ?

– J'en serai trop heureux, Mère », dit-il d'un ton cérémonieux. Sur ce, il s'empara du bras de Sansa pour une promenade, et sa cavalière ne se tint plus de joie. Une journée entière avec son prince ! L'idolâtrie lui alanguissait les prunelles. Et il se montrait si galant. Sa façon de la tirer des griffes de ser Ilyn et du Limier, tiens, rappelait presque celle des chansons, ressuscitait presque l'époque où Serwyn au Bouclier-Miroir sauva des géants la princesse Daeryssa, où le prince Aemon Chevalier-Dragon se fit le champion de la reine Naerys odieusement calomniée par ser Morgil...

La pression de la main sur sa manche lui affola le cœur. « Que souhaiteriez-vous faire ? » dit-il.

Etre avec vous, pensa-t-elle, mais elle répondit : « Tout ce qu'il vous plaira, mon prince. »

Il réfléchit un moment. « Nous pourrions aller chevaucher.

– Oh ! *j'adore* monter. »

Voyant Lady les talonner, il reprit : « Votre loup risque d'effrayer les chevaux, et vous semblez avoir peur de mon chien. Que diriez-vous de les laisser tous deux et de partir seuls ? »

Elle hésita. « Si vous voulez, concéda-t-elle sans conviction. J'attacherais Lady, le cas échéant, mais... » Un détail la troublait. « J'ignorais que vous eussiez un chien...

– A la vérité, gloussa-t-il, c'est le chien de ma mère. Elle l'a chargé de veiller sur moi, et il n'y manque pas.

– Ah, vous vouliez dire le Limier. » Elle se serait fouettée pour sa lenteur d'esprit. Son prince ne l'aimerait jamais, si elle se montrait tellement stupide. « N'est-il pas imprudent de partir sans lui ? »

La question vexa manifestement Joffrey. « N'ayez crainte, dame. Me voici presque un homme fait et, contrairement à vos frères, je ne me bats plus avec des jouets en bois. Ceci me suffit. » Il tira son épée et la lui montra. Forgée au château dans un acier bleu miroitant, c'était bel et bien une flamberge à double tranchant, mais habilement réduite aux proportions d'un garçon de douze ans. Elle avait une poignée de cuir, et son pommeau d'or figurait une tête de lion. Sansa se récria d'une admiration si vive que le prince se rengorgea : « Je l'appelle Dent-de-Lion. »

Abandonnant sur ces entrefaites elle sa louve, lui son garde du corps, ils partirent vers l'est en suivant la rive gauche du Trident, sans autre compagnie que Dent-de-Lion.

Il faisait un temps magnifique, un temps enchanteur. L'air tiède était tout appesanti du parfum des fleurs, et, aux yeux de Sansa, les bois de la région possédaient un charme auquel ne pouvait prétendre aucun de ceux du septentrion. Le coursier bai rouge du prince allait comme le vent, et son cavalier le poussait avec tant de nonchalance et de témérité que la jument de Sansa peinait à le suivre. Pareil jour se prêtant à toutes les aventures, ils explorèrent les grottes des berges, poursuivirent un lynx jusqu'à son repaire et, lorsque la faim les prit, Joffrey sut repérer la fumée d'un fort et y faire assez sonner les titres de prince et de dame pour qu'on leur servît bonne chère et bon vin. Ils déjeunèrent ainsi d'une truite au bleu, et Sansa l'arrosa plus copieusement qu'elle n'avait jamais fait. « Père ne nous permet d'en boire qu'une coupe, confessa-t-elle, et seulement les jours de fête.

– Ma promise a toute licence », répliqua-t-il tout en la servant à nouveau.

Ils adoptèrent après le repas une allure plus modérée. Tout en chevauchant, Joffrey chantait pour elle, d'une voix perchée mais douce et limpide. Un peu étourdie par le vin, Sansa finit par demander : « Ne devrions-nous pas retourner, maintenant ?

– Dans un moment, répondit-il. Le champ de bataille se trouve juste devant nous. A l'endroit où la rivière fait un coude. C'est là que mon père tua, comme vous savez, Rhaegar Targaryen d'un coup formidable, *crac !* en pleine poitrine. » Ce disant, il brandissait une masse d'armes imaginaire pour appuyer sa démonstration. « Puis mon oncle Jaime tua le vieil Aerys, et mon père devint roi..., mais j'entends un bruit. Qu'est-ce ? »

Sansa l'entendait aussi courir à travers les bois, tel un claquement ligneux, *clac clac clac.* « Je ne sais pas, dit-elle, brusquement inquiète. Rentrons, Joffrey...

– Je veux savoir de quoi il s'agit. » Il tourna bride aussitôt, réduisant Sansa à le suivre. Le bruit se fit plus fort, plus distinct, c'était le *clac* typique du bois contre le bois mais, plus ils approchaient, plus s'y mêlait celui d'une respiration puissante, agrémentée de grognements intermittents.

« Quelqu'un vient, s'alarma-t-elle, déplorant tout à coup l'absence de Lady.

– Avec moi, vous ne risquez rien », dit-il en dégainant Dent-de-Lion, mais le frottement de la lame contre le cuir la fit frissonner. « De ce côté », reprit-il, poussant son cheval dans un rideau d'arbres.

Au-delà, dans une clairière qui dominait la rivière, ils découvrirent un garçon et une fille jouant aux chevaliers. En guise d'épées, ceux-ci maniaient des bâtons, des manches de balai, selon toute apparence, et se ruaient l'un sur l'autre en ferraillant fougueusement. Beaucoup plus âgé, plus costaud que la fille et la dominant d'une tête, le garçon pressait ses assauts. Toute maigrichonne, elle, vêtue de cuirs crottés, faisait tout son possible pour esquiver ou parer mais n'y parvenait qu'à demi. Et, lorsqu'elle tenta de porter une botte à son tour, il contra celle-ci, la fit dévier et assena un rude coup sur les doigts de son adversaire. Avec un cri de douleur, la fille lâcha son arme.

Le prince éclata de rire, et le garçon, surpris, jeta un regard circulaire puis, l'œil rond, laissa choir son bâton dans l'herbe. La fille, qui suçait ses phalanges meurtries, releva la tête, et Sansa, horrifiée, poussa un gémissement incrédule : « *Arya ?*

– Fichez-moi le camp ! leur cria celle-ci, des larmes de colère aux yeux. Que venez-vous faire ici ? laissez nous ! »

Joffrey dévisageait alternativement l'une et l'autre. « Votre sœur ? » Le sang aux joues, Sansa acquiesça d'un signe. Le prince reporta son attention sur le garçon, un rouquin lourdaud, vulgaire et tout tavelé de taches de rousseur. « Et toi, qui es-tu ? questionna-t-il d'un ton impérieux qui balayait une année d'écart au profit de l'interlocuteur.

– Mycah, murmura le garçon qui, reconnaissant le prince, détourna les yeux. M'seigneur.

– Il est garçon boucher, susurra Sansa.

– Il est mon ami, rétorqua sèchement Arya. Fichez-lui la paix.

– Et ce garçon boucher veut être chevalier, n'est-ce pas ? dit Joffrey, sautant à bas de sa monture, l'épée au poing. Ramasse ton arme, garçon boucher. » Il affichait un air goguenard. « Montre-nous donc ton habileté. »

Fou de peur, Mycah ne broncha pas.

« Allons, ramasse, ordonna le prince en avançant sur lui. Ou bien ne saurais-tu combattre que des fillettes ?

– A' m' l'a d'mandé, m'seigneur. A' m' l'a d'mandé. »

Un simple coup d'œil à sa sœur, subitement pourpre, convainquit Sansa qu'il ne mentait pas, mais Joffrey n'était pas d'humeur à l'entendre de cette oreille. Le vin lui faisait perdre son sang-froid. « Vas-tu ramasser ton épée, oui ou non ? »

Mycah secoua la tête. « C' qu'un bâton, m'seigneur. C' pas une épée, c' qu'un bâton.

– Et tu n'es qu'un garçon boucher, pas un chevalier. » Il releva Dent-de-Lion et, de la pointe, l'en piqua juste en dessous de l'œil. L'autre tremblait de tous ses membres. « C'est la sœur de ma dame que tu frappais, tu le sais ? » Une goutte de sang vermeil perla sur la joue du malheureux puis, lentement, une zébrure rouge la lui laboura.

« *Assez !* » hurla Arya. Et elle ramassa son propre bâton.

« Arya..., supplia sa sœur, reste en dehors de ça.

– Je ne vous l'abîmerai... guère », ricana Joffrey sans cesser de lorgner le garçon boucher.

Arya marcha résolument sur lui.

Affolée, Sansa se laissa glisser de sa selle, mais pas assez vite. Les deux mains crispées sur son arme, Arya frappait déjà. Un *crac* formidable se fit entendre lorsque le bâton atteignit le prince à la nuque et, en un éclair, tout fut consommé sous les yeux terrifiés de

Sansa. Le prince chancela puis pirouetta sur lui-même en jurant, tandis que Mycah prenait ses jambes à son cou vers l'abri des arbres et qu'Arya frappait à nouveau, mais, cette fois, Dent-de-Lion para le coup et fit voler en éclats l'arme de la fillette. L'échine tout ensanglantée, Joffrey flamboyait de fureur, et Sansa avait beau piauler : « Non ! non ! arrêtez ! arrêtez, vous deux ! arrêtez ce gâchis ! », personne ne l'écoutait. Arya ramassa une pierre qu'elle décocha au prince et qui alla cingler le bai rouge, le faisant détaler au triple galop sur les traces du garçon boucher. « *Arrêtez ! par pitié, arrêtez !* » criait toujours Sansa, mais Joffrey n'en menaçait pas moins Arya de son épée, tout en vomissant un flot d'obscénités, de mots ignobles, de mots répugnants. Maintenant terrifiée, la fillette battait en retraite, mais il la harcelait, la poussait vers les bois, l'accula contre un arbre, tandis que Sansa, à demi aveuglée par les larmes, se tordait les mains d'impuissance.

Au même instant, une buée grise la dépassait en trombe et, soudain, Nymeria fut là, qui, d'un bond, referma ses mâchoires sur le bras du prince. De saisissement, celui-ci lâcha son épée, tandis que la louve le renversait et roulait avec lui dans l'herbe, elle grondante et déchaînée, lui hurlant de douleur. « Mais débarrassez-m'en ! hoquetait-il, débarrassez-m'en ! »

Enfin, l'ordre d'Arya claqua comme un coup de fouet : « Nymeria ! »

Aussitôt, le loup-garou lâcha prise et vint rejoindre sa maîtresse. Le prince gisait dans l'herbe, pleurnichant, berçant son bras estropié. Sa chemise était trempée de sang. « Elle ne vous a... guère abîmé », dit Arya puis, ramassant Dent-de-Lion, elle la saisit à deux mains et la brandit sur lui.

En la voyant dans cette attitude, il poussa un gémissement de panique. « Non ! dit-il, ne me faites pas de mal, ou je le dirai à ma mère.

– *Fiche-lui la paix !* » cria Sansa.

Alors, Arya fit une pirouette et, de toutes ses forces, jeta l'épée. L'acier bleu flamboya un instant dans la lumière du soleil, au-dessus de la rivière, puis s'engloutit dans les flots avec un simple *plouf* qui navra Joffrey. L'abandonnant à ses regrets, Arya se précipita vers son cheval, et Nymeria bondissait près d'elle.

Une fois seule avec lui, Sansa s'approcha de son prince. Les paupières closes sur sa souffrance, il haletait. Elle s'agenouilla près de lui et, dans un sanglot, « Joffrey..., gémit-elle, oh ! ce qu'ils vous ont fait, ce qu'ils vous ont fait. Mon pauvre prince. Ne craignez rien. Je vais galoper jusqu'au fort et ramènerai des secours. » D'un doigt tendre, elle lui repoussa du front ses blonds cheveux soyeux.

Il rouvrit brusquement les yeux et la gratifia d'un regard où ne se lisait rien d'autre que la répulsion, rien d'autre que le plus infâme mépris. « Hé bien, faites, lui cracha-t-il au visage. Et *ne me touchez pas*. »

EDDARD

« On l'a retrouvée, monseigneur. »

Ned se leva d'un bond. « Nos gens, ou ceux des Lannister ?

– Jory, précisa Vayon Poole. Elle est saine et sauve.

– Les dieux soient loués », soupira-t-il. Ses hommes cherchaient Arya depuis quatre jours, mais ceux de la reine la cherchaient aussi. « Où est-elle ? Prie Jory de me l'amener tout de suite.

– Je suis au regret, monseigneur. Les gardes de la poterne appartenaient aux Lannister. Dès que Jory s'y est présenté, ils en ont avisé la reine, et elle a fait conduire aussitôt la petite devant le roi.

– Maudite soit cette femme ! s'écria Ned en se précipitant vers la porte. Trouve-moi Sansa et amène-la dans la salle d'audiences. Son témoignage peut être précieux. » Il dévala les escaliers de la tour en proie à une fureur noire. Les trois premiers jours, il avait conduit les recherches en personne et à peine fermé l'œil une heure, de-ci de-là, depuis la disparition de sa fille. Et si, recru de fatigue et de découragement, il s'était senti, le matin même, presque incapable de tenir debout, à présent la rancœur l'emplissait d'une énergie nouvelle.

Des importuns le hélèrent, comme il traversait la cour du château, mais, dans sa hâte, il les ignora. Il eût couru s'il n'eût encore été Main du Roi, mais une Main doit dignité garder. Il avait pleinement conscience des curiosités qu'éveillait son passage et des murmures qui l'accompagnaient. On se demandait ce qu'il allait faire.

Sis à une demi-journée de cheval au sud du Trident, le château de ser Raymun Darry n'était guère plus qu'un manoir, et la suite du roi s'y était invitée d'office tandis que l'on poursuivait sur les deux rives de la rivière Arya et le garçon boucher. L'accueil fut des plus froid. Ser Raymun avait beau jouir de la paix du roi, sa famille se trouvait à la bataille du Trident sous les bannières au dragon de Rhaegar, et trois de ses aînés y avaient péri. Un fait que ni lui ni son visiteur n'oubliaient. Et l'entassement des gens du roi, des gens des Darry, des gens des Lannister et des gens des Stark dans une enceinte beaucoup trop étroite pour les contenir contribuait à tendre l'atmosphère déjà surchauffée.

Robert s'était arrogé la salle d'audiences de ser Raymun, et c'est là que Ned retrouva son monde. La pièce était bondée quand il y pénétra. Trop, pensa-t-il. Tête à tête, Robert et lui se seraient arrangés pour régler l'affaire à l'amiable.

Vautré dans le grand fauteuil de Darry, à l'autre bout de la salle, le roi affichait un visage morne et fermé. A ses côtés se tenait Cersei, la main posée sur l'épaule de leur fils, dont le bras était enveloppé d'épais bandages de soie.

Cible de tous les regards, Arya se dressait au centre, avec Jory Cassel pour toute compagnie. Faisant durement sonner ses bottes sur le sol dallé, Ned s'avança et dit d'une voix forte : « Arya ! » En l'apercevant, elle poussa un cri et se mit à pleurer.

Mettant un genou en terre, il la prit dans ses bras. Elle tremblait de tous ses membres, hoquetait : « Je suis désolée..., désolée..., désolée.

– Je sais », dit-il. Elle se sentait minuscule, juste un brin d'enfant maigrichonne, entre ses bras. Elle trouvait affreux d'être la cause d'un tel tapage. « Es-tu blessée ?

– Non. » Elle avait le museau si sale que les larmes, en dégoulinant sur ses joues, y traçaient un sillage rose. « Un peu faim. J'ai mangé des baies. Il n'y avait rien d'autre.

– Nous te nourrirons bientôt, promit-il avant de se lever pour faire face au roi. Que signifie ceci ? » Ses yeux balayèrent la salle en quête de figures amies. Mais il n'y vit guère de ses hommes à lui. Ser Raymun évita son regard. Lord Renly arborait un petit sourire qui pouvait signifier tout et le contraire, ser Barristan une mine grave. Le reste de l'assistance, hostile, appartenait aux Lannister. La seule chance des Stark était que ser Jaime et Sandor Clegane, partis conduire les recherches vers le nord, manquaient à l'appel. « Pourquoi ne m'a-t-on pas averti qu'on avait retrouvé ma fille ? tonna-t-il. Pourquoi ne me l'a-t-on pas rendue sur-le-champ ? »

Bien qu'il eût délibérément évité de s'adresser à elle, Cersei répondit : « Comment osez-vous parler sur ce ton à votre roi ? »

A ces mots, le roi s'ébroua. « Paix, femme ! aboya-t-il en se redressant sur son siège. Désolé, Ned, je n'ai jamais eu l'intention d'effrayer la petite. Il m'a simplement paru opportun de la faire amener ici pour trancher sans délai dans le vif.

– Quel vif ? répliqua Ned, glacial.

– Vous le savez pertinemment, Stark, dit la reine en s'avançant d'un pas. Votre fille s'est attaquée à mon fils. Elle et son garçon boucher. Sa bête a essayé de lui arracher un bras.

– Ce n'est pas vrai ! protesta Arya. Elle l'a à peine mordu. Il était en train de défigurer Mycah.

– Joff nous a tout raconté, reprit la reine. Vous l'avez agressé, toi et le garçon boucher, avec des matraques, tout en lâchant le loup sur lui.

– Rien ne s'est passé comme ça », maintint Arya, au bord des larmes, de nouveau. Ned lui posa une main sur l'épaule.

« Si ! s'emporta le prince. Ils se sont tous jetés sur moi, et elle a lancé Dent-de-Lion dans la rivière ! » Mais il portait cette accusation, remarqua Ned, sans regarder sa fille en face.

« Menteur ! explosa-t-elle.

– Ta gueule ! rétorqua-t-il.

– *Assez !* » rugit le roi, exaspéré, tout en se levant. Le silence se fit. « Maintenant, petite, reprit-il après l'avoir longuement considérée dans sa barbe d'un air fâché, tu vas me dire ce qui s'est passé. Tout me dire, toute la vérité. Il est criminel de mentir à un roi. » Là-dessus, il se tourna vers son fils. « Ton tour viendra ensuite. Jusque-là, tiens ta langue. »

Comme Arya commençait son récit, Ned entendit la porte s'ouvrir dans son dos. C'était Vayon Poole qui entrait, escorté de Sansa. Ils se tinrent cois tous deux, au bas bout de la salle, pendant que parlait Arya. Lorsque celle-ci en vint au moment où elle avait lancé l'épée du prince au beau milieu du Trident, Renly Baratheon contint si peu son hilarité que le roi intervint, rageur. « Ser Barristan ? veuillez sortir mon frère avant qu'il ne s'étouffe. »

Aussitôt, lord Renly réprima ses éclats. « Mon frère est trop bon. Je trouverai bien la porte par moi-même. » Il adressa une révérence à Joffrey. « Tu m'expliqueras ensuite, j'espère, par quel prodige une enfant de neuf ans, pas plus épaisse qu'un rat mouillé, s'est débrouillée pour te désarmer avec un manche à balai et pour flanquer ton épée dans l'eau. » Sur ce, il partit en claquant la porte, mais Ned l'entendit encore grommeler : « *Dent-de-Lion !* » puis s'esclaffer de nouveau sans ménagements.

Après que Joffrey, fort pâle, eut débité sa propre version des faits, le roi se releva pesamment, de l'air d'un homme qui préférerait se trouver n'importe où, pourvu que ce fût ailleurs. « Les sept enfers m'engloutissent si je sais comment nous tirer de là ! Il dit une chose, elle en dit une autre...

– Ils n'étaient pas seuls, dit Ned. Veux-tu venir, Sansa ? » Elle lui avait tout raconté, le soir même de la disparition d'Arya. « Dis-nous ce qui s'est passé. »

Elle s'avança d'un pas hésitant. Vêtue de velours bleus rehaussés de blanc, elle portait au col une chaîne d'argent. Longuement apprêtée, son opulente chevelure auburn brillait de tout son éclat. Son regard balança de sa sœur au prince. « Je ne sais pas, larmoya-t-elle d'un air traqué. Je ne me souviens pas. Tout s'est passé si vite, je n'ai pas vu...

– *Pourriture !* glapit Arya qui, telle une flèche, vola vers elle et, la renversant à terre, se mit à la bourrer de coups de poing. Menteuse ! menteuse ! menteuse ! menteuse !

– Arya ! cria Ned, *assez !* » Malgré ses ruades, Jory parvint à la détacher de sa sœur, tandis que leur père remettait celle-ci, blême et tremblante, sur ses pieds. « Es-tu blessée ? demanda-t-il, mais elle, les yeux fixés sur Arya, parut ne pas entendre.

– Cette petite est aussi sauvage que son immonde bête, proféra la reine. Je veux qu'elle soit châtiée, Robert.

– Par les sept enfers ! jura-t-il, mais regarde-la, Cersei ! Une enfant... Que prétends-tu de moi ? que je la fasse fouetter par les rues ? pour une querelle de gosses ? Affaire classée, sacrebleu ! Aucun dommage irréparable n'a été commis.

– Sauf que Joff, riposta la reine, hors d'elle, en portera les marques toute sa vie ! »

Robert Baratheon jeta les yeux sur le prince. « Certes. Peut-être lui serviront-elles de leçon. Quant à toi, Ned, veille à discipliner ta fille. J'en ferai autant pour mon fils.

– Avec joie, Sire », acquiesça lord Stark, soulagé d'un énorme poids.

Robert s'apprêtait à se retirer quand, ne se tenant pas pour battue, la reine le rappela : « Et le loup-garou, rien ? Il a tout de même estropié ton fils... »

Il s'immobilisa, se retourna, les sourcils froncés. « Maudit animal, j'avais oublié. »

Ned vit Arya se raidir dans les bras de Jory. Celui-ci répondit vivement : « Nous n'avons pas retrouvé trace de lui, Sire.

– Ah bon ? marmonna le roi, sans manifester le moindre déplaisir. Tant pis. »

Mais la reine éleva la voix : « Cent dragons d'or à qui m'apportera sa peau !

– Cela fait cher du poil, maugréa Robert. Je refuse de participer, femme. Tes fourrures, tu peux diablement les payer en or Lannister. »

Elle répondit d'un air froid : « Ta pingrerie m'étonne un peu. Le roi que j'ai cru épouser se serait fait un devoir de déposer avant le crépuscule une peau de loup sur mon lit. »

La colère assombrit Robert. « La bonne blague que cela ferait, sans loup !

– Nous en avons un », riposta-t-elle d'une voix paisible, mais avec une lueur de triomphe dans ses yeux verts.

Personne d'abord ne comprit l'insinuation, puis le sens émergea, peu à peu, crûment, et Robert finit par hausser les épaules d'un air agacé : « Comme il te plaira. Donne tes ordres à ser Ilyn.

– Tu n'y penses pas, Robert ! » protesta Ned.

Mais le roi n'était pas d'humeur à discuter encore. « Suffit, Ned, pas un mot de plus. Les loups-garous sont des bêtes fauves. Tôt ou tard, celui-ci s'en prendrait à ta fille comme l'autre a fait à mon fils. Offre-lui un chien, elle en sera beaucoup plus heureuse. »

A ces mots, Sansa parut enfin comprendre, et ses yeux agrandis d'horreur consultèrent son père. « Ce n'est pas de Lady qu'il s'agit, n'est-ce pas ? » Il ne répondit pas, mais sa physionomie était éloquente. « Non, dit-elle, non, pas Lady. Lady n'a mordu personne, elle est gentille...

– Lady n'était pas là, cria Arya, furieuse, fichez-lui la paix !

– Empêchez-les, bredouilla Sansa, empêchez-les de faire ça, s'il vous plaît, s'il vous plaît ! Ce n'était pas Lady, c'était Nymeria, Arya seule..., vous ne pouvez pas, ce n'était pas Lady, ne les laissez pas faire du mal à Lady, elle sera toujours gentille, je vous le promets, je vous le... » Et elle se mit à pleurer.

Réduit à la prendre dans ses bras et à l'y serrer pendant qu'elle sanglotait, Ned s'en remit du regard à Robert, son vieil ami, son plus que frère. « Je t'en prie, Robert, au nom de l'affection que tu me portes. Au nom de l'amour que tu éprouvais pour ma sœur. Je t'en prie. »

Le roi les considéra longuement puis, se tournant vers sa femme : « Le diable t'emporte, Cersei ! » dit-il avec dégoût.

Alors, Ned, repoussant doucement Sansa, se redressa, malgré la fatigue des quatre derniers jours qui, tout d'un coup, l'accablait. « Alors, fais-le de tes propres mains, Robert, articula-t-il d'une voix froide et tranchante comme l'acier. Aie au moins le courage de le faire de tes propres mains. »

Robert le regarda d'un regard vide et mort puis, sans un mot, quitta la salle à pas de plomb, tandis que le silence retombait.

« Où se trouve le loup ? » demanda Cersei sitôt qu'il eut disparu. A ses côtés, le prince Joffrey souriait.

« Enchaîné devant la conciergerie, Votre Grâce, répondit à contrecœur ser Barristan Selmy.

– Envoyez quérir Ilyn Payne.

– Non, dit Ned. Jory, raccompagne mes filles à leurs appartements et rapporte-moi Glace. » Chaque syllabe avait un goût de bile, mais il se forçait à la prononcer. « S'il faut vraiment le faire, je m'en chargerai. »

Cersei Lannister le scruta, soupçonneuse. « Vous, Stark ? Est-ce un stratagème ? Comment feriez-vous pareille besogne ? »

L'attention de tous se reporta sur lui, mais celle de Sansa le touchait à vif. « La bête vient du nord. Elle mérite mieux qu'un maquignon. »

Il sortit là-dessus, l'œil en feu, l'oreille encore pleine des gémissements de sa fille, et se rendit auprès de la petite louve. Un moment, il s'assit à ses côtés. « Lady », dit-il, tout à la saveur du nom. Il ne s'était guère soucié jusque-là des noms qu'avaient dénichés ses enfants mais, à l'aspect de la bête, maintenant, il trouvait pertinent le choix de Sansa. Lady était la plus menue de la portée, la plus jolie, la plus gracieuse et la plus docile. Son regard avait le chatoiement de l'or, pendant que Ned plongeait les doigts dans sa fourrure grise.

Peu après, Jory reparut, Glace aux mains.

La corvée terminée, Ned ordonna : « Choisis-moi quatre hommes pour la remporter dans le nord. Et qu'on l'enterre à Winterfell.

– Si loin ? s'étonna Jory.

– Si loin, confirma-t-il. La Lannister n'aura jamais *cette* peau. »

Il regagnait la tour pour enfin s'y abandonner au sommeil quand, retour de leur chasse, Sandor Clegane et ses coureurs franchirent la poterne à grand fracas.

Quelque chose ballottait en travers de son destrier. Une forme épaisse, enveloppée dans un manteau sanglant. « Pas trace de votre fille, Main, lui grinça le Limier, mais nous n'avons pas tout à fait perdu la journée. Nous avons eu son petit animal favori. » Il empoigna la chose, derrière lui, et, d'une poussée, l'envoya tomber devant Ned avec un bruit mou.

La gorge serrée à l'idée des mots qu'il lui faudrait trouver pour annoncer la nouvelle à Arya, Ned se pencha, écarta le tissu, mais Nymeria ne gisait pas dessous. C'était le garçon boucher, Mycah, baignant dans ses propres caillots. Un coup formidable l'avait quasiment partagé en deux depuis l'épaule jusqu'à la ceinture.

« Du haut de ton cheval », dit Ned.

Les yeux du Limier pétillèrent derrière le hideux mufle de chien de son heaume. « Il courait. » L'expression de Ned le fit éclater de rire. « Mais pas très vite. »

BRAN

Il lui semblait que sa chute durait depuis des années.

Vole, chuchotait une voix dans le noir, mais, ne sachant comment s'y prendre pour voler, il ne réussissait qu'à tomber.

Mestre Luwin façonnait un petit garçon de terre, l'enfournait jusqu'à ce qu'il devînt dur et cassant, le vêtait à la Bran, le jetait du haut d'un toit. Puis mille morceaux dans la cour, il s'en souvenait. « Mais je ne tombe jamais », disait-il en tombant.

Le sol, en dessous, se trouvait si loin, si loin qu'à peine pouvait-il le discerner, parmi les volutes de brume grise qui virevoltaient tout autour de lui, mais la vitesse ébouriffante de sa chute, il y était sensible, et il savait parfaitement ce qui l'attendait, tout en bas. On ne saurait tomber éternellement, même en rêve. Seulement, il se réveillerait juste avant de heurter le sol. On se réveille toujours juste avant de heurter le sol.

Et si tu ne te réveilles pas ? demandait la voix.

Le sol était plus proche, maintenant, oh, très très loin encore, à mille lieues, mais plus proche, et ce qu'il faisait froid, dans ce noir. Il n'y avait ni soleil ni étoiles, rien d'autre que le sol, le sol qui montait à sa rencontre pour l'écraser, le sol et la brume grise et la voix chuchotante. Il avait envie de pleurer.

Ne pleure pas. Vole.

« Je ne peux pas voler, répondait-il, je ne peux pas, je ne peux pas… »

Qu'en sais-tu ? As-tu jamais essayé ?

Une voix pointue, ténue. Il se tourna de tous côtés pour voir d'où elle provenait. Une corneille descendait en spirale, en même temps que lui, suivant sa chute, mais en demeurant tout juste hors de portée. « Aide-moi », lui dit Bran.

J'essaie. Tu as du blé, dis ?

Bran se fouilla, tandis que l'enveloppaient de noirs remous vertigineux, et, lorsqu'il retira la main de sa poche, des grains d'or lui ruisselaient entre les doigts, qui tombaient dans le vide avec lui.

L'oiseau se percha sur sa main et se mit à manger.

« Es-tu réellement une corneille ? » questionna Bran.

Es-tu réellement en train de tomber ?

« Ce n'est qu'un rêve. »

Tu crois ça ?

« Je me réveillerai en heurtant le sol. »

Tu mourras en heurtant le sol.

Comme la corneille se remettait à picorer, Bran jeta un coup d'œil vers le bas. Il distinguait maintenant des montagnes couronnées de neige et, tel un fil d'argent sur le sombre des bois, des rivières. Fermant les paupières, il se mit à pleurer.

Ça n'avance à rien. Je te l'ai dit, la solution est de voler, pas de pleurer. Où est la difficulté ? Je le fais bien, moi.

La corneille prit l'air et revint se poser sur la main de Bran.

« Toi, tu as des ailes ! »

Toi aussi, peut-être.

A l'aveuglette, Bran se tâta les épaules en quête de plumes.

Il existe des ailes de toutes sortes.

Bran examina ses bras, ses jambes et les découvrit effroyablement décharnés. La peau et les os. Avait-il toujours été si maigre ? Il essaya de se souvenir. Une figure lui apparut, émergea peu à peu de la brume grise, une figure qui, dans la lumière, brillait ainsi que de l'or. « Ce que me fait faire l'amour, quand même ! » dit-elle.

Bran poussa un cri, et la corneille s'envola en croassant.

Pas cela ! Oublie-le, tu n'en as que faire, à présent, mets-le de côté, repousse-le.

La corneille se percha sur son épaule et, d'un coup de bec, fit s'évanouir la figure d'or.

Bran tombait plus vite que jamais. Les volutes de brume grise environnaient de ululements son plongeon vers la terre. « Que me fais-tu là ? » demanda-t-il à la corneille, éploré.

Je t'enseigne à voler.

« Je ne peux pas voler ! »

N'empêche que tu es en train.

« En train de tomber ! »

Tout vol débute par une chute. Regarde vers le bas.

BRAN

« J'ai peur… »

REGARDE VERS LE BAS !

Bran obéit, et ce qu'il vit liquéfia ses entrailles. A présent, le sol se ruait à sa rencontre. Le monde entier s'étendait sous lui, telle une tapisserie blanc, brun, vert, et chaque détail lui en apparaissait avec tant de netteté qu'un instant il omit sa peur. Il voyait l'ensemble du royaume et chacun de ses habitants.

Il vit Winterfell comme le voient les aigles, il vit ses hautes tours comme accroupies, tassées, ses remparts réduits à des rainures dans la poussière. Il vit, sur son balcon, mestre Luwin scruter les astres au moyen d'un tube de bronze poli, le vit, le front plissé, porter des notes sur un volume. Il vit Robb, plus grand, plus fort que dans ses souvenirs, s'entraîner pour de vrai dans la cour, avec une épée d'acier. Il vit Hodor, le palefrenier colossal et simplet, charrier sur l'épaule, avec autant d'aisance qu'un autre une botte de foin, une enclume destinée au forgeron Mikken. Au cœur du bois sacré, ses feuilles grelottant au vent, l'horrible barral blanc méditait son reflet dans l'étang. Le regard de Bran lui fit lever les yeux du sombre miroir et y répondre par un regard entendu.

Du côté de l'est, une galère cinglait les flots de la Morsure. A bord, assise dans une cabine, Mère contemplait un poignard sanglant posé devant elle et, tandis que souquaient ferme les rameurs, ser Rodrik cramponnait au bastingage les haut-le-cœur qui le convulsaient. Droit debout s'amoncelait à l'horizon noirci, lacéré d'éclairs, ébranlé de rugissements, une tempête encore invisible aux navigateurs.

Au sud se précipitaient, bleu-vert, les eaux du Trident. Les traits creusés par le chagrin, Père intercédait auprès du roi. Sansa pleurait à chaudes larmes, dans son lit, et Arya, l'œil fixe et les dents serrées, renfermait durement les secrets de son cœur. Des ombres les nimbaient toutes deux. L'une, d'un noir de cendre, avait l'aspect terrible d'un mufle de chien, l'autre la splendeur d'une armure aussi dorée que le soleil. Au-dessus d'elles s'esquissait un géant de pierre tout armé. Mais lorsqu'il releva sa visière, il se révéla creux, seulement empli de ténèbres et de noire sanie.

Au-delà du détroit se détachaient avec la même acuité les cités libres, l'intense pers de la mer Dothrak puis, encore au-delà, Vaes Dothrak au pied de sa montagne, et les contrées fabuleuses de la mer de Jade, et Asshai, sur les rives de la mer d'Ombre, où l'aurore assistait au réveil des dragons.

Vers le nord enfin, tel un cristal bleu, chatoyait le Mur. Solitaire y dormait sur un lit glacé son frère Jon, le bâtard, plus pâle et plus rude au fur et à mesure que l'abandonnait tout souvenir des chaleurs anciennes. Et, par-delà le Mur, par-delà les forêts emmitouflées de neiges incommensurables, par-delà le littoral gelé, par-delà s'ouvrait, parcourues de grands fleuves de glace blanc-bleu, l'immensité de steppes mortes où rien ne poussait, où ne vivait rien. Plus au nord encore, au nord du nord, Bran atteignit le rideau de lumière au-delà duquel s'interrompt le monde et, le traversant, pénétra si profondément au cœur de l'hiver que la terreur lui arracha un cri, tandis que des larmes incendiaient ses joues.

A présent, tu sais, chuchota la corneille en se nichant au creux de son épaule, *tu sais pourquoi tu dois vivre.*

« Pourquoi ? », demanda Bran sans comprendre et tombant, tombant.

Parce que l'hiver vient.

Bran regarda l'oiseau niché sur son épaule, et l'oiseau lui rendit son regard. Il avait trois yeux, et une science épouvantable habitait le troisième. Et en bas... ? En bas, il n'y avait rien, plus rien que neige et froid et mort, un désert gelé où des aiguilles déchiquetées de glace blanc-bleu guettaient l'instant de saisir leur proie, volaient vers elle, tels des javelots. Sur leurs pointes étaient déjà venues s'empaler des myriades d'autres rêveurs, dont ne subsistaient que les ossements. Tout angoisse et tout désespoir, Bran entendit au loin une petite voix, sa propre voix, qui disait :

« Est-ce qu'un homme peut être brave tout en ayant peur ? »

Père répondait : « L'heure de la mort est la seule où l'on puisse se montrer brave. »

C'est maintenant ou jamais, Bran, haleta la corneille, *qu'il te faut choisir : mourir ou voler.*

Dans un grand cri, la mort le happait déjà.

Alors, ouvrant les bras, il prit son essor.

Des ailes insoupçonnées prenaient le vent, s'en gorgeaient, qui le relevèrent vers le ciel. En bas reculaient les terribles aiguilles de glace. En haut s'ouvraient les nues. Et il montait, montait. C'était autrement bon que de grimper. C'était meilleur que tout. Là-bas, dessous, s'amenuisait le monde.

« Je vole ! » s'écria-t-il avec délices.

Première nouvelle, dit la corneille à trois yeux qui, prenant l'air, vint le gifler de ses rémiges, l'aveugler, freiner son ascension puis, se laissant chavirer sans cesser de lui battre les joues, se mit à lui becqueter violemment, tout à coup, le milieu du front, juste entre les yeux.

« Mais qu'est-ce qui te prend ? » glapit Bran, fou de douleur.

La corneille ouvrit le bec, émit un croassement, mais strident comme un cri d'effroi, et la brume grise frémit, parcourue de remous, se déchira, tel un voile, et, progressivement, l'oiseau se métamorphosa en femme, en une vraie femme, une servante aux longs cheveux noirs, et Bran se rappela l'avoir déjà vue quelque part, à Winterfell, oui, c'est ça, il se souvenait d'elle, à présent, et il comprit alors qu'il se trouvait à Winterfell, juché tout en haut d'un grand lit, dans une chambre de quelque tour glaciale, et la femme aux cheveux noirs, laissant tomber une cuvette qui se fracassa sur le sol, se ruait dans l'escalier en criant : « Il s'est réveillé ! Il s'est réveillé ! Il s'est réveillé ! »

Il se tâta le front, entre les yeux. L'emplacement des coups de bec demeurait cuisant mais ne saignait pas, ne portait trace d'aucune plaie. Tout faible et chancelant qu'il se sentait, Bran voulut sortir du lit mais ne put faire un mouvement.

Alors, quelque chose bougea, près du lit, quelque chose vint, d'un bond léger, se poser sur ses jambes, sans qu'il éprouvât la moindre sensation. Des yeux jaunes, aussi brillants que le soleil, se plongèrent dans les siens. La fenêtre était ouverte, et il faisait froid, dans la pièce, mais la chaleur qui émanait du loup le vivifia comme un bain bouillant. Son chiot… mais était-ce bien lui ? Il était si *gros*, à présent. Il avança la main pour le caresser, et sa main tremblait comme une feuille.

Quand Robb franchit le seuil en trombe, tout hors d'haleine d'avoir gravi l'escalier quatre à quatre, le loup-garou léchait ardemment la figure de Bran. Et Bran lui dit d'un air paisible : « Il s'appelle Eté. »

CATELYN

« Nous toucherons à Port-Réal dans une heure environ. »

Se détournant du bastingage, Catelyn s'arracha un sourire. « Vos rameurs nous ont bien servis, capitaine. Chacun d'eux recevra un cerf d'or comme gage de ma gratitude. »

Le capitaine Moreo Tumitis la gratifia d'une demi-courbette. « Vous êtes infiniment trop généreuse, lady Stark. L'honneur de transporter une aussi grande dame suffit à les récompenser.

– Ils n'en accepteront pas moins. »

Tumitis sourit. « Pas moins. » Il parlait couramment la langue classique, non sans une pointe imperceptible d'accent tyroshi. Il avait, selon ses propres dires, pratiqué le détroit quarante ans, d'abord en qualité de rameur, puis de quartier-maître, enfin de capitaine sur l'une de ses propres galères marchandes. *La Cavalière des Tornades* était sa quatrième et, avec ses deux mâts et ses bancs pour soixante rameurs, la plus rapide.

Plus rapide, en tout cas, qu'aucun des bateaux disponibles à Blancport quand y étaient parvenus, au terme d'une course effrénée, Catelyn et ser Rodrik. Eu égard à la rapacité notoire des gens de Tyrosh, ce dernier préconisait de louer quelque cange aux pêcheurs des Trois Sœurs, mais elle-même n'avait pas démordu de sa préférence pour la galère et s'en félicitait. Les vents n'avaient cessé de se montrer contraires et, à la voile, on serait encore en train de tirer poussivement des bords, quelque part au large des Quatre Doigts, au lieu de cingler comme à présent vers le dénouement du voyage.

Si près, pensa-t-elle. Sous les bandages de lin, la morsure du poignard lui lancinait encore les doigts. Le fouet de la douleur comme antidote de l'oubli. Elle ne pouvait plus plier les deux derniers de la main gauche, et aucun des autres ne recouvrerait jamais sa dextérité. Une rançon bien faible, somme toute, auprès de la vie de Bran.

Sur ces entrefaites, ser Rodrik émergea de l'écoutille. « Mon bon ami ! s'exclama Moreo, du fond de sa barbe bifide et d'un vert cruel (il poussait jusque-là, tout comme ses concitoyens, la passion des couleurs violentes), quel bonheur de voir que vous allez mieux !

– Oui, grimaça Cassel, voilà près de deux jours que je n'appelle plus la mort », puis, s'inclinant devant Catelyn : « Madame. »

Il avait *vraiment* meilleure mine. Un soupçon plus maigre qu'à l'embarquement, mais de nouveau tel qu'en lui-même, ou presque. Peu charmé par les rafales du golfe de la Morsure et le rude ressac du détroit, il ne s'était laissé vaguement séduire, il est vrai cramponné vaille que vaille à un cordage, que par la tempête qui les surprit au large de Peyredragon, avant que trois marins ne viennent à sa rescousse et ne l'emportent en sûreté vers le ventre de la galère.

« Le capitaine me disait à l'instant que notre voyage touche à sa fin », dit-elle.

Il aménagea un sourire torve. « Déjà ? » La suppression de ses grands favoris blancs le faisait bizarrement paraître moins grand, moins indomptable et plus vieux de dix ans. Mais il avait bien fallu les livrer au rasoir, tant les avaries des nausées au vent s'y révélaient irréparables...

« Je vous laisse, si vous permettez », dit Moreo cérémonieusement.

Semblable à une libellule, avec ses rames qui se levaient et s'abaissaient dans un bel ensemble, la galère fendait cependant vivement les flots. Ser Rodrik empoigna le bordage et, l'œil fixé sur la côte qui défilait : « Je ne me suis pas montré d'une rare vaillance, comme protecteur...

– Nous arrivons, dit-elle en lui touchant le bras, sains et saufs. Voilà tout ce qui importe. » De ses doigts raides et maladroits, elle tâtonna sous sa cape. Le poignard s'y trouvait toujours. Il lui fallait de temps à autre s'en assurer pour se rasséréner. « Maintenant, nous devons joindre le maître d'armes du roi. Les dieux veuillent qu'il soit loyal.

– Ser Aron Santagar est un fat mais un honnête homme. » Il porta machinalement la main à ses favoris, dut, pour la centième fois, se rendre à l'évidence et parut tout désemparé. « Il se peut qu'il identifie l'arme, mais..., mais, madame, le danger débutera dès l'instant où nous débarquerons. Sans parler des gens de la Cour qui vous connaissent, au moins de vue. »

Une moue crispa la bouche de Catelyn. « Littlefinger », murmura-t-elle et, aussitôt, sa figure apparut, une figure de gamin, celle du gamin qu'il avait cessé d'être. Son père était mort depuis des années, lui léguant son titre de lord Baelish, mais tout le monde persistait à l'appeler Littlefinger. D'après le sobriquet dont l'avait affublé, jadis, Edmure, à Vivesaigues. Parce que les modestes domaines des Baelish se trouvaient dans le plus exigu des Quatre Doigts, et parce que Petyr demeurait chétif et fluet pour son âge.

Ser Rodrik s'éclaircit la gorge. « Ah, lord Baelish... » Son esprit s'abîma dans la quête scabreuse d'une formule polie.

Elle avait pour sa part franchi le cap des mignardises. « Il était le pupille de mon père. Nous avons grandi ensemble. Je le considérais comme un frère, mais il me portait une affection... plus que fraternelle. Quand on annonça que j'épouserais Brandon Stark, il prétendit lui disputer ma main en duel. De la folie pure. Brandon avait vingt ans, Petyr quinze à peine. Je dus prier Brandon de l'épargner, et Petyr s'en tira sans trop de dommage. Après quoi, mon père le congédia. Je ne l'ai pas revu depuis. » Elle tendit son visage aux embruns que dispersait la brise, comme pour leur laisser prendre ces souvenirs. « Il m'écrivit à Vivesaigues après le meurtre de Brandon, je brûlai sa lettre sans l'ouvrir. A l'époque, je savais que Ned m'épouserait aux lieu et place de son frère. »

Les doigts de ser Rodrik fouinèrent, une fois de plus, du côté des favoris absents. « Littlefinger siège désormais au Conseil restreint.

– Je savais qu'il s'élèverait haut. Tout jeune, il avait déjà l'esprit vif, mais intelligence et sagesse font deux. Je me demande ce que le temps aura fait de lui. »

Tout en haut des vergues, la vigie appelait à la manœuvre. Alors, tandis que, de son pas chaloupé, le capitaine Moreo parcourait en tous sens le pont, vociférant des ordres, et qu'une agitation fiévreuse embrasait *La Cavalière des Tornades*, apparut, perché sur ses trois collines, Port-Réal.

Et voilà trois cents ans, la forêt couvrait encore ces hauteurs..., songea Catelyn. A l'époque, une poignée tout au plus de pêcheurs occupait, juste à l'embouchure de cette torrentueuse Néra, quelques arpents de la rive nord. Et c'est en ces lieux qu'appareillant de Peyredragon vint débarquer Aegon le Conquérant, puis qu'il bâtit sommairement, de glaise et de bois, sa première redoute.

A présent, la ville s'étendait à perte de vue. Pêle-mêle entassés, manses et tonnelles et greniers, entrepôts de brique et pignons de bois, boutiques, auberges et tavernes, bordels, cimetières. Même de si loin se percevait le vacarme de la criée. Sur les avenues plantées d'arbres s'ouvraient ici des rues bossueuses au pas du flâneur, là des venelles trop resserrées pour deux hommes de front. Sur le mont Visenya, le grand septuaire de Baelor dressait ses sept tours de cristal et, sur le Rhaenys, de l'autre côté, s'allongeaient les murailles noircies de Fossedragon, dont l'énorme dôme tombait en ruine, et dont les portes de bronze demeuraient obstinément closes depuis un siècle. Entre eux filait d'un vol de flèche la rue des Sœurs et, au loin, se découpait l'impressionnante silhouette des remparts.

Sur les cent quais striant le front de mer, des galères marchandes dégorgeaient leurs cargaisons de produits originaires de Braavos, Pentos, Lys..., et le port grouillait de navires qui, caboteurs, hauturiers, coureurs de rivière, allaient et venaient, tandis que des bacs se traînaient sans cesse, à la gaffe, d'une berge à l'autre de la Néra. Cette frénésie générale n'empêcha pas Catelyn de repérer, amarré non loin d'un baleinier ventripotent d'Ibben à la coque noire de goudron, le bateau d'apparat de la reine. Vers l'amont, fines et dorées, somnolaient une douzaine de corvettes, voiles ferlées, rames en berne dans le clapotis.

Enfin, brochant sur le tout d'un air sourcilleux depuis le mont Aegon, le Donjon Rouge accroupissait, derrière ses sept tours trapues comme des tambours, son enceinte de fer et sa barbacane lugubre, ce prodigieux labyrinthe de salles voûtées, de ponts couverts et de casernes, d'oubliettes et de magasins, de bretèches truffées d'archères qui, entièrement taillé dans un grès rosâtre, fut entrepris sur ordre du Conquérant et achevé par son fils Maegor le Cruel. Lequel ne trouva dès lors rien de plus pressé que de faire décapiter tous ceux qui, terrassiers, maçons, charpentiers, couvreurs..., y avaient œuvré. Ainsi prétendait-il réserver au seul sang du dragon les secrets de la forteresse que les seigneurs du Dragon venaient de s'ériger.

En dépit de quoi les oriflammes qui flottaient sur le parapet étaient non plus noires mais brodées d'or. Et là où le dragon tricéphale naguère encore crachait le feu se pavanait désormais le cerf couronné des Baratheon.

Dans sa course à la côte, cependant, *La Cavalière des Tornades* croisait un grand voilier des îles d'Eté qui, blanc de toute sa toile enflée par le vent, regagnait le large avec la majesté d'un cygne.

« Je n'ai eu que trop loisir, madame, reprit ser Rodrik, pendant que j'étais alité, de réfléchir à la meilleure manière de procéder. Vous ne devez pas entrer au château. Je m'y rendrai à votre place et vous amènerai ser Aron dans quelque asile sûr. »

La galère approchait d'un appontement. Moreo aboyait des ordres dans le valyrien bâtard des cités libres. Catelyn se tourna vers le vieux chevalier. « Vous courriez là autant de risques que moi-même.

– Je ne le crois pas, sourit-il. J'ai eu de la peine, tout à l'heure, à reconnaître mon propre reflet dans l'eau. Ma mère fut la dernière personne à me voir sans favoris, et voilà quarante ans qu'elle a disparu. Cela suffit, je pense, à garantir ma sécurité. »

Sur un hurlement de leur capitaine, soixante rames se relevèrent comme une seule puis, retombant de même, nagèrent à culer. Le bâtiment ralentit. Un nouvel aboiement, toutes se rencoquillèrent instantanément et, à la seconde même de l'accostage, des marins bondirent pour amarrer. Déjà Moreo, tout sourire, s'empressait auprès de ses passagers. « Vous voici à Port-Réal, madame, selon vos ordres, et jamais navire n'est allé plus vite ni plus sûrement. Souhaitez-vous quelque aide pour porter vos bagages au château ?

– Nous ne comptons pas nous y rendre. Auriez-vous l'obligeance de nous conseiller quelque auberge propre, confortable et peu distante de la rivière ? »

Il tripota sa barbe verte avec embarras. « Bien sûr. Je connais nombre d'établissements conformes à vos vœux. Toutefois, ceci soit dit sans vous froisser..., puis-je me permettre d'abord de vous réclamer le solde du prix convenu pour votre passage ? Sans parler, naturellement, des gratifications que vous eûtes l'extrême bonté de promettre, soit, si j'ai bonne mémoire, soixante cerfs, n'est-ce pas ?

– Pour les rameurs, rappela-t-elle.

– Oh, cela va sans dire ! s'écria-t-il. Encore que, peut-être, je ferais mieux de les garder par-devers moi jusqu'à notre retour à Tyrosh. Pour leurs femmes et leurs enfants. Si vous les leur donnez dès à présent, madame, ils les gaspilleront tout de suite aux dés, ou pour quelque plaisir nocturne...

– Ils pourraient le dépenser plus mal, intervint ser Rodrik. L'hiver vient.

– A chacun de suivre sa guise, dit Catelyn. Ils ont bien gagné cet argent. Leur façon de le dépenser ne me regarde pas.

– Aussi n'y saurais-je contredire, madame », se courba, souriant, Moreo.

Par prudence, elle récompensa néanmoins personnellement chaque homme d'équipage et y ajouta un pourboire pour les deux d'entre eux qui lui servirent de portefaix jusqu'à l'auberge recommandée par Tumitis. Sise passage de l'Anguille, à mi-pente du mont Visenya, cette vénérable maison s'égarait dans ses propres coins et recoins. Non contente d'inventorier de pied en cap ses nouveaux pensionnaires d'un air soupçonneux, la tenancière, une aigre vieillarde à l'œil fureteur, planta une dent défiante dans la pièce qu'ils lui tendaient. Ses chambres se révélèrent toutefois spacieuses et claires, et, à en croire Moreo, son ragoût de poisson n'avait pas de rival dans les Sept Couronnes. Mieux que tout, l'identité de ses clients ne l'intéressait pas.

« Mieux vaudrait éviter la salle commune, conseilla ser Rodrik, sitôt terminée leur installation. Même dans un endroit comme celui-ci, il peut y avoir des curieux. » Il avait enfilé par-dessus sa cotte de mailles, sa dague et son épée, un grand manteau sombre dont pouvait se rabattre le capuchon. « Je vous ramènerai ser Aron avant la tombée de la nuit, promit-il. D'ici là, reposez-vous, madame. »

De fait, elle était vannée. Le voyage, bien sûr, puis l'âge qui venait... Ses fenêtres donnaient sur la rue, les toits et, plus loin, sur la Néra. Elle regarda ser Rodrik sortir, se frayer de son pas alerte un passage à travers les chalands, se perdre enfin dans la cohue, et décida de suivre son conseil. Le matelas bourré de paille au lieu de plume ne l'empêcha pas de sombrer bientôt.

Des coups violents à sa porte la réveillèrent en sursaut et la dressèrent, vigilante, sur son séant.

Dehors, le crépuscule incendiait les toits. Elle avait donc dormi plus longtemps qu'elle ne croyait. A nouveau, un poing ébranla le vantail, et une voix cria : « Au nom du roi, ouvrez !

– Un instant ! » répondit-elle sur le même ton, tout en se drapant dans sa cape. Le poignard se trouvait sur la table de chevet. Elle le saisit avant de tirer le verrou.

Les hommes qui entrèrent portaient la cotte de mailles noire et les manteaux dorés du guet. A la vue de l'arme, leur chef sourit. « Vous n'en avez pas b'soin, m'dame. Nous devons vous mener au château.

– Sur ordre de qui ? »

Il exhiba un mandat dont le sceau de cire grise, un merle moqueur, coupa le souffle à Catelyn. « Petyr... » Déjà. Il avait dû arriver quelque chose à ser Rodrik. Elle toisa l'homme. « Savez-vous seulement qui je suis ?

– Non, m'dame. M'sire Littlefinger a simplement dit d' vous am'ner et d' vous traiter avec égards.

– Dans ce cas, répondit-elle en lui désignant la sortie, allez attendre que je me prépare. »

Après avoir baigné ses mains dans la cuvette, elle les banda de lin propre puis, malgré ses doigts gourds dont l'épaisseur des pansements aggravait la gaucherie, parvint à lacer son corset puis à nouer autour de son col un vaste manteau gris-brun. Comment Littlefinger pouvait-il savoir qu'elle se trouvait là ? Toujours pas par ser Rodrik. Si vieux fût-il, il poussait la ténacité et la loyauté jusqu'au vice. Arrivait-elle donc trop tard ? Les Lannister l'avaient-ils devancée ? Non, car alors Ned aussi serait dans la place, et il n'aurait pas manqué de venir la voir. Comment... ?

Moreo, pensa-t-elle brusquement. Le maudit ! Lui seul savait qui ils étaient, où ils étaient. Elle espéra qu'il avait du moins tiré un bon prix de sa délation.

On avait amené un cheval à son intention. Le long des rues qu'elle empruntait, telle une prisonnière, avec son escorte dorée, s'allumaient l'un après l'autre les réverbères, et elle sentait peser sur elle tous les regards de la ville. En parvenant au Donjon Rouge, ils trouvèrent la herse baissée, les portes closes pour la nuit mais, aux fenêtres, vacillaient nombre de lumières. Abandonnant les montures en dehors de l'enceinte, les gardes lui firent franchir une poterne étroite puis gravir l'interminable escalier d'une tour.

Il se trouvait seul, assis devant une table massive, écrivant dans le halo d'une lampe à huile, lorsqu'on introduisit Catelyn. Lâchant sa plume, il la regarda et, d'un ton paisible, dit : « Cat.

– Pourquoi m'amène-t-on ici et ainsi ? »

Il se leva, congédia les gardes d'un geste brusque : « Laissez-nous », puis, sitôt tête à tête : « On ne t'a pas manqué d'égards, je présume ? Mes ordres étaient stricts. » Il remarqua ses pansements. « Tes mains... »

Elle éluda la question implicite. « Je n'ai pas l'habitude que l'on me convoque comme une fille, dit-elle d'un ton glacial. Dans votre jeunesse, vous saviez encore ce que voulait dire "courtois".

– Je vous ai courroucée, madame... Telle n'était pas mon intention. » Il avait l'air sincèrement contrit, et cet air ravivait de vieux souvenirs... Ceux d'un enfant matois qui ne manquait jamais, son petit coup commis, d'avoir l'air sincèrement contrit. Un don qu'il avait. Le temps ne l'avait guère modifié. De garçon petit, il était devenu petit homme, plus petit qu'elle d'un pouce ou deux, tout en demeurant mince et prompt, tout en conservant les mêmes traits aigus que jadis, les mêmes yeux gris-vert rieurs. Mais il avait à présent une barbichette pointue et, quoiqu'il n'eût pas encore trente ans, quelques fils d'argent dans ses cheveux sombres. Lesquels faisaient bon ménage avec le moqueur d'argent qui agrafait son vêtement. Il avait de tout temps aimé son argent.

« D'où tenez-vous ma présence à Port-Réal ?

– Lord Varys sait tout, sourit Petyr d'un air malin. Il nous rejoindra sous peu, mais je désirais vous voir sans témoins d'abord. Cela fait trop longtemps, Cat. Combien d'années ? »

Elle ignora ces familiarités. Des sujets plus importants la préoccupaient. « Ainsi donc, c'est l'Araignée du Roi qui m'a découverte ? »

Il broncha, pour le coup. « Gardez-vous de l'appeler ainsi. Il est d'une telle susceptibilité ! Liée, j'imagine, à son état d'eunuque. Il ne se passe rien, en ville, que Varys ne soit au courant. Et, souvent, avant. Ses mouchards sont partout. Ses oisillons, comme il les appelle. L'un d'entre eux aura eu vent de votre visite. Heureusement, Varys est venu me voir en priorité.

– Pourquoi vous ? »

Il haussa les épaules. « Et pourquoi pas moi ? Je suis le Grand Argentier, le conseiller privé du roi. Selmy et lord Renly étant partis à la rencontre de Robert et lord Stannis pour Peyredragon, seuls demeuraient mestre Pycelle et moi. Mon choix s'imposait. J'ai toujours été l'ami de Lysa, Varys ne l'ignore pas.

– Est-ce qu'il sait que... ?

– Il sait tout, vous dis-je..., excepté pourquoi vous êtes venue. » Il dressa un sourcil. « Pourquoi êtes-vous ici ?

– Une épouse a le droit de se languir de son époux, que je sache, et une mère de ses filles. Qui pourrait le lui dénier ? »

Littlefinger éclata de rire. « Oh ! excellent, madame ! mais vous me permettrez de n'en rien croire. Je vous connais trop bien. Quelle est, déjà, la devise des Tully ? »

Elle se sentait la bouche sèche. *« Famille, Devoir, Honneur »*, récita-t-elle d'un ton guindé. Il la connaissait également trop bien.

« Famille, Devoir, Honneur, reprit-il en écho. Tous trois exigeaient que vous restiez où vous laissa notre nouvelle Main, à Winterfell. Non, madame, il est arrivé quelque chose. Votre voyage précipité témoigne d'une urgence. Je vous en prie, laissez-vous aider. De bons vieux amis ne devraient jamais hésiter à se faire mutuellement confiance. » A cet instant, on frappa doucement à la porte. « Entrez ! » cria Littlefinger.

L'homme qui s'avança était grassouillet, parfumé, poudré et d'une calvitie d'œuf. Il portait par-dessus sa longue chemise flottante de soie pourpre une veste tissée de fil d'or et aux pieds des babouches pointues de velours douillet. « Lady Stark..., susurra-t-il en lui enfermant la main dans les siennes, c'est une telle joie que de vous revoir, après tant d'années ! » Il avait la chair onctueuse et moite, et son haleine embaumait le lilas. « Oh ! vos pauvres mains... Vous seriez-vous brûlée, chère dame ? C'est si délicat, les doigts... Notre excellent mestre Pycelle confectionne un baume miraculeux... En enverrai-je quérir un pot ?

– Trop aimable à vous, messire, dit-elle en se dégageant, mais mon propre médecin s'est déjà soucié de mes plaies. »

Varys branla longuement du chef. « L'accident de votre fils m'a navré jusqu'au fond du cœur. Et si jeune... Les dieux sont d'une cruauté.

– A cet égard, nous sommes bien d'accord, lord Varys. » Lié à ses fonctions de membre du Conseil, le titre était purement formel, Varys n'étant seigneur de rien d'autre que de sa toile d'araignée, maître de personne d'autre que de ses mouchards.

L'eunuque fit papillonner ses pattes onctueuses. « A bien d'autres aussi, j'espère, chère dame ? J'ai une estime immense pour votre époux, notre nouvelle Main, et nous adorons tous deux, je le sais, le roi Robert.

– Oui, dit-elle, contrainte et forcée. Voilà qui est sûr.

– Jamais roi n'aura été idolâtré comme notre Robert, ironisa Littlefinger avec son sourire malin. Du moins à entendre lord Varys.

– Bonne dame, enchaîna l'eunuque d'un air de profonde sollicitude, il se trouve, dans les cités libres, des guérisseurs aux pouvoirs proprement magiques. Dites un mot, et j'en mande un pour votre cher Bran.

– Luwin fait pour lui tout ce qui est humainement possible », répondit-elle. Elle ne voulait à aucun prix parler de Bran, en ces lieux, et avec ces individus. Ne se fiant guère en Littlefinger, en Varys du tout, elle n'allait pas leur laisser voir son deuil. « Si j'en dois croire lord Baelish, c'est vous qu'il me faut remercier de ma présence dans cette pièce. »

Il se mit à glousser comme une fillette. « Hé oui. Mais, à supposer que je sois coupable, vous aurez la bonté de me pardonner, dame, j'espère. » Prenant un siège, il s'y installa commodément, joignit les mains. « En toute franchise, cela vous ennuierait-il beaucoup de nous le montrer, ce poignard ? »

Aussi suffoquée qu'abasourdie, elle écarquilla ses yeux sur l'eunuque. Une araignée, songea-t-elle avec horreur, un sorcier, pire encore. Il savait des choses que personne ne pouvait savoir, à moins...

« Qu'avez-vous fait de ser Rodrik ? demanda-t-elle d'un ton impérieux.

– J'ai l'impression que je me trouve, intervint Littlefinger, manifestement ahuri, dans la posture du chevalier que la bataille surprend désarmé ! De quel poignard parlons-nous donc ? Et qui est ser Rodrik ?

– Ser Rodrik Cassel, maître d'armes à Winterfell, expliqua Varys. Rassurez-vous, lady Stark, il ne lui est rien arrivé de fâcheux. Il s'est présenté cet après-midi au château puis, en compagnie de ser Aron Santagar, rendu à l'armurerie, et ils y ont parlé de certain poignard. Le jour déclinait lorsqu'ils sont partis de conserve, à pied, vers l'inqualifiable bouge qui vous tenait lieu de logis. Ils s'y trouvent toujours et, attablés devant un pichet dans la salle commune, attendent votre retour. Ser Rodrik s'est montré fort chagrin de votre départ.

– Comment pourriez-vous connaître tous ces détails ?

– Le gazouillis des oisillons..., dit-il, souriant. Je sais des tas de choses, chère dame. Mes fonctions l'impliquent. » Ses épaules se trémoussèrent. « Ce poignard, vous le portez sur vous, *n'est-ce pas ?* »

Tirant l'arme de sous son manteau, elle la déposa sur la table, devant lui. « Voici. Peut-être vos oisillons nous gazouilleront-ils le nom de son propriétaire ? »

Il le préleva d'un geste exagérément précieux, promena son pouce sur le tranchant. La vue du sang qui perlait lui arracha un piaillement strident, et il laissa retomber le poignard sur la table.

« Il coupe admirablement, n'est-ce pas ? dit Catelyn.

– Aucun acier ne conserve aussi bien son fil que celui de Valyria », commenta Littlefinger, tandis que Varys, tout en se suçant le pouce, stigmatisait d'un regard maussade l'humour incongru de lady Stark. A son tour, il saisit le poignard et, en expert, en estima la prise, le lança en l'air, le rattrapa de l'autre main. « Un chef-d'œuvre d'équilibre. Et c'est pour découvrir son propriétaire que vous êtes venue ? Vous n'aviez que faire de ser Aron pour cela, madame. Il suffisait de vous adresser à moi.

– Et, dans ce cas, que m'auriez-vous dit ?

– Je vous aurais dit qu'il n'existe pas deux poignards semblables, à Port-Réal. » Prenant la lame entre le pouce et l'index, il lança l'arme par-dessus son épaule comme d'une chiquenaude, et elle alla se ficher en vibrant dans la porte, à l'autre bout de la pièce. « Il est à moi.

– A *vous* ? » C'était absurde. Petyr n'avait pas mis les pieds à Winterfell.

« A moi. Il le fut du moins jusqu'au tournoi donné pour la fête du prince Joffrey, dit-il en allant le retirer du panneau de bois. A cette occasion, je misai, comme la moitié de la cour, sur ser Jaime. » Son sourire penaud ressuscitait presque l'adolescent de jadis. « Or, Loras Tyrell le démonta, et pas mal de monde y laissa des plumes. Ser Jaime perdit cent dragons d'or, la reine un pendentif d'émeraudes, et moi ceci. Sa Grâce récupéra le joyau, mais le gagnant garda le reste.

– *Qui ?* questionna Catelyn, la bouche sèche d'appréhension et les doigts cuisants d'une douleur renouvelée.

– Le Lutin, lâcha-t-il, tandis que lord Varys ne la quittait pas des yeux. Tyrion Lannister. »

JON

La cour résonnait du chant des épées.

Sous la laine noire, le cuir bouilli, la cotte de mailles lui dégoulinait la sueur, glacée, goutte à goutte, le long de la poitrine, tandis qu'il pressait plus vivement l'assaut. Grenn se défendait gauchement, reculait d'un pas mal assuré. Le voyant lever son arme, Jon lui décocha par en dessous un coup de biais qui, portant derrière sa jambe, le fit chanceler, puis répliqua à sa tentative pour le sabrer par une manchette qui lui cabossa le heaume et, lorsque Grenn essaya de tailler, prit sa lame en écharpe et lui claqua si violemment le torse de son avant-bras revêtu de fer que, perdant l'équilibre, celui-ci se retrouva, sonné, fesses dans la neige. Jon, alors, le désarma d'une botte au poignet qui lui arracha un cri de douleur.

« *Assez !* » cria ser Alliser Thorne, de sa voix tranchante comme acier valyrien.

Grenn se berçait la main. « Le bâtard m'a brisé le poignet.

– Le bâtard t'a simplement coupé le jarret, ouvert le crâne, mais il était vide ! et tranché la main. Félicite-toi que ces épées soient mouchetées. Et que la Garde ait autant besoin de palefreniers que de patrouilleurs. » D'un geste, il appela Jeren et Crapaud. « Remettez-moi l'Aurochs sur ses pieds. Son testament l'attend. »

Pendant que les autres relevaient Grenn, Jon retira son heaume. Le froid mordant du matin lui rafraîchit agréablement la figure. S'appuyant sur son arme, il prit une profonde inspiration et s'accorda une seconde pour savourer sa victoire.

« Ceci est une épée, pas une canne de vieillard ! grommela ser Alliser d'un ton acerbe. Vous avez mal aux jambes, lord Snow ? »

Jon détestait ce sobriquet. Ser Alliser l'en avait affublé dès le premier jour, les garçons s'en étaient immédiatement emparés et, maintenant, on l'en assommait partout. Il replaça l'épée dans son fourreau. « Non », dit-il.

En trois enjambées qui faisaient imperceptiblement crisser sa tenue de cuir, Thorne vint planter devant lui sa cinquantaine bâtie à chaux et à sable, ses cheveux noirs mêlés de gris, ses yeux d'onyx. « La vérité, exigea-t-il.

– Je suis fatigué », avoua Jon. Au repos, son bras se ressouvenait péniblement de la longueur et du poids de l'épée, sa chair des contusions du combat.

« Faiblard, voilà ce que tu es.

– J'ai gagné...

– Non. C'est l'Aurochs qui a perdu. »

L'un de ses camarades ricana, mais Jon préféra ne pas répliquer. Il avait vaincu l'un après l'autre tous les adversaires que lui opposait ser Alliser, mais en pure perte. Le maître d'armes ne servait que la dérision. Le haïssait, lui, personnellement. Haïssait d'ailleurs les autres encore davantage.

« Suffit pour aujourd'hui, leur déclara Thorne. Vous êtes trop nuls, j'ai ma claque. Si jamais les Autres viennent nous attaquer, les dieux veuillent qu'ils aient des archers. Vous ne méritez pas mieux qu'une flèche dans la paillasse. »

Sur ce viatique, le groupe se dirigea vers l'armurerie. Jon suivit, seul. Seul comme bien souvent. Des quelque vingt jeunes gens avec lesquels il s'entraînait, aucun n'était ce qui s'appelle un ami. La plupart avaient deux ou trois ans de plus que lui, aucun n'arrivait comme duelliste à la ceinture de Robb. Un Dareon était rapide, mais il redoutait les gnons. Un Pyp maniait l'épée comme un poignard, un Jeren vous avait des mollesses de fille, la lenteur d'un Grenn le disputait à sa gaucherie. Et si Halder pouvait vous porter des bottes très brutales, il se découvrait constamment. Plus Jon pratiquait cette clique, et plus il la méprisait.

Aussi persista-t-il à l'ignorer, pendant qu'il suspendait son arme à un crochet du mur, avant de dépouiller cotte de mailles, cuirs, lainages trempés de sueur. Malgré les quartiers de charbon qui brûlaient dans des braseros de fer aux deux extrémités de la salle, il grelottait. Où qu'il allât, le froid l'accompagnait en permanence. Quelques années, et il ne saurait même plus ce qu'était la sensation du chaud.

Comme il revêtait la tenue ordinaire de grosse bure noire, brusquement l'accabla le découragement. Il se laissa tomber sur un banc, les doigts empêtrés dans les attaches de son manteau. *Si froid*, songea-t-il, le cœur serré de nostalgie pour Winterfell et ses murs tièdes, irrigués comme un vaste corps par les eaux brûlantes. Mieux valait ne pas trop rêver de chaleur à Châteaunoir. Les murs y étaient froids, et plus froids encore les gens.

Personne ne l'avait prévenu de ce qui l'attendait réellement à la Garde de Nuit. Personne, sauf Tyrion Lannister. Mais l'avertissement était venu trop tard. Père se doutait-il, lui, de ce que serait l'existence, au Mur ? Probablement... Une blessure supplémentaire.

En ces lieux froids du bout du monde, Oncle Ben lui-même l'abandonnait. Le héros qui l'avait naguère tant ébloui devenait tout autre, ici. En sa qualité de chef des patrouilleurs, il passait ses jours et ses nuits dans la compagnie du commandant, lord Mormont, de mestre Aemon, de ses collègues de l'état-major, le laissant, lui, sous la férule rien moins que tendre de ser Alliser Thorne.

Trois jours après leur arrivée, la rumeur avait couru qu'à la tête d'une poignée d'hommes il pousserait une reconnaissance dans la forêt hantée. Le soir même, Jon allait le trouver, dans le vaste baraquement qui servait de salle commune, et le priait de l'emmener. Benjen refusa tout net. « Nous ne sommes plus à Winterfell, dit-il, sans même cesser de découper sa viande. Au Mur, on n'a que ce que l'on gagne. Tu n'es pas patrouilleur. Tu n'es qu'un bleu. Le parfum de l'été flotte encore sur ta personne. »

Jon fut assez stupide pour discuter. « J'aurai bientôt quinze ans ! Me voici presque adulte...

– Gamin tu es, répliqua Ben d'un air excédé, gamin tu restes jusqu'à ce que ser Alliser te déclare apte à entrer dans la Garde de Nuit. Si tu t'imaginais que le sang des Stark te vaudrait le moindre passe-droit, tu t'es diantrement trompé. En prononçant nos vœux, nous mettons au rancart nos augustes familles. Si ton père m'est cher à jamais, mes *véritables* frères, à présent, les voici. » De son coutelas, il désignait tous les hommes froids qui les entouraient, tous les rudes hommes vêtus de noir.

Le lendemain, Jon se leva dès l'aube pour assister au départ de son oncle. Gros et laid, l'un des patrouilleurs braillait, tout en sellant son bidet, des couplets obscènes qui l'enveloppaient de buée. Mais s'il regardait ce spectacle d'un air amusé, Ben Stark n'eut, en revanche, pas un sourire pour son neveu. « Combien de fois devrai-je te répéter que c'est non, Jon ? Nous causerons à mon retour. »

Tandis qu'il le regardait s'enfoncer dans le tunnel, menant son cheval par la bride, Jon se remémorait les propos de Tyrion Lannister et, tout à coup, son esprit lui représenta Ben Stark gisant, mort, dans la neige tout ensanglantée. Un vertige nauséeux le prit. Qu'était-il en train de devenir ? Alors, il courut retrouver la solitude de sa cellule et s'enfouit la face dans l'épaisse fourrure immaculée de Fantôme.

S'il était condamné à l'isolement, eh bien, il s'en forgerait une armure. A défaut de bois sacré, Châteaunoir possédait un petit septuaire où officiait un septon ivrogne, mais l'idée de prier quelques dieux que ce fût, anciens ou nouveaux, ne tentait pas Jon. S'ils existaient, se disait-il, l'implacable cruauté de l'hiver n'avait rien à leur envier...

Ses véritables frères lui manquaient. Petit Rickon, avec ses yeux brillants lorsqu'il quémandait une friandise. Robb, le rival et l'ami de cœur, le compagnon de chaque instant. Bran, l'inlassable fureteur, toujours et partout désireux de se joindre à eux. Puis les filles. Même Sansa qui, dès l'instant où lui fut devenu clair le sens du mot *bâtard*, ne l'avait plus appelé que « mon demi-frère ». Et Arya... Il se languissait d'Arya plus encore que de Robb. Si petiote chose maigrichonne qu'elle fût, toute en genoux écorchés, tignasse embroussaillée, nippes déchirées, si farouche et si volontaire. Jamais l'air d'être au diapason, lui-même non plus, d'ailleurs..., mais toujours prête à le faire sourire. Il eût tout donné pour être avec elle, à présent, pour lui rebiffer les cheveux, une fois de plus, la regarder faire la tête, l'entendre achever une phrase en même temps que lui.

« Tu m'as cassé le poignet, bâtard. »

La voix, revêche, le fit tressaillir. Debout devant lui se dressait Grenn, la nuque épaisse, la face rouge, suivi de trois de ses copains. Le premier d'entre eux, Todder, était si courtaud, si laid, doté d'un timbre si désagréable que toutes les recrues l'appelaient Crapaud. Le nom des deux autres, les violeurs amenés par Yoren, Jon ne s'en souvenait plus. Il ne leur adressait la parole qu'en cas de nécessité. Des brutes, des bravaches qui auraient été fort en peine d'emplir, à eux deux, un dé à coudre d'honneur.

Jon se leva. « Je me ferai un plaisir de te casser l'autre si tu le demandes gentiment. » Avec ses seize ans, Grenn le dominait d'une tête. Et il était, comme ses acolytes, plus large. Mais aucun des quatre ne l'inquiétait, il les avait tous terrassés, dans la cour.

« On pourrait bien te casser, nous, dit l'un des voyous.

– Chiche. » Il voulut reprendre son épée, mais un autre lui saisit le bras et le lui tordit derrière le dos.

« Tu nous donnes bonne mine..., gémit Crapaud.

– Vous aviez déjà bonne mine avant de me rencontrer », riposta Jon. Une violente secousse à son bras captif l'en récompensa mais, malgré la douleur, il se refusa à broncher.

Crapaud vint le lorgner sous le nez. « Visez-moi la gueule qu'y s' paye, not' noblaillon ! » Il avait des yeux de porc, minuscules et brillants. « C'est-y la gueule à ta maman, bâtard ? 'l'était quoi ? pute ? Dis-nous son nom... ? J' me la suis tapée, p't-êt', un ou deux coups ? » Il s'esclaffa bruyamment.

Se tortillant comme une anguille, Jon écrasa d'un coup de talon le cou-de-pied du garçon qui le maintenait. Un glapissement retentit, et il fut libre. Il fondit sur Crapaud, le renversa en travers du banc, se planta sur sa poitrine et, l'empoignant à la gorge, se mit à lui marteler le crâne contre la terre battue.

Les protégés de Yoren l'en arrachèrent de vive force et le jetèrent au sol, où Grenn entreprit de le bourrer de coups de pied. Il se laissait rouler sur lui-même pour s'y soustraire quand un ordre tonitruant cisailla la pénombre de l'armurerie : « ARRETEZ ! *SUR-LE-CHAMP !* »

Jon se releva. Donal Noye les dévisageait, menaçant. « Si vous voulez vous battre, dans la cour... Hors de mon armurerie, vos disputes, ou bien je les ferai *miennes*. Et vous n'aimerez pas. »

Crapaud s'assit par terre et, d'un air précautionneux, se palpa le cuir chevelu. « Il a essayé de me tuer, dit-il en montrant ses doigts rougis.

– C'est vrai, témoigna l'un des voyous, j' l'ai vu.

– Y m'a cassé l' poignet », reprit Grenn en le brandissant à l'intention de l'armurier.

Mais celui-ci n'y accorda que l'ombre d'un coup d'œil. « Broutille. Tout au plus foulé. Mestre Aemon te donnera une pommade. Vas-y aussi, Todder, faire examiner ta tête. Quant à vous, chacun dans sa cellule. Sauf toi, Snow. Tu restes. »

Sans égard aux regards lourds de promesses vindicatives que lui décochaient ses ennemis en se retirant, Jon se laissa pesamment tomber sur le banc. Son bras le lancinait.

« La Garde a un besoin vital de toutes ses recrues, dit Donal Noye, une fois seul à seul. Même des types comme Crapaud. Le tuer ne te vaudrait aucun honneur. »

La colère de Jon flamboya. « Il a dit que ma mère était...

– Une pute. J'ai entendu. Qu'en est-il ?

– Lord Eddard Stark n'est pas homme à avoir couché avec des putes, répondit-il d'un ton glacial. Son honneur...

– Ne l'a pas empêché d'engendrer un bâtard, si ? »

Une rage froide envahit Jon. « Je peux m'en aller ?

– Tu t'en iras quand je te dirai de t'en aller. »

D'un air maussade, Jon se mit à fixer la fumée qui montait du brasero. A la fin, Noye lui prit le menton entre ses gros doigts et le força à tourner la tête. « Regarde-moi quand je te parle, mon gars. »

Jon obéit. L'armurier avait une poitrine aussi impressionnante qu'un foudre à bière, une panse à l'avenant, un nez large, épaté, et toujours l'air de ne s'être pas rasé. La manche gauche de sa tunique de laine noire était agrafée à l'épaule par une fibule d'argent en forme de flamberge. « Les mots ne feront pas de ta mère une pute. Elle était ce qu'elle était, tout ce que dira Crapaud n'y changera rien. Puis, tu sais, des hommes dont les mères étaient *réellement* des putes, nous en avons, au Mur. »

Pas ma mère. Sans rien savoir d'elle, puisque Père n'en parlait jamais, Jon le pensait dur comme fer. Il rêvait d'elle si souvent qu'il finissait presque par la voir. Belle, grande dame, et des yeux tendres.

– Ça te paraît invivable, d'être le bâtard d'un grand seigneur ? Jeren a pour père un septon, et Cotter Pyke pour mère une fille d'auberge, mais sa basse extraction ne l'a pas empêché de s'élever : il commande actuellement Fort-Levant.

– Je m'en fiche, dit Jon. Je me fiche d'eux comme je me fiche de vous, de Thorne ou de Benjen Stark et de tous ces trucs. Je déteste ce bled. Il est trop..., il y fait froid.

– Oui. Froid, dur, misérable, tel est le Mur, ainsi que les hommes qui le hantent. Rien à voir avec les contes de ta nourrice ? Eh bien, pisse-leur dessus, aux contes, et ta nourrice, pisse-lui dessus. Ici, les choses sont ce qu'elles sont, et, comme nous tous, tu t'y trouves pour la vie.

– La vie », répéta Jon avec amertume. Il pouvait en parler, l'armurier, de la vie. Il en avait eu une, lui, n'ayant endossé la tenue noire qu'après la perte de son bras au siège d'Accalmie. Auparavant, il forgeait pour le compte de Stannis Baratheon, le frère du roi. Il avait parcouru de long en large les Sept Couronnes, banqueté, couru les bordels, livré cent batailles. On lui attribuait la masse d'armes fatale à Rhaegar, dans le gué du Trident. Bref, tout ce dont lui-même serait à jamais privé, Donal Noye s'en était gorgé jusqu'au jour où, déjà vieux, la trentaine largement sonnée, un formidable coup de hache puis la gangrène lui avaient valu son amputation. N'importait le Mur, bien sûr, une fois infirme et la vie derrière !

« Oui, la vie, reprit le vétéran. Brève ou longue, c'est ton affaire, Snow. Mais, vu la manière dont tu t'y prends, l'un de tes frères t'égorgera, une nuit ou l'autre...

– Ils ne sont pas mes frères ! aboya Jon. Ils me détestent parce que je suis meilleur qu'eux.

– Non. Ils te détestent parce que tu te comportes comme si tu étais meilleur qu'eux. Sais-tu ce qu'ils voient quand ils te regardent ? Un bâtard de château qui se prend pour un petit duc. » Il se pencha d'un air confidentiel. « Et tu n'es pas un petit duc. Souviens-toi de ça. Tu es un Snow, pas un Stark. Tu es un bâtard et un fanfaron.

– Un *fanfaron* ? » s'étrangla-t-il. L'iniquité du terme lui coupait le souffle. « Ceux qui m'ont attaqué, oui ! A quatre.

– Quatre que tu as humiliés dans la cour. Quatre qui ont peur de toi, probablement. Je t'ai regardé te battre. Contre toi, on ne s'entraîne pas. On serait réduit en chair à pâtée, si ton épée tranchait. Tu le sais, je le sais, ils le savent. Tu ne leur laisses aucune chance. Tu les couvres de honte. Ça te rend fier ? »

Jon hésita. Certes, il était fier de vaincre. Pourquoi ne le devrait-il pas ? Pourquoi lui dénier aussi cela ? Pourquoi le lui reprocher comme une vilenie ? « Ils sont tous plus âgés que moi, plaida-t-il.

– Plus âgés, plus gros, plus forts, c'est exact. Je gagerais que ton maître d'armes de Winterfell t'a formé à combattre précisément ce genre d'adversaires. Qui était-il ? Un vieux chevalier ?

– Ser Rodrik Cassel », répondit-il, sur ses gardes, flairant un piège, et un piège qui se refermait peu à peu sur lui.

Alors, Donal Noye lui lança, presque nez à nez : « Ecoute-moi bien, mon gars. Aucun des autres n'a eu de maître d'armes avant ser Alliser. Leurs pères étaient fermiers, charretiers, braconniers, forgerons, mineurs, rameurs à bord de galères marchandes... En fait de combat, ce qu'ils savent, ils l'ont appris dans l'entrepont, dans les ruelles de Villevieille et de Port-Lannis, dans des bordels de bas étage et des tavernes de grand chemin. Peut-être ont-ils avant d'échouer ici fait sonner quelques coups de matraque, mais je te garantis qu'aucun des vingt n'a jamais eu les moyens de se payer de véritable épée. » Son regard se fit implacable. « Alors, toujours délectables, vos victoires sur eux, lord Snow ?

– Ne m'appelez pas comme ça ! » s'indigna Jon. Mais la colère ne le soutenait plus. Il se sentait mortifié, coupable. « Je n'avais jamais... Je ne pensais pas...

– Tu feras bien de te mettre à penser, conseilla Noye. Sinon, place un poignard à ton chevet. Et maintenant, file. »

Il était près de midi. Le soleil avait fini par percer les nuages. Jon lui tourna le dos et leva les yeux sur le Mur qui, dans la lumière, flamboyait d'un bleu cristallin. Il avait beau le voir depuis des semaines, il ne pouvait le regarder sans chair de poule. Des siècles de rafales poudreuses l'avaient cloqué, décapé, recouvert d'une espèce de pellicule qui, d'ordinaire, le faisait paraître du même gris pâle qu'un ciel couvert... mais, pour peu que le soleil daignât l'éclairer vivement, alors il se mettait à *briller*, à rayonner de sa vie propre, à dévorer, telle une colossale falaise blanc-bleu, la moitié du ciel.

« Le plus vaste ensemble jamais bâti de main d'homme », avait dit Oncle Ben lorsque, depuis la grand-route, ils le discernèrent à l'horizon. « Et, sans conteste, le plus inutile », ajouta Tyrion Lannister avec un sourire, avant de se laisser lui-même gagner par le mutisme général au fur et à mesure que l'on approchait. Il se voyait à des lieues et des lieues, pâle ligne bleue barrant tout le nord, courant vers l'est et l'ouest jusqu'à l'infini puis s'y évanouissant sans la moindre solution de continuité. Semblant proclamer : *Je marque le terme du monde.*

Lorsque se discernait enfin Châteaunoir, ses fortins de bois, ses tours de pierre faisaient, sous la gigantesque paroi de glace, l'effet d'une poignée de jouets éparpillés dans la neige. Par son aspect, la vieille forteresse des frères noirs n'offrait rien de comparable à Winterfell ni à un véritable château. Dépourvue de remparts, elle était sans défense tant au sud qu'à l'est et l'ouest, mais le nord seul intéressait la Garde de Nuit, et au nord se dressait le Mur. Haut de près de sept cents pieds, soit trois fois plus que la plus haute des tours du repaire qu'il protégeait. Sur son faîte, dit Oncle Ben, pouvaient chevaucher de front douze chevaliers en armes. La silhouette dégingandée des catapultes et des engins qui s'y tenaient en sentinelle évoquait des squelettes d'oiseaux monstrueux, et des fourmis noires celle des hommes affairés là-haut.

Pour avoir perdu de sa nouveauté, le spectacle en confondait Jon presque autant qu'au premier abord. C'était ça, le Mur. Parfois, il parvenait presque à en oublier la présence, un peu comme on oublie celle du ciel sur sa tête ou, sous ses pieds, celle de la terre, mais il avait parfois aussi l'impression que rien d'autre n'existait au monde. Et quand, comme en cet instant, il le regardait de là, tout en bas, plus vieux que les Sept Couronnes, un vertige l'envahissait. Il sentait peser sur sa chair cette prodigieuse masse de glace avec autant d'acuité que si son écroulement l'eût directement menacé, il pressentait que son écroulement entraînerait l'écroulement du monde.

« Vous rend curieux de ce qu'il y a derrière », le fit sursauter une voix familière.

Il jeta un coup d'œil à la ronde. « Lannister. Je ne vous avais pas vu, je veux dire, je me croyais seul. »

Le Lutin était si emmitouflé de fourrures qu'il avait l'air d'un ours miniature. « Il y aurait fort à dire sur les avantages de l'improviste. On ne sait jamais ce qu'il peut vous apprendre.

– Vous n'apprendrez rien de moi », dit Jon, qui l'avait à peine entrevu depuis la fin de leur voyage. En tant que frère de la reine, la Garde de Nuit avait traité Tyrion Lannister en hôte de marque. Le commandant lui avait attribué des appartements dans la tour dite du Roi, bien qu'elle n'eût pas reçu de visite royale depuis un siècle, et le traitait à sa propre table. En outre, le nain passait ses jours à parcourir le Mur et ses nuits à boire en jouant aux dés avec ser Alliser, Bowen Marsh et les officiers de l'état-major.

« Détrompe-toi, j'apprends toujours quelque chose en quelque lieu que j'aille. » De sa canne de marche noire et noueuse, il désigna le Mur. « Pour en revenir à ce que je disais..., pourquoi faut-il que, si un homme construit un mur, aussitôt en survienne un second qui brûle de savoir ce qu'il y a derrière ? » Penchant la tête de côté, il guigna Jon de ses yeux vairons. « Hein, que tu désires savoir ce qui se trouve de l'autre côté, *non* ?

– Rien d'extraordinaire », dit Jon d'un air détaché. Il mourait d'envie d'accompagner Benjen Stark en expédition, de s'enfoncer au cœur même des mystères de la forêt hantée, d'affronter les sauvageons de Mance Rayder, de défendre le royaume contre les Autres, mais mieux valait garder ses vœux les plus chers pour soi. « Rien que des bois, des montagnes, des lacs gelés, selon les patrouilleurs, puis de la neige et de la glace en veux-tu en voilà.

– Puis les tarasques et puis les snarks... Ne les oublions pas, lord Snow, sinon ça sert à quoi, ce gros truc ?

– Ne m'appelez pas "lord Snow". »

Le nain dressa un sourcil. « Préférerais-tu le surnom de "Lutin" ? Laisse les sots voir que les mots te blessent, et leurs quolibets ne te lâcheront pas. S'il leur plaît de te donner un sobriquet, prends-le, approprie-le-toi. Dès lors, ils seront désarmés. » Il agita sa canne.

« Viens, suis-moi. On doit bien servir de leur ragougnasse dans la salle commune, à cette heure-ci, j'en prendrais volontiers une écuellée chaude. »

Comme il avait également faim, Jon l'escorta, non sans adapter son pas au dandinement malaisé du nabot. Le vent se levait, qui faisait craquer à l'entour les vieilles baraques de bois et, au loin, battre par intermittence un lourd volet. Un pan de neige glissa d'un toit et vint s'abattre avec un *plouf* feutré.

« Au fait, je ne vois pas ton loup.

– Pendant l'entraînement, je l'enchaîne dans les vieilles écuries. Personne ne l'y tracasse, maintenant qu'on a mis tous les chevaux dans celles de l'est. Le reste du temps, je l'ai avec moi. Ma cellule se trouve dans la tour d'Hardin.

– Celle avec des créneaux en ruine, n'est-ce pas ? Des décombres au pied, dans la cour, et une inclinaison qui rappelle notre noble roi Robert au sortir d'une longue nuit de beuverie ? Je croyais ces bâtiments abandonnés. »

Jon haussa les épaules. « Nul n'a cure du lieu où l'on dort. La plupart des vieux fortins sont vides, on prend la cellule qu'on veut. » Les temps n'étaient plus où Châteaunoir logeait cinq mille combattants, leurs chevaux, leurs armes et leurs domestiques. Les effectifs étant désormais dix fois moindres, nombre des casernements croulaient peu à peu.

Un jet de vapeur accompagna le rire de Tyrion Lannister. « Il me faudra penser à avertir le seigneur ton père d'engager davantage de tailleurs de pierre pour empêcher ta tour de s'effondrer. »

La pique agaça Jon, mais il ne servait à rien de nier les choses. La Garde avait jadis édifié dix-neuf grandes forteresses le long du Mur et n'en occupait plus que trois : Fort-Levant, sur sa grève grise battue des vents, Tour Ombreuse, sous les montagnes auxquelles s'arrêtait le Mur, Châteaunoir enfin, à mi-chemin des précédentes, et où aboutissait la route royale. Désertées de longue date, les seize autres étaient des lieux désolés, hantés ; la bise y sifflait par les ouvertures béantes, et les spectres des morts en garnissaient les parapets.

« Il est préférable que je vive seul, dit-il d'un air buté. Fantôme fout la frousse aux autres.

– Prudent à eux, dit Lannister puis, sans transition : On trouve que ton oncle est absent depuis trop longtemps. »

Ces mots rappelèrent à Jon si brutalement le vœu qu'il avait fait, de rage, et la vision de Benjen Stark étendu dans la neige qu'il se détourna au plus vite. Le nain avait le don de flairer les choses, et il ne voulait pas laisser voir ses remords. « Il a dit qu'il serait de retour pour ma fête. » Le jour de sa fête était, à l'insu de tous, arrivé, passé, et ce depuis plus d'une quinzaine. « Il devait rechercher ser Waymar Royce, dont le père est un vassal de lord Arryn. Il a dit que cela pourrait le mener jusqu'à Tour Ombreuse. Une longue marche en terrain montagneux.

– J'ai entendu dire, reprit Lannister tandis qu'ils montaient l'escalier vers la salle commune, que pas mal de patrouilleurs avaient disparu sans laisser de traces, ces temps derniers. » Il grimaça un sourire et ouvrit la porte. « Les tarasques ont peut-être faim, cette année ? »

Ils pénétrèrent dans l'immense salle, glaciale en dépit du formidable feu qui rugissait dans l'âtre. Des corbeaux nichés dans sa charpente à nu se chamaillaient là-haut, tandis que Jon recevait des mains des cuistots de corvée son écuellée de ragoût avec un quignon de pain noir. Grenn, Crapaud et quelques autres occupaient déjà le banc le plus proche de la chaleur, et ils s'esclaffaient en s'invectivant mutuellement de leurs voix grossières. Un instant, Jon les lorgna, pensif. Puis il se décida pour l'autre extrémité de la salle, aussi loin que possible d'eux.

Tyrion Lannister s'assit en face de lui et se mit à humer la sauce d'une narine soupçonneuse. « Orge, oignon, carotte, marmonna-t-il. Quelqu'un pourrait dire aux coqs que le navet n'est pas de la viande.

– C'est du ragoût de mouton. » Jon retira ses gants et se réchauffa les mains à la buée qui montait de son écuelle. Le fumet lui mettait l'eau à la bouche.

« Snow ? »

Il reconnut la voix d'Alliser Thorne, mais y perçut une bizarre intonation, jusqu'alors inouïe. Il se retourna.

« Le commandant désire te voir. Tout de suite. »

Il demeura d'abord pétrifié. Pourquoi le commandant pouvait-il désirer le voir ? On devait avoir eu des nouvelles de Benjen, songea-t-il, horrifié, et il était mort, la vision s'était avérée. « Il s'agit de mon oncle ? balbutia-t-il, il est revenu ? sain et sauf ?

– Le commandant n'a pas l'habitude d'attendre, riposta le maître d'armes, et moi, je n'ai pas l'habitude de laisser les bâtards discuter mes ordres. »

Tyrion Lannister repoussa brusquement le banc, se leva. « Assez, Thorne. Vous terrifiez ce garçon.

– Et vous, Lannister, ne vous mêlez pas des affaires qui ne vous regardent pas. Vous n'avez pas votre place ici.

– Mais j'ai une place à la Cour, sourit le nain. Un seul mot dans la bonne oreille, et vous mourrez en vieillard aigri avant que l'on vous permette d'entraîner aucun autre gamin. Maintenant, veuillez dire à Snow pourquoi le Vieil Ours tient à le voir. A-t-on des nouvelles de son oncle ?

– Non. Il s'agit de tout autre chose. D'un oiseau arrivé ce matin même de Winterfell, avec un message concernant son frère. » Il rectifia spontanément : « Son demi-frère.

– Bran ! s'étrangla-t-il en se levant d'un bond, il est arrivé malheur à Bran ! »

Tyrion Lannister lui posa une main sur le bras. « Jon..., je suis désolé. »

Jon l'entendit à peine et, lui repoussant la main d'un geste presque machinal, traversa la salle si précipitamment qu'il courait déjà lorsqu'il se heurta à la porte et, une fois dans la cour, se mit à galoper, sans souci des flaques de neige pourrie, vers la résidence du commandant puis, sitôt que les gardes l'eurent laissé passer, gravit quatre à quatre l'escalier de la tour, si bien que lorsqu'il fit irruption, hors d'haleine, en présence de lord Mormont, il avait les bottes détrempées, l'œil fou. « Bran, haleta-t-il, que dit le message ? à propos de Bran ? »

Jeor Mormont, lord commandant de la Garde de Nuit, donnait pour lors du blé à picorer à un grand corbeau perché sur son bras. C'était un vieillard bourru dont la calvitie formidable s'achevait sur une barbe grise et hirsute. « On m'a dit que tu savais lire ? » D'une saccade, il fit s'envoler le corbeau qui, d'une aile molle, alla se poser sur la fenêtre et attendit, tout yeux, que son maître eût retiré de sa ceinture un rouleau de papier et l'eût tendu à Jon pour maugréer : « *Grain* », d'une voix rauque, « *grain, grain.* »

Dans la cire blanche du sceau rompu se distinguaient les contours du loup-garou Stark. La lettre était de la main de Robb, mais les caractères se chevauchaient, s'embrouillaient de manière si bizarre que Jon finit par percer ce mystère : il pleurait. Alors, peu à peu, à travers les larmes, émergea le sens du message. « Il s'est réveillé, balbutia-t-il à l'adresse de Mormont, les dieux nous l'ont rendu.

– Paralysé... Navré, mon garçon. Lis la suite. »

Il parcourut les mots, mais les trouva sans importance. Plus rien n'importait, hormis que Bran vivait, allait vivre. « Mon frère va vivre », dit-il. Le commandant acquiesça d'un signe ambigu puis, prélevant une poignée de grain, siffla son corbeau qui vint se jucher sur son épaule en criant : *« Vivre ! Vivre ! »*

Un sourire aux lèvres et la lettre à la main, Jon redégringola les escaliers. « Mon frère va vivre ! » lança-t-il aux gardes, qui échangèrent un coup d'œil ahuri.

Dans la salle commune, Tyrion Lannister achevait son repas. Jon l'empoigna par les aisselles, l'arracha de son banc et le fit toupiller, gloussant : *« Bran va vivre ! »* puis, le voyant ébahi, le reposa à terre et lui fourra la lettre entre les mains. « Ici, lisez ! »

Un cercle de curieux s'était formé, dans lequel Jon distingua Grenn, la main ensevelie dans d'épais bandages. D'un air gauche et dubitatif mais nullement menaçant, il s'avança vers lui, mais celui-ci eut un mouvement de recul, étendit les bras : « Loin de moi, bâtard ! » piailla-t-il.

Jon lui sourit. « Pardon, pour ton poignet. Un jour, Robb m'a porté le même coup, mais avec une épée de bois, et ça m'a fait diablement mal. Rien, j'imagine, à côté de toi. Ecoute, si tu veux, je t'enseignerai la parade.

– Vous entendez ça ? grogna Thorne, lord Snow prétend me supplanter ! » Puis il ricana : « J'aurais moins de peine à faire jongler un loup que toi à former cet aurochs !

– Pari tenu, ser Alliser, répliqua Jon. J'aimerais fort voir jongler Fantôme. »

A ces mots, il entendit Grenn avaler sa glotte, suffoqué. Puis, du silence, émergèrent les gloussements de Tyrion Lannister, qu'imitèrent aussitôt trois frères noirs attablés non loin. De proche en proche, l'hilarité gagna tous les bancs, puis les cuistots eux-mêmes, tandis que, dans la charpente, les oiseaux se joignaient au tapage et, finalement, Grenn à son tour se mit à pouffer.

Ser Alliser, quant à lui, fixait Jon. Et, plus déferlaient les rires, tout autour, plus s'assombrissait sa physionomie, plus son poing se crispait sur une garde imaginaire. « Une belle gaffe, lord Snow... », grinça-t-il enfin, du ton d'un ennemi mortel.

EDDARD

En franchissant à cheval les colossales portes de bronze du Donjon Rouge, Eddard Stark se sentait chagrin, fatigué, de méchante humeur et affamé. Or il se trouvait encore en selle, rêvant d'un long bain bouillant, de volaille rôtie, de sommeil douillet, quand l'intendant du roi l'avertit que le Grand Mestre Pycelle avait convoqué en session d'urgence le Conseil restreint et comptait que la Main daignerait honorer celui-ci de sa présence dès qu'elle le jugerait à sa convenance. « Ma convenance sera demain », dit-il d'un ton sec en mettant pied à terre.

L'homme s'inclina bien bas. « Je vais transmettre vos regrets à Leurs Excellences, monseigneur.

– Diantre non ! » s'écria Ned. Il eût été malséant d'offenser le Conseil avant même d'entrer en fonctions. « J'irai. Priez-les seulement de m'accorder le temps d'enfiler des vêtements plus décents.

– Bien, monseigneur. Nous vous avons donné les appartements qu'occupait lord Arryn dans la tour de la Main. S'ils sont à votre gré, j'y ferai porter vos affaires.

– Je vous remercie. » Ce disant, il retirait ses gants de route et les fourrait dans sa ceinture. Peu à peu, sa maisonnée envahissait la cour. Il y repéra Vayon Poole, son propre intendant, et le héla. « Le Conseil me requiert d'urgence. Veille à installer mes filles dans leurs chambres, et prie Jory de les y garder. Je ne veux pas qu'Arya parte en exploration. » Poole s'inclina, et Ned reprit, à l'adresse de l'homme du roi : « Mes chariots bringuebalent encore par les rues. Pourriez-vous me procurer de quoi m'habiller comme il sied ?

– Avec joie. »

Ainsi Ned fit-il son entrée dans la salle du Conseil titubant de fatigue et revêtu d'effets d'emprunt. Quatre membres du Conseil restreint l'y attendaient.

La pièce était luxueusement meublée. Des tapis de Myr en jonchaient le sol et, dans un angle, un paravent sculpté des îles d'Eté faisait piaffer cent bêtes fabuleuses aux vives couleurs. Aux murs étaient suspendues des tapisseries de Norvos, de Qohor, de Lys. Deux sphinx valyriens flanquaient la porte, et dans leur figure de marbre noir luisaient comme braise des yeux de grenat.

Dès son arrivée, Ned se vit aborder par le conseiller qu'il appréciait le moins, Varys. « Les incidents de votre voyage m'ont effroyablement consterné, lord Stark. Nous nous sommes rendus au septuaire en corps constitué pour allumer des cierges en faveur du prince Joffrey. Je fais des prières pour qu'il recouvre la santé. » Ses doigts maculaient de poudre la manche de Ned, et il répandait une puanteur sirupeuse de gerbe funéraire.

« Vos dieux vous ont exaucé, répondit-il, froid mais poli, le prince se porte de mieux en mieux. » Puis, se dégageant des mains de l'eunuque, il traversa la pièce vers le paravent, auprès duquel lord Renly devisait d'un air paisible avec un petit bout d'homme, Littlefinger, forcément. Agé seulement de huit ans quand son frère avait accédé au trône, Renly s'était mis, depuis, à lui ressembler de manière si frappante que Ned n'en revenait pas. A chacune de leurs rencontres, il avait l'impression qu'aboli par enchantement le passé lui rendait le Robert fringant du Trident.

« Je vois que vous êtes arrivé sans encombres, lord Stark.

– Vous de même... Sauf votre respect, vous rappelez à s'y méprendre votre frère.

– Une pauvre copie, minauda Renly.

– Mais tellement plus richement vêtue que l'original, repartit Littlefinger. Lord Renly dépense pour sa parure plus que la moitié des dames de la cour. »

La remarque ne manquait pas de pertinence. Drapé de velours vert sombre, lord Renly portait un pourpoint tout rebrodé de cerfs d'or. Une courte cape de brocart lui nimbait nonchalamment l'épaule, où la retenait une broche d'émeraude. « Je sais plus grave, comme crime, dit-il en riant. Ne serait-ce que *votre* façon de vous habiller. »

Littlefinger ne releva pas. Il lorgnait Ned avec, aux lèvres, un sourire proche de l'insolence. « Voilà des années que j'espérais faire votre connaissance, lord Stark. Lady Catelyn vous a sûrement parlé de moi.

– En effet, répondit-il, ulcéré par l'impudence de l'insinuation, d'un ton plutôt réfrigérant. Vous connaissiez aussi mon frère Brandon, si j'ai bien compris. »

Renly Baratheon éclata de rire, et Varys vint à pas traînants prêter l'oreille.

« Plutôt trop, repartit Littlefinger. Je porte en permanence un gage de son estime. Vous aurait-il aussi parlé de moi ?

– Souvent, et non sans chaleur », répliqua Ned, dans l'espoir de mettre un point final à ce petit jeu – ce duel verbal – qui l'impatientait.

« Tiens donc ! s'exclama néanmoins l'autre, j'aurais cru que chaleur et Stark faisaient mauvais ménage... Ici, dans le sud, on prétend que vous êtes tous fabriqués de glace, et que vous fondez, en deçà du Neck.

– Il n'est pas dans mes projets, lord Baelish, de fondre de sitôt. Tenez-le pour sûr. » Sur ce, il s'approcha du bas bout de la table du Conseil et dit : « Vous allez bien, j'espère, mestre Pycelle. »

Le Grand Mestre sourit avec bonhomie du fond de son grand fauteuil. « Pas si mal, pour un homme de mon âge, monseigneur. A ceci près, hélas, que je me fatigue assez vite. » Les quelques mèches neigeuses qui folâtraient sur son vaste crâne chauve accentuaient le caractère aimable de ses traits. Au lieu d'être, comme celui de Luwin, un simple carcan de métal, son collier se composait de vingt-quatre lourdes chaînes torsadées en une seule et qui lui battait la poitrine. A chacun des maillons correspondait l'un des métaux humainement connus : fer noir, or rouge, cuivres jaune et rouge, plomb, acier, étain, argent, bronze, platine... Y étaient enchâssés grenats, perles noires, améthystes, ainsi que, de loin en loin, une émeraude ou un rubis. « Si nous ouvrions la séance ? proposa-t-il en joignant les deux mains sur sa large bedaine. Je crains de m'assoupir, à tarder davantage.

– Comme il vous plaira. » A l'autre bout de la table demeurait vide le fauteuil du roi, avec ses coussins brodés d'or à l'effigie du cerf couronné. Ned prit place à sa droite. « Messires, dit-il avec un soupçon d'emphase, je suis confus de vous avoir fait attendre.

– Vous êtes la Main du Roi, susurra Varys, nous sommes à la disposition de votre bon plaisir, lord Stark. »

Pendant que les autres prenaient leur place accoutumée, Ned éprouva brutalement le sentiment d'être étranger à tout et à tous, ici, dans cette pièce, avec ces hommes, et le souvenir l'assaillit des mots prononcés par Robert, dans la crypte de Winterfell. *Je suis entouré de flagorneurs et d'imbéciles.* Quels étaient les flagorneurs, autour de cette table, quels les imbéciles ? La réponse, il la connaissait déjà. « Nous ne sommes que cinq ? s'étonna-t-il.

– Lord Stannis s'est embarqué pour Peyredragon peu après le

départ du roi pour le nord, expliqua Varys. Quant à notre vaillant ser Barristan, il doit être en train de parcourir les rues aux côtés du roi, comme il lui appartient en sa qualité de commandant suprême de la Garde.

– Peut-être, alors, devrions-nous attendre que tous deux viennent nous rejoindre ? » suggéra Ned.

Renly Baratheon éclata d'un rire bruyant : « Avant que mon frère ne condescende à nous accorder la grâce de sa royale présence, il peut s'écouler une éternité !

– Notre bon roi Robert est débordé, compatit l'eunuque. Il s'en remet à notre foi pour l'éclairer sur les affaires accessoires.

– Lord Varys entend par là tout le tintouin que mon royal frère trouve rasoir à sangloter : finances, récoltes et justice, reprit Renly. Ainsi nous incombe-t-il de gouverner le royaume. Tout au plus Robert nous adresse-t-il une mise en demeure, de-ci de-là. » Il tira de sa manche un petit rouleau et le déposa sur la table. « Ce matin même, il m'a par exemple intimé d'aller au triple galop sommer le Grand Mestre Pycelle de convoquer ce Conseil-ci toutes affaires cessantes pour cette affaire urgente-ci. »

Avec un sourire, Littlefinger tendit le message à Ned. D'un coup de pouce, celui-ci rompit le sceau royal et, déployant la pelure pour prendre connaissance de l'urgence en question, douta du témoignage de ses propres yeux. L'extravagance du roi n'avait donc pas de limites ? « Bonté divine ! » jura-t-il, outré de devoir au surplus apposer son propre nom au bas de cette turlupinade.

« En termes clairs, dit pompeusement Renly, lord Eddard est heureux de vous informer que Sa Majesté nous enjoint d'organiser un tournoi magnifique en l'honneur de sa nouvelle Main.

– Combien ? » demanda Littlefinger d'une voix suave.

Ned répondit en marmonnant les indications de la lettre : « Quarante mille dragons d'or pour le premier prix. Vingt mille pour le second, vingt autres mille au vainqueur de la mêlée, dix mille à celui du concours à l'arc.

– Quatre-vingt-dix mille pièces d'or, soupira Littlefinger, sans omettre les dépenses annexes. Et Robert va vouloir un faste inouï. Ce qui implique cuisiniers, charpentiers, filles de service, chanteurs, jongleurs, bouffons…

– Des bouffons, nous en avons à revendre », dit lord Renly.

Pycelle intervint : « Le Trésor peut-il supporter de telles prodigalités ?

– Quel Trésor ? riposta Littlefinger avec une moue torve, épargnez-moi ces pantalonnades, mestre ! Vous savez pertinemment que le Trésor est vide depuis des années. Il me faudra emprunter, voilà. Les Lannister se montreront sûrement coulants. Quand nous devons déjà trois millions de dragons à lord Tywin, cent mille de plus, que nous chaut ?

– Vous voulez dire..., bredouilla Ned, interloqué, que la Couronne est endettée de trois millions de pièces d'or ?

– De plus de six millions de pièces d'or, lord Stark. Si les Lannister sont ses plus gros créanciers, il y a aussi lord Tyrell, la Banque de Fer de Braavos et pas mal de cartels de Tyrosh. Nous avons même dû, dernièrement, recourir au Grand Septon. Et il est plus retors qu'un poissonnier de Dorne...

– Mais ! s'étrangla Ned, consterné, Aerys Targaryen avait laissé des... des montagnes d'or... Comment avez-vous pu laisser les choses en venir là ? »

Littlefinger haussa les épaules. « Le Grand Argentier se charge simplement de trouver l'argent que le roi et sa Main se chargent de dépenser.

– Vous ne me ferez pas croire que Jon Arryn ait jamais permis à Robert de réduire le royaume à la mendicité », rétorqua Ned avec ferveur.

Le Grand Mestre Pycelle fit tintinnabuler ses chaînes en hochant sa noble calvitie. « Lord Arryn était la circonspection même, mais je crains qu'il n'arrive à Sa Majesté de fermer l'oreille aux sages avis.

– Mon royal frère adore les tournois, les fêtes, et il exècre, comme il dit, “compter ses picaillons”.

– J'en parlerai avec Sa Majesté, s'obstina Ned. Ce tournoi est une folie que le royaume ne peut se permettre.

– Parlez-lui-en, si vous voulez, dit lord Renly, mais nous ferions mieux d'y aviser.

– Une autre fois », répliqua Ned. D'un ton trop tranchant, peut-être, à en juger par les regards qu'on lui décocha. Une leçon qu'il se promit de retenir. Il était non plus, comme à Winterfell, seul maître après le roi, mais premier de ses pairs. « Veuillez me pardonner, messires, reprit-il d'un ton radouci, je suis épuisé. Suspendons la séance pour aujourd'hui, nous la reprendrons sitôt reposés. » Et, là-dessus, il se leva brusquement sans leur demander son congé, leur adressa un signe de tête et gagna la porte.

A l'extérieur, chariots et cavaliers continuaient d'affluer par la poterne, et la cour n'était que bourbe, bêtes et gens. Le roi n'était pas encore arrivé, lui apprit-on. Depuis les crasses du Trident, les Stark et leur maisonnée n'avaient cessé de devancer le gros du cortège, afin de mieux empêcher tout contact avec les Lannister et de se soustraire à l'atmosphère de plus en plus tendue. Robert s'était à peine montré ; la rumeur voulait qu'il se trouvât désormais à bord de l'inénarrable carrosse, et le plus souvent fin saoul. Dans ce cas, il n'était pas près d'arriver. Toujours trop tôt, au gré de Ned, dont la pauvre figure de Sansa suffisait à ranimer la fureur noire. Les deux dernières semaines de route avaient été misérables. Sansa accablait sa sœur de reproches et lui répétait que Lady était morte à la place de Nymeria. Arya ne se remettait pas davantage de la fin sinistre du garçon boucher. Sansa pleurait à chaudes larmes toutes les nuits. Tout le jour, Arya ruminait en silence. Et leur père rêvait d'un enfer glacé réservé aux Stark de Winterfell.

Traversant la cour extérieure, il franchit le pont-levis qui donnait accès à la courtine intérieure et se dirigeait vers la tour présumée de la Main quand Littlefinger se dressa soudain devant lui. « Vous vous trompez de route, Stark. Je vous accompagne. »

Après un instant d'hésitation, Ned se résigna, et l'autre le mena dans une tour, lui fit descendre un escalier, traverser une courette encaissée, longer un interminable corridor désert que bordaient, en guise de sentinelles, des armures poussiéreuses, en acier noir, aux heaumes ciselés d'écailles de dragon, et reléguées dans l'oubli de la dynastie targaryenne. « Mais vous ne m'amenez pas à mes appartements, dit Ned.

– Ai-je dit le contraire ? En fait, je vous entraîne vers les oubliettes où je compte, après vous avoir tranché la gorge, maçonner votre cadavre dans une muraille, répliqua Littlefinger d'un ton sarcastique. Rassurez-vous, Stark, nous n'avons pas de temps à perdre à ces amusettes. Votre femme attend.

– Quelle est cette plaisanterie, Littlefinger ? Catelyn se trouve à Winterfell, à des centaines de lieues d'ici.

– Ah bon ? » Ses yeux gris-vert pétillèrent de malice. « Dans ce cas, la personne qui l'imite a des dons stupéfiants. Pour la dernière fois, venez. Ou ne venez pas, je la garderai pour moi seul. » Il dévala un escalier.

Ned le suivit sans précipitation. Cette maudite journée ne s'achèverait donc jamais ? N'éprouvant que dégoût pour l'intrigue, il commençait à s'apercevoir que son guide s'en délectait autant que de nectar et d'ambroisie.

Au bas des marches se dressait une lourde porte de chêne bardée de fer. Petyr Baelish retira la barre qui la bloquait, fit signe à Ned de passer devant, et, tout à coup, ils se retrouvèrent dans le crépuscule rougeoyant, sur un escarpement rocheux sous lequel coulait la Néra.
« Nous sommes sortis du château, constata Ned.

– Il n'est pas facile de vous duper, Stark, le complimenta l'autre avec affectation. Est-ce le soleil qui vous l'a révélé, ou le ciel ? Suivez-moi. La roche est entaillée régulièrement, mais prenez garde de tomber, la chute serait mortelle, et Catelyn ne comprendrait jamais. »
A ces mots, il aborda le flanc de la falaise et se mit à descendre avec une prestesse de singe.

Après examen des lieux, Ned le suivit sans l'imiter. La roche était bel et bien entaillée comme annoncé mais, à moins d'en connaître l'emplacement précis, les encoches, quoique profondes, devaient être invisibles depuis le bas. La seule vue de la rivière donnait le vertige. Ned se plaqua contre la paroi et s'efforça de ne regarder en dessous qu'en cas de nécessité.

Lorsqu'il atteignit enfin, au pied de la falaise, un sentier étroit et boueux qui longeait la berge, Littlefinger, adossé à un rocher, paressait en croquant une pomme. Il en était presque au trognon. « Hé bien, Stark, vous vous faites vieux, vous traînez. » D'un geste nonchalant, il jeta les restes du fruit dans le courant. « Mais n'importe, nous continuons à cheval. » Deux bêtes étaient là, en effet. Ned enfourcha la sienne et se mit à trotter sur les traces de Littlefinger. Le sentier les mena dans la ville.

Finalement, Baelish tira sur les rênes devant un bâtiment de trois étages, délabré, en bois, aux fenêtres tout illuminées, tandis que l'ombre s'épaississait. Des flonflons, des rires rauques s'en échappaient, qui semblaient stagner sur les eaux. Au montant de la porte pendait, au bout d'une grosse chaîne, une lampe à huile ouvragée et surmontée d'un globe de verre rouge à réseaux de plomb.

Hors de lui, Ned mit pied à terre. « Un bordel ! » Empoignant Littlefinger à l'épaule, il le fit pivoter, lui jeta : « Tout ce trajet pour m'amener dans un bordel !

– Votre femme s'y trouve. »

C'en était trop. « Brandon a eu tort de vous épargner ! » s'écria Ned en le plaquant brutalement contre un mur, son poignard dardé vers la barbichette.

« *Non*, monseigneur ! cria une voix suppliante, il dit vrai ! »

Sans lâcher son arme, Ned se retourna vivement. Un vieillard à cheveux blancs dévalait le perron, vêtu de bure brune et fanons ballants. « Mêlez-vous de vos oignons ! lança-t-il, puis la stupeur fit retomber son bras. *Ser Rodrik ?* »

Celui-ci acquiesça d'un signe. « Lady Catelyn vous attend en haut.

– Parce qu'elle est vraiment ici ? » Il tombait des nues. « Ce n'est donc pas un méchant tour de Littlefinger ? » Il rengaina.

« Que n'en est-ce un, Stark, dit ce dernier. Suivez-moi. Tâchez seulement de prendre un air un peu plus lubrique et un peu moins Main du Roi. Mieux vaut qu'on ne vous reconnaisse pas. Au passage, tripotez donc un ou deux nichons... ? »

Ils entrèrent dans une pièce bondée où ils durent jouer des coudes. Une femme grasse vociférait des chansons obscènes. De jolies filles en chemises de lin vaporeuses et déshabillés de soie rutilants se frottaient contre leurs partenaires, les câlinaient dans leur giron. Ned se faufila sans éveiller le moindre intérêt. Puis, tandis que ser Rodrik demeurait en bas, il se laissa conduire par Littlefinger au troisième étage puis introduire, au bout d'un corridor, dans une chambre.

En le voyant entrer, Catelyn poussa un cri de soulagement et courut se jeter dans ses bras.

« Ma dame, murmura-t-il, au comble de la stupeur.

– Les dieux soient loués, dit Littlefinger en refermant la porte, vous l'avez reconnue.

– Je craignais que vous n'arriviez jamais, mon seigneur, chuchota-t-elle en l'étreignant passionnément. Petyr me tenait informée. Je suis au courant, pour Arya et le prince. Comment vont mes filles ?

– Folles toutes les deux de chagrin et de colère, répondit-il. Mais je ne comprends pas, ma douce. Que fais-tu à Port-Réal ? Qu'est-il arrivé ? C'est Bran ? Il est... ? » Ses lèvres refusèrent de prononcer le mot.

« C'est bien Bran, mais pas dans le sens où tu l'entends.

– Mais alors, quoi ? demanda-t-il, décidément perdu. Pourquoi te trouves-tu ici, mon amour ? Quel lieu est ceci ?

– Conforme à l'évidence, dit Littlefinger en allant s'asseoir dans l'embrasure d'une fenêtre. Un bordel. Se peut-il plus invraisemblable pour une Catelyn Tully ? » Il sourit. « La chance a voulu que je fusse propriétaire de cet établissement singulier. Ce qui simplifiait singulièrement nos mesures de sécurité. Je ne voudrais pour rien au monde que les Lannister apprennent la présence à Port-Réal de Cat.

– Pourquoi ? » s'étonna Ned. Soudain, il remarqua les mains de sa femme, sa façon pataude de les tenir, leurs cicatrices rouge cru, la raideur des deux derniers doigts de la gauche. « Tu t'es blessée... » Il les prit dans les siennes, les retourna. « Bons dieux. Et profondes..., comme des entailles d'épée ou... Comment cela vous est-il arrivé, ma dame ? »

Elle tira un poignard de sous ses vêtements, le lui déposa sur la paume. « Il était censé trancher la gorge de Bran. »

Un haut-le-corps lui releva la tête. « Mais... qui ? Pourquoi voudrait-on... ? »

Elle lui posa un doigt sur les lèvres. « Laisse-moi raconter, mon amour. Nous irons plus vite. Ecoute. »

Alors, elle lui conta tout, depuis l'incendie de la bibliothèque jusqu'à Varys, l'intervention des gardes et Littlefinger. Après quoi Eddard Stark demeura comme hébété, le poignard en main, la pensée confuse. Ainsi, Bran devait la vie à son loup. Au fait, qu'avait dit Jon, lors de la découverte des chiots dans la neige ? *Vos cinq enfants sont tout désignés pour recevoir chacun le sien.* Et voilà qu'il avait luimême tué, de sa propre main, celui de Sansa. Et pourquoi ? Quel sentiment éprouvait-il maintenant ? Des remords ? La peur ? Si ces loups étaient un don des dieux, quelle folie n'avait-il pas commise ?

Non sans mal, il contraignit enfin son esprit à se reporter sur le poignard et ce qu'il signifiait. « Celui du Lutin », répéta-t-il. Insensé. Sa main s'enroula sur la poignée d'os de dragon, et il planta la lame dans la table, la sentit mordre le bois. L'air, ainsi, de se gausser de lui. « Pourquoi diable Tyrion Lannister voudrait-il la mort de Bran ? Bran ne lui a causé aucun tort.

– N'auriez-vous donc que de la neige dans les oreilles, vous autres, Stark ? grogna Littlefinger. Le Lutin ne saurait avoir agi seul ! »

Ned se leva et se mit à marcher de long en large. « Si la reine joue un rôle dans cette affaire ou, les dieux nous préservent ! le roi luimême..., non, cela, je ne puis l'admettre. » Or, tout en prononçant ces mots, l'assaillit le souvenir du matin frisquet où, dans la région des tertres, Robert parlait d'envoyer des sicaires assassiner la princesse targaryenne. Il revit le cadavre minuscule du fils de Rhaegar, sa tête en bouillie, et la manière dont Robert s'en détournait, tout comme le roi, ce n'était pas si vieux..., l'avait fait dans la salle d'audiences de Darry. Il entendait encore, à l'instar de celles de Lyanna, jadis, les supplications de Sansa.

« Il est plus que probable que le roi n'a rien su, dit Littlefinger. Ce ne serait pas une nouveauté. Notre bon Robert s'est fait une spécialité de fermer les yeux sur ce qu'il préfère ignorer. »

Que répliquer à cela ? Le spectre du garçon boucher quasiment tranché comme un porc apparut à Ned. Le roi s'était gardé d'y rien redire. De quoi perdre la raison...

D'un pas nonchalant, Littlefinger s'approcha de la table et en arracha le poignard. « De toute façon, l'accuser vous rendrait coupable de haute trahison. Essayez seulement, vous aurez à faire au sieur Ilyn Payne sans avoir pu proférer trois mots. Mais, pour ce qui est de la reine..., *si* vous parvenez à produire une preuve et *si* vous parvenez à rendre Robert attentif, il se peut qu'alors...

– La preuve, nous l'avons, dit Ned. Nous avons le poignard.

– Ça ? » Littlefinger feignit de l'examiner sous tous les angles. « Un joli morceau d'acier, mais à double tranchant, monseigneur. Le Lutin ne manquera pas de jurer ses grands dieux qu'il l'a perdu ou se l'est fait voler durant son séjour à Winterfell, et qui le démentirait, puisque son petit tueur à gages est mort ? » D'une pichenette, il le renvoya à Ned. « Le mieux à faire est, si vous m'en croyez, de le flanquer à la rivière et d'oublier qu'on l'ait jamais forgé. »

Un regard froid lui répondit. « Je suis un Stark de Winterfell, lord Baelish. Mon fils est infirme à vie, peut-être mourant. Il serait déjà mort, et Catelyn aussi, sans un louveteau ramassé dans la neige. Si vous croyez sincèrement que je puis oublier cela, vous êtes toujours aussi délirant qu'à l'époque où vous osiez défier Brandon.

– Je puis en effet délirer, Stark..., mais je suis encore de ce monde, alors que votre frère se délite dans sa tombe glacée depuis quatorze ans. Si le même sort vous tente, libre à vous, mais le partager, non merci.

– Vous êtes bien le dernier homme à qui je confierais la moindre part à rien, lord Baelish.

– Vous me blessez mortellement. » Il plaça la main sur son cœur. « En ce qui me concerne, j'ai toujours considéré les Stark comme un ramassis fastidieux, mais Catelyn semble s'être attachée à votre personne, pour des raisons qui m'échappent totalement. Par égards pour elle, je m'efforcerai de préserver vos jours. Une besogne délirante, admettons, mais je n'ai jamais rien pu refuser à votre femme.

– J'ai parlé à Petyr, intervint Catelyn, de nos soupçons quant à la mort de Jon Arryn. Il a promis de nous aider à découvrir la vérité. »

Ce genre de nouvelles n'était pas pour plaire à lord Stark mais, il devait en convenir, ils avaient besoin d'aide, et des liens quasi fraternels avaient jadis existé entre Catelyn et Littlefinger. Après tout, ce n'était pas la première fois qu'il ferait par force cause commune avec un homme qu'il méprisait… « Fort bien, dit-il en glissant le poignard dans sa ceinture. Mais vous avez nommé Varys. Il est au courant de tout ?

– Pas de mon fait, protesta Catelyn. Vous n'avez pas épousé une idiote, Eddard Stark. Mais il possède l'art de pénétrer les secrets les mieux gardés. Cela tient de la magie noire, je te jure, Ned.

– Il a simplement des espions, c'est archi-connu, riposta-t-il d'un ton catégorique.

– Tu minimises, insista-t-elle. L'entretien de ser Rodrik et de ser Aron s'est déroulé de la façon la plus confidentielle, et pourtant, je ne sais comment, l'Araignée connaissait sa teneur. Cet homme m'effare. »

Littlefinger se mit à sourire. « Abandonnez-moi lord Varys, douce dame… Si vous me permettez de parler cru (ces lieux s'y prêtent admirablement !), je lui tiens les couilles. » Son sourire s'accentua, tandis que ses doigts mimaient la prise. « Pure métaphore mais, voyez-vous, si j'entrouvre le pot aux roses, les oisillons se mettent à chanter, et Varys n'y tient nullement. A votre place, je m'inquiéterais davantage des Lannister et moins de l'eunuque. »

Cet avertissement-là, Ned n'en avait que faire. Il se remémorait précisément le jour où l'on avait retrouvé Arya, et l'expression suave et paisible de la reine disant : *« Mais nous avons un loup »*… Il se remémorait Mycah, et la mort subite de Jon Arryn, et la chute de Bran, et le cadavre du vieil Aerys le Dément baignant dans un sang qui, cependant, séchait sur une épée d'or… Il se tourna vers Catelyn. « Ma dame, dit-il, votre place n'est plus ici. Vous allez retourner sur-le-champ à Winterfell, je le veux. Le premier assassin pourrait avoir des successeurs. Quel qu'il soit, celui qui avait donné l'ordre de tuer Bran saura bien assez tôt qu'il est encore en vie.

– J'avais espéré voir les filles…

– Ce serait de la folie pure, intervint Littlefinger. Le Donjon Rouge foisonne d'yeux indiscrets, et des enfants bavardent.

– Il dit vrai, mon amour. » Il la prit dans ses bras. « Repars avec ser Rodrik. Je veillerai sur nos filles. Va veiller sur nos fils, toi.

– Soit, mon seigneur. » Elle leva le visage, et il l'embrassa. Avec une énergie farouche, elle lui emprisonna les épaules de ses mains estropiées, comme pour le préserver à jamais de tout mal.

« Monseigneur et madame souhaiteraient-ils une chambre à coucher ? demanda Littlefinger. Autant vous prévenir, Stark, la chose se paie, dans le coin.

– Un instant de tête-à-tête, voilà tout, dit Catelyn.

– Très bien. » Il gagna nonchalamment la porte. « N'abusez pas. Il n'est que temps pour Son Excellence la Main et moi-même de regagner le château, sans quoi l'on remarquerait notre absence. »

Catelyn vint à lui et lui prit les mains. « Je n'oublierai pas tes secours, Petyr. Quand tes hommes sont venus me chercher, j'ignorais s'ils m'emmenaient vers un ami ou un ennemi. J'ai trouvé en toi plus qu'un ami. J'ai retrouvé le frère que je croyais perdu. »

Baelish se mit à sourire. « Je suis un sentimental incurable, douce dame. Ce sous le sceau du secret, je vous prie. J'ai mis des années à convaincre la Cour que j'étais pervers et cruel, je détesterais voir tout ce labeur anéanti. »

Ned n'en croyait pas un traître mot, mais il prit sa voix la plus affable. « Je vous remercie moi-même de tout cœur, lord Baelish.

– Oh ! s'exclama l'autre en sortant, me voici *comblé* ! »

Après que la porte se fut refermée, Ned se tourna vers sa femme. « Une fois chez nous, envoie un mot scellé de mon sceau à Helman Tallhart et à Galbart Glover pour qu'ils lèvent chacun cent archers et aillent fortifier Moat Cailin. Deux cents archers déterminés tiendraient le Neck contre une armée. Avise lord Manderly d'avoir a renforcer et restaurer toutes les défenses de Blancport, et veille à les garnir le mieux possible. A compter d'aujourd'hui, je veux qu'on ait l'œil en permanence sur Theon Greyjoy. En cas de guerre, la flotte de son père serait vitale.

– *De guerre ?* » La peur se lisait sur ses traits.

« On n'en viendra pas là », affirma-t-il, priant à part lui que cela s'avérât. Puis il la reprit dans ses bras. « Les Lannister sont sans merci pour la faiblesse, Aerys Targaryen l'a appris pour sa peine, mais ils n'oseraient s'en prendre au nord sans avoir derrière eux toutes les forces du royaume, et ils ne les auront pas. Il me faut porter jusqu'au bout ma défroque d'idiot comme si tout marchait admirablement. Souviens-toi, mon amour, pourquoi je suis venu ici. Si je déniche la moindre preuve que les Lannister ont assassiné Jon Arryn… »

Catelyn s'était mise à trembler. De toute la force de ses pauvres mains, elle se cramponna à lui. « Si, souffla-t-elle, et, dans ce cas, mon amour, quoi ? »

Ce serait la partie la plus difficile du rôle, il le savait. « Toute justice découle du roi, dit-il. Quand je saurai la vérité, il me faudra m'adresser à Robert. » *Et les dieux veuillent qu'il soit bien l'homme que je le crois être*, acheva-t-il en son for, *et non l'homme que je le crains devenu.*

TYRION

« Etes-vous certain de devoir nous quitter si vite ? demanda le commandant.

– Plus que certain, lord Mormont, répondit Tyrion. Mon frère doit se demander ce que je suis devenu. Il finirait par croire que vous m'avez persuadé de prendre la tenue noire.

– Que ne le puis-je ! » Mormont prit une pince de crabe et la broya dans son poing. Il avait toujours, malgré son âge, la force d'un ours. « Vous êtes un malin, Tyrion. Nous aurions besoin d'hommes tels que vous, sur le Mur.

– Dans ce cas, mon cher, sourit-il, je vais écumer les Sept Couronnes et vous expédier une cargaison de nains. » Pendant qu'on riait, il acheva de sucer une patte, se resservit. Arrivés de Fort-Levant le matin même dans un baril de neige, les crabes étaient succulents.

Seul de toute la tablée, Thorne n'esquissa pas l'ombre d'un sourire. « Lannister se fiche de nous.

– De vous exclusivement, ser Alliser », riposta Tyrion, sans déclencher cette fois qu'un rire embarrassé, nerveux.

Les yeux noirs du maître d'armes flambèrent de haine. « Vous avez la langue sacrément longue, pour un homme si court ! Que diriez-vous de m'accompagner dans la cour ?

– Pour quoi faire ? Les crabes sont ici... »

Voyant l'hilarité redoubler, ser Alliser se dressa, la bouche durcie. « Venez donc blaguer l'épée au poing. »

Tyrion se scruta la main droite d'un air goguenard. « Mais je l'ai déjà, ser Alliser, encore qu'on puisse la prendre pour une pince de crabe. Vous voulez un duel ? » D'un bond, il se jucha sur son siège et se mit à pousser des pointes avec son arme dérisoire vers la poitrine de Thorne. Un ouragan de rires secoua la tour, le commandant, n'y tenant plus, postillonnait des miettes de crabe, et son corbeau lui-même se joignit au tapage en croassant de toute sa voix, du haut de la fenêtre : « *Duel ! Duel ! Duel !* »

Alors ser Alliser quitta la pièce avec autant de raideur que s'il avait eu une lame dans le fondement.

Il fallut à Mormont un bon moment pour recouvrer son souffle. « Vous êtes démoniaque, tança-t-il, pour provoquer de la sorte notre ser Alliser. »

Tyrion se rassit, sirota un doigt de vin. « Si un homme se barbouille une cible sur le torse, il doit s'attendre que, tôt ou tard, quelqu'un y décoche une flèche. J'ai vu des cadavres plus spirituels que votre ser Alliser.

– Inexact, repartit le lord intendant, Bowen Marsh, homme vermeil et rond comme une grenade. La cocasserie des sobriquets qu'il donne à ses petits gars vous étonnerait. »

Ces sobriquets si cocasses, Tyrion en connaissait quelques-uns. « Je gage que ses petits gars ne sont pas en reste vis-à-vis de lui, dit-il. La glace vous obstrue les yeux, mes bons amis. Ser Alliser Thorne devrait décrotter vos écuries plutôt que d'entraîner vos bleus.

– La Garde ne manque pas de palefreniers, maugréa Mormont. A croire qu'on ne nous envoie plus que ça. Des palefreniers, des chapardeurs et des violeurs. Ser Alliser est un chevalier consacré, lui, et l'un des rares à avoir pris le noir depuis que j'exerce le commandement. Il s'est vaillamment battu, à Port-Réal.

– Sur le mauvais bord, commenta sèchement ser Jaremy Rykker. Je suis payé pour le savoir, je me trouvais à ses côtés, sur les remparts. Tywin Lannister nous a laissé l'embarras du choix : prendre le noir ou voir nos têtes orner des piques avant la tombée du soir. Soit dit sans vous offenser, Tyrion.

– Pas le moins du monde, ser Jaremy. Mon père a la passion des têtes empalées, surtout lorsqu'elles appartiennent à des gens qui, pour une raison ou une autre, le gênent. Et une physionomie aussi noble que la vôtre, eh bien, il l'eût trouvée des plus décorative au-dessus de la porte du Roi. Vous y auriez été fort impressionnant, j'avoue.

– Merci », sourit celui-ci, sarcastique.

Le commandant Mormont se racla la gorge. « Je serais parfois tenté d'admirer la perspicacité de ser Alliser, Tyrion. Vous vous fichez *franchement* de nous et de la noble tâche que nous assumons.

– Nous avons tous besoin qu'on se fiche de nous, de-ci de-là, lord Mormont, répliqua Tyrion avec un haussement d'épaules, ou nous ne tarderions guère à nous prendre trop au sérieux. » Il tendit sa coupe. « Un peu de vin, s'il vous plaît. »

Tandis que Rykker versait, Bowen Marsh jeta : « Bien grande soif, pour un si petit homme !

– Permettez, intervint mestre Aemon, depuis l'autre bout de la table, je pense, moi, que lord Tyrion est un homme d'une taille peu commune. » Il parlait sans hausser le ton, mais tous les officiers supérieurs de la Garde de Nuit se turent pour mieux entendre l'ancien. « Un géant, je pense, venu se mêler à nous, ici, au bout du monde.

– En fait de qualificatifs, messire, on m'a plutôt gâté, répondit gracieusement le nain, mais *géant* est une rareté.

– Et néanmoins, reprit mestre Aemon, tout en paraissant le sonder de ses prunelles laiteuses et voilées, je pense n'exprimer là que la vérité vraie. »

Pour une fois, Tyrion Lannister demeura pantois et dut se contenter d'un salut poli. « Trop aimable à vous, mestre Aemon. »

L'aveugle eut un sourire. Chauve et tout plissé, réduit à trois fois rien, il ployait si fort sous le faix de ses cent années que son collier de métaux multiples pendait à trois pouces de sa poitrine. « En fait de qualificatifs, messire, on m'a plutôt gâté, mais *aimable* est une rareté. » Pour le coup, Tyrion fut le premier à s'esbaudir.

Une fois expédiée l'affaire sérieuse de se restaurer et chacun reparti chez soi, Mormont offrit à Tyrion de siroter au coin du feu des alcools si raides et brûlants qu'on en avait les larmes aux yeux. « La grand-route n'est pas sans danger, par ici, l'avertit le commandant.

– J'ai Jyck et Morrec, répondit-il, et Yoren repart pour le sud.

– Yoren ne fait qu'un seul homme. La Garde vous escortera jusqu'à Winterfell, riposta Mormont d'un ton sans réplique. Trois hommes devraient suffire.

– Si vous insistez, messire... Mais, dans ce cas, ne pourriez-vous désigner le jeune Snow ? Cette occasion de revoir ses frères le rendrait heureux. »

Mormont fit une moue dans sa barbe grise. « Snow ? Ah..., le bâtard de Stark. Je ne pense pas. Nos jeunes gens doivent oublier ce qu'ils ont laissé derrière eux, mode de vie, frères, mère et tout ça. Une visite chez lui ne ferait que réveiller des sentiments désormais importuns. J'en connais un bout. Ma propre parenté... – ma sœur Maege – régit l'île aux Ours, depuis que mon fils s'est déshonoré. J'ai des nièces et ne les ai jamais vues. » Il avala sa salive. « Au surplus, Jon n'est qu'un gamin. Je préfère vous confier à trois épées éprouvées.

– Votre sollicitude me touche, lord Mormont. » Le terrible breuvage l'étourdissait, mais pas au point de méconnaître que son hôte désirait lui demander une faveur. « J'espère pouvoir un jour vous exprimer toute ma gratitude.

– Vous le pouvez, dit sans ambages le Vieil Ours. Votre sœur siège à la droite du roi, votre frère est un chevalier émérite, votre père est le plus puissant seigneur des Sept Couronnes. Parlez-leur en notre faveur. Dites-leur notre dénuement. Vous l'avez constaté de vos propres yeux, messire. La Garde de Nuit se meurt. Nos effectifs sont tombés à moins de mille hommes. Six cents ici, deux cents à Tour Ombreuse, moins encore à Fort-Levant, et un petit tiers seulement d'entre eux sont susceptibles de se battre. Le Mur a cent lieues de long. Rendez-vous compte. En cas d'agression, je dispose de trois défenseurs par mille.

– Trois un tiers », rectifia Tyrion dans un bâillement, sans que le vieux, les mains tendues vers le feu, parût l'entendre.

« J'ai envoyé Benjen Stark à la recherche du fils de Yohn Royce. Perdu dès sa première expédition. Un freluquet, aussi vert que du blé en herbe mais, en sa qualité de chevalier, il revendiquait comme un dû l'honneur de la diriger. J'y ai consenti pour ne pas désobliger son père, en lui donnant deux de mes meilleurs hommes. Trouvez plus fou.

– *Fou* », approuva le corbeau qui de son perchoir planta, tout en se lissant les plumes, son petit œil noir dans le regard agacé de Tyrion. *« Fou »*, répéta-t-il. Mormont prendrait assurément très mal qu'on lui étrangle sa volaille. Consternant.

Sans prêter la moindre attention à l'horripilant oiseau, le commandant poursuivit : « A peine plus jeune mais plus ancien sur le Mur que moi, Gared semble s'être parjuré et enfui. Je ne m'y serais jamais attendu, de sa part mais, de Winterfell, lord Eddard m'a expédié sa tête. De Royce, aucune nouvelle. Un déserteur, deux disparus, et voilà que Ben Stark lui-même... » Il poussa un profond soupir. « Qui suis-je, moi, pour envoyer à *sa* recherche ? Dans deux ans, j'en aurai soixante-dix. Trop vieux, trop las pour porter le fardeau mais, si je m'en décharge, qui s'en chargera ? Alliser Thorne ?

Bowen Marsh ? Il faudrait être aussi aveugle que mestre Aemon pour ne pas voir ce qu'ils *valent*. La Garde de Nuit est devenue une armée de vieillards exsangues et de petits vauriens. Mis à part mes hôtes de ce soir, je n'ai peut-être pas vingt hommes qui sachent lire, et je ne dis pas penser, dresser des plans, *mener*. Jadis, la Garde passait ses étés à construire, et chacun de ses commandants laissait le Mur plus haut qu'il ne l'avait trouvé. Nous en sommes, nous, réduits tout au plus à survivre. »

A le voir prendre les choses si mortellement à cœur, Tyrion finit par se laisser presque émouvoir. Lord Mormont avait consacré pas mal de sa vie au Mur, et il avait besoin de croire que ce long sacrifice aurait finalement un sens. « Je vous promets d'en faire aviser le roi, dit-il gravement, ainsi que d'en parler moi-même à mon père et à mon frère. » Et il tiendrait parole. En Tyrion Lannister qu'il était. Quitte, du reste, à savoir pertinemment que le roi Robert l'ignorerait, que lord Tywin le suspecterait de démence et que Jaime se contenterait de lui rire au nez... Mais il n'en souffla mot.

« Vous êtes tout jeune, Tyrion. Combien d'hivers avez-vous vus ? »

Il répondit par une moue dubitative. « Huit, neuf. Je ne me rappelle pas au juste.

– Et courts, tous.

– Effectivement, messire. » Il était né au plus mort de l'hiver, d'un hiver abominable qui, selon les mestres, avait duré près de trois années, mais ses tout premiers souvenirs portaient la marque du printemps.

« Quand j'étais gosse, on disait qu'un long été annonce un long hiver. Cet été-ci a duré près de *neuf ans*, Tyrion, et le dixième sera bientôt là. Songez-y.

– Quand j'étais gosse, ma nourrice m'a dit qu'un jour, si les hommes se montraient bons, les dieux accorderaient au monde un été perpétuel. Peut-être nous sommes-nous révélés meilleurs que nous ne pensions, s'épanouit-il, peut-être l'avons-nous finalement obtenu, l'Eté Perpétuel ? »

Le commandant ne daigna pas se dérider. « Vous êtes trop fin pour le croire, messire. Déjà, les jours se raccourcissent. Il est impossible de s'y tromper, mestre Aemon a reçu de la Citadelle des lettres qui confirment de point en point ses propres découvertes. La fin de l'été nous fait front. » Il pressa doucement la main de Tyrion. « Vous devez le leur *faire* comprendre. Je vous le dis, messire, les ténèbres viennent. Les bois pullulent de choses sauvages, de loups-garous, de mammouths, d'ours blancs gros comme des aurochs, et j'ai vu en rêve des silhouettes plus sombres encore.

– En rêve », lui fit écho Tyrion, que tenaillait l'urgence d'une nouvelle lampée bien raide.

Mais Mormont demeura sourd à l'acération de son timbre. « Aux environs de Fort-Levant, les pêcheurs ont aperçu des blancheurs qui parcouraient la grève. »

A ces mots, Tyrion fut incapable de tenir sa langue : « Les pêcheurs de Port-Lannis passent leur temps à apercevoir des Tritons.

– Denys Mallister nous mande que les gens des montagnes font mouvement vers le sud et se faufilent, par-delà Tour Ombreuse, en bien plus grand nombre que jamais auparavant. Ils fuient, messire..., mais ils fuient *quoi* ? » Il s'approcha de la fenêtre et scruta la nuit. « Toute vieille qu'est ma carcasse, Lannister, eh bien, jamais elle n'a eu si froid. Dites-le au roi, je vous en supplie. L'hiver *vient*, et, lorsque tombera la Nuit Perpétuelle, seule la Garde de Nuit se dressera entre le royaume et les ténèbres qui accourent depuis le nord. Les dieux nous gardent de n'être pas prêts, alors.

– Les dieux *me* gardent de ne pas aller dormir un brin. Yoren entend se mettre en route aux premières lueurs du jour. » Aussi somnolent d'ivresse que saturé de salades funestes, il se leva. « Je ne saurais assez vous rendre grâces de vos bontés, lord Mormont.

– Dites-leur, Tyrion. Dites-leur et faites qu'ils entendent. C'est la seule grâce que je vous demande. » Sur un simple sifflement, le corbeau vint se percher sur son épaule, et telle fut la dernière image que Tyrion emporta de lui : celle d'un homme souriant qui, tirant du blé de sa poche, l'offrait à l'oiseau.

Il faisait, dehors, un froid mordant. Emmitouflé dans ses fourrures, Tyrion Lannister enfila ses gants et salua d'un signe les pauvres diables frigorifiés placés en sentinelle devant la Commanderie. Trottinant de toute la vitesse de ses courtes jambes, il traversa la cour en direction de la tour du Roi. Durcie par la nuit, la croûte des plaques de neige crissait sous ses bottes, et la buée de son haleine le précédait telle une bannière. Les mains blotties sous ses aisselles, il pressa le pas. Pourvu que Morrec n'eût pas oublié de lui bassiner le lit avec des briques... !

Derrière la tour étincelait sous la lune, gigantesque et mystérieux, le Mur. Un instant, Tyrion, les jambes endolories par la hâte et le froid, s'arrêta pour le contempler.

Soudain, une étrange lubie s'empara de lui, le désir impérieux de jeter un dernier regard sur l'au-delà du monde. Il n'en aurait plus l'occasion, songea-t-il, puisqu'il repartait pour le sud dès le lendemain, et qu'il était inimaginable que rien le rappelât jamais vers ces lieux de désolation. La tour du Roi se dressait devant lui, promettant chaleur, lit douillet, mais il la dépassa comme malgré lui, comme fasciné par la prodigieuse pâleur du Mur.

Ancré sur d'énormes poutres grossièrement équarries, implantées jusqu'au cœur de la glace et gelées sur place, un escalier de bois en gravissait la face sud, la zébrant d'un zigzag semblable à un éclair. Les frères noirs avaient beau jurer que sa fragilité n'était qu'apparente, l'emprunter ne tenta nullement Tyrion que martyrisaient ses crampes. Aussi se dirigea-t-il vers la cage de fer qui jouxtait le puits et, aussitôt dedans, tira par trois fois la corde de la cloche.

Debout, le dos au Mur, derrière ces barreaux, l'attente lui parut s'éterniser. Du moins fut-elle suffisamment longue pour qu'il en vînt à s'étonner de sa toquade, et il s'apprêtait à y renoncer pour gagner son lit quand une saccade l'en empêcha. L'ascension débutait.

D'abord lente et agrémentée de sursauts et de frottements, elle gagna peu à peu en régularité. Le sol se creusait sous la cage, et le tangage obligea Tyrion à embrasser les barreaux. Leur froid se percevait même à travers les gants. Dans sa chambre flambait un grand feu, nota-t-il, un bon point pour Morrec, mais nulle lumière aux fenêtres de la Commanderie. Apparemment, le Vieil Ours n'avait pas d'impulsions saugrenues, lui.

Toujours montant pouce après pouce, il dominait désormais les tours, et tout Châteaunoir gisait à ses pieds, buriné par le clair de lune et stupéfiant de force et de désolation, avec ses forts béants, ses murs éboulés, ses cours obstruées de pierres brisées. Dans le lointain se discernaient les lumières de Moleville, menue bourgade sur la grand-route, à une demi-lieue, et, çà et là, le brasillement de la lune sur le lit gelé des torrents. Hormis cela, le monde se présentait sous les dehors d'un immense désert de montagnes, de plaines, de collines fustigées par la bise, de rocailles maculées de neige.

Enfin, derrière lui, retentit une grosse voix : « Par les sept enfers, le nabot ! » et la cage s'immobilisa brusquement, en suspens sur le vide et tanguant doucement sur ses câbles grinçants.

« Amène-le, que diable ! » Non sans couinements et grognements ligneux, la cage glissa de côté, et Tyrion vit le Mur sous elle. Mais il attendit qu'elle eût cessé d'osciller pour en ouvrir la porte et sauter sur la glace. Une épaisse silhouette noire était inclinée sur le treuil, une autre maintenait la cage de sa main gantée. De leurs figures tout entortillées d'écharpes ne se distinguaient que les yeux, et les amoncellements noir sur noir de lainages et de cuirs leur donnaient l'allure de gros ballots. « Qu'est-ce que vous voulez, à cette heure-ci ? grommela celui du treuil.

– Jeter un dernier coup d'œil. »

Les deux hommes échangèrent un regard furieux. « Tant qu'il vous plaira, repartit le second. Seulement, faites gaffe de pas tomber, mon p'tit. Le Vieil Ours nous ferait la peau. » Sous la grande grue se trouvait une hutte en bois dans laquelle Tyrion entrevit, lorsque les autres s'y réfugièrent précipitamment, le rougeoiement d'un brasero. Une brève bouffée de chaleur lui sauta au visage, et il se retrouva seul.

Il faisait là-haut un froid dévorant, le vent vous tiraillait les vêtements avec des ténacités de galant. Le faîte du Mur était plus large que la grand-route à nombre d'endroits ; aussi Tyrion ne redoutait-il nullement de tomber ; il le trouvait simplement trop lisse pour son goût. Les frères avaient beau répandre du gravillon sur les passages les plus fréquentés, l'incessant frottement des pieds faisait si bien fondre la glace dessous que celle-ci se reformait par-dessus, déglutissait les aspérités, rétablissait la patinoire, et il fallait recommencer.

Toutefois, il n'était aucune difficulté dont Tyrion ne parvînt à s'accommoder. A l'est comme à l'ouest, le Mur formait une vaste chaussée blanche sans début ni fin, bordée de sombres précipices. Sans raison précise, il se décida pour sa gauche et se mit à longer la sente la plus proche du rebord nord, dont le gravillon semblait en meilleur état.

Le froid lui pinçait les joues, les jambes lui faisaient de plus en plus mal, la bise l'enveloppait dans ses tourbillons, mais il affecta de l'ignorer, tout en écoutant le sol crisser sous ses semelles. Droit devant lui se déroulait l'invraisemblable ruban blanc, au gré des collines de plus en plus hautes, avant de se fondre sur l'horizon. Il dépassa une catapulte, aussi haute qu'un rempart de ville et qui, jadis déposée pour réparation puis oubliée là, gisait, à demi submergée par la glace, tel un énorme jouet brisé.

Au-delà le fit sursauter une apostrophe impérieuse, quoique emmitouflée : « Halte ! Qui va là ? »

Il s'immobilisa. « Si je fais une halte trop longue, je gèle sur place,

Jon », dit-il en apercevant une silhouette pâle et touffue qui, se faufilant sans bruit, vint flairer ses fourrures. « Salut, Fantôme. »

Jon se rapprocha. Il semblait plus gros, plus pesant, dans ses cuirs, ses fourrures, et sous le capuchon rabattu. « Lannister, dit-il en relâchant son écharpe afin de découvrir sa bouche. Voilà bien le dernier endroit où je m'attendais à vous voir. » Il portait une lourde pique à pointe de fer, plus haute que lui, et une épée dans son fourreau de cuir lui battait la jambe. En travers de sa poitrine luisait un olifant noir cerclé d'argent.

« Et voilà bien le dernier endroit où je m'attendais à être vu, convint Tyrion. Un brusque caprice qui m'a attrapé. Si je touche Fantôme, il me déchiquette ?

– Moi présent, non. »

Tyrion grattouilla le loup derrière les oreilles. Les yeux rouges le dévisagèrent, impassibles. A présent, l'animal lui arrivait à la poitrine. Une année de plus, et il le *toiserait*. De quoi frémir, rien que d'y penser. « Mais *toi*, que fais-tu là, cette nuit ? En plus de te les geler...

– Le hasard du tirage. Une fois de plus. Ser Alliser s'est gracieusement débrouillé pour que le commandant du guet me porte un intérêt tout particulier. Il semble penser que, si l'on m'oblige à veiller la moitié de la nuit, je tomberai de sommeil à l'exercice, le matin. Je l'ai dépité, jusqu'ici.

– Et Fantôme, s'égaya Tyrion, il a appris à jongler ?

– Non, dit Jon avec un sourire, mais Grenn s'est bien défendu contre Halder, ce matin, et Pyp ne laisse plus choir son épée à tout bout de champ.

– Pyp ?

– Pypar, de son vrai nom. Le petit qui a de grandes oreilles. En me voyant travailler avec Grenn, il m'a demandé de l'aider aussi. Thorne ne lui avait même pas enseigné la bonne manière d'empoigner l'épée. » Il jeta un coup d'œil vers le nord. « J'ai un mille de Mur à garder. Vous m'accompagnez ?

– Si tu marches doucement.

– Le commandant du guet m'a dit de marcher pour empêcher mon sang de geler, mais il n'a pas spécifié à quelle vitesse. »

Ils se mirent en marche, Fantôme flanquant son maître, telle une ombre blanche. « Je pars demain, dit Tyrion.

– Je sais, dit Jon, d'un ton singulièrement triste.

– Je compte faire étape à Winterfell. Si tu souhaites que je transmette un message...

– Dites à Robb que je vais commander la Garde de Nuit et que j'assurerai si bien sa sécurité qu'il pourra se mettre aux travaux d'aiguille avec les filles et donner à Mikken son épée à fondre pour ferrer les chevaux.

– Ton frère est plus gros que moi, gloussa Tyrion. Je refuse de délivrer le moindre mot qui risque de me faire trucider.

– Rickon vous demandera quand je compte revenir. Si vous pouviez lui expliquer où je me trouve... Puis dites-lui qu'il peut disposer de mes affaires, pendant mon absence. Ça, il aimera. »

Décidément, songea Tyrion, les gens étaient en veine de requêtes, aujourd'hui... « Tu pourrais coucher tout ça par écrit, tu sais.

– Rickon ne sait pas lire encore. Bran... » Il s'arrêta subitement. « Je ne sais quel message lui adresser. Aidez-le, Tyrion.

– Comment le pourrais-je ? Je ne suis pas mestre, pour calmer ses douleurs. Je n'ai pas de charmes pour lui rendre ses jambes.

– Vous m'avez accordé votre aide, à moi, quand j'en avais besoin.

– Accordé rien du tout : des mots.

– Alors, accordez-lui aussi vos mots.

– Tu demandes à un boiteux d'enseigner la danse à un paralytique. Si sincère que soit la leçon, le résultat promet d'être grotesque. Toutefois, je sais ce que c'est que d'aimer un frère, lord Snow. Si peu que ce soit, je ferai tout mon possible pour aider Bran.

– Je vous remercie, messire Lannister. » Il se déganta, tendit sa main nue. « Ami. »

Tyrion en fut étrangement touché. « La plupart de mes parents sont des bâtards, dit-il en grimaçant un sourire, mais tu es le premier que j'aie pour ami. » Du bout des dents, il retira l'un de ses gants et, chair contre chair, lui serra la main. La poigne de Jon le frappa par sa force et sa fermeté.

Après s'être reganté, le garçon se détourna rudement et gagna le petit parapet de glace qui bordait la face nord. Par-delà son dos débutait l'à-pic, par-delà son dos l'empire fauve des ténèbres. Tyrion le rejoignit et, côte à côte, ils se tinrent sur le bord du monde.

La Garde de Nuit ne permettait pas à la forêt de trop approcher du Mur. On avait tout du long, des siècles auparavant, dépouillé de ses taillis, ferrugiers, chênes et vigiers une bande large d'un demi-mille où nul ennemi ne pourrait compter passer inaperçu. Tyrion avait entendu dire qu'ailleurs, dans les intervalles qui séparaient les trois dernières forteresses, la nature regagnait peu à peu le terrain depuis des décennies, que même, à certains endroits, vigiers gris-vert et barrals blêmes s'étaient enracinés dans l'ombre du Mur, mais Châteaunoir faisait preuve d'un appétit si prodigieux de bois de chauffage que, dans ses parages, la hache des frères noirs tenait encore la forêt à distance respectueuse.

Ce qui ne faisait pas bien loin. De son perchoir, Tyrion distinguait nettement, par-delà le terrain défriché, la noire confusion des arbres, tel un second mur bâti parallèlement au premier, un mur de nuit. La hache n'avait guère dû ébranler les échos de cette sombre jungle où la clarté de la lune elle-même ne parvenait pas à s'insinuer parmi l'inextricable fouillis de racines, d'épines et de branches immémoriales. De là émergeaient des arbres colossaux qui, au dire des patrouilleurs, ne connaissaient pas l'homme et semblaient ruminer des projets funestes. Rien d'étonnant que la Garde de Nuit nommât elle-même cela la forêt hantée.

Tandis qu'il se tenait là, scrutant ces ténèbres impénétrables où ne se voyait pas le moindre feu, où mugissait la bise et où le froid vous crevait les tripes comme un fer de lance, Tyrion Lannister en venait presque à trouver crédibles les sornettes concernant les Autres, l'ennemi tapi au creux de la nuit. Ses blagues sur les tarasques et les snarks ne lui semblaient plus aussi spirituelles.

« Mon oncle est là-dedans, dit doucement Jon Snow, appuyé sur sa pique et les yeux perdus dans le noir. La première fois que l'on m'a envoyé ici, j'ai pensé : Oncle Ben reviendra cette nuit, je le verrai le premier, c'est moi qui sonnerai du cor. Il n'est pas arrivé. Ni cette nuit-là ni aucune autre.

– Laisse-lui le temps », dit Tyrion.

Là-bas, au nord, un loup hurla. Un autre prit le relais, puis un autre. La tête dressée, Fantôme écoutait. « S'il ne revient pas, promit Jon Snow, Fantôme et moi, nous partirons le trouver. » Il posa sa main sur la tête du loup-garou.

« Je te crois », murmura Tyrion mais, au fond de lui-même, il pensait : *Et toi, qui partira te trouver ?* Et cela le fit frissonner.

ARYA

Père s'était encore disputé avec le Conseil... Cela se lisait sur sa figure lorsqu'il arriva, en retard comme tant de fois, pour se mettre à table. On avait déjà desservi le premier plat, une soupe onctueuse au potiron, dans la longue pièce voûtée dite la Petite Galerie, quoiqu'elle pût accueillir une centaine de convives, afin de la distinguer de la Grande, où les festins du roi en réunissaient jusqu'à mille.

En le voyant entrer, Jory se leva : « Monseigneur », et le reste des gardes l'imita. Tous portaient le nouveau manteau de grosse laine grise bordée de satin blanc dont une main d'argent agrafait les pans. Cinquante hommes en tout, de sorte que la moitié des bancs demeuraient vacants.

« Rasseyez-vous, dit Eddard Stark. Je vois que vous avez commencé sans moi. Je suis heureux de constater qu'il reste quelques gens sensés dans cette ville. » Sur un signe de lui, le repas reprit son cours, et les serviteurs apportèrent le plat suivant, une croustade de rognons à l'ail et aux herbes.

« Il paraît qu'on va donner un tournoi, monseigneur ? dit Jory en se rasseyant. A ce que prétend la rumeur, des chevaliers viendraient des quatre coins du royaume jouter et festoyer pour célébrer votre nomination. »

Père n'en était manifestement pas enchanté. « La rumeur ajoute-t-elle que c'est la dernière chose au monde que je désirais ? »

Les yeux de Sansa s'étaient agrandis comme des soucoupes. « Un *tournoi* », exhala-t-elle. Elle avait pris place entre septa Mordane et Jeyne Poole, aussi loin de sa sœur qu'elle le pouvait sans encourir les reproches de Père. « Aurons-nous la permission d'y assister, Père ?

– Tu connais mon sentiment, Sansa. Je suis, semble-t-il, tenu d'organiser les menus plaisirs de Robert et censé m'en trouver honoré pour l'amour de lui. Rien ne m'oblige pour autant à vous infliger ces bouffonneries.

– Oh ! *s'il vous plaît...*, j'ai envie de voir !

– La princesse Myrcella s'y trouvera, monseigneur, intervint Mordane, et elle est plus jeune que lady Sansa. Un événement de cette importance requiert la présence de toutes les dames de la cour, et comme ce tournoi se donne en votre honneur, l'absence de votre famille paraîtrait... bizarre. »

Père parut chagriné. « En effet. Eh bien, soit, Sansa, je te ferai réserver une place. » Puis, apercevant Arya : « Pour vous deux.

– Si je m'en fiche, de leur tournoi à la noix ! » s'écria-t-elle. Le prince Joffrey serait là, et elle exécrait le prince Joffrey.

Sansa se redressa. « Ce sera *splendide*. On se passera fort bien de toi. »

Père eut un éclair de colère. « *Assez*, Sansa ! ou je change d'avis. Vos escarmouches sempiternelles m'ennuient à mourir. Vous êtes sœurs, et je vous saurais gré de vous comporter en sœurs. Compris ? »

Sansa se mordit la lèvre et acquiesça d'un signe, tandis qu'Arya, d'un air maussade, s'abîmait dans la contemplation de son assiette. Des larmes lui piquaient les yeux. Elle les ravala rageusement. Non, elle ne pleurerait pas !

On n'entendait plus que le cliquetis des fourchettes et des couteaux. « Veuillez m'excuser, lança Père à la ronde, je n'ai guère faim, ce soir », et il quitta la pièce.

Après son départ, Sansa et Jeyne s'épanchèrent en chuchotements passionnés. Au bas de la table, une plaisanterie fit s'esclaffer Jory. Hullen se lança dans des querelles d'écurie. « Ton destrier, mon vieux, hé bien, c'est pas forcément l'idéal pour jouter. Pas du tout pareil, oh non, pas du tout pareil. » Des arguments cent fois rabâchés. Desmond, Jacks et son propre fils, Harwin, se mirent à le huer. Porther réclama du vin.

Personne n'adressait la parole à Arya. Elle s'en fichait. Elle aimait même assez. Elle aurait volontiers pris ses repas seule, dans sa chambre, si on le lui avait permis. Cela arrivait, parfois. Lorsque Père était contraint de dîner avec le roi, quelque grand seigneur ou les émissaires de ceci ou cela. Le reste du temps, ils les prenaient tous trois tête à tête sur la terrasse. Et c'est dans ces moments-là que ses frères lui manquaient le plus. Elle aurait taquiné Bran, joué avec Petit Rickon, joui des sourires de Robb. Jon l'aurait ébouriffée en l'appelant « sœurette » et en lui finissant ses phrases de connivence. Mais aucun d'eux n'était là. Seule lui restait Sansa, Sansa qui ne lui parlait que sur les injonctions de Père.

Quelle différence avec Winterfell... ! On y déjeunait presque à mi-temps dans la grande salle, Père répétant volontiers qu'un seigneur devait manger avec ses hommes, s'il tenait à leur fidélité. Elle l'entendait encore dire à Robb : « Connais ceux qui te suivent et fais-toi connaître d'eux. Ne leur demande pas de mourir pour un étranger. » A Winterfell, il réservait à sa propre table un siège supplémentaire, où il conviait chaque jour un homme différent. Tel soir y prenait place Vayon Poole, et l'on parlait gros sous, réserves de pain, serviteurs ; tel autre, Mikken, et Père l'écoutait deviser d'armes et d'armures, de chauffe idéale ou de la meilleure méthode pour tremper l'acier ; tel autre, Hullen, avec ses interminables histoires de chevaux, ou septon Chayle, et la conversation roulait sur la bibliothèque, ou Jory, ser Rodrik..., voire Vieille Nan, conteuse inépuisable.

Arya n'avait rien tant aimé que d'être assise là, tout ouïe. Elle adorait aussi tendre l'oreille, du côté des bancs, aux propos des francs-coureurs rêches comme cuir, des chevaliers courtois, des écuyers farauds, des hommes d'armes grisonnants. Elle leur décochait des boules de neige, fauchait pour eux dans les cuisines des morceaux de tourte, et leurs femmes lui donnaient du pain perdu, et elle trouvait des noms pour leurs nouveau-nés, et elle jouait à monstre-et-fillette, trésor caché, viens-dans-mon-castel avec leurs enfants. Gros Tom la surnommait « Arya Sous-mes-pieds », parce qu'il prétendait l'en voir toujours surgir à l'improviste. Autrement plus plaisant qu'« Arya Ganache ».

Hélas, Winterfell, elle en était au diable, et plus rien n'était pareil, maintenant. Pour la première fois depuis leur arrivée à Port-Réal, ils venaient de souper avec les hommes, et elle détestait ça. Maintenant, elle détestait le son de leurs voix, leur façon de rire, les balivernes qu'ils débitaient. Leur amitié d'autrefois ? Le sentiment de sécurité qu'ils lui inspiraient autrefois ? Mensonges. Ils avaient laissé la reine tuer Lady puis, comme si ce n'était pas assez horrible, le Limier tuer... Jeyne Poole racontait qu'il avait tellement charcuté Mycah qu'en ouvrant le sac de morceaux le pauvre boucher avait d'abord cru avoir à faire à un cochon. Et personne n'avait protesté, personne tiré l'épée ni *rien* ! Pas même ce tranche-montagne d'Halwin, pas même Alyn qu'on allait armer chevalier, pas même Jory, le capitaine de la garde. Même pas Père.

« Il était mon *ami* », chuchota-t-elle dans son assiette, si bas que nul ne pouvait l'entendre. Les rognons y traînaient, intacts, refroidis, dans leur sauce peu à peu figée. Cette vue lui soulevait le cœur, et elle voulut fuir la table.

« Où prétendez-vous aller, je vous prie, demoiselle ? demanda Mordane.

– Je n'ai pas faim. » Un effort surhumain lui restitua les formules de politesse. « Avec votre permission, s'il vous plaît, récita-t-elle en automate.

– Il ne me plaît pas. Vous n'avez presque rien mangé. Assise, et terminez-moi ça.

– Terminez vous-même ! » Avant que quiconque pût s'y opposer, elle se ruait vers la porte, au milieu de cinquante rires d'où émergeaient, de plus en plus stridents, les piaillements de la septa.

En faction devant la porte de la tour, Gros Tom s'écarquilla de la voir débouler, talonnée par les cris de Mordane. « Ici, petite, allons... », dit-il en écartant les bras, mais elle lui fila entre les jambes et, bondissant comme un cabri, se mit à grimper quatre à quatre le colimaçon de pierre sonore où le tapage de ses pieds se mêlait au souffle poussif de son poursuivant.

De tout Port-Réal, elle n'aimait qu'un seul lieu, sa chambre à coucher et, de celle-ci, rien tant que la porte, une porte massive et sombre de chêne bardé de fer noir. Sitôt qu'elle la claquait puis en faisait basculer la barre, plus personne ne pouvait entrer, ni septa Mordane ni Gros Tom ni Sansa ni Jory ni le Limier, *personne !* Elle la claqua, abaissa la barre.

Assez tranquille, enfin, pour pouvoir pleurer.

Elle alla s'asseoir dans l'embrasure de la fenêtre, tout enchifrenée, les détestant tous, et elle-même plus que quiconque. Tout était de sa faute, tous les malheurs qui s'étaient produits. Sansa le disait assez, Jeyne aussi.

A la porte, Gros Tom cognait, cognait, « Petite Arya, que se passe-t-il ? » demandait : « Vous êtes là ?

– Non ! » hurla-t-elle enfin. Les coups s'arrêtèrent. Elle l'entendit s'éloigner au bout d'un moment. Rien de si aisé que d'abuser Gros Tom...

Au pied du lit, son coffre. Elle s'en approcha, s'agenouilla, releva le couvercle et, des deux mains, se mit à disperser tout autour d'elle, à pleines poignées, sur le sol, soieries, satins, velours, lainages. C'est tout au fond qu'elle l'avait dissimulée. Elle l'en retira avec des gestes presque tendres, la fit glisser hors du fourreau.

Aiguille.

Au ressouvenir de Mycah, ses yeux se remplirent de larmes. Sa faute, sa faute, sa faute. Sans ses demandes instantes de jouer à ferrailler avec lui, il...

La porte fut ébranlée par des coups plus violents que les précédents. « *Arya Stark, ouvrez ! Ouvrez tout de suite, vous m'entendez ?* »

Aiguille au poing, elle fit volte-face, avertit : « Gare à vous si vous entrez ! » fouetta l'air avec férocité.

« *Son Excellence en sera informée !* ragea Mordane.

– Je m'en fiche ! glapit Arya. Du large !

– *Vous vous repentirez de votre insolence, demoiselle, je vous le promets !* »

L'oreille aux aguets, la petite attendit que la septa se fût retirée pour retourner à la fenêtre. Sans lâcher l'épée, elle regarda la cour, en contrebas. Que ne savait-elle faire comme Bran ? Elle se laisserait glisser jusqu'au bas de la tour et quitterait ces lieux abominables, fuirait au loin, loin de Sansa, de septa Mordane, du prince Joffrey, loin d'eux tous. Faucherait aux cuisines quelques provisions, prendrait Aiguille, de bonnes bottes et un gros manteau. Retrouverait Nymeria dans les bois du Trident et retournerait avec elle à Winterfell, à moins de courir rejoindre Jon au Mur. Que n'était-il là, Jon ? Elle ne se sentirait pas si solitaire...

Un léger heurt à la porte la détourna de la fenêtre ainsi que de ses rêves d'évasion. « Arya. » La voix de Père. « Ouvre. Il faut que nous parlions. »

Elle traversa la chambre, releva la barre. Père était seul. Plus triste que mécontent, son air aggrava la détresse d'Arya. « Je peux entrer ? » Elle acquiesça d'un signe puis, honteuse, baissa le nez. Père referma la porte. « A qui appartient cette épée ?

– A moi. » Elle avait presque oublié qu'elle la tenait toujours.

« Donne. »

La lui rendrait-on jamais ? A contrecœur, elle obtempéra. Il fit jouer la lumière sur les deux côtés de la lame, en éprouva la pointe, du pouce, et, l'examen achevé, conclut : « Arme de spadassin... Toutefois, j'ai l'impression de connaître le tour de main. Celui de Mikken, n'est-ce pas ? »

Incapable de lui mentir, elle baissa les yeux. Il soupira : « A neuf ans, ma propre fille possède une épée forgée par mon propre armurier sans que j'en sache rien... La Main du Roi est censée gouverner les Sept Couronnes, et je ne suis même pas capable de diriger ma propre maisonnée. Comment se fait-il que tu aies une épée, Arya ? D'où la tiens-tu ? »

Elle se mordilla les lèvres sans répondre. Elle ne trahirait pas Jon. Même avec Père.

– Au bout d'un moment, il reprit : « Il n'importe guère, à la vérité. » Il contemplait pensivement l'épée. « Tout sauf un jouet. A plus forte raison pour une fille. Que dirait septa Mordane si elle savait que tu t'amuses avec ça ?

– Je ne *m'amusais* pas, grommela-t-elle. Je déteste septa Mordane.

– Il suffit. » Le ton s'était durci. « La septa ne fait que son devoir, et les dieux savent combien tu lui donnes de fil à retordre. Ta mère et moi lui avons confié la gageure de te donner des manières de dame.

– Je ne *veux* pas être une dame ! flamba-t-elle.

– Tu mériterais que je brise ce joujou sur mon genou. Cela mettrait un point final à toute cette absurdité.

– Aiguille ne se briserait pas, riposta-t-elle d'un air de défi que démentait son timbre anxieux.

– Ah..., parce qu'elle a un nom ? soupira-t-il. Oh, Arya, Arya, tu as du sauvage au corps, mon enfant. Ce que mon père appelait "le sang du loup". Lyanna en avait un brin, et Brandon plus qu'un brin. Ils n'y ont tous deux gagné qu'une fin prématurée. » Sa tristesse était perceptible. Il ne parlait pas volontiers de son père, de son frère et de sa sœur, tous morts avant qu'elle-même n'eût vu le jour. « Lyanna se serait ceinte d'une épée, si notre seigneur père l'y avait autorisée. Tu me la rappelles, parfois. Tu lui ressembles même.

– Mais Lyanna était belle... », s'ébahit Arya. Ce n'était qu'un cri là-dessus. Alors qu'à elle-même personne n'avait jamais appliqué pareille épithète.

« Oui, belle. Belle et opiniâtre et morte dans la fleur de l'âge. » Il leva l'épée, la brandit entre eux. « Arya, que pensais-tu faire avec cette... avec Aiguille ? Qui espérais-tu embrocher ? ta sœur ? septa Mordane ? Sais-tu le premier mot du maniement de l'épée ? »

La leçon de Jon fut tout ce qui lui vint à l'esprit. « Frapper d'estoc », laissa-t-elle tomber.

Père eut un rire de nez. « Voilà qui est essentiel, j'imagine. »

Une envie désespérée la tenaillait de s'expliquer, de faire qu'il comprît. « J'essayais d'apprendre, mais... » Ses yeux s'emplirent de larmes. « J'ai demandé à Mycah de s'entraîner avec moi. » D'un seul coup, tout son chagrin lui revint, qui la submergea. Elle se détourna, secouée de sanglots. « C'est moi qui lui ai demandé ! cria-t-elle, c'était ma faute, c'est moi qui... »

Les bras de Père se refermèrent soudain sur elle, la berçant tendrement, tandis qu'elle hoquetait contre sa poitrine. « Non, ma douce, non, murmura-t-il. Pleure ton ami, mais ne t'accuse pas. Tu n'as pas tué le garçon boucher. Ce meurtre n'est imputable qu'au Limier, à lui seul et à l'horrible femme qu'il sert.

– Je les hais ! renifla-t-elle, empourprée. Le Limier, la reine, le prince, le roi. Je les hais, tous tant qu'ils sont. Joffrey a *menti*, de bout en bout. Je hais Sansa aussi. Elle se souvenait *parfaitement*. Elle n'a menti que pour plaire à Joffrey.

– Nous mentons tous, dit-il. Tu t'es vraiment imaginé que je croyais à la fuite de Nymeria ? »

Elle rougit d'un air coupable. « Jory avait promis de se taire.

– Il t'a tenu parole, dit-il en souriant. Il est des choses qu'on n'a pas besoin de me révéler. Même un aveugle aurait vu qu'elle ne t'aurait jamais quittée de son propre gré.

– Il a fallu lui lancer des pierres, avoua-t-elle d'un ton navré. Je lui ai *ordonné* de fuir, de reprendre sa liberté, j'ai crié que je ne voulais plus la voir. Elle trouverait d'autres loups pour jouer, on les entendait hurler. Jory lui a dit que les bois étaient pleins de gibier, qu'elle pourrait chasser le daim. Mais elle s'entêtait à nous suivre, alors il a fallu lui lancer des pierres, et je l'ai touchée deux fois. Elle gémissait en me regardant, et j'avais tellement honte ! Mais il fallait bien, non ? La reine l'aurait tuée.

– Tu as bien fait, dit-il. Même mentir n'était pas... dépourvu de mérite. » Il reprit l'épée, se dirigea vers la fenêtre et y demeura un long moment, les yeux perdus du côté de la cour, avant de s'asseoir dans l'embrasure, tout songeur, Aiguille en travers de ses genoux. « Assieds-toi, Arya. Je voudrais t'expliquer des choses. »

Avec un regard anxieux, elle se posa sur le bord du lit. « Tu es trop jeune pour que je t'assomme de tous mes ennuis, reprit-il, mais tu es aussi une Stark de Winterfell. Tu connais notre devise.

– *L'hiver vient*, murmura-t-elle.

– Une époque effroyable... Nous en avons eu un avant-goût au

Trident, ma fille, et avec la chute de Bran. Tu es née durant le grand été, le doux été, tu n'as rien connu d'autre, et voici que vient le véritable hiver. Souviens-toi de l'emblème de notre maison, Arya.

– Le loup-garou », dit-elle, avec une brusque pensée pour Nymeria. La peur la saisit, et elle replia ses genoux contre sa poitrine.

« Ecoute ce que je vais te dire sur les loups, mon enfant. Lorsque la neige se met à tomber et la bise blanche à souffler, le loup solitaire meurt, mais la meute survit. La saison des querelles est l'été. L'hiver, il nous faut nous protéger les uns les autres, nous tenir chaud, mettre en commun toutes nos forces. S'il te faut haïr, Arya, hais donc ceux qui nous veulent vraiment du mal. Septa Mordane est une brave femme, et Sansa... Sansa est ta sœur. Que vous soyez aussi différentes que le soleil et la lune, il se peut, mais le même sang fait battre vos deux cœurs. Tu as autant besoin d'elle qu'elle de toi..., et moi, les dieux me préservent, moi, j'ai besoin de vous deux. »

Il parlait d'une voix si lasse qu'elle en fut bouleversée. « Je ne déteste pas Sansa, dit-elle. Pas vraiment. » Ce n'était qu'un demi-mensonge.

« Je n'ai aucune envie de t'effrayer, mais pas davantage de te tromper. Nous nous trouvons ici environnés de sombres périls. Nous ne sommes plus à Winterfell. Nous avons ici des ennemis mortels. Nous ne pouvons nous permettre de nous quereller. L'opiniâtreté, les fuites éperdues, les cris de colère et la désobéissance n'étaient..., chez nous, que des jeux d'été puérils. Ici, maintenant que l'hiver menace, il en va tout autrement. Il est temps de commencer à grandir, mon enfant.

– Je le ferai », promit-elle. Jamais elle ne l'avait tant aimé qu'en cet instant. « Je suis aussi capable de me montrer forte. Aussi forte que Robb. »

Il lui tendit Aiguille, garde en avant. « Tiens. »

N'en croyant pas ses yeux, elle n'osa d'abord la toucher, craignant que lever seulement le petit doigt ne la fît reculer, mais Père insista : « Prends, elle t'appartient », et elle l'eut de nouveau en main.

« Je puis la garder ? s'ébahit-elle, vrai de vrai ?

– Vrai de vrai. » Il sourit. « Si je te la retirais, je ne me donne pas quinze jours pour découvrir l'étoile du matin sous ton oreiller. Tâche tout de même de ne pas en percer ta sœur, dût-elle te provoquer...

– Juré. » Et, quand Père eut pris congé, elle étreignit l'arme contre son cœur.

Dès le lendemain matin, durant le déjeuner, elle présenta ses excuses à septa Mordane et lui demanda pardon. Mais si celle-ci sourcilla d'un air soupçonneux, Père approuva d'un signe.

Trois jours plus tard, sur le coup de midi, Vayon Poole expédiait Arya dans la Petite Galerie. Elle la trouva débarrassée de ses tables et de leurs tréteaux. Les bancs étaient rangés le long des murs. Les lieux semblaient déserts. Soudain retentit cependant une voix inconnue : « Tu es en retard, mon garçon. » Un petit bout d'homme, tout chauve et muni d'un formidable bec en guise de nez émergea de l'ombre. Il tenait deux minces épées de bois. « Je te veux demain à midi précis. » Il avait un accent chantant. Celui des cités libres. De Braavos, peut-être, ou de Myr.

« Qui êtes-vous ? demanda-t-elle.

– Ton maître à danser. » Il lui jeta l'une des épées. Elle tenta de l'attraper, la manqua, l'entendit tomber avec fracas. « Demain, tu la saisiras. Ramasse. »

Ce n'était pas un vulgaire bâton, mais la réplique exacte d'une véritable épée, avec poignée, garde et pommeau. Arya la prit fébrilement à deux mains, la tint levée droit devant elle, malgré son poids inattendu, très supérieur à celui d'Aiguille.

L'homme chauve cliqueta des dents. « Pas comme ça, mon garçon. Les deux mains ne sont nécessaires que pour les grandes épées. Celle-ci se tient d'une seule.

– Elle est trop lourde...

– Lourde comme il convient pour te donner des forces et un bon équilibre. Elle est plombée à l'intérieur, voilà tout. D'une seule main, maintenant. »

Elle détacha sa droite de la poignée et en essuya la paume moite sur ses culottes, tout en crispant la gauche sur l'arme. Il parut content.

« Bon, la gauche. Ça inverse tout, et l'adversaire y perd de son habileté. A présent, tu te tiens mal. Ton corps de face..., oui, voilà. Tu es aussi maigre qu'une pointe de pique, tu sais. Ça aussi, c'est bon, la cible en est moindre. A présent, la poignée. Laisse voir. » Il s'approcha, lui examina la main, écarta ses doigts, les replaça correctement. « Exactement comme ça, oui. Ne te crispe pas tant, non, la prise doit être souple, délicate.

– Mais je vais lâcher mon arme...

– L'acier doit faire partie de ton bras, dit-il. Peux-tu lâcher une partie de ton bras ? Non. Syrio Forel a été première épée du Grand Amiral de Braavos pendant neuf ans, il sait de quoi il parle. Ecoute-le, mon garçon. »

A force de s'entendre appeler ainsi, Arya crut bon d'objecter : « Je suis une fille.

– Garçon, fille..., répliqua Syrio Forel, tu es une épée, voilà tout. » Il cliqueta des dents. « Exactement comme ça, ça, c'est la bonne prise. Ce n'est pas une hache de guerre que tu tiens, mais une...

– ... *aiguille*, acheva-t-elle à sa place, d'un ton farouche.

– Exactement. A présent, nous allons commencer la danse. Souviens-toi, petit, ce n'est pas la danse de Westeros que nous allons apprendre, ni la danse du chevalier, le hachis, le martelage, non. Voici la danse du spadassin, la danse de l'eau, vive et subite. Nous sommes tous faits d'eau, tu sais ça ? Hé bien, quand on met en perce, l'eau fuit, et l'homme trépasse. » Il recula d'un pas, leva sa propre épée de bois. « A présent, essaie de me frapper. »

Arya s'y employa. Elle s'y employa quatre heures durant, jusqu'à ce que le moindre de ses muscles fût peine et douleur, et, cependant, Syrio Forel cliquetait des dents et lui disait comment s'y prendre.

Le lendemain, ils commençaient le travail sérieux.

DAENERYS

« La mer Dothrak », lui dit ser Jorah Mormont en immobilisant sa monture auprès de la sienne au sommet de la crête.

A leurs pieds se déroulait la plaine, immense et plate et vide jusque par-delà l'horizon. Une mer, vraiment, cette prairie déserte, unie, sans reliefs ni villes ni routes, et dont le vent seul ridait, de-ci de-là, les hautes tiges, à l'infini. « Si verte..., dit-elle.

– Pour le moment du moins, reprit-il. A l'époque de la floraison, elle aurait tout d'une mer de sang. Mais que vienne la saison sèche, et le monde, ici, prend une patine de bronze ancien. Encore ne voyez-vous là que l'herbe dite *hranna*. Il en existe des centaines d'autres espèces, certaines jaune citron, certaines indigo, telles orange et telles bleues, d'autres irisées comme l'arc-en-ciel. Et l'on prétend qu'aux Contrées de l'Ombre, au-delà d'Asshai, se trouvent de véritables océans d'une variété nommée "revenante" qui, plus haute qu'un homme en selle et aussi blafarde que du lait caillé, tue toute autre plante, et qu'à la faveur des ténèbres font rougeoyer les âmes des damnés. Les Dothrakis sont convaincus qu'un jour elle recouvrira l'univers entier. Alors cessera toute vie. »

Cette perspective glaça Daenerys. « Changeons de sujet, je vous prie, dit-elle, la beauté de ces lieux me rend trop pénible l'idée que chaque chose pourrait mourir.

– Comme il vous plaira, *Khaleesi* », répondit-il d'un ton déférent.

Derrière eux se percevaient maintenant les voix confuses du cortège échelonné en contrebas. Encore embarrassé par la selle plate et les étriers courts du pays, Viserys offrait un contraste pitoyable avec le reste du *khas* de sa sœur et les allures de centaures des jeunes archers. Il n'aurait jamais dû venir, songea-t-elle. Mais les instances de maître Illyrio pour le retenir chez lui, à Pentos, s'étaient heurtées à son entêtement. Il refusait de patienter. Il préférait, tel un créancier, harceler Drogo jusqu'à la couronne promise. « Qu'il essaie seulement de me duper, avait-il juré, le poing crispé sur son épée d'emprunt, et il verra ce qu'il en coûte de réveiller le dragon ! » Sans même alors s'apercevoir de quel air matois Illyrio lui souhaitait bon vent...

Hé bien, les jérémiades de son frère, elle n'avait aucune envie, pour l'heure, de les essuyer. Le jour était trop parfait, le ciel d'un outremer trop pur, où planait en cercle un faucon presque imperceptible, la mer d'herbe ondulait avec des soupirs trop suaves au moindre souffle de la brise, il faisait trop bon tendre son visage au soleil, il faisait trop doux se sentir en paix. Elle n'allait pas laisser gâcher sa joie.

« Attendez-moi ici, dit-elle au chevalier. Dites à tous de m'attendre aussi. Et que c'est un ordre. »

Il se mit à sourire et, quoiqu'il n'eût rien d'un Adonis, avec sa nuque et ses épaules de taureau, avec la rude toison noire qui ne semblait s'être concentrée sur sa poitrine et ses bras que pour mieux délaisser son crâne, ses sourires avaient quelque chose de réconfortant. « Savez-vous que vous commencez à parler en reine, enfant ?

– Pas en reine, rectifia-t-elle, en *khaleesi.* » Puis, faisant volte-face, elle se lança au galop dans la pente.

Le terrain était abrupt et rocailleux, mais elle allait avec intrépidité, toute à la jubilation du danger qui lui emplissait le cœur de chansons. Viserys avait eu beau lui ressasser toujours : « Tu es une princesse », jamais le mot n'avait pris corps avant qu'elle n'eût monté sa jument d'argent.

Les choses, certes, n'avaient pas été faciles, au début. Dès le lendemain des noces, le *khalasar* leva le camp et marcha si bon train vers Vaes Dothrak qu'au bout de trois jours de selle Daenerys crut voir poindre sa dernière heure. Elle avait les fesses entamées jusqu'au sang, les cuisses à vif, les mains meurtries par les rênes, les jambes et le dos si douloureux qu'à peine pouvait-elle se tenir assise et qu'au crépuscule ses servantes durent la soutenir pour démonter.

La nuit, point de répit non plus. Ainsi qu'il l'avait fait durant les cérémonies nuptiales, le *khal* ignorait superbement sa femme aussi longtemps qu'on chevauchait ; puis il passait ses soirées à boire avec ses guerriers, ses sang-coureurs, à faire courir ses plus belles bêtes, à regarder danser des femmes et des hommes s'entre-tuer. Un mode d'existence qui réduisait Daenerys, incongrue toujours et partout, à dîner seule ou en compagnie de son frère et de ser Jorah, puis à s'assoupir à force de pleurs. Mais, peu avant l'aube, Drogo venait invariablement l'éveiller sous sa tente et la monter dans le noir avec aussi peu de relâche que son étalon durant la journée. Toutefois, comme il procédait selon l'usage de son peuple, du moins pouvait-elle, tout en étouffant ses cris dans les oreillers, celer ses larmes à son seigneur et maître. Et finalement, lorsqu'il se mettait, besogne achevée, à ronfler doucement, elle, à ses côtés, gisait trop brisée, trop endolorie pour se rendormir.

De jour en jour et de nuit en nuit vint ainsi l'heure où, faute de pouvoir supporter davantage l'insupportable, elle résolut, une nuit, d'en finir...

Or, la même nuit, vint la revisiter son rêve de dragon. Viserys, cette fois, n'y figurait pas. Elle seule, face au monstre. Dont les écailles, d'un noir de nuit, rutilaient, poisseuses de sang. *De mon sang*, devina-t-elle. Dont les yeux avaient l'incandescence de mares de magma. Dont la gueule, en s'ouvrant, crachait un jet de flammes rugissant. Et qui, pourtant, lui chantait un chant, à elle, personnellement. Alors, elle ouvrait les bras au feu, l'étreignait, s'y laissait entièrement sombrer, s'en laissait purifier, récurer, tremper. Elle sentait sa chair grésiller, noircir, tomber en lambeaux, elle sentait son sang bouillir et s'évaporer, mais par une opération indolore dont elle se sentait sortir énergique et vierge et farouche...

Il lui sembla, chose bizarre, souffrir moins, le matin suivant. Comme si les dieux s'étaient enfin laissé apitoyer. Les servantes s'y méprirent, même. « *Khaleesi*, s'inquiéta Jhiqui, qu'y a-t-il ? seriez-vous malade ?

– Je l'étais », répondit-elle, tout en considérant d'un regard perplexe les œufs de dragon d'Illyrio. Elle laissa courir un doigt sur la coquille du plus gros. *Ecarlate et noir, comme le dragon de mon rêve.* Rêvait-elle encore ? La pierre semblait émettre une chaleur étrange... Elle en retira vivement la main.

Toujours est-il que, dorénavant, chacun de ses instants fut meilleur que le précédent. Ses jambes gagnaient en force, ses plaies se cicatrisaient, ses mains se tannaient, ses cuisses acquéraient la souplesse et la résistance du cuir.

Le *khal* avait spécialement chargé Irri de lui enseigner la monte dothrak ; mais son véritable professeur d'équitation fut la pouliche elle-même, qui pressentait et partageait ses humeurs avec la délicatesse d'un double, ne cessant par là de lui améliorer l'assise. Jamais Daenerys n'avait rien tant aimé que ce cheval et, néanmoins, elle ne l'appelait en pensée que « l'argenté », son peuple d'adoption étant de mœurs trop rudes et de caractère trop inapte à la sentimentalité pour envisager seulement de nommer les bêtes.

Au fur et à mesure que chevaucher cessait de lui être un supplice, ses yeux s'ouvraient sur la beauté des sites environnants. Et comme elle allait en tête du *khalasar*, avec Drogo et les sang-coureurs, chaque région nouvelle se présentait à elle dans sa primeur et sa virginité, lui riait à pleine verdure. Alors que, derrière, l'immense horde labourait les prés, embourbait les eaux, soulevait des nuées de poussière et suffoquait tout.

Ils traversèrent de la sorte les collines houleuses de Norvos où, de loin en loin, s'apercevaient des fermes en terrasses et des bourgades dont leur passage hérissait d'anxieux les murs de stuc blanc. Ils franchirent à gué trois fleuves placides puis une rivière aussi capricante que traîtresse, mine de rien, campèrent auprès d'une grande cascade bleue, contournèrent les décombres tumultueux d'une cité morte où, sous de vastes portiques de marbre incendiés, gémissaient, disait-on, des multitudes de fantômes. Ils empruntèrent des routes valyriennes vieilles de mille ans, droites comme un trait de flèche. Il leur fallut une demi-lune pour parcourir la forêt de Qohor, où, par son ampleur, chaque tronc faisait l'effet d'une poterne, où les frondaisons formaient, à une hauteur prodigieuse, comme un perpétuel dais d'or, où foisonnait, avec l'élan royal et le tigre moucheté, le lémure à fourrure de neige et prunelles pourpres..., mais l'approche du *khalasar* les rendit tous désespérément invisibles.

Ainsi s'estompait presque à chaque pas le souvenir de l'agonie qu'avaient été les tout premiers jours. Et si les longues journées de cheval persistaient à l'endolorir, Daenerys n'était pas sans trouver désormais le soir quelque charme à ses courbatures, et chaque matin la voyait bondir allégrement en selle, toute à l'impatience des merveilles que, là-bas, devant, lui promettait la route prochaine. Elle commençait même à moins redouter l'heure noire qui lui ramenait Drogo et où la souffrance n'était plus l'unique motif de ses cris.

Au pied de la crête où les hautes tiges souples ne tardèrent pas à l'enserrer, elle adopta le trot, se plut à se perdre par la plaine, à y prendre comme un bain béni de solitude verte. Au *khalasar*, elle n'était jamais seule. Si Drogo ne lui consacrait que les dernières heures de la nuit, ses sang-coureurs, pas plus que les hommes de son *khas* à elle, ne s'éloignaient guère de la tente qu'elle occupait, à la porte de laquelle dormaient, leur service accompli, ses femmes, et où, jour et nuit, risquait de se profiler l'ombre importune de Viserys. D'en haut, justement, les éclats coléreux de son frère contre ser Jorah l'incitèrent à se précipiter plus avant dans les flots soyeux de la mer Dothrak, et leur verdure la submergea.

L'air embaumait la végétation, l'humus et des senteurs inextricables de crin chaud, d'aisselle moite, de cheveu huilé. Le parfum même du pays dothrak. Exclusif, eût-on dit. Daenerys s'en gorgeait, rieuse, lorsqu'un désir subit de fouler ce terreau si dru, si noir et d'y enfouir ses orteils la fit prestement glisser de selle et, laissant brouter la pouliche, se débotter.

Alors fondit sur elle, avec la soudaineté d'un orage d'été, Viserys dont le cheval, brutalisé par le mors, se cabra. « De quel front, écuma-t-il, *oses*-tu... ! *oses*-tu me donner des ordres ? des ordres ! *à moi ? !* » La face cramoisie de rage, il bondit à terre, manqua tomber, reprit vaille que vaille son équilibre et, empoignant sa sœur, se mit à la secouer follement : « Tu oublies qui tu es ! mais regarde-toi ? *regarde-toi donc !* »

Elle n'avait que faire de regarder. Avec ses pieds nus, ses cheveux huilés, sa veste peinte et ses cuirs de cavalière, elle avait l'aspect typique des autochtones. Et que dire de lui, empêtré dans sa cotte de mailles et ses soieries de bourgeois crasseux ?

Il hurlait de plus belle. « Le dragon n'a pas d'ordres à recevoir *de toi*, comprends-tu ? Je suis le maître des Sept Couronnes, tu m'entends ? Pas le larbin d'une pute à seigneur du crottin ! » Et, tout en lui pinçant atrocement les seins, il martela de nouveau : *« Tu m'entends, oui ? »*

Or elle le repoussa sans ménagements.

Il en demeura médusé, d'abord. Jamais, jusqu'alors, elle n'avait osé le défier. Ni, moins encore, rendre coup pour coup. Puis l'incrédulité fit place, dans ses prunelles lilas, à une fureur qui, en un éclair, le défigura, promettant les pires sévices, sa sœur le savait.

Clac.

Avec un claquement sec, la mèche s'enroula autour de sa gorge et, le tirant violemment en arrière, l'envoya s'étaler dans l'herbe, abasourdi, suffoquant, sous les huées dont les Dothrakis saluaient chacun de ses efforts pour se libérer. Puis l'homme au fouet, le jeune Jhogo, aboya des mots que Daenerys ne put comprendre mais qu'Irri, survenant avec ser Jorah et le reste du *khas*, traduisit d'emblée : « Désirez-vous sa tête, *Khaleesi* ?

– Non ! protesta-t-elle, non... »

Jhogo parut comprendre, mais l'un de ses compagnons émit un commentaire qui déchaîna l'hilarité. « Quaro, reprit Irri, vous suggère de lui enseigner le respect en lui prélevant une oreille. »

Cependant, Viserys, à genoux, tentait, sans grand succès mais avec force piaulements inarticulés, de desserrer les lanières qui l'empêchaient de respirer.

« Je ne veux pas qu'on lui fasse de mal. Dis-le-leur », répliqua Daenerys.

Irri s'exécuta. Alors, d'une simple saccade à son fouet, Jhogo fit pirouetter Viserys comme un fantoche et l'envoya, libre enfin mais la gorge zébrée de rouge, à nouveau s'étaler pitoyablement.

« Je l'avais pourtant averti, madame, murmura Mormont, de vous obéir...

– Je sais. » Son frère gisait toujours à terre, telle une pauvre chose violacée, geignarde et hoqueteuse. La pauvre chose qu'il avait en somme toujours été. *Comment diable ne m'en suis-je pas avisée plus tôt ?* A la place de la terreur qu'il lui inspirait naguère encore ne restait rien d'autre qu'un vague sentiment de creux.

« Prenez son cheval », commanda-t-elle à ser Jorah. Viserys la dévisageait, stupide et doutant autant du témoignage de ses oreilles qu'elle-même de parler ainsi. Et pourtant, les mots succédaient aux mots. « Qu'il nous suive à pied jusqu'au *khalasar.* » C'était là cesser de le traiter en homme, lui infliger, aux yeux des Dothrakis, la peine la plus humiliante, la plus infamante de toutes. « Que chacun le voie tel qu'il est.

– *Non !* » hurla-t-il puis, s'adressant au chevalier dans la langue des Sept Couronnes, afin de n'être point compris des autres hommes : « Frappe-la, Mormont. Bats-la. Ton roi te l'ordonne. Tue-moi ces chiens dothrak pour lui apprendre. »

Le regard de l'exilé se porta de la sœur, nu-pieds, les orteils souillés d'humus, les cheveux gras d'huile, au frère, tout acier, tout soies, et Daenerys y pressentit le verdict. « Il marchera, *Khaleesi* », dit-il puis, tandis qu'elle réenfourchait son argenté, il s'empara du cheval du prince.

Toujours affalé à terre, Viserys le regarda faire puis disparaître avec sa sœur sans prononcer un mot, sans esquisser un geste, mais une haine folle empoisonnait ses yeux.

« Saura-t-il retrouver son chemin ? demanda Daenerys, bientôt alarmée que la végétation l'eût si vite englouti.

– Même un aveugle pourrait nous suivre à la trace.

– Avec son orgueil... Si la honte l'empêchait de revenir ?

– Pour aller où ? gloussa ser Jorah. S'il ne parvient pas à trouver le *khalasar*, le *khalasar*, lui, le trouvera sans faute. On ne se noie pas si facilement dans la mer Dothrak, enfant. »

Il parlait d'or, manifestement. Si le *khalasar* ressemblait à une ville en marche, il n'avançait pas à l'aveuglette pour autant. Des éclaireurs le précédaient en permanence ou couvraient ses flancs, à l'affût du moindre indice de gibier, de pillage ou d'hostilité, et aucun ne leur échappait, dans ces parages, tant étaient leur ce pays, leur l'immense plaine, indissociables de leur chair... *et de la mienne, maintenant.*

« Je l'ai frappé », reprit-elle, d'une voix où perçait comme une stupeur rétrospective. Il lui semblait presque l'avoir seulement rêvé. « Dites-moi, ser Jorah... » Elle frissonna. « Sa colère va être terrible, hein ? Je l'ai réveillé, le dragon, n'est-ce pas ? »

Il ricana. « Nul ne saurait réveiller les morts, petite. Le dernier dragon fut Rhaegar, votre frère, et il a péri au Trident. Viserys est tout au plus l'ombre d'un serpent, lui. »

Ces mots la cinglèrent comme une agression. Elle eut le sentiment qu'ils remettaient en cause tout ce en quoi elle avait toujours cru. « Mais vous... vous lui avez juré sur votre épée...

– Exact, petite, dit-il. Et s'il n'est que l'ombre d'un serpent – sa voix se chargea d'amertume –, que penser de ceux qui le servent ?

– Il n'en est pas moins le roi légitime. Il... »

Mormont immobilisa son cheval et, les yeux dans les yeux : « Sans mentir, à présent, vous aimeriez le voir accéder au trône ? »

Elle s'accorda un instant de réflexion. « Il ne ferait pas un très bon roi, n'est-ce pas ?

– Il y a eu pire..., mais pas souvent. » Des talons, il remit sa monture en mouvement.

« Cependant..., reprit Daenerys, sitôt qu'ils se retrouvèrent étrier contre étrier, le petit peuple attend son avènement. D'après maître Illyrio, il coud en secret des bannières au dragon, fait des prières en faveur de Viserys, voit en lui son libérateur.

– Dans ses prières, le petit peuple demande la pluie, des enfants sains et un été perpétuel. Et les querelles des grands pour le pouvoir ou la couronne, il s'en moque – mais éperdument ! – du moment qu'on le laisse en paix. » Il haussa les épaules. « Mais on ne l'y laisse jamais. »

Un long silence s'ensuivit, que Daenerys mit à profit pour méditer ce point de vue si contraire aux assertions constantes de son frère. Et combien, de fait, l'indifférence des humbles aux notions de souverain légitime ou d'usurpateur paraissait plus plausible..., à la réflexion !

« Et *vous*, ser Jorah, quel vœu formez-vous lorsque vous priez ?

– Rentrer chez moi, soupira-t-il d'un ton mélancolique.

– Moi aussi », dit-elle, de la meilleure foi du monde.

Il se mit à rire. « Il vous suffit alors d'un regard à l'entour, *Khaleesi.* »

Mais ce qu'elle vit était non pas la mer Dothrak mais Port-Réal, accroupi sous le Donjon Rouge édifié par le Conquérant. Mais Peyredragon où elle était née. Et son imagination les voyait embrasés de mille feux. Son imagination lui en montrait chaque fenêtre comme incendiée, et chaque porte rutilante.

« Mon frère ne reprendra jamais les Sept Couronnes », reprit-elle et, ce disant, elle s'aperçut qu'il s'agissait là d'une vieille conviction. D'une conviction aussi vieille qu'elle. D'une conviction qu'elle ne s'était jamais permis, voilà tout, de formuler, même tout bas. A présent, elle le faisait, à la face du monde autant que de ser Mormont.

Celui-ci la considéra d'un air circonspect. « Vous le pensez... ?

– Il serait incapable de mener une armée, dût mon seigneur et maître lui en donner une, expliqua-t-elle. Il n'a pas d'argent, et le seul chevalier qui le suive le traite de moins que serpent. Les Dothrakis se gaussent de sa faiblesse. Non, jamais il ne nous ramènera chez nous.

– Quelle sagesse, enfant ! sourit son compagnon.

– Je ne suis pas une enfant », s'insurgea-t-elle, enlevant au galop l'argenté d'un simple effleurement des flancs puis laissant déjà loin derrière, en sa course toujours plus rapide, Irri, Jorah, les autres, au seul profit du vent chaud dans sa chevelure et du crépuscule pourpre sur son visage.

Elle n'atteignit le camp qu'à la brune. On avait dressé sa tente auprès du bassin d'une source, et les voix rudes en provenance du palais d'herbe juché sur la hauteur y parvenaient distinctement. Sous peu retentiraient les éclats de rire saluant le récit par les hommes de son propre *khas* des mésaventures de Viserys. Et lorsque celui-ci les rejoindrait enfin, clopin-clopant, tous, hommes, femmes, enfants, seraient déjà au courant de sa *mise à pied*. Point de secrets, au *khalasar*...

Tandis que ses esclaves emmenaient l'argenté pour le panser, elle pénétra chez elle. Il faisait sombre et frais, sous la soie, mais, comme elle laissait retomber la portière sur ses talons, un dernier rayon du couchant vint, tel un doigt de flamme furtif, caresser les œufs de dragon et leur arracher, le temps d'un clin d'œil, mille étincelles écarlates aussitôt éteintes.

De la pierre, se dit-elle, *ils ne sont que pierre, Illyrio lui-même l'a dit. Les dragons sont morts*. Tous. Sa paume et ses doigts s'appliquèrent délicatement sur la courbure de l'œuf noir. De la pierre ? chaude. Presque brûlante. « Le soleil, souffla Daenerys. Le soleil les a échauffés tout au long de cette journée de route. »

Sur ce, elle réclama un bain et, pendant que Doreah s'affairait au feu, dehors, Irri et Jhiqui s'empressèrent d'aller quérir parmi les bagages le cuvier de cuivre offert en présent de noces puis de charrier l'eau nécessaire pour l'emplir. Enfin, lorsque la vapeur s'en éleva, Irri aida sa maîtresse à s'y plonger et l'y rejoignit.

« Avez-vous jamais vu un dragon ? » demanda Daenerys, tandis que celle-ci lui étrillait le dos et que Jhiqui lui démêlait la chevelure. Ayant ouï dire que les premiers étaient venus de l'orient, des Contrées de l'Ombre et des îles de la mer de Jade, elle supposait que peut-être en subsistait-il, là-bas, au-delà d'Asshai, dans des royaumes insolites et sauvages.

« Il n'y a plus de dragons, *Khaleesi*, dit l'une.

– Ils sont morts, confirma l'autre. Et depuis une éternité. »

Or, à en croire Viserys, les derniers dragons targaryens n'avaient disparu qu'un siècle et demi plus tôt, sous le règne d'Aegon III, dit Fléau-dragon... Tout sauf une éternité, aux yeux de Daenerys. « Partout ? insista-t-elle avec dépit. Même à l'est ? » A l'ouest, le merveilleux avait vécu, le jour où le Sort s'était appesanti sur Valyria et les Pays du Grand Eté ; ni l'acier forgé par incantation ni les enchanteurs de tornades ni les dragons n'avaient été capables de l'y préserver. A l'est, en revanche, on ne cessait de le répéter, tout était différent. Les mantécores hantaient toujours, disait-on, l'archipel de Jade et, dans les jungles de Yi Ti pullulaient encore les basilics ; à Asshai, chanteurs de sorts, aéromants, suppôts passaient pour exercer leur art au grand jour, les ténèbres n'étant réservées qu'aux effroyables sortilèges des nécropurules et des mages-au-sang. De là à penser que des dragons... ?

« Non. Pas dragons, dit Irri. Braves les tuer, parce que dragon terrible méchant monstre. Tous sait ça.

– Tous sait, confirma Jhiqui.

– Un négociant de Qarth m'a dit un jour que les dragons venaient de la lune », intervint Doreah la blonde, qui faisait chauffer des serviettes au-dessus du feu. Contrairement aux deux précédentes qui, sensiblement du même âge que Daenerys, avaient été réduites en esclavage après la destruction du *khalasar* de leur père par Drogo, elle était originaire de Lys, où Illyrio l'avait découverte dans une maison de plaisirs, et avait près de vingt ans.

« De la lune ? » s'émut Daenerys en se retournant vivement, l'œil allumé de curiosité derrière l'averse des mèches argentées.

« A l'en croire, la lune est un œuf, *Khaleesi*. Il y avait jadis deux lunes au firmament, mais l'une d'elles alla flâner trop près du soleil, la chaleur la fissura, et mille milliers de dragons se ruèrent boire le feu du soleil. De là vient qu'ils crachent des flammes. Un de ces jours, la seconde lune embrassera le soleil à son tour, se fissurera de même, et les dragons reparaîtront. »

Les deux petites Dothrakis pouffaient, se tordaient. « Folle esclave à tête de paille ! s'écria Irri, la lune pas œuf, la lune dieu, femme épouse de soleil. Tous sait ça.

– Tous sait », confirma Jhiqui.

Après que Daenerys eut émergé, rougissante et rose, du cuvier, Jhiqui entreprit de lui décaper les pores et de l'oindre par tout le corps, puis Irri l'aspergea d'épice-fleur et de cinnamome. Enfin, tandis que, sous la brosse de Doreah, sa chevelure recouvrait peu à peu son lustre métallique, elle s'abandonna à ses songes de lune et d'œufs et de dragons.

L'heure du dîner venue, on lui servit une simple collation de fruits, de frai, de fromages arrosée d'hydromel, et elle congédia ses femmes, à l'exception de Doreah.

« Tu dînes avec moi.

– Quel honneur, *Khaleesi*. »

Il ne s'agissait nullement d'honneur mais de service. Et la lune était dès longtemps levée que toutes deux devisaient encore.

En s'apercevant qu'il était attendu, cette même nuit, Drogo demeura un instant stupéfait, sur le seuil de la tente. Lentement, Daenerys se leva, dénoua ses soieries nocturnes et les laissa glisser au sol. « Sortons, mon seigneur. Il faut, cette fois, que le ciel soit notre témoin. »

Les clochettes de sa chevelure tintant doucement, le *khal* la suivit au-dehors. A quelques pas de là, baigné de clarté lunaire, se trouvait comme un lit d'herbe, et elle l'y attira. Mais lorsqu'il prétendit user d'elle à sa guise, elle le retint. « Non, souffla-t-elle, cette nuit, je veux regarder tes yeux. »

Il n'était point d'intimité qui vaille au cœur du *khalasar*. Elle sentait peser sur elle mille regards tandis qu'elle dévêtait Drogo, elle percevait les mille murmures qui commentaient chacun des gestes appris de Doreah. Mais elle n'en avait cure. N'était-elle pas *khaleesi* ? Seules importaient ses prunelles à lui, et, lorsqu'elle l'enfourcha, elle y vit poindre quelque chose qu'elle n'avait encore jamais vu. Puis elle le chevaucha avec autant d'impétuosité que l'argenté lui-même, et tant et si bien qu'à l'instant du plaisir Drogo, dans un cri, la nomma par son nom.

On atteignait la rive opposée de la mer Dothrak lorsque Jhiqui, lui caressant d'un revers des doigts le doux renflement de son sein, dit : « Vous être avec enfant, *Khaleesi*.

– Je sais », répondit-elle.

Le jour même de son quatorzième anniversaire.

BRAN

Depuis son siège près de la fenêtre, Bran regardait de tous ses yeux.

En bas, dans la cour, Rickon courait avec les loups et, de quelque côté qu'il prétendît aller, Vent Gris le rattrapait d'un bond, le devançait, lui coupait la route et, non sans lui arracher de grands cris de joie, le lançait éperdument dans d'autres directions. Broussaille, lui, se contentait de ne pas le lâcher d'une semelle et, pour peu que ses congénères en vinssent trop près, de toupiller, toutes dents dehors. Son poil s'était assombri jusqu'au noir total, et ses yeux avaient des flamboiements verts. Fourré d'argent fumé, plus petit que Vent Gris, plus circonspect, mais l'or de ses prunelles attentif à tout, Eté suivait, bon dernier. Le plus futé de la portée, se félicita Bran, étrangement troublé cependant par les rires haletants du bambin qui, de toute la vitesse de ses courtes jambes, galopait sans trêve en tous sens.

Les yeux lui piquaient. Que n'était-il en bas lui-même à rire et courir. Agacé de sa nostalgie, il refoula vivement ses larmes. Pouvait-il encore, à huit ans bel et bien sonnés, presque un homme fait..., se permettre de pleurnicher ? Trop vieux, désormais !

« Ce n'était qu'un mensonge, dit-il, amer, je ne puis voler. Même pas courir.

– Les corneilles sont toutes des menteuses, acquiesça Vieille Nan, du fond du fauteuil où elle activait ses aiguilles. A propos de corneilles, justement, je sais une histoire...

– Assez d'histoires ! » coupa-t-il, mordant. Il aimait bien Vieille Nan et ses histoires, autrefois. Avant. Plus maintenant. Tout était différent, maintenant. Maintenant qu'elle avait la charge de veiller sur lui à longueur de jour, de le tenir propre, de le préserver de se sentir seul, elle empirait précisément les choses. « Tes histoires sont stupides, et je les déteste. »

Elle lui sourit de toutes ses gencives. « Mes histoires ? Ce ne sont pas mes histoires, mon mignon. Les histoires *sont*. Avant comme après moi, et avant toi aussi. »

Dans sa rancune, il la trouvait décidément hideuse, avec son crâne rose et tavelé, ses six cheveux blancs, ses rides et ses airs ratatinés, sa quasi-cécité, sa débilité qui lui interdisait les escaliers. Quel âge elle avait, nul ne savait au juste, et Père disait l'avoir lui-même toujours connue caduque et entendu nommer Vieille Nan. Elle était la plus vieille personne, en tout cas, de Winterfell, et peut-être des Sept Couronnes. On l'avait mandée au château comme nourrice d'un Brandon Stark dont la mère était morte en couches et qui devait être un frère aîné, ou puîné ? de lord Rickard, grand-père de Bran. Voire même du père de lord Rickard. Vieille Nan s'y perdait elle-même, qui disait tantôt l'un, tantôt l'autre, quitte à ne pas varier sur le fait que le nourrisson mourut, à trois ans, d'un refroidissement d'été. Demeurée néanmoins à Winterfell avec ses propres enfants, elle avait perdu ses deux fils durant la guerre qui devait porter Robert au trône et son petit-fils au siège de Pyk, lors de la rébellion de Balon Greyjoy. Mariées au loin, ses filles avaient disparu depuis longtemps, et il ne lui restait plus de son propre sang que Hodor, le palefrenier géant et simplet. Ce qui ne l'empêchait pas, elle, de grignoter l'existence jour après jour et, conteuse intarissable, de poursuivre ses travaux d'aiguille...

« Ça m'est bien égal de savoir qu'elles sont et de qui, répliqua-t-il. Je les déteste. » Des histoires, il n'en voulait pas. De Vieille Nan non plus. Il voulait Père, il voulait Mère. Il voulait courir et voir bondir Eté à ses côtés. Il voulait escalader la tour en ruine et donner du blé aux corneilles. Il voulait à nouveau monter son poney, suivre ses frères dans leurs chevauchées. Il voulait que les choses redeviennent comme avant.

« Je connais l'histoire d'un garçon qui détestait les histoires », repartit Vieille Nan avec son stupide petit sourire, sans cesser, *clic clic clic clic*, de faire aller ses maudites aiguilles, au risque de le faire sortir de ses gonds.

Hélas, les choses ne reviendraient jamais comme avant. En l'incitant à voler, la corneille l'avait floué. Il s'était retrouvé rompu, à son réveil, et dans un monde méconnaissable. Abandonné de tous, de Père, de Mère, des filles, et même de Jon le bâtard. Du vent, la promesse de Père qu'il monterait un véritable cheval jusqu'à Port-Réal. Ils étaient partis, tous, et sans l'emmener. Et mestre Luwin avait eu beau dépêcher un oiseau voyageur à lord Eddard, un autre à Mère et un troisième à Jon, sur le Mur, aucune réponse n'était arrivée. « Il advient souvent que les oiseaux se perdent, enfant, expliquait-il. Tant de lieues nous séparent des destinataires, et tant de faucons..., les messages ont pu ne pas les toucher. » Mais non, il semblait à Bran qu'ils fussent tous morts pendant son sommeil – s'il n'était mort lui-même, et qu'ils ne l'eussent oublié ? Partis aussi, Jory et ser Rodrik et Vayon Poole, ainsi que Hullen, Harwin et Gros Tom et un quart des gardes.

Seuls Robb et Petit Rickon se trouvaient toujours là, mais Robb n'était plus le même. Il était à présent le maître de céans, ou du moins affectait de l'être. Ceint d'une véritable épée, il ne souriait plus et passait ses jours à ferrailler lui-même ou à faire manœuvrer la garde et, sous l'œil désolé de Bran, retentir la cour du fracas de l'acier puis, le soir, se renfermait avec mestre Luwin pour causer, compulser les livres de comptes. Il lui arrivait aussi de partir à cheval, en compagnie de Hallis Mollen, vers de lointains fortins dont l'inspection prenait plusieurs jours d'affilée, et chacune de ces absences un peu prolongées angoissait Rickon qui venait, tout en pleurs, demander à Bran : « Tu crois qu'il reviendra ? » Comme si lord Robb ne consacrait pas, lorsqu'il se trouvait à Winterfell, bien plus d'heures à Theon Greyjoy et à Mollen qu'à ses propres frères !

« Je pourrais te conter l'histoire de Brandon le Bâtisseur, insistait Vieille Nan. C'était toujours ta préférée. »

Des milliers d'années plus tôt, ce Brandon-là avait édifié Winterfell et, à en croire d'aucuns, le Mur. Son histoire, Bran la savait par cœur, mais sans lui avoir jamais accordé la moindre prédilection. Peut-être avait-elle enchanté quelque autre Brandon ? Peut-être le Brandon auquel Nounou, voilà des siècles, avait donné le sein ? La vieille radotait. Le confondait parfois, lui, Bran, avec le nouveau-né de jadis, parfois avec l'oncle assassiné, bien avant sa propre naissance, par le roi dément. « Tu comprends, disait Mère, elle vit depuis si longtemps que, dans sa tête, tous les Brandon Stark sont devenus un seul et même homme... »

« Ce n'est pas ma préférée, dit-il. Mes préférées, c'étaient les terrifiantes. » Un bruit bizarre, à l'extérieur, le ramena vers la fenêtre, et il vit Rickon se précipiter, talonné par les loups, vers la poterne. Mais comme, de sa place, il ne pouvait apercevoir ce qui se passait de ce côté-là, le dépit lui fit assener sur sa cuisse un coup de poing rageur et insensible.

« Oh, mon tout doux mignon d'été, protesta paisiblement Vieille Nan, que sais-tu, toi, de la terreur ? La terreur est chose d'hiver, mon petit seigneur, elle vient par cent pieds de neige, et lorsqu'en hurlant se rue la bise glacée du nord. La terreur vient durant la longue nuit, quand le soleil cache sa face des années durant, quand les enfants viennent au monde et vivent et meurent dans les ténèbres interminables, pendant que la faim, la désolation ne cessent de tenailler les loups-garous, que les marcheurs blancs se faufilent dans la forêt.

– Tu veux dire les Autres, maugréa Bran.

– Oui, les Autres, confirma-t-elle. Voilà des milliers et des milliers d'années survint un hiver plus froid, plus rude et plus interminable que de mémoire d'homme. Et il amena une nuit qui dura toute une génération, et les rois grelottaient et mouraient aussi bien, au fond de leurs châteaux, que les porchers dans leurs masures. Plutôt que de les voir périr de faim, les femmes étouffaient leurs enfants en pleurant, et les larmes gelaient sur leurs joues. » Elle se tut, ses aiguilles aussi, puis, levant ses prunelles pâles et voilées sur Bran, elle demanda : « Est-ce là vraiment le genre d'histoires que tu aimes, enfant ?

– Eh bien, répondit-il à contrecœur, oui, ce genre-là seul... »

Elle hocha la tête. « C'est à la faveur de ces ténèbres que les Autres vinrent pour la première fois, dit-elle, tandis que ses aiguilles reprenaient leur *clic clic clic*. Ils étaient des choses froides, des choses mortes, et ils détestaient le fer, le feu, le contact du soleil et les créatures à sang chaud. Ils balayèrent les forts, les villes, les royaumes, ils abattaient les héros comme le vulgaire, à tour de bras, montés sur des cadavres de chevaux blêmes et menant des nuées de morts, et si l'épée de l'homme était impuissante à contenir leur progression, les vierges ni les nouveau-nés ne trouvaient grâce devant eux. Ils traquaient les premières, tel du gibier, parmi les forêts gelées, nourrissaient de la chair des seconds leurs serviteurs morts. »

La vieille avait peu à peu baissé la voix jusqu'à ne plus émettre qu'un murmure, et si faible que Bran devait s'incliner pour n'en perdre pas une miette.

« Or, cela se passait avant l'arrivée des Andals, et bien avant que, dans leur fuite, les femmes des cités de la Rhoyne ne fussent parvenues de ce côté-ci de la mer. Il existait cent royaumes, en ces temps lointains, et ces royaumes, les Premiers Hommes les avaient conquis sur les enfants de la forêt. Encore ceux-ci s'étaient-ils, çà et là, retranchés dans le profond des bois, et ils y occupaient toujours des villes d'arbres et des collines creuses sur lesquelles veillait le masque attentif des barrals, tandis que la mort et le froid ravageaient la terre. Ce que voyant, le dernier héros se résolut à les aller trouver, dans l'espoir que leurs sortilèges immémoriaux parviendraient à regagner le terrain perdu par les armées humaines. Ainsi s'enfonça-t-il à leur recherche dans les contrées mortes avec son épée, son cheval, son chien et une poignée de compagnons. Des années dura sa quête, et il finissait par désespérer de jamais dénicher les enfants de la forêt dans leurs secrets repaires. Un à un périrent ses amis, puis son cheval, puis son chien lui-même, et son épée gela si fort qu'un jour la lame s'en brisa. Alors, les Autres flairèrent le sang de ses veines, et ils entreprirent en silence de le traquer, et ils le suivaient à la piste avec des meutes d'araignées blêmes aussi grosses que des limiers, quand... »

Au même instant, la porte s'ouvrit avec un tel fracas que, saisi d'une terreur subite, le cœur de Bran ne fit qu'un bond jusqu'à sa gorge, mais l'agresseur n'était que mestre Luwin, derrière lequel se discernait, sur le palier, la silhouette du gigantesque Hodor. Lequel ne manqua pas de beugler, selon sa coutume : « Hodor ! » avec un énorme sourire à la ronde.

Mestre Luwin, lui, ne souriait pas. « Nous avons des visiteurs, dit-il, et ils vous réclament, Bran.

– J'étais en train d'écouter une histoire..., gémit celui-ci.

– Les histoires peuvent attendre, mon damoiseau, tu les trouveras là à ton retour, intervint Vieille Nan. Les visiteurs n'ont pas tant de patience, et leurs histoires à eux sont souvent de leur cru.

– C'est qui ? demanda Bran.

– Tyrion Lannister, avec des gens de la Garde de Nuit et un mot de Jon. Robb les reçoit en ce moment même. Hodor, aide Bran à descendre, veux-tu ?

– Hodor ! » jappa joyeusement Hodor, qui dut baisser sa tête embroussaillée pour franchir le seuil. Ses près de sept pieds rendaient inconcevable qu'il pût descendre de Vieille Nan. Se ratatinerait-il autant que son arrière-grand-mère, une fois vieux ? se demanda Bran. Cela paraissait hautement improbable, dût-il devenir millénaire.

Le colosse le soulevait cependant avec autant d'aisance qu'un simple fagot et le nichait contre sa puissante poitrine. Il sentait toujours un peu le cheval, mais cette odeur n'était point déplaisante, ni la toison brune qui tapissait ses bras noueux. « Hodor ! » répéta-t-il. S'il ne savait pas grand-chose, du moins connaissait-il sans conteste son propre nom, avait un jour commenté Greyjoy. Et Vieille Nan de glousser comme une volaille, à ce mot, non sans spécifier qu'il s'appelait de son vrai nom Walder, que nul ne savait d'où il tenait « Hodor », mais qu'à partir du jour où il avait commencé lui-même à le dire à tout bout de champ chacun l'avait affublé de ce sobriquet. L'unique mot qu'il prononçât, d'ailleurs.

Laissant Vieille Nan dans la tour avec ses aiguilles et ses souvenirs, ils descendirent l'escalier, traversèrent la galerie, sans que, malgré ses grandes enjambées, Hodor cessât de fredonner d'une voix discordante aux oreilles de son fardeau ni mestre Luwin, derrière, de trottiner dru pour éviter de se laisser distancer.

Vêtu de maille et de cuir bouilli, Robb occupait la cathèdre de Père et arborait sa physionomie sévère de lord-maître des lieux. Derrière lui se dressaient Mollen et Greyjoy, et sur la grisaille des murs que ponctuaient les fenêtres étroites se détachaient une douzaine de gardes. Debout au centre de la pièce avec ses serviteurs se tenait le nain, ainsi que quatre étrangers dont la tenue noire annonçait l'appartenance à la Garde de Nuit. Dès son entrée, Bran perçut l'ambiance coléreuse.

« Winterfell est heureux d'héberger aussi longtemps qu'il le désirera tout membre de la Garde de Nuit », articulait Robb au même instant, de sa voix seigneuriale. Son épée lui barrait les genoux, nue de manière que nul au monde n'en ignorât. Même Bran savait ce que signifiait d'accueillir un hôte avec de l'acier dégainé.

« Tout membre de la Garde de Nuit, répéta le nain, mais pas moi, si je t'entends bien, mon garçon ? »

Robb se leva et pointa sur lui son épée. « Le seigneur de ces lieux, en l'absence de mes père et mère, c'est moi, Lannister. Je ne suis pas votre garçon.

– Si tu es le seigneur, tu pourrais en apprendre la courtoisie, répliqua le petit homme, ignorant l'arme qui le menaçait. Ton frère bâtard a pris toutes les grâces de ton père, à ce qu'il semble.

– *Jon !* » hoqueta Bran, toujours dans les bras de Hodor.

Le nain se retourna pour le dévisager. « Ainsi, c'est vrai, le petit est vivant. Je pouvais à peine le croire. Vous avez la vie dure, vous autres, Stark.

– Vous feriez bien de vous en souvenir, vous autres, Lannister, grogna Robb en abaissant son épée. Hodor, amène ici mon frère.

– Hodor ! » s'épanouit Hodor en allant au trot déposer Bran dans la vaste cathèdre où, depuis l'époque où ils s'intitulaient rois du Nord, trônaient les sires de Winterfell. D'innombrables séants en avaient poli la pierre froide, et le petit infirme dut se cramponner aux gueules béantes de loups-garous qui en décoraient les bras pour compenser le ballant de ses jambes vaines. L'ampleur du siège lui donnait en outre l'impression d'être moins qu'un avorton.

Robb lui posa la main sur l'épaule. « Vous prétendiez devoir rencontrer Bran, Lannister ? Hé bien, le voici. »

Les yeux du nain mettaient l'enfant très mal à l'aise. L'un était noir et l'autre vert, mais tous deux le fixaient, l'étudiaient, le soupesaient. « A ce que l'on m'a conté, Bran, finit-il par dire, tu grimpais comme personne. Comment se fait-il que tu sois tombé, ce jour-là, dis-moi ?

– Je ne suis jamais tombé », répondit Bran, insistant sur jamais. Il ne l'était jamais, jamais, jamais !

« Il ne conserve aucun souvenir de sa chute ni de l'ascension qui l'a précédée, précisa Luwin, conciliant.

– Curieux, s'étonna Tyrion.

– Mon frère n'est pas là pour subir un interrogatoire, Lannister, dit Robb d'un ton sec. Allez droit au but puis filez.

– Je t'apporte un présent, mon petit, reprit le nain. Tu aimes monter à cheval ?

– Pardon, messire, intervint mestre Luwin, mais il a perdu l'usage de ses jambes, et...

– Bagatelle. Avec la selle adéquate et le cheval adéquat, même un estropié peut monter. »

Estropié... Le terme blessa Bran comme un coup de poignard et, malgré lui, ses yeux se remplirent de larmes.

« Je ne suis pas estropié !

– Dans ce cas, je ne suis pas nain. » Une grimace lui tordit la bouche. « Cette nouvelle ravira mon père. »

Theon crut opportun de s'esclaffer.

« Qu'entendez-vous au juste par selle et cheval adéquats ? repartit Luwin.

– D'abord un cheval docile, répondit Tyrion. Etant donné que le garçon ne peut utiliser ses jambes pour le diriger, vous devez adapter la bête au cavalier, lui apprendre à répondre aux rênes et à la voix. A votre place, je choisirais un poulain neuf, de manière qu'il n'ait pas de dressage à oublier. » Puis il tira de sa ceinture un rouleau de papier. « Pour ce qui est de la selle, votre sellier n'aura qu'à exécuter ce croquis. »

Avec une vivacité d'écureuil gris, le mestre s'empara du document, le déploya, l'examina. « Je vois. Vous avez un joli coup de crayon, messire. Ma foi, cela devrait marcher... Comment n'y ai-je pas pensé moi-même ?

– Je n'y ai guère de mérite, allez. Elle ne diffère pas énormément de celles dont je me sers.

– Et elle me permettra vraiment de monter ? » questionna Bran. Il ne demandait qu'à le croire mais redoutait de se laisser duper par un nouveau mensonge. Les promesses de la corneille l'avaient tellement échaudé...

« Oui, dit le nain. Et je te garantis qu'une fois à cheval tu seras aussi grand que n'importe qui. »

Robb se montrait abasourdi. « Que nous mijotez-vous, Lannister ? En quoi Bran vous concerne-t-il ? Pourquoi diable voudriez-vous l'aider ?

– Parce que votre frère Jon m'en a prié. Et parce que j'ai, grommela Tyrion, la main sur son cœur, un faible pour les infirmes et les bâtards et les choses brisées. »

Soudain, la porte de la cour s'ouvrit à la volée, le soleil inonda la salle, et Rickon surgit, hors d'haleine, avec les loups-garous. Mais s'il s'immobilisa près du seuil, écarquillé, ceux-ci le dépassèrent et, peut-être alertés par leur flair, repérèrent instantanément Lannister. Eté se mit le premier à grogner, aussitôt imité par Vent Gris, et tous deux, l'un par la droite, l'autre par la gauche, avancèrent à pas de velours sur lui.

« Ils n'aiment pas votre odeur, messire, ironisa Theon.

– Sans doute est-il temps que je prenne congé », dit Tyrion. Or, à peine eut-il reculé d'un pas que, dans son dos, Broussaille émergeait de l'ombre en grondant, tandis qu'Eté, de son côté, lui coupait d'un bond la retraite. Il pivota, titubant, et Vent Gris, d'un coup de dents, lui agrippa la manche et en détacha un bon pan.

« *Non !* hurla Bran, du haut de son siège, en voyant les gens de Tyrion dégainer. Ici, Eté ! Eté ! au pied ! »

Le loup l'entendit, le regarda, regarda de nouveau l'ennemi puis, rampant à reculons, alla s'allonger sous les pieds ballants de son maître.

Robb qui avait, lui, retenu jusque-là son souffle exhala un soupir puis appela : « Vent Gris. » D'un pas vif et feutré, la bête s'en fut sur-le-champ le rejoindre. Seul Broussaille, l'œil allumé d'une flamme verte et les babines retroussées, menaçait encore le petit homme.

Mais Bran dut crier : « Rappelle-le, Rickon ! », pour que le bambin, reprenant enfin ses esprits, se mît à piailler : « Couché, Broussaille ! couché, maintenant ! » et que son loup noir, non sans un dernier grondement à l'adresse du nain, courût se faire étreindre passionnément.

Tyrion Lannister dénoua son écharpe et s'en épongea le front puis, d'un ton placide, déclara : « Palpitant.

– Comment vous sentez-vous, messire ? » lui demanda l'un de ses hommes, l'épée toujours au poing, et sans cesser de surveiller les terribles loups.

« Ma manche est fichue, ma culotte plus trempée que je ne saurais dire, mais le reste est sauf, hors ma dignité. »

Robb lui-même semblait sous le choc. « Les loups... Je ne sais ce qui leur a pris...

– Ils m'ont sans le moindre doute pris pour leur pâtée. » Il gratifia Bran d'une révérence raide. « Merci de les avoir rappelés, jeune chevalier. Ils m'auraient, sur ma foi, trouvé fort indigeste. A présent, je *compte* vous quitter, vraiment.

– Un instant, messire », pria mestre Luwin, avant d'aller chuchoter avec Robb, mais trop bas pour que Bran pût saisir un seul mot de leur conversation.

Seulement son frère, à la fin, remit l'épée au fourreau et bredouilla : « Je... Je crains de vous avoir inconsidérément... rudoyé, Lannister. Votre amabilité vis-à-vis de Bran, heu, bon... » Il tâcha de récupérer un semblant de sang-froid. « Si vous daignez agréer l'hospitalité de Winterfell, vous...

– Epargne-moi tes simagrées, mon gars. Tu me détestes et tu ne veux pas de moi dans ces murs. J'ai aperçu une auberge, dehors, en ville, où l'on me donnera un lit. Nous n'en dormirons que mieux tous les deux. Il se peut même que, pour quelques sols, une fille accorte accepte de chauffer mes draps. » Puis, se tournant vers l'un des frères noirs, un vieillard tordu et à barbe hirsute : « Yoren, dit-il, nous partirons au point du jour. Vous nous rattraperez en route, je présume. » Et, là-dessus, il chaloupa de ses pattes courtes vers la sortie, dépassa Rickon et disparut, suivi de ses gens.

Alors, Robb se tourna gauchement vers les quatre hommes de la Garde de Nuit. « J'ai fait préparer vos chambres. Vous y trouverez suffisance d'eau chaude pour vous décrasser de la route. J'espère que vous honorerez notre table, ce soir. » Et il prononça ces sottes phrases avec tant d'embarras que Bran les suspecta d'être un discours appris.

On n'y percevait aucune cordialité, mais les frères noirs exprimèrent leur gratitude sur le même ton.

Là-haut, dans la tour, ils découvrirent Vieille Nan assoupie au fond de son fauteuil. Sitôt Bran déposé sur son lit, sous l'œil vigilant d'Eté, Hodor gloussa : « Hodor ! » et, soulevant son arrière-grand-mère qui ronflait doucement, l'emporta, tel un fétu, sans qu'elle se fût seulement réveillée, tandis que le gamin reposait, songeur. Il dînerait dans la grande salle avec les hommes du Mur, Robb le lui avait promis. « Eté ? » souffla-t-il. Eté bondit sur le lit, et il l'étreignit avec tant de fougue que le loup haletait un peu, tout contre sa joue. « Je vais pouvoir monter, lui murmura-t-il. Patience, et tu verras, nous irons sous peu chasser dans les bois, tous les deux. » Un instant plus tard, il dormait.

... Il grimpait à nouveau, pouce après pouce, vers le sommet d'une vieille tour aveugle. Ses doigts se frayaient une prise entre les pierres noircies, ses pieds cherchaient des points d'appui. Il s'élevait plus haut, toujours plus haut, s'élevait au travers des nuages dans le ciel nocturne, et toujours la tour se dressait devant lui. Comme il marquait une pause et regardait vers le bas, la tête lui tourna, il sentit déraper ses doigts, poussa un cri en se cramponnant au désir de vivre. A des centaines de lieues, là-bas dessous, la terre, et il ne savait pas voler. *Il ne pouvait pas voler.* Il attendit que se fût calmée l'horrible chamade et, dès qu'il put librement respirer, reprit son ascension. Point d'autre issue que par en haut. Là-haut, très loin, se découpaient, lui semblait-il, contre la pâleur lunaire, des silhouettes de gargouilles. Ses bras lui faisaient mal, mais il n'osait prendre de repos, s'évertuait même à grimper plus vite. Les gargouilles l'observaient venir d'un regard de braise. Jadis des lions, peut-être, à présent réduites à des figures torturées, grotesques, elles se chuchotaient distinctement des choses inaudibles, et leur timbre de pierre avait une terrifiante douceur. Mais il ne fallait à aucun prix les écouter, se disait-il, les entendre pour rien au monde tant qu'elles ne le déclareraient pas tiré d'affaire. Mais quand, s'affranchissant de la muraille, les gargouilles trottèrent à pas de loup vers lui, force lui fut de douter encore de son salut. « Je n'ai pas entendu, sanglota-t-il tandis qu'elles se rapprochaient inexorablement, rien ! rien ! »

Il s'éveilla en sursaut et, dans le noir où il s'égarait, discerna une ombre colossale qui menaçait de l'envelopper. « Je n'ai pas entendu », protesta-t-il dans un souffle, affolé, mais l'ombre, alors, pouffa : « Hodor ! » et, en voyant s'allumer la chandelle, à son chevet, Bran poussa un soupir de soulagement.

Il était trempé de sueur. Muni d'une serviette humide et tiède, Hodor l'épongea puis le vêtit avec autant de dextérité que de délicatesse et, l'heure venue, l'emporta dans la grande salle où l'on avait dressé les tréteaux près du feu. Au haut bout de la table, le siège seigneurial demeurait vacant, mais Robb en occupait la droite, et Bran lui faisait face. Au menu figuraient ce soir-là du cochon de lait, des pigeons en croûte, des navets au beurre et, en guise de dessert, le cuisinier laissait espérer un gâteau de miel. Assis près de Bran, Eté happait les lichettes que celui-ci lui distribuait, tandis que, dans un coin, Broussaille et Vent Gris se disputaient un os. Depuis quelque temps, les chiens de Winterfell ne s'aventuraient plus dans les parages, et Bran lui-même avait cessé de s'en étonner.

Comme Yoren était le doyen des frères noirs, l'intendant l'avait placé entre Robb et mestre Luwin, au risque de les incommoder tous deux, car il exhalait une puanteur aigrelette de vétusté mêlée de crasse invétérée. Il déchiquetait la viande à pleines dents, broyait les os pour en aspirer bruyamment la moelle, et la mention de Jon Snow lui secoua les épaules. « Le fléau de ser Alliser », éructa-t-il, déchaînant par là l'hilarité incompréhensible de ses compagnons. Mais un silence lugubre tomba lorsque Robb s'enquit d'Oncle Ben.

« Qu'y a-t-il donc ? » s'alarma Bran.

Yoren se torcha les doigts sur sa veste. « Il y a, messires, que c'est cruel de payer son écot avec des nouvelles pénibles, mais celui qu'accable une question se doit de porter la réponse. Stark a disparu. »

L'un des frères ajouta : « Le Vieil Ours l'a envoyé à la recherche de Waymar Royce, et il tarde à revenir.

– Beaucoup trop, reprit Yoren. Il doit être mort.

– Mon oncle n'est pas mort ! explosa Robb d'un ton où perçait la colère en se levant brusquement, la main à l'épée. Entendez-vous ? *Mon oncle n'est pas mort !* » Sa voix résonna si durement contre les murs de pierre que, tout à coup, Bran fut pris de panique.

Le vieux puant, lui, ne s'émut pas pour si peu. « Vous avez beau dire, m'sire. » Et il se mit à suçoter ses dents engorgées.

Le plus jeune des frères noirs se tortillait sur son siège. « Y a personne, au Mur, qui connaît mieux que Benjen Stark la forêt hantée. Y finira par s'y retrouver.

– Peut-être, repartit Yoren, et peut-être pas. Pas ça qui manque, les types doués qui se sont fourrés là-dedans et qui n'en sont jamais ressortis. »

Bran demeura d'abord pétrifié. L'histoire de Vieille Nan l'obsédait. Il revoyait le dernier héros poursuivi par les Autres, traqué par leurs piqueux morts et par leurs araignées aussi grosses que des limiers. Puis il se souvint du dénouement. « Les enfants l'aideront, balbutia-t-il, les enfants de la forêt ! »

Theon Greyjoy ricana sous cape, et mestre Luwin murmura : « Voyons, Bran, les enfants de la forêt sont morts et enterrés depuis des milliers d'années. D'eux ne subsiste que la face sculptée des barrals.

– Par ici, vous avez peut-être raison, mestre, dit Yoren, mais, dans le nord, au-delà du Mur, qui pourrait dire ? La frontière entre la mort et la vie, là-bas... »

Après qu'on eut desservi, cette nuit-là, Robb remonta lui-même Bran dans sa chambre. Vent Gris lui servait d'éclaireur, Eté le talonnait. Si fort qu'il fût pour son âge, et léger le fardeau, les marches étaient si abruptes et si sombres qu'en atteignant le palier supérieur il soufflait comme une forge. Il mit son frère au lit, lui remonta les couvertures jusqu'au menton, souffla la chandelle et, dans le noir, s'assit quelques minutes à son chevet. Bran brûlait de lui parler, mais il ne savait que lui dire. Enfin, Robb chuchota : « On va te trouver un cheval, promis.

– Est-ce qu'ils reviendront un jour ?

– Oui, répondit Robb, et d'une voix si lourde d'espérance que le petit, cette fois, reconnut le frère et non plus le petit seigneur affecté. Mère sera bientôt là. Et qui sait si nous ne pourrons pas aller au-devant d'elle, à cheval ? Quelle surprise elle aurait de te voir en selle, hein ? » Malgré l'obscurité, Bran devina qu'il souriait. « Et, après, nous irons voir le Mur. Nous ne préviendrons surtout pas Jon de notre venue et, un beau jour, nous lui tomberons dessus, là, toi et moi. Quelle aventure, n'est-ce pas ?

– Quelle aventure... ! » songea Bran en écho, tandis que son frère laissait échapper un sanglot. Alors, comme il faisait trop sombre pour voir ses pleurs, il tendit la main, à tâtons, vers la sienne, et leurs doigts s'unirent.

EDDARD

« La disparition de lord Arryn nous a tous profondément affligés, monseigneur, déclara Pycelle, et c'est trop volontiers que je vous ferai, dans la faible mesure de mes moyens, le récit de son agonie. Veuillez vous asseoir. Souhaiteriez-vous quelque rafraîchissement ? Des dattes, peut-être ? J'ai aussi d'excellents kakis. Le vin, hélas, me contrarie la digestion, maintenant, mais je puis vous offrir du lait glacé, je le sucre au miel, et je ne sache rien de si rafraîchissant, par ces chaleurs. »

Comment nier celles-ci, quand elles lui plaquaient sa tunique de soie contre la poitrine ? Une atmosphère épaisse et moite engonçait la ville à la manière d'une couverture de laine humide, et toute la police du monde n'eût pu empêcher de grouiller les berges de la rivière, vu que les pauvres y fuyaient en quête d'air leurs taudis fétides et brûlants, se disputaient le moindre pouce de terre où dormir et jouir du moindre soupçon de vent. « Trop aimable à vous », dit Ned en prenant un siège.

Le Grand Mestre saisit entre le pouce et l'index une minuscule clochette d'argent dont le tintement clair fit accourir sur la terrasse une servante jeune et svelte. « Du lait glacé pour la Main du Roi et moi-même, s'il te plaît, petite. Bien sucré. »

Tandis qu'elle allait exécuter ses ordres, il se croisa les mains, les mit au repos sur son ventre. « Le petit peuple prétend que la dernière année d'été est toujours la plus torride. Il n'en est évidemment rien, mais c'est une sensation que l'on éprouve fréquemment, n'est-ce pas ? Quant à moi, les jours comme aujourd'hui, je vous envie vos neiges d'été septentrionales. » La lourde chaîne sertie de joyaux cliquetait à chacun de ses mouvements. « En tout cas, l'été du roi Maekar fut plus torride que celui-ci, et presque aussi long. Et il se trouva des gens assez farfelus, même à l'intérieur de la Citadelle, pour y voir la preuve que l'Eté Suprême, l'été qui n'aura pas de terme, était enfin là, ce qui ne l'empêcha pas, six ans plus tard, de nous lâcher subitement pour un bref automne et un hiver épouvantablement long. Au surplus, il fut d'une chaleur atroce tout du long. Le jour, la vieille ville exhalait des vapeurs suffocantes d'étuve et ne revivait qu'à la nuit. Nous partions flâner dans les jardins qui bordaient la rivière, et les dieux faisaient les frais de nos discussions. Il me semble encore sentir l'odeur complexe de ces nuits-là, monseigneur. Le parfum, la sueur, le melon mûr à éclater, la pêche et la pomme grenade, l'ombre noire et la lune en fleurs. J'étais jeune, à l'époque, je forgeais encore ma chaîne, la canicule ne m'épuisait pas comme à présent. » Ses paupières bouffies d'œdème lui donnaient l'air de somnoler. « Mais je vous demande pardon, lord Eddard. Vous n'êtes pas venu pour que je vous assomme avec mes radotages sur un été dont plus personne déjà ne se souvenait à la naissance de votre propre père. N'accusez de tous ces méandres, je vous prie, que l'âge. Les esprits sont, hélas, comme les épées. Le temps les rouille et les émousse. Mais voici notre lait ! » Pendant que la servante disposait le plateau entre eux, il lui adressa un sourire. « Ma mignonne. » Il prit une coupe, goûta, hocha. « Merci. Va, maintenant. »

Quand elle se fut esquivée, les yeux pâles et chassieux de Pycelle se reportèrent vers son hôte. « Où en étions-nous ? ah, oui... Vous m'interrogiez à propos de lord Arryn...

– C'est cela. » Par politesse, il prit une gorgée du breuvage, en savoura le froid, mais le trouva trop sirupeux.

« Pour dire la vérité, il n'était plus dans son assiette, depuis quelque temps, reprit Pycelle. Nous avions siégé, lui et moi, tant d'années ensemble au Conseil que j'avais bien vu les symptômes, mais je mettais tout sur le compte de tous les tracas qu'il supportait avec constance depuis si longtemps. Ses larges épaules ployaient sous le faix du royaume, entre autres. Un fils unique valétudinaire et une épouse tellement anxieuse de le perdre qu'elle tolérait à peine de ne pas avoir en permanence l'enfant sous ses yeux, il y avait déjà là de quoi accabler l'homme le plus vigoureux, et lord Jon n'était pas de première jeunesse. Fallait-il vraiment s'étonner qu'il parût mélancolique et fatigué ? Sur le moment, j'ai pensé que non. Maintenant... » Il branla pesamment du chef. « Je serais plus circonspect, maintenant.

– Parlez-moi du mal qui l'a emporté. »

Le Grand Mestre ouvrit les mains en signe d'impuissance et de désolation. « Un jour, il vint s'enquérir de certain livre, et je lui trouvai bon pied bon œil comme d'habitude. J'eus seulement l'impression que quelque chose le tourmentait, un problème grave. Le lendemain matin, il se tordait de douleur, trop malade pour quitter le lit. Mestre Colemon crut diagnostiquer des coliques dues au froid. Il avait effectivement fait une chaleur terrible, et lord Jon mettait volontiers de la glace dans son vin, procédé susceptible de bouleverser la digestion. Puis, comme il ne cessait de s'affaiblir, je me rendis en personne à son chevet, mais les dieux ne m'accordèrent pas la grâce de le sauver.

– On m'a dit que vous aviez congédié mestre Colemon. »

Le Grand Mestre acquiesça d'abord d'un signe dont la lenteur implacable évoquait l'avance d'un glacier. « C'est exact, et je crains que lady Lysa ne me le pardonne jamais. J'ai pu me tromper, mais j'ai cru agir pour le mieux. Je considère mestre Colemon comme un fils, j'estime plus que quiconque ses capacités, mais il est jeune, et les jeunes gens se méprennent fréquemment sur la fragilité des organismes plus âgés. Il administrait à lord Arryn, pour le purger, des potions formidables et du jus de poivre qui, à mes yeux, risquaient de le tuer.

– Lord Arryn ne vous a rien dit, au cours des heures qui précédèrent sa mort ? »

Un pli barra le front de Pycelle. « Au dernier stade de sa fièvre, il appela *Robert* à maintes reprises, mais je ne saurais dire qui il réclamait, de son fils ou du roi. Par peur de la contagion, lady Lysa interdisait à l'enfant l'accès de la chambre. Le roi vint, lui, voir lord Jon et passa des heures à lui parler sur un ton plaisant des jours anciens, dans l'espoir que les souvenirs communs le ranimeraient. Le spectacle de sa tendresse était bouleversant.

– A part cela, rien ? Pas de dernières volontés ?

– Lorsque je compris qu'il n'y avait plus d'espoir, je lui fis absorber du lait de pavot pour l'empêcher de souffrir. Juste avant de fermer définitivement les yeux, il murmura quelque chose à l'adresse de sa femme et du roi, une bénédiction concernant son fils. Il dit : "*La graine est vigoureuse.*" Il n'articulait plus suffisamment, à la fin, pour qu'on pût comprendre. La mort ne le prit que le matin suivant, mais il demeura paisible jusque-là. Sans avoir repris la parole. »

Ned avala une nouvelle gorgée de lait, tout en s'efforçant d'en omettre l'écœurement. « Rien ne vous a paru anormal, dans sa mort ?

– Anormal ? » La voix du vieux mestre se réduisait à un souffle.

« Non, je ne dirais rien de tel. Désolant, certes. Encore que la mort soit, somme toute, la chose la plus normale du monde, lord Eddard. Jon Arryn repose en paix, maintenant. Délivré enfin de tous ses ennuis.

– Le mal qui l'a emporté, insista Ned, vous l'aviez observé sur d'autres patients ?

– Voilà quarante années que je suis Grand Mestre des Sept Couronnes, répondit Pycelle. Sous notre bon roi Robert et sous son prédécesseur, Aerys Targaryen, sous le prédécesseur de celui-ci, son père, Jaehaerys II, et même, durant quelques mois, sous le père de ce dernier, Aegon le Fortuné, cinquième du nom. La maladie, j'en ai vu bien plus de variantes que je n'ai cure de me souvenir, monseigneur, mais je vais vous dire une chose : chaque cas diffère, tous sont similaires. La mort de lord Jon ne fut pas plus bizarre qu'aucune autre.

– Sa femme a pensé le contraire... »

Le Grand Mestre hocha la tête. « Je me rappelle, à présent. La veuve est sœur de votre noble épouse. S'il est permis à un vieillard de parler crûment, laissez-moi vous dire que le chagrin peut déranger les têtes les plus solides et les mieux en ordre, toutes qualités dont lady Lysa n'a jamais pu se targuer. Depuis sa dernière fausse couche, elle voit des ennemis derrière chaque ombre, et la disparition de son mari l'a littéralement pulvérisée.

– Ainsi affirmeriez-vous en conscience que Jon Arryn est mort d'une maladie foudroyante ?

– Oui, répondit gravement Pycelle. Si ce n'était de maladie, cher seigneur, de quoi d'autre, je vous prie ?

– Empoisonné », suggéra Ned d'un ton placide.

Les paupières assoupies s'animèrent d'un battement, le vieillard s'agita, mal à l'aise. « Qu'allez-vous... ? Nous ne sommes pas dans les cités libres, où cette pratique est courante. Le Grand Mestre Aethelmure a eu beau écrire que le meurtre gît, latent, dans tous les cœurs, l'empoisonneur n'en demeurerait pas moins indigne même de mépris. » Il s'abîma dans un long silence songeur. « Sans être irrecevable, monseigneur, votre hypothèse me paraît dénuée de vraisemblance. Le dernier des mestres connaît les poisons ordinaires, et lord Arryn ne présentait aucun des symptômes habituels. Et, en tant que Main, tout le monde le chérissait. Quel genre de monstre à figure humaine aurait pu perpétrer pareille ignominie ?

– Je me suis laissé dire que le poison était l'arme des femmes. »

Pycelle caressa pensivement sa barbe. « On le prétend. Des femmes, des couards et... des eunuques. » Il se racla longuement la gorge et finit par expectorer des glaires bien grasses dont il honora la jonchée. Un choucas claironna, depuis la roukerie, juste au-dessus d'eux, son croassement. « Notre lord Varys est né dans les fers à Lys, saviez-vous ? Défiez-vous des araignées, monseigneur. »

Cette mise en garde n'était pas absolument indispensable. Quelque chose en Varys donnait la chair de poule à Ned. « Je m'en souviendrai, mestre. Et merci de votre aide. J'ai abusé de votre temps. » Il se leva.

Pycelle s'extirpa poussivement de son fauteuil et l'escorta jusqu'à la porte. « J'espère avoir, si peu que ce soit, contribué à votre tranquillité d'esprit. Si je puis vous rendre le moindre service, veuillez seulement disposer de moi.

– Une chose, dit Ned. Je serais curieux d'examiner le volume que Jon vint vous emprunter la veille du jour où il tomba malade.

– Je crains qu'il ne vous intéresse guère... Il s'agissait de la pesante somme consacrée par le Grand Mestre Malleon aux généalogies des grandes maisons.

– N'importe. J'aimerais le voir. »

Le vieux ouvrit la porte. « Comme il vous plaira. Je l'ai dans quelque coin. Dès que je le retrouve, je vous le fais porter.

– Vous êtes vraiment trop aimable, dit Ned, avant de reprendre, comme si une idée venait de le traverser : Une dernière question, si vous me permettez. Vous m'avez bien dit que le roi se trouvait à son chevet, quand lord Arryn a rendu le dernier soupir, mais la reine ? la reine n'y était pas ?

– Non. C'est que, voyez-vous, la reine était en route, avec son père et ses enfants, pour Castral Roc. Lord Tywin était venu en grand arroi assister au tournoi donné pour la fête du prince Joffrey et à l'issue duquel il escomptait voir triompher son fils Jaime (en quoi, par parenthèse, il se trouva étrangement marri). C'est à moi qu'échut la tâche de mander la mort subite d'Arryn à la reine, et jamais de ma vie je ne lâchai d'oiseau plus à contrecœur.

– Ailes noires, noires nouvelles », murmura Ned. Un proverbe enseigné jadis par Vieille Nan.

« Le dicton des femmes de pêcheurs, acquiesça Pycelle, mais nous le savons abusif. Lorsque nous parvint l'oiseau de mestre Luwin, les nouvelles qu'il apportait de votre petit Bran ont bel et bien réjoui tous les cœurs sincères du château, n'est-ce pas ?

– Ce n'est pas moi qui vous contredirai, mestre.

– Les dieux sont miséricordieux. » Sa tête s'inclina. « Venez me voir aussi souvent que vous le souhaiterez, lord Eddard. Je suis en ces lieux pour servir. »

Oui, songea Ned tandis que la porte se refermait, *mais qui* ?

Il regagnait ses appartements dans la tour de la Main quand il tomba, au détour de l'escalier à vis, sur le spectacle inopiné d'Arya qui, moulinant des deux bras, tâchait de tenir en équilibre sur une seule jambe. Avec le succès manifeste d'avoir écorché ses pieds nus aux aspérités de la pierre. Il s'immobilisa, bouche bée. « Que diantre fais-tu là, ma fille ?

– Syrio assure qu'un danseur d'eau peut demeurer des heures entières sur un seul orteil. »

Il ne put s'empêcher de sourire et taquina : « Bon, mais lequel ?

– Sur *n'importe* lequel », répliqua-t-elle, hérissée par la question. D'un saut, elle changea de pointe et tangua périlleusement, le temps de récupérer son assiette.

« Est-il absolument nécessaire que tu t'y exerces ici ? La chute sera rude, si tu dévales…

– Syrio assure qu'un danseur d'eau ne tombe *jamais*. » Elle reprit la position normale. « Est-ce que Bran va venir nous rejoindre, à présent, Père ?

– Pas de sitôt, ma douce. Il lui faut recouvrer ses forces. »

Elle se mordit la lèvre. « Que fera-t-il, quand il sera grand ? »

Il s'agenouilla devant elle. « Il a des années devant lui pour trouver la réponse, Arya. Contentons-nous, pour l'heure, de savoir qu'il va vivre. » Le soir où était arrivé l'oiseau de Winterfell, Stark avait emmené ses filles dans le bois sacré du château, un acre planté d'ormes, d'aulnes et de cotonneux noirs qui surplombait le fleuve. L'arbre-cœur en était un chêne colossal dont la ramure disparaissait presque sous des courtines de fumevigne et au pied duquel, à genoux comme devant un barral, ils adressèrent aux dieux, tous trois, leurs actions de grâces. Le sommeil emporta Sansa comme la lune se levait, Arya bien plus tard, pelotonnée dans l'herbe sous le manteau de son père. Dès lors, il avait poursuivi seul sa veille, sans défaillance, jusqu'à ce que, déchirant les ténèbres par-dessus la ville, l'aurore lui montrât ses filles allongées parmi la floraison sanglante de souffle-dragons. « J'ai rêvé de Bran, lui avait ensuite chuchoté Sansa. Et il souriait. »

« Il voulait devenir chevalier, disait à présent Arya. Chevalier de la Garde. Il peut encore ?

– Non », dit-il. A quoi bon mentir ? « Mais rien ne s'oppose à ce qu'un jour il tienne une place forte importante et siège au Conseil du roi. Ou bien construise des châteaux, à l'instar de Brandon le Bâtisseur ; ou bien fasse, à bord d'un vaisseau, la traversée des mers du Crépuscule ; ou encore adopte la religion de Mère et accède à la dignité de Grand Septon. » *Mais, plus jamais*, songeait-il avec une tristesse indicible, *il ne courra aux côtés de son loup, jamais il n'étreindra de femme, jamais il ne prendra dans ses bras un fils de sa propre chair.*

Arya pencha la tête de côté. « Et moi ? je pourrais être conseiller du roi, bâtir des châteaux, devenir Grand Septon ?

– Toi, dit-il en lui posant un petit baiser sur le front, tu épouseras un roi, tu régneras sur son château, et tes enfants seront chevaliers, princes, seigneurs, voire, oui, l'un d'eux, peut-être, Grand Septon. »

Le visage d'Arya se ferma. « Non, dit-elle, tout ça, c'est *Sansa.* » Et comme là-dessus, elle repliait sa jambe droite et reprenait son entraînement, Ned, avec un soupir, la planta là.

Aussitôt dans sa chambre, il se dépouilla de ses vêtements détrempés puis, s'inclinant sur la cuvette disposée près du lit, s'inonda la tête d'eau froide. Et il était en train de s'éponger lorsqu'Alyn entrebâilla la porte. « Monseigneur, lord Baelish est là, qui demande audience.

– Conduis-le dans la loggia, répondit-il, tout en cherchant du linge frais, du lin le plus léger possible. Je suis à lui dans un instant. »

Juché sur la banquette de la baie, Littlefinger regardait attentivement les chevaliers de la Garde s'exercer dans la cour, en contrebas, lorsque son hôte le rejoignit. « Quel dommage, grogna-t-il, que la cervelle de notre vieux Selmy ne soit pas aussi leste que sa lame ! Les séances du Conseil seraient autrement vivantes…

– Ser Barristan n'a rien à envier à personne, à Port-Réal, pour la vaillance et le sens de l'honneur. » Maintenant qu'il le connaissait mieux, Ned vouait une espèce de vénération au commandant suprême de la Garde.

« Ni pour l'ennui, ajouta Littlefinger, mais je suis prêt à parier qu'il fera merveille, lors du tournoi. Il a démonté le Limier, l'an passé, et son dernier triomphe ne date que de quatre ans. »

La question du vainqueur éventuel était le dernier souci de lord Stark. « Est-ce là ce qui motive votre visite, lord Petyr, ou bien simplement le plaisir de la vue que l'on a d'ici ? »

Le visiteur sourit. « J'ai promis à Cat de vous aider dans votre enquête, et je m'y emploie. »

La réponse prit Ned à contre-pied. Promesse ou non, il éprouvait une défiance viscérale à l'endroit de Baelish, ne pouvait se défendre de lui trouver une intelligence fort excessive.

« Quelque chose pour moi ?

– Quelqu'*un*, rectifia l'autre. Quatre personnes, pour être exact. Avez-vous songé à interroger les serviteurs de la Main ? »

Ned fronça le sourcil. « Que ne le puis-je ! Lady Arryn a remmené aux Eyrié toute sa maisonnée. » Elle ne lui avait pas facilité la tâche, à cet égard. Tous les intimes de son mari, tout son entourage immédiat s'étaient éclipsés avec elle : le mestre personnel de Jon, son intendant, le capitaine de sa garde, ses chevaliers, ses gens…

« *La plupart* de sa maisonnée, insista Littlefinger, pas toute. Il en reste. Une fille de cuisine enceinte qu'on a précipitamment mariée à un valet d'écurie de lord Renly, un aide-palefrenier passé dans le guet, un échanson renvoyé pour vol, et l'écuyer de lord Arryn.

– Son écuyer ? » Une bonne surprise, en l'occurrence. Nul n'était mieux renseigné qu'un écuyer sur les allées et venues de son maître…

« Ser Hugh du Val, susurra Petyr. Le roi l'a fait chevalier, après la mort de lord Arryn.

– Je vais le faire venir, dit Ned. Ainsi que les autres. »

Littlefinger ébaucha une grimace bizarre. « Faites-moi la grâce, monseigneur, d'approcher de la baie.

– Pourquoi donc ?

– Venez, que je vous montre, monseigneur… »

Ned s'exécuta, maussade, et Baelish, d'un geste désinvolte, lui désigna la cour. « Là-bas, de l'autre côté, à la porte de l'arsenal, le garçon accroupi près des marches…, vous voyez ? oui, celui qui fourbit son épée…

– Eh bien ?

– Une mouche de Varys. Votre personne, chacun de vos faits et gestes intéressent prodigieusement l'Araignée. » Il modifia sa position. « Un coup d'œil au rempart, maintenant. Plus à l'ouest, au-dessus des écuries. Le garde qui se penche au créneau…

– Encore un homme de l'eunuque ?

– Non. Celui-ci appartient à la reine. Vous remarquerez que, de sa place, il jouit d'une vue imprenable sur la porte de cette tour-ci, la meilleure, en fait, pour identifier tous vos visiteurs. D'autres vous épient de même, beaucoup d'autres, inconnus jusque de moi. Les yeux pullulent, dans le Donjon Rouge. Aurais-je, sans cela, caché Cat dans un bordel ? »

Eddard Stark abhorrait tant ces manigances qu'il ne put réprimer son indignation. « Par les sept enfers ! » jura-t-il. Il avait maintenant l'impression que l'individu du rempart le guignait. Le malaise le fit s'écarter vivement de la baie. « Chacun serait-il l'indic de quelqu'un, dans cette cité maudite ?

– A quelques exceptions près, dit Littlefinger, se mettant à compter sur les doigts d'une main. Eh bien, vous, moi, le roi, quoique..., vous ferez bien d'y songer, le roi se montre beaucoup trop bavard avec la reine, et vous-même ne m'inspirez qu'une sécurité très relative. » Il se leva. « Avez-vous à votre service un homme en qui vous ayez une confiance totale, absolue ?

– Oui.

– Dans ce cas, je possède, à Valyria, un palais délicieux que je serais enchanté de vous vendre, riposta Littlefinger avec un sourire narquois. Vous eussiez été plus avisé de répondre *non*, monseigneur, mais tant pis. Dépêchez votre parangon de loyauté à ser Hugh et aux autres. Vos moindres mouvements sont repérés d'avance, mais Varys l'Araignée lui-même ne saurait tenir à l'œil chacun de vos gens et à chaque heure de la journée. » Il se dirigea vers la porte.

« Lord Petyr ? le rappela Ned. Je... je vous sais gré de votre aide. Peut-être avais-je tort de me garder de vous. »

Littlefinger affina la pointe de sa barbiche. « Vous êtes lent à apprendre, lord Eddard. Vous n'avez rien fait de si pertinent, depuis que vous avez mis pied à terre en ces lieux, que de vous garder de moi. »

JON

Lorsque la nouvelle recrue pénétra dans la cour d'entraînement, Jon était en train de montrer à Dareon la meilleure manière d'assener un coup latéral. « Tes pieds, beaucoup plus écartés ! lui intimait-il. Tu ne tiens pas à perdre l'équilibre, si ? Voilà. A présent, pivote et, tout en frappant, porte tout ton poids derrière la lame. »

Soudain, Dareon s'immobilisa et, relevant sa visière, « Par les sept dieux ! murmura-t-il, regarde-moi ça, Jon... ».

Jon se retourna. Dans la lucarne de son heaume se découpait, debout sur le seuil de l'armurerie, le garçon le plus gras qu'il eût jamais vu. Dans les deux cent cinquante livres, à vue de nez. Le col de fourrure de son surcot brodé disparaissait sous l'avalanche des fanons. Des yeux délavés s'effaraient dans sa face lunaire, et il torchait sans trêve les boudins moites qui lui tenaient lieu de doigts sur le velours de son pourpoint. « On... on m'a dit de venir ici pour m'en... m'entraîner, bafouilla-t-il à la cantonade.

– Un hobereau, souffla Pyp à Jon. Du sud. Je gagerais des environs de Hautjardin. » Pour avoir parcouru les Sept Couronnes avec une troupe de baladins, Pyp se faisait fort d'identifier la provenance et le milieu des gens rien qu'au son de leur voix.

Un chasseur écarlate foulait à grands pas l'énorme poitrine du nouveau venu. Un blason inconnu de Jon. Ser Alliser Thorne jeta un regard dédaigneux sur son futur élève et grommela : « Il semblerait qu'on soit à court de voleurs et de braconniers, dans le sud. Voilà qu'on nous livre des porcs pour garnir le Mur. Fourrure et velours... ! votre conception de l'armure, seigneur Jambonneau ? »

A la vérité, le malheureux avait apporté son fourniment complet : doublet molletonné, cuir bouilli, cotte de mailles à plates, heaume, rien n'y manquait, pas même un superbe écu de bois et de cuir, frappé du fameux chasseur écarlate, mais rien n'était noir. Aussi ser Alliser l'expédia-t-il proprement se rééquiper à l'armurerie. La moitié de la matinée y passa. La circonférence du poitrail obligea Donald Noye à défaire un haubert de mailles et à le remonter muni de panneaux de cuir latéraux. Pour le heaume, il fallut détacher la visière. Quant aux surtouts de cuir, ils engonçaient si bien l'obèse aux jambes et aux aisselles qu'il pouvait à peine se mouvoir. Une fois paré pour la lutte, il avait l'air prêt à éclater d'un saucisson trop cuit.

« Reste à espérer que tu sois moins minable que ta dégaine, l'encouragea ser Alliser. Halder, montre-nous voir ce que sait faire ser Goret. »

Jon se crispa. Né dans une carrière où il avait fait son apprentissage de tailleur de pierre, Halder était, à seize ans, aussi grand que musclé, et il assenait les coups les plus rudes que Jon eût jamais reçus. « Ça va être plus moche qu'un cul de pute », maugréa Pyp, et ce le fut.

En moins d'une minute, l'obèse gisait à terre, tout secoué de tremblements gélatineux. Du sang giclait de son heaume fracassé, ses doigts bouffis ruisselaient de sang, et il glapissait : « Grâce ! je me rends ! ça suffit ! je me rends ! ne me frappe plus ! » à la grande joie de Rast et de quelques autres.

Ser Alliser n'en avait cependant pas son soûl, qui gueulait : « Debout, ser Goret ! ramasse ton épée ! » Puis, voyant que le garçon ne se relevait pas, il gesticula à l'adresse de Halder : « Fais-le tâter du plat de ton épée, jusqu'à ce qu'il trouve ses pieds. » A titre d'essai, Halder lui claqua les joues. « Vas-y plus fort », ricana Thorne. Empoignant alors sa flamberge à deux mains, Halder l'assena avec tant de brutalité que, quoique à plat, le coup déchira le cuir, non sans arracher des cris de douleur au nouveau.

Jon fit un pas en avant mais, de son gantelet de mailles, le petit Pyp lui étreignit le bras. « *Non*, Jon, souffla-t-il, avec un regard anxieux du côté de ser Alliser Thorne.

– Debout ! » répéta ce dernier. L'obèse se démena pour obtempérer, glissa, retomba pesamment. « Ser Goret commence à saisir, commenta Thorne. Seconde leçon. »

Halder brandit à nouveau l'épée. « Tailles-y-nous un jambon ! » rigola Rast.

Jon repoussa la main de Pyp. « *Suffit*, Halder. »

Du regard, Halder consulta ser Alliser.

« Le Bâtard parle, et les rustres tremblent, dit le maître d'armes, du ton âpre et froid qui n'était qu'à lui. Je vous rappelle, lord Snow, que le maître d'armes, ici, c'est moi.

– Regarde-le, Halder, reprit Jon, impérieux, tout en affectant de son mieux d'ignorer Thorne. Quel honneur y a-t-il à frapper un adversaire à terre ? Il s'est rendu. » Il s'agenouilla auprès du vaincu.

Halder laissa retomber son épée. « Il s'est rendu », fit-il en écho.

La hargne embrasa l'œil de ser Alliser. « Notre Bâtard serait-il amoureux ? lança-t-il en le voyant aider l'obèse à se relever. Montrez-moi donc ce que vaut votre acier, lord Snow... »

Quasiment d'instinct, Jon dégaina. Mais, ce faisant, il se rendit compte, avec un frisson, que, s'il n'avait jusqu'alors osé défier ser Alliser que jusqu'à un certain point, ce point venait d'être, et de loin..., dépassé.

Thorne s'épanouit. « Puisque le Bâtard désire défendre la dame de ses pensées, soit, nous profiterons de son vœu pour nous entraîner. Rat, Pustule, venez seconder le cher Cap-de-roc. » Rast et Albett se placèrent aux côtés de Halder. « A vous trois, vous parviendrez bien à faire piauler dame Truie, je pense ? Il vous suffira de passer sur le corps du Bâtard.

– Mets-toi derrière moi », dit Jon à l'obèse. Ser Alliser l'avait maintes fois opposé à deux adversaires, mais jamais à trois. Aussi s'attendait-il à devoir encaisser force plaies et bosses. Il se concentrait néanmoins pour bien tenir tête quand Pyp, brusquement, vint se ranger auprès de lui. « La partie sera plus plaisante, à trois contre deux », dit-il, avec une bravoure qu'on n'eût guère attendue de son exiguïté. Puis il abaissa sa visière et dégaina, tandis que, sans même laisser à Jon le loisir d'envisager de protester, Grenn venait faire le troisième.

Un silence de mort était tombé sur la cour, et Jon sentait s'appesantir le regard de ser Alliser. « Hé bien, qu'attendez-vous ? » demanda-t-il à ses champions, d'une voix qui se voulait mielleuse. C'est néanmoins Jon qui ouvrit les hostilités, et Halder eut tout juste le temps de se mettre en garde.

En se montrant sans relâche offensif et en lui imposant son propre rythme, Jon compensait la différence d'âge et le forçait à reculer. *Connais ton adversaire*, lui avait jadis enseigné ser Rodrik. Halder, il le connaissait, brutal et puissant mais trop fougueux pour supporter longtemps la défensive. Il suffirait de le frustrer pour l'amener à se découvrir, aussi sûr et certain que le soleil se couche.

Les autres étant à leur tour, tout autour, entrés dans la danse, la cour tout entière retentissait du fracas de l'acier. Jon para une taillade à la tête si sauvage que le seul choc des épées lui fit brandir le bras pour assener un revers qui atteignit Halder en plein dans les côtes, lui arrachant un grognement sourd, mais sans empêcher sa réplique de porter durement à l'épaule et d'y déchiqueter la maille. Malgré la douleur qui le lancinait jusqu'à la nuque, Jon entrevit son adversaire déstabilisé et, lui fauchant le jarret gauche, l'envoya mordre la neige dans un vacarme de ferraille et de jurons désarticulés.

Pour sa part, Grenn se montrait son digne disciple en malmenant Albett tant et plus, mais Pyp peinait, lui, Rast ayant l'avantage de l'âge – deux ans de plus – et du poids – une bonne quarantaine de livres. Prenant le violeur à revers, Jon fit sonner son heaume comme une cloche, et Pyp profita de son désarroi pour se faufiler sous sa garde, le renverser puis lui pointer sa lame vers la gorge. Entre-temps, Jon s'était porté sur Albett qui, peu soucieux d'affronter deux adversaires, battit en retraite en criant : « Je me rends ! »

Ser Alliser contemplait la scène d'un air écœuré. « Assez de pantalonnades pour aujourd'hui. » Il tourna les talons. La séance était achevée.

Après que Dareon l'eut aidé à se remettre sur pied, Halder arracha violemment son heaume et le balança à travers la cour. « J'ai bien cru, pendant une seconde, que je finirais par t'avoir, Snow.

– Tu as bien failli, pendant une seconde », répliqua Jon. Son épaule élançait, sous la maille et le cuir. Il rengaina puis entreprit de retirer son heaume mais, dès qu'il leva le bras, la douleur le fit grincer des dents.

« Laisse », dit une voix. Des mains boudinées détachèrent le heaume du gorgeret, le soulevèrent délicatement. « Il t'a blessé ?

– J'en ai vu d'autres. » Il tâta son épaule, grimaça. La cour se vidait peu à peu.

Du sang maculait le cuir chevelu de l'obèse. « Samwell Tarly, de Cor... », se présenta-t-il. Il s'interrompit, se lécha les lèvres. « Je veux dire, *j'étais* de Corcolline avant de... d'en partir. Je suis venu prendre la tenue noire. Mon père, lord Randyll, est un banneret des Tyrell de Hautjardin. Je devais lui succéder. Seulement... » Il n'acheva pas.

« Jon Snow, bâtard d'Eddard Stark, de Winterfell. »

L'autre hocha la tête. « Je... Si tu veux, tu m'appelles Sam. Ma mère m'appelle Sam.

– *Lui,* tu peux l'appeler lord Snow, intervint Pyp qui les rejoignait. Tu t'en fiches, comment sa mère l'appelle.

– Ces deux-là, dit Jon en les désignant tour à tour, sont Pypar et Grenn.

– Grenn l'affreux, dit Pyp.

– Moins affreux que toi ! protesta Grenn en le regardant de travers. Avec tes oreilles de pipistrelle...

– Merci à vous tous, reprit gravement Tarly.

– Pourquoi tu t'es pas levé pour te battre ? interrogea Grenn.

– Je voulais vraiment. Mais je... je n'ai pas pu. Il m'aurait encore frappé. » Il se mit à fixer le sol. « Je... j'ai peur d'être un lâche. Père n'arrête pas de me le reprocher. »

L'aveu médusa Grenn, et Pyp lui-même en eut le sifflet coupé, lui que rien n'empêchait de jaser. Quel homme fallait-il être pour s'accuser soi-même de lâcheté ?

Il dut lire sur leurs figures ce qu'ils éprouvaient car, en rencontrant ceux de Jon, ses yeux se dérobèrent aussi promptement que des animaux affolés. « Je... je suis désolé, balbutia-t-il, je ne fais pas exprès de... d'être comme ça. » D'un pas pesant, il se dirigeait déjà vers l'armurerie quand Jon le héla. « Tu étais blessé, dit-il. Tu t'en tireras mieux demain. »

Sam le regarda d'un air lugubre par-dessus l'épaule. « Non, dit-il en refoulant ses larmes, jamais. »

Quand il eut disparu, Grenn fit la moue. « C'est imbuvable, les poltrons. » On le sentait tout barbouillé. « Je regrette qu'on l'ait aidé. Manquerait plus que les autres nous prennent aussi pour des poltrons.

– T'es trop bête pour être poltron, lui décocha Pyp.

– C'est pas vrai ! râla Grenn.

– Si fait. Qu'un ours t'attaque dans les bois et, bête comme t'es, tu penseras même pas à t'enfuir.

– C'est pas vrai ! s'enferra Grenn. Même que tu pourrais courir pour me rattraper ! » L'œil pétillant de Pyp lui révéla soudain l'aveu qu'il venait de faire et le laissa pantois, tandis que s'empourprait sa nuque de taureau buté. Quant à Jon, il les laissa à leur querelle et, pénétrant dans l'armurerie, suspendit son épée et entreprit de se désarmer.

A Châteaunoir, l'emploi du temps était immuable : on consacrait les matinées à l'exercice, les après-midi au travail. Les frères noirs affectaient les nouvelles recrues à toutes sortes de besognes qui permettaient de repérer les talents de chacun. Jon prisait par-dessus tout les heures où on l'expédiait en compagnie de Fantôme prendre du gibier pour la table du commandant, mais la rançon de ces chasses heureuses consistait en une douzaine de journées qu'il passait confiné dans l'armurerie, à faire tourner la pierre pour permettre au manchot de réaffûter les haches émoussées par l'usage, ou bien à manier le soufflet pendant que Noye martelait une épée nouvelle. Autrement, il portait des messages, montait la garde, nettoyait les écuries, empennait des flèches, assistait mestre Aemon pour soigner les oiseaux ou Bowen Marsh pour ses inventaires et sa comptabilité.

Cet après-midi-là, le chef de la garde lui confia la tâche d'escorter dans le monte-charge quatre barils de gravillon puis d'aller répandre celui-ci sur les passages verglacés au sommet du Mur. La présence même de Fantôme n'empêchait pas qu'il ne s'agît d'une véritable corvée mais, à sa propre surprise, Jon n'en avait cure. Ni la monotonie des gestes ni la solitude ne lui pesaient. Par temps clair, on voyait de là-haut la moitié du monde, et il y faisait toujours un froid tonique. Ici, il pouvait penser et, nouvelle surprise, penser à Samwell Tarly..., ainsi, bizarrement, qu'à Tyrion Lannister. Il se demandait ce que le second aurait fait du premier. *La plupart des hommes aiment mieux nier les vérités dures que de les affronter*, avait dit le nain en souriant. La terre fourmillant de pleutres à poses de héros, confesser sa pleutrerie, comme l'avait fait Samwell, requérait une espèce de courage, une espèce, quoique singulière.

A cause de l'épaule meurtrie, la besogne n'avançait guère, et il n'eut achevé qu'à l'extrême fin de l'après-midi. Il s'attarda toutefois en haut pour contempler le crépuscule ensanglanter le ciel, à l'occident, et attendit que les ténèbres s'appesantissent au nord pour rouler les barils vides dans la cage et se faire treuiller jusqu'en bas.

Le repas du soir s'achevait lorsque, flanqué de Fantôme, il pénétra dans la salle commune. Déjà, près de l'âtre, une poignée de frères noirs jouaient aux dés en sirotant du vin chaud. Groupés sur le banc le plus proche du mur ouest, ses amis écoutaient en s'esclaffant Pyp débiter l'une de ses blagues. A ses dons de frimeur et son enfance au sein d'histrions, le freluquet tout en oreilles devait la faculté d'imiter tour à tour cent voix et, tout en contant, de se prendre si bien à son jeu, de si bien mimer chaque rôle, tantôt le roi puis, sans transition, le porcher, qu'il semblait avoir véritablement vécu ses fables. Incarnait-il une princesse virginale ou une fille de brasserie, son fausset pointu faisait rire aux larmes, et ses eunuques vous flanquaient des frissons, tant ils caricaturaient à s'y méprendre ser Alliser. Bien qu'il se divertît autant que quiconque de ces bouffonneries, Jon, ce soir-là, préféra s'abstenir et aller s'installer tout au bout, où Tarly se tenait le plus possible à l'écart, seul.

Celui-ci mastiquait ses dernières bouchées de porc en croûte lorsqu'il prit place en face de lui. Et ses yeux s'agrandirent à la vue de Fantôme. « C'est un loup ?

– Un loup-garou. Son nom est Fantôme. Le loup-garou sert d'emblème à la maison de mon père.

– Le nôtre est un chasseur en marche, dit l'obèse.

– Tu aimes la chasse ? »

Il se révulsa. « Je la déteste. » Il semblait à nouveau sur le point de pleurer.

« Qu'y a-t-il ? demanda Jon. Pourquoi cet air constamment terrifié ? »

Sam baissa le nez sur son écuelle presque vide et, incapable de piper mot, se contenta de branler piteusement du chef. Au même instant retentirent des éclats de rire tonitruants, parmi lesquels Jon perçut le registre suraigu de Pyp. Il se leva brusquement. « Sortons. »

Une mine soupçonneuse épata la face de lune. « Sortir ? pour faire quoi ?

– Causer, répondit-il. Tu as vu le Mur ?

– Je suis adipeux, pas aveugle, répliqua Tarly. Sûr que je l'ai vu, il a sept cents pieds de haut. » Il se souleva néanmoins, jeta sur ses épaules un manteau fourré et lui emboîta le pas, mais sans entrain, comme si la nuit lui réservait quelque méchant tour. Fantôme trottait à leurs côtés. « Je n'avais jamais imaginé que ça serait comme ça », reprit-il tout en marchant dans le froid où se condensait son haleine. L'effort qu'il faisait pour ne pas flancher l'essoufflait déjà. « Tout tombe en ruine, et il fait si... si...

– Froid ? » Il gelait dur, par les avenues du château, et les bottes faisaient sensiblement crisser les touffes d'herbe grise.

Sam hocha la tête d'un air misérable. « Je déteste le froid, dit-il. La nuit dernière, je me suis réveillé tout à coup dans le noir, le feu s'était éteint, et j'ai su avec certitude qu'au matin je serais mort gelé.

– Il devait faire plus chaud, là d'où tu viens.

– J'ai découvert la neige voilà un mois. Nous traversions la région des tertres, moi et les hommes choisis par mon père pour le délivrer de ma vue, quand des machins blancs se sont mis à tomber comme une pluie douce. D'abord, ça m'a émerveillé, c'était si beau, ces espèces de plumes que le ciel déversait sur nous, puis ça a continué, continué, continué jusqu'à me geler les moelles. Les hommes en avaient la barbe encroûtée, les épaules comme capitonnées, et ça continuait de tomber sans relâche. J'avais peur que ça ne cesse plus jamais. »

Jon sourit.

Devant eux scintillait, dans l'obscure clarté d'une demi-lune, la silhouette blafarde du Mur. Au firmament flamboyaient des étoiles aiguës. « On me fera monter jusque là-haut ? » demanda Sam. La seule vue de l'escalier de bois qui zigzaguait vers le sommet lui caillait la face comme du vieux lait. « S'il me faut escalader tout ça, j'en crève.

– Il y a le treuil, dit Jon, l'index pointé. On pourrait te hisser à bord de la cage. »

Un reniflement d'horreur lui répondit. « Je déteste les trucs si hauts. »

Il passait la mesure, là ! Jon fronça le sourcil, incrédule. « Aurais-tu la frousse de *tout* ? demanda-t-il. Je ne comprends pas. Si tu es véritablement si poltron, que viens-tu diable faire ici ? Pourquoi vouloir t'engager dans la Garde de Nuit ? »

Longuement, Samwell Tarly le dévisagea et, peu à peu, sa face ronde sembla se recroqueviller sur elle-même. Puis, sans mot dire, il s'affaissa sur le sol gelé et, secoué d'énormes sanglots, se mit à pleurer toutes les larmes de son corps flasque, sous l'œil impuissant de Jon Snow. A l'instar des chutes de neige parmi les tertres, on eût dit que ses pleurs ne cesseraient jamais.

Fantôme, lui, trouva la solution. Aussi silencieux qu'une ombre, il s'approcha du misérable et, à grands coups de langue, entreprit de le débarbouiller. Le temps de pousser un cri de surprise et d'esquisser un geste de recul, Sam hoquetait, mais cette fois de rire.

Jon l'imita puis finit par s'asseoir lui-même et, une fois qu'ils se furent soigneusement emmitouflés dans leurs manteaux, se mit, Fantôme entre eux, à conter comment Robb avait, en sa compagnie, découvert les chiots dans la neige, l'été précédent. L'été précédent... Il semblait depuis s'être écoulé mille ans. Peu après, il se surprenait à évoquer Winterfell.

« Il m'arrive d'en rêver, dit-il. J'en parcours de bout en bout la grand-salle. Vide. J'appelle, et ma voix éveille mille échos à la ronde mais, comme nul ne répond, je presse le pas, je pousse des portes, je crie des noms. Je ne sais même pas qui je suis en train de chercher. La plupart des nuits, c'est Père, mais parfois c'est Robb, ou Arya, ma petite sœur, ou mon oncle. » La simple mention de Benjen Stark l'attrista soudain. Toujours porté disparu. Le Vieil Ours avait cependant envoyé des hommes à sa recherche et ser Jaremy Rykker mené deux patrouilles de ratissage, tandis que Quorin Halfhand opérait une sortie depuis Tour Ombreuse, mais sans rien découvrir, hormis, çà et là, des encoches pratiquées sur les troncs par Ben afin de marquer sa route. Et celles-ci s'interrompaient subitement dans les hautes terres pierreuses du nord-est. Au-delà, néant…

« Et, dans ton rêve, tu finis par croiser quelqu'un ? » questionna Sam.

Jon fit un geste de dénégation. « Jamais personne. Le château est toujours désert. » Il en parlait pour la première fois et s'étonnait de rompre son silence en faveur de Sam, mais il en éprouvait une sorte de soulagement. « Les corneilles ont elles-mêmes abandonné la roukerie, et les écuries sont peuplées d'ossements. Ces détails me bouleversent chaque fois, et je me mets à courir comme un fou, à faire battre les portes, à grimper quatre à quatre l'escalier des tours, je réclame à grands cris quelqu'un, peu importe qui. Puis je finis par me retrouver devant l'entrée des cryptes : une bouche d'ombre où je discerne des marches en spirale. Je pressens confusément que je dois descendre, mais je m'y refuse. J'ai peur de ce qui risque de m'y attendre. Les vieux rois de l'Hiver sont là, assis sur leurs trônes, l'épée de fer en travers du giron, les loups de pierre à leurs pieds, mais ce n'est pas d'eux que j'ai peur. Et j'ai beau crier : “Je ne suis pas un Stark ! ce n'est pas ma place !” rien à faire, il me faut y aller quand même. Aussi, je commence à descendre, à tâtons, les mains contre les murs, sans torche pour m'éclairer la voie. Et, comme les ténèbres ne cessent de s'épaissir, mon angoisse… » Il s'arrêta, gêné. « Je m'éveille toujours à ce moment-là. » Tout inondé de sueurs froides et grelottant, dans sa cellule noyée de nuit. Alors, Fantôme venait s'allonger près de lui, tiède et réconfortant comme le point du jour, et il se rendormait, la figure enfouie dans la douce fourrure blanche. « Et toi, tu rêves de Corcolline ?

– Non. » La bouche de Sam s'étrécit, durcit. « Je détestais Corcolline. » Il grattouilla Fantôme derrière l'oreille, brusquement songeur, et Jon laissa le silence trouver son souffle. Au bout d'un long moment, Sam Tarly reprit la parole, et Jon l'écouta sans l'interrompre expliquer comment il se faisait qu'un couard avoué se retrouvât au Mur.

Bannerets vassaux de Mace Tyrell, sire de Hautjardin et gouverneur du Sud, les Tarly descendaient d'une longue lignée de gens d'honneur. En tant que fils aîné de lord Randyll, Samwell était censé hériter du titre et des riches domaines y afférents, d'une place forte considérable et de Corvenin, la fameuse épée d'acier valyrien qui se transmettait de génération en génération depuis près de cinq siècles.

Or, si vain qu'il eût d'abord été de sa paternité, lord Randyll ne tarda guère à déchanter : seuls prospéraient du rejeton l'embonpoint, la mollesse et la balourdise. Passionné de musique, Sam composait ses propres chansons, ne supportait que les velours moelleux, se complaisait à tous les jeux qui le rapprochaient des cuisines où se griser d'opulents fumets, faucher tartes aux prunelles et gâteaux citronnés. Il raffolait aussi de lire, de peloter des chatons et, tout pataud qu'il était, de danser. La vue du sang le rendait malade, et il fondait en pleurs si l'on saignait un vulgaire poulet sous ses yeux. Dix maîtres d'armes se succédèrent en pure perte à Corcolline pour opérer sa métamorphose en un chevalier conforme aux vœux paternels. On n'y épargna pourtant ni les malédictions, ni la bastonnade, ni les claques, ni le pain sec ; tel, sous couleur de l'aguerrir, l'obligea à dormir revêtu de maille ; tel autre, escomptant le viriliser par vergogne, l'exhiba sous toutes les coutures, affublé des nippes maternelles, aux quolibets de la courtine ; pareils sévices n'aboutirent qu'à décupler sa frousse et son empâtement, tandis que le dépit de Randyll Tarly se changeait en rage et en exécration. « Une fois, rapporta Sam dans un murmure presque inaudible, deux hommes arrivèrent au château, des sorciers de Qarth, avec la peau blanche et les lèvres bleues. Ils égorgèrent un aurochs et me plongèrent dans le sang chaud mais, contrairement à leurs assertions, ce traitement, loin de me donner du cœur, me fit seulement vomir tripes et boyaux. Le fouet récompensa ces charlatans. »

Enfin, lady Tarly, qui n'était entre-temps parvenue à mettre au monde que trois filles, accoucha d'un second fils ; et, dorénavant, lord Randyll préféra ignorer son aîné pour se vouer exclusivement au cadet, dont lui agréaient bien davantage la robustesse et la brutalité. Grâce à quoi Sam avait joui paisiblement, plusieurs années durant, de ses livres et de ses partitions.

Jusqu'à l'aube, en fait, de son quinzième anniversaire où on le réveilla pour lui annoncer que son cheval l'attendait, harnaché, sellé. Trois hommes d'armes le conduisirent, non loin, dans une clairière. Son père s'y trouvait, en train d'écorcher un daim. « Te voilà presque un homme fait, maintenant, dit-il, sans interrompre le va-et-vient de son coutelas le long de la carcasse, et tu es mon héritier. Si tu ne m'as donné nul sujet de te déposséder, je ne saurais toutefois te laisser hériter des terres et du titre que je destine à Dickon. Corvenin doit aller à un homme assez fort pour la manier, et tu n'es pas digne d'en toucher seulement la garde. Aussi ai-je décidé que tu annonceras aujourd'hui même ton intention de prendre la tenue noire et de renoncer à toute prétention sur ma succession. Tu partiras pour le nord dès avant le soir. Si tu n'y consens, demain aura lieu une chasse au cours de laquelle, quelque part, dans ces mêmes bois, trébuchera ton cheval, et tu auras fait une chute mortelle... ou, du moins, c'est ce que je dirai à ta mère. Les ressources de son cœur de femme lui permettent de chérir même un être de ton acabit, et je ne tiens pour rien au monde à la peiner. Ne va pas pour autant te figurer que, s'il te prenait fantaisie de me défier, tu t'en tirerais sans dommage. Rien ne me procurerait autant de plaisir que de te traquer pour te trancher la gorge, en porc que tu es. » Le sang rougissait ses bras jusqu'au coude quand il déposa son couteau à viande. « Voilà. Tu choisis. La Garde de Nuit, ou bien... – il farfouilla dans la carcasse, y arracha le cœur et le lui brandit sous le nez, pourpre, dégouttant – ou bien ça. »

Sam venait de raconter la scène d'une voix calme, atone, et comme s'il se fût agi de l'aventure de quelqu'un d'autre. Et, chose étrange, Jon en fut frappé, sans avoir, fût-ce une seconde, pleurniché. Dans le silence retombé, ils demeurèrent là, côte à côte, à écouter un moment le vent. Aucun autre bruit ne troublait le monde.

Enfin, Jon suggéra : « Il faudrait regagner la salle commune.

– Pour quoi faire ? »

Jon haussa les épaules. « Boire du cidre chaud ou, si tu préfères, du vin épicé. Certains soirs où l'humeur l'en prend, Dareon nous chante quelque chose. Il était chanteur, avant..., enfin, pas tout à fait mais presque, apprenti chanteur.

– Comment a-t-il échoué ici ?

– Lord Rowan de Boisdoré l'a surpris dans le lit de sa fille. Elle avait deux ans de plus que lui, et il jure qu'elle l'introduisait par sa fenêtre, mais elle a si bien glapi au viol pour se disculper qu'il a écopé du Mur... Après l'avoir entendu chanter, mestre Aemon a qualifié sa voix de foudre enrobée de miel. » Il sourit. « Parfois aussi, c'est Crapaud qui chante, si on peut appeler ça chanter. Des chansons à boire qu'il a apprises dans la cambuse de son papa. Pyp qualifie sa voix de vesse enrobée de pisse. » Le mot les fit éclater de rire simultanément.

« J'aimerais bien les entendre tous les deux, dit Sam d'un air piteux, mais ils ne voudraient pas de moi. » Puis, subitement rembruni : « Il va encore m'obliger à me battre, demain, n'est-ce pas ?

– Oui », dut répondre Jon.

Sam se remit gauchement sur ses pieds. « Mieux vaut que j'aille essayer de dormir. » Il s'engonça dans son manteau et se mit en marche d'un pas pesant.

Ses compagnons se trouvaient encore dans la salle commune quand Jon reparut, suivi de Fantôme. « Où es-*tu* allé ? demanda Pyp.

– Bavarder avec Sam.

– Vraiment le dernier des lâches ! déclara Grenn. Y avait des tas de places libres à notre banc, tout à l'heure, mais il avait une telle trouille qu'il est allé se planquer dans un coin.

– Sire Jambonneau nous trouve simplement indignes de sa compagnie, observa Jeren.

– L'auriez vu s'empiffrer de porc en croûte, le cochon..., minauda Crapaud. Le gênait pas, de bouffer son frère ! ajouta-t-il en se mettant à renifler, grogner.

– *Ta gueule !* » aboya Jon.

Interloqué par sa virulence, tout se tut. « Ecoutez », reprit-il et, dans un silence attentif, il indiqua la démarche à suivre désormais. Comme prévu, Pyp abonda dans son sens puis, contre toute attente, Halder, ce qui le ravit. Grenn balançait encore, lui, mais il sut le toucher. Après quoi, il persuada ceux-ci, cajola ceux-là, flétrit tel et tel autres, menaça quand il le fallait, et tous, un à un, finirent par se rallier. Tous sauf Rast.

« Libre à vous, fillettes, conclut-il en ricanant au nez de Jon, mais moi, pas question. Si Thorne me jette sur dame Truie, je m'y taille mes tranches de lard. » Et, sur ce, il les planta là.

Tout dormait, à Châteaunoir, lorsque, bien plus tard, trois d'entre eux firent irruption dans sa cellule, et Grenn lui immobilisa les bras, Pyp les jambes en s'asseyant dessus. Mais le halètement du captif s'accéléra de façon fort nette quand, couché sur sa poitrine et l'œil rutilant, Fantôme lui mordilla juste assez le tendre du gosier pour y faire perler le sang. « N'oublie pas, dit Jon d'une voix suave, que nous connaissons ta niche. »

Au matin, Rast le divertit sous cape en expliquant à Albett et Crapaud que la lame de son rasoir avait dérapé.

A dater de ce jour, en tout cas, ni lui ni aucun des autres ne se soucia de tourmenter Tarly. Ser Alliser le leur opposait-il, chacun se cantonnait dans la défensive et parait à loisir ses bottes balourdes. Le maître d'armes hurlait-il d'attaquer, ils entraient dans la danse en se contentant d'assener des pichenettes aux plates de poitrine, au heaume ou aux jambières. Et ser Alliser avait beau tempêter, menacer, les traiter tous de pleutres, de femmelettes ou pis, Sam n'en demeurait pas moins intact. Un soir, enfin, cédant aux instances de Jon, il prit part, assis près de Halder, aux agapes communes. Et s'il lui fallut encore une quinzaine pour oser se joindre aux conversations, il ne tarda dès lors plus guère à déguster franchement les simagrées de Pyp ni à taquiner Grenn à qui mieux mieux.

Si gros, gauche et froussard qu'il fût, il n'avait rien d'un sot. Il vint, une nuit, rendre visite à Jon dans sa cellule. « J'ignore ce que tu as fait, dit-il, mais je sais que tu l'as fait. » Il se détourna, par timidité. « Je n'avais jamais eu d'ami.

– Nous ne sommes pas amis, répondit Jon en lui posant la main sur le gras de l'épaule. Nous sommes frères. »

Oui, frères, songea-t-il une fois seul. Robb, Bran, Rickon étaient les fils de Père mais, malgré l'affection qu'il leur conservait, il savait désormais qu'il n'avait jamais été véritablement des leurs. Catelyn Stark y avait farouchement veillé. Et les murs gris de Winterfell auraient beau persister à le hanter en rêve, à présent, Châteaunoir incarnait sa vie, une vie où ses frères s'appelaient Sam et Grenn et Halder et Pyp, où ses frères étaient les proscrits et les marginaux qui portaient le noir de la Garde de Nuit.

« Mon oncle disait vrai », souffla-t-il à Fantôme. Reverrait-il jamais Benjen Stark, pour lui faire le même aveu ?

EDDARD

« Le tournoi de la Main est à l'origine de tous ces désordres, messires, gémissait le commandant du guet devant le Conseil.

– Le tournoi du roi, rectifia Ned d'un ton agacé. J'insiste sur ce point, la Main n'y est pour rien.

– Appelez-le comme il vous plaira, monseigneur. Les chevaliers affluent des quatre coins du royaume, et chacun d'entre eux nous vaut deux francs-coureurs, trois artisans, six hommes d'armes, une douzaine de mercantis, deux douzaines de putains et plus de tire-laine que je n'ose l'évaluer. Déjà que cette maudite chaleur avait flanqué la bougeotte à la moitié de la ville, tous ces visiteurs, maintenant... Rien que la nuit dernière, nous avons eu une noyade, une émeute d'estaminet, trois bagarres au couteau, un viol, deux incendies, d'innombrables vols qualifiés, une course d'ivrognes à cheval jusqu'au bas de la rue des Sœurs. La nuit précédente, on avait découvert au Grand Septuaire, flottant sur l'étang de l'Arc-en-ciel, une tête de femme dont nul ne sait ni comment elle est arrivée là ni à qui elle appartenait.

– Quelle horreur », murmura Varys avec un frisson.

Lord Renly Baratheon se montra moins compatissant. « Si vous êtes incapable de maintenir la paix du roi, Janos, il conviendrait de remettre le commandement du guet à plus compétent. »

Empourpré de toute sa calvitie, Janos Slynt, à pleine panse et pleines bajoues, se dégonfla de son air comme une grenouille en furie. « Aegon le Dragon en personne ne parviendrait pas à maintenir la paix, lord Renly. Il me faut davantage d'hommes.

– Combien ? » demanda Ned en se penchant vers lui. Comme à son habitude, Robert avait décliné l'ennui de se déranger et délégué ses pouvoirs à la Main.

« Autant que possible, seigneur Main.

– Engagez-en cinquante. Lord Baelish veillera à vous faire tenir de quoi les solder.

– Moi ? dit Littlefinger.

– Vous. Puisque vous avez su trouver quarante mille dragons d'or pour financer la joute, vous nous gratterez bien, je pense, les trois sous nécessaires pour maintenir la paix du roi. » Puis revenant à Janos : « Je prélèverai également vingt fines lames sur ma propre maisonnée pour vous les donner. Elles seconderont le guet jusqu'au départ de la cohue.

– Mille mercis, monseigneur, s'inclina Slynt en prenant congé. Je vous donne ma parole de n'en user qu'à bon escient. »

Eddard Stark se tourna alors vers ses collègues. « Plus tôt nous en aurons fini avec cette pitrerie, mieux je me porterai. » Il ne décolérait pas d'entendre le premier venu jacasser du « tournoi de la Main », comme si celui-ci lui était le moins du monde imputable, et comme si les folles dépenses et la pagaille qui en découlaient ne lui compliquaient pas suffisamment la tâche. Le « tournoi de la Main » ! c'était par trop retourner le couteau dans la plaie. Sans parler de Robert qui semblait, en son âme et conscience, convaincu mériter une gratitude éternelle… !

« La prospérité du royaume est attachée à ce genre d'événements, monseigneur, susurra Pycelle. Les grands y trouvent une occasion de gloire, les petits une récréation à leurs infortunes.

– Et ils emplissent pas mal de poches, ajouta Littlefinger. En ville, toutes les auberges affichent complet, et si les putains ne marchent plus que cuisses écartées, du moins est-ce d'un pas sonnant et trébuchant. »

Lord Renly se mit à glousser. « Heureusement que mon Stannis de frère n'est pas des nôtres ! Vous souvenez, la fois où il a proposé d'interdire les bordels ? le roi lui a demandé s'il ne souhaitait pas, tant qu'il y était, interdire de bouffer, chier, respirer ! Pour parler franc, je me demande souvent comment Stannis a jamais pu fabriquer son laideron de fille… Il doit aborder le lit conjugal de l'air lugubre du type qui marche au combat, bien résolu à remplir son devoir. »

Au lieu de se joindre aux rieurs, Ned grogna : « Stannis ne m'intrigue pas moins. Quand compte-t-il donc quitter Peyredragon et reprendre enfin sa place au Conseil ?

– Dès que ses flagelles auront flanqué toutes les putes à l'eau, je présume, répliqua Littlefinger, trop aise d'amuser encore la galerie.

– Vos putes, j'en ai ma claque pour aujourd'hui, dit Ned en se levant. A demain. »

Harwin était en faction devant l'entrée lorsqu'il atteignit la tour de la Main. « Va dire à Jory de me rejoindre dans mes appartements, lui intima-t-il d'un ton teigneux, et que ton père selle mon cheval.

– Bien, monseigneur. »

Oui, teigneux, songea-t-il en montant l'escalier. Décidément, le Donjon Rouge et le « tournoi de la Main », tout ça lui rebroussait le poil. Il n'aspirait qu'à se blottir entre les bras de Catelyn, qu'à percevoir le cliquetis des épées de Robb et de Jon s'exerçant dans la cour, et la nostalgie le poignait des jours frisquets, des nuits froides du nord.

Sitôt rendu chez lui, il se défit des soieries mondaines que lui imposaient ses fonctions et, en attendant Jory, s'assit, le volume du Grand Mestre Malleon en main. *La Généalogie et l'histoire des grandes maisons des Sept Couronnes. Avec le portrait de maint puissant seigneur, mainte noble dame et de leurs enfants.* Aussi rébarbatif qu'annoncé. Mais si lord Arryn l'avait emprunté, ce n'était sûrement pas à la légère. Ces grands feuillets jaunes et cassants devaient recéler quelque chose, un détail à coup sûr révélateur, mais de quoi ? comment le repérer sous ce fatras ? L'ouvrage datait d'un bon siècle. Des gens nés à l'époque où l'auteur avait compilé ses listes fastidieuses de naissances, d'unions, de morts, un tout au plus pouvait vivre encore...

Pour la centième fois, il se reporta au chapitre qui concernait les Lannister et le feuilleta lentement, dans l'espoir d'y découvrir soudain, contre tout espoir, une dissonance. Les origines des Lannister avaient beau se perdre dans la nuit des temps, ils prétendaient nonobstant descendre d'un franc coquin des âges héroïques, Lann le Futé, non moins mythique, assurément, que Bran le Bâtisseur, mais beaucoup plus cher aux conteurs et autres rhapsodes. Dans les chansons, compère Lann expulsait de Castral Roc les Castral authentiques, et ce non par les armes mais à force de roublardise, avant de dérober l'or du soleil pour en fourbir chaque bouclette de sa tignasse. Que n'était-il là, maintenant, le bougre, pour expulser la vérité de ce maudit grimoire !

Un coup sec à la porte annonça Cassel. Après avoir refermé l'inepte Malleon, Ned le fit entrer. « J'ai promis vingt des nôtres pour appuyer le guet jusqu'au lendemain du tournoi, dit-il. A toi de les choisir, je te fais confiance. Mets Alyn à leur tête, et veille à ce que tous comprennent qu'ils doivent empêcher les bagarres, pas les déclencher. » Il se leva pour ouvrir un coffre en bois de cèdre d'où il retira une légère sous-tunique en lin. « Tu as retrouvé le palefrenier ?

– Garde, monseigneur, sauf votre respect, corrigea Jory. Il jure ses grands dieux qu'il ne touchera plus de cheval.

– Qu'avait-il à dire ?

– Il se targue d'avoir bien connu lord Arryn. Amis comme le doigt et l'ongle, qu'ils étaient. » Il eut un reniflement de mépris. « La Main donnait la pièce aux valets le jour de leur fête, qu'il dit. Avait un truc pour les chevaux. Les montait jamais trop dur, et leur apportait des carottes et des pommes : comme ça, z'étaient toujours contents de le voir.

– Des carottes et des pommes… », répéta Ned, comme si ces mots sonnaient le glas de ses espérances. Un témoignage encore plus nul que les précédents. Et c'était le dernier des quatre qu'avait fait miroiter Littlefinger. Jory les avait recueillis un par un.

Sa mauvaise grâce ne le disputant qu'à la platitude de ses réponses, ser Hugh le prit d'aussi haut que seul peut le faire un chevalier tout neuf. Si la Main désirait l'entretenir, il serait heureux de la recevoir mais n'admettait pas qu'un simple capitaine des gardes eût le front de l'interroger…, dût ledit capitaine être son aîné de dix ans et le valoir cent fois à l'épée.

La servante, elle, se montra affable. A l'entendre, lord Jon lisait plus que de raison pour sa propre santé, celle de son fils contribuait à l'assombrir, et il se montrait revêche avec son épouse.

A présent cordonnier, l'échanson, sans avoir jamais échangé fût-ce l'ombre d'un mot avec son maître, se révéla farci de ragots de cuisine : lord Jon s'était disputé avec le roi ; à table, lord Jon picorait ; lord Jon allait expédier son fils à Peyredragon chez un père adoptif ; lord Jon se passionnait pour l'élevage des chiens de chasse ; lord Jon s'était rendu chez un maître armurier pour lui commander une nouvelle armure de plates toute en argent, avec, sur la poitrine, un émerillon bleu tout en jaspe et une lune toute en nacre ; même que le propre frère du roi l'avait accompagné pour l'aider à choisir le motif ; non, pas lord Renly, l'autre, lord Stannis.

« Notre garde du guet, puisque garde il y a, ne s'est rappelé aucun autre détail palpitant ?

– Il proteste que lord Jon avait la vigueur d'un homme de trente ans. Partait souvent à cheval avec lord Stannis, qu'il dit. »

De nouveau, Stannis… La chose était d'autant plus curieuse qu'en dépit de rapports cordiaux, lord Jon et lui n'étaient pas liés d'amitié.

Et pourquoi diantre, alors que Robert était en route pour Winterfell, Stannis avait-il fait voile pour Peyredragon, l'île targaryenne conquise par lui, jadis, au nom de son frère ? Et sans avoir, depuis, indiqué d'aucune manière l'époque éventuelle de son retour... « Et pour quelle destination ?

– Le garçon dit qu'ils se rendaient dans un bordel.

– Un bordel ? s'étrangla Ned. Le seigneur des Eyrié, Main du Roi, se rendait dans un bordel en compagnie de *Stannis Baratheon* ? » Il secoua la tête, au comble de l'incrédulité. Comment réagirait lord Renly, si lui tombait sous la dent pareille friandise ? La lubricité de Robert, tout le royaume la chansonnait en termes paillards, mais Stannis... Stannis était d'une tout autre espèce que son aîné. Avec tout juste un an de moins, il semblait son exact contraire, austère, dépourvu d'humour, inexorable, homme de devoir à vous en dégoûter.

« Le garçon maintient que c'est la vérité. Il précise même que la Main se faisait escorter de trois de ses propres gardes, lesquels en faisaient assez de gorges chaudes pour sa gouverne quand ils lui ramenaient les bêtes, après coup.

– Quel bordel ?

– Il ne sait pas. Les gardes, oui.

– Quel gâchis que Lysa les ait emmenés ! grommela Ned. Les dieux nous sont décidément contraires. Lady Lysa, mestre Colemon, lord Stannis..., tous ceux qui, le cas échéant, savent à quoi s'en tenir sur la mort de Jon Arryn se trouvent à mille lieues d'ici.

– Mais si vous faisiez revenir lord Stannis ?

– Pas encore, dit Ned. Pas avant de savoir où il niche et d'avoir un peu démêlé tout cet embrouillamini. » Cent questions le tarabustaient. Pourquoi ce départ subit ? Stannis avait-il joué un rôle, et quel, dans le meurtre de Jon Arryn ? Ou bien fallait-il invoquer la peur ? Peur, Stannis Baratheon ? la chose semblait impensable, de la part d'un homme qui, réduit à manger des rats et du cuir de bottes tandis que Tyrell et Redwyne festoyaient à son nez et à sa barbe, avait, jadis, soutenu toute une année le siège d'Accalmie...

« Mon doublet, veux-tu ? Le gris, frappé du loup-garou. Que cet armurier sache qui je suis. Cela le rendra, j'espère, plus communicatif. »

Tout en fouillant dans la garde-robe, Jory observa : « Et lord Renly ? il est tout autant le frère de lord Stannis que du roi...

– N'empêche que, semble-t-il, on ne le conviait pas à ces parties fines. » Ned ne savait au juste que penser du personnage, quelque amical, tout sourires et facile qu'il se montrât. Peu de jours auparavant, celui-ci l'avait pris à part pour lui montrer un ravissant médaillon d'or rose. A l'intérieur, une miniature dont la vivacité trahissait l'école de Myr figurait une adorable jouvencelle aux yeux de biche, à la chevelure d'un brun soyeux. Apparemment, Renly brûlait de l'entendre dire qu'elle lui rappelait quelqu'un, mais Ned le désappointa fort en haussant simplement les épaules. « C'est la sœur de Loras Tyrell, Margaery, insista Renly. Mais d'aucuns prétendent qu'elle ressemble à ta sœur Lyanna.

– Du tout », avait rétorqué Ned, ébahi. Se pouvait-il que, réplique frappante de Robert jeune, lord Renly se fût entiché de la jeune fille par désir de voir en elle une seconde Lyanna ? Toujours y avait-il là quelque chose de plus troublant qu'une toquade passagère...

Pendant que Jory lui présentait les manches du doublet de manière à ce qu'il n'eût plus qu'à les enfiler, il reprit : « Peut-être reviendra-t-il pour le tournoi du roi ?

– Serait du pot », estima Jory, tout en le laçant dans le dos.

Ned se ceignit d'une épée. « En d'autres termes, fichtrement improbable », sourit-il sombrement.

Jory lui enveloppa les épaules d'un manteau qu'il lui agrafa sur la gorge avec l'insigne de la Main. « L'armurier loge au-dessus de l'échoppe. Une grande maison en haut de la rue d'Acier. Varly connaît le chemin, monseigneur. »

Ned hocha la tête. « Si notre petit échanson s'amuse à me faire courir derrière des chimères, gare à sa peau ! » La piste était des plus ténue, mais le Jon Arryn qu'avait connu Ned n'était pas homme à s'embijouter et s'armer d'argent. A ses yeux, l'acier était l'acier, une protection, pas des affûtiaux. Certes, il avait pu changer d'avis. Il n'eût pas été le premier que la vie de cour amène à porter sur les choses, en quelques années, un regard différent..., mais la métamorphose était en l'espèce trop radicale pour ne pas laisser songeur.

« Autre chose pour votre service ?

– L'idéal serait, je présume, que tu entreprennes ta tournée des bordels.

– Un foutu boulot, monseigneur, pétilla Jory. Les hommes ne demandent qu'à coopérer. Porther s'y est déjà bravement attelé. »

Au pied de la tour piaffait, sellé, le cheval favori de Ned. Il l'enfourcha et traversa la cour, aussitôt flanqué de Varly et Jacks. Sous la camisole de mailles et le morion d'acier, les deux hommes devaient être en nage, mais ils s'abstinrent de toute plainte. Au moment d'emprunter la porte du Roi puis de plonger d'emblée dans la puanteur de la ville, Stark se vit épié par tant d'yeux qu'il mit sa monture au trot. Dans son dos flottaient, gris soutaché de blanc, les vastes plis de son manteau. Ses gardes suivirent.

Tout en se frayant un passage dans les rues populeuses, il se retournait fréquemment. Car la précaution d'envoyer dès le petit matin Desmond et Tomard prendre position sur l'itinéraire qu'il emprunterait et contrôler si on le filait ne le rassurait que médiocrement. La hantise de l'Araignée du roi et de ses oisillons le taraudait et, telle une vierge à l'approche de sa nuit de noces, tout l'effarouchait.

La rue d'Acier partait de la place du marché, tout près de la porte que le plan de la ville appelait « du Fleuve » et le bon peuple « de la Gadoue ». Avançant à longues foulées parmi la cohue titubait ici, tel un insecte dégingandé, un cabot monté sur des échasses que harcelaient de leurs huées des hordes de petits va-nu-pieds. Là, deux gosses dépenaillés pas plus hauts que Bran ferraillaient, armés de bâtons, dans un tintamarre inouï d'encouragements frénétiques et de malédictions furibondes. Une vieille termina la lutte en se penchant à sa fenêtre pour déverser un baquet d'eaux grasses sur la tête des combattants. Debout dans l'ombre du rempart près de leurs carrioles, des fermiers aboyaient qui : « Pommes ! pommes à point-ne coûte ! les meilleures ! », qui : « Sang-melons ! Doux comme du miel ! », qui : « Par ici, raves oignons navets, navets raves oignons, par ici ! »

La porte de la Gadoue béait. Sous la herse se tenait, nonchalamment appuyée sur ses piques, une escouade de gardes du guet drapés d'or. Tout à coup, comme surgissait de l'ouest une colonne de cavaliers, la scène s'anima, des ordres fusèrent et, comme par miracle, charrettes et piétons se rangèrent de part et d'autre pour laisser passage au chevalier qui entrait avec son escorte, précédé d'une longue bannière noire. La soie se mouvait au vent, comme dotée d'une vie propre, et révélait un ciel nocturne zébré d'un éclair vermeil. « Place à lord Béric ! » clamait le porte-enseigne, « Place à lord Béric ! » Juste derrière lui venait, monté sur un coursier noir, le damoiseau, superbe avec ses cheveux blond-roux et son manteau de satin noir constellé d'étoiles. « Vous venez prendre part au tournoi de la Main, messire ? » lui demanda l'un des gardes. « Je viens *remporter* le tournoi de la Main ! » riposta-t-il à pleine gorge, afin de mieux déchaîner les vivats de la foule.

Au coin de la place, Ned tourna dans la rue d'Acier qui gravissait, sinueuse, une longue colline, et dépassa des forges où l'on voyait s'affairer l'artisan, des francs-coureurs qui marchandaient des pièces de mailles, des ferrailleurs ambulants qui pleurnichaient pour vous refiler des rasoirs et des épées vétustes. Plus il grimpait, plus imposants devenaient les immeubles. L'homme qu'il venait voir habitait, tout au bout, une vaste demeure à colombages dont la hauteur jurait avec l'étroitesse de la rue. Une scène de chasse en marqueterie d'ébène et de barral ornait les deux vantaux de sa porte. Revêtus d'armures fantasques en acier rouge qui leur conféraient l'aspect de la licorne et du griffon, deux chevaliers de pierre en sentinelle flanquaient son seuil. Confiant son cheval à Jacks, Ned joua des épaules et pénétra dans la boutique.

La gamine qui servait repéra instantanément l'emblème des Stark et l'insigne de la Main, et son maître en personne se précipita, tout sourires et l'échine ployée. « Du vin pour la Main du Roi, ordonna-t-il, tout en désignant à son visiteur un divan. Tobho Mott, monseigneur, pour vous servir, je vous en prie, je vous en prie, que Votre Excellence daigne se mettre à l'aise. » Brodés en fil d'argent, des marteaux ornaient les manches de son pourpoint de velours noir. Une lourde chaîne d'argent d'où pendait un saphir gros comme un œuf de pigeon lui ceignait le col. « Si vous désirez porter de nouvelles armes, lors du tournoi de la Main – Ned se garda de broncher –, vous avez eu raison de recourir à moi. Je pratique des prix élevés, mais je ne m'en défends pas, monseigneur. » Tout en parlant, il remplissait deux gobelets d'argent. « Nulle part dans les Sept Couronnes, vous ne trouverez, je vous jure, d'œuvres comparables à celles qui sortent de mes mains. Visitez tous les ateliers de Port-Réal, et vous verrez la différence. N'importe quel charron de village peut fabriquer des cottes de mailles ; moi, je réalise des objets d'art. »

Ned sirotait et le laissait courir et se rengorger. Le chevalier des Fleurs, tenez, s'était équipé de pied en cap chez lui, ainsi que maint grand seigneur, tous connaisseurs en matière d'acier fin, lord Renly soi-même, eh oui, rien moins que le propre frère du roi. Peut-être Son Excellence avait-Elle vu la dernière armure de lord Renly, la verte, avec des andouillers d'or ? Aucun autre armurier de la ville n'eût été capable d'obtenir un vert de cette profondeur, mais lui, lui, il savait le secret pour colorer les aciers dans la masse ; la peinture, l'émail, bah, des béquilles pour tâcheron ! A moins que la Main ne souhaitât une épée ? Tout enfant, Tobho s'était initié au travail de l'acier valyrien dans les forges de Qohor. Impossible à qui ne connaissait les formules magiques de reforger, n'est-ce pas ? les armes anciennes… « Le loup-garou est bien l'emblème des Stark, si je ne me trompe ? Hé bien, je me fais fort de vous ciseler un heaume au loup-garou d'un réalisme si saisissant que vous épouvanteriez les enfants, dans la rue ! »

Ned se mit à sourire. « Comme l'émerillon réalisé pour lord Arryn ? »

Tobho Mott tarda à répondre. Enfin, il repoussa son gobelet. « La Main vint effectivement me rendre visite, en compagnie de lord Stannis, le frère du roi. Mais je suis au regret de confesser qu'ils ne m'honorèrent pas de leur clientèle. »

Ned posa sur lui un regard paisible et, sans mot dire, attendit. L'expérience le lui avait appris, le silence est parfois plus efficace que les questions. Et tel fut le cas.

« Comme ils voulaient voir le garçon, dit l'armurier, je les emmenai à la forge.

– Le garçon », fit Ned en écho. De qui pouvait-il bien s'agir ? « Moi aussi, j'aimerais le voir. »

Tobho Mott lui décocha un coup d'œil froidement scrutateur. « Soit, monseigneur », dit-il, d'un ton qui n'avait plus la moindre onctuosité. Il lui fit franchir une porte, sur les arrières, traverser une cour étroite, et le mena jusqu'à l'espèce de grange creusée dans le roc où s'effectuait le travail. Quand il en ouvrit la porte, le souffle embrasé qui sauta au visage de Ned lui donna l'impression de pénétrer dans la gueule d'un dragon. A l'intérieur flamboyait dans chaque angle une forge, le soufre et la fumée empuantissaient l'atmosphère. Les hommes de peine ne délaissèrent marteaux et pincettes pour regarder les arrivants que le temps de s'éponger le front, tandis que les apprentis continuaient d'activer les soufflets.

Le maître aborda un grand diable, aux bras et à la poitrine musculeux, qui devait avoir à peu près l'âge de Robb. « Lord Stark, nouvelle Main du Roi », lui dit-il, tandis que le garçon, tout en repoussant en arrière ses mèches empoissées de sueur, examinait Ned sans aménité. Il avait les yeux bleus, les cheveux drus, broussailleux, crasseux et d'un noir d'encre. Une ombre de barbe lui charbonnait le menton. « Gendry, monseigneur. Très costaud, pour son âge, et il travaille dur. Montre à Son Excellence le heaume que tu as réalisé, mon garçon. » Comme à contrecœur, Gendry les conduisit à son banc et en retira un heaume en forme de chef de taureau aux cornes incurvées.

Ned tourna, retourna l'œuvre. L'acier, brut encore, en attendait le polissage mais, telle quelle, elle révélait un remarquable savoir-faire. « Du beau travail. Je serais heureux que tu consentes à me le céder. »

Gendry le lui arracha des mains. « Il n'est pas à vendre. »

Scandalisé, Tobho Mott le rabroua : « Enfin, mon garçon ! oublies-tu que tu parles à la Main du Roi ? Si Son Excellence désire ce heaume, fais-lui en présent. Elle t'honore en le demandant.

– Je l'ai forgé pour moi, s'entêta Gendry.

– Veuillez l'excuser, monseigneur, reprit précipitamment son maître. Il est aussi brut que de l'acier neuf et, comme l'acier neuf, il suffira de le battre un peu pour l'améliorer. Quant à ce heaume, il est tout au plus l'œuvre d'un manouvrier. Pardonnez-lui, et je vous promets de vous ciseler un heaume tel que vous n'en aurez jamais vu.

– Mais je n'ai rien à lui pardonner, dit Ned. Dis-moi, Gendry, lorsque lord Arryn est venu te voir, de quoi avez-vous parlé ?

– Il m'a seulement posé des questions, m'seigneur.

– Quel genre de questions ? »

Le garçon haussa les épaules. « Ben…, comment j'allais, est-ce que j'étais bien traité, si j'aimais mon travail, et des tas de trucs sur ma mère. Qui elle était, à quoi elle ressemblait, et tout et tout.

– Que lui as-tu répondu ? »

Il rejeta de son front la mèche noire qui venait de le lui barrer. « Elle est morte quand j'étais petit. Elle avait des cheveux jaunes et, quelquefois, elle chantait pour moi, je me souviens. Elle travaillait comme serveuse dans une brasserie.

– Et lord Stannis ? il t'a interrogé aussi ?

– Le chauve ? Non, pas lui. Il a pas dit un mot. Juste y me regardait d'un air furieux, comme si j'y avais violé sa fille.

– Veux-tu bien surveiller ta langue, s'indigna son maître, quand tu t'adresses à la Main du Roi en personne ! » Le garçon baissa le nez, penaud. « Brave garçon, mais d'un têtu ! Ce heaume, tenez…, c'est parce que les autres l'appellent tête de taureau. Il le leur a lancé dans les gencives. »

Ned toucha la tête incriminée, plongea les doigts dans sa toison noire. « Regarde-moi, Gendry. » L'apprenti releva les yeux. Ned, alors, étudia la forme de la mâchoire, le regard bleu de glace. *Oui*, pensa-t-il, *vu*. « Retourne à ton travail, mon garçon. Désolé de t'avoir dérangé. »

Comme il regagnait la boutique en compagnie du maître, il demanda soudain, d'un ton léger : « Qui donc payait son apprentissage ? »

Mott prit un air chagrin. « Vous l'avez vu. Un malabar. Les mains qu'il a. Ça le destinait à manier le marteau. Il promettait tellement. Je l'ai accepté gratis.

– Assez finassé, dit Ned d'un ton sec. Les malabars, ça court les rues. Le jour où vous accepterez un apprenti gratis verra l'effondrement du Mur. Qui payait ?

– Un seigneur, avoua le maître, de mauvaise grâce. Il ne disait pas son nom, ne portait pas d'emblème sur son vêtement. Il réglait en or, deux fois plus cher qu'il n'est coutume, l'une, disait-il, pour le gosse, l'autre pour que je me taise.

– Décrivez-le-moi.

– Corpulent, rond d'épaules, moins grand que vous. Barbe brune, mais mêlée d'un soupçon de roux, j'en jurerais. Richement vêtu. De gros velours violet, pour autant que je me rappelle, broché d'argent. Mais le capuchon de son manteau était rabattu, je n'ai jamais pu voir distinctement ses traits. » Il hésita un moment, puis : « Je ne veux pas avoir d'histoires, monseigneur.

– Aucun de nous n'en veut, mais je crains fort que nous ne vivions en des temps troublés, maître Mott. Vous savez qui est le garçon.

– Je suis un simple armurier, monseigneur. Je ne sais que ce qu'on me dit.

– Vous savez qui est le garçon, répéta-t-il patiemment. Et ce n'est pas une question.

– Le garçon est mon apprenti. » Il regarda Ned dans les yeux, mais d'un air, cette fois, inébranlable. « Qui il était avant de m'arriver n'est pas mon affaire. »

Ned hocha la tête. Décidément, ce Tobho Mott, maître armurier, lui plaisait. « S'il advenait jamais que Gendry préfère manier l'épée plutôt que d'en forger, veuillez me l'envoyer. Il a l'allure d'un guerrier. D'ici là, soyez assuré, maître Mott, de ma gratitude et de ma parole. S'il me prend fantaisie d'un heaume à effarer les enfants, ma première visite sera pour vous. »

Comme il sautait en selle, Jacks lui demanda : « Vous avez trouvé quelque chose, monseigneur ?

– Oui », répondit-il, perplexe. Que diable lord Arryn comptait-il faire d'un bâtard de roi, et pourquoi cela lui avait-il coûté la vie ?

CATELYN

« Vous devriez vous couvrir, madame, lui dit-il, tandis que leurs chevaux progressaient laborieusement vers le nord, vous allez prendre froid.

– Ce n'est que de l'eau, ser Rodrik », répliqua-t-elle. Alourdis par l'humidité, ses cheveux pendaient, lamentables, une tresse dénouée se plaquait à son front mais, toute consciente qu'elle était de sa dégaine hirsute, peu lui importait pour l'heure. Cette pluie du sud lui faisait l'effet de caresses tièdes, et elle se plaisait à sentir, comme autant de baisers maternels, le doux clapotis de chaque goutte sur sa figure. Ainsi renaissaient les longues journées grises de son enfance à Vivesaigues. Elle revoyait les frondaisons appesanties du bois sacré, entendait, comme jadis, fuser le rire d'Edmure la faisant fuir sous l'averse des feuilles agitées. Elle se revoyait faisant, avec Lysa, des pâtés de glaise, en éprouvait comme jadis le poids, la sensation gluante et, comme jadis, s'en maculait de brun l'intervalle des doigts. Elle se revoyait les servir en pouffant à Littlefinger, et lui s'en bourrer au point de se rendre malade pour une semaine. Avoir été si jeunes, tous… !

L'afflux des souvenirs lui avait presque fait oublier sa destination. Dans le nord, la pluie tombait froide, hargneuse, et virait à la glace, parfois, le soir. A se demander quel but elle poursuivait, tuer les récoltes ou les abreuver. L'homme fait la fuyait pour l'abri le plus proche. Rien d'un jeu de fillette, cette pluie-là.

« Je suis trempé, gémit ser Rodrik. Jusqu'à ma carcasse qui tourne en eau. » Les bois les pressaient de toutes parts, et la monotone succion des sabots s'arrachant l'un après l'autre de la boue faisait seule contrepoint au martèlement continu de la pluie sur les feuilles. « Il nous faudra du feu, cette nuit, madame, et un repas chaud ne messiérait pas.

– Il y a une auberge, au carrefour, plus loin », dit-elle. Elle y avait maintes fois couché, autrefois, lors de tournées avec son père. A la fleur de son âge, lord Hoster Tully ne tenait pas en place, il lui fallait toujours être par monts et par vaux. Catelyn se souvenait encore de l'aubergiste, une grosse femme nommée Masha Heddle qui, tout en mâchouillant de la surelle à longueur de jour et de nuit, semblait avoir un stock inépuisable de sourires et de friandises pour les enfants. Ces dernières ruisselaient de miel et vous engluaient le bec délicieusement, mais les premiers, dieux ! vous fichaient une de ces frousses… C'est qu'en teignant de rouge les dents de Masha, la surelle transformait ses grâces en rictus de goule sanglante.

« Une auberge, repartit ser Rodrik, tout rêveur, ce serait trop beau… Mais si nous voulons garder l'incognito, mieux vaudrait, je crains, chercher quelque obscur fortin où… » Il s'interrompit pour prêter l'oreille. Des éclaboussures, un cliquetis de mailles, le hennissement d'un cheval. Cela venait à leur rencontre. « Des cavaliers », dit-il en laissant retomber sa main sur la poignée de son épée. Même sur la grand-route, l'excès de prudence n'était pas un mal.

Peu à peu, le bruit se précisait, mais il leur fallut encore parcourir un grand méandre parmi les arbres avant d'apercevoir une colonne de gens d'armes qui, à grand tapage, traversait à gué un ruisseau en crue. Catelyn immobilisa sa monture pour leur céder le passage. La bannière que brandissait le cavalier de tête pendouillait, morne, sous l'ondée mais, drapés de capes indigo, les survenants arboraient à l'épaule les armes de Salvemer, un aigle aux ailes déployées. « Mallister, crut devoir spécifier ser Rodrik dans un souffle. Vaudrait mieux rabattre votre capuchon, madame. »

Catelyn demeura impavide. Chevauchant étrier contre étrier avec son fils Patrek, lord Jason Mallister en personne approchait, cependant, parmi ses chevaliers que talonnaient leurs écuyers respectifs. Tous se rendaient à Port-Réal, elle le savait, pour le tournoi dit « de la Main ». Depuis une semaine, les voyageurs s'étaient mis à pulluler telles des mouches, sur la grand-route ; chevaliers, francs-coureurs, chanteurs munis de harpes et de tambours, charretiers menant leurs tombereaux lourdement chargés de blé, de houblon, de miel en jarres, camelots, artisans, putains, tout cela dégoulinait, mêlé, vers le sud.

Hardiment, elle dévisagea lord Jason. La dernière image qu'elle en conservait – plaisantant avec son oncle – datait de son mariage, à l'occasion duquel il l'avait, en qualité de banneret vassal des Tully, singulièrement gâtée. Et voici qu'elle le retrouvait décharné, buriné par les ans, poivre et sel, l'orgueil intact, au demeurant. Il montait en homme que rien ne saurait effrayer. En cela, comme elle l'enviait, elle qui, désormais, vivait en permanence dans la peur ! Au passage, lord Jon la gratifia bien d'un salut hâtif, mais c'était là pure courtoisie de grand seigneur envers l'étranger de rencontre. Dans son regard hautain ne se lut pas l'ombre de reconnaissance. Le fils, quant à lui, dédaigna même de l'apercevoir.

« Il ne vous a pas reconnue…, s'étonna ser Rodrik, peu après.

– Il a seulement vu, sur le bas-côté, deux voyageurs crottés, trempés, vannés. Comment le soupçon l'effleurerait-il que je suis la fille de son suzerain ? Nous serons en sécurité à l'auberge, ser Rodrik. »

Le jour déclinait déjà lorsqu'ils atteignirent, au sud du confluent principal du Trident, le carrefour où elle se dressait. Plus grise et plus grasse que dans les souvenirs de Catelyn, Masha Heddle mâchouillait toujours sa surelle mais ne leur consentit qu'un demi-coup d'œil et pas un soupçon de son hideux sourire purpurin. « Deux chambres en haut, tout c' qu'y a, dit-elle sans interrompre sa manducation. Juste sous le campanile, vous raterez pas les repas, quoiqu'y a des gens que la cloche, trouvent ça bruyant. Peut rien contre. On est pleins ou presque, se discute pas. Ça ou la route. »

Ce fut *ça*. Deux soupentes basses et douteuses au bout d'un escalier qui tenait de l'échelle. « Laissez vos bottes en bas, dit Masha, tout en empochant son dû. Que le garçon vous les nettoie. Veux pas qu'on me crotte mes marches. Attention la cloche. Rien à manger, les retardataires. » Il ne fut question ni de risettes ni de friandises.

Après avoir passé des vêtements secs, Catelyn s'assit près de la lucarne et regarda les gouttes ruisseler le long des vitres. Au-delà du verre parsemé de bulles et d'un aspect laiteux s'opiniâtrait, noirâtre, la pluie. A peine se discernait encore le croisement bourbeux des deux grandes routes.

La vision vague du carrefour la faisait hésiter, soudain. En tournant à l'ouest, ce n'était plus qu'une balade jusqu'à Vivesaigues… Père s'était toujours, dans les circonstances cruciales, montré d'excellent conseil, et elle brûlait de lui parler, de l'avertir que l'orage s'amoncelait. Si Winterfell avait besoin de ramasser toutes ses forces en prévision d'une guerre, combien davantage le devait Vivesaigues, tellement plus à portée de Port-Réal et, sur son flanc ouest, si fort menacé par la silhouette formidable de Castral Roc… ! Hélas, à quoi bon tenter l'aventure ? Père n'était plus que l'ombre de lui-même.

Alors que, depuis deux ans, sa santé forçait Hoster Tully à garder le lit, Catelyn répugnait à lui imposer cette épreuve supplémentaire.

Vers l'est, plus sauvage, infiniment plus dangereuse aussi, la route grimpait à travers contreforts rocheux et forêts presque impénétrables vers le massif de la Lune et, après en avoir franchi les cols, plongeait vertigineusement vers le Val d'Arryn et, au-delà, menait aux Quatre Doigts. Au-dessus du Val, la citadelle des Eyrié dressait contre le ciel ses tours inexpugnables. Elle y trouverait sa sœur et, qui sait ? certaines des réponses que cherchait Ned... Assurément, Lysa en savait bien plus qu'elle n'avait osé le dire dans sa lettre. Elle devait détenir précisément la preuve nécessaire à Ned pour consommer la ruine des Lannister. Et, en cas de guerre, les forces combinées des Arryn et de leurs vassaux ne seraient pas non plus de trop, à l'est.

Mais que de périls, avant d'y parvenir ! Outre les lynx et les avalanches de pierres, trop communs dans les défilés, la montagne était hantée de clans sans foi ni loi qui, depuis leurs aires, fondaient sur le Val perpétrer des razzias sanguinaires et s'évanouissaient comme neige au soleil dès que les chevaliers d'Arryn se lançaient à leurs trousses. Même un lord Jon, pourtant le plus prestigieux des maîtres qu'eussent jamais eu les Eyrié, ne s'y aventurait qu'en nombre. Avec pour toute escorte la loyauté, certes à toute épreuve, d'un vétéran, folie même que d'y seulement songer.

Oui..., il fallait remettre à plus tard Vivesaigues et les Eyrié. Sa route à elle était celle du nord, celle de Winterfell où l'attendaient ses fils, où la rappelait son devoir. Sitôt franchi le Neck, elle aurait toute liberté de s'adresser à l'un des bannerets de Ned et de lui faire expédier par estafettes l'ordre de surveiller tout du long la route royale.

Malgré l'obscurité croissante et la pluie qui noyaient la campagne immédiate, la mémoire restituait l'image assez nette des lieux. Le foirail, juste en face, et, à moins d'une demi-lieue, le village, une cinquantaine de chaumières blanches blotties autour de leur modeste septuaire de granit. Sans doute davantage, à présent, grâce au long été paisible des années passées. Au nord, la route courait les rives de la Verfurque au travers de plaines fertiles, de vallonnements boisés, de villes florissantes et desservait les forts massifs et les châteaux des seigneurs riverains.

Ces derniers, Catelyn les connaissait tous. Les Blackwood et les Bracken, ennemis jurés dont Père était sans trêve forcé d'arbitrer les querelles ; lady Whent qui, dernière de sa lignée, hantait avec ses spectres les voûtes caverneuses de Harrenhal ; l'irascible lord Frey, qui avait tué sept femmes sous lui, surpeuplant ses deux castels d'enfants, petits-enfants et arrière-petits-enfants, sans compter bâtards et petits-bâtards. Tous vassaux des Tully, tous épées liges de Vivesaigues. Mais y suffiraient-ils, si la guerre éclatait ? Etant l'incarnation même du dévouement, Père ne manquerait pas de convoquer son ban…, mais le ban répondrait-il à l'appel ? Tout liés par serment qu'ils étaient au sire de Vivesaigues, des Darry, Ryger, Mooton n'en avaient pas moins combattu dans les rangs de Rhaegar Targaryen, au Trident. Et un Frey était accouru si fort après la bataille… Comment savoir quelle armée il comptait grossir, quelques assurances solennelles qu'il eût données – ultérieurement – aux vainqueurs ? Père, en tout cas, ne l'appelait plus, depuis lors, que lord Tardif Frey…

Elle en était là de ses réflexions quand battit la cloche, manquant l'assourdir.

Non, non, surtout pas de guerre. La guerre, il fallait l'éviter coûte que coûte. On devait l'empêcher.

L'air vibrait encore de la dernière volée quand ser Rodrik parut. « Il faut se dépêcher, si nous voulons dîner ce soir, madame.

– Tant que nous nous trouvons en deçà du Neck, mieux vaudrait pour notre sécurité abdiquer nos titres, lui dit-elle, nous attirerons moins l'attention. Que diriez-vous d'un père et d'une fille voyageant pour une quelconque affaire de famille ?

– Qu'il en soit selon votre bon plaisir, madame, approuva-t-il avant de se mettre à rire. Ce qu'elles ont la vie dure, les vieilles formules de courtoisie, ma... ma fille ! » Sa main se porta d'elle-même vers les favoris perdus, et il exhala un soupir furieux.

« Venez, Père, dit-elle. Vous trouverez bonne, je pense, la table de Masha Heddle mais, par pitié, gardez-vous de l'en complimenter, vous risqueriez de la faire sourire. »

Parcourue de vents coulis, la salle commune s'étirait entre une rangée d'énormes barriques et l'âtre. Un serveur s'y démenait, chargé de brochettes de viande, tandis que Masha tirait de la bière tout en mâchouillant sa surette.

Sur les bancs déjà bondés voisinaient au petit bonheur citadins, fermiers, voyageurs de tous genres. Le carrefour favorisant les coudoiements bizarres, des teinturiers aux mains pourpres ou noires partageaient le banc de pêcheurs empestant l'écaille, les muscles mastoc d'un forgeron s'écrabouillaient contre un vieux septon racorni, des négociants paisibles et rondouillards échangeaient comme à tu et à toi les dernières nouvelles avec des spadassins recuits.

Au gré de Catelyn, l'assistance comprenait un peu trop d'épées. Trois de celles-ci, près du feu, portaient l'étalon de gueules Bracken ; d'autres, en nombre, cotte de mailles d'acier bleu et cape gris argent, les tours jumelles, non moins familières, Frey. A mieux les examiner, cependant, elle se rassura : tous étaient trop jeunes pour l'avoir connue ; leur aîné devait avoir l'âge de Bran lorsqu'elle était partie pour Winterfell.

Ser Rodrik leur dénicha des places sur un banc proche des cuisines. Vis-à-vis d'eux, un beau jeune homme d'environ dix-huit ans laissait errer ses doigts sur sa harpe. « Soyez sept fois bénis, bonnes gens », leur dit-il comme ils s'asseyaient. Devant lui, une coupe à vin, vide.

« Vous aussi, chanteur », répondit Catelyn, pendant que ser Rodrik, d'un ton qui sentait un peu trop le *presto*, commandait du pain, de la viande et de la bière. Le chanteur, l'œil hardi, les interrogea sur leur destination, leur provenance, les rumeurs qu'ils en rapportaient, décochant ses questions, coup sur coup, comme autant de flèches et sans attendre la riposte. « Nous avons quitté Port-Réal voilà quinze jours, répondit enfin Catelyn, privilégiant délibérément le sujet le plus neutre.

– C'est précisément là que je vais », dit-il. Elle l'avait subodoré, se raconter l'intéressait infiniment plus que subir les récits d'autrui. Les chanteurs n'aimaient rien tant que le son de leur propre voix. « Le tournoi de la Main signifie grands seigneurs et bourses garnies. A l'issue du dernier, j'avais gagné plus d'argent que je n'en pouvais porter... – aurais pu, car j'ai tout perdu en misant sur le Régicide.

– A la vue du joueur se renfrognent les dieux », énonça ser Rodrik, sentencieux. Natif du nord, il partageait la répugnance d'Eddard Stark à l'endroit des joutes.

« Alors, je les ai renfrognés, dit l'autre. Vos dieux cruels et le chevalier des Fleurs m'ont ratiboisé.

– Cela vous aura servi de leçon, j'espère ? reprit ser Rodrik.

– Et comment ! Ce coup-ci, je parie tout sur ser Loras. »

La main de ser Rodrik voulut tripoter les favoris perdus, mais il n'eut pas le loisir de formuler sa réprobation : le serveur survenait au galop, déposait sur la table des tranchoirs de pain, les emplissait de morceaux rissolés prestement débrochés, juteux, chauds à point, que rejoignirent par la même voie grelots, piments, champignons... Et le bon chevalier attaqua bravement, tandis que le garçon courait chercher la bière.

« Je m'appelle Marillion, reprit le chanteur en pinçant une corde de son instrument. Vous m'avez déjà entendu jouer, j'imagine ? »

Tant de candeur et de présomption firent sourire Catelyn. Fort peu de chanteurs ambulants s'aventuraient jusqu'à Winterfell mais, dans sa jeunesse, elle avait vu maintes fois le pareil. « Je crains que non. »

Il égrena un accord plaintif. « J'en suis au regret pour vous, dit-il. Quel est le meilleur chanteur que vous ayez ouï ?

– Alia de Bravoos, répondit tout de go ser Rodrik.

– Oh ! je suis *infiniment* supérieur à cette vieille perruque, dit-il. Si vous avez de l'argent pour une chanson, je vous montrerai de grand cœur.

– Il se peut que j'aie une ou deux piécettes de cuivre, mais j'aimerais mieux les flanquer dans un puits que de payer pour vous écouter piailler », bougonna Rodrik. L'aversion que lui inspiraient les rhapsodes n'était un secret pour personne ; la musique était un truc charmant pour les filles, mais qu'un gaillard pétant de santé s'encombrât les mains d'une harpe au lieu de brandir une bonne épée, cela passait son entendement.

« Votre grand-père est bien grincheux…, dit Marillion en se tournant vers Catelyn. Je désirais vous honorer, voilà tout. En hommage à votre beauté. Quoique, au vrai, je sois fait pour charmer les rois et les grands seigneurs.

– Oh, je le vois bien, susurra-t-elle. Lord Tully adore les chansons, paraît-il. Vous devez connaître Vivesaigues ?

– J'y suis allé cent fois, fit-il avec désinvolture. J'y ai ma chambre en permanence, et le jeune lord me traite en frère. »

Elle sourit à cette idée. Edmure serait enchanté d'apprendre la nouvelle, lui qui abominait l'engeance sans exception, depuis qu'un cytharède lui avait soufflé une gueuse qu'il convoitait ! « Et Winterfell ? demanda-t-elle, avez-vous voyagé dans le nord ?

– Qu'irais-je m'y perdre ? se rengorgea-t-il. Tout ça, c'est blizzards et peaux d'ours, et les Stark ne connaissent, en guise de musique, que le hurlement des loups. » Au même instant, Catelyn entendit la porte, à l'autre bout de la salle, s'ouvrir à grand fracas.

« Holà, l'aubergiste ! cria derrière elle un valet, des stalles pour nos chevaux, une chambre et un bain pour messire Lannister !

– Bons dieux ! » s'exclama ser Rodrik avant que, lui étreignant l'avant-bras, les doigts de Catelyn eussent pu lui imposer silence.

Masha, cependant, se ployait, souriant de son hideux sourire. « Je suis désolée, m'seigneur, vraiment désolée, nous sommes complets, tout est pris. »

Ils étaient quatre en tout, vit Catelyn. Un vieillard de la Garde de Nuit, tout de noir vêtu, deux valets et... lui, debout, là, nabot, arrogant. « Mes hommes coucheront à l'écurie. Quant à moi, bon, vous pouvez constater par vous-même, une *petite* chambre me suffit. » Il ébaucha une grimace goguenarde. « Dans la mesure où l'on m'offre une bonne flambée et de la paille pas trop infestée de punaises, je m'estime heureux. »

Complètement affolée, Masha Heddle bredouilla : « Mais, m'seigneur, y a rien, c'est l' tournoi, pas moyen... oh... »

Tirant une pièce de sa bourse, Tyrion la fit voltiger par-dessus sa tête, la rattrapa, la lança de nouveau, miroitante... Même de la place qu'occupait Catelyn, il était impossible de s'y méprendre : c'était de l'or.

Un franc-coureur au manteau d'un bleu délavé bondit aussitôt sur ses pieds. « Bienvenue dans ma chambre, m'sire.

– Enfin quelqu'un d'intelligent », dit Lannister en expédiant virevolter la pièce à travers la salle. L'homme la saisit au vol. « Et preste, de surcroît. » Puis, se tournant vers Masha Heddle : « Vous pourrez nous donner à dîner, n'est-ce pas ?

– Tout c' que vous voudrez, m'seigneur, 'bsolument tout », promit-elle. *Puisse-t-il en crever !* pensa Catelyn, mais c'est l'image de Bran baignant dans son sang, moribond que lui présenta son esprit.

Lannister jeta un regard sur les tables. « Mes hommes se contenteront de ce que vous servez à ces gens. Double ration, la journée a été rude. Pour moi, une volaille rôtie, poulet, canard, pigeon, n'importe. Et une fiasque de votre meilleur vin. Vous dînez avec moi, Yoren ?

– Volontiers, m'sire. »

Le nain n'avait pas été sans porter les yeux vers le fond de la salle, et Catelyn bénissait les dieux d'avoir interposé tant de monde entre elle et lui quand, soudain, Marillion se dressa, criant : « *Monseigneur Lannister !* » à plein gosier. « Je serais heureux d'agrémenter votre repas. Daignez me permettre de vous chanter le lai consacré à la grande victoire que remporta le seigneur votre père à Port-Réal !

– Rien ne serait plus susceptible de me couper l'appétit », répliqua sèchement Tyrion. Sans s'attarder sur le chanteur, son regard vairon s'écartait déjà lorsque..., tombant sur Catelyn, il se fixa sur elle, médusé. Elle se détourna vivement. Trop tard, le nain s'épanouissait

« Lady Stark ! quelle heureuse surprise..., dit-il. J'étais navré de vous manquer, à Winterfell. »

Marillion s'écarquilla, et la honte fit place au chagrin lorsqu'il vit Catelyn se lever lentement. Elle entendit ser Rodrik jurer, pensa : *Si seulement il s'était attardé au Mur, si seulement...*

« Lady... Stark ? bafouilla Masha.

– La dernière fois que j'ai couché chez vous, j'étais encore Catelyn Tully », dit-elle, défaillante au sein des chuchotements, des regards de la salle entière. Elle jeta un coup d'œil circulaire, entrevit la physionomie floue de chevaliers, de lames-liges, prit une profonde inspiration pour essayer de ralentir sa folle chamade. Oserait-elle risquer cela ? Elle n'eut pas le temps d'y réfléchir que le son de sa propre voix retentissait à ses oreilles. « Vous, dans le coin, dit-elle à un homme d'âge qu'elle n'avait pas remarqué jusque-là. Est-ce bien la chauve-souris noire que je vois brodée sur votre surcot, messer ? »

L'homme se dressa. « Oui, madame.

– Et lady Whent, est-elle une amie sincère et loyale de mon père, lord Hoster Tully de Vivesaigues ?

– Elle l'est », répondit-il sans hésiter.

Sans se départir de son calme, ser Rodrik se mit à son tour debout, dégaina. Le nain les regardait tour à tour, blême, en papillotant, ses prunelles dépareillées pleines d'effarement.

« L'étalon de gueules a toujours été le bienvenu à Vivesaigues, dit-elle au trio près du feu. Mon père compte Jonos Bracken parmi ses plus fidèles et anciens bannerets, n'est-ce pas ? »

Les trois hommes d'armes échangèrent un regard perplexe. « Notre maître est respecté pour son sens du devoir, bredouilla finalement l'un d'eux.

– J'envie à votre père tant de bons amis, grinça Lannister, mais j'avoue ne pas voir à quoi rime ceci, lady Stark. »

Dédaignant son intervention, elle se tourna vers le groupe vêtu de bleu et de gris. Elle les avait réservés pour la bonne bouche, vu qu'ils étaient plus d'une vingtaine. « Je connais votre emblème aussi : les tours jumelles Frey. Comment se porte votre bon seigneur, messers ? »

Le capitaine se leva. « Lord Walder va bien, madame. Il compte se remarier le jour de son quatre-vingt-dixième anniversaire et a prié messire votre père d'honorer les noces de sa présence. »

Au ricanement qu'exhala Tyrion Lannister, Catelyn sut qu'il était à elle. « Cet homme est venu en hôte dans ma demeure et y a tramé le meurtre de mon fils, âgé de sept ans », proclama-t-elle à la cantonade en le désignant. Ser Rodrik vint se placer près d'elle, l'épée au poing. « Au nom du roi Robert et des nobles seigneurs que vous servez, je vous ordonne de vous saisir de sa personne et de m'aider à le ramener à Winterfell, où il attendra que s'exerce la justice du roi. »

Alors elle ne sut ce qu'elle savourait le plus, du bruit que faisaient une douzaine d'épées dégainées d'un même élan, ou de la mine déconfite de Tyrion Lannister.

SANSA

Accompagnée de septa Mordane et de Jeyne Poole, Sansa se rendit au tournoi de la Main à bord d'une litière fermée, mais aux rideaux de soie jaune si fins que, par transparence, elle apercevait nimbé d'or le monde extérieur. Cent pavillons se dressaient, hors les murs, sur les berges de la Néra, les gens du commun affluaient par milliers pour assister aux joutes. Et le spectacle était d'une splendeur telle que Sansa en avait le souffle coupé ; les armures étincelantes, les puissants destriers caparaçonnés d'or et d'argent, les vivats de la foule, les bannières claquant au vent..., les chevaliers eux-mêmes, tout la fascinait, les chevaliers surtout.

« C'est encore plus beau que dans les chansons », murmura-t-elle, après qu'elles eurent trouvé, parmi les grands seigneurs et les grandes dames, les places promises par Père. La magnifique robe verte qu'elle arborait pour l'occasion rehaussait sa chevelure auburn, et elle savourait en toute modestie la vanité de captiver les aigreurs comme les sourires.

Sous ses yeux cavalcadaient les héros d'innombrables chansons, chacun plus fabuleux que son prédécesseur. Revêtus d'armures en écailles d'un blanc laiteux, les sept chevaliers de la Garde royale entrèrent en lice, tous drapés dans leurs manteaux de neige. Ser Jaime se distinguait d'eux, cependant, par une armure d'or, un heaume d'or en mufle de lion et une épée d'or. Ser Gregor Clegane, la Montagne-à-Cheval, les dépassa en trombe, telle une avalanche. Sansa reconnut lord Yohn Royce, hôte des Stark, à Winterfell, deux ans plus tôt. « Vieux de milliers et de milliers d'années, le bronze de son armure, chuchota-t-elle à Jeyne, est gravé de runes magiques qui le rendent invulnérable. » Septa Mordane attira leur attention sur lord Jason Mallister, en indigo repoussé d'argent, et sur les ailes d'aigle de son heaume. « Au Trident, il a abattu trois bannerets de Rhaegar. » Et, comme les petites se récriaient à la vue de Thoros de Myr, prêtre guerrier des plus remarquable, avec ses robes rouges flottantes et sa tête rasée, elle spécifia qu'il avait jadis escaladé les murs de Pyk, une épée enflammée au poing.

D'autres cavaliers étaient inconnus de Sansa ; chevaliers obscurs venus des Quatre Doigts, de Hautjardin ou descendus des montagnes de Dorne, francs-coureurs et nouveaux écuyers qu'ignoraient les chansons, cadets de grands seigneurs, aînés de minces hobereaux… Tous jeunes gens dont la plupart ne s'étaient encore illustrés par aucun exploit, mais les deux gamines en tombèrent d'accord : tôt ou tard, l'éclat de leurs noms retentirait d'un bout à l'autre des Sept Couronnes. Ser Balon Swann. Lord Bryce Caron des Marches. L'héritier de Yohn le Bronzé, ser Andar Royce, ainsi que son jeune frère, ser Robar, dont les armures de plates en acier argenté portaient en filigranes de bronze les runes antiques déjà mentionnées. Les jumeaux ser Horas et ser Hobber, aux écus frappés, violacé sur bleu, du pampre Redwyne. Patrek Mallister, fils de lord Jason. Les six Frey du Conflans, ser Jared, ser Hosteen, ser Danwell, ser Emmon, ser Theo, ser Perwyn, respectivement fils et petits-fils de lord Walder Frey, ainsi que son bâtard Martyn Rivers.

A peine Jeyne Poole avait-elle confessé l'effroi que lui inspirait l'aspect de Jalabhar Xho qui, prince proscrit des îles d'Eté, portait à même sa peau noire comme la nuit une cape de plumes écarlates et vertes, qu'émerveillée par les cheveux d'or rouge et le bouclier noir zébré par la foudre du jeune lord Béric Dondarrion elle déclara vouloir l'épouser sur-le-champ.

Le Limier entra à son tour en lice, de même que le propre frère du roi, l'irrésistible lord Renly d'Accalmie. Jory, Alyn et Harwin représentaient Winterfell et le nord. « Jory a l'air d'un mendiant, par comparaison », renifla Mordane en le voyant, et force fut à Sansa d'en convenir. Aucune devise, aucun ornement ne relevait son armure de plates gris-bleu, et son maigre manteau gris lui pendait aux épaules comme un torchon sale. Il ne s'en tira pas moins bien, lors de la première joute, en démontant Horas Redwyne et, lors de la deuxième, l'un des Frey. La troisième l'opposa à Lothor Brune, franc-coureur dont l'armure n'était pas plus fraîche, et ils coururent trois passes sans vider les étriers l'un ni l'autre. Toutefois, comme Brune ajustait mieux ses coups, d'une lance plus ferme, c'est lui que Robert proclama vainqueur. Alyn et Harwin eurent moins de succès, qui mordirent la poussière dès le premier tour, l'un contre ser Meryn, de la Garde royale, et l'autre contre ser Balon Swann.

Tandis que les heures succédaient aux heures et les joutes aux joutes, le galop dévastateur des grands destriers donnait aux lices l'aspect de champs labourés. De loin en loin, le fracas de rencontres où les lances volaient en éclats faisait s'exclamer de conserve Jeyne et Sansa, pendant que le vulgaire ovationnait ses favoris, mais si la première se couvrait les yeux, telle une oiselle effarouchée, chaque fois qu'un homme tombait, la seconde révélait une tout autre étoffe et se contentait, en grande dame, de ciller. Tant de tenue satisfit Mordane elle-même qui branlait du chef pour marquer son approbation.

Le Régicide se montra brillant. Il renversa coup sur coup ser Andar Royce et lord Bryce Caron avec autant d'aisance que s'il eût couru la bague puis, au terme d'un âpre combat, triompha de Barristan Selmy, que ses cheveux blancs n'avaient pas empêché de terrasser ses deux premiers adversaires, plus jeunes de trente et quarante ans.

Dans leur propre registre, la férocité, Sandor Clegane et son gigantesque frère, ser Gregor la Montagne, parurent non moins irrésistibles, face à leurs concurrents successifs. Mais la palme de l'horreur échut au second, ce jour-là, quand, au cours de sa deuxième rencontre, sa lance atteignit avec tant de violence un jeune chevalier du Val sous le gorgeret qu'elle lui trancha le gosier, l'atterrant, raide mort, à moins de dix pieds de Sansa. Le fer meurtrier ressortait par la nuque, et le sang s'épanchait de la plaie par lentes pulsations, lentes, lentes, de plus en plus lentes. A l'évidence, la victime étrennait une armure flambant neuve. Sur son bras comme désarticulé courait une traînée de feu qu'éteignit brusquement le passage d'un nuage devant le soleil. Bordé de croissants de lune et céruléen comme un matin d'été, son manteau devenait bleu sombre au fur et à mesure que, tout en rougissant un à un les croissants de lune, l'imbibait le sang.

Jeyne Poole s'était mise à hoqueter de manière si hystérique qu'à la fin septa Mordane dut l'emmener se refaire une contenance décente, laissant Sansa, sagement assise et mains croisées sur les genoux, contempler, comme hypnotisée, ce cruel spectacle. Elle assistait à la mort d'un homme pour la première fois. Elle aurait dû, se disait-elle, pleurer aussi, mais les larmes ne lui venaient pas. Peut-être les avait-elle toutes versées pour Lady et Bran ? Non, se rassura-t-elle, elle en trouverait s'il s'agissait de Jory, de ser Rodrik ou de Père. Le jeune chevalier en bleu ne lui était rien, rien de plus ni de mieux qu'un étranger venu du Val d'Arryn. Tellement rien qu'elle avait oublié son nom sitôt qu'entendu. A présent, le monde allait l'oublier de même, songea-t-elle, et les chanteurs ne le chanteraient pas. Attristant.

Après qu'on eut emporté le corps survint à toutes jambes un gars armé d'une pelle qui s'empressa de recouvrir de terre la flaque de sang. Et, là-dessus, les jeux reprirent.

Ser Balon Swann dut à son tour s'incliner devant Gregor. Quant au Limier, il démonta lord Renly d'un coup si rude qu'il l'envoya littéralement voler, jambes en l'air, tête la première, et que la foule pétrifiée perçut distinctement un *crac !* à l'atterrissage, qui se révéla, par bonheur, résulter d'une simple avarie du heaume. Sous les acclamations frénétiques de la plèbe dont il était l'un des favoris, le vaincu se releva en effet d'un bond pour tendre à son vainqueur, avec une révérence gracieuse, un andouiller rompu. Le Limier saisit le cor d'or et, d'un air de mépris suprême, le lança dans la foule, y suscitant une folle bagarre de griffes et de poings qui ne cessa que sur l'intervention personnelle de lord Renly. Entre-temps, Mordane était revenue, seule. Jeyne, expliqua-t-elle, s'était décidément sentie trop mal, il avait fallu la reconduire au château. Jeyne ? Pour un peu, Sansa l'oubliait…

L'heure tournait. Un chevalier minable en manteau à carreaux fut déclaré forfait pour avoir tué le cheval de Béric Dondarrion, mais celui-ci n'eut pas plus tôt changé de monture que Thoros de Myr le désarçonnait. Ser Aron Santagar et Lothor Brune se ruèrent à trois reprises l'un sus à l'autre sans parvenir à se départager, mais ils trouvèrent ensuite respectivement leur maître en la personne de lord Jason Mallister et de Robar Royce.

Il ne resta plus finalement que quatre hommes en lice : le Limier, son monstrueux frère, le Régicide et ser Loras Tyrell, plus connu sous le nom de chevalier des Fleurs.

Dernier-né des fils de Mace Tyrell, sire de Hautjardin et gouverneur du Sud, celui-ci était, à seize ans, le benjamin du tournoi. Il ne s'en était pas moins illustré, le matin même, en démontant tour à tour trois des gardes personnels du roi, et il bénéficiait en outre, aux yeux de Sansa, d'un physique absolument incomparable. Les plates émaillées de son armure étaient agencées de manière à figurer des myriades de fleurs différentes, et des roses blanches et rouges tapissaient le caparaçon de son cheval de neige. Après chacune de ses victoires, il retirait son heaume et, mettant sa monture au pas, faisait lentement le tour de l'enceinte et, à la fin, prélevait une rose blanche du caparaçon pour la lancer à quelque beauté dans la foule.

Sa dernière compétition l'avait opposé au cadet des Royce. Mais les runes ancestrales ne garantirent guère celui-ci, car ser Loras lui défonça l'écu et lui fit vider la selle et mordre le sol dans un formidable fracas de ferraille puis, peu soucieux de l'écouter geindre, entreprit sa petite tournée des belles. Cependant, ser Robar ne se relevant pas, on finit par mander une civière qui l'emporta, inerte, hébété, vers sa tente, mais Sansa n'en vit rien, Sansa n'avait d'yeux que pour ser Loras. Et elle crut bien que son cœur allait éclater lorsque le destrier blanc s'immobilisa devant elle.

Aux autres, il n'avait donné que des roses blanches, mais c'est une rouge qu'il choisit pour elle. « Douce dame, dit-il, aucune victoire ne vaut seulement la moitié de vos charmes. » Trop émue par le compliment pour articuler la moindre réponse, elle reçut la fleur d'une main timide. Il avait des yeux d'or liquide, et la masse de ses cheveux bruns bouclait paresseusement. Elle respira le parfum suave de la rose, et ser Loras s'était retiré dès longtemps qu'elle la contemplait encore.

Lorsqu'elle releva les yeux, un homme, debout, s'inclinait vers elle et la dévisageait. Il était petit, barbichu, vaguement poivre et sel, à peu près de l'âge de Père. « Vous devez être l'une de ses filles », dit-il. Sa bouche souriait, mais pas son regard gris-vert. « Vous avez tout d'une Tully.

– Je suis Sansa Stark », balbutia-t-elle, mal à l'aise. L'individu portait un lourd manteau à col de fourrure qu'agrafait un moqueur d'argent, il avait les manières aisées d'un grand seigneur, mais elle ne le connaissait pas. « Je n'ai pas eu l'honneur, messire. »

Septa Mordane lui prit vivement la main. « Lord Petyr Baelish, ma douce, membre du Conseil restreint.

– Votre mère était ma reine de beauté, jadis », reprit-il posément. Son haleine sentait la menthe. « Vous avez ses cheveux. » Or, à peine eut-elle senti que, rebiffant une mèche auburn, les doigts de Littlefinger lui effleuraient la joue que, de la façon la plus cavalière, il avait tourné les talons et s'en était allé.

Déjà haut dans le ciel, maintenant, la lune avérait crûment la lassitude des spectateurs, et le roi décréta le report des finales au lendemain matin, avant l'épreuve de la mêlée. Pendant que le peuple entreprenait de regagner ses pénates en discutant des joutes du jour et de la victoire en suspens, la Cour fit mouvement vers les rives où devait avoir lieu le festin. Depuis des heures y tournaient lentement, embrochés sur des piques de bois, six aurochs colossaux dont on arrosait constamment de beurre aux herbes la chair grésillante. Dressées en plein air, les tables flanquées de bancs croulaient sous des monceaux de doucette, de fraises, de pain frais.

Sansa et septa Mordane se virent attribuer des places d'honneur, à la gauche de l'estrade réservée au roi et à la reine. En voyant le prince Joffrey prendre place à sa droite, la petite sentit sa gorge se serrer. Il ne lui avait pas adressé la parole depuis leur funeste équipée du Trident, et elle n'avait pas osé faire le premier pas. Après s'être d'abord persuadée qu'il méritait seulement sa haine, pour avoir trempé dans l'assassinat de Lady, elle avait fini, une fois séché son chagrin, par se dire qu'il n'en était pas coupable, pas vraiment. La faute en était à la reine, et c'est la reine qu'il fallait haïr, la reine et Arya. Sans Arya, rien ne serait arrivé.

Non, ce soir, elle ne pouvait le haïr. Il était trop beau pour qu'elle le haïsse. Il portait un pourpoint bleu sombre que rehaussait un double rang de mufles de lions d'or, et ses cheveux brillaient du même éclat que le bandeau d'or et de saphirs qui lui ceignait le front. Aussi pantelait-elle intérieurement qu'il ne l'ignorât ou, pire, ne l'assurât derechef de sa haine et ne la contraignît à s'enfuir de table, éplorée.

Au lieu de cela, Joffrey sourit, lui baisa la main et, plus beau, plus galant qu'aucun prince jamais chanté, dit : « Ser Loras est un fin gourmet de beauté, douce dame.

– Il s'est montré par trop indulgent, objecta-t-elle, affectant de son mieux un maintien modeste et un air paisible, en dépit de son cœur battant. Ser Loras est un preux. Pensez-vous, prince, qu'il vaincra, demain ?

– Non, dit-il. Mon chien va le déconfire, ou bien mon oncle Jaime. Et, dans quelques années, lorsque j'aurai l'âge d'entrer en lice, ils trouveront tous leur maître. » D'un geste, il réclama un carafon de vin frappé, la servit de sa propre main. Elle jeta un coup d'œil inquiet vers Mordane, mais déjà le prince s'inclinait pour emplir également la coupe de la septa qui, loin de s'insurger, branla du chef son approbation et se répandit en formules de gratitude.

Toute la nuit, les serviteurs veillèrent à ne jamais laisser les coupes demeurer vides, mais Sansa ne devait conserver aucun souvenir d'avoir seulement trempé ses lèvres dans le vin. Du vin, elle n'avait que faire. Ce qui l'enivrait, c'était la magie de la nuit, ce qui l'étourdissait, une espèce de sortilège, ce qui la transportait de ravissement, l'excès de splendeur dont elle avait toujours rêvé sans oser même envisager y accéder jamais. Installés devant le dais royal, les rhapsodes enchantaient la pénombre de leurs mélodies. Un jongleur faisait voltiger des cascades de torches enflammées. Perché sur des échasses et vêtu d'habits bigarrés, Lunarion, le fou privé du roi, mimait des pas de danse et, l'air nigaud, brocardait un chacun de sa face en tourte avec tant de pertinence et de cruauté que Sansa finit par douter de sa niaiserie. Il désarma jusqu'à septa Mordane et la fit tellement rire en poussant une chansonnette sur le Grand Septon qu'elle s'inonda de vin.

Puis Joffrey..., Joffrey qui était la courtoisie faite homme. Il ne cessa, la nuit durant, d'entretenir Sansa, de l'accabler de compliments, de l'égayer, de la régaler de ragots de cour, de lui expliquer chacun des quolibets de Lunarion, la captiva tant et si bien qu'omettant presque la politesse élémentaire elle en vint à négliger, sur sa gauche, septa Mordane.

Cependant, les plats se succédaient sans trêve. Potage d'orge et venaison. Salade mêlée de doucette, d'épinards, de prunes et de noix pilées. Escargots à l'ail et au miel. Comme Sansa n'en avait encore jamais dégusté, Joffrey lui apprit à les retirer de leur coquille et, de sa propre main, lui donna la becquée du premier. De même l'aida-t-il, lorsqu'on apporta des truites cuites à l'étouffée dans la glaise, à briser la carapace qui recélait leur chair blanche et comme feuilletée. Survint le rôt, il tint à la servir lui-même, trancha près de l'os une portion de reine et, souriant, la lui déposa dans l'assiette. A la manière dont il s'y prenait, elle s'aperçut que son bras droit le faisait encore souffrir et, néanmoins, il ne prononça pas un mot de récrimination.

Puis ce furent des ris, des pigeons en croûte, des pommes au four qui embaumaient le cinname, des gâteaux au citron tout givrés de glaçure blanche, mais, bien qu'elle raffolât de ceux-ci, Sansa, menacée par la réplétion, n'en put grignoter que deux. Elle s'interrogeait toutefois sur l'éventualité d'un troisième quand, brusquement, le roi se mit à vociférer.

De plat en plat, Robert n'avait cessé de hausser la voix. A plusieurs reprises, Sansa l'avait entendu, par-dessus la musique et le tintamarre de la vaisselle et des couverts, s'esclaffer, rugir des ordres, mais la distance empêchait de saisir les mots.

A présent, tout le monde entendait distinctement. « *Non !* » tonnaitil d'un ton qui submergea le tohu-bohu des conversations. A son grand scandale, Sansa le vit debout, cramoisi, titubant, le poing crispé sur une timbale sertie de pierres, et plus saoul que le dernier pochard. « Tu n'as pas à me dire ce que je dois faire, femme ! hurla-t-il à la reine Cersei. Le roi, ici, c'est moi, compris ? C'est moi qui décide, ici, et si je dis que *je combattrai*, demain, c'est que *je combattrai* ! »

L'assistance était médusée. Sansa, pour sa part, s'étonna que personne, ni ser Barristan, ni Renly, ni le petit homme qui lui avait tenu des propos si bizarres et touché les cheveux, personne n'esquissât un geste pour s'interposer. La reine avait l'air de porter un masque, tant ses traits exsangues semblaient sculptés dans la neige. A son tour, elle se leva, rassembla sa traîne et, sans un mot, opéra une sortie tempétueuse, suivie de ses gens.

Jaime Lannister posa une main sur l'épaule du roi, mais il essuya une rebuffade si virulente qu'il trébucha, tomba. Robert partit d'un rire gras. « Le grand chevalier que voilà ! Je peux encore te flanquer par terre..., souviens-toi de ça, Régicide ! » Du poing qui tenait la timbale, il se frappa la poitrine, aspergeant de vin toute sa tunique de satin. « Qu'on me donne seulement ma masse, et pas un seul de mes sujets ne me résistera ! »

Jaime Lannister se releva, s'épousseta. « Nul n'y contredit, Sire », dit-il d'un ton roide.

Lord Renly s'avança, souriant. « Tu as renversé ton vin, Robert. Daigne me permettre de t'en resservir. »

Sansa tressaillit en sentant sur son bras la main de Joffrey. « Il se fait tard, dit-il avec une expression singulière, un peu comme s'il ne la voyait pas. Faut-il que l'on vous escorte jusqu'au château ?

– Non », commença-t-elle, cherchant septa Mordane du regard, mais, à sa stupéfaction, celle-ci dormait, la tête effondrée sur la table, et ronflait à petit bruit, d'un ronflement très « dame ». « Je voulais dire... oui, je vous remercie, ce serait fort aimable. Je suis si lasse, et le chemin si sombre. J'accepterais de bon cœur quelque protection. »

Joffrey appela : « *Chien !* »

Instantanément parut, telle une émanation subite de la nuit, Sandor Clegane. Il avait troqué son armure contre une tunique de laine rouge où un empiècement de cuir figurait un profil canin. La lumière des torches animait sa face brûlée de reflets violâtres. « Prince ?

– Ramène au château ma fiancée, et veille à ce qu'il ne lui arrive rien », lui dit le prince d'un ton sec avant de s'éloigner, sans même un mot d'adieux, la laissant seule avec Clegane.

Elle en *sentait* le regard sur elle. « Tu t'imaginais peut-être que Joff t'accompagnerait en personne ? » Il se mit à rire. « Pas demain la veille. » Elle se laissa relever. « Viens, tu n'es pas la seule à tomber de sommeil. J'ai trop bu, et il me faudra peut-être tuer mon frère, demain. » Et il éclata de rire, à nouveau.

Subitement terrorisée, Sansa secoua l'épaule de septa Mordane, espérant la réveiller, mais la vieille en ronfla seulement plus fort. Le roi Robert s'était déjà retiré, chancelant, la moitié des bancs brusquement vidée. Terminée, la fête et, avec elle, évanoui le rêve.

Le Limier s'empara d'une torche pour éclairer leur marche, et Sansa se plaça près de lui. Le terrain était caillouteux, inégal, les vacillations de la flamme aggravaient le sentiment qu'il se dérobait sous les pas. Aussi n'avançait-elle que les yeux baissés, attentive à placer sûrement ses pieds. Ils allèrent ainsi, parmi les pavillons que distinguaient à l'extérieur leurs bannières et leurs armoiries respectives, tandis que, peu à peu, s'appesantissait le silence. Sansa ne supportait pas la vue de son guide, il l'effrayait trop, mais son éducation l'avait policée à l'extrême. Une vraie dame, se dit-elle, ne remarquerait même pas son aspect repoussant. « Vous avez jouté en galant homme, aujourd'hui, ser Sandor », se força-t-elle à dire.

Un grognement lui répondit. « Epargne-moi tes petits compliments creux, fillette… et tes *ser*. Je ne suis pas chevalier. Les chevaliers et leurs serments, moi, je crache dessus. Mon frère est chevalier, lui. Tu l'as vu courir ?

– Oui, murmura-t-elle en tremblant. Il a été…

– Galant ? » suggéra-t-il.

Elle comprit qu'il la raillait. « Irrésistible », rectifia-t-elle au bout d'un instant, pas peu fière que sa trouvaille exprimât la stricte vérité.

Soudain, Clegane s'immobilisa au beau milieu d'un champ désert cerné de ténèbres et, par force, elle fit de même. « Quelque septa t'aura dressée, toi… ! Tu sais à quoi tu ressembles ? aux petits oiseaux des îles d'Eté, si tu vois… Un de ces jolis petits oiseaux jaseurs qui rabâchent à l'envi les jolis petits mots qu'on leur a serinés.

– Ce n'est pas gentil ! » Son cœur battait à grands coups. « Vous me faites peur. Je veux rentrer.

– *Irrésistible… !* éructa-t-il. Pas si faux. Jamais personne n'a résisté à Gregor. Aujourd'hui, tiens, ce jouvenceau…, sa deuxième joute, çà ! Çà, c'était du joli boulot… Tu l'as vu, hein ? Mais aussi, que venait ficher là ce foutriquet ? Cette armure, et pas d'argent, pas d'écuyer, personne pour l'aider à la boucler… Mal lacé qu'il était, son gorgeret. Et tu te figures, hein, que Gregor l'a pas remarqué ? Tu te figures que la lance de ser Gregor a joué de malchance, hein ? joli petit museau jaseur, tu crois ça ? t'as vraiment pas plus de cervelle qu'un oiseau ! La lance de Gregor va pile où il veut qu'elle aille. Regarde-moi. *Regarde-moi !* » Il lui prit le menton dans son énorme main et la força à relever la tête puis, s'accroupissant, rapprocha la torche. « Tu veux du joli ? En voilà ! Savoure à loisir. Pas ça que tu voulais, peut-être ? Cent fois, j'ai surpris ton regard, en route, et, vite vite, tu te détournais. Pisse là-dessus, maintenant, regarde, un bon coup… ? »

Ses doigts lui emprisonnaient la mâchoire comme dans un étau de fer, ses yeux se plongeaient dans les siens. Des yeux imbibés d'alcool et ivres de fureur. Elle fut contrainte de regarder.

Le côté droit du mufle, décharné, montrait une pommette aiguë, une prunelle grise, un sourcil épais. Le nez s'épatait, crochu, sous des mèches noires, clairsemées, mais qu'il portait longues pour les rabattre vers le côté gauche, *l'autre*, où plus un cheveu ne poussait.

Ce n'étaient que ruines, de ce côté-là. Le feu en avait calciné l'oreille, réduite à un trou béant. L'œil avait survécu, mais dans un chaos de cicatrices immondes, de chairs noirâtres, ici lisses et durcies comme du cuir, là creusées de cratères, sillonnées de fissures atroces où le moindre mouvement mettait des reflets rougeâtres, suintants. Au bas de la mâchoire s'apercevait, dénudé, l'os.

Sansa se mit à pleurer. Alors, il la relâcha pour éteindre la torche dans la terre. « Pas de jolis mots pour ça, fillette ? Aucun petit compliment seriné par la bonne septa ? » N'obtenant pas de réponse, il reprit : « Les gens croient, la plupart, que ça me vient d'une bataille. Un siège, une tour en flammes, la torche d'un ennemi… Même qu'un imbécile m'a demandé si c'était pas le souffle d'un dragon ! » Pour avoir moins d'éclat, son rire n'était pas moins âpre. « Je vais te dire, moi, fillette, ce qui s'est passé », souffla-t-il d'une voix de nuit, d'une voix d'ombre, mais si proche, désormais, que Sansa sentait l'aigreur vineuse de son haleine. « J'étais plus jeune que toi, six ou sept ans, quand un vieil ébéniste vint s'installer dans le village, au pied des murs de mon père, et prétendit acheter sa faveur par des présents. Il fabriquait des jouets merveilleux. Lequel j'obtins, j'ai oublié, mais je me rappelle que je convoitais celui de Gregor. Un chevalier de bois, peint de pied en cap et dont des ficelles permettaient si bien de mouvoir chaque articulation qu'on pouvait lui faire mimer un combat. Comme Gregor est mon aîné de cinq ans, qu'il n'avait cure du pantin, qu'il était déjà écuyer, qu'il avait près de six pieds de haut et des muscles de bœuf, je lui subtilisai son chevalier mais, je te jure ! sans y trouver de joie. Je mourais de peur tout le temps et, comme trop prévisible, il me découvrit avec mon larcin. Un brasero se trouvait dans la pièce. Sans un mot, Gregor me saisit par un bras et, malgré mes hurlements, me coucha la figure sur les charbons ardents, je hurlais toujours, l'y maintint. Tu as vu comme il est puissant ? Eh bien, à l'époque, il fallut trois hommes pour m'arracher de ses mains. Les septons peuvent bien prêcher à perdre haleine sur les sept enfers ! qu'est-ce qu'ils en savent ? Seul un homme passé par l'épreuve du feu sait vraiment à quoi ça ressemble, l'enfer.

« Mon père dit à qui voulait l'entendre que mon lit avait pris feu, et notre mestre me prodigua ses onguents. Des *onguents* ! Gregor eut aussi les siens... Quatre ans plus tard, on l'oignait des sept huiles, il prononçait ses vœux de chevalier, Rhaegar lui tapait sur l'épaule en disant : “Relevez-vous, ser Gregor” ! »

La voix râpeuse s'éteignit. Toujours accroupi devant Sansa, Clegane n'était, dans le grand silence, qu'une vague masse un peu plus noire que la nuit, qu'un souffle comme disloqué. Elle se surprit à le plaindre et, dans un sens, à le craindre moins.

Le silence s'éternisait, s'éternisait tant qu'elle sentit la peur l'envahir à nouveau, mais une peur pour lui, pas pour elle-même. A tâtons, sa main trouva l'épaule trapue. « Il n'est pas un vrai chevalier », murmura-t-elle.

Le Limier rejeta sa tête en arrière et poussa un rugissement. D'un bond, Sansa s'écarta de lui, mais il lui attrapa le bras. « Non, petit oiseau, non, grogna-t-il à son adresse, il n'est pas un vrai chevalier. »

Jusqu'au moment où ils pénétrèrent dans la ville, il ne desserra plus les dents. Une fois parvenu où stationnaient des voituriers, il ordonna à l'un d'eux de les ramener au Donjon Rouge et grimpa derrière elle dans le véhicule. Toujours en silence, ils franchirent la porte du Roi puis escaladèrent les rues éclairées de torches. Après qu'on leur eut ouvert la porte de la poterne, il la mena, l'œil lugubre et sa face brûlée ravagée de crispations nerveuses, dans le dédale de la citadelle, ne s'effaçant qu'au pied de l'escalier de la Main, et il l'escorta jusque devant la porte de sa chambre.

« Merci, messire », dit-elle de sa plus douce voix.

Le Limier lui reprit le bras et, à demi-ployé pour lui parler au plus près, dit : « Ce que je t'ai raconté, cette nuit... » Sa voix était encore plus rugueuse qu'à l'ordinaire. « Si tu en jases avec Joffrey..., ta sœur, ton père..., aucun d'eux...

– Je me tairai, souffla-t-elle. Je vous le promets. »

Mais la liste n'était pas close. « Si tu en jases avec *qui que ce soit*, acheva-t-il, tu m'entends ? je te tue. »

EDDARD

« C'est moi qui ai monté la veillée funèbre, dit ser Barristan Selmy, comme ils contemplaient le corps, déposé à l'arrière de la carriole. Il n'avait personne. Hormis sa mère, dans le Val, paraît-il. »

Dans la pâleur de l'aube, le jeune chevalier semblait seulement endormi. Il n'était pas beau, mais la mort avait adouci ses traits taillés à la serpe, et les sœurs du Silence lui avaient passé son meilleur vêtement : une tunique de velours dont le haut col dissimulait l'horrible plaie ouverte par la lance.

Devant le visage si juvénile, Eddard Stark s'interrogeait. N'était-ce pas pour lui qu'était mort ce garçon ? Fallait-il déplorer une simple coïncidence dans le fait qu'un banneret des Lannister l'avait tué avant que lui-même pût l'entretenir ? il ne le saurait sans doute jamais...

« Il avait été l'écuyer de Jon Arryn pendant quatre ans, poursuivait Selmy. C'est en souvenir de Jon que, juste avant de partir pour le nord, le roi l'a fait chevalier. Pauvre gosse, son vœu le plus cher... Il n'était pas prêt, j'en ai peur. »

Ned avait mal dormi, la nuit précédente, et il se sentait las comme un grand vieillard. « Nul d'entre nous ne l'est jamais, dit-il.

– A devenir chevalier ?

– A mourir. » D'une main délicate, il recouvrit le corps du manteau bleu ciel à croissants de lune maculé de sang. Et lorsque sa mère demandera pourquoi il est mort, songea-t-il avec amertume, on lui répondra : « Pour honorer la Main du Roi, Eddard Stark... » « Une mort si vaine ! La guerre ne devrait pas être un amusement. » Il se retourna vers la femme debout près de la carriole et dont les longs voiles gris ne laissaient discerner que les yeux. Les sœurs du Silence étaient vouées à la toilette des cadavres, et regarder la mort en face porte malheur. « Vous renverrez l'armure au Val. La mère voudra sans doute la conserver.

– Elle représente pas mal d'argent, dit ser Barristan. Il l'avait fait forger exprès pour le tournoi. Du travail simple mais de qualité. J'ignore s'il avait fini de payer l'artisan.

– Il a payé hier, messer, et payé cher, rétorqua Ned, avant de dire à la sœur : Renvoyez l'armure à la mère. Je me charge du forgeron. » Elle s'inclina.

Là-dessus, les deux hommes gagnèrent, à pied, le pavillon du roi. Le camp commençait à s'agiter. Sur des tournebroches grésillaient de grosses saucisses, épiçant l'air de poivre et d'ail. Tandis qu'à peine réveillés leurs maîtres accueillaient le jour en s'étirant, bâillant à se décrocher la mâchoire, de jeunes écuyers faisaient en toute hâte les commissions. En apercevant Ned et son compagnon, un valet qui se hâtait, une oie sous le bras, ploya le genou. « Z'Excellences », marmonna-t-il, pendant que le volatile cacardait en lui pinçant les doigts. Disposés autour de chaque tente, les écus en identifiaient l'occupant : aigle d'argent Salvemer, rossignols Caron, pampre Redwyne, sanglier moucheté, bœuf roux, chêne en feu, bélier blanc, triple spirale, licorne pourpre, almée, vipère noire, tours jumelles, chouette à cornes et, bon dernier, blanc pur de la Garde royale, aussi éblouissant que l'aube.

« Aujourd'hui, le roi veut prendre part à la mêlée », dit ser Barristan comme ils dépassaient l'écu de ser Meryn, dont l'état piteux clamait la victoire, la veille, de ser Loras Tyrell.

« Oui », grogna Ned. En pleine nuit, Jory l'avait réveillé pour l'en informer. Pas facile, après ça, de dormir paisible… !

Ser Barristan semblait préoccupé. « A ce qu'on dit, les splendeurs de la nuit s'évanouissent au jour, et la lumière du matin désavoue souvent les enfants du vin.

– On le dit, acquiesça Ned, mais pas de Robert. » Un autre, à la rigueur, renierait ses fanfaronnades d'après boire, Robert Baratheon, non ; il se souviendrait des siennes et, s'en souvenant, n'en démordrait jamais.

Le pavillon du roi se trouvant tout au bord de l'eau, les vapeurs qu'exhalait la Néra l'enveloppaient de volutes grises. Entièrement drapé de soie d'or, il écrasait de sa masse et de sa hauteur l'ensemble du camp. A sa porte était exposée la masse d'armes de Robert, ainsi qu'un gigantesque écu de fer frappé du cerf couronné.

Ned escomptait surprendre le roi toujours plongé dans le semicoma de ses intempérances, mais la chance était décidément contre lui. Une corne à bière au poing, le roi s'était déjà remis à boire, et il agonisait d'invectives tonitruantes les deux écuyers qui s'échinaient à boucler son armure. « Mais, Sire, protestait l'un, à deux doigts de pleurer, elle est trop étroite, ça n'ira pas... ! » Le gorgeret qu'il tâchait d'ajuster d'une main fébrile à la nuque épaisse du roi lui échappa, tomba.

« *Par les sept enfers !* hurla Robert, me faut-il le faire moi-même ? Les diables vous pissent au cul, vous deux ! Ramasse-moi ça, Lancel, au lieu de rester bouche bée, *ramasse* ! »

Le garçon se précipita, tandis que le roi voyait enfin les visiteurs. « Vise-moi ces godiches, Ned ! Ma femme me les a imposés, et ils sont en dessous de tout... Même pas capables d'armer proprement ! Des écuyers, ça ? des gardeurs de pourceaux, je dis, *moi*, dans des chausses en soie ! »

D'un simple coup d'œil, Ned comprit le problème. « Ils n'y sont pour rien, dit-il, c'est toi qui es trop gras, Robert. »

Sur une longue goulée supplémentaire, Robert Baratheon balança la corne sur les fourrures de son couchage et, se torchant la bouche d'un revers de main, grogna, renfrogné : « Gras ? *Gras*, n'est-ce pas ? Voilà dans quels termes tu t'adresses à ton roi ? » Il laissa fuser un rire inopiné comme un typhon. « Ah, Ned ! le diable t'emporte ! tu ne pourrais pas te tromper, parfois ? »

Un pauvre rictus se dessinait à peine sur les lèvres des écuyers que le regard du roi les pétrifia derechef. « Vous. Oui, vous deux. Le roi est trop gras pour son armure. Allez chez ser Santagar. Il me faut un pectoral de plates plus ample. Allez ! que ça saute ! *Vous avez besoin d'un dessin ?* »

Pendant que les malheureux butaient l'un sur l'autre, dans leur hâte de s'éclipser, il s'efforça de se composer un visage plus digne. Mais, dès qu'ils eurent disparu, il s'effondra dans un fauteuil et lâcha la bride à son hilarité.

Ser Barristan gloussa de conserve, et Ned lui-même, en dépit des sombres pensées qui le harcelaient, ne put réprimer un sourire. L'aspect des deux écuyers l'avait néanmoins frappé, malgré lui. Beaux, élégants, bien faits. Le premier, de l'âge de Sansa, longues boucles d'or ; le second, quinze ans peu ou prou, blond roux, une ombre de moustache, l'œil du même vert émeraude que la reine.

« Ah, la tête que va faire Santagar..., j'aimerais voir ça ! pouffait Robert. J'espère qu'il aura la présence d'esprit de les envoyer trouver quelqu'un d'autre... Ça les ferait galoper toute la journée !

– Qui sont-ils ? demanda Ned. Des Lannister ? »

Robert acquiesça d'un signe, tout en s'essuyant les yeux. « Des cousins. Neveux de lord Tywin. Fils de l'un de ses défunts frères. Ou du survivant, maintenant que j'y pense. Me rappelle pas. Sont si nombreux, dans la famille de ma femme… »

Une famille dévorée d'ambition, songea Ned. Il n'avait rien contre les écuyers, mais voir Robert littéralement investi, durant son sommeil comme à son réveil, par la parentèle de Cersei lui causait une espèce d'angoisse. L'appétit des Lannister pour les places, les honneurs semblait insatiable, décidément. « Il paraît que la reine et toi vous êtes disputés, la nuit dernière ? »

Une malice égaya les traits du roi. « La pécore prétendait m'empêcher de prendre part à la mêlée d'aujourd'hui. Elle fait la gueule, au château, maintenant, mais le diable l'emporte ! Jamais ta sœur ne m'aurait humilié comme ça…

– Je connaissais Lyanna beaucoup mieux que toi, Robert, dit Ned. Sa beauté t'empêchait de voir le fer sous-jacent. Elle t'aurait dit que tu n'as rien à faire dans la mêlée.

– Si tu t'y mets aussi ! s'assombrit le roi. Vous n'êtes plus qu'acides, Eddard Stark. Un trop long séjour dans le nord, tous les sucs de votre être s'y sont gelés. Les miens, *eux*, circulent encore, sachez-le. » Il se frappa le poitrail comme pour l'attester.

« Vous êtes le roi, lui rappela Ned.

– J'occupe ce maudit trône de fer lorsque je le dois. Cela me dispense-t-il des faims d'un chacun ? D'un coup de vin de-ci de-là, d'une fille qui jouit sous moi ou d'un cheval entre mes cuisses ? Par les sept enfers, Ned, j'ai envie de *cogner* quelqu'un… !

– Votre Majesté ne saurait, intervint ser Barristan Selmy. La simple bienséance interdit au roi de se lancer dans la mêlée. Sa seule présence fausserait le jeu. Qui oserait le frapper ? »

L'argument parut ébranler la probité du roi. « Hé bien, tous, tubleu ! maugréa-t-il. S'ils peuvent. Et le dernier demeuré en selle…

– … sera toi », acheva Ned, trop heureux que Selmy eût marqué le point. Robert n'avait envisagé que le plaisir du risque, il fallait toucher sa fierté. « Ser Barristan dit vrai. Il n'est pas un seul homme dans les Sept Couronnes qui oserait encourir ton déplaisir en te portant un coup. »

Le roi se leva d'un bond, cramoisi. « Qu'insinuez-vous là ? Que tous ces pleutres à ronds-de-jambes me *laisseraient* gagner ?

– Sans l'ombre d'un doute », riposta Ned, tandis que Selmy l'approuvait de hochements tacites.

Pendant un moment, la fureur empêcha Robert de piper. Il arpentait la tente à grands pas colères, allait, venait, pirouettait, l'air buté, repartait. Il finit cependant par happer le pectoral qui gisait à terre et, avec une rage muette, le jeta à la face de ser Barristan puis, le voyant esquiver : « Dehors, dit-il, glacial, dehors, ou je vous étrangle. »

Selmy ne se le fit pas dire à deux fois, et Ned s'apprêtait à le suivre quand le roi grinça : « Pas toi. »

Déjà, il reprenait sa corne à boire, l'emplissait de bière à même un fût disposé dans l'angle, la brandit vers Ned. « Bois, dit-il, abrupt.

– Je n'ai pas soif, et…

– Bois. Ton roi te l'ordonne. »

Ned prit la corne et obéit. L'âcreté de la bière noire lui piqua les yeux.

Robert se rassit. « Maudit sois-tu, Ned Stark. Toi et Jon Arryn, je vous aimais. Et vous m'avez tous deux joué un vilain tour. C'est lui ou toi qui auriez dû écoper du trône.

– Votre Majesté y avait de meilleurs titres.

– Je t'ai dit de boire, pas de disputer. Puisque tu m'as fait roi, tu pourrais avoir au moins, crebleu, la politesse de m'écouter. Regarde-moi, Ned. Regarde un peu ton œuvre. Dieux de dieux, trop gras pour mon armure…, quelle déchéance ! et par quel miracle, s'il te plaît ?

– Robert…

– Bois et tais-toi, le roi parle. Je te jure ! jamais je ne me suis senti si vivant qu'à l'époque où je conquérais la couronne, jamais si mort que depuis qu'il me faut la porter. Et Cersei…, je suis redevable d'elle au cher Jon. Je n'avais pas la moindre envie de me marier, après que le sort m'eut ravi Lyanna, mais Jon me tannait pour que le royaume ait un héritier. Cersei Lannister serait un excellent parti, disait-il, elle me vaudrait l'alliance de lord Tywin, si Viserys Targaryen se mêlait jamais de prétendre au trône de son père. » Il secoua la tête. « Combien je l'aimais, les dieux m'en sont témoins, mais tu veux que je te dise, maintenant ? Eh bien, il était cent fois plus fol que Lunarion ! Oh, Cersei, pour le coup d'œil, rien à redire, mais pour la chose…, d'un froid ! rien qu'à la manière dont elle se couve le con, tu jurerais qu'elle y a foutu tout l'or de Castral Roc… ! Tiens, passe-moi la bière, si tu n'en veux pas. » Il saisit la corne, la vida d'un trait, rota, se torcha la bouche. « Désolé pour ta fille, Ned. Vraiment. Je veux dire son loup. Mon fils mentait, j'en aurais mis mon âme au feu. Mon fils... Tu aimes tes enfants, n'est-ce pas ?

– De tout mon cœur.

– Laisse-moi te dire un secret, Ned. Cent fois, j'ai rêvé d'abdiquer. M'embarquer pour les cités libres avec ma masse et mon cheval, ne plus me consacrer qu'aux deux choses pour quoi je suis fait : la guerre et les gueuses. Le roi soudard, de quoi ravir les rhapsodes. Tu sais ce qui m'arrête ? La seule pensée de Joffrey sur le trône, avec Cersei debout, derrière, à lui chuchoter mille manigances dans le tuyau de l'oreille. Mon fils. Comment diable ai-je pu engendrer pareil rejeton, Ned ?

– Il n'est qu'un gamin, protesta gauchement Ned, beaucoup plus sensible à la détresse de Robert qu'aux talents du prince Joffrey. Aurais-tu oublié quel enfant terrible tu étais, à son âge ?

– Je le verrais terrible que je m'en soucierais comme d'une guigne, Ned. Tu ne le connais pas comme moi... » Il soupira, hocha la tête. « Bah, peut-être as-tu raison ? J'ai eu beau désespérer Jon plus qu'à mon tour, je n'en fais pas moins un bon roi. » Son assertion tombant dans le silence, il regarda Ned de travers. « Tu pourrais peut-être en convenir, non ?

– Votre Majesté... », débuta Ned, circonspect.

Robert lui décocha une bourrade. « Hé ! meilleur quand même qu'Aerys, et n'en parlons plus. Vous ne sauriez mentir, hein, Ned Stark, fût-ce par amour ou respect ? bon. Je suis encore jeune et, maintenant que je t'ai près de moi, les choses vont changer. Nous ferons de mon règne un règne digne d'être chanté, dussent les sept enfers engloutir tous les Lannister. Tu sens ce fumet de lard ? Qui sera le champion du jour, selon toi ? Tu as vu le fils de Mace Tyrell, celui qu'on appelle le chevalier des Fleurs ? Voilà, pour le coup, un gosse dont on serait fier. Lala, tu aurais vu la mine de Cersei, lors du dernier tournoi, quand il t'a flanqué le Régicide sur son cul doré ! Tordante, j'en avais mal aux côtes. Et Renly dit qu'il a une sœur, quatorze ans, belle comme l'aurore... »

Attablés sur la berge, ils déjeunèrent de pain noir, d'œufs d'oie à la coque et de poisson frit avec du lard et des oignons. Avec les brumes du matin s'était dissipée l'humeur noire de Robert qui, tout en dévorant une orange, s'attendrissait sur l'adolescence commune aux Eyrié. «... avait envoyé à Jon, te rappelles ? une caisse d'oranges. Les garces, toutes pourries ! Alors je balance la mienne, à travers la table, et pan ! Dacks, en plein pif, mais si, tu te rappelles, l'écuyer de Redfort, des cloques partout. Alors il riposte, et Jon n'a pas le temps de péter que les oranges volent de tous les côtés dans la grande salle ! » Tandis qu'un rire énorme le secouait, Ned, ému par le souvenir, se dérida lui-même.

Il retrouvait bien là l'adolescent de son adolescence, le Robert Baratheon connu jadis et tendrement aimé. S'il pouvait seulement prouver que les Lannister avaient commandité l'attentat perpétré contre Bran et l'assassinat de Jon Arryn, ce Robert-ci l'écouterait. Et Cersei tomberait, et le Régicide avec elle. Et si lord Tywin osait soulever l'ouest, le roi l'écraserait comme il avait écrasé Rhaegar Targaryen au Trident. Tout cela clair comme de l'eau de roche…

Clair au point que Ned dégustait ce déjeuner avec un plaisir oublié depuis trop longtemps et qu'il se surprit à sourire plus spontanément et plus volontiers jusqu'à l'heure où reprit le tournoi.

Il accompagna le roi jusqu'à la lice puis, jouant des épaules dans la cohue, rejoignit Sansa en compagnie de qui il avait promis d'assister aux finales. Septa Mordane se sentait souffrante, et la petite désirait si passionnément n'en pas perdre une miette… Déjà sonnaient les trompes lorsqu'il s'installa près d'elle, presque à son insu, tant elle n'avait d'yeux que pour le spectacle. Mais lui remarqua sur-le-champ la place vacante aux côtés du roi. Cersei avait donc préféré s'abstenir ? Cela aussi parut à Ned de bon augure.

Le premier cavalier à se présenter fut Sandor Clegane. Le manteau vert olive qui flottait sur son armure fuligineuse était, avec le heaume à tête de limier, sa seule concession au décorum.

« Cent dragons d'or sur le Régicide ! » clama Littlefinger, comme apparaissait Jaime Lannister, éblouissant d'ors, sur un élégant destrier bai rouge caparaçonné de maille dorée, sa lance elle-même en bois d'or des îles d'Eté.

« Pari tenu ! cria lord Renly. Le Limier a son regard famélique des grands jours.

– Aucun chien, si affamé soit-il, ne se soucie de mordre la main qui lui distribue la pâtée », riposta Littlefinger avec hauteur.

D'un geste retentissant, Clegane abaissa sa visière et alla prendre position. Ser Jaime n'abaissa, posément, la sienne qu'après avoir envoyé un baiser vers quelque fille du commun, puis gagna l'extrémité opposée. Les deux hommes couchèrent leur lance.

Si le vœu le plus cher de Ned était de les voir perdre l'un et l'autre, Sansa s'exaltait, elle, l'œil mouillé. Le galop des chevaux ébranla les tribunes légères. Tout en courant sus, le Limier se pencha sur l'encolure, sa lance ferme comme un roc mais, juste avant l'impact, Jaime eut l'habileté de changer d'assise, si bien que son coup porta carrément, tandis que la pointe de son adversaire déviait sans dommage contre l'écu d'or frappé du lion, et que, dans un fracas de bois brisé, Clegane, à l'effroi de Sansa, chancelait, luttait pour demeurer en selle, sous les ovations clairsemées du vulgaire.

« Comment diable vais-je dépenser votre argent, Renly ? » railla Littlefinger.

Au même instant, le Limier recouvrait enfin son assiette et, tournant durement bride, regagnait son poste à l'extrémité de la lice en vue de la prochaine passe, pendant que Lannister jetait sa lance rompue pour empoigner d'un air badin celle que lui tendait son écuyer puis éperonnait sa monture en voyant le Limier se lancer dans un galop furieux. Mais à peine, cette fois, ser Jaime eut-il modifié sa position que, Clegane ayant procédé de même, les deux lances volèrent en éclats dans un vacarme indescriptible, et que celui-ci, sitôt dissipé, révéla, trottinant vers quelques touffes d'herbe, un bai rouge sans cavalier. A terre avait roulé, cabossé, doré, ser Jaime Lannister.

« Je savais que le Limier l'emporterait », dit Sansa.

Ce qu'entendant, Littlefinger lui jeta : « Si vous savez aussi qui gagnera la prochaine, avisez-m'en tout de suite, ou lord Renly va me ratiboiser ! » Ned sourit.

« Dommage que le Lutin ne soit pas des nôtres, repartit Renly, j'aurais touché deux fois plus... »

Lannister s'était relevé, mais sa chute avait tellement déformé son heaume à mufle de lion qu'il ne parvenait plus à s'en défaire. La populace trépignait, huait, les beaux seigneurs et gentes dames tentaient, mais en vain, d'étouffer leur gaieté, et Ned percevait nettement, brochant sur le tohu-bohu, le rire énorme de Robert. Lequel redoubla lorsque force fut enfin d'emmener le Lion Lannister, aveuglé, titubant, chez un forgeron.

Entre-temps, ser Gregor Clegane avait pris position, gigantesque au point que Ned n'avait jamais vu le pareil. Tout colossaux qu'étaient Robert Baratheon, ses frères ou le Limier..., sans parler du palefrenier simplet de Winterfell, Hodor, auprès duquel ceux-ci paraissaient des gnomes, il devait confesser que ce chevalier-là méritait amplement son surnom de « Montagne-à-cheval ». Outre plus de sept pieds, plutôt huit, de haut, il avait des épaules et des bras massifs comme des troncs d'arbre et, entre ses cuisses blindées de fer, son cheval semblait un poney. Quant à sa lance, on l'eût prise, en son poing, pour un simple brin de bruyère.

Contrairement à son frère, ser Gregor ne fréquentait pas la Cour. En solitaire forcené, il ne quittait guère ses terres que pour la guerre ou les tournois. La prise de Port-Réal l'avait vu, chevalier frais émoulu de dix-sept ans, se distinguer non seulement par sa taille, aux côtés de lord Tywin, mais par son implacable férocité. C'est lui qui, selon certains témoins, avait fracassé contre un mur la tête du dauphin, Aegon Targaryen, puis, se chuchotait-il, car nul n'eût osé vanter devant lui de si beaux exploits, violé la mère, la princesse Elia de Dorne, avant de la passer au fil de l'épée.

Pour autant qu'il se souvînt, Ned ne lui avait jamais adressé la parole, quoique Gregor eût contribué, mais entre des milliers d'autres, à mater la rébellion de Balon Greyjoy. En tout cas, sa seule vue lui causait un irrépressible malaise. Si peu de crédit qu'il accordât d'ordinaire aux ragots, ceux qui couraient sur cet individu le tourmentaient outre mesure. Ser Gregor allait incessamment se marier pour la troisième fois, et de sombres rumeurs circulaient quant à la mort de ses deux premières épouses. On murmurait que sa sinistre forteresse était le théâtre d'inexplicables disparitions, que les chiens eux-mêmes répugnaient à y pénétrer. Et que penser de la sœur morte toute jeune dans des circonstances pour le moins bizarres ? du feu qui avait défiguré le frère ? de la partie de chasse au cours de laquelle avait péri le père, accidentellement... ? Comment s'expliquer que le jour même où Gregor héritait du donjon, de l'or et des domaines familiaux, le même jour, Sandor entrait comme mercenaire au service des Lannister et, de ce jour, s'il fallait en croire les mauvaises langues, n'avait plus jamais, fût-ce pour une banale visite, remis les pieds dans sa maison natale ?

A l'entrée du chevalier des Fleurs, un frémissement parcourut toute l'assistance, et Ned entendit sa fille, éperdue de ferveur, souffler : « Dieux, qu'il est beau... ! » Mince comme un jonc, ser Loras arborait en ce jour une fabuleuse armure sur l'argent poli, chatoyant au point d'aveugler de laquelle se discernaient comme en filigrane des entrelacs de pampres noirs et de minuscules myosotis. Et lorsque le vulgaire, au même instant que Ned, s'aperçut que le bleu de chaque corolle était fait d'autant de saphirs, des milliers de gorges exhalèrent un même récri d'émotion. Jeté en travers des épaules du jeune homme plombait un manteau de lainage épais, lui-même émaillé de centaines de myosotis, mais de myosotis véritables et tout frais cueillis.

Aussi svelte que lui, son coursier, une superbe jument grise, se révélait taillée pour la vitesse. Dès qu'il la flaira, l'énorme étalon de ser Gregor claironna un hennissement. D'une simple pression des jambes, le jouvenceau de Hautjardin fit caracoler de côté sa monture avec des grâces de danseuse, et Sansa étreignit le bras de Ned. « Père, empêche ser Gregor de lui faire du mal ! » le conjura-t-elle. Alors, il s'aperçut qu'elle portait la rose reçue la veille et dont Jory lui avait également parlé.

« Les lances qu'on utilise pour les tournois, la rassura-t-il, sont conçues pour se briser sous la violence de l'impact. Aussi sont-elles inoffensives. » Mais comme il revoyait, ce disant, le cadavre dans la carriole et les croissants de lune noircis de sang, chaque mot lui écorchait la gorge.

Ser Gregor éprouvait, cependant, quelque peine à maîtriser son étalon qui, tout en poussant des hennissements stridents, piaffait, encensait. Alors, il lui décocha dans le flanc un si sauvage coup d'éperon que la bête se cabra, manquant le désarçonner.

Après avoir salué le roi, le chevalier des Fleurs gagna son poste à l'extrémité de la lice et, pour se signifier prêt, coucha sa lance. Au risque de lui meurtrir la bouche, ser Gregor ramena son cheval en ligne, et la joute débuta soudain. Démarrant des quatre fers, l'étalon prit un galop formidable, et la jument, de son allure souple et fluide comme de la soie, chargea. Sans cesser de lutter pour imposer le cap à sa monture indisciplinée, ser Gregor, tel un jongleur, affermissait sa lance et brandissait son bouclier quand, tout à coup, fut sur lui ser Loras, lance en arrêt juste au point requis, et, en un clin d'œil s'écroulait la Montagne, si monstrueuse que sa chute entraîna celle du destrier, dans un invraisemblable chaos de fer et de chair.

Alors, pour le coup, par-dessus la tempête d'applaudissements, d'ovations, de cris hystériques, de sifflets, par-dessus le délire unanime, Ned entendit un rire rauque et râpeux, le rire du Limier. Au petit trot, le chevalier des Fleurs, et lance intacte, regagnait le bout de l'arène. Ses saphirs s'irisèrent au soleil quand il releva sa visière, et son visage souriant acheva d'en faire l'idole acclamée du peuple tout entier.

Au milieu du champ, ser Gregor Clegane acheva de se dépêtrer et, bouillant de rage, se remit sur pied, arracha brutalement son heaume et, la face convulsée sous la tignasse qui lui retombait sur les yeux, le jeta à terre. « Mon épée ! » cria-t-il à son écuyer, tandis qu'à force de ruades l'étalon lui-même se relevait.

L'arme apportée, le géant tua la bête d'un coup, d'un seul, mais si formidable qu'il lui trancha l'encolure à demi. Instantanément, l'enthousiasme se mua en clameurs aiguës, tandis que l'étalon tombait à genoux, sur un hennissement lugubre d'agonie. Mais, déjà, ser Gregor, son épée sanglante au poing, s'avançait à grandes enjambées vers Loras Tyrell. « *Arrêtez-le !* » hurla Ned, mais son hurlement, tout comme les sanglots de Sansa, se perdit parmi les rugissements de la foule unanime.

En un éclair, tout fut consommé. Le chevalier des Fleurs réclamait à grands cris sa propre épée, tandis que Clegane, renversant d'une bourrade son écuyer, cherchait à saisir la jument par la bride. Laquelle, affolée par l'odeur du sang, se cabra, sans démonter, mais de justesse, son cavalier auquel Gregor, brandissant son arme à deux mains, porta un tel coup à la poitrine qu'il acheva de le désarçonner. La bête, éperdue, prit du champ. Son maître gisait à terre, étourdi, et l'adversaire allait lui porter le coup de grâce quand une voix rugueuse tonna : « *Laisse-le !* » et qu'une main gantée de fer l'écartait sans ménagements du jeune homme.

Fou de fureur, Gregor la Montagne pivota, tout en faisant décrire à sa lame une parabole meurtrière appuyée de toute sa taille et de tout son poids, mais le Limier para la botte en y répliquant, et l'affrontement forcené des deux frères se martelant l'un l'autre sembla durer une éternité avant que l'on n'eût emporté et mis en sécurité ser Loras, toujours hébété. A trois reprises, Ned surprit ser Gregor à viser férocement le heaume à museau de chien, alors que, pas une seule fois, Sandor ne tenta d'atteindre la tête découverte de son aîné.

C'est la voix du roi qui, finalement, termina l'affaire, sa voix… secondée par vingt lames. Le cher Jon Arryn répétait volontiers qu'un chef doit posséder un organe que tous entendent dans la bataille, et le précepte s'était avéré au Trident. A nouveau, Robert le prouva, qui intimait : « *ARRETEZ CES FOLIES !* » couvrant le vacarme, « *AU NOM DE VOTRE ROI !* »

Aussitôt, le Limier mit un genou en terre, et son frère fendit seulement le vide avant de reprendre enfin suffisamment ses sens pour jeter son arme, regarder Robert qu'entouraient sa Garde et une douzaine de chevaliers et de gens du guet puis, sans un mot, tourner les talons et quitter la place à longues foulées. Comme il passait à portée de ser Barristan, « Laissez-le aller », reprit Robert. Tout s'était joué en quelques instants.

« Va-t-on proclamer le Limier vainqueur ? demanda Sansa.

– Pas encore, dit Ned. Il lui faut d'abord remporter la dernière joute sur le chevalier des Fleurs. »

L'événement le démentit. Au bout d'un moment reparut ser Loras Tyrell qui, simplement vêtu d'un doublet de lin, dit à Sandor Clegane : « Je vous dois la vie. Ce jour vous appartient, messer.

– Je ne suis pas *ser* », riposta le Limier, tout en acceptant la victoire avec la bourse y afférente et, pour la première fois peut-être de son existence, le culte des bonnes gens. Lesquelles l'ovationnèrent jusqu'à ce qu'il eût regagné sa tente.

Comme Ned et Sansa gagnaient de conserve le champ de tir, Littlefinger, lord Renly et quelques autres les croisèrent à l'improviste. « Tyrell devait savoir que sa bête était en chaleur, disait le premier. Ma main à couper qu'il a mijoté l'embrouille de bout en bout. Surtout qu'est notoire la passion de Gregor pour les étalons rétifs, énormes et moins futés qu'impétueux ! » L'idée semblait extrêmement le divertir.

Elle indignait en revanche ser Barristan. « Il n'y a guère d'honneur à tricher ! rétorqua-t-il avec roideur.

– Guère d'honneur, sourit lord Renly d'un air fin, mais quarante mille pièces d'or… »

L'après-midi vit triompher au concours à l'arc un certain Anguy, des marches de Dorne, un garçon de peu, sans blason, qui, à deux cents pas, surclassa Balon Swann et Jalabhar Xho, après que les autres tireurs eurent, sur moindres distances, échoué aux épreuves éliminatoires. Ned dépêcha Alyn lui proposer un poste dans sa propre garde mais, aussi ébouriffé par sa fortune inespérée qu'ivre de vin et de vanité, le godelureau refusa.

La mêlée dura trois heures. Y prirent part, munis d'armes mouchetées, une quarantaine d'hommes, tant chevaliers obscurs que francs-coureurs ou qu'écuyers de fraîche date, tous en quête d'illustration et qui, dans un tourbillon de bourbe et de sang, s'affrontèrent par petits groupes, au hasard d'alliances bientôt dénouées, renversées…, jusqu'à ce qu'un seul demeurât debout, maître du terrain. La victoire, en l'occurrence, échut à un fou, le prêtre rouge au crâne rasé Thoros de Myr. Il avait déjà remporté plusieurs fois l'épreuve grâce à son épée de flammes, qui effarouchait les montures de ses concurrents, et à sa totale intrépidité.

Au bilan global, trois membres fracturés, une clavicule en charpie, une douzaine écrasée de doigts, deux chevaux qu'il fallut abattre, et trop de plaies, de bosses et de contusions pour que quiconque eût cure de les dénombrer..., et pour que Ned ne se félicitât cent fois de l'abstention finale de Robert.

Et, de fait, au cours du festin qui suivit, Eddard Stark eut l'impression de redécouvrir un goût perdu depuis bien longtemps, celui de l'espoir. Robert se montrait d'excellente humeur, on ne voyait pas trace des Lannister, et les deux petites elles-mêmes se comportaient à merveille ! Amenée par Jory, Arya avait condescendu à se joindre à eux, et Sansa lui parlait gentiment. « Le tournoi était d'une *magnificence* ! soupirait-elle, tu aurais vraiment dû venir... Ton cours de danse s'est bien passé ?

– J'en ai mal partout ! » s'exclama Arya, tout heureuse et fière d'exhiber sa jambe qu'embellissait une énorme ecchymose violacée.

« Tu dois faire une redoutable danseuse... », dit Sansa, d'un air médiocrement convaincu.

Tandis qu'elle s'abîmait dans l'écoute de la *Danse des Dragons*, cycle de ballades fort enchevêtrées qu'exécutait toute une troupe de chanteurs, Ned tint à examiner en personne la jambe amochée. « J'espère que Forel ne te malmène pas trop ? » s'inquiéta-t-il.

Arya se jucha sur un pied. Son équilibre était nettement meilleur. « Il assure que chaque coup douloureux vaut une leçon, et que chaque leçon se solde par un progrès. »

Ned fronça le sourcil. On lui avait chaudement recommandé ce Syrio Forel comme un maître éminent dont le style braavien flamboyant conviendrait mieux que nul autre à la mince lame de sa fille, et... Déjà, quelques jours plus tôt, il l'avait trouvée errant en cercle, un bandeau de soie noire noué sur les yeux. « Syrio m'enseigne à voir, avait-elle expliqué, avec mes oreilles, mon nez, ma peau ! » Et, auparavant, il lui faisait faire des pirouettes et des sauts périlleux... « Arya, tu es sûre que tu souhaites persévérer ? »

Elle acquiesça d'un signe : « Demain, nous allons attraper des chats.

– Des chats..., soupira-t-il, accablé. J'ai peut-être eu tort d'engager ce Braavien. Si tu veux, je prierai Jory de prendre la relève... Je pourrais même pressentir ser Barristan. Dans sa jeunesse, il était la plus fine lame des Sept Couronnes.

– Je ne veux pas d'eux, s'obstina-t-elle. Je veux Syrio. »

De plus en plus perplexe, Ned se passa la main dans les cheveux. Quand sa fille apprendrait de n'importe quel maître d'armes correct les rudiments botte-parade, à quoi rimaient toutes ces salades de bandeau, de roue, de pied de grue ? Mais il la connaissait trop bien pour s'y méprendre : dès qu'elle affichait cette moue..., inutile de discuter. « Comme tu voudras, dit-il, persuadé qu'elle en aurait bientôt son saoul. Mais sois prudente, s'il te plaît ?

– Je le serai », promit-elle d'un ton solennel, tout en enchaînant sans le moindre accroc du cloche-pied droit sur le gauche.

Il était fort tard lorsque, ayant couché bien au chaud tout son petit monde, l'une avec ses rêves et l'autre ses contusions, Ned regagna ses appartements personnels, au sommet de la tour. La journée torride avait confiné dans la loggia une atmosphère suffocante. Aussi n'eut-il rien de plus pressé que d'en déboucler les pesants volets, dans l'espoir qu'entrerait un rien de fraîcheur nocturne. De l'autre côté de la grande cour vacillait, aux fenêtres de Littlefinger, la lueur de quelque chandelle. La mi-nuit largement passée devait seulement voir, là-bas, au bord de la rivière, dépérir et mourir peu à peu les ripailles.

Il alla prendre la dague et l'examina. La propriété de Littlefinger. Echue à Tyrion Lannister par suite d'un pari. Puis mise entre les mains de l'assassin de Bran. *Pourquoi ?* Pourquoi le nain désirait-il la mort de Bran ? Pourquoi *qui que ce fût* désirait-il la mort de Bran ?

Le poignard, l'accident de Bran, tout était, d'une manière ou d'une autre, lié au meurtre de Jon Arryn, il en avait l'intime conviction. Et, cependant, le mystère autour de la mort de Jon lui demeurait aussi opaque qu'au premier jour. Le tournoi n'avait pas ramené lord Stannis à Port-Réal. Retranchée derrière les remparts des Eyrié, Lysa demeurait muette. Et l'écuyer ne risquait plus de parler. Et Jory poursuivait en vain la tournée des bordels. Hormis le bâtard de Robert, rien. Rien de consistant.

Que le maussade apprenti de l'armurier fût le fils du roi, nul doute. Les yeux, la mâchoire, ces cheveux si noirs, autant d'estampilles Baratheon. Renly ? trop jeune pour avoir un fils de cet âge. Stannis ? trop froid, trop engoncé dans son honneur. On ne pouvait imputer Gendry qu'à Robert.

Soit. Mais en quoi ce genre de certitude l'avançait-il ? Des enfants illégitimes, le roi en avait semé bien d'autres dans les Sept Couronnes. Et reconnu publiquement l'un d'eux. Un garçon de l'âge de Bran, né d'une femme de haut parage, et que devait incessamment prendre pour pupille l'homme qui gouvernait la place d'Accalmie au nom de Renly.

Ned se souvenait également des premières armes de Robert, tout gamin, dans le Val. Une fille en était issue, une jolie petite fille en faveur de qui il avait constitué une dot. Qu'il allait voir et amuser chaque jour, lors même que la mère avait dès longtemps cessé de l'intéresser. « Il m'y a bien assez traîné ! songea Ned, pour s'épargner les tête-à-tête… » A présent, la fille devait avoir dans les dix-sept ou dix-huit ans. Plus que son père à l'époque où il l'engendrait. A laisser songeur…

Que Cersei n'eût guère goûté les coups fourrés de son seigneur et maître, il se pouvait, mais, au bout du compte, peu importait qu'il eût un bâtard ou une centaine. La loi, les usages accordaient peu de droits aux fruits du ruisseau. Ni Gendry, ni la fille du Val, ni le gosse d'Accalmie, ni aucun autre ne menaçaient la descendance légitime…

Il en était là de ses ruminations quand un coup discret à la porte le fit tressaillir. « Un homme qui souhaite vous voir, monseigneur. » La voix de Harwin. « Il refuse de se nommer.

– Fais entrer », dit Ned, dont l'étonnement le disputait à la curiosité.

Botté de boue craquelée, rondouillard d'allure, le visiteur portait une robe brune en bure des plus grossière et dont la coule rabattue dissimulait ses traits. D'amples manches engloutissaient ses mains.

« Qui êtes-vous ? demanda Ned.

– Un ami, dit l'homme, tout bas, d'une voix étrange. Je dois vous parler seul à seul, lord Stark. »

La curiosité l'emportant sur la prudence, Ned congédia Harwin. Mais l'inconnu attendit que la porte se fût dûment refermée pour se montrer à visage découvert.

« *Lord Varys !* dit Ned, abasourdi.

– En personne, lord Stark, répondit l'autre d'un ton suave en prenant un siège. Serait-ce abuser que de vous demander à boire ? »

Ned emplit deux coupes de vin d'été, lui en tendit une. « J'aurais pu passer à un pied de vous sans vous reconnaître », dit-il, n'en croyant toujours pas ses yeux. Il n'avait jamais vu l'eunuque autrement accoutré que de soieries, de velours et de somptueux damas, et cet homme-ci fleurait la sueur au lieu de puer le lilas…

« Dans ce cas, mon attente est comblée, répliqua Varys. Il serait désastreux que certaines personnes eussent vent de notre entretien. La reine a les yeux constamment sur vous. Ce vin est un vrai délice. Merci.

– Mais comment mes propres gardes ont-ils bien pu vous laisser passer ? » s'étonna Ned. Porther et Cayn étaient de faction à l'entrée de la tour, Alyn dans l'escalier.

« Il est, dans le Donjon Rouge, des voies connues des seuls fantômes et des araignées. » Varys sourit d'un air penaud. « Et des choses qu'il vous incombe de savoir. Vous êtes la Main du Roi, et le roi est un imbécile. » C'en était fini des petites mines écoeurantes, il parlait désormais d'une voix sèche et acerbe comme une lanière de fouet. « Votre ami, je sais, mais un imbécile..., et perdu si vous ne le sauvez. Il s'en est fallu de rien, aujourd'hui. On espérait bien le tuer, à la faveur de la mêlée. »

Ned demeura un bon moment interloqué. « *Qui ?* »

Varys sirota voluptueusement son vin. « S'il me faut vraiment vous le dire, alors, vous êtes encore plus imbécile que Robert et, moi, je me trompe de camp.

– Les Lannister, maugréa Ned. La reine..., non, je ne veux pas croire cela, même de la part de Cersei. Elle l'avait d'ailleurs prié de ne pas se battre !

– Elle lui avait *interdit* de se battre, et ce au vu et au su de son frère, de ses chevaliers et de la moitié de sa cour. Franchement, je vous le demande, se pouvait-il plus sûr moyen de lancer le roi Robert dans la mêlée ? »

Ned se révulsa de tout son être. L'eunuque venait de mettre dans le mille. Indiquer simplement à Robert qu'il ne pouvait ou ne devait pas faire une chose, la chose était d'avance résolue, autant dire faite. « S'y fût-il risqué, qui aurait osé porter la main sur lui ? »

Varys haussa les épaules. « Ils étaient quarante cavaliers à participer. Les Lannister ont beaucoup d'amis. Au sein d'un tel capharnaüm de hennissements, de ferraille et d'os malmenés, de bêtes et d'hommes, avec, gigotant là-dessus, Thoros de Myr et son absurde épée de flammes, qui, je vous prie, aurait parlé de meurtre, si d'aventure avait succombé Sa Majesté ? » Il alla prendre la carafe et se resservit sans façons. « Son forfait perpétré, l'assassin n'aurait pas manqué de nous assourdir de son deuil. Il me semble presque entendre ses pleurnicheries. Tellement navré. Tellement, je gage, qu'avec ses grâces et sa compassion coutumières, la veuve se laisserait, à la longue, attendrir et, relevant le pauvre infortuné, le bénirait sous les espèces d'un baiser miséricordieux. » Il se tapota la joue. « A moins que Cersei ne préfère livrer le coupable à ser Ilyn. Risque moindre pour les Lannister, et surprise des plus amère pour leur cher ami. »

Ce ton grinçant finissait par horripiler Ned. « Vous étiez au courant, et vous n'avez rien fait.

– J'ai sous mes ordres des mouchards et non des guerriers.

– Vous auriez pu m'en aviser plus tôt.

– Oh, oui, je le confesse..., et vous auriez de ce pas couru trouver le roi, non ? Et une fois au courant, qu'aurait fait Robert ? Simple question. »

Vu sous cet angle, évidemment... « Il les aurait tous envoyés au diable et ne s'en serait pas moins battu, pour leur prouver qu'il ne les craignait pas. »

Varys étendit ses mains. « Maintenant, une autre confession, lord Eddard J'étais curieux de voir ce que vous feriez. *Pourquoi n'être pas venu me trouver ?* m'avez-vous demandé, en substance, et je vous dois une réponse : *Hé bien, parce que je n'avais pas confiance en vous, monseigneur.*

– *Vous*, pas confiance en *moi* ? lâcha Ned, sincèrement estomaqué.

– Le Donjon Rouge abrite deux sortes de gens, lord Eddard, expliqua Varys. Ceux qui sont entièrement dévoués au royaume et ceux qui ne le sont qu'à leur propre personne. Jusqu'à ce matin, j'ignorais de quel côté vous ranger... Aussi attendais-je de voir... Maintenant, le doute ne m'est plus permis. » Il sourit d'un petit sourire si rondouillard et si finaud que son masque public et sa physionomie privée se superposèrent un instant. « Je commence à comprendre pourquoi la reine vous redoute tant. Oh, oui, je commence !

– Elle ferait mieux de vous redouter, vous.

– Non. Je suis ce que je suis. Le roi m'utilise, mais il en rougit. Un soudard entre tous puissant, voilà ce qu'est notre Robert, et un homme d'un tel acabit ne porte guère dans son cœur les cafards, les mouches et les eunuques. Qu'il prenne un jour fantaisie à Cersei de susurrer : “Tue-le”, Ilyn Payne me fait sauter la tête en un clin d'œil, et qui pleurera le pauvre Varys, je vous prie ? Ni dans le nord ni dans le sud ne se chantent les araignées. » Il tendit la main et, d'un doigt léger, toucha la poitrine de Ned. « Alors que vous, lord Stark..., je crois..., non, je *sais* qu'il ne vous tuerait pas, dût sa reine l'en conjurer, et là pourrait bien résider notre meilleure chance de salut. »

De toutes parts, l'accablement... Un moment, Ned n'eut qu'un désir, partir ! regagner Winterfell, retrouver la vie simple et propre d'un nord où l'on n'avait pour ennemis que l'hiver et, au-delà du Mur, les sauvageons... « Des amis loyaux, Robert en a sûrement d'autres, protesta-t-il. Ses frères, sa...

– ... femme ? acheva Varys avec un sourire acéré. Ses frères exècrent les Lannister, je vous l'accorde, mais haïr la reine et chérir le roi font deux, n'est-ce pas ? Ser Barristan aime son honneur, mestre Pycelle ses fonctions, et Littlefinger idolâtre Littlefinger.

– La Garde...

– Un bouclier de papier, trancha l'eunuque. *Essayez* donc de celer votre scandale, allons, lord Stark... ! Jaime Lannister lui-même est frère lige de la Blanche Epée, et nul n'ignore quel crédit mérite *sa* foi jurée. Poussière et chansons que les temps bénis où le manteau blanc s'honorait d'hommes de la trempe de Ryam Redwyne ou du prince Aemon Chevalier-Dragon. Des sept actuels, seul est fait d'authentique acier ser Barristan Selmy, mais Selmy est *vieux*. Ser Boros et ser Meryn sont jusqu'à l'os des créatures de la reine, et je n'ai que trop lieu de suspecter les autres. Non, monseigneur, non, lorsqu'on tirera les épées au clair, Robert Baratheon ne trouvera pas d'autre ami véritable que vous.

– Il faut l'en avertir, insista Ned. Si ce que vous dites est vrai, fût-ce même en partie, le roi doit le savoir, dans son propre intérêt.

– Et quelle preuve lui fournirons-nous ? Ma parole contre la leur ? Mes oisillons contre la reine et le Régicide, contre ses propres frères et contre son Conseil, contre les gouverneurs de l'Est et de l'Ouest, contre la puissance de Castral Roc ? Dans ce cas, de grâce, mandez ser Ilyn d'emblée, ce sera autant de temps économisé. Je sais où mène cette route-là.

– Mais, en admettant que vous disiez vrai, ils vont simplement ronger leur frein jusqu'à la prochaine !

– Sans l'ombre d'un doute, dit Varys, et, je le crains, plus tôt que tard. Vous les mettez sur des charbons ardents, lord Eddard. Seulement, mes oisillons vont tendre l'oreille et, à nous deux, nous pourrions bien, vous et moi, coiffer toute cette clique sur le poteau. » Sur ces mots, il se leva, rabattit son capuchon. « Merci pour le vin. Nous aurons d'autres entretiens. Mais n'omettez pas, lors du prochain Conseil, de me régaler de vos dédains habituels. Vous devriez y parvenir sans peine. »

Il atteignait déjà la porte quand Ned le rappela : « *Varys ?* » L'eunuque se retourna. « De quoi est mort Jon Arryn ?

– Je me demandais quand vous remettriez ça sur le tapis.

– Parlez.

– D'un poison qu'on appelle les larmes de Lys. Une denrée rare et coûteuse, aussi limpide et douce que de l'eau, et qui ne laisse aucune trace. J'avais prié lord Arryn de faire goûter tous ses mets avant d'y toucher, je l'en ai prié ici même, dans cette pièce, il n'a jamais voulu en entendre parler. Il fallait être moins qu'un homme, me répondit-il, pour envisager de tels procédés. »

Il fallait savoir le reste, coûte que coûte. « Qui administra le poison ?

– Quelqu'un, je gage, des tendres et bons amis qui venaient fréquemment s'asseoir à sa table. Oh, lequel… ? Il y en avait tant ! Lord Arryn était la bonté, la confiance mêmes. » Il soupira. « Il y *avait* un garçon. Tout ce qu'il était, il le devait à Jon Arryn et, pourtant, quand la veuve s'enfuit aux Eyrié, suivie de toute sa maisonnée, lui demeura à Port-Réal et y prospéra. Voir s'élever dans le monde les jeunes gens me réchauffe toujours le cœur. » Le fouet sifflait à nouveau dans sa voix, et chaque terme faisait mouche. « Il devait faire galante mine, au tournoi, le mignon, dans son armure toute neuve, et avec ces croissants de lune sur son manteau. Dommage qu'il soit mort si prématurément, sa conversation vous eût édifié… »

Ned chancelait, comme empoisonné lui-même. « L'écuyer, dit-il. Ser Hugh. » Des rouages à l'intérieur de rouages à l'intérieur de rouages. Il en avait la tête concassée. « Pourquoi ? Pourquoi maintenant ? Jon Arryn était la Main depuis quatorze ans… Que faisait-il donc pour qu'il faille l'assassiner ?

– Il posait des questions », dit Varys en se glissant vers l'extérieur.

TYRION

Tout en regardant, debout dans le grand froid du tout petit matin, Chiggen dépecer son cheval, Tyrion Lannister allongeait d'un nouveau crédit son ardoise vis-à-vis des Stark. A croupetons, le reître ouvrit d'un seul coup de couteau le ventre de la bête, et un nuage de vapeur monta des viscères tièdes. Les mains allaient, venaient, prestes et adroites, sans jamais gâcher la besogne, et il fallait d'autant plus se hâter pourtant que l'odeur du sang ne manquerait pas d'attirer les lynx tapis sur les hauteurs.

« Nul d'entre nous n'aura faim, ce soir, dit Bronn, guère plus qu'une ombre toute en os dans l'ombre, avec ses yeux noirs, ses cheveux noirs et son ombre de barbe.

– Pas si sûr, dit Tyrion. La viande de cheval, je n'en suis pas fou. A plus forte raison quand il s'agit de *mon* cheval.

– La viande est la viande, répliqua Bronn avec un haussement d'épaules. Les Dothrakis préfèrent le cheval au bœuf ou au porc.

– Vous me prenez pour un Dothraki ? » riposta vertement Tyrion. Certes, les Dothrakis mangeaient du cheval, mais ils abandonnaient aussi leurs enfants contrefaits en pâture aux chiens sauvages qui couraient derrière les *khalasars*. Les coutumes des Dothrakis l'affriandaient médiocrement.

Chiggen détacha de la carcasse une lichette sanguinolente et la brandit vers l'assistance. « Veux goûter, nabot ?

– Mon frère Jaime m'avait offert cette jument pour mon trente-troisième anniversaire, dit Tyrion d'un ton morne.

– Alors, tu le remercieras pour nous. Si tu le revois jamais. » Avec un grand sourire qui lui découvrit toutes ses dents jaunes, Chiggen goba la viande en deux bouchées. « Saveur de bête bien nourrie.

– Pas plus mal, frit avec des oignons », déclara Bronn.

Sans un mot, Tyrion s'éloigna, clopinant. Le froid s'était comme à demeure installé dans ses os, les jambes lui faisaient si mal qu'à peine pouvait-il marcher. Des deux, la veinarde était peut-être la jument. *Lui* devrait encore galoper des heures et des heures avant d'avaler un morceau, de dormir, trop peu, mal, à même ce sol si dur, puis de se taper une autre nuit semblable, et une autre, et une autre, et les dieux seuls savaient quoi pour finir, au bout... « La garce ! marmonna-t-il, tout en remontant, cahin-caha, la chaussée pour rejoindre, perclus de ressouvenir, le gros de ses ravisseurs, maudite soit-elle, et maudits tous les Stark ! »

Avoir pu – l'amertume l'en tenaillait encore –, avoir pu commander son souper et, dans la seconde, se retrouver seul face à quinze hommes armés, seul avec Jyck prêt à dégainer, tandis que la grosse piaulait : « Pas d'épées, pas *ici*, par pitié, m'seigneurs ! » la dégringolade...

Il s'était empressé de retenir la main de Jyck, ou les autres les taillaient en pièces. « Et ta courtoisie, mon petit ami ? Notre bonne hôtesse a dit : pas d'épées, obéis, veux-tu. » Et de s'arracher, là-dessus, un sourire qui, à en juger par ce qu'il coûta de tranchées, devait être à vomir. « Votre erreur m'afflige, lady Stark. Je ne suis pour rien dans l'attentat perpétré contre votre fils. Sur mon honneur, je...

– L'honneur des Lannister... ! » dit-elle simplement. Puis, levant les mains pour en repaître toute la salle : « Les marques de son poignard. De celui-là même qui devait égorger mon fils. »

Alimentée par le joli spectacle qu'offrait la Stark, il sentait s'épaissir et fumer l'animosité, tout autour. « Tuez-le ! » sifflèrent des ivrognesses affalées derrière et, avec une promptitude inimaginable, d'autres voix reprirent l'antienne : « Tuez-le ! » Rien que des inconnus, des inconnus plutôt cordiaux la minute avant, et qui, maintenant, réclamaient son sang comme une meute à la curée.

Tout en s'efforçant d'empêcher sa voix de trembler, il haussa le ton : « Si lady Stark croit devoir m'imputer ce crime, je la suivrai pour en répondre. »

Il n'y avait pas d'autre solution. Tenter de fuir les inciterait seulement au carnage. Une bonne douzaine d'épées avaient répondu à l'appel de la Stark : l'homme de Harrenhal, les trois Bracken, deux reîtres patibulaires dont la mine proclamait assez qu'ils le tueraient le temps de cracher, et quelques rustres trop bornés pour concevoir leur propre geste... De quoi disposait-il, là contre ? De la dague enfilée dans sa ceinture et de deux hommes – Jyck, assez bon bretteur, et

Morrec, qui comptait quasiment pour rien : partie palefrenier, partie cuisinier, partie camérier, point soldat. Quant à Yoren, quels que fussent ses sentiments, son serment de frère noir lui interdisait toute part dans les bisbilles du royaume. Yoren ne lèverait pas le petit doigt.

Et, de fait, Yoren se contenta de faire un pas de côté, sans mot dire, lorsque le vieux chevalier qui flanquait la Stark commanda : « Désarmez-les », puis que Bronn s'avança pour les soulager qui de son épée, qui de leurs poignards. « Bien, approuva le vétéran, tandis que, dans la pièce, se relâchait de manière quasiment palpable la tension, excellent. » Au timbre bourru, Tyrion reconnut soudain le maître d'armes de Winterfell – amputé de ses favoris.

« Ne le tuez pas ici, m'dame ! implora l'aubergiste en une volée de postillons sanglants.

– Le tuez nulle part ! objecta Tyrion.

– Aut' part, n'importe où, emm'nez-le, mais pas ici, pas d' sang ici, m'dame…, les bagarres d' seigneurs, j'en veux pas, m'dame…

– Nous allons le remmener à Winterfell. »

Oh oh, voire…, songea Tyrion, qu'un simple coup d'œil circulaire avait entre-temps mieux renseigné sur la situation et passablement ragaillardi. Oh, la Stark n'était pas idiote, loin de là ! Contraindre ces hommes à confirmer publiquement les serments d'allégeance prêtés par leurs maîtres à son père puis les sommer de la secourir, elle, pauvre femme, oui, joli tour, mais. Mais son succès n'était pas le triomphe escompté. Ils étaient une cinquantaine, à vue de nez, dans la salle, et pas plus de douze ne s'étaient dressés à son appel ; les autres se montraient frileux, maussades ou embarrassés. De tous les Frey, deux seulement s'étaient levés, mais pour se rasseoir presque aussi vite, leur capitaine n'ayant pas bougé. De quoi sourire, s'il l'eût osé.

« Va pour Winterfell, alors », préféra-t-il dire. Une si longue chevauchée, et il en savait quelque chose, pour l'avoir tout juste faite en sens inverse, que bien des événements pouvaient survenir en route… « Mon père va se demander ce qu'il est advenu de moi… », ajouta-t-il, les yeux dans les yeux du spadassin qui avait accepté de lui donner sa chambre. « Il saura grassement récompenser quiconque l'informera de ce qui s'est passé ici. » Lord Tywin ne ferait rien de tel, naturellement ! mais Tyrion n'y manquerait pas, lui, s'il recouvrait la liberté.

Ser Rodrik consulta sa dame du regard et prit un air on ne peut plus soucieux. « Ses gens viennent aussi, annonça-t-il. Quant à vous, nous vous saurons gré de vous tenir cois sur toute cette histoire. »

Pour le coup, Tyrion ne parvint qu'à ne pas s'esclaffer. *Cois !* Vieux niais. A moins d'emmener toute la gargote, la nouvelle commencerait à se répandre dès qu'il aurait tourné le dos. Pièce d'or en poche, le franc-coureur allait filer comme une flèche à Castral Roc. Lui ou un autre. Yoren la propagerait vers le sud. Ce corniaud de chanteur y verrait, pourquoi pas ? l'occasion d'un lai. Les Frey se dépêcheraient d'alerter lord Walder, et les dieux savaient de quoi il était capable ! Ses beaux serments d'allégeance à Vivesaigues ne l'empêchaient pas d'être un homme des plus cauteleux, et il n'avait si longtemps vécu qu'en s'assurant de se trouver toujours aux côtés du vainqueur. A tout le moins expédierait-il ses oiseaux croasser jusqu'à Port-Réal, voire, témérité sans risque aidant, n'est-ce pas... ? !

En tout cas, la Stark ne lambinait pas. « Nous devons partir sur-le-champ. Il nous faut des montures fraîches et des provisions pour la route. Sachez, quant à vous, messers, que la gratitude de la maison Stark vous est à jamais acquise. Une belle récompense attend ceux d'entre vous qui décideront de nous aider à garder nos prisonniers et à les mener sains et saufs à Winterfell. Vous avez ma parole. » Concis, précis, parfait pour que se ruent les imbéciles ! Tyrion enregistra soigneusement les traits de chaque volontaire. Oh, oui, leur récompense serait belle, mais pas forcément comme ils l'imaginaient..., se promit-il.

Aussi, lors même qu'ils le jetaient dehors, sous la pluie battante, sellaient les chevaux, lui liaient les mains avec un bout de corde rêche, Tyrion Lannister n'avait-il pas vraiment peur. Jamais on n'atteindrait Winterfell, il l'eût parié sur son âme. Dès le lendemain, des cavaliers se lanceraient à leurs trousses, des oiseaux prendraient leur essor, et tel ou tel des seigneurs riverains ne manquerait pas de succomber à la convoitise des faveurs Lannister en intervenant... Bref, il se félicitait déjà de sa rouerie quand quelqu'un lui enfila la tête dans un sac et l'empoigna pour le mettre en selle.

S'ensuivit une galopade si effrénée sous la pluie qu'il ne tarda guère à éprouver des crampes affreuses aux cuisses et des élancements dans le fondement. Du coup, même après que, se considérant suffisamment loin de l'auberge pour leur sécurité, la Stark eut fait adopter le trot, la souffrance jointe au terrain raboteux transformèrent pour lui cette étape en calvaire, et en un calvaire empiré par la cécité. Le moindre écart, le moindre changement de direction le mettaient en péril de tomber. Le sac étouffait si bien les sons qu'il ne pouvait rien saisir de ce qui se disait autour de lui, et l'averse en détrempait si bien la toile en la collant contre son visage que même respirer devenait une lutte de tous les instants. Non contente de lui scier les poignets, la corde semblait entrer de plus en plus avant dans leur chair, et la nuit n'en finissait pas. *J'étais sur le point de m'attabler, près d'un bon feu, devant une bonne volaille, et il a fallu que ce maudit chanteur ouvre sa grande gueule !* se désolait-il. Le maudit chanteur les accompagnait. « Il y a une merveilleuse chanson à tirer de notre aventure, et moi seul puis la composer. » Ses propres termes en annonçant à la Stark son intention de se joindre à eux pour voir de ses propres yeux comment se terminerait cette « geste splendide ». La trouverait-il toujours aussi splendide, cette geste, une fois que les cavaliers Lannister les auraient rattrapés ? Pas si sûr...

La pluie cessait enfin de battre, et les premières lueurs de l'aube se devinaient à travers le tissu détrempé quand la Stark ordonna de mettre pied à terre. Des poignes rudes le démontèrent, lui délièrent les poignets, arrachèrent le sac. Il se trouvait sur une route étroite et rocailleuse, encaissée dans les contreforts de hautes collines désertes à perte de vue. Au loin, des pics déchiquetés que la neige encapuchonnait. A ce spectacle, tout espoir abandonna brusquement Tyrion. « Mais nous ne sommes pas sur la route royale ! suffoqua-t-il, avec un regard accusateur vers la Stark. Nous suivons la route *de l'est*. Vous aviez prétendu que nous allions à Winterfell ! »

Elle le gratifia de son sourire le plus économe. « Même affirmé cent fois pour une et le plus fort possible, convint-elle. Ainsi vos amis nous poursuivront-ils de ce côté-là. Je leur souhaite bon vent. »

Rien que d'y penser, maintenant encore, de longs jours après, il en écumait. Lui qui, toute sa vie, s'était enorgueilli du seul don que les dieux eussent jugé bon de lui accorder : l'astuce, voilà que cette chienne sept fois damnée de Stark l'avait de bout en bout leurré ! Une humiliation autrement plus cuisante que celle de l'enlèvement...

La halte ne dura que le temps strictement nécessaire pour faire boire et manger les chevaux, puis on repartit. Tyrion se vit épargner le sac. On lui laissa les mains libres le lendemain, et à peine s'embarrassa-t-on, une fois dans les hauts, de le surveiller. On ne redoutait plus, semblait-il, qu'il s'échappe. A trop juste titre, d'ailleurs... Dans ces parages âpres et sauvages, la « grand-route » faisait quasiment figure de sentier pierreux. S'enfuir ? il n'irait pas bien loin, seul et sans vivres. Les lynx ne feraient qu'une bouchée de lui, et les clans familiers de ces montagnes ne sortaient de leurs tanières que pour piller, tuer, ne reconnaissaient d'autre loi que le fer et le feu.

Et, cependant, la Stark allait de l'avant, sans répit ni trêve. Tyrion savait leur destination. Il l'avait sue dès l'instant où on lui avait retiré le sac. Ces montagnes étaient l'apanage de la maison Arryn, et la veuve de la Main précédente une Tully, la sœur de la Stark... et pas une amie des Lannister. Il avait vaguement coudoyé la dame Lysa, lorsqu'elle habitait Port-Réal, et la perspective de renouer connaissance ne l'enchantait pas précisément.

Pour l'heure, ses ravisseurs étaient groupés près d'un torrent, en contrebas de la grand-route. Ayant bu tout leur soûl d'eau glacée, les chevaux broutaient les touffes d'herbe brune qui poussaient dans les failles du roc. Pelotonnés côte à côte, Jyck et Morrec avaient piètre mine. Mohor les dominait de toute sa hauteur, appuyé sur sa pique, la tête coiffée d'un casque de fer qui lui donnait l'air de porter un bol. Assis non loin, Marillion graissait les cordes de sa harpe en geignant contre les méfaits de l'humidité.

« Il nous faut prendre un peu de repos, madame », disait, quand il s'approcha, l'interlope ser Willis Wode, au service de lady Whent. Balourd et de nuque épaisse, il s'était levé le premier, dans l'auberge.

« Ser Willis dit vrai, madame, intervint ser Rodrik. C'est le troisième cheval que nous perdons, et...

– Nous perdrons plus que des chevaux, si les Lannister nous rattrapent », leur rappela-t-elle. Tout amaigris, brûlés de vent qu'étaient ses traits, ils conservaient intacte leur expression résolue.

« Peu probable, par ici, riposta Tyrion.

– La dame te demande pas ton avis, nabot ! » jappa Kurleket, un grand diable de godiche gras, quasi tondu, à groin de porc, au service, lui, de lord Jonos Bracken. Tyrion s'était tout spécialement échiné à retenir les noms de ce joli monde, afin de mieux être à même de remercier chacun, plus tard, au prorata de ses gros câlins. Un Lannister paie toujours ses dettes. Kurleket l'apprendrait quelque jour, ainsi que ses copains Lharys et Mohor, et le bon ser Willis, et les reîtres Bronn et Chiggen. Tyrion mijotait aussi une leçon d'une douceur particulière à l'intention du Marillion à la harpe et à la suave voix de ténor qui se démenait si vaillamment pour rimailler *lutin, mâtin, clopin* et immortaliser l'insulte.

« Laissez-le parler », commanda la Stark.

Tyrion s'assit sur un rocher. « A l'heure qu'il est, nos poursuivants traversent, selon toute probabilité, le Neck, traquant votre mensonge sur la voie royale... Ce, en admettant que poursuite il y ait, ce qui n'est nullement certain. Oh, je ne doute pas que le message n'ait atteint mon père..., mais mon père n'a pas de passion pour moi, et je ne suis pas sûr du tout qu'il se soucie de s'activer. » Ce n'était là qu'un demi-mensonge ; lord Tywin Lannister se fichait pas mal de son gnome de fils, mais sur les égards dus à sa maison, là, il ne badinait pas. « Nous nous trouvons dans un pays cruel, lady Stark. Vous n'en pouvez attendre aucun secours jusqu'à votre arrivée au Val, et chaque monture que vous perdez aggrave d'autant plus le fardeau des autres. Pire, vous risquez de me perdre. Je suis petit, fragile et, si je meurs, à quoi rime tout cela ? » Là, c'était la stricte vérité ; lui-même se demandait combien de temps encore il pourrait supporter ce train forcené.

« On pourrait répondre que cela rime à votre mort, Lannister, répliqua-t-elle.

– Je n'en crois rien. Si vous aviez voulu ma mort, il vous suffisait de prononcer un mot, et l'un des braves amis que vous avez là se fût fait un plaisir de me gratifier d'un sourire rouge. » Il dévisagea Kurleket, mais le bonhomme était trop débile pour goûter la plaisanterie.

« Les Stark n'assassinent pas les gens dans leur lit.

– Moi non plus. Je vous le répète, je ne suis pour rien dans la tentative contre votre fils.

– La main de l'assassin tenait votre poignard.

– Ce poignard ne m'appartenait pas ! » Elle commençait à lui échauffer les oreilles. « Combien de fois devrai-je encore en jurer ? Ecoutez, lady Stark..., quelque opinion que vous ayez de moi, reconnaissez-le, je ne suis pas stupide. Il faudrait être le dernier des ânes pour armer de sa propre lame un vulgaire tueur à gages ! »

Une seconde, il crut la voir ciller, mais elle répliqua du tac au tac : « Pourquoi Petyr m'aurait-il menti ?

– Pourquoi l'ours chie-t-il dans les bois ? riposta-t-il. Parce que telle est sa nature. Un type comme Littlefinger ment comme il respire. Vous devriez le savoir, vous, et mieux que quiconque. »

Elle avança d'un pas sur lui, le visage crispé. « Que signifie, Lannister ? »

Il lui décocha un regard de biais. « Hé ! qu'il n'est pas un homme, à la Cour, qui ne l'ait entendu conter comment il prit votre pucelage, madame.

– *C'est une infamie !* s'écria-t-elle.

– Oh, se scandalisa Marillion, le mâtin de petit lutin ! »

Kurleket brandissait déjà sa dague, un truc vicelard de fer noir.

« Un mot, m'dame, et z'avez sa langue de vipère à vos pieds ! » La friandise de la chose humectait ses yeux de goret.

Catelyn Stark se contenta de dévisager Tyrion. Jamais il n'avait essuyé regard plus glacial. « Petyr Baelish m'a aimée, jadis. Il n'était qu'un gamin. Sa passion fut un drame pour nous tous, mais elle était sincère, pure et ne prêtait nullement au sarcasme. Il voulait obtenir ma main. Voilà la vérité. Vous êtes vraiment diabolique, Lannister.

– Et vous vraiment nigaude, lady Stark. Littlefinger n'a jamais aimé que Littlefinger et, je vous le jure, ce n'est pas de votre *main* qu'il se gargarise, mais de vos somptueux nichons, de vos lèvres pulpeuses et de la ferveur de vos miches. »

Avec sa brutalité coutumière, Kurleket l'empoigna aux cheveux et lui rejeta la tête en arrière, dénudant sa gorge. Tyrion sentit le baiser froid du métal sur sa peau. « J' vous l' saigne, m'dame ?

– Me tuer, c'est tuer la vérité, hoqueta Tyrion.

– Laissez-le parler », ordonna la Stark.

Non sans une bourrade de dépit, Kurleket le lâcha.

Le nain prit une longue goulée d'air puis : « Comment Littlefinger prétend-il que je me suis approprié son poignard ? Répondez.

– Grâce à un pari gagné contre lui, lors du tournoi donné pour l'anniversaire du prince Joffrey.

– Celui où mon frère Jaime fut démonté par le chevalier des Fleurs, c'est ça, son histoire, hein ?

– Oui », admit-elle. Un pli lui creusait le front.

« *Des cavaliers !* »

Le cri provenait de la corniche ciselée par l'érosion, juste au-dessus de leurs têtes, où ser Rodrik avait fait grimper Lharys afin de surveiller la route pendant qu'on se reposait.

Une bonne seconde s'écoula sans que personne esquissât un geste. Catelyn Stark réagit la première. « Ser Rodrik, ser Willis, à cheval ! cria-t-elle. Les autres chevaux, derrière nous ! Mohor, gardez les prisonniers.

– Armez-nous plutôt ! » Tyrion avait bondi, lui empoignait le bras. « Chaque épée va compter ! »

Il avait raison, et elle s'en rendait compte, manifestement. Les inimitiés des grandes familles, les clans du coin n'en avaient cure ; ils égorgeraient aussi volontiers du Stark que du Lannister, et sans plus de façons que pour s'entre-égorger eux-mêmes. A la rigueur, ils l'épargneraient, elle, parce qu'elle pouvait encore enfanter. Elle hésitait, pourtant.

« *Je les entends !* » cria ser Rodrik. Tyrion tendit l'oreille et perçut à son tour un martèlement de sabots. Une bonne douzaine de bêtes, au moins, et qui se rapprochaient dangereusement. Du coup, chacun se démena, qui prenant des armes, qui courant sauter en selle.

Une pluie de pierraille, tout autour d'eux, précéda Lharys qui, par bonds successifs, dégringolait de sa corniche. Il reprit terre, hors d'haleine, en face de lady Stark, et, comme empêtré de sa longue dégaine coiffée d'un casque conique d'où fusaient des mèches roussâtres, haleta : « Vingt hommes... ! p't' êt' vingt-cinq... Orvets ou Sélènes, au pif... Doiv' avoir des guetteurs, m'dame... embusqués quèqu' part... Sav' qu'on est là. »

Ser Rodrik Cassel était déjà en selle et l'épée au poing. Mohor s'accroupit derrière un rocher, les deux poings serrés sur sa pique et un poignard entre les dents. « Hé, le chanteur ! héla ser Willis, viens m'ajuster mon pectoral ! » Blême de trouille et pétrifié, Marillion étreignit seulement sa harpe plus étroitement, mais le valet de Tyrion, Morrec, se précipita pour boucler l'armure du chevalier.

Tyrion n'avait pas lâché, lui, le bras de Catelyn. « Vous n'avez pas le choix, dit-il. Nous trois, plus un homme gaspillé à nous garder..., quatre, qui peuvent faire la différence entre la vie et la mort, ici, maintenant !

– Donnez-moi votre parole que vous rendrez vos armes, après...

– Ma parole ? » Le bruit des sabots s'amplifiait. Il la régala d'un sourire torve. « Oh, vous l'avez, madame..., et c'est celle d'un Lannister. »

Il crut un instant qu'elle allait lui cracher au visage, mais elle jappa seulement : « Armez-les », puis le planta là. Après avoir jeté à Jyck lame et fourreau, ser Rodrik fit volte-face pour affronter l'ennemi. Aussitôt équipé d'un arc et d'un carquois (il était plus habile au tir qu'à l'épée), Morrec alla s'agenouiller près de la route. Enfin, du haut de son cheval, Bronn tendit à Tyrion une hache à double tranchant.

« Je n'en ai jamais manié... » Cette arme le déconcertait, le rendait tout gauche, avec son manche court et sa tête pesante que surmontait un vilain crampon.

« T'as qu'à te dire que tu fends des bûches », répliqua Bronn, tout en tirant du baudrier qui lui barrait le dos sa longue flamberge. Puis, sur un beau glaviot, il s'en fut au trot prendre position aux côtés de Chiggen et de ser Rodrik. Ser Willis enfourcha sa bête et, tout en s'efforçant d'arrimer son heaume, une espèce de pot de fer juste fissuré à hauteur des yeux et d'où pendouillait une longue plume de soie noire, alla les rejoindre à son tour.

« Les bûches, ça ne saigne pas », riposta Tyrion sans s'adresser à un quelconque interlocuteur. Sans armure, il se sentait nu. D'un coup d'œil circulaire, il chercha l'abri d'un rocher et courut vers celui derrière lequel s'était caché Marillion. « Pousse-toi.

– Allez-vous-en ! glapit le garçon. Je suis chanteur, un point c'est tout, et je ne veux pas qu'on me mêle au combat !

– Tiens donc, perdu ton goût de l'aventure ? » Il le bourra de coups de pied pour conquérir l'espace où se faufiler, et il n'était que temps. Une seconde après, les cavaliers fondaient sur eux.

Il n'y eut ni hérauts, ni bannières, ni cors, ni tambours, rien d'autre que le claquement sec des cordes sur le bois des arcs, lorsque Morrec et Lharys décochèrent leur première flèche en voyant soudain surgir en trombe de la grisaille les agresseurs, maigres silhouettes sombres et sans visages de cuir bouilli, d'armures dépareillées, de heaumes en treillis dont les poings gantés brandissaient toutes sortes d'armes : flamberges et lances et faux affûtées, épieux et poignards et maillets de fer... A leur tête chevauchait un grand diable drapé dans un manteau tigré de lynx et armé d'un estramaçon.

Flanqué de Bronn et de Chiggen qui glapissaient un cri de guerre inarticulé, ser Rodrik fonça sus en hurlant « *Winterfell !* » Ser Willis Wode suivait, qui, tout en faisant tournoyer par-dessus sa tête une plommée barbelée de pointes au bout de sa chaîne, psalmodiait : « *Harrenhal ! Harrenhal !* » Ce qu'entendant, Tyrion, se laissant emporter par une brusque frénésie, bondit de son trou, brandit sa hache et mugit : « *Castral Roc !* » mais son accès de folie fit long feu, et il se raccroupit bien vite, plus bas que jamais.

Des hennissements de bêtes affolées précédèrent de peu les fracas du métal. L'épée de Chiggen pourfendit la face à découvert d'un cavalier de mailles et, tel un ouragan, Bronn plongea au cœur du clan, ferraillant de droite et de gauche. Ser Rodrik martelait, lui, le grand diable au manteau de lynx qui rendait coup pour coup, tandis que leurs chevaux dansaient une ronde sur place éperdue. Un bond propulsa Jyck en selle, et Tyrion le vit s'enfoncer au triple galop, dos nu, dans la mêlée, pendant qu'une flèche fleurissait soudain la gorge du chef ennemi et qu'en guise de cri la bouche béante de celui-ci vomissait une bolée de sang ; et il n'était pas tombé que ser Rodrik affrontait déjà un autre adversaire.

Avec un piaillement strident, Marillion se pelotonna tout à coup sous sa harpe, un cheval bondissait par-dessus leur niche, et à peine Tyrion eut-il le temps de se jucher sur pied que le cavalier tournait bride et chargeait, balançant une masse hérissée de piques. Des deux mains, il abattit sa hache qui, d'un choc écœurant, charnu, s'enfonça dans le poitrail de l'animal lancé pour sauter, et il faillit bien lâcher prise quand celui-ci s'abattit, hennissant. Il parvint néanmoins à dégager son arme et, vaille que vaille, à s'écarter d'une embardée. Marillion n'eut pas tant de chance, sur qui vinrent sans ménagements s'écraser cheval et cavalier. Alors, profitant de ce que le brigand se débattait pour dégager sa jambe encore prise sous la bête, Tyrion tricota sur ses courtes pattes et lui planta la hache dans le cou, juste au défaut de l'épaulière.

Comme il se démenait pour retirer le fer, il entendit Marillion geindre : « A l'aide, quelqu'un... », sous les cadavres, et larmoyer : « Au nom des dieux, pitié..., je *saigne*... !

– M'est avis que c'est du sang de cheval », dit le nain. La main du chanteur émergea en rampant de sous la bête morte, tâtonnant, griffant la terre comme une araignée à cinq pattes. Du talon, Tyrion l'écrasa lentement, tout à la satisfaction de la sentir craquer, jointure après jointure. « Et maintenant, ferme les yeux, dis-toi que tu es mort », conseilla-t-il avant de s'éloigner, hache au poing.

Les choses, ensuite, allèrent toutes seules. Comme engluée par l'odeur du sang, l'aube retentissait de cris de colère, de cris de douleur, le monde avait viré au chaos. Avec un sifflement, des flèches lui frôlaient l'oreille avant d'aller se fracasser contre les rochers. Il aperçut Bronn qui, démonté, maniait deux épées simultanément. Luimême demeurait sur la lisière des combats, se faufilant de roc en roc et n'émergeant de l'ombre propice que pour trancher les jambes des chevaux qui passaient à portée. Il découvrit un brigand blessé, l'acheva, le dépouilla de son armet, s'en coiffa. Il y avait un peu trop ses aises, mais la seule idée d'être protégé l'égaya. Jyck fut abattu parderrière alors qu'il taillait des croupières à l'homme qu'il affrontait, et, peu après, Tyrion trébucha sur le cadavre de Kurleket : écrabouillé par un coup de masse, le groin de porc était méconnaissable mais, en se penchant pour l'en délester, Tyrion reconnut la dague à laquelle persistaient à s'agripper les doigts. Il la glissait enfin dans sa ceinture quand il entendit une femme appeler à l'aide.

Trois hommes avaient acculé la Stark contre une paroi rocheuse, l'un toujours monté, les deux autres à pied. Ses doigts estropiés brandissaient tant bien que mal un poignard, mais elle ne pouvait plus reculer, désormais, et l'agresseur lui bloquait toutes les issues. *Hé, qu'ils la prennent, cette chienne !* songea-t-il, *et grand bien lui fasse…*, tout en faisant néanmoins mouvement. Dès avant qu'ils ne se fussent avisés seulement de sa présence, il frappa le premier des hommes à la saignée du genou, et la lourde cognée réduisit en charpie comme du bois pourri et la viande et l'os. *Des bûches qui saignent*, cette inanité lui traversa l'esprit comme le deuxième avançait sur lui. Plongeant sous l'épée, il fouailla l'air à grands coups de hache, forçant l'autre à battre en retraite… et la Stark survint, qui, par derrière, lui trancha la gorge. Ce que voyant, le cavalier dut se remémorer quelque rendez-vous urgent, car il décampa illico sans demander son reste.

Un coup d'œil à l'entour renseigna Tyrion : l'ennemi était soit vaincu, soit évaporé, la bataille était terminée. Il avait dû avoir une seconde d'inadvertance. De toutes parts gisaient des chevaux mourants, des hommes blessés qui hurlaient, geignaient. Et l'idée qu'il n'était pas du nombre le sidéra si fort qu'il ouvrit les doigts et laissa, *plof*, tomber la hache. Le sang lui engluait les mains. Il eût juré que la bataille avait duré des heures et, pourtant, le soleil semblait n'avoir pas bougé.

« Ta première ? » lui demanda Bronn quelques instants plus tard, tout en s'échinant à soulager Jyck de ses bottes. De bonnes bottes, dignes en tout point d'un homme de lord Tywin, cuir épais mais souple et graissé, puis bien plus belles que ses actuelles.

Tyrion fit un signe affirmatif. « Mon père en sera *tellement* fier », dit-il. Il souffrait de crampes si violentes aux jambes qu'il tenait à peine debout. Et ce, chose bizarre, alors qu'il n'avait pas eu la moindre conscience d'aucune douleur durant le combat…

« Faut une femme, là-dessus », reprit Bronn, une étincelle dans ses yeux noirs. Il fourra les bottes dans ses fontes. « Quand on a saigné un type, rien vaut une femme, après, parole. »

Entre deux cadavres à détrousser, Chiggen s'accorda le loisir de se lécher les babines en reniflant.

« De grand cœur, si elle est d'accord », dit Tyrion, lorgnant du côté où la Stark pansait les plaies de ser Rodrik. Et, comme les deux francs-coureurs s'esclaffaient, *Bon début…*, songea-t-il, avec un grand sourire.

Sur ces entrefaites, il alla s'agenouiller au bord du torrent glacé pour se débarbouiller du sang qui l'empoissait jusqu'aux sourcils puis, tout en clopinant pour rejoindre ses compagnons, examina derechef le charnier. Les brigands morts étaient maigres, loqueteux, leurs chevaux, chétifs et malingres, exhibaient chacune de leurs côtes, et aucune des armes dédaignées par Bronn et Chiggen n'avait rien de bien terrifiant : des maillets, des épieux, une faux... L'image du grand diable au manteau de lynx brandissant à deux mains son formidable estramaçon contre ser Rodrik lui traversa brusquement l'esprit. Mais, lorsqu'il le découvrit enfin, recroquevillé parmi la caillasse, l'homme n'était pas si grand que ça, somme toute. Son manteau avait disparu, sa rapière était singulièrement ébréchée, d'acier fort médiocre et maculé de rouille. Guère étonnant que de tels bandits eussent perdu neuf hommes, après tout...

Eux-mêmes ne déploraient que trois morts ; deux des hommes d'armes de lord Bracken – Kurleket et Mohor –, et ce téméraire de Jyck. Mais aussi, charger comme ça... *Bête jusqu'au bout*, songea Tyrion.

« Permettez-moi d'insister, lady Stark, il nous faut décamper, et vite ! » disait ser Willis Wode. Par la fente du heaume, ses yeux inquiets ne cessaient de scruter les hauteurs. « Nous avons eu beau les repousser, ils ne seront pas allés bien loin.

– Nous devons ensevelir nos morts, ser Willis, dit-elle. C'étaient des braves. Je ne veux pas les abandonner aux lynx et aux corbeaux.

– Le sol est trop rocheux pour qu'on creuse une fosse, répliqua-t-il.

– Eh bien, nous nous contenterons d'élever des cairns.

– Ramassez toutes les pierres qu'il vous plaira, riposta Bronn, mais comptez pas sur moi ou Chiggen. Y a mieux à faire que d'empiler des cailloux sur des morts..., s'en tirer, par exemple. » Il provoqua du regard les autres rescapés. « Si vous tenez à garder votre peau jusqu'à ce soir, en selle.

– Je crains, madame, qu'il ne dise vrai », dit ser Rodrik d'un ton las. Il avait, au cours de la lutte, écopé d'une profonde entaille au bras gauche, un coup de pique lui avait écorché l'échine, et il trahissait brusquement son âge. « Si nous nous attardons dans le coin, ils ne manqueront pas de nous retomber sur le râble, et nous risquons de succomber, cette fois. »

Malgré la colère qui, d'évidence, la travaillait, la Stark comprit qu'elle n'avait pas le choix. « Puissent les dieux nous pardonner, alors. En route. »

On ne manquait plus de chevaux, désormais. Tyrion transféra sa selle au hongre moucheté de Jyck, qui semblait en état de tenir encore au moins trois ou quatre jours, et il s'apprêtait à l'enfourcher quand Lharys intervint : « Ton poignard, nabot !

– Laissez-le-lui. » La Stark les toisait du haut de son cheval. « Et rendez-lui sa hache, aussi. Elle peut nous être utile, en cas de nouvelle attaque.

– Agréez mes remerciements, dame, dit Tyrion, tout en se hissant en selle.

– Economisez-les, riposta-t-elle d'un ton cassant. Je ne vous fais pas plus confiance maintenant qu'avant. » Et elle détala sans lui laisser le loisir de répliquer.

Il coiffa son heaume d'emprunt, saisit la hache que lui tendait Bronn. Tout bien réfléchi, s'il repensait à la manière dont il avait commencé l'équipée, mains liées et un sac sur la tête, son sort s'était nettement amélioré. Libre à la Stark de garder sa confiance pardevers elle ; dans la mesure où il conservait ses armes, libre à lui de se considérer comme toujours en course.

Ser Willis Wode menait le train, Bronn fermait le ban et, flanquée de son ombre, ser Rodrik, la Stark occupait le centre, moins exposé. Quant à Marillion, il ne cessait de darder des regards sinistres à Lannister. Bien que sa journée se soldât par la fracture de plusieurs côtes, de quatre doigts des plus précieux, sur la harpe, et par la ruine de son instrument, il ne l'avait pas totalement perdue, puisqu'il s'était dégoté quelque part un somptueux manteau de lynx, bien douillet, bien noir, bien tigré de blanc, dont les vastes plis l'emmitouflaient, muet. Car, une fois n'étant pas coutume, il n'avait rien à dire…

A peine avaient-ils parcouru un demi-mille qu'ils entendirent, sur leurs arrières, retentir le sombre grondement des lynx et, peu après, des miaulements féroces. Déjà les fauves se disputaient les cadavres abandonnés. Voyant Marillion devenir livide, Tyrion prit le trot pour se porter à sa hauteur. « Une jolie rime à *couard*, dit-il, *charognard* », puis, poussant son cheval, il le dépassa et remonta la file jusqu'à ser Rodrik et la Stark.

Elle le regarda, les lèvres serrées.

« Ainsi que j'étais en train de vous le dire lorsque nous fûmes si rudement interrompus, débuta-t-il, la fable de Littlefinger comporte un vice rédhibitoire. Quelque opinion que vous ayez de moi, lady Stark, daignez m'en croire sur un point : *jamais* je ne mise contre ma famille. »

ARYA

Le matou borgne arqua son dos noir et cracha dans sa direction.

A pas feutrés, elle remonta l'impasse et, tout en s'appliquant à surveiller le rythme de ses pulsations, ce non sans s'astreindre à inspirer, largement…, souffler, posément…, oscilla imperceptiblement sur la demi-pointe de ses pieds nus. *Silencieux comme une ombre*, se répétait-elle, et *léger comme une plume*. L'œil aux aguets, le matou la regardait venir.

Rude tâche que d'attraper des chats… Elle en avait les mains couvertes d'égratignures mal cicatrisées et, par suite de maintes culbutes, les deux genoux couronnés de croûtes. Au début, même l'énorme chose obèse de la cuisine parvenait à lui échapper, mais Syrio n'avait pas transigé : nuit et jour ! qui, la voyant accourir tout ensanglantée, disait : « Tu lambines ! plus vite, petite, ou tes ennemis t'écorcheront bien pis. » Il lui tamponnait ses blessures avec du feu de Myr, et l'onguent la brûlait si cruellement qu'elle devait se mordre les lèvres pour ne pas crier, puis Syrio, jamais rassasié, la relançait à la chasse aux chats.

Le Donjon Rouge en était *plein* : vieux minous fainéants somnolant au soleil, souriciers patients, queue fébrile et prunelles froides, chatons prestes aux griffes acérées, dames chattes archi-brossées, câlines, spectres pelés furtifs, pilleurs de détritus. Un par un, elle les avait tous traqués, happés, rapportés, toute fière, à Syrio Forel, tous…, hormis celui-ci, ce diable noir de matou borgne. « C'est lui le vrai souverain de ces lieux, avait dit l'un des manteaux d'or. Plus vieux que le péché, et deux fois plus vicieux. Même qu'une fois où le roi festoyait le père de sa reine, il a sauté sur la table, ce bâtard noir, et hop ! envolée, la caille que tenait Tywin ! Que Robert en a ri à se péter la sous-ventrière. Tiens-toi loin de çui-là, petite… »

Elle à ses trousses, il avait traversé la moitié du château, fait deux fois le tour de la tour de la Main, franchi l'enceinte intérieure, parcouru les écuries, dévalé l'escalier tortueux qui, par-delà les petites cuisines et la porcherie et les baraquements des manteaux d'or, aboutissait au bas du rempart donnant sur la Néra, regrimpé des tas de marches tournicotantes, emprunté l'allée du Traître et, redescendant, passé une porte, contourné un puits, visité puis quitté des bâtiments bizarres, enfin tant rôdé qu'Arya ne savait plus du tout où elle se trouvait.

Mais, maintenant, elle le tenait. De part et d'autre du boyau, de hautes murailles ; une paroi rocheuse blafarde et aveugle, au fond. *Silencieux comme une ombre*, se répéta-t-elle en glissant de l'avant, *léger comme une plume*.

Elle était à trois pas quand le matou tenta de déguerpir. A gauche puis à droite il se porta, mais à droite puis à gauche se portait Arya, lui bloquant l'issue. Il cracha derechef, tenta de lui filer entre les jambes mais, tout en songeant : *preste comme un serpent*, elle l'empoigna au passage et, le plaquant contre sa poitrine, virevolta, secouée de grands éclats de rire, tandis que, de ses griffes, il lui lacérait le cuir de son justaucorps. Quant à elle, toujours aussi leste, elle lui planta un baiser entre les deux yeux et se rejeta en arrière juste avant que le coup de patte ne l'atteignît. Le matou miaula et cracha.

« Que fait-il à ce chat ? »

De saisissement, Arya laissa tomber sa proie, pivota vers la voix, le matou s'évanouit d'un bond. A l'entrée de l'impasse se tenait une fille toute bouclée d'or et aussi mignonne qu'une poupée, dans sa robe de satin bleu. Près d'elle, un petit blondin grassouillet qui, à sa ceinture, arborait une épée miniature et, brodé en perles sur son doublet, un cerf fringant. *La princesse Myrcella et le prince Tommen*... Les dominait de toute sa masse une septa au poitrail de cheval de trait. Derrière, deux malabars à manteau cramoisi – des gardes Lannister.

« Que faisais-tu à ce chat ? » insista Myrcella d'une voix sévère. Puis, se penchant vers son frère : « Est-il loqueteux ! regarde-moi ça..., pouffa-t-elle.

– Un sale petit loqueteux puant », approuva Tommen.

Ils ne me reconnaissent pas ! comprit-elle alors. *Ils ne savent même pas que je suis une fille.* Rien là de bien surprenant ; pieds nus, crasseuse, échevelée par sa longue course à travers le château, sanglée dans son justaucorps de cuir strié de griffures, elle portait en outre des culottes de bure brune toutes déchirées qui révélaient des genoux scabieux.

On ne revêt pas batistes et soieries pour aller attraper des chats. Vite vite, elle baissa la tête et mit un genou en terre. Peut-être *préféreraient*-ils ne pas la reconnaître. Mais s'ils la reconnaissaient, elle n'avait pas fini de se l'entendre reprocher. Septa Mordane serait mortifiée, et la honte empêcherait Sansa de lui adresser plus jamais la parole…

L'énorme vieille s'avança. « Comment es-tu venu ici, toi ? Tu n'as rien à faire dans cette partie du château.

– Allez empêcher d'entrer cette engeance-là, dit un manteau rouge. Aussi facile qu'avec des rats.

– A qui appartiens-tu, mon gars ? reprit la septa. Réponds. Qu'est-ce qui ne va pas ? Tu es muet ? »

A la seule idée d'émettre un son, Arya sentait sa voix se prendre dans sa gorge. Aussitôt, Tommen et Myrcella l'identifieraient.

« Amenez-le-moi, Godwyn », dit la vieille. Le plus grand des gardes se mit en marche.

Telle une main de géant, la panique acheva d'étrangler Arya. Dût sa vie en dépendre, elle n'aurait pu proférer un mot. *Calme comme l'eau qui dort*, se récita-t-elle tacitement.

Il allait l'empoigner quand elle – *Preste comme un serpent* – réagit, s'inclina vers la gauche et, se laissant à peine effleurer, le tournait – *Souple comme soie d'été* –, fusait vers l'issue tandis qu'il pivotait, ahuri, se faufilait – *Vite comme un daim* – entre les poteaux blêmes de la septa piaulant telle une orfraie, redressait d'un bond, boulait sur le prince Tommen et le sautait pendant qu'il tombait rudement sur les fesses avec un « Hou ! » piteux, esquivait l'autre garde et, tout obstacle aboli, détalait au triple galop.

Dans son dos, ça glapissait dru, des bottes ébranlaient le sol, qui la talonnaient dangereusement. Elle se laissa choir, rouler, le manteau rouge cingla le vide, tituba, tandis que, rebondissant sur ses pieds, elle avisait, juste au-dessus de sa tête, une ouverture à peine plus large qu'une archère et s'élançait, agrippait l'appui, se hissait, s'insinuait – *Souple comme une anguille* – en retenant son souffle et se laissait glisser au sol… pour se retrouver nez à nez avec la brosse et la serpillière abasourdies d'une bonne femme. Debout d'un nouveau bond, elle s'épousseta vaguement, se rua vers la porte, enfila une longue salle, dégringola un escalier, traversa une cour intérieure, tourna un coin, franchit un mur, se coula par une espèce de soupirail dans une cave noire comme la poix. Le tapage qu'avait suscité son passage s'atténuait peu à peu, s'éloignait…

Elle était hors d'haleine et perdue au-delà de toute espérance.

Dans de beaux draps, toujours, s'ils l'avaient reconnue, mais c'était improbable, avec le train d'enfer qu'elle leur avait mené. *Vite comme un daim.*

Elle se laissa affaler contre une paroi de pierre poisseuse d'humidité et tendit l'oreille mais ne perçut que sa propre chamade et, à une distance indéfinissable, un suintement goutte à goutte. *Silencieux comme une ombre,* s'enjoignit-elle. Où pouvait-elle bien se trouver ? Lors de son arrivée à Port-Réal, le cauchemar l'avait tourmentée qu'elle s'égarait dans le château. Et Père avait beau répéter que le Donjon Rouge était moins vaste que Winterfell, ses rêves le lui représentaient sous les espèces immenses et inextricables d'un dédale sans fin de murs qui, sur ses talons, changeaient incessamment de place et d'aspect. Elle se voyait errant, de salle en salle, dans une atmosphère glauque, au long de tapisseries délavées, descendant d'interminables escaliers à vis, traversant d'un trait des cours bizarres, empruntant parfois des ponts jetés sur le vide où l'écho de ses appels demeurait sans réponse. A certains endroits, la pierre rougeâtre des murs semblait dégoutter de sang, et nulle part ne s'ouvrait la moindre fenêtre. Il arrivait aussi qu'elle entendît la voix de Père, mais toujours loin, loin... ! et, si fort qu'elle courût pour le rattraper, toujours s'éloignait sa voix, s'éloignait, s'éloignait, s'éteignait enfin, l'abandonnant à sa solitude en pleines ténèbres.

Il faisait vraiment très noir, ici, s'aperçut-elle subitement. Toute grelottante, elle remonta ses genoux découverts contre sa poitrine. Du calme. Elle allait attendre en comptant jusqu'à dix mille. Elle pourrait alors se risquer sans dommage hors de son trou et tâcher de retrouver sa route.

Elle était à quatre-vingt-sept quand, ses yeux s'accoutumant à l'obscurité, les lieux se laissèrent entr'apercevoir et, peu à peu, s'esquissèrent des formes. Du fond de la pénombre la dévoraient du regard d'énormes yeux vides, et elle devina la silhouette déchiquetée de longs crocs. Fermant aussitôt les paupières, elle se mordit les lèvres et repoussa la peur. Lorsqu'elle regarderait à nouveau, les monstres auraient disparu. N'auraient jamais existé. Elle se dit que Syrio se trouvait là, près d'elle, et lui chuchotait ses secrets. *Calme comme l'eau qui dort*, se récita-t-elle. *Fort comme un ours. Intrépide comme une louve.* Elle rouvrit les yeux.

Les monstres étaient toujours là, mais la peur s'était envolée.

Sans bruit, sans hâte, elle se leva. Les gueules la cernaient. De vraies gueules ? La curiosité l'emportant, elle en effleura une, du bout des doigts, frôla sa puissante mâchoire. La *sensation* était assez crédible. Sous la paume, l'os se révéla lisse, froid, dur. Les doigts dévalèrent une dent noire, aiguë comme un poignard forgé dans un morceau de nuit. Cette idée la fit frissonner.

« Il est mort, dit-elle à voix haute. Ce n'est qu'un crâne. Inoffensif. » Seulement, le monstre avait l'air sensible à sa présence. Elle sentait son regard vide la dévisager dans l'obscurité, elle sentait monter de la caverne obscure une espèce d'hostilité générale. Elle s'écarta vivement du crâne et alla donner du dos contre un deuxième, plus énorme, et dont, une seconde, elle sentit les crocs plantés dans son épaule comme pour y prélever un lambeau de chair. Elle pirouetta, sentit le cuir de son justaucorps résister, craquer, se déchirer sous la morsure affreuse et se mit à courir. Un troisième crâne lui faisait face, le plus gigantesque de toute la bande, mais, sans même ralentir, elle bondit par-dessus des canines noires aussi hautes que des épées, se rua parmi des mâchoires affamées et se jeta contre la porte.

Ses mains affolées finirent par découvrir un pesant anneau de fer scellé dans le bois, le tirèrent, le vantail résista, céda peu à peu, mais avec un tel grincement que la ville entière devait l'entendre, et, dès qu'il fut suffisamment entrebâillé pour lui livrer passage, Arya se précipita au-dehors.

Si ténébreuse était la pièce aux monstres, le corridor qui y aboutissait se révéla, lui, le plus ténébreux des conduits du septuple enfer. *Calme comme l'eau qui dort*, s'enjoignit-elle, mais, même en s'accordant le temps d'accommoder, on n'y voyait goutte, hormis le vague contour grisâtre de la porte qu'elle venait juste de franchir. Elle agita ses doigts sous son nez, perçut le mouvement de l'air, ne discerna rien. Comme aveugle. *Un danseur d'eau voit avec tous ses sens*, se rappela-t-elle. Elle ferma les yeux, raffermit son souffle, un, deux, trois, s'imprégna de silence et, les mains en avant, se mit à tâtonner le vide.

Sur sa gauche, enfin, ses doigts effleurèrent de la pierre brute. A petites palpations prudentes, elle suivit le mur, tout en prenant garde de n'avancer qu'à menus pas glissés. *Tous les corridors mènent quelque part. Toute entrée implique l'existence d'une sortie. La peur est plus tranchante qu'aucune épée*. Il ne fallait pas avoir peur. Au terme d'une progression qui lui parut interminable, le mur s'interrompit, brusquement, et un courant d'air froid lui caressa la joue. Les cheveux follets frissonnaient sur sa nuque.

De quelque part, à ses pieds, montaient des bruits lointains. Le craquement de bottes, une rumeur de voix. Une vague lueur, presque imperceptible, grimpa, vacillante, le long du mur, et Arya vit qu'elle se tenait sur le bord d'un prodigieux puits noir qui, large d'une vingtaine de pieds, se creusait vertigineusement. Scellées sur le pourtour en guise de marches, d'énormes pierres descendaient en spirale à perte de vue, tout aussi sombres que celles de l'enfer si souvent décrites par Vieille Nan. Et *quelque chose* montait, montait des ténèbres et des entrailles de la terre…

Elle se pencha sur le gouffre, qui lui souffla au visage son haleine noire et glacée, et elle discerna la flamme d'une torche, mais si lointaine qu'on eût dit celle d'une bougie. Ils étaient deux, deux hommes. Leurs silhouettes se convulsaient, gigantesques, sur les parois, et elle percevait, répercutées par la gueule d'ombre, certaines de leurs paroles.

« … trouvé un bâtard, dit l'un. Le reste ne tardera pas. Un jour, deux jours, une quinzaine…

– Et quand il saura la vérité, que fera-t-il ? » Le second avait l'accent fluide des cités libres.

« Les dieux seuls le savent. » La torche exhala un bouchon de fumée grisâtre qui s'évapora en se tordant comme un serpent.

« Ces imbéciles ont essayé de liquider son fils et, pour comble, en ont fait une pantalonnade. Il n'est pas homme à passer l'éponge là-dessus. Je vous préviens, le loup et le lion ne vont pas tarder à s'entre-égorger, que nous le voulions ou non.

– Trop tôt, trop tôt…, gémit l'homme à l'accent. A quoi bon la guerre, *maintenant* ? Nous ne sommes pas prêts. Ajournez.

– Autant m'ordonner d'arrêter le temps. Vous me prenez pour un magicien ?

– Parfaitement ! » ricana l'autre. Les flammes léchaient l'air froid. Les ombres colossales planeraient bientôt sur elle. Arya s'empressa de ramper à l'écart et, à plat ventre, de se plaquer au plus près du mur. Un instant plus tard, en effet, l'homme à la torche apparaissait, flanqué de son acolyte. Elle retint son souffle comme ils gravissaient les dernières marches.

« Que voulez-vous que je fasse ? » demanda le premier, gros gaillard à cape de cuir. Quoique chaussés de lourdes bottes, ses pieds semblaient flotter sans un bruit sur le sol. Sous la coiffe d'acier se montrait une face ronde toute balafrée, hérissée de poil noir, une cotte de mailles était enfilée sur des cuirs bouillis, et il portait à la ceinture dague et braquemart. Tout cela donnait à Arya une impression singulière de déjà vu…

« Une Main est bien morte, pourquoi pas deux ? répliqua l'étranger, du fond d'une barbe jaune fourchue. Vous avez déjà dansé cette danse-là, mon cher ! » Lui, elle le voyait pour la première fois, sûr et certain. Il marchait, en dépit de son obésité, avec une légèreté surprenante, charriait sa graisse sur des demi-pointes dignes d'un danseur d'eau. La flamme de la torche faisait scintiller ses bagues d'or rouge et d'argent serties de rubis, de saphirs, moirées d'œils-de-tigre. Chacun de ses doigts en portait une, certains deux.

« Naguère n'est pas maintenant, et cette Main-ci n'est pas la précédente », répliqua le balafré comme ils prenaient pied dans la pièce. *Inerte comme un rocher*, se dit-elle, *silencieux comme une ombre*. Eblouis par l'éclat de leur torche, ils ne l'aperçurent pas, plaquée contre la pierre, à deux pas d'eux, pourtant.

« Il se peut, ripostait la barbe fourchue, s'immobilisant pour reprendre haleine après cette longue ascension. Nous n'en devons pas moins gagner du temps. La princesse est grosse. Le *khal* ne bougera pas avant la naissance de son fils. Vous les connaissez, ces barbares… »

Au même moment, l'autre poussa quelque chose, un grondement caverneux retentit, et, comme ensanglantée par la lumière de la torche, une énorme dalle de pierre se détacha de la voûte avec un fracas si assourdissant qu'Arya faillit pousser un cri d'effroi, et vint s'appliquer si exactement sur l'entrée du puits que l'on aurait pu se croire, après coup, le jouet d'une hallucination.

« S'il ne bouge en personne bientôt, peut-être sera-t-il trop tard, insista l'homme armé. La partie ne se joue plus à deux, si tant est que tel fut jamais le cas. Stannis Baratheon et Lysa Arryn se sont réfugiés hors de ma portée, et la rumeur court qu'ils massent des épées. Dans les lettres qu'il adresse à Hautjardin, le chevalier des Fleurs presse instamment Tyrell d'envoyer sa fille à la Cour. A quatorze ans, la donzelle est douce, belle, vierge, traitable, et lord Renly comme ser Loras entendent que Robert la baise, l'épouse et en fasse la nouvelle reine. Littlefinger…, seul l'enfer sait ce que mijote Littlefinger. Et cependant, l'homme qui trouble mon sommeil, c'est lord Stark. Il tient le bâtard, il tient le livre, il tiendra la vérité sous peu. Et voilà que maintenant sa femme a, grâce aux manigances de Littlefinger, enlevé Tyrion Lannister. Lord Tywin va prendre la chose comme un outrage, et Jaime voue à son Lutin de frère une affection bizarre. Que les Lannister fassent mouvement vers le nord, et les Tully se trouvent impliqués à leur tour. *Ajournez*, dites-vous ? je réplique : *hâtez-vous*. Le plus adroit des jongleurs lui-même ne saurait maintenir éternellement cent balles en l'air.

– Vous êtes mieux qu'un jongleur, mon vieux..., vous êtes un véritable sorcier. Je ne vous demande qu'une chose, c'est de prolonger encore vos sortilèges. » Ils s'éloignèrent dans la direction qu'elle avait prise pour venir en s'échappant de la cave aux monstres.

« Je ferai tout mon possible, repartit l'autre d'un ton doux. Il me faut de l'or, et cinquante oiseaux supplémentaires. »

Arya leur laissa prendre pas mal de champ puis, l'échine ployée, les suivit. *Silencieux comme une ombre.*

« Tant que ça ? » Les propos devenaient moins distincts au fur et à mesure que s'atténuait la lumière. « Ceux dont vous avez besoin ne se trouvent pas sous le pas d'un cheval... si jeunes, pour savoir lire... plus vieux, peut-être... meurent pas si facilement...

– Non. Plus jeunes, plus sûrs... les maltraitez pas...

– ... tenaient seulement leurs langues...

– ... le risque... »

Bien après que leurs voix se furent éteintes, Arya distinguait encore la torche qui, telle une étoile fumante, lui permettait de tenir la piste. A deux reprises, la lumière sembla s'évanouir mais, en continuant tout droit, la petite se retrouva chaque fois en haut de marches abruptes, étroites tout en bas desquelles vacillait une vague lueur. Pressant l'allure, elle descendit, descendit, descendit tant et si bien que, lorsqu'une saillie de la roche la fit trébucher et se cogner contre le mur, sa main reconnut de la terre crue étayée par des pans de bois. Auparavant, les parois étaient revêtues de pierres taillées.

Elle avait dû traquer les deux hommes des lieues durant mais si, au bout du compte, ils s'étaient esquivés, le tunnel la forçait à continuer. Elle suivit donc le mur en aveugle, à nouveau, et, pour se sentir moins perdue, se persuada que Nymeria trottinait à ses côtés dans le noir. Elle finit par se retrouver barbotant jusqu'au genou dans des liquides nauséabonds. Que ne pouvait-elle danser dessus, comme eût fait Syrio... ! Reverrait-elle jamais seulement le jour ?

Il faisait nuit noire quand elle émergea, enfin, à l'air libre.

Au débouché d'un égout dans la Néra. Et elle puait si fort qu'elle se dévêtit sur-le-champ, laissant tomber l'un après l'autre à même le sol ses vêtements souillés, avant de plonger dans les eaux de poix. Elle y nagea jusqu'à se sentir décrassée puis, claquant des dents, rampa sur la berge. Quelques cavaliers passèrent sur la route, au-dessus, tandis qu'elle lessivait ses effets, mais s'ils remarquèrent, à la faveur du clair de lune, sa nudité de fillette maigrichonne et son étrange occupation, du moins n'en eurent-ils cure.

Le château se trouvait au diable mais comme, dans quelque coin de Port-Réal que l'on s'aventurât, il suffisait de lever les yeux pour apercevoir sa masse rouge sur la colline d'Aegon, elle ne risquait pas de se perdre. Elle était presque sèche quand elle en atteignit l'entrée. Comme la herse était abaissée et les portes closes, elle se dirigea vers la poterne, sur le côté. Seulement, les manteaux d'or en faction se gaussèrent lorsqu'elle demanda qu'on la laisse passer. « Tire-toi ! dit l'un. Les détritus de la cuisine sont déjà partis, et nous n'acceptons plus les mendiants après le crépuscule.

– Mais je ne mendie pas ! s'insurgea-t-elle, j'habite ici.

– J'ai dit : *tire-toi !* Te faut une beigne pour piger, peut-être ?

– Je veux voir mon père. »

Les gardes échangèrent un coup d'œil. « Et moi, je veux niquer la reine, répliqua le plus jeune, pour mon plus grand plaisir. »

L'aîné fronça le sourcil. « Et c'est qui, ton père, mon gars ? Le ratier municipal ?

– La Main du Roi », dit-elle.

Les deux hommes s'esclaffèrent d'abord puis, à l'improviste, le plus vieux lui balança son poing, comme pour assommer un chien, mais elle l'avait vu venir dès avant qu'il ne fût parti et, d'un entrechat, l'esquiva. « Je ne suis pas un garçon ! cracha-t-elle. Je suis Arya Stark de Winterfell. Touchez un seul de mes cheveux, et le seigneur mon père fera empaler vos têtes sur une pique. Si vous ne me croyez pas, faites venir de la tour de la Main Jory Cassel ou Vayon Poole. » Et, posant ses poings sur ses hanches : « Allez-vous m'ouvrir, maintenant, ou vous faut-il des beignes pour piger ? »

Père se trouvait seul dans sa loggia, quand Gros Tom et Harwin introduisirent la petite. Accoudé dans le halo d'une lampe à huile, il étudiait le plus gros livre qu'elle eût jamais vu, un grand volume épais dont les pages jaunes toutes craquelées, couvertes de pattes de mouche, étaient reliées de cuir fané, mais il le referma pour écouter le rapport de Harwin. Après qu'il eut congédié les deux hommes en les remerciant, son visage se fit sévère.

« Te rends-tu compte que j'ai lancé la moitié de ma garde à ta recherche ? demanda-t-il, sitôt la porte refermée. La peur a rendu folle septa Mordane. Elle est en train de prier dans le septuaire pour que tu nous reviennes saine et sauve. Tu le *sais* pourtant, Arya, tu ne dois à aucun prix franchir les portes du château sans ma permission.

– Je ne les ai pas franchies..., se trahit-elle. Enfin, pas exprès. J'étais en bas, dans les oubliettes, et c'est devenu ce tunnel. Il faisait si noir, et je n'avais rien pour voir, pas de torche ou de chandelle, il m'a fallu suivre. Je ne pouvais pas revenir comme à l'aller, à cause des monstres. Oh, Père, ils parlaient de vous *tuer* ! Pas les monstres, les deux hommes. Ils ne m'ont pas vue, je me tenais inerte comme un rocher, silencieuse comme une ombre, mais je les ai entendus. Ils disaient que vous teniez un livre et un bâtard et si une Main a pu mourir, pourquoi pas l'autre ? C'est ça, le livre ? Jon est le bâtard, je parie.

– Jon ? Enfin, Arya, que me chantes-tu là ? Qui disait cela ?

– *Eux... !* Un gras plein de bagues avec une barbe jaune fourchue, l'autre vêtu de mailles avec une coiffe d'acier, et le gras disait qu'on devait ajourner, mais l'autre lui disait qu'il ne pouvait pas continuer à jongler et que le loup et le lion allaient se dévorer et que c'était une pantalonnade. » Elle essayait de rassembler ses souvenirs, mais elle n'avait pas tout compris, loin de là, et, maintenant, les propos surpris s'embrouillaient dans sa cervelle. « Le gras disait que la princesse est grosse. Le coiffé d'acier, il avait une torche, il disait qu'il fallait se dépêcher. C'était un magicien, je crois.

– Un magicien, répéta Ned, froidement. Avait-il une longue barbe blanche et un grand chapeau pointu constellé d'étoiles ?

– Mais non ! Rien à voir avec les contes de Vieille Nan. Il n'avait pas *l'air* d'un magicien, mais le gras lui a dit qu'il l'était.

– Arya ! je te préviens..., si tu cherches à m'embobiner...

– Non ! je vous l'ai *dit*..., j'étais dans les oubliettes, près de l'endroit au mur secret. Je chassais des chats, et puis... » Sa physionomie se ferma. Si elle avouait avoir renversé le prince Tommen, il se mettrait *vraiment* en colère... « ... bon, je suis passée par cette fenêtre. C'est là que j'ai trouvé les monstres.

– Des monstres *et* des magiciens, dit-il. Une véritable épopée, paraît-il. Et ces hommes que tu as entendus parlaient, disais-tu, de pantalonnade et de jongleries ?

– Oui, maintint-elle, seulement...

– C'étaient des baladins, Arya, coupa-t-il. Il doit y avoir à Port-Réal en ce moment une bonne douzaine de troupes, attirées par la foule du tournoi et l'espoir d'y ratisser un peu d'argent. Je ne vois pas bien ce que tes deux hommes fabriquaient dans l'enceinte du château, mais peut-être le roi leur avait-il demandé de donner une représentation.

– Non. » Elle secoua la tête d'un air buté. « Ce n'étaient pas des...

– En tout cas, tu n'as pas à suivre les gens pour les espionner. Il me répugne également d'imaginer ma propre fille en train d'escalader d'étranges fenêtres à la poursuite de chats de gouttière. Regarde-toi un peu, ma douce. Ces bras tout égratignés. La plaisanterie n'a que trop duré. Tu vas dire à Syrio que je lui demande un mot d'entretien, et... »

Un *toc toc* sec l'interrompit. « Veuillez m'excuser, lord Eddard, dit Desmond en entrebâillant la porte, mais il y a là un frère noir qui réclame audience. Il dit que c'est pour une affaire urgente. J'ai pensé que vous souhaiteriez en être informé.

– Ma porte est toujours ouverte à la Garde de Nuit », répondit lord Stark.

Desmond introduisit l'homme, un vieillard bossu qu'en dépit de sa laideur, de sa barbe hirsute et de ses habits crasseux Père accueillit d'un air affable en lui demandant son nom.

« Yoren, pour vous servir, m'seigneur. J' m'esscus' pour l'heure. » Puis, s'inclinant devant Arya : « Vot' fils, j' présume. Y vous r'ssemb'.

– Je suis une *fille* ! » protesta-t-elle, hérissée. S'il venait du Mur, il avait dû passer par Winterfell. « Vous connaissez mes frères ? enchaîna-t-elle avec fébrilité. Ron et Bran sont à Winterfell, Jon au Mur, Jon Snow, il est de la Garde de Nuit, lui aussi, vous devez bien savoir, il a un loup-garou, un loup-garou blanc avec des yeux rouges ! il est déjà patrouilleur, Jon ? je suis Arya Stark. » Le vieux malodorant la regardait d'un drôle d'air, mais elle ne pouvait s'arrêter de jaser. « Quand vous repartirez pour le Mur, je pourrais vous charger d'une lettre pour Jon, le cas échéant ? » Que ne se trouvait-il là, Jon, pour l'heure ! *lui* la croirait, quand elle parlait des oubliettes et du gras à barbe fourchue et du magicien coiffé d'acier...

« Ma fille omet trop volontiers les politesses élémentaires, dit Eddard Stark avec un léger sourire qui atténuait la réprimande. Je vous prie de lui pardonner, Yoren. C'est mon frère qui vous envoie ?

– Personne d'aut' m'a envoyé, m'seigneur, que l' vieux Mormont. J' suis v'nu chercher des hommes pour le Mur et, dès la prochaine audience qu' donn'ra Robert, j'irai y crier not' détresse à deux g'noux, dans l'espoir que lui et sa Main s'ront trop heureux d' s' défaire en not' faveur d' quèqu' gibier d' potence. Quoiqu'y s'agit aussi d' Benjen Stark. Pasqu' son sang est d'venu noir, m'seigneur. Fait d' lui mon frère autant qu' l' vôt'. Pour lui qu' j' viens. Et au trip' galop, çà ! qu' j'ai presqu 'tué ma bêt' sous moi, m' n' empêch', les aut' sont loin derrière.

– Les autres ? »

Yoren cracha. « Reîtres, francs-coureurs et même racaille. C't' auberge en était bourrée, mais j' les ai vus prend' le vent. L' vent du sang, l' vent d' l'or, tout comme, au bout du compte. Z'ont pas tous filé sur Port-Réal, aussi. A bride abattue, certains, sur Castral Roc, et l' Roc est plus près... Lord Tywin la sait, la nouvelle, main'nant, comptez-y. »

Père se rembrunit. « Mais quelle nouvelle ? »

Yoren jeta un coup d'œil du côté d'Arya. « Faudrait mieux sans témoins, m'seigneur, j' m'esscuse...

– Soit. Desmond ? Raccompagne ma fille à ses appartements. » Il l'embrassa sur le front. « Nous reprendrons demain notre conversation. »

Elle ne bougea pas plus qu'une souche. « Il n'est rien arrivé à Jon, au moins ? demanda-t-elle. Ni à Oncle Benjen ?

– Ben, pour Stark, j' saurais pas dire... Le gars Snow allait assez bien quand j'ai quitté l' Mur. C' qui m'inquièt', c' pas tant eux. »

Desmond la prit par la main. « Venez, madame. Vous avez entendu votre seigneur père. »

Elle fut bien obligée de le suivre. Il n'était, hélas, pas si facile à duper que Gros Tom. Avec Tom, elle aurait inventé n'importe quel prétexte pour traîner dans les parages de la porte et tendre l'oreille. Tandis que Desmond était la discipline faite homme. « De combien de gardes dispose Père ? lui demanda-t-elle, tandis qu'ils descendaient.

– Ici, à Port-Réal ? Cinquante.

– Vous ne laisseriez personne le tuer, n'est-ce pas ? » reprit-elle.

Il se mit à rire. « Rien à craindre de ce côté-là, damoiselle. Lord Eddard est gardé nuit et jour. Il ne lui arrivera aucun mal.

– Les Lannister ont plus de cinquante hommes, objecta-t-elle.

– Certes, mais chaque épée du nord en vaut dix de cette bougraille du sud. Vous pouvez dormir sur vos deux oreilles.

– Mais..., mais si on envoyait un magicien pour le tuer ?

– Hé bien, dans ce cas... – Desmond tira sa longue épée –, les magiciens meurent comme tout le monde. Il suffit de leur trancher la tête. »

EDDARD

« Robert, je t'en conjure, rends-toi compte de ce que tu dis. Tu parles d'assassiner une enfant.

– *La garce est grosse !* » Le poing du roi s'abattit sur la table du Conseil avec un bruit de tonnerre. « Je t'avais prévenu que ça arriverait, Ned. Dans le coin des tertres, je t'ai prévenu, mais tu n'as pas voulu m'entendre. Eh bien, tu vas le faire, maintenant. Je les veux morts, la mère et l'enfant, tous les deux, et ce crétin de Viserys aussi. Est-ce assez clair, désormais ? *Je les veux morts.* »

Les autres membres du Conseil affectaient de leur mieux, avec un bel ensemble, de se trouver ailleurs. En quoi ils se montraient assurément plus avisés que lui. Rarement Eddard Stark s'était senti aussi effroyablement seul. « Un pareil forfait te déshonorera pour jamais.

– Que la honte en retombe sur ma tête, alors, pourvu qu'il s'accomplisse. Je ne suis pas aveugle au point de ne pas voir l'ombre de la hache brandie sur ma nuque.

– Il n'y a pas de hache, répliqua Ned. Seulement l'ombre d'une ombre estompée depuis quinze ans…, si tant est même qu'elle existe.

– *Si ?* demanda Varys d'un ton doux, tout en frottant ses mains poudrées. Votre Excellence me désoblige… Régalerais-je de mensonges le roi et son Conseil ? »

Ned lui jeta un regard froid. « Vous nous régalez des ragots d'un traître qui se trouve au diable vauvert, messire. Mormont peut faire erreur. Ou tenter de nous y induire.

– Ser Jorah n'oserait me tromper, sourit Varys d'un air fin. N'en doutez pas, monseigneur, la princesse est grosse.

– Du moins l'affirmez-vous. Si vous vous trompez, nous n'avons rien à craindre. Si la donzelle fait une fausse couche, nous n'avons rien à craindre. Si elle met au monde une fille au lieu d'un garçon, nous n'avons rien à craindre. Si l'enfant meurt en bas âge, nous n'avons rien à craindre.

– Et si c'est un *fils* ? insista Robert. S'il *vit* ?

– Le détroit nous séparerait encore. Je craindrai les Dothrakis le jour où leurs chevaux sauront galoper sur les flots. »

Sur une lampée de vin, le roi lui décocha par-dessus la table un regard mauvais. « Ainsi, tu me déconseillerais d'intervenir avant que le frai du dragon ne débarque sur mes côtes avec son armée, c'est bien ça ?

– Ton' frai du dragon' gît dans le ventre de sa mère, répliqua Ned. Aegon lui-même n'entreprit sa conquête qu'une fois sevré.

– *Bons dieux !* tu es aussi buté qu'un aurochs, Stark. » Il promena un regard circulaire sur l'assistance. « Et vous ? Auriez-vous tous égaré vos langues ? Pas un pour faire entendre raison à cette face gelée d'idiot ? »

Varys lui répondit par un mielleux sourire avant de poser une main câline sur la manche de Ned. « Je conçois vos répugnances, lord Eddard, oui, sincèrement. Je n'étais pas ravi, croyez-le, d'apporter au Conseil cette nouvelle des plus alarmante. Et nous voici contraints d'affronter sans détours une chose effroyable, une chose *vile*. Cependant, si nous prétendons gouverner pour le bien du royaume, il est telles vilenies qu'il nous faut assumer, quelque horreur qu'elles nous inspirent. »

Lord Renly haussa les épaules. « L'affaire me paraît assez simple, à moi. Nous aurions dû faire tuer Viserys et sa sœur voilà des années, mais Sa Majesté mon frère a commis la faute d'écouter Jon Arryn.

– Miséricorde n'est jamais faute, lord Renly, rétorqua Ned. Au Trident, ser Barristan ici présent abattit dix ou douze braves de nos amis, à Robert et moi. Quand on nous l'apporta, grièvement blessé et quasi mourant, Roose Bolton nous pressa de lui trancher la gorge, mais votre frère riposta : "Je ne tuerai pas un homme pour le châtier de sa loyauté et de sa bravoure", et il dépêcha son propre mestre pour brider les plaies. » Il attacha un long regard froid sur le roi. « Puisse un si noble cœur se trouver des nôtres, aujourd'hui. »

Robert en avait assez pour rougir. « Ce n'était pas pareil, gémit-il. Ser Barristan appartenait à la Garde royale.

– Tandis que Daenerys est une fillette de quatorze ans. » Il était parfaitement conscient d'outrepasser les bornes de la prudence, mais il ne pouvait s'en taire. « Je te le demande, Robert, dans quel but nous sommes-nous dressés contre Aerys Targaryen, sinon pour mettre un terme au meurtre des enfants ?

– Pour mettre un terme aux *Targaryens* ! gronda Robert.

– Tiens. J'ignorais que Votre Majesté eût jamais eu peur de Rhaegar. » Il tâcha d'effacer tout mépris de sa voix, mais en vain. « Les années vous auraient-elles amolli au point de trembler devant l'ombre d'un enfant à naître ? »

Robert s'empourpra. « Plus un mot, Ned ! prévint-il, l'index menaçant. Plus un seul. As-tu oublié qui est le roi, ici ?

– Non, Sire. Et vous ?

– *Assez !* aboya le roi. Je suis écœuré de parlotes ! Que je sois damné si cette affaire n'est pas entendue. Je vous écoute, vous autres.

– Il faut la tuer, opina lord Renly.

– Nous n'avons pas le choix, susurra Varys. Malheureusement, malheureusement… »

Ser Barristan Selmy détacha ses yeux bleu pâle de la table et articula : « S'il est honorable d'affronter son ennemi sur le champ de bataille, il ne l'est nullement de l'assassiner dans le sein de sa mère. Que Votre Majesté me pardonne, je dois appuyer lord Stark. »

La tâche de s'éclaircir la gorge parut absorber quelques minutes le Grand Mestre Pycelle. « Mon ordre sert le royaume et non son chef. Ayant jadis conseillé le roi Aerys avec autant de loyauté que je fais maintenant le roi Robert, je ne veux personnellement aucun mal à sa damoiselle de fille. Je poserai toutefois la question suivante : si la guerre éclate à nouveau, combien va-t-il périr de soldats ? Combien va-t-il brûler de villes ? Combien se verra-t-il d'enfants arrachés aux bras de leurs mères pour aboutir à la pointe d'une pique ? » Il caressa sa longue barbe blanche d'un air infiniment triste, infiniment dolent. « N'est-il pas en conséquence plus sage et, je prétends, plus *humain* que Daenerys Targaryen meure aujourd'hui pour préserver demain des milliers de vies ?

– Plus humain, approuva Varys. Oh, c'est parler d'or et sans fard, mestre. D'une telle véracité. Qu'il prenne seulement caprice aux dieux d'accorder un fils à Daenerys Targaryen, et le royaume saignera… »

Restait Littlefinger. Qui, sous les yeux de Ned, étouffa un bâillement. « Quand vous couchez avec un laideron, le mieux à faire est de clore les paupières et de pousser la besogne, déclara-t-il. Attendre ne la rendra pas plus jolie. Baisez-la, et bien le bonjour.

– *Baisez-la ?* répéta ser Barristan, sidéré.

– Un baiser d'acier », expliqua lord Petyr.

Robert se tourna vers sa Main. « Hé bien, voilà, Ned. Vous êtes seuls de votre avis, toi et Selmy. La seule question pendante est : à qui nous adresser pour l'exécution ?

– Mormont implore que tu lui pardonnes, rappela Renly.

– Désespérément, confirma Varys, mais ses jours lui sont plus chers encore. Actuellement, la princesse approche de Vaes Dothrak, où il est interdit de dégainer, sous peine de mort. Si je vous disais quel supplice les Dothrakis réservent au malheureux qui poignarderait une *khaleesi*, vous ne fermeriez pas l'œil de la nuit. » Il flatta ses bajoues fardées. « Tandis qu'un poison..., les larmes de Lys, par exemple, Khal Drogo ne saurait jamais qu'il ne s'agit pas de mort naturelle. »

Les paupières somnolentes de Pycelle papillotèrent brusquement, et il loucha vers l'eunuque d'un air soupçonneux.

« Le poison est l'arme des lâches », gémit Robert.

C'en fut trop pour Ned. « Quand tu envoies des tueurs à gages assassiner une gamine de quatorze ans, tu chicanes encore sur l'honneur ? » Il repoussa brutalement son siège et se dressa. « Fais-le toi-même, Robert. Que celui qui condamne manie l'épée. Regarde-la dans les yeux avant de la tuer. Vois ses larmes, écoute ses derniers mots. C'est bien le moins que tu lui doives.

– *Tudieu !* » jura Robert, dans une explosion de consonnes gravement révélatrice de sa fureur latente. « Et il le pense, le maudit... » Il empoigna le flacon, près de son coude, et, le découvrant vide, l'envoya se fracasser contre un mur. « Plus de vin, et je suis à bout. Suffit, maintenant. Fais le nécessaire.

– Je ne tremperai pas dans ce meurtre, Robert. Agis à ta guise, mais ne me demande pas d'y apposer mon sceau. »

Le roi parut d'abord n'avoir pas compris. La bravade était un plat qu'on ne lui servait guère. Puis, petit à petit, son expression se modifia, ses yeux se rétrécirent, une rougeur enflamma sa nuque pardessus le col de velours. Il pointa sur Ned un index frénétique. « Vous êtes la Main du Roi, lord Stark. Vous ferez ce que je vous ordonne, ou bien je me trouverai une Main docile.

– Mes vœux l'accompagnent. » Posément, Ned dégrafa le pesant insigne d'argent qui joignait les pans de son manteau et, tout chagriné par le souvenir de l'homme qui l'y avait épinglé de sa propre main, de l'ami si tendrement aimé, le déposa sur la table, devant le roi. « Je te croyais plus de cœur, Robert. Je croyais que nous avions porté au trône un plus noble souverain. »

Robert devint violet. *« Dehors !* coassa-t-il, écumant de rage. Dehors, maudit, je t'ai assez vu. Qu'attends-tu ? Va, retourne vite à Winterfell. Et ne t'avise pas de jamais reparaître sous mes yeux, ou je te jure que je fais empaler ta tête ! »

Ned s'inclina et, sans un mot, gagna la porte, sous le regard haineux de Robert. Tandis qu'il se retirait, la discussion reprit presque sur-le-champ. « Il y a, à Braavos, une société dite des Sans-Visage, proposait le Grand Mestre Pycelle.

– Avez-vous la moindre idée de ce que *coûtent* leurs services ? pleurnicha Littlefinger. On pourrait, pour moitié moins cher, solder toute une armée de vulgaires reîtres..., et ce tarif est le prix d'un marchand ! Je n'ose imaginer ce qu'ils demanderaient pour une princesse. »

La fermeture de la porte sur ses talons préserva Ned de subir la suite. Drapé pour sa faction devant l'entrée du Conseil dans le long manteau blanc de la Garde et revêtu de son armure, ser Boros Blount lui décocha du coin de l'œil un regard curieux mais ne posa pas de question.

L'atmosphère était poisseuse, oppressante quand il retraversa la courtine pour rejoindre la tour de la Main. La pluie menaçait, manifestement. Il l'aurait accueillie volontiers. Pour l'illusion de se sentir un peu moins souillé. Aussitôt chez lui, il convoqua Vayon Poole qui se présenta sans retard. « Votre Excellence a souhaité me voir ?

– Plus d'Excellence, s'il te plaît, lui dit-il. Je me suis disputé avec le roi. Nous retournons à Winterfell.

– Je vais tout de suite m'occuper des préparatifs, messire. D'ici deux semaines, tout sera fin prêt pour notre départ.

– Nous ne pouvons nous attarder deux semaines. Pas même un seul jour. Le roi m'a plus ou moins menacé d'exposer ma tête sur une pique. » Un pli pensif lui barra le front. Le roi ne s'abaisserait probablement pas jusqu'aux voies de fait. Pas Robert. Si furieux fût-il pour l'heure, sa fureur ne manquerait pas, dès que Ned se serait éloigné, sain et sauf, de se refroidir. Comme toujours.

Toujours ? L'exemple de Rhaegar Targaryen malmena brusquement sa sécurité. *Quinze ans qu'il est mort, et Robert l'exècre plus que jamais.* Il y avait déjà là de quoi vous désarçonner..., et l'autre histoire, tout ce barouf autour de Catelyn et du nain rapporté la veille par Yoren, allait encore empirer la situation. Aussi sûr que le jour se lève, le scandale éclaterait sous peu et, dans l'état de fureur noire où se trouvait le roi… Robert avait beau se soucier de Tyrion comme d'une guigne, son orgueil n'en prendrait pas moins le rapt pour un outrage personnel, et mieux valait ne pas imaginer comment réagirait la reine.

« Le plus sûr est que je prenne les devants, dit-il à Poole. J'emmènerai mes filles et une poignée de gardes. Vous autres, vous suivrez quand vous serez prêts. Informes-en Jory, mais personne d'autre, et ne mets rien en train tant que les petites et moi ne nous serons pas esquivés. Le château pullule d'oreilles et d'yeux, je préférerais garder mes projets secrets.

– Vous serez obéi, messire. »

Une fois seul, Eddard Stark alla s'asseoir près de la baie, ruminant de sombres pensées. Robert ne lui avait décidément pas laissé l'embarras du choix. Cela méritait presque des remerciements. Quel bonheur que de retrouver Winterfell. Et quelle folie que de l'avoir quitté. Ses fils l'y attendaient. Catelyn et lui pourraient en avoir un autre, ils n'étaient pas encore si vieux. Puis il s'était dernièrement surpris maintes fois à rêver de neige – et du profond silence qui régnait, la nuit, dans le Bois-aux-Loups…

Chose étrange, l'idée de partir l'irritait aussi, néanmoins. Tant d'entreprises à laisser en plan. A présent que nul n'y mettrait plus obstacle, Robert et son Conseil de pleutres et de flagorneurs réduiraient le royaume à la mendicité… ou, pire, le céderaient aux Lannister pour les rembourser de leurs prêts. Quant à la mort de Jon Arryn, le mystère demeurait entier. Oh, les rares pièces découvertes suffisaient à le convaincre qu'il s'agissait bel et bien d'un meurtre, mais que valaient de pareils indices ? Autant que des crottes dans les fourrés. Sans avoir encore aperçu le fauve, il le flairait à l'affût, tapi non loin, perfide.

Subitement, l'inspiration lui vint de regagner Winterfell par mer. Il n'était certes pas marin et, en temps ordinaire, eût cent fois préféré la voie de terre, mais prendre un bateau lui permettrait de faire escale à Peyredragon et d'y rencontrer Stannis Baratheon. Pycelle avait expédié l'une de ses corneilles y porter l'invitation courtoise de Ned à revenir siéger au Conseil restreint, mais sans réponse à ce jour, et ce silence obstiné confirmait trop bien ce qu'il avait subodoré : Stannis détenait sans le moindre doute les clefs du secret que Jon avait payé de sa vie. L'insaisissable vérité l'attendait peut-être dans l'antique forteresse insulaire des Targaryens…

Et quand tu la tiendras, qu'en feras-tu ? Il est des secrets que mieux vaut ne pas révéler. Des secrets que l'on ne saurait partager impunément, fût-ce avec les gens que l'on aime et en qui l'on se fie. Ned prit à sa ceinture le poignard que lui avait apporté Catelyn et le tira de sa gaine. Le poignard du Lutin. Pourquoi le nain voulait-il la mort de Bran ? Pour le faire taire, à coup sûr. Encore un secret. Ou simplement un autre fil de la même trame ?

Se pouvait-il que *Robert* eût trempé là-dedans ? Il aurait juré naguère du contraire, mais tout comme il aurait juré que Robert n'ordonnerait jamais d'assassiner des femmes et des enfants… Catelyn avait bien tenté de le mettre en garde. *Tu connaissais l'homme, le roi t'est un étranger.* Plus vite il aurait quitté Port-Réal, mieux il se porterait. Si un navire appareillait pour le nord, demain, l'idéal serait d'être à bord.

Il convoqua derechef Vayon Poole et l'envoya, toutes affaires cessantes, s'informer discrètement au port. « Ce qu'il me faut, c'est un bateau rapide et un capitaine chevronné, lui dit-il. La taille des cabines ou le confort des équipements, je m'en moque, du moment qu'on me garantit vitesse et sécurité. Je désire partir immédiatement. »

Poole s'était à peine retiré que Tomard annonça : « Lord Baelish, m'seigneur. »

D'abord passablement tenté de faire éconduire le visiteur, Ned se ravisa. Il n'était pas encore libre ; il lui fallait d'ici là jouer le jeu de la clique. « Introduis-le, Tom. »

Lord Petyr entra d'un pas aussi désinvolte que si rien de grave ne fût arrivé, ce matin-là. Il portait un pourpoint de velours crème à crevés d'argent, un manteau de soie grise bordé de renard noir et, brochant sur le tout, sa goguenardise ordinaire.

Ned l'accueillit fraîchement. « Qu'est-ce qui me vaut l'honneur, lord Baelish ?

– Je ne vous retiendrai pas longuement, je vais dîner avec lady Tanda. Pâté de lamproie et cochon de lait. Comme elle s'est mis en tête de me faire épouser sa fille cadette, sa table conspire à me stupéfier constamment. A la vérité, je me donnerais au cochon plutôt que d'y consentir, mais ne m'en trahissez pas. J'adore le pâté de lamproie.

– Permettez que je ne vous détourne guère de vos anguilles, messire, dit Ned avec un mépris glacial. En ce moment, je ne vois personne dont la compagnie me tente moins que la vôtre.

– Oh, tout bien réfléchi, vous trouveriez quelques autres noms.

Varys, disons. Cersei. Ou Robert. Sa Majesté est des plus courroucée, savez-vous ? Elle a passablement abondé sur votre personne, après que vous nous eûtes quittés, et, si ma mémoire ne m'abuse, les termes d'*insolence* et d'*ingratitude* étaient au refrain. »

Ned ne lui fit pas l'honneur de répliquer. Ni même de lui offrir un siège, mais Littlefinger en prit un de toutes façons. « Après votre départ tempétueux m'échut la tâche de les convaincre de ne point recourir aux bons offices des Sans-Visage, poursuivit-il d'un ton jovial. A la place, Varys propagera, mine de rien, l'assurance que celui, quel qu'il puisse être, qui réglera son compte à la petite Targaryen se verra anoblir.

– Ainsi, nous récompensons désormais le meurtre par des titres... », fit Ned, écœuré.

Littlefinger haussa les épaules. « Les titres sont bon marché, les Sans-Visage hors de prix. Et, pour parler franc, la petite Targaryen devra une plus fière chandelle à mon intervention qu'à tous vos beaux discours. *Libre* à quelque reître altéré de blason de courir le lièvre, je lui prédis, moi, un fiasco. Et les Dothrakis se tiendront dès lors sur leurs gardes. Alors que si nous avions envoyé l'un des Sans-Visage, la donzelle était autant dire morte et enterrée. »

Ned sourcilla, pour le coup. « Du fond de votre siège, au Conseil, vous nous avez parlé de laiderons et de baisers d'acier, et, à présent, vous comptez me voir gober vos prétendues tentatives pour sauver cette enfant ? Vous me prenez donc pour un gros benêt ?

– Ma foi..., pour un benêt colossal, en l'espèce ! riposta Littlefinger en s'esclaffant.

– Trouvez-vous toujours le meurtre si divertissant, lord Baelish ?

– Ce n'est pas le meurtre qui me divertit, lord Stark, mais vous-même. Vous gouvernez à la manière d'un homme qui danserait sur la glace pourrie. Vous allez faire un noble *plouf*, si vous m'en croyez. Il me semble avoir perçu ce matin le premier craquement.

– Le premier et le dernier, dit Ned. J'ai eu mon content.

– Quand envisagez-vous de repartir pour Winterfell, messire ?

– Le plus tôt possible. En quoi cela vous concerne-t-il ?

– En rien..., mais si, d'aventure, vous vous trouviez encore ici vers la tombée du jour, je me ferais un plaisir de vous mener dans ce bordel que votre Jory cherche en vain depuis si longtemps. » Il se mit à sourire. « Et je n'en soufflerai pas même un mot à notre chère lady Catelyn. »

CATELYN

« Vous auriez dû nous annoncer votre venue, madame, dit ser Donnel Waynwood tandis que leurs chevaux gravissaient le col. Nous vous aurions envoyé une escorte. Pour un petit groupe comme le vôtre, la grand-route n'est plus aussi sûre que par le passé.

– Nous l'avons appris à nos cruels dépens, ser Donnel », répondit-elle. Il lui semblait par moments que son cœur s'était pétrifié. Six braves avaient péri pour la mener jusqu'aux portes du Val d'Arryn, et elle ne trouvait pas même en son for la ressource de les pleurer. Jusqu'à leurs noms qui s'estompaient de sa mémoire. « Les clans nous ont harcelés jour et nuit. Nous avons perdu trois hommes au cours de la première escarmouche, deux autres à la suivante, et le valet de Lannister a succombé lorsque ses plaies se sont infectées. En vous entendant approcher, j'ai bien cru notre dernière heure venue. » Ils s'étaient de fait préparés à périr, l'épée au poing et le dos au rocher. Déjà, le nain affûtait sa hache, tout en blaguant, comme à l'accoutumée, de façon mordante quand Bronn avait repéré, sur la bannière qui précédait les cavaliers, lune-et-faucon, bleu ciel et blanc, de la maison Arryn. Jamais Catelyn n'avait rien vu de si bienvenu.

« Les clans se montrent d'une arrogance, depuis la mort de lord Jon... ! » s'insurgea ser Donnel avec toute la fougue de ses vingt ans. D'aspect trapu, il avait un visage sérieux et commun, le nez épaté sous des taillis de cheveux bruns. « S'il n'était que de moi, j'emmènerais dans les montagnes une centaine d'hommes pour vous dénicher ces gens-là de leurs aires, et je leur donnerais quelques bonnes leçons, mais votre sœur s'y oppose formellement. Elle n'a pas même permis à ses chevaliers de se produire au tournoi de la Main. Elle veut garder toutes nos épées à portée pour défendre le Val... contre quoi ? mystère. Contre des ombres, disent certains. » Il lui jeta un regard inquiet, comme s'il se souvenait tout à coup de la parenté. « J'espère que je ne vous ai pas froissée, madame. Je n'avais nullement l'intention…

– La franchise ne me froisse jamais, ser Donnel. » Elle savait bien ce que redoutait sa sœur. *Pas des ombres, les Lannister*, se dit-elle en lançant derrière elle un coup d'œil au nain, flanqué de l'éternel Bronn. Ils étaient devenus copains comme coquins depuis la disparition de Chiggen, et Tyrion était plus malin qu'elle n'eût souhaité. A leur entrée dans les montagnes, il était bel et bien son captif, sans recours possible. A présent… ? Son captif toujours, certes, mais un poignard à la ceinture, une hache plantée dans l'arçon, les épaules ceintes du manteau de lynx gagné aux dés contre Marillion, et la poitrine protégée par le haubert de mailles récupéré sur le cadavre de Chiggen. Une quarantaine d'hommes, tant chevaliers que francs-coureurs au service de Lysa et du jeune Robert Arryn, avaient beau encadrer les rescapés de la pitoyable équipée, Tyrion ne s'en montrait pas pour autant le moins alarmé du monde. *Me serais-je trompée ?* se demanda-t-elle – et ce n'était pas la première fois. Se pouvait-il qu'il fût véritablement innocent, pour Bran, pour Jon Arryn et pour tout le reste ? Et, s'il l'était, comment qualifier son propre comportement ? Six hommes avaient péri pour lui garder sa proie…

Elle écarta résolument ses doutes. « Quand nous atteindrons le fort, je vous saurais infiniment gré d'envoyer quérir sur-le-champ mestre Colemon. Ser Rodrik a une fièvre de cheval. » L'idée que le vieux chevalier n'en réchappe pas ne cessait de la tenailler. Au terme du voyage, il ne tenait plus en selle que par miracle, et seule l'opposition farouche de Catelyn aux instances répétées de Bronn avait empêché qu'on ne l'abandonne à son sort. En revanche, il avait fallu l'encorder sur sa bête et charger Marillion de veiller constamment sur lui.

Après un instant d'hésitation, ser Donnel repartit : « Lady Lysa a défendu au mestre de s'éloigner une seconde des Eyrié. Elle le veut en permanence auprès de lord Robert… Toutefois, reprit-il, nous avons, à la Porte, un septon qui panse nos propres blessés. Il saura visiter les plaies de votre homme. »

Catelyn ajoutait plus de foi au savoir des mestres qu'aux patenôtres des septons, et elle ouvrait la bouche pour le déclarer sans ambages quand lui apparurent, de part et d'autre de la route et construits de la pierre même de la montagne, les longs parapets de fortifications. A l'endroit où le col s'étranglait en un défilé juste assez large pour quatre cavaliers de front se cramponnaient aux parois rocheuses deux échauguettes reliées entre elles par l'arche d'un pont grisaillé par les siècles. Des silhouettes silencieuses peuplaient chaque meurtrière du fort, des tours de guet, du pont, et lorsqu'ils eurent presque atteint le sommet du col, un cavalier vint au-devant d'eux. Gris était son cheval, grise son armure, mais sur son manteau chatoyait le rouge-et-bleu de Vivesaigues, et un silure d'obsidienne et d'or lui en agrafait les pans à l'épaule. « Qui demande à franchir la porte Sanglante ? cria-t-il.

– Ser Donnel Waynwood, avec Sa Seigneurie lady Stark et ses compagnons. »

Le chevalier de la Porte releva sa visière. « Il me semblait bien que la dame m'était familière… ! Te voilà bien loin de chez toi, ma petite Cat.

– Comme vous, mon oncle », dit-elle en souriant, malgré les rudes épreuves qu'elle venait de subir. Le simple son de ce timbre rauque et voilé lui ressuscitait sa verte jeunesse, vingt ans plus tôt.

« Chez moi, c'est juste derrière, répliqua-t-il d'un ton bourru.

– Vous êtes chez vous dans mon cœur, dit-elle. Retirez votre heaume, que je vous revoie.

– Les ans ne m'auront pas embelli, je crains », maugréa Brynden Tully, mais, dès qu'elle le vit à visage découvert, Catelyn en eut le démenti. Certes, ses traits s'étaient accusés et comme érodés, l'âge avait dépouillé ses cheveux de leur teinte auburn au profit du gris, mais son sourire demeurait le même, ainsi que ses sourcils, toujours aussi broussailleux et drus que des chenilles, et que l'outremer rieur de ses yeux. « Lysa est au courant de ton arrivée ?

– Je n'ai pas eu le loisir de la prévenir », dit-elle. Peu à peu, les autres arrivaient, derrière. « Nous précédons de peu la tornade, Oncle, je crains.

– Puis-je entrer dans le Val ? » demanda ser Donnel. La passion des Waynwood pour les formalités pompeuses se perdait dans la nuit des temps.

« Au nom de Robert Arryn, seigneur des Eyrié, Protecteur du Val, Véritable Gouverneur de l'Est, je vous invite à y pénétrer librement, à charge pour vous d'en observer la paix, répliqua ser Brynden. Allez. »

Ainsi s'engouffra-t-elle à sa suite dans l'obscurité de la Porte Sanglante où une douzaine d'armées s'étaient taillées en pièces à l'Age des Héros. Au-delà, les montagnes s'ouvraient brusquement sur un panorama d'azur, de verdure et de cimes enneigées qui lui coupa le souffle. Le Val d'Arryn baignait dans l'éclat du matin.

Il s'étendait à leurs pieds, vers l'est, jusqu'à l'horizon vaporeux, paisible contrée de riche humus noir où se prélassaient de larges rivières, où miroitaient sous le soleil des centaines de petits lacs, à l'abri de son cirque hérissé de pics. Dans ses champs croissaient haut les blés, les orges, les avoines, et ses potirons n'avaient rien à envier ni pour la taille ni pour la douceur à ceux-là mêmes de Hautjardin. Du promontoire occidental où ils se tenaient, la grand-route entreprenait sa longue descente en zigzag jusqu'au piémont, près d'une lieue plus bas. De ce côté-là, le Val n'était guère large, à peine une demi-journée de cheval, et les massifs du nord semblaient tellement proches que, pour un peu, Catelyn eût tendu la main pour les caresser. Les surplombait tous de sa pointe déchiquetée la Lance-du-Géant, une montagne si prodigieuse que les montagnes les plus altières avaient l'air accroupies pour la regarder ; son sommet se perdait dans des brumes de glace, à quelque vingt mille pieds des terres arables ; de sa massive épaule, à l'ouest, dégringolait le torrent fantôme des Larmes d'Alyssa dont, malgré la distance, se discernait, tel un fil d'argent, le scintillement contre la roche noire.

En la voyant immobilisée, son oncle ramena son cheval près d'elle et tendit le doigt : « Là-bas, juste à côté des Larmes d'Alyssa. Tout ce que tu peux en distinguer, d'ici, et à condition que tu regardes intensément et que le soleil en frappe les murs sous l'angle requis, c'est comme une étincelle blanche intermittente. »

Sept tours immaculées, lui avait dit Ned, *enfoncées telles des dagues dans le ventre du ciel et si hautes que, depuis leur sommet, tu plonges sur les nuages.* « A combien d'heures de cheval ? demanda-t-elle.

– Nous pouvons atteindre le pied de la montagne à la tombée du jour, mais l'ascension en prendra un autre.

– Madame... ? » De derrière s'élevait la voix de ser Rodrik. « Je crains de ne pouvoir aller plus loin, aujourd'hui. » Entre les picots de ses favoris renaissants, sa pauvre figure penchait de côté, et d'un air si las que Catelyn craignit de le voir tomber de cheval.

« Et vous n'en ferez rien, dit-elle. Vous avez satisfait à toutes mes exigences, et cent fois plus. Mon oncle m'escortera jusqu'aux Eyrié. Lannister doit me suivre, mais rien ne justifierait que vous et les autres renonciez à rester ici pour vous reposer et recouvrer vos forces.

– C'est un honneur pour nous que de les accueillir », énonça ser Donnel avec la gravité cérémonieuse de son âge. Outre ser Rodrik, seuls demeuraient, du groupe formé à l'auberge de la mère Masha, Bronn, ser Willis Wode et le rhapsode Marillion.

« Daignez me permettre, madame, dit ce dernier en poussant son cheval en avant, de vous accompagner aux Eyrié pour assister au dénouement de cette geste dont j'ai eu le privilège de voir les scènes initiales. » Sa voix trahissait un bizarre mélange d'égarement et de détermination, une lueur fiévreuse allumait ses prunelles.

S'il était venu jusque-là, ce n'était certes pas à la requête de Catelyn, mais de son propre mouvement ; et qu'il eût survécu, lui, quand tant d'hommes autrement courageux jonchaient la route, sans sépulture, tenait du prodige. Il ne s'en dressait pas moins devant elle, avec un soupçon de barbe qui le rendait presque viril. Elle crut lui devoir une espèce de récompense, au terme d'un si long voyage. « Fort bien.

– Je viens également », annonça Bronn.

Elle prisa la chose beaucoup moins. Sans cet individu, certes, elle n'eût jamais atteint le Val et le savait pertinemment ; elle devait compter le reître au nombre des plus redoutables combattants qu'il lui eût été donné de voir, et son épée n'avait pas peu contribué au succès de l'équipée, mais. Mais, ces qualités reconnues, il lui déplaisait souverainement. Du courage, il en avait, et de l'énergie, mais pas l'once de bonté, et de loyauté guère. Puis elle en avait assez de le voir chevaucher étrier contre étrier avec Lannister, plus qu'assez de leurs apartés à voix basse, de leurs blagues à deux, de leurs éclats de rire connivents. Elle aurait préféré les séparer une bonne fois pour toutes, mais comment, sans goujaterie, refuser à un Bronn la faveur qu'elle venait précisément d'accorder à un Marillion ? « Comme vous voudrez », dit-elle, ayant du reste bien remarqué qu'il s'était abstenu de lui en demander l'autorisation.

On abandonnerait donc ser Rodrik et ser Willis Wode au verbe onctueux et aux mains diligentes du septon local. Les montures aussi, pauvres haridelles vannées. Pendant que les écuries en fournissaient de fraîches, toutes pelucheuses et de sabot montagnard, ser Donnel promit d'envoyer des oiseaux prévenir les Portes-de-la-Lune et les Eyrié de l'arrivée des visiteurs. Moins d'une heure plus tard, on était reparti et l'on abordait la descente vers la vallée. Catelyn chevauchait aux côtés de son oncle. Derrière venaient Bronn, Tyrion Lannister, Marillion et six des hommes de Brynden.

Ce dernier attendit d'avoir accompli le premier tiers de la descente et de se trouver assez en avant des oreilles indiscrètes pour se tourner vers sa nièce. « Alors, enfant, si tu me parlais de cette fameuse tornade ?

– Voilà des années que je ne suis plus une enfant, Oncle », rectifia-t-elle avant de vider son sac, nonobstant. La lettre de Lysa, l'accident de Bran, la tentative d'assassinat, le poignard, Littlefinger, la rencontre fortuite avec Lannister dans l'auberge du carrefour..., le récit de toutes ces péripéties lui prit plus de temps que prévu.

L'œil de plus en plus sombre au fur et à mesure que s'accentuait le froncement de ses lourds sourcils, Brynden l'écoutait sans l'interrompre. Brynden Tully avait toujours su écouter les autres..., Père excepté. Il avait cinq ans de moins que lord Hoster mais, pour autant qu'elle se souvînt, les deux frères s'étaient toujours affrontés. De ses huit ans lui restait encore dans l'oreille l'une de leurs disputes les plus retentissantes. « Tu es la brebis noire du troupeau Tully ! » s'indignait Père. A quoi Brynden, hilare, rétorquait : « Le troupeau..., tiens donc. Si l'emblème de notre maison est bien une truite au bond, c'est de *poisson* noir du banc Tully qu'il siérait de me qualifier ! » De cet instant datait l'adoption de ses armoiries personnelles.

Leur guerre n'avait cessé qu'avec les noces des deux filles. En plein festin, Brynden lançait à son frère qu'il allait quitter Riverrun pour entrer au service de Lysa et de son nouveau seigneur et maître, Jon Arryn. Depuis lors, Père n'avait plus jamais prononcé le nom de son cadet, s'il fallait en croire, du moins, les lettres passablement rares d'Edmure...

Il n'empêchait que, durant toute la prime jeunesse de Catelyn, c'est à Brynden le Silure que les enfants de lord Hoster couraient porter leurs larmes et leurs histoires, Père étant débordé, Mère trop malade. Edmure, Lysa, elle-même et..., mais oui, Petyr Baelish aussi, comme pupille des Tully..., il les avait tous écoutés patiemment, comme il écoutait à présent, heureux de leurs triomphes et compatissant à leurs déconfitures puériles.

Quand elle eut achevé, il demeura longtemps silencieux, comme absorbé par la manière dont son cheval négociait la pente raide et le terrain rocheux. « Il faut avertir ton père, dit-il enfin. Si les Lannister se mettent en marche, son éloignement préserve Winterfell et son massif montagneux le Val, mais Vivesaigues se trouve juste sur leur passage.

– J'en suis obsédée moi-même, admit-elle. Dès notre arrivée aux Eyrié, je compte prier mestre Colemon de lui dépêcher un oiseau. » Il lui faudrait d'ailleurs envoyer nombre d'autres messages, notamment pour transmettre aux bannerets les ordres de Ned, relatifs au renforcement des défenses du nord. « Et l'humeur, dans le Val ? demanda-t-elle.

– Colère, dit-il. Lord Jon était très aimé, et la nomination par le roi de Jaime Lannister à un poste que les Arryn occupaient depuis près de trois siècles a fait l'effet d'un sanglant outrage. Et Lysa a beau nous ordonner d'appeler son fils *Véritable* Gouverneur de l'Est, nul n'est dupe. Au surplus, ta sœur n'est pas seule à s'interroger sur la disparition subite de la Main. On n'ose pas dire, ouvertement du moins, que Jon est mort assassiné, mais l'ombre du soupçon ne cesse de s'étendre. » Il jeta un coup d'œil vers elle, et sa bouche s'amincit. « Puis il y a le gosse.

– Le gosse ? Il ne va pas ? » Une saillie du rocher l'obligea à baisser la tête comme ils abordaient un virage en épingle.

« Lord Robert, soupira son oncle d'un ton trouble. Six ans, souffreteux, pleurnichant dès que tu lui retires ses poupées. L'héritier légitime de Jon Arryn, au regard des dieux, mais que d'aucuns trouvent vraiment trop malingre pour remplir le siège paternel. Jusqu'à sa majorité, nombre de gens murmurent que Nestor Royce devrait continuer de gouverner, comme il l'a fait durant les quatorze années qu'a duré le service de Jon à Port-Réal. D'autres pensent que Lysa ferait mieux de se remarier, et vite. Déjà, les prétendants se bousculent comme des corbeaux sur un champ de bataille. Ils pullulent, aux Eyrié.

– J'aurais pu m'y attendre... », dit Catelyn. Rien là de bien surprenant, en effet. Lysa était encore jeune, et la couronne de la Montagne et du Val faisait une corbeille de noces des plus coquette. « Prendra-t-elle un second mari ?

– Oui, à l'en croire, pourvu qu'elle en trouve un à son gré, répondit-il, mais elle a déjà rebuté lord Nestor et une douzaine d'autres partis agréables. Elle affirme vouloir choisir *elle-même*, cette fois, son seigneur et maître.

– Vous seriez plus mal venu que personne de l'en blâmer, non ? »

Il renifla. « Et je n'en fais rien, mais... mais il me semble qu'elle se laisse courtiser par pure malice. La compétition l'amuse mais, à mon avis, elle entend exercer la régence effective jusqu'à ce que le gosse ait l'âge requis pour cumuler son titre actuel de sire des Eyrié et les pouvoirs y afférents.

– Une femme peut gouverner avec autant de sagesse qu'un homme.

– La femme de *tête*, assurément, répliqua-t-il avec un coup d'œil en coin. Mais ne t'y trompe pas, Cat, Lysa n'est pas toi. » Il hésita un moment. « Tu veux le fond de ma pensée ? J'ai peur que tu ne trouves pas ta sœur aussi… secourable que tu le voudrais. »

Elle demeura saisie. « Ce qui veut dire ?

– La Lysa qui nous est revenue de Port-Réal n'a plus rien à voir avec la jouvencelle qui partit pour le sud quand son mari fut nommé Main. Toutes ces années l'ont rudement éprouvée. Tu dois savoir. Lord Arryn avait beau être un époux exact à ses devoirs, leur mariage était politique et non passionnel.

– Comme le mien.

– Les débuts furent similaires, mais ta sœur s'en est tirée de manière beaucoup moins heureuse que toi. Deux enfants mort-nés, quatre fausses couches, la mort de Jon… Les dieux ne lui ont donné, Catelyn, que ce fils unique, et elle ne vit que pour lui, maintenant, pauvre gosse. Rien d'étonnant qu'elle ait pris la fuite, plutôt que de le voir remettre aux Lannister. Ta sœur est *apeurée*, enfant, et les Lannister sont ce qu'elle redoute le plus au monde. Elle s'est ruée vers le Val en quittant le Donjon Rouge à la dérobée, de nuit, comme une voleuse, et tout cela pourquoi ? pour arracher son fils de la gueule du lion…, et voilà que ce même lion, tu le lui amènes à sa porte.

– Enchaîné », riposta-t-elle. A droite béait une crevasse, à pic sur les ténèbres. Elle retint son cheval et, pas après pas, lui fit longer le passage scabreux.

« Ah bon ? » Il jeta un regard en arrière, où Tyrion opérait sa lente descente avec les autres. « Je vois une hache dans son arçon, un poignard à sa ceinture et un reître qui le talonne d'aussi près qu'une ombre affamée. Où sont-elles, ses chaînes, mon cœur ? »

Catelyn se vit sur la sellette et se défendit de son mieux : « Le nain n'en est pas moins là, contraint et forcé. Chaînes ou pas, je le tiens. Lysa sera aussi aise que moi de l'entendre répondre de ses crimes. C'est tout de même son propre mari qu'ont assassiné les Lannister, et tout de même sa propre lettre qui nous a d'abord mis la puce à l'oreille à leur encontre. »

Il lui adressa un sourire las. « J'espère que tu aies raison, petite », soupira-t-il d'un ton terriblement dubitatif.

Le soleil penchait nettement vers l'ouest lorsque les chevaux commencèrent à fouler un sol moins accidenté. La route s'élargit pour filer tout droit, et Catelyn eut tout loisir enfin de remarquer les fleurs sauvages et la végétation. Une fois au niveau de la vallée, leur allure s'accéléra, et c'est au petit galop qu'ils traversèrent bois verdoyants et hameaux somnolents, soufflèrent vergers et champs de blé d'or, franchirent dans des gerbes d'éclaboussures une douzaine de gués éblouis de soleil. Devant eux flottait, brandie par l'un des hommes de Brynden, la double bannière qui superposait l'emblème Arryn, lune-et-faucon, au silure du cadet Tully. Ainsi les charrettes rustiques et les carrioles des commerçants se rangeaient-elles, ainsi que les cavaliers de moindre extrace, afin de leur céder le pas.

Il faisait néanmoins nuit noire lorsqu'ils parvinrent en vue du château gaillard campé droit dessous la Lance-du-Géant. Sur le faîte de ses remparts tremblotaient des torches, et la lune cornue dansait sur les eaux noires de ses douves. Le pont-levis était déjà dressé, la herse abaissée, mais Catelyn distingua des lumières dans le corps de garde et, derrière, de vagues lueurs au fenestrage des tours carrées.

« Les Portes-de-la-Lune », lui dit son oncle, tandis que leur petite troupe s'immobilisait et que l'enseigne se portait jusqu'au bord du fossé pour héler les gens de la conciergerie. « Le siège de lord Nestor. Il doit nous attendre. Regarde, là-haut. »

Elle leva les yeux, les leva plus haut, plus haut, plus haut, mais ne discerna d'abord rien d'autre que de la pierre et des arbres, la masse confuse de l'immense montagne noyée de nuit et plus noire qu'un ciel sans étoiles. Puis elle aperçut, très très haut, le halo de feux presque imperceptibles : une tour fortifiée, bâtie carrément sur l'à-pic, et à qui les prunelles orange de ses ouvertures donnaient un air de toiser son monde. Beaucoup plus haut s'en trouvait une autre puis, toujours plus haut, en clignotait une troisième, pas plus grande qu'une étincelle sur le firmament. Enfin, tout en haut tout en haut, dans les parages où les faucons prennent leur essor, comme une éclaboussure de blancheur dans la clarté lunaire. A la seule vue des tours pâles juchées tout là-haut, si haut... ! un vertige submergea Catelyn.

« Les Eyrié », entendit-elle Marillion murmurer, mi-fascination, mi-panique.

Au même moment retentit la voix corrosive de Tyrion Lannister. « Les Arryn n'ont décidément pas un faible excessif pour la compagnie. Si vous comptez me faire escalader cette montagne dans le noir, autant me tuer tout de suite.

– Nous couchons ici, cette nuit, lui dit Brynden. Nous ne ferons l'ascension que demain.

– Je brûle d'impatience, répliqua le nain. Comment grimpe-t-on jusque-là ? Je n'ai jamais monté de chèvres, je vous préviens.

– A dos de mulet, dit Brynden avec un sourire.

– Il y a des marches taillées tout du long », repartit Catelyn. Ned lui en avait si souvent parlé, lorsqu'il évoquait sa jeunesse en compagnie de Robert Baratheon, sous la houlette de Jon Arryn...

Son oncle confirma d'un signe de tête. « Il fait trop noir pour qu'on les aperçoive, mais elles existent bel et bien. Trop étroites et raides pour des chevaux, mais les mulets s'en accommodent presque jusqu'au bout. Les trois forts qui gardent le passage se nomment respectivement Pierre, Neige et Ciel. Les mulets vous portent jusqu'à ce dernier. »

Tyrion se démancha le col avec une grimace impayable. « Et au-delà ? »

Le sourire de Brynden s'élargit. « Au-delà, l'escalier est trop raide même pour des mulets. Il faut terminer à pied. A moins que, d'aventure, vous ne préfériez enfourcher un couffin. Les Eyrié se trouvent exactement à l'aplomb de Ciel, et ils possèdent six énormes treuils équipés de chaînes de fer qui permettent de hisser directement dans les caves tout ce que de besoin. Si vous le souhaitez, messire Lannister, je me fais fort de vous obtenir une place parmi les miches, la bière et les pommes. »

Le nain éclata de rire. « Que ne suis-je un potiron ! dit-il. Hélas, mon seigneur de père serait effroyablement contristé d'apprendre que son digne Lannister de fils fût allé au-devant de son destin funeste tel un chargement de navets. Si vous montez à pied, je crains que mon devoir ne m'impose d'en faire autant. Nous autres, Lannister, avons notre fierté.

– Fierté ? jappa Catelyn, exaspérée par tant d'aisance et de goguenardise. Arrogance serait plus approprié. Arrogance et goût du lucre et passion du pouvoir.

– Arrogant, mon frère l'est indéniablement, riposta Tyrion. Mon père est le goût du lucre incarné. Quant à mon exquise sœur Cersei, elle respire par tous les pores de sa conscience la passion du pouvoir. Moi, en revanche, je suis innocent comme l'agnelet. Bêlerai-je pour vous le prouver ? » Il se fendit jusqu'aux oreilles.

Avant qu'elle ne pût rétorquer, le pont-levis s'abaissait en grinçant, et, dans un couinement de chaînes graissées, la herse se relevait. Des hommes d'armes s'avancèrent, des brandons enflammés au poing, pour leur éclairer la voie et, Brynden Tully à leur tête, les cavaliers franchirent les douves. Ainsi que l'impliquaient ses titres de surintendant du Val et de gardien des Portes-de-la-Lune, lord

Nestor Royce, entouré de ses chevaliers, attendait ses hôtes dans la cour pour les accueillir. « Lady Stark », dit-il en s'inclinant pour une révérence balourde, imputable à sa seule masse et au baril de sa bedaine.

Catelyn mit pied à terre pour lui répondre avec plus de grâce. « Lord Nestor. » Elle ne le connaissait que de réputation. Cousin de Yohn le Bronzé et issu d'une branche secondaire de la maison Royce, il n'en était pas moins, à ses propres yeux, un très haut et très puissant seigneur. « Nous avons fait un voyage aussi long qu'éprouvant. Je vous saurais infiniment gré, si je puis me permettre, de nous accorder cette nuit l'hospitalité de votre toit.

– Mon toit est le vôtre, madame, répondit-il d'un ton bourru, mais ma dame votre sœur, lady Lysa, nous a mandé, depuis les Eyrié, qu'elle désirait vous voir sur-le-champ. Vos compagnons seront hébergés ici et monteront vous rejoindre dès le point du jour. »

Oncle ne fit qu'un bond de sa selle à terre. « A quoi rime cette extravagance ? » s'emporta-t-il crûment. Il n'avait jamais été homme à moucheter l'expression de son sentiment. « Une ascension de nuit, quand la lune n'est même pas pleine ? Même Lysa devrait le savoir, c'est inviter les gens à se rompre le cou !

– Les mulets connaissent le chemin, ser Brynden. » Une jeune fille de dix-sept à dix-huit ans vint se placer aux côtés de lord Nestor. D'allure vive et nerveuse, elle avait des cheveux sombres taillés court et comme au bol, portait des culottes de cheval en cuir et une légère chemise de mailles argentée. Elle adressa à Catelyn une révérence plus élégante que celle de son seigneur. « Sur ma foi, madame, il ne vous arrivera rien de fâcheux. Ce serait pour moi un honneur que de vous mener. J'ai fait cent fois la montée de nuit, et Mychel prétend que mon père devait être un chamois. »

Son petit ton effronté arracha un sourire à Catelyn. « Comment t'appelle-t-on, petite ?

– Mya Stone, madame, pour vous être agréable. »

Le désagrément fut tel, au contraire, que Catelyn éprouva la plus grande peine à conserver un masque affable. Dans le Val, *Stone* était un sobriquet de bâtard, tout comme *Snow*, dans le nord, ou *Flowers*, à Hautjardin ; dans chacune des Sept Couronnes, la coutume en avait façonné un pour désigner les enfants nés de pères anonymes. Sans éprouver la moindre animosité personnelle contre la jeune fille, Catelyn s'était brusquement souvenue du bâtard de Ned, là-bas, sur le Mur, avec un malaise d'autant plus pénible que le remords le disputait à l'antipathie. Et, cependant, son esprit se débattait en vain pour assembler une formule de politesse.

Par chance, lord Nestor se chargea de meubler le silence. « Si Mya se fait fort de vous conduire en toute sécurité auprès de lady Lysa, je suis tranquille. Je réponds de son adresse. Elle ne m'a jamais déçu.

– Dans ce cas, je me remets entre tes mains, Mya Stone, dit Catelyn. Je vous prierai seulement, messire, de faire étroitement veiller sur mon prisonnier.

– Et je vous prierai seulement, moi, de faire servir audit prisonnier une coupe de vin et un chapon bien croustillant avant qu'il ne meure d'inanition, stipula Tyrion. Une garce serait aussi la très bienvenue, mais je présume que c'est là vous demander trop. » Le reître Bronn s'esclaffa grassement.

Lord Nestor préféra ignorer l'impertinence. « Vous pouvez y compter, madame. » Puis, affectant de découvrir seulement l'existence du nain. « Emmenez notre sire Lannister dans sa cellule et donnez-lui à boire et à manger. »

Sur ces entrefaites, Catelyn prit congé de son oncle et de l'assistance et, pendant qu'on entraînait Tyrion, suivit la bâtarde dans le dédale du château. Sur la courtine supérieure piaffaient deux mulets, harnachés, sellés. Mya l'aida à en enfourcher un, tandis qu'un garde à manteau bleu ciel déverrouillait l'étroite porte de la poterne. Au-delà se pressait, contre la paroi noire de la montagne, une futaie drue de pins et de sapins, mais les marches étaient là, qui, profondément taillées dans la roche, escaladaient le firmament. « Il y a des gens qui trouvent l'ascension plus facile les yeux fermés, dit Mya au moment d'aborder la noirceur des bois. Quand la peur les prend, ou le vertige, ils se cramponnent trop fort aux bêtes, et elles n'aiment pas ça.

– Je suis née Tully, et j'ai épousé un Stark, riposta Catelyn. Il en faut beaucoup pour m'effaroucher. Tu comptes allumer une torche ? » Des ténèbres de poix noyaient l'escalier.

La fille grimaça. « Les torches, ça ne fait que vous aveugler. La lune et les étoiles suffisent, par une nuit claire comme celle-ci. Mychel prétend que j'ai des yeux de chouette. » Elle enfourcha son mulet et lui fit avaler la première marche. Celui de Catelyn suivit spontanément.

« Tu as déjà mentionné ce Mychel, reprit Catelyn, fort satisfaite du pas lent mais ferme de sa monture.

– C'est mon amoureux, expliqua Mya. Mychel Redfort. Il est écuyer de ser Lyn Corbray. Nous nous marierons dès qu'on l'aura fait chevalier, l'année prochaine ou celle d'après. »

Sa façon de parler rappelait incroyablement Sansa, si heureuse et candide avec ses rêves. Cela fit sourire Catelyn, mais d'un sourire teinté de tristesse. Les Redfort étaient une vieille famille du Val ; dans leurs veines coulait le sang des Premiers Hommes. Le Mychel pouvait bien être son amoureux, jamais un Redfort n'épouserait une bâtarde. Les siens lui trouveraient un parti plus séant, quelque Corbray, Waynwood ou Royce, voire, hors du Val, une fille de plus grande maison. Qu'un Mychel Redfort envisageât seulement de s'établir avec la petite était impensable, sous peine de déroger.

L'ascension se révélait plus aisée que Catelyn n'eût osé l'espérer. Comme les arbres bordaient étroitement le sentier, que leurs frondaisons bruissantes lui faisaient une voûte si drue que la lune elle-même ne la perçait pas, on avait l'impression de suivre un interminable tunnel d'encre, mais Mya Stone semblait véritablement nyctalope, et les mulets allaient d'un pied sûr et infatigable. Et l'on se hissait d'une marche à l'autre, en zigzaguant contre le flanc de la montagne au gré des méandres et des virages de l'escalier. Un épais tapis d'aiguilles sèches feutrait si bien la roche qu'à peine percevait-on le martèlement des sabots comme une rengaine des plus soyeuse. Comme amollie par le silence et par le doux tangage régulier qui la berçait sur sa selle, Catelyn ne tarda guère à lutter contre le sommeil.

Peut-être même y avait-elle un instant succombé car, soudain, lui apparut la silhouette floue d'une énorme porte bardée de fer. « Pierre », annonça Mya d'un ton guilleret tout en mettant pied à terre. Des piques de fer hérissaient le faîte de formidables remparts, et deux grosses tours rondes dominaient le tout. A l'appel de la jeune fille, un battant s'ouvrit, et le chevalier de belle prestance qui commandait la place la salua par son nom avant de leur offrir des brochettes bien chaudes de viande et d'oignon grillés. Ce que voyant, Catelyn s'aperçut brusquement qu'elle était affamée. Aussi dévora-t-elle, debout dans la cour, tandis que des palefreniers transféraient les selles à des mulets frais. Le jus brûlant lui dégoulinait le long du menton et dégouttait sur son manteau, mais son ventre criait trop famine pour qu'elle eût cure des apparences.

Une fois en selle, l'ascension reprit à la clarté des astres. Cette deuxième étape parut plus traîtresse à Catelyn. Le sentier était plus abrupt encore, les marches plus usées et, de-ci de-là, jonchées de pierraille et de morceaux de roc. A cinq ou six reprises, Mya dut même démonter pour déblayer la voie. « A ces hauteurs-là, dit-elle, on n'a pas envie de voir son mulet se casser la jambe. » Catelyn ne fut pas tentée de la démentir. L'altitude était devenue plus sensible. Les arbres se clairsemaient, et le vent soufflait avec plus d'énergie, d'aigres bourrasques qui vous saccadaient les vêtements et vous balayaient les cheveux dans les yeux. De loin en loin, les marches se repliaient sur elles-mêmes, et l'on discernait Pierre, en dessous, puis, beaucoup beaucoup plus bas, pas plus brillantes que des chandelles, les torches des Portes-de-la-Lune.

Plus petit que Pierre, Neige ne comportait qu'une seule tour fortifiée, un baraquement de bois et des écuries dissimulées derrière un muret de pierres sèches. Il n'en était pas moins niché sur la paroi de la Lance-du-Géant de manière à commander entièrement la portion de l'escalier qui le reliait au fort inférieur. Tout assaillant des Eyrié parti de Pierre devrait conquérir chaque pouce de terrain sous l'avalanche de roches et de flèches des défenseurs de Neige. Le commandant de la place, un jeune chevalier à l'air anxieux et à la figure grêlée, leur offrit du fromage et du pain, tout en leur proposant l'aubaine de se réchauffer au coin de son feu, mais Mya déclina l'invite. « Nous ferions mieux de continuer, madame, dit-elle. S'il vous agrée. » Catelyn acquiesça d'un signe.

On leur donna de nouveaux mulets. Le sien était blanc. Mya sourit en le voyant. « C'est un bon, ce Blanchot, madame. Sûr, même sur la glace, mais soyez prudente, il décoche des coups de pied quand on lui déplaît. »

Apparemment, Catelyn lui plut, il ne rua pas, grâce aux dieux. Et, comme il n'y avait pas de glace non plus, elle redoubla de bénédictions. « Ma mère raconte qu'ici commençait la neige, voilà des centaines d'années, reprit Mya. C'était toujours blanc, au-dessus, et la glace ne fondait jamais. » Elle haussa les épaules. « Moi, je ne me rappelle pas avoir jamais vu de neige aussi bas, mais autrefois, dans l'ancien temps, peut-être... ? »

Si jeune, songea Catelyn en fouillant dans ses propres souvenirs, *ai-je jamais été comme elle ?* La petite avait vécu la moitié de sa vie en été, et elle ne connaissait que cela. *L'hiver vient, petite*, eut-elle envie de la prévenir. Les mots étaient sur ses lèvres, il s'en fallut de rien qu'elle les proférât. Peut-être était-elle en passe de devenir une Stark, à la fin.

Au-dessus de Neige, le vent se fit une créature vivante, il hurlait autour d'elles comme un loup dans le désert puis tombait à néant comme pour les induire en vanité. A cette hauteur, les étoiles semblaient plus brillantes, et si proches qu'il lui suffisait de tendre la main pour les capturer, la lune cornue paraissait colossale sur le noir lumineux du ciel. Tout en grimpant, Catelyn s'aperçut qu'il valait mieux lever que baisser les yeux. Des siècles de gel, de dégel, le va-et-vient d'innombrables mulets avaient rompu, fissuré les marches et, même dans le noir, la profondeur du gouffre lui remontait le cœur dans la gorge. Comme elles atteignaient une espèce de col lancé entre deux aiguilles rocheuses, Mya mit pied à terre. « Il est préférable de mener les bêtes par la bride, expliqua-t-elle. Dans ce coin, le vent risque d'être un peu trop vilain, madame. »

Catelyn émergea de l'ombre, roidie d'avance, et examina le terrain, devant : le passage scabreux avait près de trois pieds de large et une vingtaine seulement de long, mais il se trouvait entre deux précipices, et le vent mugissait. D'un pas léger, Mya se remit en marche, suivie de son mulet, placide comme pour traverser la plus vaste courtine. Arriva le tour de Catelyn. Mais à peine eut-elle esquissé le premier pas que la peur l'enserra dans son étau. Elle *sentait* le vide et les immenses abysses d'air noir bâiller tout autour. Elle s'immobilisa, tremblante et trop effarée pour bouger. Le vent lui criait des injures et martyrisait son manteau pour la jeter par-dessus bord. Elle recula son pied pour le plus timide des pas, mais le mulet la talonnait, qui lui coupait toute retraite. *Je vais mourir ici*, se dit-elle, pleinement consciente des sueurs froides qui lui suintaient tout le long du dos.

« Madame… ? » appela Mya de l'autre bord. Sa voix semblait à des milliers de lieues. « Ça va ? »

Catelyn Tully Stark ravala ce qui lui restait d'orgueil. « Je… Je ne peux pas, petite…, pas ça ! cria-t-elle.

– Mais si, vous pouvez, dit la bâtarde. Je sais, moi, que vous pouvez. Regardez comme c'est large… !

– Je... je ne veux pas regarder ! » Tout autour, le monde tourbillonnait, la montagne et le ciel et les mulets, tournait en se dandinant comme une toupie de marmot. Elle haletait, ferma les yeux dans l'espoir de raffermir sa respiration.

« Je reviens vous chercher, dit Mya. Ne bougez pas, madame. »

Bouger ? C'était la dernière chose qu'elle risquât de faire. Les rafales lui emplissaient la cervelle, et le claquement du cuir contre le rocher. Et puis, Mya fut là, qui lui prit gentiment la main. « Gardez les yeux fermés, si vous aimez mieux. Vous pouvez lâcher la bride, Blanchot saura se débrouiller tout seul. Donnez-moi un pas, maintenant. Voilà, bougez votre pied, glissez-le seulement de l'avant. Vous voyez. Un autre ? Facile. Vous pourriez traverser en courant. Encore un autre, allons. Oui... » Et ainsi, pied à pied, pas après pas, la bâtarde l'amena jusqu'au bord opposé, aveugle, éperdue, tandis que le mulet blanc les suivait, impavide.

Le fortin nommé Ciel n'était guère qu'un haut rempart de pierres sèches élevé en forme de croissant contre le flanc de la montagne, mais la splendeur même des tours infinies de Valyria n'eût pas davantage émerveillé Catelyn Stark. Là débutait la couronne de neige, la gelée givrait l'antique appareil des murs et, au-dessus, pendaient au moindre épaulement de longues aiguilles de glace.

L'est commençait à s'éclaircir quand Mya Stone, d'un *houhou*, réclama l'entrée. Au-delà des portes ne se trouvaient qu'une nouvelle série de rampes et un prodigieux chaos de blocs, de parpaings de toutes les tailles. Rien de si enfantin, sans doute, que de déclencher leur dégringolade... Juste en face d'elles béait, à même la roche, une vaste gueule. « Les écuries et les baraquements, dit la petite. Le reste du trajet s'effectue par les entrailles de la montagne. C'est un rien sombre, mais du moins s'y trouve-t-on à l'abri du vent. Les mulets ne vont pas au-delà. Parce qu'au-delà, bon, ça tient plutôt de la cheminée, de l'échelle plutôt que de l'escalier, mais pas si terrible que ça. Une heure encore, et nous serons arrivées. »

Catelyn leva les yeux. Juste au-dessus d'elle s'apercevaient, pâles dans l'aube naissante, les fondations des Eyrié. A quelque six cents pieds plus haut, pas davantage. Vu du bas, cela ressemblait à un petit rayon de miel blanc. Alors, elle se souvint qu'Oncle avait parlé de treuils et de couffins. « Les Lannister peuvent bien avoir leur fierté, dit-elle à sa compagne, les Tully naissent avec davantage de bon sens. J'ai déjà chevauché un jour et une nuit. Demande-leur d'abaisser un panier. J'achèverai la course avec les navets. »

Le soleil flamboyait fort au-dessus des montagnes quand elle atteignit enfin les Eyrié. Un homme à cheveux d'argent l'aida à s'extirper de sa corbeille. Courtaud dans son manteau bleu ciel, ser Vardis Egen, capitaine de la garde personnelle de Jon Arryn, arborait lune-et-faucon sur son pectoral de plates. « Lady Stark, dit-il, notre plaisir est à la hauteur de notre surprise. » A ses côtés se tenait, maigre et fébrile, mestre Colemon, avec trop peu de cheveux emmanchés sur un trop long cou. Il dodelina vivement son approbation. « Il n'est que trop vrai, madame, il n'est que trop vrai. J'ai fait avertir votre sœur. Elle avait ordonné qu'on la réveille dès votre arrivée.

– J'espère qu'elle a passé une excellente nuit », repartit-elle avec une pointe d'aigreur que ses vis-à-vis semblèrent ne point remarquer.

Ils la firent sortir de la cave aux treuils par un escalier en colimaçon. Eu égard aux critères des demeures de grandes familles, les Eyrié n'étaient qu'un castel : sept minces tours blanches aussi pressées l'une contre l'autre que des flèches dans un carquois sur un ressaut de l'immense montagne. Leur position les dispensait de posséder chenils, écuries ou forges, mais Ned assurait que leurs greniers étaient aussi vastes que ceux de Winterfell, et que leurs tours pouvaient abriter cinq cents hommes. Catelyn n'en fut que plus frappée par l'air étrangement désert des lieux et par l'écho qu'éveillaient leurs pas dans les salles blafardes et vides qu'ils traversèrent successivement.

Encore parée de ses déshabillés, Lysa l'attendait, seule, dans sa loggia. Sa longue chevelure auburn cascadait librement sur ses blanches épaules et jusqu'au bas des reins. Debout derrière elle, une camérière la lui démêlait mais, dès l'entrée de Catelyn, sa sœur se leva, tout sourires. « Cat, dit-elle. Oh, Cat, comme c'est bon de te revoir. Chère sœurette. » Elle traversa la pièce en courant et l'enveloppa dans ses embrassements. « Cela fait si longtemps, murmura-t-elle. Oh, tellement longtemps. »

Cinq ans, en fait ; mais cinq années cruelles pour Lysa. Et qui avaient prélevé leur péage. Quoique sa cadette de deux ans, elle avait l'air, maintenant, d'être son aînée. Plus petite qu'elle, elle s'était singulièrement épaissie ; son visage était blême, soufflé. Des Tully, elle avait les yeux bleus, mais d'un bleu clair et liquide, toujours agité. Sa bouche menue n'exprimait plus que la susceptibilité. Tout en l'étreignant, Catelyn revoyait, la taille svelte et la gorge altière, l'adolescente qui se tenait près d'elle, ce jour-là, dans le septuaire de Vivesaigues. Que restait-il de cet être adorable, palpitant d'espoir et de son éclatante beauté ? Rien d'autre que cette opulente chevelure auburn.

« Je te trouve superbe, mentit-elle, mais… l'air fatigué. »

Avec un rien de brusquerie, Lysa la désenlaça. « Fatiguée. Oui. Oh, oui. » Elle parut s'apercevoir tout à coup de la présence des autres : sa camérière, mestre Colemon, ser Vardis. « Laissez-nous, dit-elle. Je veux parler seule à seule avec ma sœur. » Elle lui prit la main pendant qu'ils se retiraient…

… et la lâcha dès l'instant où la porte se fut refermée sur eux. Catelyn la vit changer d'expression. Aussi subitement que lorsqu'un nuage voile la face du soleil. « Aurais-tu perdu le *sens* ? jappa-t-elle.

L'amener *ici*, sans me demander ma permission, sans même m'avertir, nous embarquer dans tes querelles avec les Lannister...

– *Mes* querelles ? » Elle n'en croyait pas ses oreilles. Un grand feu brûlait dans l'âtre, mais il n'y avait pas la moindre trace de chaleur dans la voix de Lysa. « Ce furent d'abord les tiennes, ma sœur. C'est quand même toi qui m'as envoyé cette maudite lettre, toi qui écrivais que les Lannister avaient assassiné ton mari.

– Pour te mettre en garde ! pour que tu t'en tiennes à l'écart ! mais les *combattre*..., jamais je n'y ai songé ! mais, bons dieux, Cat, tu te rends compte, un peu, de ce que tu as *fait* ? !

– Mère ? » demanda une petite voix. Dans un maelström de falbalas, Lysa pivota. Robert Arryn, seigneur des Eyrié, se tenait sur le seuil, tripotant une poupée de chiffons crasseuse et les considérant d'un œil écarquillé. C'était un pitoyable marmouset chétif, petit pour son âge, constamment souffrant et qui, par intermittence, grelottait de la tête aux pieds. Les mestres consultés parlaient de « mal trembleur ». « J'ai entendu du bruit. »

Rien de surprenant, songea Catelyn, avec la façon de hurler qu'a sa mère... Lysa ne lui en jetait pas moins des regards furibonds. « Voici ta tante Catelyn, mon bébé. Ma sœur, lady Stark. Tu te rappelles ? »

L'enfant la dévisagea d'un regard absent. « Je crois bien », dit-il en papillotant. Il avait moins d'un an lors de leur dernière rencontre...

Lysa s'en fut s'asseoir auprès du feu et dit : « Viens voir Maman, mon petit chéri. » Elle lui rajusta ses vêtements de nuit puis mignota ses fins cheveux bruns. « N'est-ce pas qu'il est beau ? Et fort, aussi, ne crois pas ce que les gens disent. Jon le savait bien. *La graine est vigoureuse*, il m'a dit. Ses derniers mots. Il n'arrêtait pas de répéter le nom de Robert, et il me serrait le bras si fort qu'il y laissait des marques. *Dis-le-leur, que la graine est vigoureuse.* Sa graine. Il voulait que chacun sache quel bon garçon gaillard allait devenir mon bébé.

– Lysa..., intervint Catelyn, si tu ne t'abuses, à propos des Lannister, nous devons agir d'autant plus vite. Nous...

– Pas devant mon *bébé* ! protesta Lysa. Il est d'une nature trop délicate, n'est-ce pas, mon chéri à moi ?

– Ton fils est seigneur des Eyrié et Défenseur du Val, lui remémora Catelyn, et l'heure n'est plus aux délicatesses. Ned croit que la guerre risque d'éclater.

– *La ferme !* aboya Lysa. Tu terrorises mon bébé ! » L'enfant s'empressa de lorgner furtivement par-dessus son épaule et se mit à trembler. « N'aie pas peur, mon bébé chéri, lui chuchota-t-elle. Maman est là, il ne peut rien t'arriver de mal. » Ouvrant son déshabillé, elle en extirpa un lourd sein blafard à bout rouge, le marmot s'en saisit avec avidité et, la face enfouie contre la poitrine de sa mère, se mit à téter, pendant qu'elle lui caressait les cheveux.

Catelyn en était pantoise. *Le fils de Jon Arryn...*, pensait-elle, incrédule. Elle se rappela son propre dernier-né, Rickon, qui se montrait, du haut de ses trois ans, soit deux fois plus jeune que celui-ci, dix fois plus vaillant. Rien d'étonnant si les seigneurs du Val rechignaient. A présent, elle comprenait que le roi eût tenté de retirer l'enfant à sa mère pour le placer sous la tutelle des Lannister...

« Ici, nous ne risquons rien », disait Lysa. A son intention ou à celle du petit, Catelyn ne savait au juste.

« Ne sois pas idiote, dit-elle, au bord d'exploser. Personne n'est à l'abri. Si tu te figures qu'il te suffira de te cacher ici pour te faire oublier des Lannister, tu te trompes sinistrement. »

Lysa couvrit de sa main l'oreille de l'enfant. « Même s'ils parvenaient à franchir les montagnes puis la Porte Sanglante avec une armée, les Eyrié sont imprenables. Tu as pu le constater par toi-même. Jamais aucun ennemi ne pourra nous atteindre ici. »

Catelyn l'eût volontiers giflée. Oncle Brynden l'avait bien prévenue, songea-t-elle. « Il n'existe pas de château imprenable.

– Celui-ci l'est, maintint Lysa. Tout le monde en convient. La seule chose qui me tracasse est de savoir ce que je vais bien pouvoir faire du Lutin que tu m'as amené...

– C'est un vilain ? » demanda le sire des Eyrié en clappant du bec. Le sein retomba, le bout rouge et baveux.

« Très très vilain, répondit Lysa en se recouvrant, mais Maman ne le laissera pas faire de mal à mon petit bébé joli.

– Fais-le voler ! » s'écria Robert, l'œil allumé de convoitise.

Elle lui caressa les cheveux. « Peut-être bien, murmura-t-elle. C'est peut-être exactement ce que nous ferons... »

EDDARD

Il retrouva Littlefinger badinant, dans le salon du bordel, avec une grande créature élégante dont la peau, d'un noir d'encre, transparaissait sous un déshabillé de plumes. Près de l'âtre, Heward jouait aux gages avec l'une des pensionnaires. Ses affaires étaient visiblement fort avancées, puisqu'il avait déjà perdu sa ceinture, son manteau, sa chemise de mailles et sa botte droite, alors que la fille n'avait encore dû se déboutonner que jusqu'à la taille. Debout, adossé près d'une croisée raturée de pluie, Jory Cassel se contentait de jouir du spectacle, en grimaçant un sourire à chaque domino que son compère retournait.

Ned s'arrêta au pied de l'escalier pour enfiler ses gants. « L'heure est venue de prendre congé. J'en ai terminé avec ma besogne. Plus rien ne nous retient ici. »

Bondissant sur ses pieds, Heward rassembla au plus vite ses effets. « A vos ordres, messire, dit Jory en gagnant la porte. Je vais aider Wyl à récupérer les chevaux. »

Littlefinger prit tout son temps, lui, pour faire ses adieux. Il baisa la main de la négresse, lui murmura quelque gaudriole qui la fit s'esclaffer puis, nonchalamment, s'avança vers Ned. « Votre besogne, persifla-t-il, ou celle de Robert ? Si le dicton veut que la Main rêve les rêves du roi, parle avec la voix du roi, gouverne avec l'épée du roi, implique-t-il aussi qu'elle foute avec sa…

– Lord Baelish, coupa Ned, vous passez les bornes. Je ne suis pas sans vous savoir gré de votre aide. Sans vous, nous aurions mis des années à découvrir ce bordel. Mais je n'entends pas pour autant tolérer vos brocards. Et je ne suis plus Main du Roi.

– Le loup-garou tient apparemment du porc-épic », riposta Littlefinger avec une moue pointue.

Ils gagnèrent les écuries sous la pluie chaude que versait à seaux la noirceur opaque des nues. Comme Ned s'encapuchonnait, Jory lui amena son cheval. Le jeune Wyl le talonnait, menant d'une main la jument de Littlefinger et, de l'autre, se débattant entre sa ceinture et le laçage de ses culottes. Le museau tendu hors du porche, une putain nu-pieds pouffait.

« Rentrons-nous directement au château, messire ? » demanda Jory. Ned acquiesça d'un signe et sauta en selle. Littlefinger fit de même et vint se placer à sa hauteur. Les autres suivirent.

« L'établissement que dirige cette Chataya est de tout premier ordre, dit Littlefinger, une fois en route. Je songe plus ou moins à l'acheter. Les bordels sont un investissement bien plus rentable que les bateaux, j'ai découvert. Les putains coulent rarement, et lorsque des pirates montent à l'abordage, hé bien, ils casquent comme tout le monde, en bel et bon argent. » Sa blague le fit glousser de satisfaction.

Voyant que Ned le laissait papoter, il finit par se taire, et ils poursuivirent en silence. Les rues de Port-Réal étaient sombres et désertes. La pluie les avait vidées. Chaude comme du sang, opiniâtre comme de vieux remords, elle battait la tête de Ned et gouttait à grosses gouttes sur son visage.

« Robert ne se contentera jamais d'une seule couche », lui avait confié Lyanna, le soir même du jour, déjà si lointain..., où leur père avait accordé sa main au jeune seigneur d'Accalmie. « Il a eu, je le sais, un enfant d'une fille du Val. » Pour avoir en personne tenu le nouveau-né dans ses bras, il ne se souciait pas de la démentir, ni de lui mentir, d'ailleurs, mais il n'en avait pas moins protesté : les passades antérieures aux fiançailles ne comptaient pas ; Robert était bon, loyal, il l'aimerait de tout son cœur... Elle avait souri. « L'amour est une douce chose, Ned de mon cœur, mais il ne saurait modifier le tempérament. »

La fille était si jeune qu'il n'avait pas osé lui demander son âge. Et probablement vierge quand Robert l'avait eue. A condition d'y mettre le prix, ces bordels de luxe vous en procuraient toujours une. Elle avait des cheveux d'un roux clair et le nez tout saupoudré de taches de rousseur, le sein aussi, qu'elle avait extrait de son corsage pour allaiter l'enfant. « Je l'ai nommée Barra, dit-elle en la contemplant téter. C'est fou, ce qu'elle lui ressemble, n'est-ce pas, monseigneur ? Son nez, ses cheveux...

– C'est vrai. » Il se revoyait touchant les fins cheveux sombres qui lui coulaient entre les doigts comme de la soie noire. Tout comme la première-née de Robert, si sa mémoire était bonne.

« Dites-le-lui, s'il... s'il vous plaît, monseigneur, quand vous le verrez. Dites-lui comme elle est belle.

– Je le ferai », avait-il promis. Sa malédiction personnelle... Alors que ses serments d'amour éternel, Robert les oubliait sitôt proférés, sa parole, lui la tenait toujours. Il les avait assez cher payées, pourtant, les promesses arrachées par Lyanna sur son lit de mort...

« Et, dites-le-lui, je n'ai été avec personne d'autre. Non, monseigneur, avec personne d'autre, les dieux m'en sont témoins, tous, les vieux et les nouveaux. Chataya m'a accordé un congé de six mois pour nourrir la petite et... et l'espoir qu'il reviendra. Vous le lui direz, dites, que je l'attends ? Je ne veux pas de bijoux ni rien, juste lui. Il a toujours été si bon pour moi, vraiment. »

Bon pour toi... ! songeait Ned, pris de vertige. « Je le lui dirai, petite, et je te promets que Barra ne manquera de rien. »

Elle avait alors souri, d'un sourire si frêle et si tendre ! à cœur fendre. Tout en chevauchant à travers la pluie et la nuit, Ned vit se dessiner devant lui, telle une version juvénile de ses propres traits, le visage de son Jon Snow. Mais pourquoi, se dit-il tristement, pourquoi faut-il que les dieux nous saturent de concupiscence, s'ils réprouvent si fort les bâtards ? « Lord Baelish, que savez-vous des bâtards de Robert ?

– Hé bien, d'abord qu'il en a plus que vous.

– Combien ? »

Littlefinger haussa les épaules. Des ruisselets lui sinuaient tout le long du dos. « Quelle importance ? Si vous couchez avec assez de femmes, il en est qui vous font forcément des cadeaux, et comme, à cet égard, Sa Majesté n'a jamais été timorée... Je sais qu'il a reconnu le gosse qu'il a engendré, pendant la nuit de noces de lord Stannis, à Accalmie, mais il lui était difficile de faire autrement. Née Florent, la mère était la propre nièce de lady Selyse et l'une de ses dames d'atours. A en croire Renly, Robert l'aurait charriée à l'étage pendant le festin et fracturée sur le lit nuptial pendant que les épousés du jour gambillaient encore. Stannis semble avoir pris la chose comme un outrage à la maison de sa femme, car il a expédié par bateau, sitôt après l'accouchement, le fruit du forfait à Renly. » Il jeta vers Ned un regard de biais. « On chuchote également que Robert a fait, voilà trois ans, lors du tournoi donné par lord Tywin, des jumeaux à une fille d'auberge de Castral Roc. Cersei les aurait fait tuer et vendu la mère à un marchand d'esclaves de passage. Pareil affront, et sur leurs propres terres, c'en était trop pour la fierté des Lannister. »

Stark grimaça. Des vilains contes de ce genre, il en courait sur chaque grand seigneur du royaume. Mais, s'il avait tendance à croire Cersei Lannister à peu près capable de tout..., le roi aurait-il laissé perpétrer sans sourciller pareille ignominie ? Pas le Robert qu'il avait connu, mais le Robert qu'il avait connu n'était pas l'actuel, si expert à fermer les yeux sur tout ce qu'il préférait ne pas voir. « Qu'est-ce qui a pu susciter le brusque intérêt de Jon Arryn pour les enfants illégitimes du roi ? »

Le petit homme s'ébroua sous l'ondée. « Il était la Main du Roi. Sans doute Robert l'a-t-il prié de s'assurer qu'ils étaient bien pourvus. »

Ned était trempé jusqu'aux os, et son âme grelottait. « Cela ne suffirait pas à expliquer son assassinat. »

Littlefinger secoua ses cheveux dégoulinants et se mit à rire. « Maintenant, je vois. Lord Arryn aura appris que Sa Majesté avait farci le ventre de quelques putains et poissardes, et il a bien fallu le faire taire. Rendez-vous compte. Laisser vivre un type pareil, c'était s'exposer à le voir ensuite trahir le secret que le soleil se lève à l'est. »

Cette fine saillie ne méritant pas de riposte, Ned se contenta de froncer le sourcil. Pour la première fois depuis des années, il se surprit à repenser au dernier Targaryen. Rhaegar avait-il hanté les bordels ? Non, conclut-il, sans trop savoir pourquoi.

La pluie redoublait, picotant les yeux, tambourinant au sol. De véritables torrents d'eau noire dévalaient la colline quand Jory cria : « *Messire !* » d'une voix qu'enrouait l'angoisse. Au même instant, la rue fut pleine de soldats.

En un clin d'œil, Ned embrassa les cottes de mailles et le cuir, les gantelets et les jambières, les heaumes d'acier faîtés de lions d'or, les manteaux détrempés qui pendaient dans les dos. Il n'eut pas le temps de compter, mais ils étaient une bonne dizaine en ligne, à pied, bloquant la rue, rapières et piques à pointe de fer au poing. Au cri de Wyl : « *Derrière !* » il fit volter son cheval et en aperçut d'autres, encore plus nombreux, qui coupaient leur retraite. L'épée de Jory sortit en chantant du fourreau. « Place, ou vous êtes morts !

– Les loups hurlent... » dit le chef des autres. Ned voyait la pluie lui ruisseler sur la figure. « Si maigre bande, pourtant ! »

A tout petits pas, Littlefinger se porta de l'avant. « Que signifie ? Cet homme est la Main du Roi !

– *Etait* la Main du Roi. » La boue gantait les sabots de l'étalon bai rouge. La ligne s'ouvrit devant lui. Sur le pectoral de plates d'or, le lion Lannister rugissait de défi. « Ce qu'il est à présent, j'ignore, pour ne rien celer.

– C'est de la folie, Lannister, protesta Littlefinger. Laissez-nous passer. Nous sommes attendus, au château. Vous rendez-vous compte de votre attitude ?

– Il sait ce qu'il fait », dit Ned, calmement.

Jaime Lannister sourit. « Parfaitement. Je suis à la recherche de mon frère. Vous vous souvenez de mon frère, n'est-ce pas, lord Stark ? Il était des nôtres, à Winterfell. Blond, des yeux vairons, la langue bien pendue. Plutôt petit.

– Je me le rappelle fort bien.

– Il semblerait qu'on lui ait cherché noise, sur la route. Mon père en est extrêmement fâché. Vous n'auriez pas, par hasard, une vague idée quant à l'identité de ceux qui voudraient du mal à mon frère ?

– Il a été capturé sur mes ordres, afin de répondre de ses crimes. »

Littlefinger grommela, consterné : « Messires… »

Ser Jaime dégaina sa rapière et poussa l'étalon. « Montrez voir votre acier, lord Eddard. Je vous abattrai comme Aerys, si vous m'y forcez, mais j'aimerais autant vous voir mourir l'épée à la main. » Puis, toisant Littlefinger d'un long regard de mépris glacé : « Si j'étais vous, lord Baelish, je prendrais au plus vite congé, de peur que du sang ne tache mes précieux atours. »

Littlefinger n'avait que faire de l'invite. « Je ramène le guet », promit-il à Ned. Les gens de Lannister s'écartèrent pour le laisser passer, se reformèrent derrière lui tandis que, piquant des deux, il s'évanouissait au premier coin de rue.

Les hommes de Ned avaient tiré l'épée, mais ils étaient trois contre une trentaine. Toutes les fenêtres et les portes du voisinage guignaient, mais personne n'interviendrait. Eux quatre étaient montés, l'adversaire, exception faite de ser Jaime, à pied. Une charge avait quelque chance de réussir, mais Eddard Stark crut devoir opter pour une tactique plus sûre, ou moins aventureuse. « Tuez-moi, prévint-il le Régicide, et Catelyn fera exécuter Tyrion. »

De la pointe de l'épée dorée qui s'était gorgée du sang du dernier roi-dragon, Lannister lui titilla la poitrine. « Vraiment ? La noble Catelyn Tully de Vivesaigues, assassiner un otage ? Ma foi…, non. » Il soupira. « Mais les femmes et leur sens de l'honneur…, je ne veux pas jouer la vie de mon frère en misant là-dessus. » Il rengaina l'épée dorée. « Allez donc vous précipiter aux pieds de Robert pour lui conter quelle trouille je vous ai flanquée. Je doute qu'il en ait cure. » Il repoussa en arrière ses cheveux trempés, fit volter son cheval et, une fois derrière la ligne de ses bretteurs, jeta par-dessus l'épaule à leur capitaine : « Tregar ? veillez qu'il n'arrive aucun mal à lord Stark.

– Bien, messire.

– Toutefois…, comme nous ne saurions lui concéder ici d'impunité *totale*, hé bien… – à travers la pluie et la nuit se discerna l'éclatante blancheur d'un sourire –, tuez-lui ses hommes.

– *Non !* » hurla Ned, agrippant son épée. Jaime dévalait déjà la rue au petit galop quand il entendit Wyl crier. Les deux mâchoires de l'étau se refermaient. Ned se rua sur l'une d'elles en taillant de droite et de gauche des spectres à manteau rouge qui se dérobaient devant lui. Jory Cassel piqua des deux, chargea. Un sabot ferré d'acier frappa l'un des Lannister en pleine figure avec un craquement sinistre, un second garde se vit envoyer bouler en tournoyant et, un instant, Jory se retrouva libre. Wyl se débattait en jurant tandis qu'on le jetait à bas de sa monture moribonde, les épées fustigeaient la pluie. Au galop, Ned se précipita à sa rescousse et abattit son arme avec une telle violence sur le heaume de Tregar que l'impact le fit grincer des dents. Tregar s'affaissa sur les genoux, son cimier léonin fendu par le milieu, la face inondée de sang. Heward tailladait les mains qui s'étaient saisies de sa bride quand un coup de pique lui creva le ventre. Et, soudain, Jory fut de retour dans la mêlée, la lame toute dégouttante de pluie rougie. « *Non !* cria Ned, *file !* » mais, au même instant, son cheval bronchait sous lui et s'abattait pesamment dans la boue. Une douleur atroce l'aveugla quelque temps, le goût du sang lui emplit la bouche.

Il les vit cependant trancher les jarrets de la monture de Jory, le traîner à terre, il vit leurs épées se lever, s'abattre, et la meute l'enserrer comme pour la curée. Quand son propre cheval fut parvenu à se relever, il tenta lui-même de se dresser, retomba aussitôt, les dents serrées sur un hurlement. Il eut juste le temps d'apercevoir l'os brisé poindre de son mollet puis ne vit plus rien. La pluie persistait à tomber, tomber, tomber.

Quand il reprit connaissance, lord Eddard Stark gisait seul parmi les cadavres. Son cheval se rapprocha mais, effaré par l'âcre odeur du sang, finit par s'enfuir au triple galop. Les mâchoires bloquées sur les mille morts que lui causait sa jambe, Ned entreprit de se traîner à travers la boue, et cela lui prit des années. Des faces attentives se montraient aux fenêtres éclairées, des gens commençaient à surgir des ruelles et des seuils, mais nul ne venait à l'aide.

Littlefinger et le guet le découvrirent là, dans la rue, berçant dans ses bras Jory Cassel inanimé.

Les manteaux d'or finirent par dénicher une litière, mais le retour au château fut un cauchemar d'agonie, et il s'évanouit plus d'une fois. Sa mémoire enregistra seulement l'apparition floue du Donjon Rouge, droit devant, dans la lueur grisâtre d'une aube sale. La pluie avait assombri le rose pâle des murs massifs, la pierre avait la couleur du sang.

A présent, le Grand Mestre Pycelle s'inclinait sur lui dans la brume, tenant une coupe et susurrant : « Buvez, messire. Là. Du lait de pavot, pour vous empêcher de souffrir. » Il eut encore conscience qu'il avalait, que Pycelle ordonnait à quelqu'un de chauffer le vin jusqu'à ébullition puis d'aller lui chercher une serviette de soie propre et, là-dessus, il sombra définitivement.

A paraître prochainement chez le même éditeur la suite du Trône de Fer.

Le Nord
La Grève Glacée
La Forêt Hantée
LE MUR
Tour Ombreuse
Châteaunoir
Fort Levant
Baie des Phoques
Baie des Glaces
Ile-aux-Ours
Ultime
Karhold
Bois-aux-Loups
Fort-Terreur
N
Winterfell
Blanchedague
Route Royale
Quart-Torrhen
LES TERTRES
Blancport
La Veuve
Moat Cailin
Le Neck
La Morsure
Les Trois Soeurs
Les Quatre Doigts
Griseaux
Les Jumeaux
Iles de Fer
Salvemer
Les Eyrié
La Porte Sanglante
VAL D'ARRYN
Verfurque
Bleufurque
Vivesaigues
Ruffurque
Carte par James Sinclair

Le Sud
Les Trois Soeurs
Les Quatre Doigts
Route Royale
Verfurque
Iles de Fer
Salvemer
VAL D'ARRYN
Les Eyrié
Bleufurque
Le Trident
La Porte Sanglante
Goëville
Pyk
Ruffurque
Culbute
Vivesaigues
Baie des Crabes
Harrenhal
La Dent d'Or
L'Oeildieu
Route Royale
Castral Roc
Port Lannis
Peyredragon
Route d'Or
Néra
Port-Réal
LE BIEF
Route du Front de Mer
N
Bois-du-Roi
Route de la Rose
Torth
Mander
Accalmie
Baie des Naufrageurs
Hautjardin
Marches de Dorne
Bois de la Pluie
Cap de l'Ire
Mer de Dorne
Villevieille
Les Météores
DORNE
Le Bras Cassé
Lancehélion
La Treille
Carte par James Sinclair

CHEZ LE MÊME ÉDITEUR
Dans la même collection

LES DAMES DU LAC

LES BRUMES D'AVALON
(LES DAMES DU LAC**)
par Marion Zimmer Bradley
Prix du grand roman d'évasion 1986.
Plus qu'un roman historique, une épopée envoûtante qui relate la lutte sans merci de deux mondes inconciliables.

•

LA COLLINE DU DERNIER ADIEU
par Marion Zimmer Bradley
Longtemps avant les Dames du Lac, près de l'Ile d'Avalon, quand Merlin, déjà, agissait dans l'ombre.

•

LA TRAHISON DES DIEUX
par Marion Zimmer Bradley
Le récit légendaire de la Guerre de Troie superbement ressuscité par l'auteur des « Dames du Lac ».

•

LE RIVAGE DES ADIEUX
par Catherine Hermary-Vieille
La plus grande histoire d'amour de tous les temps, celle de Tristan et Iseult.

•

LA REINE REBELLE *
LE COLLIER DE LUNE **
par Kathleen Herbert
L'amour plus fort que la mort au temps du Roi Arthur et des Dames du Lac.

•

AU SOLEIL DES LOUPS*
L'ENVOL DU CYGNE**
LA MALÉDICTION DE KERRUD***
par Dominique Rebourg
Au cours de la guerre qui ravage la Bretagne, en 1362, deux hommes, pour l'amour d'une femme, s'affrontent dans un duel sans merci.

•

LES AILES DU MATIN *
LES NOCES DE LYON**
LES CHEMINS D'ESPÉRANCE***
LES FEUX DU CRÉPUSCULE****
LE VENT SE LÈVE*****
LES AMOURS MASQUÉES******
par Mireille Lesage
Au XVIIe siècle, une grande fresque romanesque aux couleurs d'un prestigieux passé.

•

LA SALAMANDRE D'OR
par Mireille Lesage
Assassinée par son mari ou morte d'avoir trop aimé le roi François Ier, la comtesse de Châteaubriand a emporté dans la tombe le secret de son destin.
Une superbe histoire d'amour, chargée de mystère.

•

LA DAMOISELLE D'AGUILAR
par Hélène Legrais
En plein Moyen Âge, en pays cathare, une séduisante jeune femme, instruite des secrets de la médecine arabe, attire sur elle les foudres de l'Inquisition.

•

MERVEILLEUSE THÉRÉSA
par René Charvin
Les folles amours de Madame Tallien.

•

LE DON D'AIMER
L'inaltérable amour de Marie Leczinska, reine de France, pour l'inconstant, et à la fois fidèle, Louis XV, le Bien-Aimé.

•

REINE PAR AMOUR
Après Tristan et Iseult, Abélard et Héloïse, Roméo et Juliette, l'une des plus belles histoires d'amour de l'Histoire, Marie-Casimire et Jean Sobieski, roi de Pologne, au temps de Louis XIV.